HERODES EL GRANDE

HERODES EL GRANDE

José Luis Corral

Antonio Piñero

Papel certificado por el Forest Stewardship Council®

FSC
www.fsc.org
MIXTO
Papel | Apoyando la silvicultura responsable
FSC® C117695

Penguin Random House Grupo Editorial

Primera edición: noviembre de 2024

Printed in Spain – Impreso en España

ISBN: 978-84-666-8000-4
Depósito legal: B-16.030-2024

Compuesto en Llibresimes

Impreso en Liberdúplex
Sant Llorenç d'Hortons (Barcelona)

BS 8 0 0 0 4

Entonces Herodes, llamando en secreto a los magos, averiguó cuidadosamente de ellos el tiempo en el que se le había aparecido la estrella.

Nuevo Testamento,
Evangelio de San Mateo, 2, 7

CALEDONIA
HIBERNIA
Mare
Germanicum
Eboracum
Deva
BRITANIA
Londinium
Oceanus
Colonia
Agrippina
GERMANIA
Río Rin
Augusta
Treverorum
Lutetia
GALIA
Río Danubio
Limonum
Augusta
Vindelicorum
Lauriacum
Vindobona
NORICUM
RAETIA
Lugdunum
Bundigala
PANONIA
Mediolanum
Cremona
Aquilea
TARRACONENSIS
Narbo
Massina
DALMATIA
Salamántica
Caesaraugusta
LUSITANIA
ITALIA
Salonae
Toletum
Emerita Augusta
Tarraco
CORSICA
ROMA
Aleria
HISPANIA
Italica
Corduba
Gades
BAETICA
Neapolis
Dyrrhachium
SARDINIA
Tarentum
Tingis
Cartago Nova
Caralis
Cesarea
Panormus
Mar
Jónico
Utica
Carthago
SICILIA
MAURITANIA
Cirta
NUMIDIA
Siracusa
ÁFRICA PROCONSULARIS
MAR MEDI
Mare Inte
Leptis Magna
ÁFRICA
CIRENA
SPQR

IMPERIO ROMANO
A LA MUERTE DE
AUGUSTO
Año 14
0
500
1000 km
SARMATIA
Olbia
Tomis
Durostorum
Pontus Euxinus
Mar Caspio
IBERIA
ARMENIA
Artaxata
Trapezus
Philippopolis
THRACIA
Byzantium
BITHYNIA ET PONTUS
Ancyra
CAPADOCIA
Caesarea
Nicea
ASIA
MENOR
Éfeso
Miletus
LIDIA
CILICIA
Edessa
Nisibis
ASSYRIA
IMPERIO
PARTO
MESOPOTAMIA
Antioquía
SYRIA
Palmyra
Río Tigris
Babilonia
Río Eufrates
Rodas
Creta
Salamis
Chipre
Damasco
Tiro
JUDEA
Golfo Pérsico
Jerusalén
Alexandria
Petra
ARABIA
NABATEA
Menphis
EGIPTO
Río Nilo

REINO DE HERODES
Año 4 a. C.
0 (km) 50
0 (mi) 30
IMPERIO ROMANO
MAR MEDITERRÁNEO
Abila de Lisanias
Damasco
Sidón
Bostrenus
Sarepta
FENICIA
ITUREA
Monte Hermón
Leontes
Tiro
Cesarea Filipo
SIRIA
Quedes
Lago Huleh
Aere
TRACONÍTIDE
33°
GALILEA
GAULANÍTIDE
Corazín
Ptolemaida
Cafarnaúm
Gamala
Neue
BATANEA
Ráfana
Genesaret
Betsaida
Jotapata
Magdala
Mar de Galilea
Yarmuk
Séforis
Tiberiades
Hippos
AURANÍTIDE
Monte Carmelo
Gabae
Nazaret
Abila
Gadara
Adraa
Dor
Jezreel
Monte Tambor
Cesarea Marítima
Valle de Jezreel
Escitópolis
Pela
Ginae
DECÁPOLIS
Llanura de Sarón
SAMARIA
REINO DE HERODES
Samaria
Amato
Gerasa
Neápolis
Sicar
Apolonia
Monte Garizim
Jordán
Jabok
Antipatris
Alexandrium
Jafa
Ramá
Fasaelis
Gadora
32°
Tamna
Lida
Gofna
Arquelaida
PEREA
Filadelfia
Jamnia
Gazara
Jericó
Bet Haram
Emaús
Cipros
JERUSALÉN
Hesbón
Azoto
Betania
Belén
Hircania
Medabá
Ascalón
Herodium
Baitogabra
Calirroe
JUDEA
Maquerónte
Antedón
Adora
Hebrón
Dibón
Gaza
Engadi
Mar Muerto
Arnon
IDUMEA
Masada
Areopolis
Beerseba
Malata
Alusa
31°
Hebrón
REINO NABATEO
Imperio Romano
Reino de Herodes
Ruta antigua
Capital administrativa
Ciudad notable
Pueblo
Fortaleza
Cumbre
35°
36°

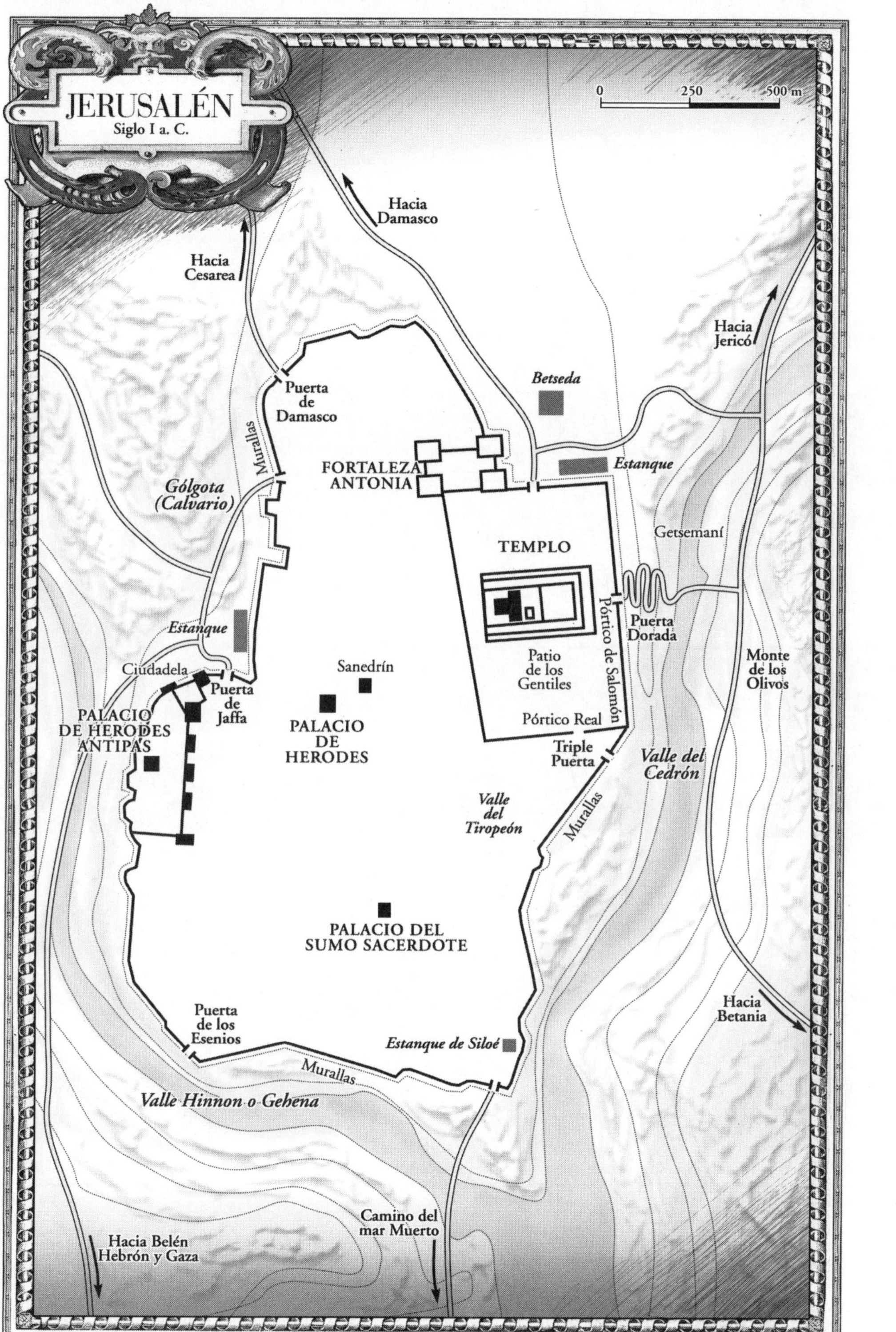
JERUSALÉN
Siglo I a. C.
0
250
500 m
Hacia Damasco
Hacia Cesarea
Hacia Jericó
Betseda
Puerta de Damasco
Murallas
FORTALEZA ANTONIA
Estanque
Gólgota (Calvario)
TEMPLO
Getsemaní
Estanque
Pórtico de Salomón
Puerta Dorada
Ciudadela
Sanedrín
Patio de los Gentiles
Monte de los Olivos
Puerta de Jaffa
PALACIO DE HERODES ANTIPAS
PALACIO DE HERODES
Pórtico Real
Triple Puerta
Valle del Cedrón
Valle del Tiropeón
Murallas
PALACIO DEL SUMO SACERDOTE
Hacia Betania
Puerta de los Esenios
Estanque de Siloé
Murallas
Valle Hinnon o Gehena
Camino del mar Muerto
Hacia Belén Hebrón y Gaza

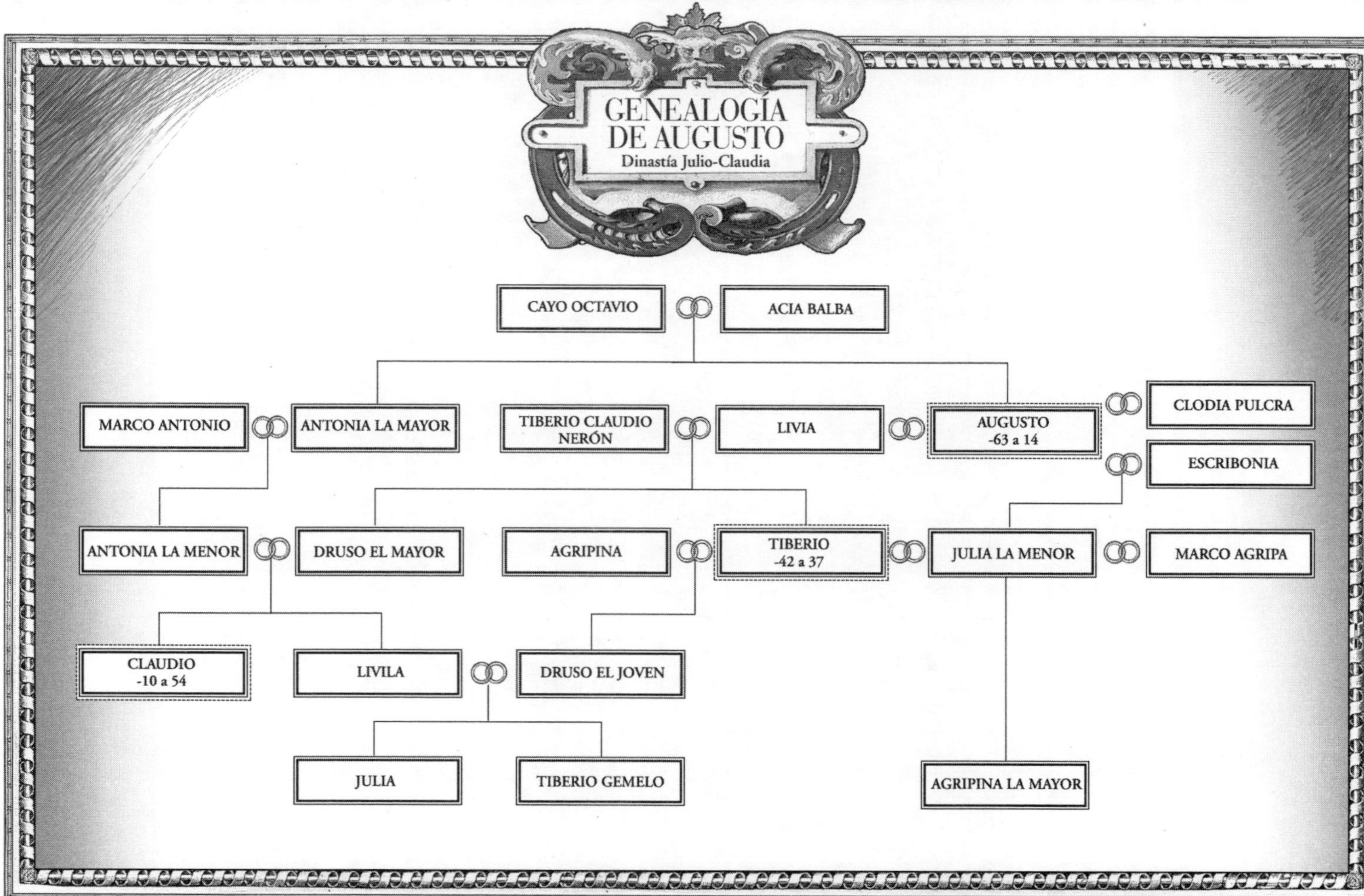
GENEALOGÍA
DE AUGUSTO
Dinastía Julio-Claudia
CAYO OCTAVIO
ACIA BALBA
MARCO ANTONIO
ANTONIA LA MAYOR
TIBERIO CLAUDIO NERÓN
LIVIA
AUGUSTO -63 a 14
CLODIA PULCRA
ESCRIBONIA
ANTONIA LA MENOR
DRUSO EL MAYOR
AGRIPINA
TIBERIO -42 a 37
JULIA LA MENOR
MARCO AGRIPA
CLAUDIO -10 a 54
LIVILA
DRUSO EL JOVEN
JULIA
TIBERIO GEMELO
AGRIPINA LA MAYOR

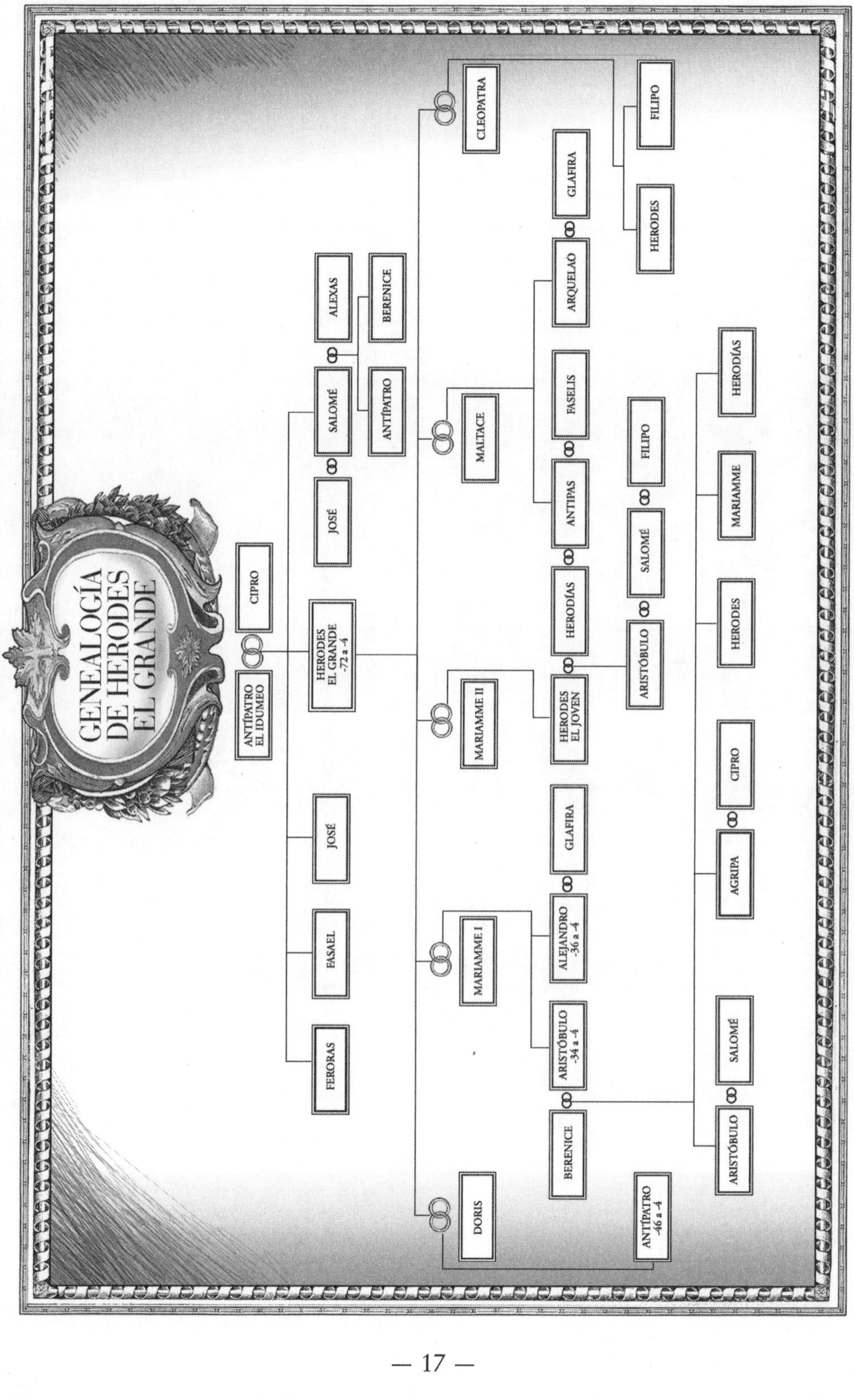
GENEALOGÍA DE HERODES EL GRANDE
ANTÍPATRO EL IDUMEO
CIPRO
HERODES EL GRANDE -72 a -4
FERORAS
FASAEL
JOSÉ
JOSÉ
SALOMÉ
ALEXAS
ANTÍPATRO
BERENICE
DORIS
MARIAMME I
MARIAMME II
MALTACE
CLEOPATRA
ANTÍPATRO -46 a -4
BERENICE
ARISTÓBULO -34 a -4
ALEJANDRO -36 a -4
GLAFIRA
HERODES EL JOVEN
HERODÍAS
ANTIPAS
FASELIS
ARQUELAO
GLAFIRA
HERODES
FILIPO
ARISTÓBULO
SALOMÉ
FILIPO
ARISTÓBULO
SALOMÉ
AGRIPA
CIPRO
HERODES
MARIAMME
HERODÍAS

TEMPLO DE JERUSALÉN

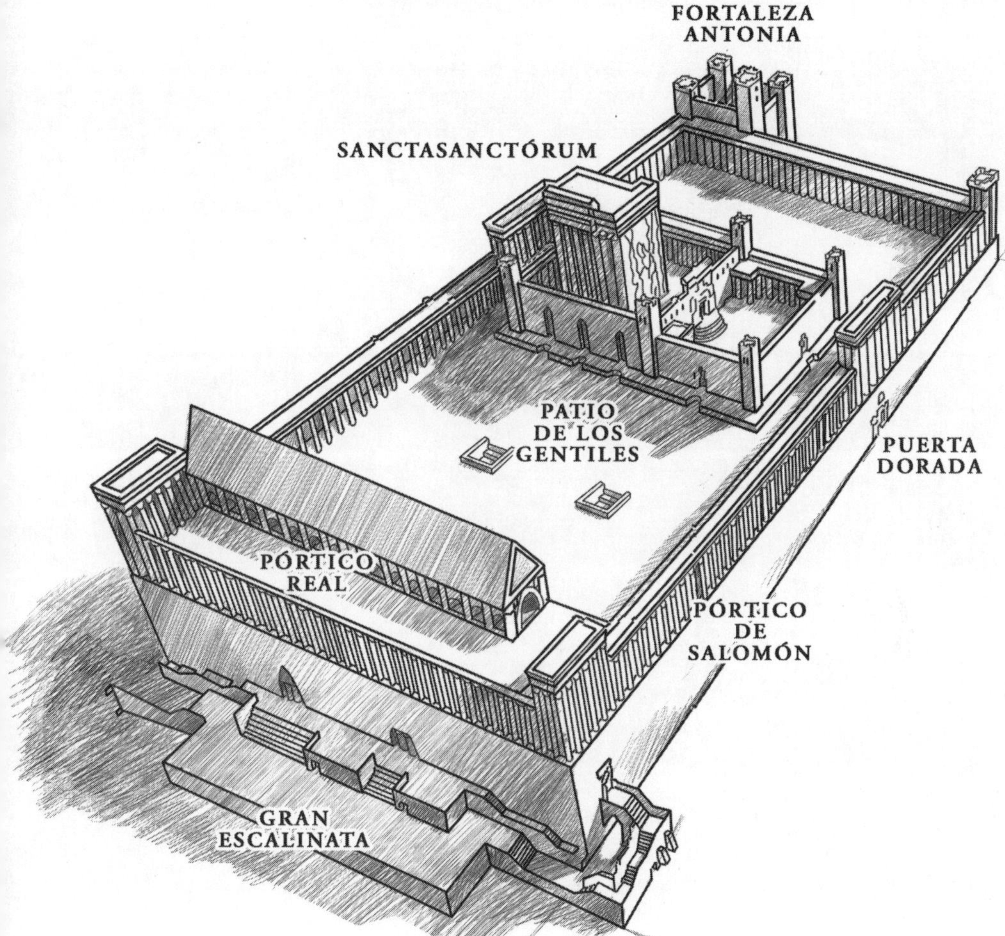

Corren tiempos confusos.

Setecientos siete años después de su fundación, Roma se impone en medio mundo conocido y asienta su poder con la fuerza colosal de sus legiones, el espíritu indomable de sus hombres y la ambición sin cuento de sus gobernantes.

El mundo asiste atónito y asombrado al triunfo de Cayo Julio César, quien, tras conquistar la Galia y derrotar a su rival Pompeyo, se convierte en dueño absoluto de Roma.

En el extremo oriental del Mediterráneo, Israel, el atávico reino de los judíos, se debate entre dos mundos poderosos y antagónicos; el pueblo judío se resiste a la sumisión y se niega a abandonar sus costumbres, amenazadas por la marea incontenible de Roma y por el Imperio persa, en tanto sigue esperando a que el mesías prometido aparezca al fin para librarlo del nuevo cautiverio que se cierne sobre su inmediato futuro.

En el reino de Judá los romanos crean un protectorado al frente del cual colocan a Hircano, un monarca títere al que ni siquiera le otorgan el título de rey, sino el de etnarca.

Este es un tiempo prodigioso, tal vez uno de los más decisivos de la historia de la humanidad.

En medio de la vorágine de acontecimientos tumultuosos se abre paso un personaje siempre controvertido: Herodes. De padre idumeo y madre árabe nabatea, es nombrado rey de los judíos por el Senado de Roma y ratificado por el emperador Octavio Augusto.

Reina durante treinta y seis años, sobrevive a todo tipo de conjuras y conspiraciones, protagoniza hazañas extraordinarias y asombrosas, y comete actos aterradores; es capaz de concitar a la vez admiración, odio y miedo.

Congenia con los romanos, renuncia a antiguos principios y sabe adaptarse a los nuevos tiempos en un mundo sumido en tan grandes transformaciones que nunca vuelve a ser como antes.

Es conocido como «Herodes el Grande».

Esta es su historia, este es su mito, esta es su leyenda.

1
El tribunal

La lluvia es un fenómeno extraño y escaso a las puertas del desierto de Judea, pero esa mañana Jerusalén despierta bajo un cielo gris, entre relámpagos que anuncian los truenos que preceden a la tormenta, como un funesto presagio de las calamidades que se ciernen sobre Israel.

Bajo los truenos, el etnarca Hircano, monarca sin corona al que el título le confiere ínfulas de rey, pasea agitado por la sala de audiencias de su palacio, cuyas desnudas paredes de piedra y su austero mobiliario se asemejan más a una fortaleza cuartelera que a una residencia real.

Judea es una tierra nominalmente libre, pero desde que veinte años atrás Pompeyo el Grande conquista Jerusalén, pocos dudan de que Roma es su verdadera dueña y tutora y, aunque no se levanta una sola mota de polvo sin que lo ordene el gobernador romano, todavía abundan los judíos que creen en la ilusión de que son un pueblo libre y dueño de su destino.

En la región gobierna Hircano como etnarca, pero carece de capacidad de tomar decisión alguna sin permiso de Roma. El pueblo sigue sometido a un abusivo sistema de impuestos similar al de los vecinos de Siria, pero ni siquiera dispone del consuelo de sentirse independiente. No forma más que una mera provincia minúscula de una República inmensa que prácticamente la ignora.

—Todo está cambiando, y muy rápido —exclama Hircano con voz quejumbrosa—. Los comerciantes griegos y sirios de Galilea me envían numerosas quejas a causa de los robos que sufren por parte de la banda de ladrones que dirige un tal Ezequías. Los comerciantes amenazan con quejarse al gobernador romano de Siria; alegan que si yo no soy capaz de garantizar su seguridad, acudirán a Roma en demanda de auxilio.

—Señor —le contesta Antípatro, uno de sus consejeros—, ordena liquidar de una vez por todas a Ezequías; él es el culpable de los robos; es un bandido que está perturbando la paz en Galilea. Si lo capturas y lo ejecutas, te garantizas el respeto y el ejercicio de tu autoridad sobre toda esa zona. Algo tenemos que hacer o intervendrá el gobernador romano.

—Pues... sí. Daré a tu hijo Herodes una sola orden: que actúe con toda energía y fuerza, y que acabe con Ezequías y sus rebeldes para siempre.

Herodes, hijo del idumeo Antípatro, hace apenas unos meses que ejerce como gobernador de Galilea. Solo tiene veinticinco años, pero se comporta con la habilidad de un veterano.

—Hay que obrar con suma cautela. Ezequías es un hombre muy querido por buena parte de la población de Galilea. Si mi hijo se deja llevar de su ímpetu y actúa con fuerza desmedida, puede que crezca aún más el descontento y los indecisos se volverán en nuestra contra.

—Correremos el riesgo. Ordena a tu hijo que obre con toda la fuerza de la que disponga; la inseguridad debe desaparecer de Galilea. Póngase mi orden por escrito y envíese lacrada con el sello real.

Hircano habla con inusitada energía.

Antípatro inclina la cabeza ante el etnarca y sale de la estancia con el documento en su mano. Una hora después un jinete galopa hacia Galilea con instrucciones contundentes para el general del ejército de Hircano.

Herodes rompe el lacre que sella el pergamino con las órdenes de Hircano, lo despliega y lee:

«Actúa sin piedad. Acaba con esos revoltosos y dales un castigo ejemplar que no olviden nunca. Golpéalos con todas tus fuerzas y no dejes a uno solo con vida».

Junto al pergamino del etnarca hay otro escrito firmado por Antípatro:

«Si no sofocas la rebelión, los comerciantes sirios y griegos de Galilea presentarán sus quejas al gobernador romano de Siria, y en ese caso la menguada independencia de Judea se reducirá aún más».

Herodes sonríe: es lo probable. El mensaje le complace. En realidad, está cansado de permanecer encastillado en las fortalezas de Galilea; desea actuar; y si es contra los bandidos, mejor; demostrará que tiene agallas, que es capaz de acabar con tantos desmanes e imponer la paz y la seguridad en la región. Hace tiempo que espera esa oportunidad y no va a desaprovecharla.

Convoca de urgencia a los comandantes de los pocos batallones que tiene asignados. Quiere darles en persona las instrucciones que pongan fin a las revueltas; dispone de carta blanca para actuar; no hay más orden que acabar con el bandidaje al precio que sea. Y está dispuesto a no fallar en el empeño.

—Señor, los bandidos no habitan en localidades en las que podamos atraparlos con facilidad; se esconden en las cuevas que abundan en las montañas de nuestra región. Es muy difícil capturarlos. Son como ratas, o como víboras que saben esconderse con todo sigilo —le explica un comandante.

—Es cierto. Con los pocos hombres de que disponemos no es posible atacar uno a uno todos los escondites de esas alimañas, pero sí podemos hacer algo eficaz —replica Herodes.

—¿Qué propones, general?

—Abordaremos desde arriba las cuevas donde se esconden.

—¿Cómo exactamente?

—Sabemos que se ocultan en cavernas abiertas en paredes tan escabrosas que acceder a ellas desde abajo es muy difícil; al ascender seríamos blanco fácil para que nos derriben a pedradas. Atacaremos desde lo alto.

—¿Entonces...?

—Construiremos unos sólidos cajones de madera, de tamaño suficiente como para contener a una docena de soldados. Los anclaremos en el borde del precipicio con gruesas vigas y tablones; colocaremos roldanas de hierro para que sea fácil hacer descender los cajones mediante maromas hasta llegar a las bocas de las cuevas; una vez allí, saltaremos al interior y acabaremos con ellos.

Al comandante le gusta la idea.

—A tus órdenes, general. Nos ponemos a ello inmediatamente.

—Los soldados que desciendan en los cajones llevarán flechas en abundancia, espadas y lanzas cortas. Portarán, además, teas y antorchas por si fuera necesario penetrar en las cuevas; que lleven garfios de hierro en la punta de varas largas para enganchar a los que se resistan y arrojarlos al vacío sin contemplaciones.

—Es una táctica arriesgada y peligrosa.

—Sí. Pero funcionará, comandante. Una vez fuera de sus escondrijos, deben morir todos. No habrá perdón ni misericordia para ellos. Nos estorban. No valen más que la arena que pisan nuestras sandalias.

Los rebeldes que siguen a Ezequías se quedan asombrados cuando contemplan cómo descienden del cielo decenas de cajones con soldados de Herodes en el interior. Se creen protegidos en cavernas de casi imposible acceso, cuando colgados como de las nubes, aparecen soldados que saltan a la boca de las cuevas armados con garfios, espadas y lanzas cortas.

La sorpresa es tal que muchos de los bandidos ni siquiera son capaces de empuñar sus armas y corren hacia el interior de las cuevas intentando desde allí hacer frente a los hombres de Herodes. Antorchas y teas en mano, los soldados saltan a las cuevas y persiguen a los que huyen hacia el oscuro fondo en busca de refugio.

Los que no aciertan a defenderse y huir lanzándose rocas abajo son rematados en las bocas de las cuevas y sus cadáveres arrojados al vacío. Los soldados de Herodes cortan las cabezas de algunos de los abatidos y las muestran como trofeos de caza para de inmediato lanzarlas al aire entre gritos de victoria.

Encaramado en el borde de la cornisa superior del acantilado, el general contempla la acción de asalto y sonríe al escuchar las voces de triunfo de sus hombres. Al rato, el sol comienza a ocultarse y las sombras se adueñan de la pared rocosa.

—Volved todos a los cajones —ordena Herodes.

Sus soldados obedecen y regresan a los ingeniosos artilugios ideados por su general, que sonríe satisfecho por su éxito.

—No hemos acabado con todos; muchas de esas ratas se han refugiado en lo más profundo de las cuevas —dice un comandante que desciende en el primero de los cajones con los brazos empapados en sangre.

—No pueden escapar; mañana, al amanecer, repetiremos el descenso y liquidaremos a los que todavía queden.

Apenas despuntan los primeros rayos de sol cuando los cajones, cargados de soldados, vuelven a descender paralelos a las paredes rocosas. Cuando llegan a la altura de las cuevas no asaltadas la tarde anterior, se encuentran con que en varias de ellas están asomados grupos de bandidos, aparentemente desarmados, que agitan paños en señal de rendición. Un par de grupos, sin embargo, ofrece obstinada resistencia, arrojando piedras y flechas a los atacantes.

En una de esas cuevas se refugia Ezequías, príncipe de los ladrones, con su esposa, sus siete hijos varones y media docena de leales que deciden acompañarlo y sellar su destino con el de su jefe.

Armados con jabalinas y pertrechados con largas pértigas, los leales a Ezequías responden con fiereza al asalto de los soldados herodianos. Desde lo alto, Herodes contempla la enconada resistencia y grita con furia:

—¡Recurrid al fuego!

El comandante que dirige el ataque ordena a sus hombres que prendan fuego a las puntas de las flechas embadurnadas de brea y que las disparen hacia el interior de las cuevas, donde se hallan acumulados montones de leña y paja.

Apenas unos instantes después una lluvia de saetas incendiarias impacta en la madera y la paja resecas. El calor y la corriente de aire que circula en torno a la boca de la cueva aceleran la combustión y muy pronto el recinto rocoso se convierte en lo más parecido a la puerta de un horno.

Los seguidores de Ezequías se aperciben de que, si permanecen en la entrada, van a ser abatidos desde los cajones como muñecos de trapo, pero que si penetran en el interior, el humo y el fuego los asfixiarán o los abrasarán.

—¡Estamos perdidos! Es inútil cualquier resistencia; debemos rendirnos —grita desesperado uno de ellos.

—Entreguemos las armas, tal vez así logremos salvar la vida —replica otro.

—Nuestro Dios no consentirá que nos maten como a perros. Permaneced en guardia. ¡Resistid! —clama Ezequías preso de ira y rabia.

Un cambio en la dirección del viento amaina el fuego, lo que aprovechan los bandidos para refugiarse en el interior siguiendo las órdenes de su jefe.

Ezequías, cual profeta rodeado de una aureola divina, se queda fuera, increpando a los asaltantes, quienes dudan si acribillarlo a flechazos desde los cajones, saltar a la cueva y cortarle la cabeza de cuajo, o bien tomarlo como prisionero.

El príncipe de los ladrones, viendo todo perdido, llama al mayor de sus hijos, que sale de la cueva obediente.

—Aquí estoy, padre.

—No consentiré que mis hijos sean esclavos del etnarca de Judea.

Sin pensarlo dos veces, Ezequías lo degüella de un tajo limpio y certero y arroja el cuerpo al vacío.

De inmediato, y ante la mirada atónita de los asaltantes, va llamando uno a uno a sus otros seis hijos, a los que degüella inmisericordemente, como sacrificio ritual ante un dios terrible y ávido de sangre, y lanza al precipicio los cuerpos sin vida.

De nada sirve que desde una cornisa en lo alto Herodes le ordene que detenga la degollina de su familia. Tras matar a sus siete hijos, Ezequías llama a su mujer, que aparece en la boca de la cueva buscando en vano con la mirada angustiada a sus hijos. Un charco de sangre se extiende a los pies de su esposo. Ella se echa las manos a la cabeza, se mesa los cabellos y grita desesperada.

Los soldados que ocupan los dos cajones de madera que cuelgan frente a la cueva asisten en silencio, sin saber cómo responder a tamaña matanza.

Ezequías sujeta por los hombros a su esposa y de otro certero tajo en el lateral del cuello la ejecuta. La mujer cae al suelo como un muñeco roto, en medio del charco de la sangre de sus hijos.

—¡Estás loco! —le grita Herodes, que presencia la carnicería desde una cornisa.

—¡Baja aquí, maldito hijo de una puta nabatea! ¡Baja, bastardo del demonio, y mide tu espada con la mía! ¡Cobarde! ¡No te escondas tras tus hombres y pelea conmigo! —clama al cielo Ezequías con la espada empapada en sangre.

—Arroja la espada, entrégate y quizá perdone a los hombres que queden vivos en esa cueva —le propone Herodes.

—¡Baja, canalla, baja y pelea! —grita el príncipe de los ladrones con la voz ya rota por el humo, la desesperación y el odio.

—Ríndete.

—Prefiero morir mil veces a caer en las manos de una inmundicia como tú. Si no puedo vivir libre, moriré como he vivido. Solo me debo a Dios, a mi gente y a mi tierra, a los que tú, infame, has manchado de oprobio y deshonor. Malditos seáis mil veces. Te maldigo hasta el final de los tiempos y por toda la eternidad. Tus manos están manchadas de vergüenza y muerte, y tu corazón es tan impuro como tu alma. Esos hombres a los que ahora mandas —Ezequías señala con la espada a los soldados que siguen colgados de los cajones esperando órdenes de su general— saben bien lo que pretendes, pero te obedecen porque te tienen miedo, no porque transmitas autoridad y merezcas su respeto. Mirad a vuestro general. No se atreve a bajar a pelear conmigo. No pretende otra cosa que esclavizaros a todos vosotros. No permitáis que lo consiga; no dejéis que os esclavice; no consintáis que os arrebate vuestra dignidad. Vosotros, hombres de Judea, hijos de Abrahán y de David, ¿seréis capaces de obedecer ciegamente al hijo de una puta extranjera, a un idumeo traidor y cruel? Ese hombre os arrastrará al infierno. Sabed que os venderá a los romanos, si es que no lo ha hecho ya, y que os convertirá en esclavos para calmar su ambición y sus deseos de gloria.

—No eres más que un bandido, el cabecilla de una banda de ladrones que no ha hecho otra cosa que dañar al pueblo de Galilea.

—¿A mí me llamas bandido? ¡Tú, que no eres sino el más rastrero sicario de Roma! ¡Un desecho humano, cuya carroña rechazarían hasta los perros y buitres! Asesinas a tu propia gente, y lo haces sumiso al poder de Roma, ante el cual arrastras los pies de la manera más miserable.

—¡Eres un loco! ¡Asesinar a tu propia familia! —le replica Herodes, que siente cada una de las diatribas de Ezequías como una punzada en el corazón.

Sabe que hay muchos judíos en Galilea que admiran la rebelión de Ezequías, y que no lo consideran un bandido, sino un patriota que lucha por la dignidad de su pueblo para evitar que caiga en las garras de las insaciables águilas romanas. Todos esos piensan que autoridades de Jerusalén, con el etnarca Hircano a la cabeza, no son más que traidores al pueblo.

—No, no soy ningún demente. Yo doy mi vida por Israel, me sacrifico por los hombres piadosos que adoran al verdadero Dios. Mis enemigos son los romanos, los griegos y los sirios que oprimen a los galileos de verdad. Solo tú y tus dueños romanos me llamáis bandido y ladrón. Soy un judío decente; tú eres escoria deleznable, el hijo de una ramera vil.

—Por última vez...

A Herodes no le da tiempo a acabar la frase. Ezequías señala con la espada a Herodes, la arroja al vacío, alza los brazos al cielo y se despeña en el abismo.

El estratego contempla el vuelo del cuerpo, que se estrella contra las rocas del fondo del desfiladero, junto a los cadáveres de sus hijos.

Un silencio denso y profundo se extiende por el acantilado. Los soldados, desde el interior de los cajones colgantes, acaban de presenciar el resultado de una escena como sacada de la más cruenta de las tragedias griegas.

—¿Qué hacemos ahora? —demanda a su general uno de los comandantes.

—Pasad a todos los supervivientes a cuchillo; que no quede ni uno vivo —ordena Herodes con rotundidad.

—¿Ni aunque se rindan?

—Los que aún quedan vivos en esas cuevas son de la misma calaña que el orate de su cabecilla. Si nos mostramos misericordiosos con ellos y los dejamos vivir, a la larga se convertirán en un problema más grave, si cabe. Matadlos a todos.

Los soldados entran en las cuevas que todavía quedan por revisar y liquidan a todos los que encuentran a su paso. Los cadáveres de aquellos desdichados son arrojados al vacío. Algunos soldados piden a Herodes que permita enterrarlos conforme a los ritos ancestrales, pues son judíos como ellos, pero el general se niega, deja los cadáveres esparcidos en el barranco y expuestos para banquete de alimañas carroñeras. Luego permite que sus soldados saqueen todo cuanto de valor se encuentre en las cuevas, incluso entre las ropas de los rebeldes.

El joven general regresa satisfecho a sus cuarteles.

La noticia de la brutal represión de Herodes sobre Ezequías y sus seguidores llega enseguida a Jerusalén.

Entre los judíos hay opiniones diversas: algunos creen que esa chusma de ladrones recibe lo que merece, pero la mayoría considera que los muertos en las cuevas del acantilado son verdaderos mártires del pueblo de Israel y que representan a todos aquellos que luchan por la justicia.

En el centro de un corrillo de gente congregada a las afueras de la puerta de David, en Jerusalén, un anciano habla sobre lo sucedido a Ezequías y sus seguidores:

—Nuestros hermanos han sido asesinados sin que se les haya ofrecido la oportunidad de ser escuchados en un tribunal. Hircano y su brazo ejecutor, el joven Herodes, se han arrogado la justicia y la ira de Dios, el derecho a la vida y a la muerte. ¡Qué nación tan desdichada la que consiente que manos humanas ejerzan la justicia divina! ¡Somos un pueblo desgraciado sobre el que ha caído el mayor de los infortunios!

—¿Y qué podemos hacer para acabar con esta injusticia? —pregunta un joven.

—Escuchad. Yo ya soy viejo, y Ezequías el galileo me recuerda algo que ocurrió hace algún tiempo. En el nombre de Roma, Pompeyo Magno invadió Israel hace unos años. Quería someternos y convertirnos en siervos de su república. Algunos de nuestros hermanos en la fe de Abrahán se resignaron y aceptaron el dominio extranjero; pero otros, organizados en pequeños grupos, plantaron cara al invasor y se aprestaron a resistir y a morir si fuera necesario. Lo intentaron, pero Pompeyo trajo consigo a un poderoso ejército, al cual no pudimos derrotar.

»Os contaré el porqué de nuestra situación actual. El romano Pompeyo había vencido a sus rivales en Hispania, y tras limpiar de piratas las costas de Cilicia para favorecer la navegación y el comercio con Roma, aplastó a los reyes Mitrídates del Ponto y Tigranes de Armenia. Finalmente Pompeyo intervino en nuestras disputas internas y aprovechó para poner su bota sobre Jerusalén, nuestra ciudad sagrada. ¡Una pieza más para el Imperio! Aún recuerdo aquel funesto día en el que después de tres meses de asedio las tropas romanas derribaron una de las grandes torres de defensa y entraron en el recinto del Templo. Miles de judíos, hermanos nuestros, fueron asesinados a sangre fría en estas calles, y Pompeyo profanó el lugar más sagrado de nuestro santuario, allí donde solo puede acceder el sumo sacerdote, ultrajándolo con su presencia.

Los congregados en torno al anciano no perdían sílaba alguna de los recuerdos de alguien que contaba lo que él mismo había vivido.

—En aquel tiempo el etnarca Hircano y su hermano Aristóbulo se disputaban el trono del reino de nuestros reyes Asmoneos, y Pompeyo aprovechó la ocasión para nombrar etnarca a Hircano, a la vez que convertía a Judea en una tierra dependiente de Roma. Pero ya sabéis que Pompeyo sufrió la venganza divina. Se enfrentó con Julio César, un duro rival, fue vencido y acabó ejecutado en Egipto.

»Herodes, el general que ha asesinado a los valientes que hacían frente a la injusticia de Hircano, es como Pompeyo: un joven ambicioso y cruel que venderá a nuestro pueblo a Roma si considera que puede sacar de ello algún beneficio personal.

—¿Quién es ese Herodes del que hablas? —pregunta otro de los jóvenes, ignorante de la situación.

—Es hijo del noble Antípatro, mano derecha de Hircano, y de Cipro, una mujer de estirpe árabe; un idumeo, en todo caso, judío a medias. Nuestro rey Hircano lo ha nombrado gobernador de Galilea con la misión de reprimir cualquier disidencia. Por lo que se ha sabido de Ezequías, se ve que ese Herodes carece de escrúpulos.

—Hircano es un títere de Roma —se alza una voz entre los presentes.

—Es cierto. Nuestro soberano fue impuesto por Pompeyo, y Roma lo mantiene como rey de Judea.

—¿Cómo es posible que lo consintamos?

El número de congregados en la puerta de David va creciendo conforme se corre la voz de que un grupo de personas está debatiendo sobre lo ocurrido en Galilea. El anciano aprovecha la presencia de los recién llegados para inculcarles más claramente aún su veredicto:

—Lo mismo que Pompeyo con nuestros hermanos hace veinte años, ha hecho ahora Herodes con los galileos. A los que él llama ladrones y bandidos eran judíos temerosos de Dios, héroes que luchaban contra la dominación romana encarnada en esbirros como Hircano y Herodes mismo. ¡Estos dos realizan ahora el trabajo sucio que antaño hicieron las legiones de Pompeyo! Con lacayos como ellos, los romanos ni siquiera tienen que mancharse las manos con nuestra sangre. Ya lo hacen otros por ellos —remachó el anciano levantando la voz.

—¿Vamos a seguir dejando que nos aplasten como a lagartijas? —se oye otra voz.

El grupo, cada vez más numeroso, estalla en gritos de indignación.

—Hircano nos fue impuesto por Roma, y Herodes es la espada que amenaza nuestros cuellos. Esta es la tierra de Dios, la sagrada tierra prometida a la que nos condujo Moisés tras la larga travesía por el desierto. Nuestro país está impurificado por las sandalias de los romanos y sus esbirros. ¿Vamos a seguir consintiéndolo? ¡Traidores!

—¡Acabemos con ellos!

Mediada la tarde, las proclamas de rebelión suscitadas por

otros personajes que albergan las mismas ideas, se extienden por toda Jerusalén. La ciudad está incendiada de indignación. De boca en boca, por calles y mercados, se oyen gritos que demandan venganza por los asesinatos en Galilea.

Grupos de jóvenes se desplazan por la capital conminando a la rebelión y clamando justicia. Cualquier signo en las calles que recuerde el dominio de Roma es derribado y destruido.

En el palacio real crece la inquietud cuando llegan las noticias de lo que está ocurriendo en todos los barrios. Antípatro acude presto a presencia de Hircano, que se muestra sumamente nervioso.

—¿Qué ocurre ahí fuera? —pregunta el etnarca muy molesto.

—Grupos de revoltosos claman justicia, señor, por la muerte del bandido Ezequías y sus hombres —informa Antípatro—. La población de Jerusalén está muy alterada por lo ocurrido en Galilea.

—¿Acaso creen que tu hijo se ha excedido en el castigo a esos ladrones?

—Sí, pero te recuerdo que le otorgaste plenos poderes para que acabara con los bandidos.

—Un gobernante debe ser fuerte y no dejarse llevar por la misericordia. Tu hijo ha cumplido mis órdenes.

—Acusan a mi hijo, y de paso también a ti, de aplicar una crueldad extrema en los castigos a esos rebeldes. ¿Qué ordenas?

—¿Qué me aconsejas? —inquiere Hircano.

—Si dejamos que crezca la revuelta, puede ser que acabe con tu autoridad y tu gobierno. Tenemos que apagar este fuego que se extiende por Jerusalén, o nos consumirá. Ordenaré que salgan a las calles varios pelotones de soldados y que apresen a los cabecillas de los tumultos. La autoridad debe imponerse.

—De acuerdo —asiente Hircano—, pero diles a los soldados que eviten violencias gratuitas.

Los hombres de Antípatro salen de sus cuarteles y patrullan por las calles de Jerusalén. Finalmente su presencia logra apaciguar un tanto a los revoltosos, pero varios jóvenes les plantan cara y los conminan a servir al pueblo y no a los romanos, a la vez que exigen, para acabar con las protestas, que se celebre un juicio para depurar los excesos de Herodes. ¡Y que sea cuanto antes!

Encastillado en el palacio real, Hircano es informado de que la revuelta no está calmada del todo. Recibe entonces la petición del pueblo y accede, tras breve reflexión, a convocar una sesión del Sanedrín para debatir lo sucedido en Galilea.

Al día siguiente, el pregón de los heraldos reales anuncia la convocatoria, que se vocea en varios puntos de la ciudad, lo que contribuye a calmar un tanto los ánimos exacerbados.

Centenares de personas se agolpan en los alrededores del Templo. Conforme van llegando los miembros del Sanedrín se alzan voces reclamando un juicio justo.

La reunión se celebra en un austero edificio dentro del recinto del Templo. La sala, a la que se accede a través de dos pequeñas puertas desde el primer atrio del santuario, tiene sus cuatro paredes de piedra labrada. Como prescribe la Ley, no hay adornos ni figura ni elemento decorativo alguno. Los setenta miembros del tribunal, cuyo número recuerda a los setenta ancianos que asistían a Moisés durante la travesía del desierto, ocupan sencillos bancos de madera colocados en semicírculo para que todos puedan verse las caras. En el lado norte, bajo un pequeño dosel y en un sillón labrado con adornos geométricos, el sumo sacerdote preside el tribunal. Hircano hace el número setenta y uno, a fin de que en caso de votar una resolución no se produzca un empate. En los extremos hay dos mesas de madera de cedro que ocupan sendos escribas, encargados de levantar las actas de cada sesión y depositarlas luego en dos copias en el archivo del Templo. En el centro de la sala se colocan los acusados a los que se toma declaración.

El Gran Sanedrín es el supremo tribunal donde se dirimen las causas más graves y los asuntos importantes del pueblo de Israel, y está integrado por miembros de las principales familias de la casta sacerdotal, magistrados de Jerusalén, doctores en la ley de Moisés y algunos destacados fariseos.

—¿Qué crees que va a ocurrir? —pregunta uno de los jueces, que ocupa su asiento, al colega de al lado.

—El caso que se nos presenta es sustancioso. Ya sabes que el acusado es el estratego Herodes, gobernante de Galilea, un general demasiado joven, que aplicó la fuerza con extrema dureza para acabar con lo que unos consideran una banda de ladrones y otros, un grupo de patriotas.

—¿Y tú, de qué parte estás? Tu opinión ha sido siempre muy respetada por los demás miembros del Sanedrín.

—Todos conocéis mis reticencias hacia Herodes.

—¿Vas a postular que sea condenado por lo que hizo con los bandidos?

—Odio a ese hombre y a toda su familia. No son verdaderos judíos, sino idumeos, gente impura que no debería ocupar ningún cargo en Israel. Si de mí dependiera, esta misma tarde el cuerpo de Herodes quedaría colgado de un árbol a las afueras de la ciudad.

Quien así responde es el anciano Haniná ben Jeconías, un destacado miembro del Sanedrín que no oculta su enemistad hacia Herodes, al que no considera digno de ostentar el puesto de gobernador de Galilea.

Los miembros del tribunal terminan de ocupar sus asientos. Cuando entra el sumo sacerdote, todos se levantan a su paso. Escoltado por el preste encargado de la policía del Templo, el presidente camina hacia su sillón con ademanes pausados, consciente de su poder y su influencia. Todos lo conocen bien: es el etnarca de Judea y sumo sacerdote a la vez, máxima autoridad política y religiosa del pueblo judío.

Hircano tiene más de sesenta años; es de baja estatura y complexión débil, aunque algo grueso. A pesar de la tensión, su rostro redondo no se muestra demasiado serio, y sus ojos de cordero a punto del degüello le confieren un aspecto apacible, incluso bondadoso. No viste como su condición de sumo sacerdote requiere, sino que lo hace a la manera romana, con túnica y toga, y porta una modesta diadema ceñida a mitad de su cabellera. La sencillez de su vestimenta se adecúa con la austeridad del entorno. De cualquier modo, no parece precisamente el mejor compañero para tener al lado en una batalla.

El etnarca ama la vida palaciega, le gusta el lujo y ambiciona el poder, pero no le atrae la tarea cotidiana que conlleva el gobierno ni el trabajo del tribunal. Delega el trabajo diario en Antípatro, en el que confía plenamente, y deja que sean generales como Herodes los que se encarguen de la guerra y de la seguridad de su reino.

Al llegar a su sillón mira con ojos casi somnolientos a los miembros del Sanedrín y luego se sienta. Todos hacen lo propio. Los escaños están llenos. Nadie quiere perderse esta sesión, nadie quiere dejar pasar la oportunidad de juzgar a Herodes y asistir al juicio que levanta tanta expectación en Israel.

Con un gesto de su mano, la comitiva del presidente abandona la sala. Solo quedan los setenta miembros del tribunal, los dos escribas e Hircano, soberano y sumo sacerdote, que toma la palabra:

—Miembros de este santo tribunal, estamos reunidos en sesión solemne para juzgar a Herodes, hijo de Antípatro, general de los ejércitos de Judea y gobernador de Galilea —la voz del etnarca denota cierta inseguridad—. Haced entrar al acusado.

Dos miembros del Sanedrín abandonan la sala y regresan a los pocos instantes flanqueando a Herodes.

—¿Pero qué burla es esta? —masculla indignado Haniná ben Jeconías a la vez que aprieta los puños ante lo que está presenciando.

Herodes viste su armadura de gala, reluciente como labrada en oro, y al cinto lleva su espada de combate, con el pomo de plata rematado con una gema. Sobre sus recios hombros luce una clámide púrpura, el color reservado a los reyes, y sobre las sienes porta una corona de laurel, al modo romano, como los generales que obtienen un gran triunfo en la guerra.

—General, este sagrado Sanedrín desea escuchar tu versión de lo acontecido en Galilea —habla Hircano.

—Os traigo un triunfo absoluto sobre los enemigos de Israel y os entrego una contundente victoria —proclama Herodes con orgullo.

—Esto es intolerable; esa actitud desafiante para con este Sanedrín, esa burlona insolencia, ese desprecio a nuestras leyes...

Un judío nunca mata a otro judío… Espero que Herodes reciba su merecido —murmulla Ben Jeconías.

—Sumo sacerdote, pido la palabra —alza la voz y el cuerpo uno de los miembros más veteranos del Sanedrín, del sector de los sacerdotes.

—¿Qué tienes que decir? —demanda Hircano.

—No es adecuado que el acusado se presente ante este tribunal de semejante guisa.

—¿Y cómo debería de haberlo hecho? —interviene Herodes saltándose las reglas del debate.

Sin prestarle caso alguno, sigue diciendo el sanedrita:

—El reo debe presentarse vestido con ropas humildes, descalzo, con los cabellos sin peinar y cubiertos de ceniza.

—Y al lado, los miembros de mi familia gimiendo y rogando clemencia por mi vida, ¿no es así? —interrumpe Herodes, que echa mano a la empuñadura de la espada y pasea su mirada desafiante ante los miembros del Sanedrín mientras Hircano guarda silencio.

El general tiene una presencia formidable, que impone miedo y a la vez atrapa los sentidos. Sobresale en altura una cabeza por encima de la media de los varones allí congregados y pese a la armadura y las grebas, se perciben unos músculos colosales que indican un vigor y una fortaleza excepcionales.

Lleva el cabello, color negro azabache, bien cuidado, elegantemente cortado y con rizos naturales; sus ojos negros lucen una mirada penetrante, con un brillo de obsidiana, con la que parece desafiar al tribunal; su rostro denota un rictus duro e indómito, propio de un militar curtido en las batallas.

—Nunca antes he visto a nadie comportarse con semejante osadía ante el Sanedrín. Este hombre merece un castigo por sus actos, pero también por su soberbia —dice un sacerdote, un tanto amedrentado por la mirada acerada que le dedica Herodes.

Desde el exterior de la sala donde está reunido el Sanedrín llega un extraño rumor que desata cierta inquietud entre los miembros del sagrado tribunal.

Al instante, uno de los sirvientes del Templo entra en la sala y se dirige al decano; tiene el rostro desencajado.

—¿Qué ocurre ahí fuera? ¿Acaso has visto un fantasma? —le pregunta inquieto Ben Jeconías.

—La guardia de Herodes...

—¿Qué...?

—En la explanada se han desplegado varias decenas, tal vez un centenar, de soldados de Herodes. Van armados con espadas y lanzas y se protegen con escudos y corazas; y ni siquiera están todos sus hombres; el resto del ejército ha tomado posiciones a las puertas de Jerusalén. La ciudad está rodeada.

Hircano recibe la misma información, pero a pesar de la inquietud de los miembros del Sanedrín, entre los que de boca en boca se extiende la noticia de lo que ocurre en el exterior, decide continuar con el juicio.

—El fiscal puede iniciar su alegato —ordena el sumo sacerdote.

Simeón ben Shetai, fiscal superior del Sanedrín, es un saduceo que a sus más de sesenta años atesora una gran experiencia. Enjuto, de mirada penetrante y semblante oscuro, viste el *kittonet*, la túnica larga de lino, que se ciñe a la cintura con un ancho cinturón de cuero recamado con motivos florales, y se cubre la cabeza con un lienzo, tal cual prescribe la norma.

Se levanta de su escaño con ademanes un tanto pretenciosos, recorre con la mirada el semicírculo de escaños, la detiene en Herodes y habla con tono engolado:

—Miembros de este sagrado Sanedrín: todos conocéis por qué hemos sido convocados. Los sólidos muros de este santo lugar se estremecen al escuchar los lamentos de dolor y pena que emiten las madres, esposas e hijas que piden justicia por sus muertos. El prefecto de Galilea, hijo de Antípatro, aquí presente, ha ejecutado a decenas de ciudadanos galileos sin someterlos a juicio previo. Este hombre —el fiscal señala a Herodes— ha quebrantado nuestra ley, que prohíbe condenar a cualquiera sin que medie un proceso judicial y se dicte la sentencia correspondiente.

Los reunidos en la sala emiten murmullos y hacen gestos de aprobación al exordio de Ben Shetai, que se siente respaldado.

—Herodes está perdido —musita sonriente el viejo Ben Jeconías.

El fiscal alza la mano pidiendo silencio y continúa su acusación:

—Herodes ocupa un puesto muy importante. Como hijo del principal asesor de nuestro etnarca, se le encomendaron tareas esenciales para la defensa y seguridad de Galilea, pero no ha sabido desempeñar su trabajo con la razón y la justicia requeridas para ejercer un cargo tan relevante. Lejos de cumplir su deber, ha cometido una serie de gravísimos y horrendos crímenes que deben ser juzgados por este tribunal. Tamaños delitos no pueden quedar impunes.

Durante casi una hora el fiscal describe con minucioso detalle lo sucedido en Galilea —según dicen quienes lo han presenciado— poniendo énfasis en la maldad de Herodes, en sus crueles medios de ejecución, en la carencia de escrúpulos morales, en la ilegalidad de sus actos y en la crueldad general de su comportamiento. La mayoría de los presentes asiente complacida a todas y cada una de las acusaciones que vierte Simeón, quien a cada momento que pasa se siente más seguro de su triunfo.

Acabado el relato de su acusación, Ben Shetai inspira con fuerza; siente cómo el aire penetra en sus pulmones, con su mirada aguileña recorre la sala y sonríe victorioso antes de pronunciar el colofón de su discurso:

—Miembros del Sanedrín, estáis ante un hombre —vuelve a señalar a Herodes— que ha despreciado las costumbres de nuestros padres, un hombre para el que la vida de los judíos carece de valor alguno, un hombre que siembra mala cizaña, un hombre que emponzoña nuestra vida, sin conciencia, perverso y cruel que ignora la ley de Dios. Hay que erradicar cuanto antes a este criminal de nuestras vidas, eliminar el veneno que supone para nuestra patria y devolver la justicia que nos ha robado.

»Dada la atrocidad de sus crímenes, solicito un castigo ejemplar para Herodes y considero que es justo que sea condenado a muerte, pues ese castigo es el único posible para reparar tanto daño como este hombre ha causado entre los nuestros. Os toca ahora, ilustres miembros de este tribunal, juzgar en conciencia los hechos aquí relatados y sentenciar, con la ley del Altísimo ante vuestros ojos, a quien ha conculcado de modo tan grave esa misma ley de Dios.

El fiscal toma asiento y mira desafiante a Herodes, que sigue de pie en el centro de la sala, sin mostrar signo alguno de intranquilidad.

La mayoría de los miembros del Sanedrín aprueban el informe del fiscal, al que algunos felicitan alzando la mano complacientes.

—Sabes que —dice Ben Jeconías al joven que se sienta a su lado— los notables de Jerusalén no admiten que nadie imparta justicia sin contar con ellos, y menos aún que quien lo haga sea un arribista casi extranjero como Herodes, un idumeo en cuyas venas no hay sangre pura judía. Ese engreído general se ha arrogado unas prerrogativas para las cuales no está autorizado.

—Pero dicen que fue el propio Hircano quien lo facultó para obrar de ese modo contra los... bandidos.

—Cosas de la política. Hircano ha puesto a Herodes a los pies de los caballos, pero no moverá un dedo para salvarlo y se lavará las manos. Así queda bien con los notables y a la vez logra acabar con los que se oponen a su política en Galilea.

—Pido la palabra.

Quien alza la voz es Eleazar ben Buta, otro destacado individuo del grupo de los saduceos. Es uno de los hombres más ricos de Israel, que debe su fortuna a turbios negocios del tráfico de madera que importa de los montes del Líbano y de las orillas del Ponto Euxino. Quienes lo conocen saben que es un tipo práctico, con pocos escrúpulos, carente de conciencia, sin sentimientos nobles y sin sentido de la moral. Lo único que le interesa y por lo único que se preocupa es por sus asuntos económicos y por agradar a sus socios comerciales judíos y griegos.

—Habla, Eleazar —autoriza el sumo sacerdote Hircano.

—Ignoro a qué viene todo esto. El acusado, nuestro valiente general Herodes, ha prestado un excelente servicio a Israel. Todos vosotros —Ben Buta recorre los escaños del hemiciclo señalándolos con su brazo—, ilustres jueces, conocíais de sobra el ánimo sedicioso y el comportamiento delictivo de esos delincuentes galileos. Erais sabedores de las continuas quejas de los honrados comerciantes que deben atravesar esa región de ladrones y de cómo sufrían los constantes robos y ataques a sus caravanas. Herodes, el hombre a quien estamos juzgando, ha cumplido con su obligación, y lo ha hecho con la eficacia, rapidez y contundencia que debe aplicar un insigne soldado.

»La actuación de nuestro general en Galilea ha sido impecable y no merece nuestro rechazo y nuestra condena, sino nuestro aplauso y nuestra gratitud. ¿Imagináis, honorables colegas, qué hubiera ocurrido si Herodes no hubiera acabado con esa guarida de ladrones? ¿No...? Yo os lo diré: cuando hubiera llegado la Pascua los sediciosos que seguían al loco criminal llamado Ezequías se habrían infiltrado en Jerusalén, como parece que tenían planeado, habrían provocado gravísimos problemas con el legado romano en Siria, habrían provocado cuantiosos daños a las caravanas y a los mercaderes, se habrían apoderado de sus mercancías y habrían originado tal malestar que las protestas y revueltas se habrían extendido por todo Israel. Que todas esas calamidades no hayan ocurrido, se lo debemos a ese hombre. Agradezcamos su intervención con los honores que merece.

Diversas voces se alzan tras escuchar la defensa de Ben Buta: unas a favor de Herodes, otras en contra; unas pocas claman por condecorarlo, otras piden que sea condenado; unas lo tildan de héroe y salvador de Israel, otras de cruel y despiadado; unas lo asemejan con el juez Gedeón, vencedor de los madianitas, otras lo comparan con el pecador Acán, al que los israelitas apedrearon y quemaron por haberlos traicionado en Jericó.

El tumulto entre detractores y defensores se encona; nadie logra imponer su voz en el tumulto. Hircano observa en silencio desde su estrado preferente, hasta que un relevante fariseo, de imponente presencia, alza los brazos y grita a voz en cuello:

—La justicia debe seguir su curso. El reo se ha comportado con manifiesta osadía y claro desprecio a este Sanedrín. Ha derramado sangre hebrea, lo ha hecho con saña y maldad y no ha mostrado arrepentimiento. ¡Ojo por ojo, diente por diente! Herodes debe ser condenado a muerte.

Tras unos instantes de calma, la trifulca continúa. Hircano sigue impávido ante el airado griterío y los gestos amenazantes de muchos de los jueces.

—¡Silencio! —grita al fin el sumo sacerdote cuando ve que un criado asoma a la puerta y le hace señas mostrándole un pequeño rollo.

Hircano se levanta de su asiento y se dirige hacia la puerta, donde el criado le hace una reverencia y le entrega la carta.

Conforme Hircano regresa hacia su asiento, con el brazo en alto mostrando a todos el papiro, el silencio se adueña del Sanedrín, cuyos miembros intuyen que ese documento parece contener algo trascendente.

El etnarca se sienta, rompe la cinta que cierra el papiro, lo desenrolla y dirige sus ojos al encabezamiento del escrito. No tiene ninguna duda al reconocer que se trata de un envío de Sexto Julio César, gobernador romano de la provincia de Siria, que además es sobrino del dictador Cayo Julio César.

Ante un silencio expectante, Hircano va leyendo el texto en voz baja; con las primeras líneas palidece un poco, pero conforme se acerca al final su rictus se dulcifica, pues lo que lee está en consonancia con lo que le aconseja su valido Antípatro. Acabada la lectura, se levanta con pausa, preparando la revelación de la noticia trascendental que va a transmitir a la asamblea.

—Acabamos de escuchar los alegatos del fiscal y una intervención en defensa de Herodes. Esta carta, que acabo de recibir, contiene la opinión del gobernador romano de Siria, hombre de buen juicio y amigo de Israel. En ella, Sexto asevera que lo que ha hecho Herodes al reprimir a los bandidos de Galilea es conforme a las leyes y al derecho de la guerra, y no merece reproche alguno.

Hircano hace una pausa retórica y añade:

—Yo sostengo la misma opinión. El general se ha comportado como un soldado y ha cumplido con sus obligaciones como militar. Ha acabado con los bandidos que actuaban contra los comerciantes, ha asegurado los caminos y ha hecho justicia. Eso es precisamente lo que debemos ponderar en este tribunal y en esa dirección ha de ir nuestra sentencia.

—El sumo sacerdote tiene razón: ¡absolución! —se oye gritar.

—Las acciones militares contra Ezequías y su cuadrilla de bandidos se han hecho conforme a la Ley y cuentan con la aprobación de las autoridades romanas. Herodes no ha delinquido, por eso debe ser absuelto de todo cargo.

Hircano no hace alusión alguna a que Israel está bajo la tutela de la República romana; tenerlo bien en cuenta es lo pragmático y realista. Los que defienden un Israel independiente son visionarios idealistas que no mantienen los pies en el suelo. En verdad, son muchos los miembros del Sanedrín que tienen intereses comerciales y negocios que requieren de la paz y de la protección de Roma, aunque ello signifique que Israel no pueda ejercer su plena soberanía y que haya que admitir la tutela de los romanos.

Hircano continúa su parlamento fijando su mirada en los miembros más ricos del tribunal:

—¿Qué ganamos oponiéndonos a los hechos consumados? ¿Qué beneficio podemos obtener si condenamos a Herodes? Ninguno. Roma es demasiado fuerte para vencerla, demasiado grande para ignorarla y demasiado poderosa para no temerla. Nos guste o no, Roma es la garantía de seguridad, tanto hacia los rebeldes que desde el interior de Israel promueven conflictos que atentan contra nuestros intereses como el seguro de defensa contra los persas, que no dejan de amenazar desde el este con liquidar de un zarpazo la existencia misma de Israel.

—¡No!

Quien grita con todas sus fuerzas y alza su mano pidiendo la palabra es Samías, uno de los más notables fariseos, aceptado como un sabio por todos, incluso por los acérrimos saduceos. Su opinión siempre es tomada como válida y acertada, y goza de un gran predicamento entre el pueblo de Jerusalén, que lo considera un hombre sensato y justo. Decide intervenir al observar cómo algunos de sus colegas del Sanedrín parecen dudar de su primera intención de condenar severamente a Herodes.

—¿Qué tienes que decir, venerable? —Hircano le concede el uso de la palabra.

—Herodes, hijo de Antípatro, es culpable de múltiples asesinatos, de crueldad extrema y de exterminio de hermanos y compatriotas nuestros.

Samías, con el rostro encendido y gesto escandalizado, decide emplearse a fondo para aguijonear las conciencias de sus colegas y evitar que libren al general de toda culpa; extiende sus manos hacia Herodes, que sigue plantado en el centro de la sala, con los brazos en jarras, en posición desafiante, y continúa:

—Jamás, y corroboro lo dicho aquí, jamás —y son ya muchos los años que asisto a las sesiones de este tribunal— he visto a un acusado de delitos tan graves presentarse en esta sala de semejante guisa. ¡Miradlo, vestido con telas purpúreas y adornado con metales dorados, como un rey! ¿En verdad, nobles jueces, estáis dispuestos a dejaros intimidar por un hombre tan arrogante y soberbio? ¿Seréis capaces de absolver de tan graves crímenes a un hombre que tiene la desfachatez de presentarse ante vosotros engalanado de un modo ridículo, con esa actitud desafiante y con ese talante tan altivo? ¿Seréis capaces, honorables miembros de este Sanedrín, de ensuciar vuestras conciencias y ofender a vuestro buen nombre y a la memoria de vuestros mayores quebrantando la Ley para indultar a un criminal de esta calaña?

»Recordad, hermanos, las palabras del Señor nuestro Dios; recordad que su ira es como el fuego, como el martillo que parte la roca. El Altísimo se ofende cada momento del día con el malvado, pero también con los que permiten que el malvado se libre del castigo. ¿Acaso vais a consentir que esto ocurra? Recordad nuestras Sagradas Escrituras: si el malvado no se arrepiente y se convierte, el Señor arrojará toda su cólera sobre él. El Señor ya ha tensado su arco y lo tiene preparado para que se cumpla su justicia.

En el tribunal se palpa un silencio de cementerio, solo roto por la ruda voz del viejo Samías.

—Ahora sois vosotros, todos y cada uno de vosotros, quienes tenéis la responsabilidad de ejercer de brazo ejecutor de nuestro Dios. Él ha puesto en vuestras manos el arco de la justicia para que disparéis su flecha en la dirección correcta. Este hombre, soberbio y engreído como ningún otro, ha antepuesto sus intereses a la ley de Moisés y ha obrado con una extrema crueldad con nuestra gente, abusando de la autoridad que el etnarca Hircano, el sumo sacerdote, le confió. No podemos permitirlo, no debemos consentirlo; hemos de castigarlo con toda severidad, es nuestro deber y nuestro derecho.

»Si alguno de vosotros cae en la tentación y en el error de

absolver a Herodes, sabed que Dios es todopoderoso, más que nuestro etnarca, más que el gobernador de Siria, más que todos los legionarios de Roma. El Altísimo os está observando, y su justicia es implacable. Si obráis contra la Ley y liberáis al reo, caerá sobre vuestra conciencia la ignominia en esta vida y tras vuestra muerte seréis condenados por el Juez supremo a una eternidad de angustia y dolor. Este, a quien ahora queréis liberar en contra de la sagrada norma, algún día se revolverá contra vosotros y os castigará con la muerte; y tú, Hircano, y todos cuantos se opongan a la sagrada ley, también seréis condenados por los romanos.

Samías guarda silencio, pero permanece en pie, con la mirada puesta en Herodes, que deja entrever un rictus de sonrisa tranquila e irónica. Las paredes parecen reverberar las palabras que acaba de pronunciar el sabio fariseo, como un antiguo profeta de Israel salido de su tumba para reclamar el cumplimiento de la Ley.

Algunos murmullos comienzan a romper el oneroso silencio.

—Se dice que Samías tiene visiones y sueños, y que Dios le comunica su voluntad por esos medios —comenta uno de los jueces en voz baja.

Varios miembros del Sanedrín toman la palabra; la mayoría apuesta por la culpabilidad de Herodes. La intervención de Samías acaba por arrastrar a los indecisos.

Hircano se solivianta entonces. Ve de nuevo con preocupación que el dictamen de un veredicto de culpabilidad es posible y que el hijo de su consejero principal puede ser condenado a muerte.

Varios jueces demandan a voz en cuello que se proceda inmediatamente a la votación.

—¡Silencio! —ordena Hircano—. Dada la manifiesta división que existe en este tribunal, considero que es preciso darnos más tiempo para reflexionar y dictaminar este caso con justicia. Se suspende la sesión hasta mañana. Continuaremos a la salida del sol y entonces dictaremos sentencia.

El sumo sacerdote necesita ganar tiempo. Se da cuenta de que si se procede a la votación en ese momento, los partidarios de declarar culpable a Herodes pueden ser mayoría. En ese caso, la condena a muerte es inevitable, y el gobernador de Siria respondería entonces con contundencia enviando legionarios a Judea como escarmiento.

Entre tanto, el general sigue manteniendo una tranquilidad asombrosa. No dice una sola palabra durante las últimas peroratas, no muestra un solo gesto de inquietud ni de miedo ni de duda. Se siente seguro porque sabe que cuenta con la confianza de Sexto Julio César, es decir, de Roma, y de la fidelidad de los hombres de su ejército, que ocupan posiciones estratégicas en la explanada del Templo y están apostados a las puertas de Jerusalén. Bien equipados y dispuestos a defender a su jefe sin la menor vacilación fueron capaces tanto de matar inmisericordemente a los bandidos galileos, como de liquidar sin piedad a los que en Jerusalén atenten contra su general, sean miembros del Sanedrín o simples ciudadanos.

Varios jueces comienzan a acongojarse ante las palabras de Hircano y se inquietan también por el aire de aplomo y firmeza que refleja el rostro de Herodes, sus ojos glaciales y su mirada desafiante. A pesar de ello, otros insisten en que el aplazamiento es improcedente, y advierten al sumo sacerdote de que está incumpliendo la Ley.

Hircano mira a los díscolos con cierto desdén y ordena que se disuelva la asamblea y se marchen a reflexionar a sus casas. Los más enfervorecidos se resisten a abandonar la sala. Herodes hace un gesto apremiante a uno de sus comandantes, asomado a la puerta del Sanedrín. De inmediato, con las espadas desenvainadas, dos decenas de soldados irrumpen en la asamblea, rodean a Herodes y lo escoltan hasta el exterior. Algunos jueces profieren amenazas, pero el general los ignora como a insignificantes insectos.

—Esos necios chillones desconocen el suelo que pisan —se dirige Herodes en el atrio a su guardia personal—. Esta mascarada de tribunal nunca debió convocarse. Me quieren condenar a mí..., a mí que he salvado sus haciendas, sus fortunas y quién sabe si incluso sus vidas. Hemos hecho lo que debíamos. Además, si nosotros no hubiéramos acabado con esos ladrones galileos, lo habrían hecho los romanos, solo que ahora serían las sandalias de las legiones las que pisarían este sagrado pavimento. Vámonos de aquí antes de que me arrepienta y degüelle a todo ese hatajo de estúpidos.

Tras la convulsa reunión del Sanedrín, Hircano regresa a su palacio y ordena a su secretario que convoque a Herodes y a Antípatro con toda premura.

—Herodes, debes marcharte de Jerusalén. ¡Enseguida! —le dice Hircano, que juega nervioso con sus anillos de oro.

—Eso supondría aceptar mi culpabilidad.

—Hircano tiene razón, hijo —interviene Antípatro.

—¿Y ceder ante esa gentuza? ¡No, de ninguna manera! —se planta Herodes con orgullo—. He traído conmigo mil hombres, suficientes para arrasar toda la ciudad de Jerusalén.

—Dentro de unas horas, con el alba, se reanudará la sesión del tribunal que acabamos de aplazar, y te seguro que lo que se vote mañana no te será en nada favorable —dice Hircano.

—Lucharé.

—¿Y qué harás?, ¿provocar una matanza?, ¿llenar de sangre las calles de Jerusalén?, ¿quemar las casas de los jueces?, ¿profanar el Templo? ¿Acaso quieres que tu nombre sea maldito durante generaciones en la tierra de Israel por todos los judíos?

—Haz caso, hijo. Los judíos están en tu contra.

—He salvado sus haciendas y he dado seguridad a sus caminos limpiándolos de una sarta de ladrones; ¿así me lo agradecen?; ¿qué más quieren de mí?

—No eres uno de ellos —interviene decididamente Antípatro—. Tú eres mitad idumeo, por mi sangre, y mitad árabe nabateo por la de tu madre. No formas parte del pueblo elegido.

—Esa es una razón convincente —tercia Hircano—. Como sumo sacerdote del Templo y etnarca de Judea, te aseguro que los miembros del Sanedrín no tendrán en cuenta lo que has hecho, sino lo que creen que les conviene. Escucha: esos setenta hombres forman el tribunal supremo de Israel; no consentirán que un extranjero, y a ti te consideran así, quede impune y se lleve la gloria tras haber matado a muchos de los suyos.

—Eran bandidos; tú me enviaste a acabar con esa maldita plaga de ratas.

—Lo eran, sí, pero si se tuercen las cosas, la política requiere de algunas cesiones, como dar un paso atrás para no perderlo todo y tomar renovado impulso para avanzar unos pasos.

—¿Te retirarás? —le pregunta Antípatro.

Herodes mira alternativamente al etnarca y a su padre, y entiende que no le queda otra salida.

—Me iré esta misma noche —acepta al fin de mala gana.

—Sabia decisión.

—¡Pero volveré!

Herodes, pese a su sangre caliente que lo reconcome por dentro y al deseo de imponerse al Sanedrín, opta por tragarse su orgullo y seguir el consejo de Hircano y de Antípatro, pero en su cabeza bulle, como el agua hirviendo en una olla, la idea de vengarse de tamaña humillación, y jura en su interior que regresará a Jerusalén y someterá a los jueces a su voluntad, cueste lo que cueste.

Herodes se prepara para salir de Jerusalén. Envía mensajes a los comandantes de los destacamentos de su ejército que aguardan a las puertas de la ciudad para que se retiren en modo ordenado y con la mayor discreción posible, aprovechando la caída de la tarde y las primeras sombras de la noche.

—¿Dónde vas a ir? —pregunta Antípatro a su hijo.

—Tomaré el camino de Damasco. Voy a presentarme ante Sexto César, al cual debo fidelidad por la protección y la confianza que me ha dado —responde Herodes mientras se ajusta la coraza.

—Si a la vista de todos te entregas a los brazos de Roma, olvídate para siempre de regresar a Israel.

—Me he jurado a mí mismo que volveré, pero no para hacerlo ante el tribunal, sino para tomar cumplida venganza. He pedido que me hagan una lista de los jueces que quieren mi ejecución, y en cuanto la tenga, te aseguro, padre, que ninguno de ellos dormirá ni un solo día tranquilo durante el resto de su vida, que no auguro demasiado larga.

—Deja que te ayude.

Antípatro ata las correas de la coraza de su hijo.

—Hircano también estará en esa lista —sentencia Herodes.

—El etnarca te ha defendido...

—Es un hipócrita. Ha permanecido callado durante toda la sesión de esta mañana y apenas se ha esforzado en defenderme. Es un cobarde que solo pretende mantenerse al frente del gobierno de Judea un día más.

—Pero...

—Como sumo sacerdote, ha permitido que se celebre un juicio injusto y que el Sanedrín me acuse de perpetrar crímenes en Galilea, cuando fue él, y tú eres testigo privilegiado, quien me dio instrucciones para que actuase con toda la energía posible contra esos bandidos. Si algo se hizo mal en todo este asunto, que no creo, el único culpable sería él, que tiene la máxima autoridad. Su cobardía es tan grande como su traición. No voy a dejar impune su felonía. Pagará por ello.

Padre e hijo se funden en un fuerte abrazo.

Herodes monta a caballo y escoltado por su guardia personal sale de Jerusalén por la puerta de Damasco, también llamada del Ángulo, donde lo aguarda el último destacamento.

Un hombre enjuto, de rostro escuálido y aguzado como de ave rapaz, interrumpe la retirada de las tropas.

—¡General!

Dos soldados desenvainan las espadas.

—¡Alto! Dejad que se acerque —ordena Herodes.

Los soldados bajan la guardia de inmediato. El hombre, que viste una túnica raída, no parece representar amenaza alguna.

—Por tu aspecto —dice Herodes forzando la vista para observar a aquel hombre, pues la noche está cayendo deprisa sobre las colinas que rodean la ciudad— deduzco que eres un esenio.

—¿Permites que me acerque a ti? Voy desarmado.

El esenio muestra sus brazos abiertos. Herodes asiente con la cabeza, pero uno de los soldados lo cachea para comprobar que no lleva algún puñal oculto bajo la túnica.

—¿Qué quieres?

El hombre se acerca hasta la altura de Herodes, que lo mira desde lo alto de su caballo. Estira el brazo y toca el pie del general. Tras unos instantes en silencio, alza la cabeza al cielo donde comienzan a brillar las primeras estrellas.

Los soldados se miran confusos, prestos a liquidarlo allí mismo, pero Herodes levanta la mano y los frena.

—Sí, dices bien, soy un esenio. He estado esperando a que salieras de la ciudad para decirte que he tenido una revelación, y al tocarte lo he ratificado. Permanece fiel como buen siervo de Dios, camina por los senderos de la verdadera fe y de la justicia y cumple la Ley, porque el Señor todopoderoso te ha elegido para que seas el pastor que guíe su rebaño. Herodes, hijo de Antípatro, yo te auguro que un día no muy lejano serás ungido. Tus cabellos recibirán el sagrado óleo de Samuel, serás proclamado soberano de Israel, gobernarás sobre su pueblo y reinarás en Jerusalén.

Sin mediar otra palabra, aquel tipo tan extraño, desaliñado y austero como un profeta antiguo, da media vuelta y se aleja sin que nadie ose detenerlo.

El estratego se queda estupefacto tras escuchar la profecía.

—¿Quiénes son los esenios? —pregunta un soldado de origen griego reclutado en Galilea como guardia de Herodes.

—Una pandilla de locos, miembros de una secta religiosa, una más de las varias que pululan por Judea.

Herodes se detiene, pero finalmente decide explicar algo más al ignorante soldado griego que le ha preguntado.

—Algunos de sus miembros viven retirados en el desierto, haciendo vida en común y observando de manera estricta la ley de Moisés; otros huyen de los lugares poblados y habitan en cuevas y abrigos, aislados y en estricta soledad; y aún hay un tercer tipo de estos orates que viven en las afueras de ciudades y pueblos, agrupados en casas comunales en las que comparten todos los bienes y propiedades. A lo que parece, este chiflado debe de ser uno de esos. Los tres grupos dedican todo el tiempo a rezar, a leer libros sagrados y a prepararse para el final de los tiempos, pues están convencidos de que el fin del mundo va a ocurrir muy pronto.

—Quizá mañana —ironiza otro soldado, un judío de la villa de Emaús.

—Todos son muy piadosos, y se dice que algunos incluso poseen la facultad de predecir el futuro porque reciben directamente la revelación divina.

El esenio se aleja una veintena de pasos hacia la puerta de Damasco.

—¿Lo detenemos? —pregunta el soldado griego.

—No. Dejadlo marchar —reacciona Herodes.

La profecía del esenio lo inquieta. ¿Se trata de un auspicio verdadero? ¿Es una burla ideada por un individuo que no pretende otra cosa que mofarse de él, tal vez enviado por el propio Hircano, o por alguno de los jueces del Sanedrín?

Da la orden de seguir adelante, hacia la oscuridad de la noche por el camino de Siria. Gira la cabeza y echa un último vistazo a Jerusalén. Las murallas se recortan sobre un cielo morado en el que comienzan a destacar con nitidez las estrellas más rutilantes. Atrás queda la ciudad de sus sueños, donde se acumulan tantos recuerdos de su infancia y juventud, los juegos con sus amigos, las enseñanzas de sus preceptores y los primeros encuentros amorosos con las criadas de palacio.

Vuelve la cabeza al frente, cierra los ojos y se imagina un día entrando por esa puerta de Damasco, vestido de púrpura y oro, como rey de los judíos, aclamado entre palmas y ramos de olivo por el pueblo de Jerusalén.

2

La venganza

El palacio de Sexto Julio César en Damasco parece un hormiguero; decenas de secretarios, escribas, oficiales del ejército, guardias y criados pululan de un lado a otro.

Hace dos días de la llegada de Herodes, al que el gobernador recibe con efusividad y contento.

—Me alegra mucho tenerte aquí, a mi lado, incluso en estas... circunstancias.

El romano abraza al idumeo con sincero afecto.

—Debí estrangular con mis propias manos a ese inútil que Roma colocó en el trono de Jerusalén como etnarca.

—Cierto. No ha estado bien, pero mira el lado positivo.

—¿Positivo? ¿Qué tiene de positivo que Hircano me llevara ante el tribunal y me humillara ante esa banda de cegatos e imbéciles egoístas?

Hace ya algunos días de su huida nocturna de Jerusalén, pero sigue indignado. Se siente humillado y ofendido, y desea vengarse de la afrenta.

—Has descubierto por ti mismo que Hircano no es de fiar en absoluto.

—Es un cobarde. Sin la ayuda de mi padre no sería nadie.

—Sin duda.

—Hircano es un muñeco en manos de esos charlatanes del Sanedrín, los intransigentes sacerdotes, los saduceos ricos y los fanáticos fariseos. Son una peste, que conviene erradicar cuanto antes.

—Pero son nuestros aliados. A Roma le conviene mantener a Hircano como sumo sacerdote y jefe político, por el momento.

—Roma eres tú. ¿Cuánto tiempo vas a mantener a ese inepto como soberano de Judea?

—Si por mí fuera, iría ahora mismo a Jerusalén al frente de una legión y lo levantaría de su trono. De inmediato te sentaría a ti en su lugar; pero no puedo hacer nada mientras mi tío Julio no me dé una orden concreta. Vencido ya Pompeyo, el Senado lo ha nombrado dictador perpetuo. Tiene en su mano todo el poder de la República.

—¿Crees que se proclamará rey de Roma?

—Ojalá así sea. La guerra civil ha sido un duro golpe, pero Roma ha sabido salir más fuerte de este reto. Pero dejemos estas cuestiones de política por ahora, ya habrá tiempo para hablar de ello. Debes descansar unos días. Plantearemos tu futuro más adelante. He ordenado que te preparen un aposento en mi palacio, y una sorpresa.

—¿De qué se trata? —se interesa Herodes.

—Mañana, mañana..., no seas impaciente.

Esa noche Herodes apenas puede dormir. Cumplidos los veinticinco años, está en la cumbre de su fuerza y de su virilidad, pero sigue soltero, lo que no es propio de alguien que aspira a fundar un gran linaje.

Renuncia a que una esclava lo conforte esa noche y no cesa de dar vueltas en su cabeza a lo ocurrido en Jerusalén. De vez en cuando se levanta del lecho y repasa en su mente los recuerdos que se amontonan de los días pasados. En vez de recibirlo como un héroe, lo juzgan como el peor de los asesinos. Siente tal acceso de cólera que se pregunta: «¿Y si me pongo al frente de mis hombres, vuelvo a Judea y liquido a los que me han humillado?».

Rechaza la idea. «Mas..., ¿por qué he huido en plena noche como un perro apaleado?». El estratego se considera a sí mismo como el mejor hombre de Israel. Si Hircano, tan flojo y enteco, mantiene todavía el trono, es por él y por su padre, Antípatro. A él le debe la derrota de Aristóbulo, su medio hermano y que no sea etnarca en su lugar, pese a ser más fuerte y más decidido.

Hircano es un donnadie. ¡Maldita sea! Hircano debe a Antípatro todo cuanto es, todo cuanto posee, su poder, su reino, su trono, su palacio, su fortuna... ¿Cómo se atreve un pelele a convocar un juicio contra el hijo de quien lo mantiene en el trono? ¡Miserable rata!

Un aluvión de preguntas inunda la cabeza de Herodes con una barahúnda de pensamientos contradictorios. ¿Quién preparó el cerco de Jerusalén, ocupado por Aristóbulo, para que ganara Hircano la ciudad? Antípatro. ¿Quién convenció a los romanos para que abandonaran al usurpador Aristóbulo y apoyaran a Hircano?: Antípatro.

¿Y cómo paga a quien tanto hace por él? ¡Llevando a su hijo, a Herodes, ante un tribunal para que lo condene a muerte! Tal comportamiento es propio de un traidor o de un cobarde.

Las primeras luces del alba rosada de Damasco sorprenden a Herodes dando largas zancadas de pared a pared en su aposento, como una pantera enjaulada.

«Algunos hombres han nacido para ser esclavos, tal es su condición natural, pero otros están en la tierra para gobernarlos. La Fortuna está de mi parte. Yo soy Herodes, hijo de Antípatro y de Cipro», masculla para sí.

Aprieta los puños y entonces le viene a la mente la profecía del esenio junto a la puerta de Damasco en Jerusalén. Sí, eso es: «Rey de los judíos, rey de los judíos, rey de los judíos», repite masticando cada letra de cada palabra.

«Yo, Herodes, les daré a todos esos jueces lo que merecen; les demostraré que son incapaces de ver más allá de la punta de sus narices. Mezquinos, miserables».

Los primeros rayos de sol despuntan en el horizonte y bañan de oro la ladera del monte Casio, donde algunos dicen que está la cueva donde se guardan los tesoros de Adán y Eva. Recuerda entonces que su padre lo elige a él, y no a su hermano mayor José, como gobernador de Galilea. Se anima por ello y vuelve a sentir el mayor desprecio por los jueces del Sanedrín, sin valor, sin honorabilidad.

«Vamos a ver quién ríe el último y quién dicta la sentencia final».

Su mente comienza a planear la venganza, sin ceder al desaliento momentáneo, sin dejarse superar por la decepción.

«Un día la corona de Israel se posará sobre mi cabeza, como ha profetizado el esenio a la puerta de Jerusalén; un día esos babosos decrépitos se postrarán ante mí, de rodillas, y suplicarán clemencia para que no les arrebate sus vidas; un día, un día, un día...».

El sopor se apodera de Herodes, que se deja caer sobre la cama hasta quedar profundamente dormido, mientras el sol sigue ascendiendo en el luminoso cielo de Damasco.

—Señor, el gobernador reclama tu presencia —le avisa un criado, que lo despierta a la vez que le ofrece una bandeja con comida y una copa de vino especiado y endulzado con miel.

—¿Cuánto tiempo he dormido? —pregunta el estratego.

—Casi un día entero.

Sin tomar apenas alimento, se viste y acude ante Sexto César, que lo espera un tanto impaciente.

—Llegué a pensar que no despertarías nunca —le dice.

—Me costó varias horas conciliar el sueño; en mi cabeza borboteaba la repulsa contra la inquina con la que se ensañaron algunos jueces del Sanedrín. Estaba rabioso y ardía en deseos... ¡ayer mismo!... de agarrarlos por el cuello y estrangularlos con mis propias manos.

—Ya tendrás tiempo para eso. La venganza será más dulce precisamente por la tardanza en saborearla.

—Espero que llegue ese momento.

—Sabes bien que te tengo en gran afecto y estima, y así se lo he transmitido hace tiempo en cartas enviadas a mi tío Cayo. Tiene grandes planes para Oriente, y desea que tú formes parte de ellos. Todavía eres joven, pero ya has demostrado mucha entereza y determinación, justo lo que Roma espera de sus hombres. Antes de la cuestión de los bandidos se habían valorado tu clarividencia y tu energía para resolver con contundencia los problemas en Galilea. Y ahora se te valorará aún más.

—Me halaga lo que dices, pero en realidad no he hecho otra cosa que seguir los consejos de mi padre cuando fui investido con el poder militar y el gobierno de Galilea, y comencé a planear cómo acabar con los bandidos que desestabilizaban la zona.

Herodes capta con facilidad lo que quiere decir el gobernador de Siria: los romanos son los verdaderos dueños de la región, y si se pone a su servicio, recompensan con honores, poder y riqueza. Roma no paga a traidores, pero sabe retribuir generosamente a quienes la sirven con lealtad. Herodes no tiene el menor escrúpulo en servir a Roma. Desea alcanzar gloria, fortuna y honor, poseer la luna y las estrellas, si posible fuere, y sabe que solo puede conseguirlo obedeciendo a la diosa Necesidad, es decir, sirviendo a los romanos, aunque para ello tenga que oponerse a un puñado de irreductibles judíos que caminan contra la historia convencidos de ser el centro del mundo.

—Querido amigo, si colaboras con nosotros, te auguro un futuro esplendoroso. Un hombre con tus cualidades es precisamente lo que necesitamos para cumplir los objetivos que mi tío nos ha marcado en Oriente. —Sexto le hace un guiño cómplice y sirve él mismo a Herodes una copa—. Saborea bien este vino. Lo acabo de recibir de Italia. Se elabora en la Campania, con uvas de cepas cultivadas en las laderas del monte Falerno. No hay ninguno igual en el mundo. De haberlo conocido, hasta los dioses del Olimpo lo hubieran preferido a la ambrosía.

Herodes da un largo trago.

—Dulce... y fuerte.

—Sí, es poderoso, como los hombres que lo beben. ¿Sabes que este fue el vino que se sirvió en el banquete con el que homenajearon en Roma a mi tío Cayo cuando regresó victorioso de sus campañas en Hispania? Es el vino de los héroes; saboréalo despacio, a sorbos cortos y espaciados, como los besos de la más hermosa de las hetairas.

—Excelente —dice Herodes tras un segundo trago, más corto, que ahora paladea con mayor deleite.

—Acabo de leer los informes que mis agentes en Galilea han remitido sobre tu actuación en esa región. —Sexto coge de la mesa unos papiros que hojea con estudiada pausa—. Todos destacan tu trabajo: ni un solo soldado se ha movido sin tener en cuenta tus órdenes; todos los tributos se han cobrado en tiempo y cuantía; y has puesto fin a las fechorías de ese bandido... ¿Cómo demonios se llamaba?

—Ezequías —precisa Herodes.

—Ezequías, sí, y sus secuaces. Eficacia, contundencia, *auctoritas*. No me cabe duda de que estás tocado por la mano de los dioses, incluso por ese tan extraño al que solo adoran los judíos, que no tiene forma ni imagen ni altares ni nombre.

—Yahvé; pero su nombre no puede pronunciarse, según ellos.

—Yahvé, Jehová, Zeus, Júpiter o Alá, como lo llaman los nabateos, ¿qué más da? A Roma no le importan los nombres de los dioses, sino los hechos de los hombres, y tú has demostrado con tus acciones que podemos confiar en ti. Veo que has sabido emplear muy bien el oro que te envié.

—Todas esas cualidades que me atribuyes no son estimadas por el Sanedrín.

—Esos cretinos no saben valorar las virtudes que cuentan. No te preocupes, Roma sí desea hacerlo. He comunicado a Julio César que tú debes ser la mano ejecutora de la política de Roma en Israel. ¿Aceptarías una propuesta en esta línea?

—Te escucho atentamente.

—Aquí tengo —Sexto coge un par de pergaminos— unas cartas que me envió Antípatro hace unas semanas. En ellas, tu padre me pone al corriente de lo que había que hacer en Galilea. Lo has ejecutado a la perfección.

—Cumplí con mi deber.

—Por eso quiero que sigas colaborando conmigo, con Roma. He pensado... —el gobernador de Siria hace un receso para dar un trago a su copa de falerno— en nombrarte general del ejército acuartelado en la parte sur de mi provincia de Siria, la Celesiria. Y en extensión desde el Éufrates hasta la ciudad de Samaria, incluida. Mayor confianza en ti no cabe. Tendrás el control de la frontera con los partos y del límite norte de Israel. Mandarás varias cohortes de la legión XII Fulminata, una de nuestras mejores unidades; algunos de sus hombres son veteranos que lucharon hace dos años en Farsalia a las órdenes de mi tío, donde vencieron a las legiones de Pompeyo. No creo que se le haya otorgado jamás semejante honor a alguien que no sea romano. ¿Qué dices?

Herodes da un sorbo de su copa; lo hace para ganar unos instantes mientras piensa en la oferta que le acaba de hacer el gobernador de Siria.

—Acepto tu propuesta con gusto y honor.

—Pues no se hable más. Bueno…, solo una cosa… privada.

—Dime.

—Algún día tendrás que casarte.

—¿Por qué te preocupa esa nimiedad? De cualquier modo, mi padre está preparando mi boda.

—¿Con una judía?

—No.

—Mejor, pero aunque hagas caso a tu padre, no dejes de consultar conmigo cualquier asunto que se te presente; y no solo cuestiones políticas que competan al gobierno de Celesiria, sino incluso quién va a ser la madre legal de tus hijos… También eso nos importa. Y basta de palabras. Ve raudo a tomar el mando que te he encomendado; cumple con Roma, y Roma cumplirá contigo.

Herodes se siente reconfortado y su corazón se calma. La concesión del mando de un ejército y de toda una prefectura de la provincia romana de Siria lo ensalza a los ojos de los judíos que tratan de ofenderlo. Se alegra de que haya alguien capaz de valorar sus cualidades y de que ese no sea otro que un hombre tan poderoso como el sobrino de César, el primer hombre de Roma. Si rema a favor del viento, sabe que va a navegar lejos.

Herodes saluda a Sexto al estilo romano y se despide de su protector. Al atravesar el patio del palacio del gobernador observa a los legionarios que hacen guardia, veteranos curtidos en cien batallas, algunos de los cuales ya están a sus órdenes.

De camino hacia el acuartelamiento de las tropas reflexiona sobre los giros de la vida: hace dos meses era el estratego de un pequeño ejército que imponía el orden en Galilea; hace menos de dos semanas comparecía ante un tribunal en Jerusalén que a punto estuvo de condenarlo a muerte, y hoy es general de una sección de la legión XII Fulminata y gobernador de una prefectura de Roma. ¿Qué más le puede deparar la Fortuna? ¿El mando completo de una legión?; ¿la gloria en el campo de batalla contra los partos?; ¿el gobierno de toda una provincia?; ¿saborear la venganza prometida a sí mismo?; o... ¿el trono de Israel tal cual le augura la profecía del esenio?

Las tropas que Sexto pone bajo las órdenes de Herodes son formidables. Desplegadas en el sur de la provincia de Siria, constituyen una garantía de pleno dominio sobre el norte de Israel. Cuando él quiera. Ahora, basta una orden suya para vengarse de los jueces del Sanedrín.

Hace días que no piensa en otra cosa que en darles un buen escarmiento, e incluye en ello a Hircano, quien se esconde como un conejo en su madriguera, incapaz de asumir su responsabilidad.

Con el pretexto de realizar maniobras de entrenamiento con sus legionarios, Herodes ordena a las tropas que se preparen para emprender una marcha hasta Samaria, el punto más al sur de su jurisdicción militar. De Samaria a Jerusalén apenas hay tres o cuatro jornadas de marcha, de manera que cuando sepan los del Sanedrín que él está tan cerca con su ejército van a sufrir una terrible angustia. Y eso es lo que pretende: atemorizarlos, hacerles saber que en cuanto se lo proponga, puede entrar en Jerusalén sin oposición alguna, porque las águilas romanas están de su parte. Espera reírse cuando les castañeteen los dientes y tiemblen de miedo los sacerdotes, los saduceos, los fariseos y el mismo etnarca Hircano, todos los que pretendieron acabar con él. Ahora van a comprobar quién es el verdadero amo de Israel. ¡Qué dulce es la mera idea de la venganza!

El ejército se pone en marcha hacia Samaria; para esos legionarios, caminar treinta millas diarias no supone ningún esfuerzo extraordinario.

En su palacio de Jerusalén, Hircano recibe el aviso de que Herodes avanza hacia el sur al frente de varias cohortes de la XII Fulminata. El etnarca palidece. A pesar de que oficialmente el objetivo es hacer una demostración en Samaria, no le cabe duda de que Herodes pretende vengar lo ocurrido en el tribunal hace unas semanas.

—Tu hijo viene hacia aquí —dice Hircano, visiblemente nervioso, a Antípatro—. Anunció que su destino era Samaria, pero antes de llegar a esa ciudad ha dado orden a sus tropas de seguir más hacia el sur. Mañana, quizá esta misma tarde, estará muy cerca de estos muros.

—Mi hijo no tiene ninguna jurisdicción sobre Judea —alega Antípatro.

—¿Acaso le importa eso a tu impetuoso retoño?

En ese momento un secretario entra presuroso en la estancia donde Hircano despacha los asuntos más urgentes de gobierno con su consejero principal; también está presente Fasael, el hijo mayor de Antípatro y hermano de Herodes, que ejerce el cargo de gobernador de la ciudad de Jerusalén.

—Señor, el ejército romano está a unas diez millas de aquí; su vanguardia ha tomado ya posiciones en las colinas del norte.

Hircano le indica al secretario que se retire. Aprieta los dientes. Sabe que su antiguo estratego manda un contingente de al menos cuatro cohortes, unos dos mil hombres, más que suficientes para someter a Jerusalén si se lo propone.

—¿Qué piensas hacer? —le pregunta Antípatro.

—Tu hijo es un lobo ávido de sangre, de mi sangre. Nos matará a todos, ¡a todos!

Hircano tiembla de pavor al imaginar lo que es capaz de hacer Herodes si entra en Jerusalén y lo atrapa. Sabe, porque lo conoce bien, que no le tiembla el pulso si se trata de ejecutar a un enemigo, e Hircano lo es, quizá su mayor rival de momento.

—Permíteme que vaya a entrevistarme con mi hijo —dice Antípatro—. Estoy seguro de que puedo conseguir que se retire sin causar daño ni a la ciudad ni a sus habitantes. Herodes es impetuoso y está lleno de ira y de deseos de venganza, pero soy su padre y sabré cómo convencerlo para que vuelva a Celesiria.

—Soy de la misma opinión que mi padre —tercia Fasael, hasta ese momento callado—. Si te parece, padre, y tú, etnarca, lo apruebas, iré yo a hablar con mi hermano para convencerlo de que dé media vuelta y se retire.

—¿Y qué vas a decirle para que regrese por donde ha venido? —pregunta un tembloroso Hircano.

—Que mi padre y yo no tendremos más remedio que luchar contra él si ataca Jerusalén. Mi hermano es un militar, y sabe que cumpliremos con nuestro deber, que no es otro que defender esta ciudad de cualquier amenaza, y en estos momentos la gran amenaza es él. Conozco a mi hermano menor; creo que entrará en razón y se retirará al sur de Siria sin luchar.

—Mi hijo ha hablado con buen juicio —afirma Antípatro.

—¿Estás seguro de que te hará caso y se retirará con sus tropas?

—Iremos los dos —dice Antípatro—. Si nos ve juntos, a su padre y su hermano, sosteniendo el mismo criterio, cederá con mayor facilidad.

—Está bien. Id los dos y persuadid a esa fiera para que se retire.

Hircano tiembla como un conejo acosado por un zorro. Su rostro denota un terror imposible de disimular.

Padre e hijo salen de palacio para ir al encuentro de Herodes, en tanto Hircano sube a la torre de la fortaleza para atisbar el horizonte septentrional, donde deben de estar las cohortes legionarias preparadas para un posible asalto a la ciudad.

Todo Jerusalén es sabedor de lo que se avecina. Los miembros del Sanedrín se reúnen en pequeños grupos afines; los sacerdotes, los saduceos y los fariseos debaten, cada uno por su cuenta, qué hacer si los legionarios reciben la orden de atacar. La mayoría no tiene duda: Herodes no quiere otra cosa que matarlos a todos, a los setenta jueces del tribunal y a Hircano, sumo sacerdote y etnarca. La ciudad y su población nada le importan.

Algunos añaden a sus temores que los romanos también arden en deseos de dar un escarmiento a los judíos..., sobre todo al Sanedrín, que no solo es su principal institución sino que es manifiestamente contrario a la política de Roma respecto a Israel.

El terror ante un posible ataque inminente hace que cunda el desánimo e incluso la desesperación entre los hierosolimitanos. No son pocos los que acuden a la explanada del Templo a rezar, a lamentarse por lo que puede suceder y a rogar a Dios que los salve de la amenaza de exterminio que pende sobre sus cabezas. No faltan quienes auguran que la degollina está a punto de desencadenarse. Claman al cielo lamentando que Yahvé olvide a su pueblo elegido, le ruegan perdón y misericordia a la vez que prometen enmendarse y hacer penitencia por sus pecados, como en tantas ocasiones anteriores.

Acompañados por una mínima escolta, Antípatro y Fasael salen de la fortificada Jerusalén y se dirigen al campamento donde Herodes ha plantado el estandarte del águila con un entorchado de laurel y el rayo que identifica y da nombre a la duodécima legión.

Tras darse a conocer a la guardia, no tienen dificultad alguna en acercarse al cuartel general. Pero padre e hijo tienen que esperar unos instantes a que Herodes salga de la tienda, ubicada sobre una colina en un claro en medio de un bosquecillo de olivos.

El estratego abre los brazos, como señal de que acoge a sus parientes más cercanos en son de paz. Pese al gesto distendido en el rostro de Herodes, los saludos que se cruzan son parcos y nada efusivos, sin mediar al principio una sola palabra.

Tal como acuerda con su padre antes de salir de Jerusalén, el primero en hablar es Fasael:

—Hermano, sabes bien que padre y yo te queremos y reconocemos tu valor y tus méritos. También somos conscientes del oprobio que Hircano y la mayoría de los jueces del Sanedrín te han causado, y que merecen no solo tu desdén, sino también tu venganza. Nadie mejor que nosotros, que somos carne de tu carne, para comprender lo que sientes. Tú tienes el valor y la fuerza de un león, e Hircano no es sino un cobarde cabritillo atribulado, que te envidia y te teme; pero debes entender, querido hermano, que no todos los corazones atesoran tu coraje, tu honra y tu arrojo.

»Hircano se portó mal al convocar el tribunal para juzgarte por hechos de los que él era el principal causante, pero ten en cuenta que se vio obligado a reunir al Sanedrín porque la gente se lo demandaba en la calle. La población de Jerusalén, aleccionada por agentes a sueldo de los dirigentes saduceos y fariseos, andaba soliviantada y exigía que se celebrara el juicio. Pese a ello, considera que Hircano también es víctima de sus decisiones y que suspendió la sesión del tribunal antes de que emitiera contra ti una condena de muerte, que parecía inevitable tal como se estaba desarrollando el juicio. Esa estratagema supuso ganar el tiempo necesario para que pudieras salir de la ciudad, librarte de la cárcel y de algo mucho peor. No soy su abogado ni su defensor, pero Hircano no ha tramado ninguna encerrona contra ti ni te ha traicionado; tampoco ha sido cruel ni ha buscado tu condena.

Herodes mira a su hermano y luego a su padre sin siquiera mover un músculo de la cara ni realizar un gesto de reproche o de aceptación. Parece una antigua estatua egipcia.

—Hijo —interviene Antípatro—, yo sé bien que lo que sucedió antes y durante el juicio fue una maniobra de los enemigos que tenemos en Jerusalén, que son muchos y muy poderosos. Se trata de esos fanáticos religiosos para los que ya llegará el tiempo de darles su merecido. Pero por ahora, te ruego que detengas, o al menos aplaces, tu justa ira.

—Hermano, si ahora atacas Jerusalén con las cohortes a tu mando, desatarás todos los males, como una nueva tinaja de Pandora. Los judíos lo considerarán una afrenta a su libertad y a Dios, y responderán con la guerra en todo Israel. En ese caso, tu padre y yo estaremos comprometidos y tendremos que optar por nuestra fidelidad a Hircano o a nuestra sangre. No nos pongas en semejante brete, te lo ruego. No nos obligues a elegir entre el deber político y el amor paterno y filial.

Fasael habla con sensatez. Luego toma Antípatro la palabra:

—Repito que esos engreídos merecen que caiga sobre ellos toda tu cólera, pero deja tu sed de venganza para más adelante; tendrás tiempo sobrado para satisfacerla, y entonces será mucho más dulce.

»Regresa a Siria. La paciencia es una de las principales virtudes, si no la mayor, de un gobernante. Sé, pues, paciente y siéntete complacido con haber mostrado tus colmillos a esos cretinos. Tu madre me ha dicho esta misma mañana que ella también desea que te retires sin librar batalla. No quiere ver cómo se derrama sangre a las puertas de Jerusalén, y menos aún que sea su propio hijo quien provoque una matanza.

»Ya no nos necesitas ni a tu hermano ni a mí. Eres demasiado fuerte y sabes obrar por ti mismo, pero escucha nuestras razones y atiende nuestros consejos, que solo van en tu beneficio.

Tras la intervención de Antípatro se hace un silencio intenso. Los vínculos familiares son muy importantes para los tres, y aunque Herodes sigue indignado por lo que hacen los jueces, habla al fin después de unos largos momentos de reflexión:

—Bien a mi pesar, atenderé a vuestro alegato. Ordenaré a las tropas que avancen cerca de los muros. Pero me retiraré al norte esta misma noche. Sin embargo, nada me impedirá que más temprano que tarde arregle cuentas con esas gentes, incluido Hircano.

Antípatro y Fasael saben bien que Herodes no habla en vano y que su amenaza no es una baladronada. Un terrible castigo se cierne sobre los jueces.

El general da media vuelta y se mete en su tienda sin despedirse de su padre y de su hermano. Se traga su orgullo, pero aumenta su deseo de venganza a la vez que masculla para sí: «No dormirán tranquilos; los jueces del Sanedrín sentirán cada día el aliento de la Parca sobre su nuca».

Desde lo alto de los muros de Jerusalén, Hircano y los dirigentes del Sanedrín respiran aliviados cuando ven que las tropas de Herodes se alejan finalmente por el camino de Samaria; pero no sonríen, porque saben que una cruel calamidad los acecha inmisericorde.

Siguen los malos y agitados tiempos para la República.

La victoria de Julio César sobre Pompeyo Magno en la batalla de Farsalia no acaba con las tensiones. Son muchos los pompeyanos que se niegan a asumir que César tenga todo el poder de Roma en sus manos. Son partidarios de la República y no desean volver a los viejos tiempos de la monarquía, ya pasados sin remedio según su opinión; resisten cuanto pueden ante el huracán que desatan los cesarianos y lo hacen con todas las armas a su alcance, incluido el asesinato del pretendiente a rey.

Los problemas de Roma preocupan también en Israel, que no es ajeno a lo que hierve en las cazuelas romanas. Los judíos están inquietos ante lo que puede suceder si el triunfante César decide comerse su pequeño reino e incorporarlo a su imperio, al mando absoluto y total que parece dispuesto a asumir el recién proclamado dictador.

Herodes se encuentra en el bando de los vencedores, no en vano es íntimo de Sexto, el sobrino de César y gobernador de Siria, pero sabe que la veleidosa Fortuna puede dar un giro inesperado y desatar malos vientos en su contra.

En su campamento, el general espera órdenes. Es posible que tenga que acudir con las cohortes bajo su mando a Egipto, donde Julio César anda en campaña sofocando algunos brotes de resistencia que se mantienen fieles al bando pompeyano. Lo que no espera es la noticia que le comunica uno de sus subordinados, que llega ante su tienda a todo galope.

—Señor —le hace saber nada más saltar del caballo—, un sicario pompeyano ha asesinado al gobernador Sexto César.

—¿Cómo dices?

La sorpresa de Herodes es mayúscula. En un instante todo cambia. La seguridad se torna intranquilidad y desasosiego. El protector que lo ha encumbrado al frente de un ejército yace muerto en Damasco. Todo se tambalea. En cuanto se conozca el fallecimiento de Sexto, quizá Roma envíe un nuevo legado que le sea contrario y le retire el mando militar que ahora ostenta.

Entonces, el joven general toma una resolución peligrosa: salir hacia Jerusalén, aprovechando el sigilo que proporciona la noche, acompañado solo por una escolta de seis legionarios a caballo.

Herodes está acostumbrado a tomar decisiones arriesgadas, que nadie espera. ¿Cómo van siquiera a imaginar sus enemigos en Jerusalén que se presente en la ciudad sin un ejército a su lado, como días atrás?

Exigiendo un esfuerzo máximo a sus caballos, los siete jinetes cabalgan toda la noche desde el campamento ubicado cerca de Samaria hasta Jerusalén, a donde llegan con las primeras luces del alba.

Disfrazados de comerciantes, no tienen ninguna dificultad en atravesar la puerta de Damasco, y enseguida se dirigen al palacio, donde Herodes se identifica y demanda ver de inmediato a su padre.

Antípatro, todavía somnoliento, no sale de su asombro al ver a su hijo.

—¿Qué haces aquí? ¿Acaso te has arrepentido de tu decisión y has vuelto con tu ejército para asolar esta ciudad?

—No, padre. He venido con solo seis hombres.

—Hijo mío, definitivamente te has vuelto loco.

—Sexto César ha sido asesinado, y temo por mi vida. ¿Quién sabe si entre los soldados bajo mi mando hay algunos pompeyanos encubiertos dispuestos a acabar conmigo igual que han hecho con el gobernador de Siria?

Tras la sorpresa inicial, Antípatro abraza a su hijo y lo lleva a una zona discreta de palacio.

—César es el vencedor de la guerra civil y nosotros vamos a seguir apostando por él. Los pompeyanos todavía pueden dar algún zarpazo, como han hecho con el gobernador Sexto, pero están irremediablemente perdidos. Voy a enviar algunos soldados judíos para que quede claro nuestro apoyo a Julio César, y le remitiré una misiva ratificándole nuestra fidelidad.

—Ahora está en Egipto.

—Lo sé. Parece que su reina, la taimada Cleopatra, lo tiene atrapado en las redes de Cupido.

—El conquistador conquistado.

—En ocasiones, una bella hembra tiene más fuerza que todo un ejército.

—He venido para pedirte consejo, padre. ¿Qué puedo hacer?

—Vuelve a tu campamento en Samaria, permanece tranquilo y aguarda a que se desarrollen los acontecimientos; y protege tu espalda con los hombres en los que más confíes.

—Así lo haré —acepta Herodes—. Samaria queda alejada del teatro de operaciones. Esperaré a que se resuelva el conflicto y se aclare quién manda de verdad en Roma.

—Manda Julio César, hijo, no lo dudes, y su poder irá en aumento hasta convertirse en rey. Apuesta por él y no te equivocarás. Es una opción segura. Ejerces el mando sobre más de dos mil hombres, algunos de ellos veteranos que lucharon por él en Farsalia y que seguirán a César hasta la muerte. Esa es tu principal fuerza. Aprovéchala.

—¿Y los que siguen fieles a las ideas de Pompeyo?

—Pompeyo ya vaga por el brumoso Hades. Los pompeyanos sensatos se pasarán al bando de los cesarianos y los más irreductibles serán ejecutados. No lo dudes, hijo. Además, quien gobierna Roma es quien manda en Israel. Hircano hará lo que ordene César.

Herodes se tranquiliza. Su padre siempre le transmite serenidad y quietud, que es precisamente lo que ahora necesita.

—Tus consejos rebosan sabiduría.

—Pues escucha uno más, y muy importante ahora pues tardaré tiempo en verte. Te lo digo otra vez más: ya has cumplido veinticinco años, es hora de que tomes una decisión trascendental para tu vida. —El tono de voz de Antípatro denota algo de misterio y mucha confidencia.

—Estoy con Julio César...

—Quiero hablarte de tu vida privada.

—¿A qué te refieres?

—Deberías casarte. A tu edad son pocos los varones de Israel que siguen solteros. Es hora de que tomes una esposa. ¿Sorprendido?

—No. Esperaba que algún día me lo dijeras. Incluso creo que has tardado demasiado. Pero no ahora. No es el momento.

—¿Entonces...?

—Lo pensaré. Te lo prometo.

—Un hombre debe consolidar su linaje y más en estos tiempos.

—Ahora seguiré tu primer consejo y regresaré inmediatamente a mi campamento en Samaria; allí esperaré a que se presente el instante adecuado.

—¿Para casarte?

—Otra vez la misma monserga. Para decidir qué opción política elijo.

—Los cesarianos ya han vencido; no tengas la menor duda.

—El destino suele ofrecer giros caprichosos e inesperados. No tengo prisa. Tú me has enseñado a ser paciente. Esperaré.

Esa misma tarde, tras un leve y corto descanso, Herodes regresa con su pequeña escolta al campamento de Samaria, donde en poco tiempo lo espera una sorpresa descomunal.

Idus de marzo del año 710 de la fundación de Roma. Los cimientos del mundo se tambalean.

—¡Julio César ha sido asesinado! —grita un mensajero que corre como un poseso entre las tiendas del campamento de Samaria.

Herodes sale de su pabellón y detiene al vocero.

—¿Qué estás diciendo?

—General, varios senadores han acribillado a puñaladas a César ante la sede de la curia senatorial en Roma.

—¿Quién lo ha dicho?

—Ha traído la noticia una galera del ejército que ha viajado como el rayo hasta el puerto de Tiro, a donde llegó anteayer con nuevas de Roma. Varios jinetes lo están comunicando a todas las guarniciones al sur de Siria. Al parecer, entre los asesinos hay miembros de su familia.

César recibe veintitrés puñaladas mientras sus asesinos lo acusan de autócrata por querer imponer su voluntad y acabar con las libertades de la República al intentar instaurar la monarquía. Entre los «libertadores», como ya denominan a los criminales en algunos mentideros de Roma, hay amigos, parientes y hombres de confianza del dictador, paradójicamente caído, desangrado y muerto a los pies de la estatua de Pompeyo Magno, su gran enemigo, su mayor rival.

3

La boda

El tempestuoso oleaje desencadenado por el asesinato de Julio César golpea también a Judea.

Solo el tiempo y la distancia permiten a los humanos percibir la magnitud exacta de los grandes acontecimientos. Herodes, en su campamento de la pequeña Samaria, no acierta a entender en un primer momento la trascendencia del magnicidio, que marca de manera indefectible el ocaso de la República.

El estratego lo considera un episodio más de la larga y cruenta guerra civil que ensangrienta a Roma, un acto más de la lucha partidaria entre cesarianos y pompeyanos. No es aún totalmente consciente de que los dos caudillos ya no existen, y que tras ellos se abren las ambiciones insaciables de decenas de lobos que esperan su momento para asaltar el poder. Ignora qué destino le aguarda, pero apenas se siente intranquilo. Sabe que puede contar con su padre y con su hermano, que goza de la fidelidad de la mayoría de sus hombres y confía en la suerte, hasta el momento siempre propicia.

Un tanto ajeno al precipicio al que parece encaminarse el mundo, estima que este es el momento oportuno para buscar esa esposa que tanto le recomienda su padre, deseoso de perpetuar la estirpe. No carece de experiencia en las artes amatorias; por su lecho pasan a menudo bellas mujeres que apagan su sed de sexo, pero son relaciones episódicas, vacías de cualquier sentimiento que no sea la mera búsqueda del momentáneo placer. De algunas de esas mujeres no recuerda ni el nombre. Es hora de que ocupe su cama una esposa que le dé esos hijos que garanticen la continuidad tan deseada por Antípatro.

Herodes escribe una carta a su progenitor: «Voy a esperar a que se desarrollen los acontecimientos y se aclare la situación en Roma para tomar decisiones. Entre tanto, he decidido reforzar mis tropas, mantener viva su presencia con maniobras en el sur de Siria y en la región de Samaria y actuar como antes de las muertes de Sexto y de Julio César».

Es agotador esperar sin saber qué se espera, pero Herodes sabe ocupar el tiempo en intensas acciones militares; mantiene a sus soldados siempre activos, pues en cualquier momento han de intervenir. En una ocasión realiza una expedición de castigo para reprimir a algunos grupos de bandidos que, aprovechando la confusión tras la muerte de Julio César, se dedican al pillaje y al robo.

En esos días, Jehoshúa, su espadero, un soldado que lo acompaña desde hace años, se convierte en su compañero fiel, al único a quien confía algún que otro secreto.

—Mi padre ya ha elegido esposa para mí —dice Herodes a su leal escudero.

—¿La conoces? —pregunta Jehoshúa.

—No, pero en su última carta, mi padre me propone que me case con una dama idumea.

—A Antípatro no le falta razón. Es hora de que tomes esposa, como es obligación de todo judío, tal cual prescribe la Ley.

Jehoshúa sabe mejor que nadie que a Herodes no le falta experiencia con mujeres; no en vano es él mismo el que conduce a su tienda hermosas muchachas para que el estratego se relaje en las noches que su actividad se lo permite. Jehoshúa sabe encauzar el exceso de vitalidad y energía de su amo. Esos encuentros amorosos suelen ser vibrantes y fogosos, como el corazón del estratego, excitantes y encendidos, como su espíritu, a la par que fugaces. Eso está bien para un joven, pero Herodes está pasando de largo la edad en la que la costumbre del país aconseja que todo varón busque una mujer que le dé hijos legítimos, una esposa que pueda confortarlo en momentos amargos o espinosos.

Finalmente hay una elegida. Su nombre es Doris, a la que solo ve una vez de manera frugal antes de la boda, que se celebra en Samaria, la localidad de la novia. Antípatro convence a su hijo para que acepte ese matrimonio, incluso paga el *mohar*, la dote, antes de presentársela, pues está convencido de que no la va a rechazar. A su hijo le conviene una situación emocional estable; además, la ley judía dice que no es bueno que el hombre esté solo, y en Israel un varón debe tomar esposa en torno a los veinte años de edad. La norma consuetudinaria dice que los varones judíos deben engendrar hijos que contribuyan a la gloria del pueblo de Dios; además así lo dicta la ley divina: «Creced y multiplicaos».

Casi tan alta como Herodes, Doris es bella y sensual. Su porte es esbelto y a la vez poderoso; su cuerpo, de caderas rotundas y pechos prominentes; su cabello denso, largo y negro; sus profundos ojos verdosos, como de tormenta desatada, y su barbilla orgullosa hacen que esa hembra despierte pasiones en cualquier varón .

No necesita estar enamorado de ella para desearla. Le agrada el cuerpo de Doris y sabe que tiene asegurado el placer, pero se pregunta cómo es su ánimo. Confía en que la elección de su padre sea correcta; pero... ¿y el amor? ¿Qué importa el amor en sus circunstancias? Basta con que Doris, la bella idumea que reside en Samaria, satisfaga sus deseos, lo colme de placer y le dé hijos sanos y fuertes que continúen su estirpe.

Tras un mes de preparativos se celebra la ceremonia nupcial. La procesión sale de la casa de los padres de la novia para dirigirse a la del esposo. Flanquean a Doris seis doncellas. Viste una ajustada túnica y una capa ligera que llegan casi hasta los tobillos, en los que luce unas ajorcas de oro, igual que en las muñecas; se recoge la larga y negra melena con una diadema de plata sobredorada y se cubre el rostro con un velo. Lentamente se traslada la comitiva hasta la casa donde la espera el novio, seguida de un cortejo de flautas, tamboriles y zampoñas, entre alegres cánticos que festejan y ensalzan la vida y el amor.

Herodes espera a Doris en la puerta. Lleva una túnica azulada, ceñida con un grueso cinturón de cuero, y corona sus recios cabellos oscuros con una delgada diadema de plata.

Una vez dentro de la casa, la ceremonia es sencilla. El oficiante les coloca sobre las cabezas un único velo, el *talit*, que representa la vida en común que van a iniciar, les pregunta si se aceptan mutuamente en matrimonio y les pide que se ofrezcan promesa de fidelidad. Tras dar el sí, el oficiante entona un salmo, bendice la unión y firman el contrato de matrimonio, la *ketubah*, que un escriba ratifica con su rúbrica.

Los festejos duran una semana, como es costumbre en Israel, que transcurren entre canciones, comidas, bailes y festejos.

Llega al fin el momento de que los recién desposados se quedan solos, transportados al tálamo en parihuelas por los amigos. Los dejan a la puerta de la cámara nupcial, ornada con lienzos blancos, colgaduras doradas y racimos de uvas, además de bandejas de aceitunas e higos, con lo que se quiere desear un ubérrimo futuro a la pareja. Herodes tiende la mano a Doris y ambos entran en el aposento cerrando la puerta tras ellos.

—Voy a quitarte ese velo —le dice.

Lo hace despacio, con la mayor delicadeza posible en un soldado acostumbrado a la violencia y rudeza del campo de batalla.

—Ya somos esposos —musita Doris—; puedes tomar posesión de mí.

En el exterior se oye cantar a un coro de voces femeninas: «La esposa es la hija de la luz, sobre ella se asienta el fulgor del rey; cuando te haya introducido el rey en su cámara, nos alegraremos contigo y ensalzaremos más tu amor que el vino».

—Sé que no soy la única; sé que ha habido muchas mujeres en tu vida —musita Doris.

—Pero esta vez es totalmente distinto; nunca he sentido una emoción como ahora. Tienes que creerlo.

Herodes está embargado por una pasión para él desconocida. Comienza a despojar lentamente a Doris de su vestimenta, y observa cómo ella se arroba y sus mejillas enrojecen. Conforme va descubriendo el cuerpo de la joven, su deseo arde como ascuas. Los síntomas del general semejan a los que siente antes de comenzar una batalla, pero sabe que el resultado de este envite va a ser mucho más placentero.

La vista del cuerpo desnudo de Doris no lo defrauda. Siente cómo aumenta el ritmo y la pulsión de los latidos de su corazón, igual que su corcel cuando carga en la batalla. Doris parece una de esas diosas griegas de mármol que ahora adornan los teatros y los templos de los romanos. La contempla durante unos instantes y enseguida se acerca a la joven, que baja los ojos al suelo con manifiesta timidez.

La abraza y se siente extraño. En sus encuentros anteriores con otras mujeres el contacto es rápido, a veces incluso brusco, pues los amantes saben a qué van y a qué atenerse; pero esto es diferente. No hay prisa ni corre el tiempo ni hay lugar al frívolo devaneo. Puede tomarla con toda la calma, alargar el momento del éxtasis para que sea más placentero. La sujeta por la cintura y le besa el cuello, a la vez que sus manos recorren la voluptuosa sinuosidad de sus caderas. Coloca una mano sobre el pecho de su amada, duro pero suave, y siente cómo Doris se estremece por primera vez en tanto sus pezones se endurecen. Entonces es ella la que se aprieta más y más a su marido. Herodes, el fiero estratego, pretende en esos momentos que su esposa se sienta segura y cómoda, y lo consigue, porque ve cómo Doris busca sus labios y los besa, saboreando instantes nunca antes sentidos. Herodes aprieta su boca contra la de ella y permanecen largo rato así, hasta que Doris, tímidamente, hace que la punta de su lengua roce la de su marido. Sigue aún la tensión, pero a Herodes le parece que, por momentos, Doris se ve más relajada y tranquila entre sus brazos.

—Quiero que esta primera vez sea tan dichosa y placentera para ti que la recuerdes toda tu vida —le dice Herodes al oído, como quien revela un gran secreto.

—Soy tuya —musita Doris, más excitada a la vez que desinhibida.

—Quiero estar dentro de ti, muy dentro.

—Sí, amado mío, hazlo.

El general aguanta un poco más antes de entrar en ella. Desea prolongar ese momento previo, deleitarse en lo que está a punto de llegar, un inmenso gozo, un estallido descomunal de temblores y sensaciones.

Siguen los besos, las caricias, las manos de ambos recorriendo el cuerpo del otro y acariciando la piel. Los dos buscan transmitirse la mutua sensación de que todo cuanto ocurre de importancia en el universo está ahí, de que en ese momento esa estancia nupcial es el único mundo que existe en toda la creación.

Las caricias de Herodes, que besa y recorre con los labios todo el cuerpo de su esposa, provocan ligeros temblores en Doris. La muchacha se estremece cuando la boca de Herodes alcanza su pubis, y se contorsiona con la misma suavidad como cuando una leve brisa hace flamear la vela de un navío.

Herodes no puede, no quiere aguantar más; ase a Doris por las nalgas, toma su mano y se la lleva a su sexo. La joven duda, pero enseguida lo masajea de manera acompasada. Herodes siente que va a derramarse, y entonces se despoja de su túnica.

—Ven —susurra Doris.

El general siente el calor y la humedad de la entrepierna de la joven, y entra en su esposa como un caballo a la carrera provocando un espasmo de dolor en Doris, que siente deseos de gritar por el desgarro, pero calla, se muerde los labios y deja hacer a su esposo, que disfruta del éxtasis mientras ella acumula contradictorias sensaciones de atracción y rechazo, dolor y placer, hasta que siente cómo se derrama en su interior un flujo cálido.

Tras unos jadeos, ambos permanecen en silencio; luego Doris musita:

—Herodes, Herodes...

Un año después, y tras numerosos encuentros amorosos, nace su primogénito, al que dan el nombre de Antípatro, como su abuelo. Herodes no puede ni siquiera imaginar lo que el destino y los astutos y retorcidos propósitos de su primer hijo le esperan en el futuro.

4

La conjura

Roma sigue conmovida por el asesinato de Julio César.

El destinado a ser el dueño del mundo yace en su tumba, mientras se desata la lucha por el poder en la República.

El Senado declara a Marco Antonio, el hombre fuerte de César en Italia, enemigo público y encarga a Octavio que lo elimine; pero este no está dispuesto a cumplir tal orden. Sabe que su pariente lejano es uno de los hombres más apreciados por el pueblo, aunque sus dotes como gobernante dejen mucho que desear. No obstante, decide convocarlo a una reunión secreta a la que ambos acuden guardando todas las precauciones.

—Confío en que esta entrevista no sea una encerrona —dice directamente Antonio.

—Descuida, Marco, no voy a cumplir las instrucciones del Senado. Aborrezco tanto como tú a Casio y a Bruto. ¡Malditos intrigantes! Obraré con prudencia y me mostraré cauto..., por el momento.

—He sentido la muerte de César como si los puñales asesinos se hubieran clavado en mis propias carnes. Fue mi protector y mi amigo. Mi obligación es vengarlo. —Marco Antonio se muestra muy afectado.

—Estoy de acuerdo —asiente Octavio.

—En este caso tenemos que fraguar un pacto. Cada uno por

nuestra cuenta no podemos derrotar a esos dos, pero si sumamos fuerzas, lo conseguiremos.

—Mi padre, Cayo, era mi modelo —dice Octavio de su padre adoptivo—. Ardo también en deseos de vengarlo, pero Casio y Bruto controlan el Senado.

—Solo por ahora; tarde o temprano, pagarán por lo que han hecho.

Octavio tiene solo veinte años, pero demuestra ya una serenidad y una perspicacia política digna del más versado de los senadores. Marco Antonio, aunque es veinte años mayor, parece un novato a su lado. En realidad son contrincantes, pues ambos aspiran a suceder al dictador, pero saben que de momento se necesitan el uno al otro, así que acuerdan aliarse contra la facción senatorial controlada por Bruto y Casio.

Un nuevo enfrentamiento civil apunta directamente al corazón de Roma.

El acuerdo secreto entre Marco Antonio y Octavio no tarda en saberse al caer en la cuenta cómo actúan los dos.

El pánico se apodera de Casio y de Bruto; conocen bien la rudeza y las carencias como político de Marco Antonio, pero están sorprendidos ante el arrojo del joven Octavio.

—Hemos subestimado al hijo de César —se queja Casio.

—La culpa es mía. Debí darme cuenta de que mi joven primo es extraordinariamente ambicioso —lamenta Bruto.

—Antonio mostró sus limitaciones cuando gobernó Italia en ausencia de César. Entonces lo hubiéramos eliminado sin apenas esfuerzo, pero ahora, con Octavio como aliado, creo que el pueblo de Roma se pondrá de su parte —afirma Casio.

—Sí. Mis agentes me dicen que por diversos barrios se extiende la creencia de que uno de esos dos debe ser el sucesor de mi tío Julio. Si se generaliza esa opinión, estamos perdidos en Roma.

—En ese caso, creo que debemos salir de aquí y recomponer nuestras fuerzas en las provincias de Oriente, donde el Senado tiene mayor predicamento. Reclutaremos allí tropas leales y lucharemos por el restablecimiento de la República. César quiso apoderarse de ella y ahora esos dos pretenden liquidarla definitivamente.

—De acuerdo. Creo también que es la mejor medida —aprueba Bruto.

Los asesinos parten de Roma rodeados de algunos partidarios, mientras entre las clases populares crece la animadversión y el odio hacia ellos. El recuerdo de César y su liberalidad con el pueblo de Roma es demasiado profundo y algunos afirman que han visto que su alma ha volado hacia las estrellas.

Los senadores conjurados con Bruto y Casio proclaman por doquier que la muerte de Julio César contribuye a defender la República y evitar una nefasta monarquía, pero la excusa no cala en el pueblo, que sigue viendo al fallecido, y ahora a sus herederos, no como tiranos, sino como garantes de la paz y la equidad. Para la plebe, los senadores partícipes en la conjura forman un partido aristocrático cuyos miembros solo pretenden perpetuar los privilegios de los patricios y justificar sus abusos en contra de la mayoría popular.

En el entretanto, en Israel temen que los problemas de Roma se trasladen a su región.

Hasta la muerte de César no existe más bando que el cesariano al que sumarse para sacar provecho, pero ahora los romanos están divididos entre la aristocracia senatorial y la alianza de Marco Antonio y Octavio. Hay que apostar por una de las dos facciones.

Herodes duda y decide que su padre puede aconsejarle qué hacer. De modo que vuelve a Jerusalén para entrevistarse con Antípatro y preparar una estrategia ante la contienda civil que creen avecinarse tanto en la lejana Roma como cerca de ellos.

En la casa familiar de Jerusalén se reúne Herodes con su padre y su hermano Fasael.

Tras los abrazos de rigor, Antípatro los pone al corriente de la situación:

—Tras el asesinato de César, Bruto y Casio han huido de Roma y han desembarcado en Siria, donde tienen bastantes partidarios. La guerra civil entre los dos bandos me parece inevitable. Como Judea es un mero juguete en manos de Roma, nuestra tierra solo respira cuando los romanos se olvidan de ella y se enfrascan en sus seculares querellas internas. Los dirigentes del Sanedrín se decantan por apoyar a Bruto y a Casio —dice Antípatro—. Consideran que Judea va a disfrutar de mayor autonomía si gobiernan esos dos que si mandan Marco Antonio y Octavio.

—¿Qué hacemos? —demanda Fasael.

—Adaptarnos a la situación y obedecer a la necesidad. Quienes ahora dirigen Oriente son Casio y Bruto, de manera que lo más acertado es ponerse a su lado.

—Yo permanecí fiel a Sexto César y, por tanto, a su tío Julio, hasta que fue apuñalado. Los hombres bajo mi mando lo saben —alega Herodes un tanto contrariado.

—Hermano, dejemos que los asuntos de Roma los resuelvan los romanos —interviene de nuevo Fasael—. Nosotros solo podemos aspirar a entonar la canción que otros cantan.

—Casio está consiguiendo que se unan a su causa casi todas las fuerzas romanas acantonadas en Siria —dice Antípatro—. Sabemos que están reuniendo hombres para enfrentarse a Marco Antonio y a Octavio, y para eso hace falta mucho dinero. Los dos quieren obtenerlo de los impuestos de las ciudades de Siria y del resto de Oriente. Todavía no sabéis que hace dos días llegó un emisario personal de Casio demandando que Israel contribuya a la guerra que se avecina con setecientos talentos. En la misma carta me pide que seamos nosotros los encargados de recaudar ese dinero.

—Eso nos convierte en enemigos de los cesarianos —dice Herodes.

—No tenemos otra opción. Tú, Herodes, te encargarás de recaudar los tributos de las regiones de Samaria y Galilea, que conoces bien; Fasael y yo lo haremos en Judea.

—Padre, eso nos convertirá en seres más odiosos aún a los ojos de los judíos; más traidores aún a Israel —alega Fasael.

—Por eso tenemos que actuar con habilidad y destreza. No podemos aparecer ante el pueblo de Israel simplemente como los esbirros de los romanos que los agobian con tributos. Vamos a utilizar un comisionado, que sea quien aparezca como el brazo ejecutor de los romanos —propone Antípatro.

—Supongo entonces que ya has pensado en quién va a ser ese hombre de paja —dice Herodes.

—Por supuesto: será Málico.

Fasael sonríe al escuchar ese nombre. Málico es un tipo favorecido por la naturaleza. Es apuesto y elegante, siempre aseado, impecable, admirado por las mujeres y envidiado por los hombres. Su familia atesora una gran fortuna amasada en negocios con Egipto, y hace tiempo que desea entrar en el juego de la política. Conoce bien al pueblo judío, está educado en la ley de Moisés, pero también en las letras griegas.

—Creo que ese Málico tiene amigos a quienes no gusta que tú, padre, un idumeo, seas el valido del etnarca Hircano; eso puede ser un inconveniente para que cumpla con eficacia esta tarea —dice Fasael.

—Descuida, hijo. Sé bien que muchos judíos abominan de mi condición, de nuestra condición, de medio judíos, y que todavía hay quienes consideran que los idumeos seguimos siendo enemigos de Israel, además de amigos de los romanos. Hablé hace unos días con Málico y me reveló que algunos de sus amigos le recriminan que se muestre favorable a colaborar con nosotros, pues nos consideran lacayos de Roma; por consejo mío, les ha dicho que su colaboración es por mera conveniencia, y él mismo no cesa de repetir que pretende un futuro independiente para Israel, fuera de la bota romana.

—¿Y cómo van a creer a Málico cuando lo vean recaudando impuestos en Israel para sufragar la guerra de los romanos? —pregunta Fasael.

—Es cuestión suya. La política no es otra cosa que el arte de la seducción —sentencia Antípatro—. Así ha sido, es y será. En ella no gana el más inteligente ni el más honrado ni el más sincero, sino el más hábil, más listo y más astuto.

—El más mentiroso —tercia Herodes.

—Málico es un judío que tendrá sus escrúpulos por lo que va a hacer, pero es un mercader, y para los mercaderes, lo más importante es el dinero.

—¿En un judío? ¿Por encima de sus creencias? —Fasael duda sonriente.

—Incluso por encima de Dios —asevera Antípatro.

—Bien. Así lo haremos entonces: que sea Málico —interviene Herodes, que opina como su padre.

—Seguiremos ocupándonos del gobierno de Samaria, Galilea y Judea y dejaremos que Málico cargue con la tarea de recaudar los setecientos talentos. Aceptará si se lleva una parte. En todo caso, sobre él caerá la ira de los judíos.

Herodes observa a su padre. Antípatro es viejo y tiene aspecto de estar cansado, pero mantiene una lucidez extraordinaria, y una vez más demuestra la astucia que le permite permanecer en el poder.

Así lo acuerdan.

Málico se encarga efectivamente de recaudar el impuesto, pero pasan los días y su diligencia no aparece la más conveniente. Se siente judío y sufre al ver cómo los romanos, con su mediación como recaudador, extorsionan a los suyos.

Por su parte, Herodes se gana el favor de Casio, pues logra convencer a los habitantes de Samaria y Galilea para que apoyen a los asesinos de César, alegando que colaborar con ellos supone ganar su benevolencia futura para Israel.

La mayoría paga el tributo requerido, aunque de muy mala gana, pero el Consejo de Jotapata, una ciudad ubicada a mitad de camino entre el lago de Galilea y el mar, se niega a contribuir aduciendo que la cuota asignada a la villa en el reparto de los setecientos talentos es abusiva.

Cuando Casio se entera, enfurece y da una orden brutal: que se capture a todos los habitantes de Jotapata y se vendan como esclavos. A Herodes, como general al frente del ejército en esa región, no le queda más remedio que obedecer. Asedia la ciudad, la toma y captura a sus habitantes, que son sometidos a la esclavitud para desesperación de Málico, quien sabe que la ley de Israel prohíbe que un judío sea esclavizado por otro.

Doris da a Herodes su primer hijo, al que pone por nombre Antípatro, como su abuelo. Pero tras más de un año casado, el general siente que pierde la atracción hacia su esposa, a la vez que en una visita a Jerusalén conoce a la joven Mariamme, nieta del etnarca Hircano, en la que fija sus ojos y su atención.

Esta joven desprende un cierto aire de misterio a la vez que emana una sensualidad extraordinaria. Es algo más baja que Doris, pero luce una melena rubia y unos ojos azulados que destacan entre todas las mujeres de Jerusalén. Bajo las túnicas de estilo griego que gusta vestir se adivina un cuerpo glorioso, que exhibe con un estudiado contoneo al caminar, sobre todo en presencia de Herodes. Fascina de tal modo al estratego, que lo atrae de manera irremediable.

Por su condición de familiar de Hircano, Mariamme vive en el palacio del etnarca en Jerusalén. No es de estirpe regia directa, pero sí de honorable raigambre, pues su linaje proviene de los Asmoneos, sucesores de Asmón, noble antecesor de los Macabeos de quien estos toman el nombre.

Herodes se enamora de Mariamme como un primerizo cualquiera. Aumenta el número de visitas a Jerusalén con la única intención de verla, lo que, unido a que cada vez espacia más sus encuentros sexuales con su esposa, despierta en Doris fundadas sospechas de que su marido va a la capital por algo más que para entrevistarse con su padre en busca de consejo.

Los encuentros amorosos en el palacio de Jerusalén entre la bella Mariamme y Herodes se incrementan. Ella es una joven preciosísima, de rostro y cuerpo perfectos; altiva y desdeñosa al principio, acaba enamorándose de la figura poderosa y viril de Herodes. Le gusta la sensación de seguridad que emana del estratego, su fogosidad, su energía, la ambición y los planes de futuro que en las cálidas noches expone ante su amante, la cual se convierte en su confidente principal.

Conforme aumenta la pasión por Mariamme, disminuye el afecto hacia Doris, cuyo lecho deja de visitar, lo que conlleva discusiones entre ambos esposos.

El tiempo huye inexorablemente y la vida de Herodes discurre hacia horizontes en los que no están ni Doris ni su primogénito, al que apenas ve y del que nada se preocupa. Es Mariamme quien llena en todo momento su corazón desde hace ya bastante tiempo.

Hace ya casi dos años del asesinato de Julio César y la situación militar y social permanece estancada.

Aunque Málico cumple con su tarea de recaudar impuestos para Casio, sigue pensando en el sufrimiento que está causando a su pueblo. La voracidad del romano no tiene fin; necesita muchísimo dinero, todo el que sea posible. El coste de la formación del ejército con el que derrotar a Marco Antonio y Octavio parece un abismo sin fondo, y la extorsión a la que están sometidos los judíos es tan grande que los impulsa a reaccionar.

Un grupo de notables decide tomar la iniciativa y se presenta ante Málico para comunicarle sus quejas; confía en que su naturaleza judía lo inclinará a ponerse de su lado.

—Escúchanos, Málico. La situación es ya insoportable. No podemos seguir así ni un día más. Si continuamos aceptando los abusos y satisfaciendo las exacciones de los malditos romanos, acabaremos muriendo de hambre —plantea uno de los rebeldes.

—No puedo hacer otra cosa. Reniego de lo que está haciendo Casio, tanto como vosotros, pero no es posible resistir. Ese hombre tiene más de dos legiones bajo su mando, suficientes como para someternos a todos los judíos a la esclavitud. ¿Acaso queréis un segundo cautiverio? ¿No recordáis las Escrituras? ¿Habéis olvidado la cautividad que sufrieron nuestros antepasados en Babilonia? Si nos enfrentamos a Roma, Israel desaparecerá de la faz de la tierra —alega Málico.

—Somos el pueblo amado y la viña de su elección. El Señor nunca permitirá que eso ocurra.

—Tú eres judío como todos nosotros, pero Antípatro y sus hijos, Fasael y Herodes, son idumeos. A esa gente nunca le ha importado nuestro destino. Ellos son los verdaderos esbirros de Roma, el azote de Israél. Acabemos con ellos y terminará el mal que nos acucia.

—Nuestro soberano, el etnarca Hircano, sigue apoyando a Antípatro —se justifica Málico.

—¿Pretendes que sigamos sufragando una guerra civil entre romanos, algo que no nos concierne?

—Hircano ostenta los derechos reales de la familia macabea; es nuestro señor legítimo.

—Pero se apoya en extranjeros que no quieren el bien para Israel. ¡Compañeros! —el portavoz de los rebeldes se dirige al grupo—, ¿vamos a tolerar que Antípatro y sus hijos sigan imponiendo el yugo romano sobre nuestros cuellos sin hacer nada para evitarlo?

—No, no —corean varias voces.

—Escucha, Málico: estamos dispuestos a instaurar un nuevo poder en Jerusalén, si así fuera necesario. Queremos que Roma atienda nuestras peticiones; Hircano y Antípatro ya no son nuestra voz. Tú, Málico, que has tratado tanto con los romanos, puedes ser quien represente al pueblo de Israel para negociar con Roma el fin de nuestra angustia. Queremos un nuevo estatus para nuestra patria. Sé nuestra voz ante los romanos.

—No seáis insensatos. Lo que estáis proponiendo no es posible. Deponer a Hircano y acabar con Antípatro y sus hijos nos convertirían de inmediato en enemigos del pueblo romano, y ya sabéis cómo se las gasta Roma con sus adversarios.

—Lucharemos —grita uno de los rebeldes.

—¿Lucharemos? ¿Con qué armas? ¿Con qué soldados? ¿Con los sacerdotes del Templo que no saben sostener un cuchillo salvo para hacer un sacrificio? ¿Con los sabios escribas que no conocen las tácticas de la batalla? ¿Con los mercaderes fariseos que anteponen su beneficio a cualquier otra cosa? Los únicos judíos en disposición de combatir luchan a las órdenes de Herodes, y permanecerán a su lado en cualquier circunstancia. ¿Imagináis qué ocurriría en un enfrentamiento directo entre las tropas del estratego idumeo y los hombres que podríais movilizar vosotros? Y eso sin contar con que Casio enviaría una legión desde Siria. No quedaría un solo hombre con vida entre vuestras filas. ¿Es acaso eso lo que pretendéis?

—Dios no nos abandonará. Israel sigue esperando al mesías prometido por los profetas. ¡Quizá seas tú!

Al escuchar estas palabras Málico se estremece y duda de nuevo. La razón le dice que una revuelta contra Roma está abocada al desastre, pero a la vez recuerda la historia de Israel. Dios lo ha castigado a menudo, pero también ha ganado guerras. Recuerda a Moisés en la batalla contra Amalec en Refidim. Piensa en Judas, el Macabeo, hijo de Matatías, y cómo acabó derrotando a todos los generales del perverso Antíoco Epífanes.

—¿Lo harás? —le preguntan—. ¿Serás nuestra voz ante Roma?

Málico reflexiona unos instantes antes de contestar. Duda intensamente, pero se arma de valor. «Sin la ayuda del Altísimo es una locura; pero con Él se puede todo. Su fuerte brazo será su ayuda».

—Lo intentaré —dice tras tragar saliva y apretar los dientes.

—Que Adonay acabe con nosotros y que no tengamos herencia alguna en el mundo futuro, si no ponemos todo de nuestra parte para intentar mudar esta situación —gritan todos al unísono con voz recia a modo de juramento solemne.

La estrategia de Málico pasa por concertar una entrevista con Antípatro y sus hijos, a los que envía un mensajero. Ambas partes convienen en encontrarse en un lugar bien conocido a orillas del río Jordán, a cuyas aguas suelen acudir algunos judíos para purificarse.

—¿Por qué nos has citado aquí? ¿Tienes problemas serios con la recaudación? —le pregunta Herodes a Málico sin siquiera saludarlo.

—Hay algunos grupos de judíos que plantean problemas para pagar —dice Málico intentando justificarse.

—Tu misión es recaudar los tributos como acordamos.

—Estoy en ello, pero hay muchos reticentes.

—La recaudación va demasiado despacio en Judea; debes obrar con más diligencia. Casio necesita ese dinero y lo quiere enseguida. Marco Antonio y Octavio están preparándose para la guerra, y si lo hacen antes que nosotros, estaremos perdidos. Acelera el proceso de recaudación.

Herodes mira a Málico con desdén. El estratego, que ya ha montado su red de agentes por todas partes, sabe que Málico celebra encuentros clandestinos con los retrasados en el pago. ¿Acaso está tramando algo contra sus intereses, que en estos momentos pasan por apoyar la causa de Casio?

—No es fácil lo que me pides...

—Nadie dijo que lo fuera, pero hazlo. Si tienes problemas, pídeme ayuda; te enviaré cien hombres para que te acompañen a la hora de recoger los tributos. Una espada puede ser mucho más convincente para un moroso que una palabra.

—¿Y tu padre? No lo veo.

—Antípatro no ha podido venir a este encuentro. Me ha pedido que te transmita sus saludos.

Antes de acudir a la cita en el Jordán, Herodes y Antípatro hablan. El consejo del valido de Hircano a su hijo es conciso y elocuente: «Obra con calma y prudencia. Por ahora —le dice— no me conviene ir a ese encuentro».

Tras la entrevista a orillas del Jordán, Herodes vuelve a verse con su padre, al que informa de su conversación con Málico.

—Paciencia, hijo, paciencia. No debemos precipitarnos. Seguro que Málico está jugando a dos bandas; por un lado quiere complacer a Casio recogiendo los tributos, pero por otro está conspirando para no ser acusado de colaboracionista por parte de los judíos.

—Málico es un iluso si cree que va a poder engañar a todo el mundo. Tú, padre, dispones de una red que te informa de cada uno de sus movimientos, pero Casio también dispone de sus propios «curiosos», y sabe perfectamente lo que ocurre. Y yo también la tengo, aunque sea más pequeña.

—Hijo mío, estos son tiempos para hombres prudentes. Eres audaz y fuerte, pero actúa con inteligencia. Creo que sé más de la conjura que se prepara que el propio Málico, pues su más cercano colaborador es mi confidente, a quien pago con generosidad.

—¿Y qué piensas hacer? —le pregunta Herodes.

—Por ahora dejaré Jerusalén y me instalaré en la otra orilla del Jordán.

—¿Cómo es eso?

—Los conjurados está consiguiendo muchos adeptos en la ciudad. Han logrado convencer a un buen número de judíos y pueden hacer que estalle una sublevación en cualquier momento.

Casio no lo consentirá, sin duda, pero aquí pueden matarme fácilmente. Si Jerusalén rechaza sus exigencias, enviará una legión contra la ciudad. Por eso no es prudente permanecer en la capital; debo retirarme —dice Antípatro.

—¿Y dejar Jerusalén en manos de esa chusma?

—Tu hermano Fasael se quedará al frente de nuestras tropas en la ciudad, y controlará la ciudadela con la guardia real.

A Jerusalén llegan noticias de movimientos de tropas romanas en la frontera norte de Israel con Siria. Es evidente que se está ya preparando una intervención importante. Quizá se trate de las primeras escaramuzas de Casio y Bruto contra Marco Antonio y Octavio. En esos momentos Málico considera que la retirada de Antípatro más allá del Jordán y la lejanía de Herodes, que sigue acantonado en Samaria, favorecen sus planes. Piensa que con sus amigos pueden hacerse con el poder en Jerusalén, aunque Fasael mantenga el control de la fortaleza de la ciudad; ciertamente, eso supone un problema estratégico pues sin dominar la ciudadela no está asegurado el poder en la capital.

De modo que Málico decide cambiar de táctica y convence a sus partidarios para que no hagan nada en Jerusalén por el momento.

—Voy a preparar una caravana con regalos para Antípatro —dice a los conjurados principales—. Pretendo ganar algo de tiempo para organizar un ejército con el que podamos enfrentarnos a Herodes y a Fasael. Reclutad a cuantos hombres podáis para la lucha que se avecina. —Respira hondo y continúa—. Este es el momento, mientras los romanos andan peleándose a muerte entre sí. Solo un ejército de verdaderos israelitas será capaz de expulsar de nuestra sagrada tierra a los enemigos extranjeros, tanto a los idumeos como a los romanos que queden. No son más que una inmunda pestilencia y no deben hollar la tierra de Israel.

El propio Málico acude al frente de la caravana ante Antípatro, aunque ignora que este ya está enterado de sus planes gracias a su bien remunerado agente.

El encuentro entre los dos se produce a orillas del Jordán. Antípatro finge no saber nada:

—Doy por buenas tus explicaciones, Málico, y acepto tus

regalos como prenda de que vas a actuar con mayor diligencia. Comprendo las causas del retraso en el cobro del tributo, pero te recomiendo que te des prisa. Casio necesita el dinero de inmediato.

Málico insiste en que es leal a Hircano, a Antípatro mismo y a los romanos. Para curarse en salud y por mera prudencia, pues no sería extraño que hubiere alguna filtración de los planes de un grupo tan numeroso, se atreve incluso a afirmar:

—Me aventuro a pedirte que, si corre algún rumor sobre mi implicación personal en algunos intentos para no pagar el impuesto, no creas en tal patraña. No sería sino una insidia más de los envidiosos que pretenden enemistarnos. Hay muchos que no tienen en cuenta el bien general de Israel, y solo pretenden la destrucción de los romanos. Mi lealtad a Hircano y a tu gobierno es absoluta.

Por supuesto, Antípatro no cree una sola palabra de lo que dice Málico, pero sabe simular muy bien su credulidad. Su paciencia y su experiencia le aconsejan que no es el momento de provocar el menor disturbio en Judea. Hay que esperar al resultado de la contienda entre romanos, pues los contrarios al tributo tienen muchos partidarios.

Por su parte Herodes, al enterarse igualmente de los planes de los conspiradores, pretende acabar cuanto antes con Málico, los renuentes al pago y sus secuaces. ¡No hay que darles tiempo para que siga aumentando el número de sus partidarios!

Entre tanto, desde Siria llegan rumores insistentes de que Casio y Bruto están ya casi preparados para iniciar la guerra contra Marco Antonio y Octavio, no en Siria, sino en tierras del norte.

La República se encuentra al borde de la guerra civil. Herodes es un mero espectador, pero ve con buenos ojos el que, al parecer, la refriega tendrá lugar lejos de Israel. Y si es así, él puede seguir asentando su poder en Samaria y Galilea.

Además, el nuevo gobernador romano de Siria, impuesto por Casio, ha ratificado a Herodes como general en jefe de las tropas que se mantienen en las regiones al sur de la provincia. El estratego respira aliviado y contento. Los asesinos de Julio César lo confirman en su puesto, sin preocuparles que quien primero lo nombró fue el sobrino del dictador asesinado. Sonríe al darse cuenta de que unos y otros lo necesitan y le otorgan su confianza. Pese a los cambios del poder en Roma, él sigue siendo imprescindible. El gobernador romano de Siria no tiene duda alguna de que Casio y Bruto serán los vencedores en la guerra contra Marco Antonio y Octavio, y reitera a Herodes su confianza plena en él. «Mantén tranquila la zona bajo tu mando —le escribe—. Si cumples bien, te esperan privilegios y honras en el futuro».

La ratificación de Herodes como estratego de la Siria del sur y el inicio de la guerra civil provocan un inquieto malestar en Málico, quien cree que, a pesar de tanto revuelo, llega el momento de abandonar la diplomacia y actuar con contundencia.

—Hay que acabar con Antípatro, y hay que hacerlo ya —dice Málico reunido en Jerusalén con los cabecillas de la conjura.

—¿Y qué hacemos con Herodes y con Fasael? Ambos siguen al mando de fuerzas considerables.

—Esos dos no son nadie sin su padre. Es Antípatro quien les dice lo que tienen que hacer; si liquidamos al padre, los hijos no sabrán qué camino seguir, y podremos eliminarlos con facilidad.

—¿Y cómo lo haremos? Herodes sigue al mando de varias cohortes de la XII legión y Fasael, de la guardia real.

—Enviaré un correo a Casio, que ya es el hombre fuerte de Roma y que, según todos los indicios, acabará ganando la guerra. Le prometeré fidelidad eterna del pueblo judío a cambio de que nos conceda más autonomía, como hizo Julio César, para gobernarnos por nosotros mismos según nuestras leyes ancestrales.

—Bien. Pero ¿cómo vas a atrapar a Antípatro?

—Organizaremos un gran banquete aquí, en Jerusalén, al que invitaré a Antípatro para mostrarle mi fidelidad; creo que podré convencerlo para que se presente, y será entonces cuando lo ejecute con mi propia espada.

—Ese plan es demasiado burdo. Antípatro es muy listo y tiene mucha experiencia; no caerá en una trampa tan evidente. Además, Casio considerará como un ataque a sí mismo si ejecutamos de ese modo al padre de Herodes, su gran aliado. Ya sabéis que acaba de ratificarlo por medio de su legado en Siria como general del ejército romano en el sur de la provincia. Te propongo una solución más eficaz.

—Habla —dice Málico al portavoz de los conjurados.

—Veneno.

—¿Veneno?

—Sí. Envenenaremos a Antípatro. Hay ponzoñas que no dejan huella. Sé de alguien que lo puede hacer. Así, Herodes y Fasael perderán a su padre y mentor, y no sabrán qué hacer; entonces sí que podrás decirle a Casio que lo apoyamos. Si ese romano es lo suficientemente listo, tendrá que contar con nosotros y dejar de proteger a Herodes y a su hermano.

Málico reflexiona.

—De acuerdo. Si Antípatro muere de esa manera, nadie podrá afirmar con pruebas que nosotros estamos detrás, pero... ¿cómo lo harás?

—El copero de Antípatro es pariente mío. Lo conozco bien. Nada le gusta más que el dinero; si le pagamos generosamente, hará lo que le digamos, incluso envenenar a su señor.

—¿Así de fácil?

—Una vez muerto Antípatro, tendremos que garantizar la seguridad de mi pariente. Habrá que acabar también con Herodes y Fasael, pero ya te encargarás tú de acordarlo con Casio.

Málico vuelve a reflexionar. Por su cabeza pasa una idea. Puede usar el envenenamiento de Antípatro para hacer creer a Casio que es el etnarca Hircano quien lo ordena.

—En ese caso, adelante.

—Le dirás al romano que Hircano ha preparado una conjura en connivencia con Herodes y Fasael para hacerse con todo el poder desde Siria hasta Idumea, proclamarse no etnarca, sino rey de Israel, y pasarse al lado de Marco Antonio y Octavio. Si todo sale bien, Casio te creerá, y tú te convertirás en el soberano de todo Israel. Los buenos pescadores saben pescar en aguas revueltas.

Pocos días después, Antípatro se siente mal. Tras ingerir una copiosa comida, le sobrevienen unos fortísimos dolores de estómago. Los médicos intervienen deprisa y le proporcionan bebedizos de hierbas para calmar sus molestias. En vano. El veneno hace su efecto. Nada puede detener la ponzoña, y Antípatro fallece a las pocas horas entre horribles espasmos e insufribles diarreas.

Cuando Herodes se entera de la muerte de su padre y de los dolores sufridos en los últimos momentos, no le cabe duda alguna de que ha sido por efecto de un veneno, pese a que no parece haber pruebas de ello; y barrunta quién está detrás.

El general tiene un problema más que añadir a los que ya padece. Su esposa Doris, que sigue muy dolida por el amorío de su marido con la bella Mariamme, no cesa de decirle a su hijo, el pequeño Antípatro, que Herodes no es un buen padre, que no juegue con él, que es un hombre malo y de peor genio. Poco a poco, Doris deposita en la mente del pequeño la semilla del odio hacia su progenitor; una semilla que crecerá turbulentamente.

5

Un banquete peligroso

La noticia de la muerte del todopoderoso Antípatro se extiende por Israel como el agua de un torrente desbordado tras una tormenta terrible.

Málico se encarga de que sus hombres se desplieguen con todo sigilo por las zonas altas de Jerusalén. Es consciente de que Fasael, gobernador de la ciudad, puede responder con su guardia y tratar de vengar la muerte de su padre, aunque no haya prueba alguna sobre la identidad del presunto asesino.

Los conspiradores intuyen que puede desencadenarse un enfrentamiento que arrastre a una guerra civil en Judea, aunque, por el momento, se mantiene una tensa calma, sin que nadie se atreva a ser el primero en desatar un episodio de violencia.

Herodes, que anda revisando las guarniciones a su mando en el sur de Siria, reacciona ante la noticia de la muerte de su padre con un mayúsculo estallido de cólera. Maldice al asesino de su progenitor —está seguro de ello— sin que sepa aún su identidad, pero sí sabe que significa un claro atentado contra la política de exacciones para sostener la guerra civil entre romanos. Expulsa a todos de la sala en la que se entera de lo ocurrido, patea con furor incontenible los objetos que tiene alrededor, brama como un toro herido y, al fin, rompe a llorar como un niño indefenso.

Tras recuperar un poco de sosiego, pasea de lado a lado por la cámara mientras masculla un plan de venganza: «Debí haber ejecutado a todos los contrarios a las órdenes de pago; no debí detenerme a las puertas de Jerusalén; no sé por qué hice caso a mi padre y a mi hermano; si hubiera seguido mi primer impulso, ahora mi padre estaría vivo y esos traidores muertos; Málico, sí. ¡Seguro! Málico es el culpable; es él quien está detrás de este crimen; ya mis agentes me avisaron de sus intenciones; se acabó mi paciencia, marcharé sobre Jerusalén con todos mis hombres, aplastaré a Málico y a cuantos lo apoyan; su sangre teñirá de rojo la ciudad».

En Jerusalén, Fasael se muestra más prudente. Como su hermano, no tiene duda alguna de que es Málico el instigador del asesinato de Antípatro, pero carece de pruebas para demostrarlo. Además, Málico no cesa de llorar en público en cada ocasión; su dolor por la muerte de Antípatro es similar al causado por el inesperado fallecimiento de un hermano, afirma por todas partes.

—Amado Fasael —lo saluda Málico al presentarle sus condolencias—, maldigo la inoportuna muerte de nuestro gran amigo y me proclamo fiel servidor vuestro, sus queridos hijos. Los beneficios que tu padre aportó a nuestro pueblo han sido innumerables. ¡Qué inmensa pérdida para Israel! ¡Qué dolor tan insoportable!

Málico se comporta con una impostura histriónica; exagera cada gesto y enfatiza cada palabra que pronuncia en público; pero basta observar su faz, el rictus de su rostro, el vacío en sus ojos y la falsedad de su mirada para darse cuenta de que es un impostor.

—Agradezco tus muestras de dolor —dice Fasael, a la vez que se suelta del largo abrazo de Málico, intentando que no se note su ira.

—No ha habido nadie como él. ¡Cómo lo echaremos en falta!

Fasael siente la tentación de agarrar por el cuello al recaudador y estrangularlo allí mismo con sus propias manos, pero mira en derredor y observa que varios seguidores de Málico están situados estratégicamente y portan espadas al cinto.

Decide permanecer quieto y esperar a que su hermano se presente en Jerusalén para desencadenar la fuerza de su venganza.

Pocos días después, Herodes se presenta en Samaria, tras cabalgar sin descanso desde el sur de Siria. Desde su campamento, envía oteadores a Jerusalén para que lo mantengan informado de lo que acontece en la ciudad y alrededores. Se acerca la fiesta de los Tabernáculos y, dada la multitud de gentes que acuden a la ciudad, puede ser el momento propicio para presentarse con un grupo de soldados disfrazados, infiltrarse en las calles, confundirse con la muchedumbre, localizar a Málico y liquidarlo.

Como cada año, Jerusalén es en septiembre un hervidero de gente.

Los habitantes de Judea peregrinan a su ciudad santa tres veces al año, y una de esas tres ocasiones es la llamada de los Tabernáculos. Se celebra en otoño para dar gracias a Dios por las cosechas. Miles de peregrinos se presentan en el Templo sin que se les solicite salvoconducto alguno, de manera que ese momento es el más oportuno para ejecutar el plan contra Málico.

La capacidad para acoger a tal masa de personas rebasa con creces los medios de los que dispone la ciudad, encerrada entre los paramentos de una muralla compacta, de manera que los peregrinos levantan donde pueden, incluidos los alrededores inmediatos de la capital, tiendas efímeras con todo tipo de materiales para pasar las noches a cubierto durante los siete días que dura la fiesta.

Las calles se convierten en una suerte de alborotada colmena, con una multitud que participa activamente en procesiones y ceremonias organizadas en el Templo y sus alrededores. Los fervorosos judíos portan palmas, ramos de sauce y ramilletes de mirto que agitan de manera acompasada a la vez que cantan loas, entonan salmos y elevan oraciones en las que dan gracias, ruegan protección y consuelo al Altísimo. Desde el amanecer, el bullicio es constante por todas partes. Un sacerdote desciende a la fuente de Siloé para llenar de agua un jarro de oro que lleva al Templo y vierte en uno de los ángulos del altar. Así se espantan los demonios y se libra el espacio sagrado de esos espíritus inmundos que se congregan tratando de estropear la fiesta. En cada momento del día hay procesiones tumultuarias, se suceden los sacrificios oficiados por los sacerdotes en el Templo y se celebran comidas comunales en cualquier esquina, plazuela o recoveco de la ciudad. Es la fiesta de la luz y del agua, generadoras por disposición divina de grandes beneficios para las cosechas.

Al atardecer, centenares de teas iluminan los atrios del santuario y los peregrinos se disponen a bailar al son de la música de trompetas, flautas, liras, címbalos y panderos, mientras los levitas, encargados del servicio del Templo, cantan sus monocordes melodías hasta el amanecer.

Desde Samaria, el estratego envía un mensaje a Casio en el que le cuenta que es Málico el instigador de la muerte de su padre y lo califica de judío intrigante y traidor. «No hay duda alguna», asegura.

Casio le responde enseguida con el mismo correo, que trae la respuesta esperada: «De Casio a Herodes, salud. Venga la muerte de tu padre, pues considero que es un acto de estricta justicia. Remito órdenes al legado de Siria y a los tribunos para que te ayuden en esta causa».

Tras leer esta misiva, Herodes prepara a sus hombres. Disfrazados de peregrinos, están listos y esperan la orden de dirigirse a Jerusalén, con sus armas ocultas entre sus amplias túnicas, mezclándose entre el gentío que acude a la fiesta. Al contar con el apoyo romano, ya nada puede detener su cólera. Málico debe pagar, y cómo, su traición.

Entre tanto, el conspirador sigue adelante con sus planes. En el peristilo de su rica casa de Jerusalén se reúne con un grupo de partidarios para estimar la situación.

—Amigos, Casio está demasiado ocupado con los preparativos de la guerra contra Marco Antonio y Octavio, lo que coloca a Hircano en una posición de extrema debilidad. Sin Antípatro a su lado, el etnarca es una pieza inútil.

—Es hora de que lo sustituyas como monarca de Judea y de todo el reino —propone uno de los presentes.

—Ha llegado el momento de que Israel vuelva a tener un rey de verdad, y ese debes ser tú, Málico —tercia otro.

El cabecilla de la conspiración camina dando vueltas alrededor del pequeño estanque en el patio de su casa, y a cada giro se entusiasma más y más con esa posibilidad.

—Eres un hombre piadoso; nuestro Dios no te abandonará. El Altísimo no separa de su lado a quienes confían en su bondad y loan su gloria.

—Te proclamaremos rey de Israel. La mayoría del pueblo judío te seguirá porque verá en tu persona al soberano capaz de poner fin a la tiranía del clan idumeo que tan mal nos gobierna.

—Hircano no cumple la ley divina. Proclámate rey tú mismo, y ya veremos qué se hace después con los romanos.

Los halagos inundan los oídos de Málico pero, tras asentir a las propuestas, reflexiona y desciende a la realidad.

—La situación en Jerusalén dista mucho de estar controlada por nosotros. Fasael mantiene la fidelidad de la guardia y no está dispuesto a ceder un ápice. Nos aniquilará fácilmente. Además, creo que sospecha que hemos sido nosotros los responsables de la muerte de Antípatro —dice Málico.

—Así es —interviene otro de los conjurados—. Se ha corrido la voz y algunos aseguran que eres el responsable de la muerte del valido, o al menos tienen dudas, dicen, bien fundadas. Cambiemos, pues, de planes. No controlamos Jerusalén. Quizá ahora lo más sensato es que te quites de en medio por unos días, tal vez unas semanas.

—Sí, esa es una buena idea. Además, uno de mis hijos está en Tiro, en Fenicia, rodeado de romanos. Quiero ponerlo a salvo y traerlo a Judea antes de emprender cualquier acción que pueda acarrearle represalias.

—¿Te retiras, pues?

—Sí. Me iré de la ciudad con unos cuantos hombres y me dirigiré a Tiro. Desde allí nos prepararemos para ejecutar lo planeado.

Herodes y su grupo selecto de soldados están a punto de salir hacia Jerusalén cuando un correo enviado por Fasael se presenta a toda prisa en Samaria con una carta que reza: «La pieza que ansiamos cobrar abandona la madriguera».

El estratego esboza una malévola sonrisa.

—¿Cuáles son los nuevos planes de ese traidor? —pregunta al correo que conjetura bien informado.

—Se dirige al norte, a la costa de Fenicia. Su destino es Tiro, donde lo aguarda su hijo. Tiene la intención de reorganizarse y desde allí marchar contra Jerusalén, derrocar a Hircano y proclamarse rey de Judea.

—¿Sabe Málico cuáles son nuestros planes?

—No, mi señor. Los ignora. Tu hermano ha dicho que el conspirador cree que no sabes quién es el asesino de vuestro padre.

Herodes sonríe de nuevo. Se le acaba de ocurrir un plan. Llama a un secretario y le ordena que redacte una carta para Málico y que un correo salga a su encuentro para entregársela.

El correo de Herodes alcanza a la comitiva de Málico, que está siendo vigilada y seguida a notable distancia por oteadores, cerca de Samaria, y le entrega la carta: «Apreciado Málico. He sido informado de que transitas cerca de Samaria. Es mi obligación, como gobernador de esta prefectura, ofrecerte mi hospitalidad. Te invito encarecidamente a que cenes mañana conmigo. Así podrás hacer un alto en el camino, descansar como conviene y hablar sobre cuestiones que nos atañen».

Al leer la misiva, Málico tiembla de miedo. No tiene ninguna gana de verse con Herodes, pero no puede rechazar la invitación, pues sería una ofensa imperdonable. De modo que acepta, pese a que sabe que se mete en la boca del lobo. Pensándolo bien, es posible que verse con Herodes cara a cara sea la única manera de que se disipen las sospechas de su participación en la muerte de Antípatro. Además, recuerda que la Fortuna ayuda a los osados, y en esas condiciones no le queda otro remedio que serlo.

El encuentro para la cena se produce en un pabellón levantado a unas pocas millas de Samaria, en un lugar elegido por el propio Herodes.

—Querido amigo —sonríe Málico al presentarse ante el estratego—, ya lo he hecho ante tu hermano Fasael, pero deseo mostrarte de nuevo mi más sincero pésame por la desdichada enfermedad y muerte de tu honorable padre. ¡Qué gran pérdida! Dudo que vuelva a nacer en esta tierra un hombre de su valía y capacidad.

—Tu pena es sincera; te agradezco las condolencias —sonríe Herodes sin dejar entrever un rictus de ironía.

—Fue la mala suerte que se cebó con Antípatro, además de la impericia de los médicos que lo atendieron, que no supieron atajar a tiempo la enfermedad que lo aquejaba.

—No me cabe duda de que así fue —asiente Herodes—. Esos jóvenes medicuchos que vienen de Grecia o de Asia no están preparados para su trabajo. Nos envían aquí a los peores, a los que no pueden ganarse la vida en sus lugares de origen.

—Así es, querido amigo. Si hubieran diagnosticado su enfermedad a tiempo, ahora Antípatro no estaría muerto, sino aquí, cenando con nosotros.

—Estoy convencido de que mi padre sufrió una intoxicación. Comía demasiado para su edad, y esos incompetentes médicos que lo atendían no supieron acertar con el diagnóstico ni con los remedios convenientes.

—Dices bien. Una dieta adecuada o una sangría a tiempo lo hubieran curado, pero esos ineptos le proporcionaron unas hierbas que no eran apropiadas para sanarlo.

—Si tú hubieras estado allí no hubiera ocurrido esa desgracia —dice Herodes, fingiendo una mueca de aseveración, aunque no le cabe la menor duda de que Málico es el asesino.

—Nuestra patria no encontrará un hombre igual que la gobierne.

—¿Qué opinas de Hircano? —le pregunta Herodes.

—Carece de la valía de tu padre. Sin Antípatro a su lado, Hircano es demasiado débil. Me temo que los romanos pueden hacer con él lo que deseen.

—Tal vez.

De pronto Málico se da cuenta de que Herodes lo está llevando a terrenos pantanosos, de modo que opta por cambiar de tema de conversación y hablar de cuestiones banales.

—Magnífica cena. En Jerusalén es imposible organizar un banquete como este, y con esas extraordinarias bailarinas amenizándonos la velada. —Señala a cuatro danzarinas que muy ligeras de ropa danzan al son de flautas y tímpanos frente a los comensales—. Si los fariseos se enteraran de que se organiza algo así, clamarían al cielo y propiciarían una revuelta.

—Afortunadamente aquí no hay fariseos.

Apuran las copas de vino traído de Cos y de Samos y se deleitan con las rítmicas oscilaciones de las sinuosas caderas de las danzantes.

Herodes sonríe. Málico considera que el estratego ya está convencido de su inocencia, y respira aliviado. Entonces, con una leve señal, Herodes indica a uno de sus hombres que lleve adelante el plan programado.

—Amigo, han sido una cena y una velada excelentes. Deseo compensarte con la misma generosidad en tu próxima visita a Jerusalén.

—Así lo espero.

—Mañana al alba seguiré camino hacia Tiro.

—Que la Fortuna te guíe. Una escolta compuesta por mis mejores hombres te acompañará unas cuantas millas.

Málico sale del pabellón, feliz por su capacidad de convencimiento.

Apenas se aleja un centenar de pasos, cuando un nutrido grupo de legionarios, con las espadas desenvainadas, cierra el paso y rodea a la pequeña comitiva que lo acompaña.

Málico tiembla de miedo. Mira a sus hombres, suplicando que lo defiendan, pero estos bajan los brazos y rinden sus armas sin ofrecer resistencia a los legionarios de Herodes. Y entonces lo comprende todo: sabe que está perdido y que es hombre muerto.

El cuerpo de Málico, cabeza de la conjura, resulta cosido a cuchilladas sin que de su garganta salga un solo grito. Sus guardias, que tal vez esperaban misericordia, son abatidos también a espadazos como ovejas en el matadero.

Cuando Herodes es informado de la matanza, sonríe. Se llena una copa de vino de Samos, la alza en honor de su padre y se la bebe de un solo trago. Su sabor es tan dulce como la venganza.

6

Un nuevo dios

Con la muerte de Málico parece alejarse la tormenta que desde hace tiempo amenaza el cielo de Judea, aunque nuevas sombras se proyectan sobre el viejo reino. Israel es un hervidero.

Antígono, hijo del príncipe Aristóbulo I, hermano del etnarca Hircano y antiguo aspirante al trono sin éxito alguno, considera que los momentos turbulentos que vive el país son apropiados para regresar del destierro y asentarse en Galilea, lejos de la capital de Judea. Desde allí desea tantear el estado de los antiguos seguidores de su padre y considerar sobre el terreno la posibilidad de recuperar el trono.

Los eternos partidarios de eliminar al etnarca lacayo de Roma y a Herodes ven en este personaje del linaje de los Macabeos al cabecilla que puede suplir a Málico y encabezar un nuevo intento de hacerse con el poder en Jerusalén.

Grupos de antiguos partidarios de Aristóbulo I, derrotado por Hircano, se reúnen en varios lugares de Galilea, a donde acude su hijo Antígono para preparar con ellos un posible y futuro asalto al trono de Israel, siempre apetecido por los descendientes de los Asmoneos.

—He vuelto del exilio —Antígono se dirige a varios acólitos reunidos en Galilea— para devolver el honor y la independencia al pueblo judío. Esta era la gran aspiración de mi padre.

—Y nosotros estamos dispuestos a seguirte hasta el fin

—proclama con voz sonora uno de los reunidos—. Además, la sangre de nuestros compatriotas, derramada por Herodes, nos ofende y humilla. Hace muchísimo tiempo que sentimos que no podemos dejar impunes sus atrocidades.

—Contad conmigo para ello. Insisto en que solo pretendo recoger la herencia de mi padre y luchar por el pueblo de Israel contra el usurpador, Hircano, y sus perros de presa Herodes y Fasael. Voy a recorrer Galilea entera, hasta la más recóndita aldea, para reunir a todos los hombres que quieran luchar a mi lado contra esa banda de impíos que ahora gobierna en nuestra ciudad santa. ¿Quién quiere luchar a mi lado? ¿Quién quiere vengar a los asesinados por Herodes? ¿Quién desea que Israel recupere su dignidad?

—¡Todos nosotros! —un coro de voces aclama la arenga de Antígono, que sonríe satisfecho.

—Estoy aquí con la misión de reunir a todos cuantos anheláis una patria libre e independiente, a los que deseáis luchar por ella y establecer un gobierno que cumpla la ley de Dios. ¡Bendito sea! Él es nuestro faro y nuestro guía.

—Somos muchos los que te seguiremos hasta la victoria, Antígono. Somos multitud los que odiamos a los idumeos y a los romanos y queremos acabar con su tiranía.

—Herodes, Fasael y el falsario Hircano no pueden seguir mandando en Israel. Es intolerable que esos dos idumeos y ese pelele de etnarca colocado por Roma gobiernen al pueblo elegido de Dios. ¿Lo vais a consentir? —pregunta Antígono alzando los brazos con aire de profeta antiguo.

—¡No, no, no! —claman a voces todos los presentes.

En los días siguientes visita las villas más pobladas de Galilea y recluta a decenas de partidarios. Su objetivo es organizar un ejército pequeño, pero con gran arrojo y bravura, entrar en Jerusalén, tomar el poder y pactar luego un acuerdo con Roma. Por el momento, Antígono silencia este extremo para no perder seguidores entre los contrarios a una alianza con la República, que, en realidad, es una manera de sumisión.

Actuando con serenidad y astucia, Antígono consigue reunir a varios centenares de judíos dispuestos a levantarse en armas.

En todos los lugares donde se presenta pronuncia el mismo emotivo discurso:

—Me proclamo orgulloso de pertenecer al linaje de la noble casa de los Macabeos. Prometo dejarme la vida para lograr la verdadera independencia de la patria judía respecto a Roma. Quiero honrar la memoria de mis padres y de Málico. Juro vengar la muerte de todos los inocentes asesinados por Herodes aquí, en Galilea.

En cada discurso asegura que sabe interpretar los pensamientos de los buenos judíos y se muestra dispuesto a restaurar la gloria de antaño, manchada por la iniquidad de Hircano y sus esbirros idumeos.

Mezclados entre la muchedumbre, un par de agentes de Fasael perciben con cierta angustia lo que anda tramando Antígono. A tenor del número de hombres reclutados por el enemigo, el hermano de Herodes concluye que no puede enfrentarse al posible número de rebeldes reunidos por Antígono con las fuerzas de las que dispone en Jerusalén, de manera que envía un correo urgente a Herodes para solicitar su ayuda, a la vez que ordena reforzar la guardia de la ciudadela y otros puntos estratégicos de la capital.

Como Málico, Antígono quiere aprovechar que los romanos andan a la gresca entre ellos para dar un decisivo golpe de mano. Alardea continuamente de su linaje macabeo y promete una y otra vez que hará realidad el deseo de un Israel libre e independiente..., como en el tiempo de David y de su antepasado Juan Hircano, cuando se ampliaron las fronteras del reino hasta las fronteras que tuvo con aquel gran rey. Bienvenida sea una guerra civil con tal de borrar a Herodes, Fasael e Hircano de la faz de la tierra. Antígono toma entonces la decisión de iniciar la revuelta en Galilea: primero debe derrotar a Herodes en el norte de Israel, y dejar a Fasael y Jerusalén para el final.

Mientras los galileos se disponen para librar una contienda interna, los dos bandos romanos se preparan para la batalla decisiva. Casio y Bruto, que cuentan con la fidelidad de diecisiete legiones, se desplazan al norte de Grecia con las tropas reclutadas en

Siria y otros lugares, en tanto que Marco Antonio y Octavio, que consiguen la lealtad de diecinueve legiones, reafirman su alianza.

Herodes, informado por Fasael de las intenciones de Antígono, está preparando a sus hombres para la guerra intestina cuando, a finales del otoño del año 712 desde la fundación de Roma, recibe la esperada noticia del final de la contienda romana en su campamento de Samaria. El mensajero, que llega desde la costa reventando caballos sin descanso, le anuncia jadeante:

—Señor, las legiones de Bruto y Casio han sido aplastadas por las de Marco Antonio y Octavio en la llanura de Filipos, al norte de Grecia, cerca de la costa del Egeo. Casio y Bruto han muerto en el combate.

—¿Cómo es posible? Hace unos días nos informaron de que la contienda había quedado en tablas.

—Eso fue en el primer envite, en el que flaqueó Octavio; pero veinte días después se libró una segunda batalla dirigida por Marco Antonio, y el resultado fue una victoria total para él y para Octavio. Se dice que en los campos de Filipos han combatido doscientos mil hombres, tal vez la mayor batalla que haya librado la República.

Herodes se conmueve. Su apuesta por Casio y Bruto falla estrepitosamente, y le puede salir muy cara si los vencedores deciden tomar represalias contra él.

—¿Sabes algo más?

—Marco Antonio se ha convertido en el gran triunfador. Él fue quien dirigió la segunda y decisiva batalla, ya que Octavio estaba enfermo. Alardea de que a él se debe toda la gloria de esa victoria. Ya es el hombre más poderoso de la República —dice el correo.

—Retírate, descansa y recupérate del viaje. Mañana saldrás hacia Jerusalén con estas noticias y un mensaje para mi hermano.

El estratego llama a un escriba y dicta una carta para Fasael: «Hermano: Salud y fortuna. El mensajero que lleva esta carta te comunicará con detalle que Marco Antonio ha vencido en Filipos a Casio y a Bruto, quienes han muerto en la batalla. Sé bien que Antonio es muy ambicioso y no me cabe duda de que él y su colega Octavio coparán todo el poder. Quienes los ayudan, como Marco Emilio Lépido, pontífice máximo y cónsul en Roma, no significan en realidad nada. No creo que Antonio y Octavio quieran restaurar la República, sino más bien fundar una suerte de diarquía, pero como no puede haber dos soles en el mismo cielo, supongo que se repartirán los dominios de Roma, y que Oriente será para Marco Antonio y, por tanto, Siria e Israel. Hemos apostado por Casio y Bruto y hemos perdido. Ahora debemos mostrar nuestro apoyo a Marco Antonio. Espero que nos perdone. Que goces de salud. Tu hermano, Herodes».

La encrucijada en la que se encuentran los dos hermanos es complicada y peligrosa; pero la de Antígono y sus partidarios no lo es menos.

Un torbellino de planes contradictorios agita la mente de Herodes, que medita cómo ganarse la confianza de Marco Antonio. Este piensa trasladarse a Éfeso, para desde allí gobernar con mano dura los dominios de Roma en Oriente, en tanto que Octavio imperará en Occidente. Mientras los dos grandes triunfadores se reparten las provincias de la República, dejan a Lépido un retiro dorado, otorgándole la prefectura del norte de África.

Al hilo de la memoria, Herodes recuerda un detalle que podría hacer que Antonio olvidara, o al menos perdonara, su apoyo a Casio. Escribe de nuevo a Fasael:

«Hermano, salud. Nuestro padre acogió hospitalariamente en una ocasión a Marco Antonio. Ocurrió cuando el romano, todavía joven, sirvió en Siria como ayudante del gobernador de esa provincia. Tenemos que hacer valer este recuerdo para mantener nuestro estatus en Jerusalén y en Galilea, pues si se lo propone, nos fulminará de un soplido. La mayoría de los israelitas no está de nuestro lado y nos sigue considerando extranjeros. Sabes bien que nos acusan de ser medio judíos, crueles recaudadores de impuestos y sicarios de Roma.

»En estas circunstancias, solo atisbo una salida a esta difícil situación: ganarnos la amistad de Marco Antonio como sea. Ese es también el parecer de mis colaboradores. Restaurar la paz con Antonio es lo único que nos puede sacar de este terrible apuro. Si lo conseguimos, la enemistad de Antígono será una mera anécdota.

»Tenemos que convencer a nuestro nuevo amo en Oriente de que seremos fieles aliados y de que el verdadero enemigo de Roma es ese judío, Antígono, que pretende crear un reino en Israel, independiente y aun contrario a los intereses de los romanos. De modo que ofreceremos nuestros servicios a Marco Antonio sin ninguna condición y le mostraremos absoluta sumisión y total fidelidad.

»Voy a enviarle una carta en esos términos y te pido que hagas tú lo mismo. Debemos convertirnos en sus hombres en Israel. Recuerda el consejo de nuestro padre poco antes de morir: «Apresuraos a correr siempre en ayuda del vencedor. Colocaos a su sombra y seguid sus pasos. Así sobreviviremos».

»Por lo que sé de él, Antonio es un personaje cuya índole moral nada tiene que ver con la de los judíos. No respeta a Dios ni a los hombres; a ningún dios y a ningún hombre. Acaba de alcanzar un triunfo extraordinario y considerará que está tocado por la mano de la Fortuna. Como sucesor de Julio César querrá emular a su predecesor, aunque para ello tenga que enfrentarse con Octavio. Estoy seguro de que, aunque ahora son aliados, tarde o temprano esos dos chocarán para dirimir quién es el dueño del mundo. Creo que, en esa lucha, Antonio será el vencedor; de modo que apostemos por él ya y pongámonos a su servicio».

Marco Antonio saborea el dulce sabor de su triunfo con deleite.

Durante semanas celebra copiosos banquetes y fiestas opulentas; gasta fortunas en carísimos caprichos; se rodea de las más hermosas cortesanas para orgías descomunales, contrata a los más afamados músicos, danzantes y artistas y organiza en su honor y en el de Roma juegos colosales con los más célebres gladiadores y con los mejores aurigas y atletas. Rodeado de aduladores que lo alaban como al mayor de los héroes, gasta ingentes cantidades de dinero en fastos y en colmar de regalos a la pléyade de nobles envilecidos que se regalan con su dadivosidad.

El movimiento de Herodes y Fasael en busca del acercamiento a Marco Antonio es detectado por agentes de Antígono, quien anda igualmente preocupado por la decisión que tome el romano sobre Israel. De ahí que se dirija a un reducido grupo de acaudalados saduceos, muy preocupados porque creen que se les avecina un vendaval de nuevos impuestos:

—Antonio se ha asentado por el momento en Bitinia, a orillas del Ponto. Hace ya bastante tiempo de su victoria en Filipos y, aunque sigue disfrutando de la victoria, no tardará en buscar nuevas glorias. Algunos mercaderes que viajan hasta allí comentan que gasta tanto dinero que pronto se quedará sin los fondos conseguidos por el pillaje a los derrotados. Además, tiene que seguir manteniendo a todo su ejército. De momento lo hace en parte con los tributos que seguimos aportando, pero su avidez, semejante al apetito de un león, necesitará más y más recursos.

—Ese hombre es el dueño de Oriente. Tras recibir la pleitesía de todas las legiones de Asia, Siria y Fenicia, quiere más, mucho más. No tardará en venir a nuestra tierra. ¿Qué propones que hagamos? —plantea uno de los notables saduceos.

—Pues... intentar hallar gracia ante sus ojos. El odiado Casio nos extorsionó inmisericordemente; quizá Antonio sea más benévolo si le mostramos nuestra sumisión.

—¿Aceptar que Roma nos someta sin plantear la menor resistencia?

—Escuchadme —les pide Antígono—. Pese a los decisivos cambios en Roma, Hircano se mantiene como el etnarca de Israel; sigue bajo protectorado romano, y gracias a él mantienen sus prerrogativas Fasael y Herodes, pero creo que se nos presenta una oportunidad extraordinaria, y tal vez única, para librarnos de una vez de los traidores y eliminar el veneno que esos dos destilan en Galilea y Jerusalén. De paso, vengaremos el cruel asesinato de Málico.

Tras un intenso debate, los saduceos aceptan la propuesta de Antígono y acuerdan enviar una embajada a Bitinia para mostrar su lealtad a Marco Antonio. Ignoran que Herodes se les ha adelantado y que ya hay un correo suyo en Bitinia con una atrevida propuesta.

Los embajadores de Antígono se presentan ante Antonio, quien los recibe tras hacerlos esperar tres días. Se quejan de las tropelías que cometen los dos hermanos idumeos en Galilea y

Jerusalén, y se ofrecen como los mejores aliados para defender los intereses de Roma en Israel. Es demasiado tarde.

Un tal Teodoro, que encabeza la embajada de Antígono, es un hombre de reputada capacidad retórica. Comienza su discurso, preparado durante semanas, alabando la grandeza y las virtudes de Marco Antonio, y a continuación glosa los bienes que su gobierno va a reportar a todo el orbe. Acaba con un alegato contra los dos hermanos idumeos:

—Ilustre Antonio, no conviene a la República que unos aventureros como Herodes y Fasael sean los representantes de Roma en Israel. Nosotros queremos tu amistad, ser tus más fieles y leales aliados, a la vez que desarrollamos nuestra propia vida según nuestras costumbres ancestrales. Deseamos mantener la paz al sur de Siria. Te ofrecemos conservar una región tranquila y sin problemas. Eres conocedor, excelentísimo general, de los decretos y tratados que tu antecesor, el glorioso Julio, firmó concediendo a nuestro pueblo un gobierno propio, el uso de nuestras leyes y costumbres y un trato de favor. Por todo ello...

Marco Antonio no permite que Teodoro continúe con su discurso. Alza la mano con energía y lo ordena callar. Tras unos instantes en silencio, le espeta:

—Quiero tomarme un tiempo antes de daros una respuesta —y les ordena que se retiren.

Asombrados y confusos, los embajadores de Antígono salen de la audiencia lamentando la postura evasiva del romano. Sospechan que algo va mal, lo que ratifican cuando se enteran de que Herodes está de camino hacia Bitinia y que viene a entrevistarse personalmente con Marco Antonio. Entonces deciden permanecer a la espera allí mismo para estar seguros de en qué dirección sopla el viento.

Nadie espera un golpe de efecto tan demoledor. Sus enemigos saben bien que Herodes es un hombre arrojado, lleno de audacia e impetuoso, pero ninguno puede siquiera imaginar de lo que es capaz en este caso.

El estratego se presenta en Bitinia ante Marco Antonio, tras aceptar este la visita que le proponen sus enviados. El propio caudillo romano se sorprende ante la valentía de Herodes; valora su temeridad al presentarse ante él pese al peligro de arriesgar sin temor alguno su propia vida.

En la sala de audiencias donde días antes aceptaba a los embajadores de Antígono, Marco Antonio recibe ahora a Herodes.

Un emisario entra en la sala, despliega un pergamino y lee:

—«Salud al victorioso Marco Antonio, vencedor en Filipos, varón ilustre y gobernante eminentísimo. Se presenta Herodes, hijo de Antípatro, estratego del ejército romano en Samaria y gobernador de Galilea. Desea rendir pleitesía y obediencia al señor de Oriente».

A continuación hace su entrada Herodes, que camina con paso decidido acompañado por dos hombres que portan un objeto cubierto por un lienzo púrpura. Al llegar a unos diez pasos de distancia, se detiene y se inclina.

—¿Qué te trae ante mí? —pregunta Antonio.

—Salve, Marco Antonio —comienza su discurso Herodes, que habla con voz firme y ademanes que denotan seguridad y aplomo—. Es mi deseo, ilustre general, que aceptes este regalo como prueba de mi amistad.

A una señal, los criados retiran el paño y muestran una corona de laurel fundida en oro macizo y troquelada por el más célebre orfebre de Tiro, cuyo valor supera los dos talentos.

—Te saludo, gobernador, y admiro tu valor al presentarte ante mí. Sé que fuiste colaborador de Casio, mi rival, lo que otorga mucho mérito a tu gesto.

—Es cierto. Colaboré con Casio, recaudé impuestos y garanticé con mi espada la paz en Galilea, pero solo lo hice por fidelidad a Roma, no a la persona de Casio. La misma fidelidad que ahora te ofrezco.

Antonio conoce por sus consejeros que Herodes es un militar decidido y valiente, que sabe como nadie convencer a los judíos para que paguen impuestos a Roma y que es un gobernador eficaz. Le conviene tenerlo a su lado.

Observa de arriba abajo al estratego y confía en su olfato para juzgar a los hombres. En la primera impresión le cae bien ese medio judío. En verdad es osado y valiente, orgulloso y decidido, fuerte y hábil a la vez.

—Los judíos que recibí hace unos días me han hablado muy mal de ti. Te acusan de ser un traidor y de comportarte con crueldad extrema —dice Antonio—. Han cometido un error, pues han criticado a un delegado de Roma sin medir las consecuencias. Los voy a castigar por ello.

—Si me permites, señor...

—Dime.

—Quiero interceder ante ti en favor de la vida de mis compatriotas.

—¡Pero si han procurado enemistarme contigo! —se sorprende el romano.

—Son gente equivocada; nada más. Volverán a la cordura.

—Observo que además de buen soldado eres un hábil político.

Marco Antonio sonríe, se levanta de su sitial y alaba las palabras de Herodes.

—Solo un hombre avezado y magnánimo en el gobierno es capaz de hablar así. ¡El acusado intercediendo ante mí por sus acusadores! Magistral. Tu padre te enseñó bien el oficio de la política.

—Mi padre era un hombre sabio.

—Lo sé. Lo conocí siendo joven, cuando ejercí el cargo de subgobernador de Siria. Acércate.

Herodes avanza hasta colocarse a dos pies de Antonio, que le ofrece su mano.

—Seré tu más fiel servidor —le dice Herodes.

—Llamad a los embajadores judíos —ordena Antonio.

Poco después aparecen en la sala los emisarios de Antígono, que abren sus ojos como platos cuando ven a Herodes al lado del dueño de Oriente.

—¡Herodes está con él! —musita uno de ellos dirigiéndose a Teodoro, que mira abobado y confuso al estratego.

—Agradeced a Herodes que no ordene que os corten la cabeza ahora mismo y que os permita regresar a Jerusalén con ella sobre vuestros hombros. A su generosa intercesión le debéis la vida. Fuera de mi vista de inmediato, antes de que me arrepienta y os degüelle por cuestionar la autoridad de Roma.

—Agradezco tu generosidad, general —dice Herodes mientras se retiran los embajadores judíos con los rostros enrojecidos y la mirada alicaída, pero resoplando por haber salvado la vida.

En los días siguientes, Marco Antonio invita a Herodes a participar en sus fiestas. Ambos comparten orgías y amantes, banquetes y confidencias, participan en cacerías, competiciones de tiro con arco, carreras de caballos y torneos.

Al cabo de dos semanas, Marco Antonio reúne a sus consejeros y les anuncia que ratifica a Herodes y a Fasael en sus cargos, a la vez que permite que Hircano continúe en su puesto de etnarca de Israel, además de sumo sacerdote de los judíos y presidente del Sanedrín.

Tras ser confirmado por Marco Antonio y volverle a jurar fidelidad, Herodes se relame de gozo aunque le asalta una terrible duda: ¿ha sido acertado dejar con vida a un rival tan peligroso y taimado como Antígono, el pretendiente al trono de Israel?

Durante los días que pasan juntos en Bitinia se estrechan los lazos entre Herodes y Marco Antonio. Son dos hombres de carácter semejante, fuertes y ambiciosos. Además, no son rivales directos; sus intereses personales son por ahora complementarios, de manera que la amistad que estrenan crece con rapidez.

El tiempo de descanso en Bitinia se acaba. Marco Antonio decide visitar las provincias de Oriente, que le corresponden según el reparto con Octavio, y le pide a Herodes que lo acompañe a Cilicia. Ambos generales se encuentran a gusto en compañía del otro y quieren permanecer juntos el mayor tiempo posible.

En Cilicia aguarda a los dos una sorpresa excepcional. Allí espera a Antonio la reina Cleopatra VII de Egipto, la amante de Julio César y madre de su hijo Cesarión, pese a que no disfruta del reconocimiento paterno del dictador y por tanto no puede atribuirse la ciudadanía romana.

Marco Antonio y Cleopatra son viejos conocidos. Él la recuerda perfectamente. ¿Cómo olvidar a una mujer como ella, espléndida, poderosa, atractiva, misteriosa, sensual...? Es inteligente, habla varias lenguas, es capaz de debatir de filosofía y ciencias, y su condición de reina de Egipto le otorga una especial pericia para la política.

Que esté allí, esperando a quien muchos consideran ya como un nuevo dios, es un halago para Antonio, que de repente siente despertar en su interior una pasión en otras ocasiones no sentida. Una cosa es disfrutar de los placeres de la carne con jovencitas hermosas pero de cabeza hueca, y otra muy distinta yacer en el mismo lecho con una mujer como Cleopatra, que a sus veintiocho años mantiene toda la belleza de la juventud, el esplendor de la plenitud y la experiencia de la temprana madurez.

La exótica belleza de la reina egipcia embelesa también a Herodes, que se siente privilegiado entre aquellos dos personajes dignos de una epopeya. Hace falta que surja un nuevo Homero para cantar el encuentro del romano y la egipcia, de Oriente y Occidente, del mundo antiguo y del nuevo. Como Helena de Troya, Cleopatra bien merece que se desate una guerra por ella, por poseerla, porque ninguna otra mortal está tan cerca de una diosa del Olimpo.

Cleopatra aparece ante los dos generales con una estudiada y espectacular puesta en escena digna del mejor teatro de Atenas. Como una divinidad, se presenta sobre un palanquín dorado, portado por cuatro fornidos esclavos etíopes. La ebúrnea blancura de esa mujer destaca al lado de la negra piel de los siervos como el brillo de un lucero en la noche oscura.

La reina desciende del palanquín con una majestuosa elegancia. Marco Antonio la espera en la sala donde va a celebrarse el banquete de bienvenida, absorto ante cada uno de los movimientos de Cleopatra. Al encontrarse cara a cara, la egipcia se retira el velo que le cubre el rostro. No se inclina ante el nuevo dueño de medio mundo; simplemente realiza un ligero movimiento con la cabeza y lo mira con sus ojos cuyo iris de color verde oscuro con destellos violetas brilla con un fulgor inusitado. El romano da un paso adelante, le ofrece su mano y la lleva hasta el sitial preparado para la cena.

Ya recostados en el centro del triclinio en los dos sitiales de madera dorada con delicados relieves tallados en marfil, Cleopatra y Marco Antonio conversan sin prestar atención al resto de los invitados. Herodes, que se encuentra entre los asistentes al convite, no pierde detalle de cuanto está viendo, y enseguida percibe el vínculo que se está estableciendo entre los dos soberanos.

—Me siento muy honrado con tu presencia; nunca pude imaginar que la reina de Egipto acudiera a recibirme —le dice Antonio en voz baja para que solo lo escuche Cleopatra.

—Me apetecía mucho visitar al que algunos ya consideran un dios.

—Sí, uno más de los muchos que habitan nuestro panteón —ironiza Antonio—. A ti te consideran también una diosa en Egipto, según creo, una hermosísima deidad digna de ocupar el más destacado de los altares.

Los dos se miran con similar atención. El romano tiene cuarenta y dos años. Está lleno de fuerza que cultiva en entrenamientos militares, ejercicios atléticos y la práctica de la caza: rebosa vigor varonil ante los ojos de una mujer que lo mira con cuidado.

Herodes los observa detenidamente desde su puesto en el triclinio. No puede retirar los ojos de Cleopatra, recostada entre almohadones de seda púrpura y dorada, soberbia en belleza y fascinante en sensualidad.

Unas danzarinas frigias salen a escena para amenizar con su baile la velada, pero ninguno de los hombres presentes se fija en los pechos y caderas de aquellas agraciadas muchachas. ¡Cómo fijarse en simples mortales, por muy hermosas que sean, cuando se puede admirar a la mismísima Afrodita encarnada en el cuerpo de la reina de Egipto! ¡Qué cuerpo! ¡Qué dignidad! Viste un traje ajustadísimo con un amplio escote que deja margen para imaginar un busto, rotundo, firme y delicado a la vez, sus caderas torneadas, talladas por el mejor de los escultores de Jonia, su estrechísima cintura que no denota su todavía reciente maternidad, sus delicados brazos ornados con brazaletes dorados engastados con piedras preciosas y sus pies descalzos, con los tobillos engalanados con ajorcas de oro. Sin duda, esa mujer es digna de un inmortal.

—¿Quién es ese hombre de pelo y barba negra que no deja de mirarme? —pregunta Cleopatra a Marco Antonio.

—No hay un solo hombre en esta sala que no haya dejado de contemplarte desde que has entrado.

—Me refiero al que viste la túnica roja.

—Es mi amigo Herodes, un medio judío que sirve a Roma como gobernador de Samaria y Galilea, dos regiones de Israel ubicadas al sur de Siria, como bien sabes. Nos han causado algunos problemas, pero ese hombre los ha resuelto con contundencia.

—¿Herodes…? Sí, creo que he oído hablar de él, pero ¿no estaba al servicio de Casio y de Bruto, tus enemigos?

—Lo estaba, sí; pero hace unas semanas se presentó en Bitinia y me juró fidelidad. Nos hemos hecho buenos amigos y lo he ratificado en su puesto.

—¿Te fías de él? Si traicionó a Casio, también te puede traicionar a ti.

—No lo traicionó y no lo hará conmigo. Me necesita.

El banquete se alarga hasta la madrugada. Antonio arde en deseos de pedirle a Cleopatra que lo acompañe esa noche en su lecho, pero se contiene. No quiere parecer débil y rendido a los encantos de la reina, y la despide con una mirada embelesada.

Al día siguiente vuelven a cenar juntos, ahora en la intimidad, y entonces sí, Antonio le pide que pase con él esa noche. Cleopatra tarda unos instantes en responder. Quiere alargar ese momento, que el romano sepa que ella lleva las riendas, que ella es la que decide. Se siente triunfante, sabe que el dueño de Oriente la desea como a ninguna otra mujer y quiere sacar buen partido de ello.

Como la reina egipcia presumía que el general romano le iba a proponer esa cita amorosa, había ordenado a sus esclavas que colocaran en los pebeteros los más delicados perfumes, carísimas esencias que una perfumera fabrica en Alejandría y que tienen fama de aumentar el ardor sexual de los varones que las aspiran.

El brillante amanecer en el cielo de Cilicia sorprende a los nuevos amantes rendidos por una noche de amor, pero todavía abrazados entre las sábanas de seda.

Al encontrarse esa misma mañana con Antonio, Herodes

percibe rápidamente en la cansada alegría de su rostro que en la velada anterior estuvo con Cleopatra. Además, los sirvientes del palacio en el que viven en ese momento pueden contar lo ocurrido en la alcoba, si unas oportunas monedas les sueltan los frenos de la lengua. Detallan con picaresca sonrisa los susurros y gemidos que de vez en cuando se convierten en sonoros estallidos de placer. La mirada del general no deja lugar a dudas sobre el bienestar proporcionado por Cleopatra.

Herodes también asiste en el muelle a la despedida de la reina. La gigantesca trirreme real está escoltada por veinte naves de guerra. Sobre el malecón del puerto, vestido con su equipamiento de general del ejército romano, Herodes parece un héroe griego. Cleopatra se fija en el idumeo, que la mira deslumbrado por la asombrosa belleza de aquella formidable mujer.

Antonio, cuyo corazón está ya cautivo de la reina, le suplica:

—No vuelvas ahora a Egipto. Por favor, quédate conmigo. Comparte ahora la gloria y el poder. Serás mi dama; acompáñame en este paseo triunfal, tan honroso, que me espera en las ciudades de Fenicia y de Siria.

Cleopatra sabe que lo tiene ya atrapado en su dulce red, y se hace de rogar:

—Nada hay en este momento que desee más que estar contigo. Navegar a Cilicia ha sido una ocurrencia maravillosa; pero debo volver a Alejandría porque importantes asuntos de Estado requieren mi presencia inmediata.

Antonio insiste, y, al fin, la reina cede y asiente.

Hay que cambiar los planes de viaje, también los de Herodes, al que Antonio le pide que forme parte de su séquito y que esté a su lado cuando pise las costas de Siria.

Desde Cilicia hasta Fenicia hay un largo trecho por tierra, puesto que Antonio y Cleopatra han renunciado a la travesía marítima que los vientos amenazaban con ser complicada. La comitiva de los soberanos recorre lentamente el camino en forma de una inmensa caravana en la que recuas de acémilas arrastran carros cargados de riquísimas mercancías y tesoros sin cuento.

Al llegar a Tiro de Fenicia aguarda a Herodes una desagradable sorpresa. En la ciudad esperan más de mil judíos, desencantados por la resolución romana de mantener a los dos hermanos idumeos en sus cargos. Las noticias vuelan muy rápido y los judíos presentan nuevas quejas y protestas, y pretenden que Marco Antonio los atienda de inmediato. Lo que no saben es que Herodes, como despedida, acaba de entregar al romano una buena razón para seguir disfrutando de su amistad: monedas que pesan mucho en las bolsas de cuero; y Marco Antonio piensa que no serán las últimas.

—Señor —le comunica un tribuno—, la embajada de judíos espera ser recibida. Alegan que Herodes y Fasael se han comportado pésimamente como gobernadores de Galilea y de Jerusalén. Comunican que el pueblo de Israel no quiere que sigan al frente del gobierno y te solicitan que sean cesados en sus puestos.

—¡Idiotas! —clama Antonio—. No han aprendido la lección que les di en Bitinia e insisten en sus erradas demandas. No pienso recibirlos. Ve y diles que son una pandilla de torpes; que me dejen en paz y que se retiren antes de que acabe enfadándome de verdad.

—¿Con estas mismas palabras, general? —pregunta el tribuno.

—Tal cual las has escuchado de mi boca.

Cuando los emisarios judíos reciben el comunicado, debaten entre ellos y acuerdan que deben seguir insistiendo. Deciden improvisar un campamento con chozas fabricadas con follaje, ramas, lonas y telas que instalan en la playa de Tiro. Están decididos a esperar el tiempo que haga falta hasta que Marco Antonio los reciba.

Pasan los días sin que el ánimo de los judíos decaiga, de modo que Antonio pide a Herodes que vaya a verlos a la playa y trate de convencerlos para que se disuelvan.

El estratego se presenta en el endeble campamento de los judíos, que se mantienen impertérritos en su obcecación. Apenas lleva consigo una docena de soldados de su formidable guardia personal. Siguiendo las instrucciones de Marco Antonio, pretende convencerlos para que acepten la decisión del romano, levanten las tiendas y regresen a sus casas.

—Sed razonables —comienza diciéndoles al pie de la playa, con tono cercano, casi amistoso—. Os puede parecer extraño que sea yo, el sujeto principal de vuestras quejas, quien os lo esté aquí pidiendo, pero creo que hay argumentos suficientes para...

—¡Fuera! —lo interrumpe una voz.

—¡Largo de aquí! —se oye otra.

Enseguida se suman a la protesta más gritos que siguen a esos dos corifeos.

—¡Fuera, fuera, fuera! —atruenan decenas de gargantas al unísono.

—¡Calmaos, calmaos! —grita Herodes sin que apenas pueda escucharse su voz en medio del estruendo y la confusión.

Ante el cariz que está tomando el encuentro, los soldados echan mano a las empuñaduras de sus espadas, pero Herodes indica con un gesto que conserven la calma.

La compostura del estratego no pacifica a los airados judíos, que amenazan con sus puños al aire y siguen chillando como posesos ajenos a cualquier razonamiento.

—¿Qué hacemos, señor? —pregunta el oficial al mando de la guardia.

—No desenvainéis las espadas. Tal vez entren en razón si se dan cuenta de que no tenemos intenciones hostiles —le ordena Herodes.

—¡Fuera, fuera, fuera! —continúa la barahúnda.

Es inútil. Los ánimos de los acampados están muy soliviantados. No es posible continuar con la palabra en esas circunstancias.

—Si así lo preferís, que así sea. Si no queréis tratar conmigo, ya lo haréis con los romanos, y os aseguro que será mucho peor para vosotros.

El estratego da la orden de retirada entre los insultos y abucheos que no cesan.

Cuando Antonio se entera de lo sucedido en la playa de Tiro, monta en cólera. Harto de tanta algazara, ordena a uno de sus tribunos que prepare doscientos hombres y que acuda a disolver a los revoltosos.

Los legionarios se despliegan rodeando el campamento de chozas. El tribuno advierte que si no se dispersan, cargará contra ellos. Los judíos ignoran la orden y siguen chillando y protestando sin atender a razón alguna, ni siquiera a la contundencia de la fuerza. Un puñado de los más airados avanza hacia los soldados amenazándolos con los puños y enarbolando palos y piedras.

El tribuno no aguanta más y da la orden de cargar. Los experimentados legionarios atacan a los judíos y abaten a varios de ellos sin dificultad alguna. Los que quedan en pie se dan cuenta de lo que les va a ocurrir si insisten en la protesta; unos huyen despavoridos y otros se arrojan sobre la arena con los brazos extendidos en señal de rendición.

Los que logran escapar de la matanza se reúnen de nuevo y deciden dirigirse al palacio de Marco Antonio para seguir con sus protestas, gritando que Herodes es el responsable de la degollina en la playa.

Antonio, harto de los que considera una banda de locos fanatizados, ordena a su guardia que cargue con toda contundencia y que los degüellen sin misericordia alguna; y que se haga lo mismo con los apresados en la playa.

La tragedia del centenar largo de judíos muertos en las arenas de Tiro se conoce pronto en Israel, lo que no hace sino aumentar la inquina contra Herodes de la mayoría del pueblo israelita.

7

La primera Mariamme

Cuando regresa a Samaria tras despedirse de Marco Antonio en Tiro, la imagen de Cleopatra queda como grabada a fuego en la retina de Herodes.

La matanza de los judíos revoltosos apacigua un tanto, ¡bien a su pesar!, los ánimos entre los seguidores de Antígono, quien busca refugio lejos de Galilea, en las montañas de Fenicia donde tiene algunos incondicionales que lo protegen.

Mientras tanto, Herodes realiza varias visitas a Jerusalén. Allí se encuentra con Mariamme, por la que sigue sintiendo una atracción que lo lleva a dejar de lado a su esposa Doris y a su hijo Antípatro. Algo tiene la nieta de Hircano que le recuerda a Cleopatra; incluso cuando yace con ella y cierra los ojos, le parece estar tumbado junto a la reina de Egipto.

Doris rumia su amargura y siente aumentar en su interior el demonio de los celos. No soporta que su marido la ignore y que, además, se olvide del hijo que comparten, que crece sin que su padre le preste la menor atención. En esos momentos, en cuestiones de amor el pensamiento del estratego solo tiene espacio para Mariamme.

El pequeño Antípatro absorbe como propia la ira de Doris. No pasa un solo día sin que vea a su madre llorar desconsolada, llena de amargura y desazón. En las escasas ocasiones en las que ve a su padre, este no le dirige ni una palabra, ni siquiera lo mira a los ojos, como haría con un esclavo. Solo Mariamme recibe las caricias y el amor de Herodes, prendado y apasionado de esa joven como de ninguna otra mujer.

—Estoy enamorado de la nieta de Hircano —confiesa Herodes a su hermano Fasael.

—¿Enamorado? Creía que esa muchacha era un mero capricho para ti.

—No me la puedo quitar de la cabeza. Cuando estoy en Samaria o de patrulla por Galilea solo pienso en regresar a Jerusalén cuanto antes para estar con ella.

—Lo que me estás revelando es serio.

—Estoy pensando en repudiar a Doris y casarme con Mariamme.

—¿Estás seguro de lo que dices? ¿Imaginas las consecuencias? Esa joven por la que bebes los vientos es bisnieta de Alejandro Janneo, el gran rey de Israel, de gloriosa memoria entre los judíos. Si te unes a ella en matrimonio, emparentarás con la realeza, lo que desencadenará no pocas envidias, recelos y acciones que probablemente perturbarán tu ánimo. Ya tenemos bastantes problemas con esos recalcitrantes judíos, que nos consideran oportunistas advenedizos; ¿imaginas qué pasará si te casas con una descendiente de su gran rey?

—Me importa muy poco lo que piensen. Amo a esa mujer. Cuando estoy con ella, siento un temblor en mis entrañas y mi cabeza se perturba como nunca antes me había ocurrido.

—En ese caso no repudies a Doris; toma a Mariamme como segunda esposa. Nuestra ley lo permite. Abrahán, el padre de Israel, el patriarca Jacob o los reyes David y Salomón tuvieron varias esposas; Dios lo permitió. En las Escrituras se acepta que el rey pueda tomar hasta dieciocho mujeres, además de esclavas y concubinas, siempre que su corazón no se aleje del Altísimo. Por tanto, que tengas tú dos no es demasiado. Se dice que no hace mucho tiempo un sacerdote del Templo llegó a tener trescientas mujeres, a las que mantenía con las ofrendas de los sacrificios, y el Creador no lo castigó.

—Podría ser una solución —musita Herodes reflexivo.

—Habla con Hircano. Creo que el etnarca debe saber lo que pretendes con su nieta.

Herodes acepta el consejo de Fasael y se dispone a visitar a Hircano.

Pocos secretos se ocultan aun en las anchuras de un palacio. El viejo etnarca está al tanto de los encuentros amorosos de su nieta con Herodes. Se mantiene callado porque conoce bien que un enfrentamiento con el estratego puede significar la pérdida del poder, y más aún ahora que Marco Antonio lo considera un fiel amigo y aliado.

En la sala del palacio real de Jerusalén se encuentran los dos hombres, y además está presente Alejandra, la madre de Mariamme, que también conoce los amores de su hija, aunque no los aprueba.

—¿Cómo sigue la situación en Galilea? —pregunta Hircano tras saludar al estratego.

Antes de responder, Herodes hace una ligera inclinación de cabeza hacia Alejandra, que lo observa con rictus serio.

—Galilea vive tranquila. Pero no he venido ante ti para hablar de Galilea, sino de tu nieta Mariamme.

—¿Qué tiene que ver mi hija en esto? —tercia Alejandra de mal humor.

—Mi señora, hace algún tiempo que Mariamme y yo nos... vemos, y es mi intención casarme con ella.

—¿Tú, el hijo de Antípatro, casado con una descendiente de la noble familia de los Macabeos, del glorioso linaje de los Asmoneos? ¡Nunca!

—Amo a tu hija, y tu hija me corresponde.

—Conozco desde hace tiempo los encuentros clandestinos que has tenido con Mariamme. Eres un hombre casado y con reconocida experiencia, que has aprovechado para seducir a una inocente niña.

»Escucha —Alejandra se dirige a Hircano—, este bárbaro idumeo no es un buen partido para mi hija. Ese matrimonio sería un auténtico disparate, una degradación para la noble cuna de Mariamme. Por lo que a mí respecta, no estoy dispuesta a consentir semejante afrenta a nuestra sangre real. ¿Vas a permitirlo tú?

—Olvida tus prejuicios y reflexiona. Yo estoy envejecido. Un pagano diría que la parca Átropos no tardará mucho tiempo en cortar el hilo de mi vida. Cuando eso ocurra y Dios me lleve a su seno, ¿qué será de vosotras? Herodes es nuestro sostén y la garantía de que nuestro propio linaje sobreviva. No olvides que el rebelde Antígono sigue libre y que no ha renunciado a hacerse con el trono de Israel. No dudes que lo intentará al precio que sea.

Alejandra entorna lo ojos y mira de soslayo a Herodes, que se mantiene firme y sereno, inmune a los insultos de su posible suegra.

—Yo soy vuestro seguro de salvación —interviene el estratego fríamente—. Antígono no tiene la confianza de Roma; por eso está en trato con los partos para que Persia lo ayude a conseguir el trono de Israel. ¿Podéis imaginar qué será de vuestra familia si Antígono entra triunfante en Jerusalén de la mano del ejército parto?

—Sé razonable —le dice el etnarca a Alejandra—. Herodes es un idumeo, sí, pero de una relevante familia. Además los idumeos son ya judíos desde que tu antepasado Alejandro Janneo conquistó Idumea y la convirtió en una provincia judía. Nuestro linaje, el de los Asmoneos, fue en sus comienzos una estirpe de raíces oscuras. Matatías, padre de Judas Macabeo, fue un personaje vulgar que mató a aquel judío infiel ante los ojos del funcionario del rey Antíoco Epífanes, que le conminaba a ofrecer sacrificios a los dioses paganos. Matatías hubo de huir al desierto, desde donde inició una aventura que resultó ser gloriosa... ¡pero para sus hijos! Herodes es ahora mucho más que lo fue Matatías en su origen. La sangre nueva de este idumeo regenerará la nuestra, ya casi agotada.

—No lo entiendo yo así —replica Alejandra bajando el tono de voz.

—Me divorciaré de Doris —tercia Herodes—. Amo demasiado a Mariamme como para que planee sobre esta relación cualquier sombra de duda. Repudiaré a mi esposa, pues me la impuso mi padre. La devolveré al suyo con la dote que aportó al matrimonio.

—No tenemos más remedio que aceptarlo como razonable —dice Hircano, que siente sobre sus hombros el peso de los años—. En mi condición de etnarca y jefe de la casa real de Israel, doy mi consentimiento en este mismo instante a la boda de mi nieta Mariamme con el noble Herodes.

—Muy bien —asiente Herodes.

—¿Y tú, Alejandra, qué dices ahora?

—Consiento, aunque de muy mala gana —acepta la madre de Mariamme tragándose su orgullo ante lo que parece inevitable. Alejandra considera que su hija es más valiosa que todos los idumeos juntos, pero no tiene poder alguno para evitar ese enlace.

Acordado el matrimonio, Alejandra escribe a Doris una carta secreta explicándole lo que pretende Herodes. Doris le responde entre lágrimas a la vuelta del mismo correo: «No tengo otro remedio que transigir con lo que decida mi esposo. Una mujer sola nada puede hacer contra su marido en Israel».

Antes de volver a Samaria, Herodes habla con Fasael:

—No creo que te sorprenda, pues las noticias van más rápido que las palomas mensajeras. Voy a emparentar con la familia real. Mi idea no es mantener a Doris como esposa y a la vez a Mariamme. Mi propósito es divorciarme de Doris y devolverla a su padre, en Idumea, junto con su dote.

—¿Y qué piensas hacer con tu primogénito Antípatro?

Herodes duda.

—He decidido que se vaya con Doris.

El estratego es duro de corazón con su hijo. No estima a ese niño, no lo quiere; lo considera en ese momento una complicación para Mariamme y para él mismo. Ese hijo representa el pasado y ahora pretende mirar solo hacia el futuro, que augura glorioso junto a Mariamme.

El matrimonio de Herodes y de la nieta de Hircano se celebra con la usual solemnidad en Jerusalén, en el palacio real, siguiendo las mismas pautas que en la boda con Doris. Para Alejandra es un día triste y amargo; no cambia su opinión respecto a su yerno, al que sigue considerando un advenedizo que no duda en medrar y ascender, aunque sea por una escalera llena de sangre. No lo considera digno de su hija, pero nada puede hacer. Entonces, sin aceptar en su fuero interno lo sobrevenido, decide actuar en el futuro conforme a su conveniencia y aprovechar en su beneficio las nuevas circunstancias.

Si Herodes anda ensimismado con su nueva esposa, Marco Antonio no lo está menos con Cleopatra.

El romano se encuentra en la cúspide de su poder y de su gloria. Recorre con su reina algunas ciudades de Fenicia donde todos lo adulan como el nuevo amo. Herodes le envía una invitación para que visite Jerusalén: el estratego pretende que los judíos de la capital lo vean al lado del hombre más poderoso del mundo, y entiendan así quién es el verdadero dueño de Israel. Pero Antonio prefiere ir a Alejandría y pasar todo el tiempo posible junto a su real amante antes de regresar a Roma, donde sus partidarios le preparan un recibimiento triunfal.

Ninguna mujer puede alardear de compartir lecho y amor con Julio César primero y con Marco Antonio después, los dos romanos más ilustres; solo Cleopatra es capaz de aunar la pasión de los dos héroes. No es extraño que muchos la comparen con Afrodita, asegurando que puede doblegar, si se lo propone, a la propia Roma. Antonio no solo está ensimismado con el cuerpo de Cleopatra, sino que admira en no menor escala su sagacidad, talento e inteligencia.

El desembarco del general en Alejandría recuerda el tiempo de la llegada de Julio César, o más aún si cabe, pues el cortejo que acompaña a Antonio es más fastuoso. Cleopatra se adelanta para recibir a su amante en palacio con toda solemnidad.

Todos conocen ya la relación entre ellos a pesar de que Antonio está casado con Octavia, la hermana de su aliado, compañero de armas y copartícipe del triunfo en la llanura de Filipos, pero nadie se atreve a advertir a Marco Antonio que su conducta puede ser recriminada por Octavio y desencadenar un enfrentamiento entre los hasta ahora amigos y colegas.

Solo Delio, un comerciante que sigue al ejército romano,

hombre muy cercano al general, al que conoce desde la infancia, osa hablar con él sobre este enojoso asunto.

—Te ruego, apreciadísimo Antonio, que escuches lo que debo decirte.

—Te has puesto muy serio, querido amigo.

—Lo que voy a decirte así lo requiere. Sigues casado con Octavia, pero desde hace unos meses te comportas como si tu verdadera esposa fuera Cleopatra. Han llegado a mis oídos rumores peligrosos de Roma. Octavio está muy enojado; se siente herido por la infidelidad que muestras hacia su hermana. Ten cuidado. Octavio es taimado y astuto; no creo que pase por alto esta situación, ya sabes que dispone de muchos recursos para enfrentarse a ti.

—Delio, Delio, hace muchos años que nos conocemos, y te considero uno de mis mejores amigos. Sé que obras en mi favor, pero no tengo la menor intención de dejar a Cleopatra. Allá las consecuencias. Me atrae su refinamiento, su espléndida belleza, su madurez, sus palabras siempre tan acertadas. Además, amigo, te confieso que sus dotes para el amor son insuperables; a su lado, mi esposa parece una inocente doncella.

—Es solo una mujer, una mujer más.

—Antes de dejar a Cleopatra, estoy dispuesto a asumir que se enoje hasta la cólera el bueno de Octavio; pero mi cuñado es un hombre pragmático y sabe que le conviene estar a bien conmigo.

Marco Antonio está crecido. Además, piensa que su contundente victoria en Filipos tiene mayor valor frente a Octavio, enfermo y arrollado por Bruto en el primer encuentro de la doble batalla. Las alabanzas lisonjeras a su clamoroso triunfo en Oriente lo llevan a pensar que es casi un dios invencible.

—Pero Octavio podría caer en la tentación de vengarse —argumenta Delio.

—No lo hará. Es demasiado listo como para pelear conmigo. Sabe que lo vencería sin dificultad.

—¿Merece la pena arriesgarse tanto por esa mujer?

—Ya lo creo.

—¿Incluso a pesar de perder el favor de las dos hijas que tienes con Octavia?

—Incluso. Pase lo que pase, mis hijas estarán bien con su madre.

—Permite que te sea franco, pese a que pueda despertar con ello tu ira. Si repudias a Octavia, la hermana del dueño de Occidente, y la dejas por una extranjera, que además ha sido amante de Julio César, puedes perder el favor de Roma.

—Me arriesgaré a ello. El riesgo ha sido una constante de mi vida. He convivido con el peligro una y otra vez, y siempre he salido airoso. Cleopatra es el gran premio y no quiero renunciar a ello por nada ni por nadie.

—Atiende, mi señor: ayer llegó un mensajero de Siria con el anuncio de que los partos se están moviendo hacia nuestra frontera oriental, donde se han librado algunas escaramuzas con nuestras tropas. Se teme que lleven a cabo una penetración en Judea. ¿Podrás rechazar esa amenaza desde la cama de la reina de Egipto?

—No volveré a Roma —afirma tozudamente Antonio, que perdona a Delio su atrevimiento solo por los años pasados de amistad.

En esos momentos se anuncia la entrada de Cleopatra.

—Retírate —ordena Antonio a Delio, que obedece inclinando la cabeza ante la pareja.

—¿Malas noticias? —pregunta la reina ante el gesto de preocupación que se dibuja en el rostro de su amante.

—Los malditos partos amenazan la frontera oriental. Debimos haber acabado con esos demonios, pero hace unos veinte años perdimos siete legiones en la batalla de Carras. Craso, que dirigía nuestro ejército, era un verdadero incompetente. Aquella derrota es el mayor desastre sufrido por Roma desde que Aníbal nos batió en Cannas. No estoy dispuesto a que se repita una catástrofe semejante.

—Si los partos conquistan Judea, su próximo objetivo será Egipto.

—Iré a su encuentro y los aplastaré antes de que pongan un pie en esta tierra.

—No te precipites y no te arriesgues a una batalla incierta —dice Cleopatra con la frialdad y aplomo que muestra cuando habla de política—. Los partos disponen de miles de soldados, tal vez más que la propia Roma. Deja que sea ese Herodes quien se enfrente a ellos en primera instancia; ordena que las tropas acuarteladas en Siria estén preparadas y alerta. Si los partos atacan Judea, sea cual sea el resultado, Israel se debilitará, y tu poder quedará reforzado cuando acudas a rechazarlos..., si Herodes falla.

—Tu consejo es audaz, pero a la vez sensato. Nunca dejas de sorprenderme por tu sagacidad.

En realidad, Cleopatra está defendiendo sus intereses. Lo que pretende es la derrota de Hircano y sus lacayos, Herodes y Fasael, para así enviar a su propio ejército a Israel y, en connivencia con los romanos, ocupar todo ese territorio.

—Egipto es amigo de Roma. No verá mal mi presencia en Israel.

—Tus ojos denotan una ambición quizá desmesurada.

Marco Antonio se acerca a Cleopatra, la toma por la cintura y la besa apasionadamente. La reina huele a ese perfume denso y embriagador que lo vuelve loco.

—Debemos colaborar en provecho mutuo.

—¿Qué está tramando esa divina cabeza?

—Repartirnos el mundo. Roma con todos sus dominios en Siria hasta el Éufrates, para ti, amado mío; e Israel y Fenicia para Egipto, como siempre debió ser, como hace tiempo fue. Israel estuvo bajo jurisdicción egipcia durante más de cien años, y aquel fue un tiempo provechoso y próspero.

—¿Y nada más?

—Bueno, quizá también estarías dispuesto a cederme la Cirenaica y Chipre.

—Eres insaciable.

—Por eso me amas.

—Como jamás ningún hombre ha amado a una mujer.

—En ese caso, compartamos el trono del mundo. Tú y yo, señores de Oriente y Occidente, de Roma y de Egipto.

Apenas una semana después llega a Alejandría la noticia de que los partos avanzan y acaban de penetrar en Judea. No tarda en saberse que no vienen por su cuenta; es el escurridizo Antígono quien los llama en su ayuda. El judío no olvida la humillación sufrida hace años por su padre Aristóbulo a manos del idumeo Antípatro y del romano Pompeyo. Con su recuerdo arde en deseos de venganza y los partos van a ayudar de buena gana.

Cleopatra y Antonio se conjuran para rechazar la invasión parta, cuyo imperio sustituye al persa, pero mantiene la misma animadversión hacia Roma que sus predecesores. Partia sustenta el deseo de conquistar toda la tierra entre el Éufrates y Egipto; solo el mar Mediterráneo limita su ambición.

El juego y la lucha por el poder se complican en Oriente. En Israel crecen las voces que claman para que Antígono, que paga con dinero contante y sonante a sus acólitos, sea proclamado rey. En Egipto, Cleopatra piensa en qué estrategia seguir, en tanto que Antonio sueña con lograr nuevas victorias y nuevas glorias.

8

Fasael

La desesperación de Antígono, su ambición por hacerse con el trono de Israel y el deseo de vengarse de la afrenta de Herodes lo arrastra a tomar una medida desesperada pensando que con ella se librará del penoso fardo de la dependencia de Roma.

Ha enviado hace tiempo un mensaje secreto a Pacoro, príncipe de los partos e hijo del rey Orodes, ofreciéndole un pacto: «Israel firmará una alianza con el Imperio parto. Como garantía, entregaré por mi parte mil talentos de oro y quinientas mujeres elegidas de entre las familias más nobles».

El príncipe parto, entusiasmado con el trato, acepta de inmediato y acude ante su padre para que este ratifique el acuerdo. Orodes, aunque decidido a atacar las posiciones romanas en Oriente antes de que los romanos hagan lo mismo con las suyas, replica a su hijo:

—Desearía darte la razón. Partia es tan fuerte como Roma. Todavía recuerdo la colosal victoria de nuestras tropas sobre las legiones romanas de Craso en Carras, pero al frente del ejército oriental romano está ahora Marco Antonio, mucho más preparado y con mayor capacidad militar que Craso. No quisiera convertirme en un nuevo Darío, derrotado por los griegos en Gaugamela.

—Marco Antonio no es Alejandro el Grande. Además, los mil talentos y las quinientas doncellas que nos ofrece Antígono, el cabecilla de la revuelta judía, son dos argumentos que hay que tener en cuenta —dice Pacoro.

Orodes reflexiona unos instantes y se deja convencer.

—Habría que cambiar la táctica, pues Roma piensa que cualquier ataque nuestro se iniciará por la frontera norte del Éufrates, pero irrumpiremos por el sur, por las tierras de Judea.

—Aprobamos, pues, el pacto. ¡Manos a la obra al instante! —Pacoro se muestra entusiasmado.

Los oteadores de la frontera remiten a toda prisa sus informes a Jerusalén, donde Fasael convoca al Consejo de Judea para evaluar la situación —nueva aunque temida y esperada— y preparar la defensa de la capital.

—Los vigías me acaban de confirmar que un ejército parto comandado por su príncipe Pacoro y por Barzafranes, sátrapa de la región de Babilonia, se dirigen hacia aquí. Se ha dividido en dos columnas: la que manda Pacoro camina deprisa hacia la costa de Fenicia, con la intención de cortar el paso a Siria, y la de Barzafranes va directamente hacia Jerusalén.

—¿Cómo es posible? ¿Cómo lo sabes? —demanda un miembro del Consejo.

—Entre los rebeldes que siguen a Antígono tenemos gente bien pagada. Ese traidor ha pactado con los partos y les ha ofrecido mucho dinero y cientos de nuestras mujeres si lo ayudan a hacerse con el trono de Israel.

—Debimos ejecutar a ese felón hace tiempo.

—No era tan fácil. Desapareció rápidamente y se ocultó en las montañas de Fenicia. Lo que importa ahora es que un destacamento de la caballería parta viene a toda prisa hacia Jerusalén. Creemos que agentes de Antígono han organizado aquí varios grupos de seguidores para ayudar a los invasores desde dentro de la ciudad.

Ciertamente los agentes de Antígono se han encargado de convencer a numerosos habitantes de Jerusalén de la maldad de Hircano y de sus vicarios idumeos Herodes y Fasael. Resaltan la condición de su jefe, Antígono, como miembro de la familia real de los Asmoneos, y hacen circular la idea de que su intención es recuperar la dignidad del reino de Israel y alcanzar una total independencia de la tutela de Roma.

El plan de Antígono, acordado con los partos, consiste en conquistar Jerusalén, lo que significa que Galilea, donde gobierna Herodes, caerá a continuación. Piensa matar dos pájaros del mismo flechazo ya que, en esos días, Herodes se halla también en Jerusalén despreocupado de Samaria, que sigue firme y tranquila por el momento; de ello se ocupan sus tropas.

Los consejeros de Fasael debaten sobre la defensa de la ciudad ante la inminente llegada de los partos cuando se recibe una carta de Antígono.

—¿Hay algún cambio? —pregunta Herodes, hasta entonces silencioso.

—Acabo de recibir una misiva de Antígono. —Fasael muestra la carta—. Dice que pretende firmar la paz antes de que se derrame sangre judía. Oye sus propias palabras: «De Antígono a Fasael. Te ruego que acudas acompañado del etnarca Hircano a un encuentro en el campamento que hemos desplegado al norte de Jerusalén. Allí, en presencia del príncipe Pacoro y del sátrapa Barzafranes como testigos, firmaremos una paz honrosa para todos. Podréis retiraros con decoro. Prometo que ambos seréis recompensados».

—Es una trampa muy evidente —dice Herodes.

—Es una salida honrosa —replica Fasael—. A pocas millas de aquí está desplegado el ejército parto. No disponemos de hombres suficientes para hacerle frente. Además, no estoy seguro de que la población de la ciudad esté con nosotros.

—¿Salida honrosa dices? Ese canalla de Antígono pretende engañarte y los partos anhelan hacerse con el botín que se guarda en el Templo. No albergo duda alguna de las intenciones de nuestros enemigos —Herodes habla con contundencia—. ¿Acaso crees que ese traidor asmoneo va a perdonarnos la vida cuando nos tenga en sus manos? Es un hombre resentido. Nos liquidará en cuanto pueda. ¡No seas iluso!

Herodes está en lo cierto. Antígono no tiene la menor intención de cumplir el acuerdo que ofrece a Fasael. Su plan consiste en ejecutar a los dos hermanos y enviar a Hircano al destierro, para después coronarse como rey de Israel bajo la protección de los partos.

En medio del acalorado debate aparece el viejo Hircano, cuyas fuerzas ya muy menguadas apenas le permiten mantenerse erguido.

—Jerusalén está perdida —masculla el anciano, con la mirada perdida, como convencido de que no hay remedio ante una derrota que presume inevitable.

—Los partos han obrado con astucia; han aprovechado que Marco Antonio se ha retirado a Egipto con parte de las legiones para lanzar su ataque, una razón más para aceptar el pacto que nos ofrece Antígono —argumenta Fasael.

—¿Te has vuelto loco? —brama Herodes enfurecido—. Nadie en su sano juicio aceptaría un acuerdo así. Antígono no cumplirá y los partos solo quieren hacerse con el mayor botín posible. Recuerda a nuestro padre, que se fio de Málico y fue asesinado. ¿Quieres acabar como él?

—Nuestra situación es bien distinta. Estamos acorralados y sin esperanza de ayuda. No solo tenemos enfrente a un puñado de rebeldes judíos, sino a lo mejor del ejército de Partia. ¡Tenemos que negociar!

—No —niega categórico Herodes—. Hemos de resistir y esperar que llegue el auxilio de Marco Antonio. Es mi amigo y no me dejará en la estacada.

—Los partos actúan como mercenarios; quizá si les ofrecemos más dinero que Antígono se retiren por donde han venido y nos dejen en paz.

—¿Propones pagar a esos bárbaros dos mil talentos y entregarles a mil de nuestras mujeres? ¡Nunca!

Los dos hermanos, ante la inacción del etnarca Hircano, no se ponen de acuerdo.

El ejército parto se apresura a cerrar el cerco sobre Jerusalén, hasta ese momento relativamente poroso.

A la vista de los regimientos desplegados por las colinas que rodean la ciudad, Herodes se fortifica con las escasas tropas de las que dispone en el recinto del Templo y en la ciudadela, esperando que esos muros tan sólidos contengan el ataque enemigo.

Por su parte, Fasael, acompañado de Hircano, sale de las murallas de la ciudad y se dirige al campamento parto dispuesto a negociar. Los recibe el sátrapa Barzafranes, que sin siquiera escucharlos ordena que sean encadenados y puestos a buen recaudo. Mientras le atan las manos a la espalda, el hermano de Herodes creer comprender por sus gestos que el propio sátrapa está proclamando que no hay negociación alguna con un enemigo acorralado. Herodes tenía razón, pero él lo admite demasiado tarde.

Un mensajero parto se presenta ante los muros de Jerusalén para comunicar que Hircano y Fasael están presos, exigir la rendición sin condiciones de la ciudad y la entrega de Herodes.

—Lo sabía. Sabía que era una trampa, y mi hermano ha caído en ella como un niño tonto.

—Al menos tú no has picado el cebo —le dice su esposa Mariamme.

—Fasael es demasiado inocente; siempre lo ha sido, pero es mi hermano y tengo que lamentar su suerte. No debí dejarlo acudir al campamento parto.

Quizá por haber asumido más responsabilidades a una edad temprana, Herodes atesora una experiencia y una capacidad política mayores que las de Fasael, hacia el que siente un cariño fraternal.

El parto insta también a Herodes a que negocie, como si este pudiera obviar lo ocurrido a Hircano y Fasael, y le propone un trato especialísimo si sale de la ciudad y acepta negociar con Pacoro y Barzafranes, dejando al margen a Antígono.

Sin respuesta alguna, Herodes manda al mensajero que se retire.

—Has obrado con inteligencia —dice Mariamme—. Incluso mi madre admite lo que has decidido.

—No me importa. Alejandra nunca me ha aceptado.

—Pues en esto sí está de acuerdo contigo.

—Debe de odiar a los partos, más incluso que a mí.

—¿Tenemos alguna esperanza?

—Muy débil —responde Herodes—. Los partos no han cerrado el cerco por completo, pues solo disponen de caballería ligera. El grueso de su ejército llegará en pocos días, y entonces sí estaremos perdidos.

—¿Qué estás tramando?

—Podemos quedarnos encastillados en Jerusalén y resistir hasta que llegue ayuda de las legiones de Siria, pero cuando llegue todo el contingente parto será muy difícil resistir, pues carecemos de soldados para cubrir todos los tramos de las murallas.

—Tu prestigio es muy grande. Si decides resistir, tus soldados te seguirán hasta el fin.

—No será necesario. Los partos pueden cerrar el cerco sobre Jerusalén y esperar tranquilamente hasta que muramos de hambre y sed.

—¿Y qué vas a hacer?

—He pensado en un plan, aunque es arriesgado, porque habrá muchos ojos vigilando cada porción de estos muros. Si obramos con sigilo, quizá podamos escapar de aquí durante las horas más oscuras de la noche, ya que aún no hay tantos soldados apostados ahí fuera. Abandonaremos la ciudad con las mujeres y los niños; llevaremos el menor número posible de pertenencias.

—¿Y dónde iremos?

—Los caminos hacia Samaria y Galilea están controlados por los partos. No tenemos otra salida que dirigirnos al sur.

—¡Al desierto! —se sorprende Mariamme.

—A Masada.

—¿Masada? Creo que es una fortaleza en lo alto de una montaña.

—Sí. Es una plaza inexpugnable en la frontera de mi Idumea natal. Saldremos en cuanto podamos. Hay que preparar la fuga con el mayor de los sigilos. Ocúpate tú de las mujeres y de los niños, y que a nadie se le escape una sola palabra sobre este plan.

La noche prevista para la huida está todo preparado. Los soldados cargan las acémilas y los carros y se disponen para salir de

Jerusalén en cuanto lo ordene el estratego, que elige una noche nubosa para que sea más fácil escabullirse entre las sombras.

En el primer carro de los fugitivos está Doris, la primera esposa de Herodes, con su hijo Antípatro y algunos familiares y criados; en el segundo va Mariamme y varios sirvientes y en el tercero su hermana Salomé, su hermano pequeño Feroras, y Cipro, la madre de los tres últimos, viuda de Antípatro.

La salida de la ciudad es más fácil de lo previsto. Los partos que la rodean son bastantes menos de los que se piensa, no hay luna y unas oportunas nubes apagan el brillo de las estrellas. En absoluto silencio, bien engrasados con aceite los ejes de los carros y aprovechando el conocimiento de las vaguadas y veredas del entorno, la comitiva consigue alejarse de la ciudad sin que los sitiadores, muy seguros de sus fuerzas, reparen en la fuga.

La salida del sol los sorprende a unas quince millas de Jerusalén, pero hasta mediada la mañana la guardia parta, que dormita toda la noche confiada en su poderío, no repara en que hay señales de ruedas de carros ajenos que apuntan a la huida de alguien importante.

Herodes no deja de mirar hacia atrás. Es él quien cierra la columna de los huidos. Sabe que los partos pueden aparecer en cualquier momento, pues imagina que un destacamento de su caballería ligera ya va en su persecución. Por ahora, nada se mueve.

Al segundo día, uno de los oteadores que Herodes envía por delante para ir abriendo paso vuelve a todo galope. Avisa de la presencia de un pequeño grupo de judíos hostiles, partidarios de Antígono, apostados en un estrechamiento del camino con intenciones claramente hostiles.

Apenas están armados y carecen de entrenamiento militar, pero cuando se encuentran no cesan de hostigar a la caravana de Herodes con lanzamientos de piedras y de algunas saetas.

El estratego ordena protegerse con escudos y acelerar el paso, con tan mala suerte que las ruedas del carromato en el que viajan su madre y su hermana se atoran en una rodera provocada por recientes lluvias, y vuelca deslizándose por una pequeña pendiente.

Herodes cree que sus familiares están malheridos o muertos, y mira desesperado hacia el pequeño barranco por donde cae el carro. Por unos breves instantes imágenes dolorosas atraviesan su pensamiento: sus seres queridos quizá sin vida, sus enemigos mortales pisándole los talones y judíos hostiles acosándolo desde los flancos. El final parece próximo. En un instante pasa por su cabeza la idea de clavarse la espada en el vientre allí mismo antes que sufrir mayores penas y humillaciones.

—No decaigas en tu fortaleza, mi señor, todavía podemos salvarnos —le dice su fiel escudero Jehoshúa, a la vez que le sujeta la muñeca, pues ha adivinado cuáles son las intenciones de su jefe—. Luchemos, como siempre hemos hecho. No te rindas, general, no te rindas jamás.

Herodes recuerda entonces la profecía de aquel esenio en la puerta de Damasco de Jerusalén y recobra el ánimo. Las palabras de su lugarteniente lo reconfortan. Salta del caballo y corre hacia el carro. Sus familiares están relativamente bien, aunque con heridas y magulladuras. Unos matorrales amortiguaron la caída.

Se están reponiendo del accidente, cuando un soldado avisa de la llegada de otros judíos armados que proceden de la cercana ciudad de En Guedí y están dispuestos a combatir por orden de Antígono.

—¡Formad un círculo de defensa con los carros, deprisa! —ordena Herodes a sus hombres, quienes acostumbrados a ello en sus maniobras ejecutan la orden con suma rapidez.

Antes incluso de ordenárselo, los arqueros se colocan en el borde del círculo y comienzan a asaetar a los atacantes con precisa puntería. Tras abatir a una docena de judíos, los demás vacilan. A la vista de sus dudas, Herodes manda cargar a su escasa infantería y a los pocos jinetes de que dispone. El propio general echa pie a tierra y forma la primera línea, protegida la espalda por los jinetes y los flancos por legionarios veteranos. Gira su espada como un molinete, una y otra vez, abatiendo a los inexpertos judíos. Giro, ataque, estocada; giro, ataque, estocada. Las hojas de acero brillan con los rayos de sol mientras se empapan con la sangre de los ingenuos atacantes, que caen como espigas segadas por una hoz mortal.

La carnicería es espantosa. Los atacantes aceptan su inferioridad, dan media vuelta y corren despavoridos en desbandada. Algunos jinetes pretenden perseguirlos y matarlos como a conejos, pero Herodes les ordena que se detengan.

—Dejadlos huir; ya llevan su merecido. ¡Vámonos! ¡A toda prisa!

En el escenario de la batalla quedan esparcidas varias decenas de cadáveres y algunos heridos, que son rápidamente ejecutados con un golpe de gracia, en tanto los soldados de Herodes alzan sus espadas profiriendo gritos de victoria.

En unos momentos Herodes pasa de sentirse derrotado y con ganas de suicidarse a notar el delicioso sabor de la victoria. Se acerca a sus familiares, que sonríen aliviados, y mira a Mariamme, cuyos rubios cabellos brillan como el oro bajo el sol inclemente del desierto de Idumea.

—Gran victoria, mi señor —le dice un sonriente Jehoshúa.

—No perdamos tiempo. Masada nos espera.

Sin otorgarse un respiro y tras enterrar según la Ley a los pocos muertos propios, la caravana sigue camino hasta Masada.

Faltan aún unas treinta millas hasta la fortaleza, ya en territorio de Idumea, cuando sale a su encuentro José, el mayor de los hermanos de Herodes, a quien este había enviado previamente un mensajero. José acude con tropas de refuerzo, y así protegidos llegan seguros a su refugio. Se oyen suspiros de alivio entre los huidos al verse a salvo.

Masada está ubicada en lo alto de un cerro terraplenado. La planicie artificial está circundada por laderas muy pronunciadas, cortadas tan abruptamente que la hacen inconquistable. Desde lo alto, se domina la amplia llanura en la que se extiende el lago Asfaltitis, que los romanos denominan mar Muerto, porque su elevada salinidad impide cualquier tipo de vida.

—Hermano —dice José a Herodes una vez instalados en Masada—, este lugar es perfecto para la defensa, pero demasiado angosto para albergar a tanta gente como la que se está reuniendo aquí, con la tuya y mis soldados. Disponemos de suficientes provisiones y de agua para resistir un asedio de meses, pero solo si no pasamos del medio millar de personas.

—¿Qué propones?

—Según me cuentas, supongo que Antígono y sus aliados partos no tardarán en presentarse ante esta fortaleza e intentar un asedio. Podemos detenerlos durante bastante tiempo, hasta agotar el agua y los víveres. Elijamos a unos quinientos y que el resto se disperse por las aldeas de alrededor.

—¿Será suficiente?

—Ya conoces el lugar. Ningún ejército podrá conquistarla jamás si lo defienden soldados selectos, bien pertrechados. No hay manera de tomar Masada.

Herodes recorre con su mirada la impresionante fortaleza natural y sus edificios y aljibes construidos hace más de un siglo por Jonatán, hermano de Judas Macabeo, para defenderse de la invasión de las tropas seléucidas, las de la dinastía sucesora de Alejandro Magno que domina Judea durante años.

—Sí, con quinientos hombres será suficiente —acepta Herodes.

—Solo puede ascenderse hasta aquí arriba por la senda labrada en la ladera oriental, tan estrecha que apenas cabe una acémila. Media docena de hombres detendrían a todo un ejército.

Los dos hermanos se ponen de acuerdo y deciden poner en marcha ese plan. José es un hombre fuerte y buen guerrero que no se arredra ante el peligro, pero carece de la ambición de Herodes. No desea otra cosa que vivir en paz en su Idumea natal y disfrutar de partidas de caza por las estribaciones esteparias del desierto, aunque llegado este momento no duda en arriesgar su vida para ayudar a sus dos hermanos menores.

Efectuada la selección de los soldados que se quedan para defender la fortaleza, Herodes cambia de planes.

—Voy a dejarte al mando de Masada —le dice a José abruptamente.

—¿Cómo?

—Cambio de plan. Salgo en busca de ayuda a Nabatea, la tierra de nuestra madre. Nuestro padre prestó a su rey Malco doscientos talentos que nunca devolvió. Voy a pedirles que nos los devuelvan, o que a cambio nos ofrezcan soldados y armas.

—Es arriesgado, pero es una salida. Esperaremos impacientes tu regreso.

—Tú defenderás Masada y no permitirás que caiga en manos indebidas.

—Te lo juro —dice José abrumado por la necesidad.

Herodes se despide de su hermano mayor y sale con algunos hombres en dirección a la Arabia de los nabateos con la esperanza de convencerlos para que le ayuden en su causa. Espera que su sangre nabatea los convenza para que le presten la ayuda que necesita. En Masada se queda toda la familia del estratego.

En las siguientes semanas se vive en la fortaleza un ambiente de agobio, esperando que de un momento a otro aparezcan los judíos de Antígono y pongan sitio a la montaña. Algunos se sienten en la meseta rocosa de paredes imposibles como en un nido de águilas en el que están abandonados a su suerte cual indefensos polluelos. Pasan los días en una desesperante ociosidad, recontando una y otra vez los víveres disponibles, midiendo la cantidad de agua acumulada en los aljibes, reponiéndola cuando es posible de un cercano manantial cuesta abajo, de caudal magro e intermitente, y oteando el horizonte septentrional con el permanente temor de que aparezcan los brillantes cascos de los soldados partos.

La convivencia en Masada no es fácil. Mariamme, segunda esposa de Herodes, y su madre Alejandra son judías, pero educadas al modo griego, con pedagogos que cultivaron en ellas la delicada poesía y la potente narrativa helénicas. Su cultura refinada contrasta con la rudeza de Cipro y de Salomé, madre y hermana del general. Cipro es árabe, educada en su tierra de Nabatea, dominio del desierto, y Salomé fluctúa entre las querencias árabes de su madre y las tradiciones judías.

Las dos parejas de mujeres se muestran irreconciliables, incluso llegan a odiarse, aunque lo tratan de ocultar para no molestar a Herodes cuando está presente. Además, las dos más jóvenes, Mariamme y Salomé, son en extremo orgullosas. Ninguna de las dos acepta ni un susurro que recrimine su comportamiento, pero ambas se permiten criticar a cualquiera cuando les place.

Salomé es una gacela con alma de pantera. Grácil, alta y delgada, camina con movimientos ondulados y rápidos. Sus profundos ojos negros son hermosos, pero cuando se enfada pueden provocar espanto. Su pelo negro azabache, que parece teñido por el asfalto del cercano mar Muerto, brilla como la seda. Su rostro está perfilado por unos pómulos angulosos y una fina mandíbula, que siempre mantiene elevada revelando una decisión sin límites. Su cuerpo está modelado con curvas contorneadas y sensuales. Es reservada al hablar y siempre usa expresiones prudentes y palabras precisas; piensa bien lo que va a decir antes de abrir la boca, y cuando lo hace se expresa con frases contundentes y rotundas. Participa de la ambición de Herodes y aspira a un futuro más esplendoroso que el que corresponde a la hermana de un gobernador provincial. Es tenaz y paciente, y cree que su destino pasa por el éxito de Herodes y de Fasael.

Mariamme es muy distinta. Se sabe miembro de la casa real de Judea y desprecia profundamente la bajeza de cuna y la incultura de su cuñada Salomé, a la que siempre llama «la idumea», y de su suegra Cipro, a la que se refiere como «la árabe». Se siente muy superior, pero admite que tiene que convivir con ellas. No le importa que estallen situaciones de tensión y tirantez, en las cuales saca a relucir lo excelso de su estirpe y su sangre real. Se pavonea destilando un hálito de altivez, una mirada orgullosa y ademanes regios, y siempre que puede aprovecha la ocasión para dejar en ridículo a Salomé y a Cipro.

Alejandra, en complicidad con su hija, también desprecia a Cipro y a Salomé, a las que considera poco menos que bárbaros frutos del desierto; tampoco deja pasar la ocasión de marcar distancias con ellas.

Un día que están las cuatro mujeres junto al fuego, en el edificio palaciego de Masada junto al muro occidental, Mariamme le pregunta a Salomé si puede acercarle el *Libro del curso de las luminarias celestes*. La hermana de Herodes duda, porque desconoce a qué libro se refiere. Su cuñada sonríe maliciosamente y le aclara con ironía que se trata de un texto del patriarca Henoc, que toda persona culta debe leer. Salomé se muerde los labios. Tragándose su orgullo y para no parecer una ignorante, se levanta y regresa enseguida con el rollo de Henoc, que se guarda en una estancia contigua.

En ausencia de Herodes, José tiene que lidiar con la animadversión mutua que se profesan ambas parejas, y trata de que las pullas que se cruzan a diario no atraviesen la raya de la prudencia y empeoren unas relaciones ya de por sí turbias. Incluso las instala en edificios diferentes, lo más alejados posible uno del otro, para evitar problemas de mayor envergadura.

Tras un conato de persecución a las tropas de Herodes, el ejército parto regresa a una Jerusalén completamente desguarnecida. Entran en la ciudad, donde se producen escenas de saqueos que los partidarios de Antígono intentan paliar con el argumento de que son sus aliados.

Hircano y Fasael son capturados y trasladados a los calabozos del palacio real, del que toma posesión Antígono, quien, sin tardar un instante, depone a Hircano como etnarca, se proclama a sí mismo rey de los judíos y retoma su nombre hebreo, Matatías, renunciando al griego de Antígono que usa hasta ese momento.

Como prueba de su nueva condición real, ordena acuñar moneda con una leyenda, grabada en hebreo: «Matatías, rey y sumo sacerdote de Israel». Todo el mundo conoce su programa: que los mercenarios partos se retiren cuanto antes y que el reino quede libre del yugo romano.

Desde la prisión, Fasael se desespera. Encadenado a una pared húmeda y fría, mal nutrido y casi desnudo, lamenta su ingenuidad al no haber atendido al consejo de su hermano Herodes que en otro momento le insinuó matar a Antígono. Uno de los carceleros, para más burla, le comunica que Herodes va a caer pronto, pues los partos lo tienen sitiado en la fortaleza de Masada.

Esa misma noche, viendo todo perdido, Fasael decide que es inútil prolongar su angustia. Haciendo acopio de sus últimas fuerzas, se bambolea con un impulso de sus piernas y se golpea la cabeza contra las piedras del muro al que está encadenado. Se abre una brecha en el cráneo por la que empieza a sangrar copiosamente a la vez que pierde el conocimiento.

Por la mañana, el carcelero entra en la celda y, a la luz de la candela que porta en su mano, observa el cuerpo desmadejado del prisionero, la sangre que le empapa la cara y el rastro que cae hasta la sucia paja del suelo.

Avisa rápidamente a Antígono Matatías, que se presenta en la prisión con su médico personal.

—Se ha golpeado él mismo contra el muro, pero aún respira —dice el médico tras examinar a Fasael.

—Contén la hemorragia y haz cuanto sea por mantenerlo con vida, o te juro que serás tú quien se vea en apuros. Lo quiero vivo.

Cuatro esclavos alzan el cuerpo de Fasael y lo llevan a una sala para que el médico procure salvarle la vida.

—Ha perdido mucha sangre, no creo que sobreviva —dice el médico.

Antígono Matatías tuerce el gesto. Necesita que el hermano de Herodes siga vivo para tener la mejor baza con la que negociar con el estratego.

—¡Haz lo que sea! —se impacienta Antígono.

El médico trata de reanimarlo, pero todos sus esfuerzos son en vano. Fasael sufre espasmos, fiebre y no reacciona a las hierbas medicinales y los estímulos. Fallece esa misma tarde.

El autoproclamado rey se muestra preocupado. Fasael es el señuelo para atraer a Herodes, y ahora ya no lo tiene. Hircano está viejo, abatido y desmoronado; la pérdida de sus cargos de etnarca y de sumo sacerdote lo conduce al abatimiento y a la pérdida de cualquier deseo de seguir con vida.

Entre las promesas hechas a los partos está la de entregarles a las mujeres de la familia de Herodes, y ahora no puede hacerlo, al menos mientras sigan refugiadas en Masada. A todo ello se añade el problema de que la mayoría del pueblo de Jerusalén considera a Hircano como el legítimo sumo sacerdote, y así se lo reclaman cada día a Antígono.

«Se acabó», se dice. Se presenta en casa de su tío Hircano con un cuchillo bien afilado y, sin decir palabra, mientras dos fornidos soldados sujetan al pobre anciano, él mismo le corta la oreja derecha. Los médicos logran contener la hemorragia, pero su posición como sumo sacerdote se pierde como la sal en el agua, pues según la Ley no puede padecer mutilación alguna en su cuerpo. Hircano se retira a Jericó dolorido, sin fuerzas, encorvado y triste.

El pueblo tampoco puede reclamar su restitución en el puesto y acepta la nueva situación. Son demasiados años de tensión y de violencia. Resignados, los judíos confían en que el nuevo rey traiga la ansiada paz. Lo de Hircano es un problema resuelto.

9

Alejandría

Todas las noticias son terribles. La muerte de Fasael llega tras unos día a Masada y cae como una tormenta de granizo sobre la cabeza de Herodes, que deja la fortaleza sabedor de que la profecía de la puerta de Damasco suena ahora ridícula. Rodeado de un grupo de sus soldados más fieles se dirige al sur. La bruma ligera y el penetrante olor a sal y a asfalto no parecen ser un buen presagio. Herodes necesita ayuda para recomponer su poder perdido.

Avanza hacia Nabatea, atraviesa las pequeñas ondulaciones calcáreas que indican el inicio del desierto y no tarda en atisbar a dos jinetes que observan desde lo alto de una colina. Se sorprende al ver que arrean a sus caballos y se acercan al trote.

Los dos jinetes conversan durante unos instantes con los hombres de Herodes que van en la vanguardia. Uno de ellos se dirige al galope a la retaguardia, donde cabalga el estratego.

—Señor, esos dos son guardias de frontera de los nabateos. Dicen que no podemos seguir adelante.

Herodes se muestra contrariado, y se dirige rápidamente a la vanguardia.

—¿Qué es eso de que no podemos seguir? —pregunta Herodes sin siquiera saludar a los dos guardias.

—El rey Malco nos manda decir que la presencia de judíos sin autorización expresa no es grata en este reino —responde con amabilidad pero con voz firme y gesto decidido uno de los jinetes nabateos—. Mostrad vuestro salvoconducto.

—No tengo salvoconducto ni lo necesito. Vuestro rey es mi amigo; voy a visitarlo en señal de paz y concordia.

—No podéis pasar.

—Malco me debe doscientos talentos de una deuda que no pagó en su día a mi padre. Vengo a reclamar lo que me pertenece.

—Sabíamos que vendríais hacia aquí. Nuestras órdenes es que no paséis de este punto.

—Solo sois dos hombres —replica Herodes.

—Retiraos por donde habéis venido.

La voz del nabateo suena mucho más grave, a la vez que alza su brazo.

En lo alto de la colina desde donde llegan los jinetes aparece de pronto una fila de soldados nabateos. Herodes se sorprende.

—Son parte de nuestro ejército. Tenemos orden de liquidarte si te empeñas en seguir adelante. No tientes a la suerte y vuelve a Idumea.

—Es fácil adivinar lo que ocurre —dice Herodes a su lugarteniente, ignorando a los dos nabateos—. Malco quiere hacer leña del árbol caído y ahorrarse el pago de la deuda. Está bien —añade ahora dirigiéndose a los dos nabateos—, tornamos grupas y volvemos atrás, pero esto no queda así; advertídselo a Malco, vuestro rey.

—Sabemos que has perdido tu poder en Judea y que no puedes volver a Samaria tampoco, pues los partos te lo impedirán. Nuestro rey acordará lo que sea con Antígono, que es quien reina ahora en Israel. Nada tiene que tratar contigo. Ahora eres un fugitivo. Simplemente.

El lugarteniente de Herodes echa mano a la empuñadura de su espada, pero el estratego lo detiene.

—No. Ya habrá tiempo... Esto no quedará así.

—Fuera de aquí —sentencia el jinete nabateo que da media vuelta y sale al galope hacia la colina donde están desplegados sus compañeros.

A Herodes no le queda más remedio que ceder. No puede

enfrentarse a fuerzas tan superiores. Con el orgullo herido, da una orden:

—Nos desviamos hacia el suroeste.

Durante días vagan sin rumbo. Atraviesan algunos valles, dejando a un lado aldeas pobres, de casas de barro, cuyos habitantes observan muy asustados el paso de aquellos guerreros que les parecen salidos de un mundo de espectros.

Herodes ordena que no se moleste a aquellas pobres gentes; todavía no es tiempo para la venganza.

Durante un par de días cabalga solo, en primera línea, pensativo y meditabundo, reflexionando sobre qué hacer ante un panorama tan hostil.

A la tarde del día siguiente, tras una frugal cena de campaña, se retira unos pasos del campamento. El sol acaba de ponerse y comienzan a brillar las primeras estrellas.

«¡Roma!».

En un instante, esa palabra estalla en su cabeza como un trueno.

Se acerca a su lugarteniente, que trata de conciliar el sueño, y le dice:

—Vamos a Roma.

—¿A Roma? —se sorprende.

—Sí. Allí están los poderosos, los únicos que pueden ayudarnos; allí está ahora Marco Antonio y varios amigos de mi difunto padre; allí están los senadores, a los que puede interesar una buena oferta sobre Siria e Israel. Estamos vagando sin rumbo, expuestos a que los nabateos cambien sus amenazas por hechos, o a que los partos nos alcancen y aniquilen. Roma será nuestro amparo, y Marco Antonio me apoyará. Estará encantado con nuestros servicios. Explicaré que un gobierno de un judío asmoneo, presidido por un tipo atrabiliario y poco fiable como Antígono, es pésimo para los intereses de Roma en Oriente. Expondré los servicios que he prestado a la República.

—¿Y el pueblo de Israel...?

—Seguro que ahora está con Antígono; pero la mayoría es

ignorante y fácil de conducir. Hace siglos que espera a un mesías que haga rica y poderosa a su pobre tierra. No soy yo ese mesías, pero intentaré presentarme como el enviado previo para guiarlos hacia la verdadera tierra prometida. Dios está ahora con Italia. Si ese estúpido Antígono cree que ya ha acabado conmigo, está muy equivocado. Que disfrute mientras pueda del trono de Jerusalén, porque si Roma atiende mis demandas, pronto seré yo quien se siente en él y vengaré el asesinato de Fasael.

»Decidido. Cambiamos el rumbo. Al alba saldremos hacia la costa. Llegaremos a Egipto, a Alejandría, y desde allí pondremos rumbo a Roma y...

Al amanecer, los soldados de Herodes se sorprenden al escuchar la decisión de su general. Reciben con extrañeza, aunque no sin alivio, la orden de dirigirse a Egipto. Están acostumbrados a su intrepidez y audacia, pero no esperaban este cambio.

Acelerando la marcha, llegan a un santuario cerca de la localidad de Rinocorura, ya en Egipto, donde son acogidos con cortesía. Siguiéndoles los pasos, lo que no es difícil en el desierto y menos para un oteador nabateo, esa misma tarde se presenta una embajada del rey Malco.

—Nuestro rey está arrepentido de su decisión. Tenemos orden de anunciarte que ha cambiado de opinión y que te propone un acuerdo.

—Ya es demasiado tarde. He tomado una decisión después del rechazo de vuestro rey. Comunicadle que voy a Roma. Decidle también que tiene que devolverme cuanto antes los doscientos talentos que me debe.

Al llegar al puerto de Pelusio, ya en el bajo Egipto y no lejos de Gaza, busca un navío que los lleve hasta Alejandría. No es fácil. Todos conocen lo ocurrido en Israel: la deposición de Hircano, la muerte de Fasael y la pérdida de poder de Herodes. Todos los navarcos se resisten a colaborar con quien consideran un proscrito condenado a perecer.

No hay, pues, manera de conseguir un barco, de modo que Herodes decide continuar por tierra hasta Alejandría. El único consuelo le llega del comandante de la guarnición de Pelusio, quien, al conocer la llegada de Herodes, se presenta ante él y se ofrece con todos sus hombres en recuerdo de otros tiempos de servicio en Galilea.

Herodes admite la ayuda agradecido.

Después de Roma, Alejandría es la ciudad más grande del mundo. Impresionan la anchura de sus calles de trazado hipodámico, por las que circulan centenares de carros, los jardines regados por un ingenioso sistema de canalizaciones, los imponentes templos, la gran biblioteca en la que desde hace casi trescientos años se reúne buena parte de los libros más insignes de la literatura griega, el espléndido puerto, el más seguro de toda África, donde fondean naves de todo el Mediterráneo y los surtidísimos mercados, donde abunda todo tipo de productos, desde refinados tapices y papiros hasta la seda de China, especias de la India y perfumes de Arabia.

La ciudad no es ajena a los judíos, que habitan en un nutrido barrio en la zona nordeste, cerca del palacio real, y que siempre están dispuestos a ayudar a un compatriota que llegue a la ciudad, sin indagar demasiado su origen.

Tras alquilar un edificio cerca del puerto, Herodes y un puñado de sus hombres se presentan al día siguiente en el palacio real. La reina, Cleopatra, avisada oportunamente de su llegada, acepta la súplica del estratego de ser recibido en audiencia. Ella recuerda muy bien la fiereza de aquellos ojos negros durante su estancia en Asia.

Tienen que esperar toda la mañana, pero estiman que bien merece la pena. Por fin los hacen pasar al salón de embajadores, decorado con una curiosa mezcla de detalles griegos y egipcios, con columnas de capiteles de flor de acanto. Parece un templo más que un palacio, en el que destaca un enorme bajorrelieve con las figuras de los dioses Anubis y Amón Ra. Delante de él se levanta una refinada tarima donde se asienta el trono real de ébano y oro. En torno al estrado se disponen los dignatarios en estudiada jerarquía, y detrás de ellos, criados que mueven acompasadamente grandes abanicos de plumas que difunden por la amplia estancia el aroma de perfumes que se consumen en grandes pebeteros de bronce.

Tras un toque de fanfarrias, aparece Cleopatra, sentada en un palanquín de ébano con incrustaciones de plata y oro que portan ocho fornidos esclavos negros, tocados con nemes rayados, representando los espíritus de los faraones difuntos protectores de la reina. A los lados, varios soldados armados con espadas y dagas sirven de custodia personal a Cleopatra.

La reina recuerda a Herodes desde aquellos felices días en Cilicia, entre banquetes y fiestas. ¡Cómo olvidar a un hombre de semejante porte, alto, fornido, de ojos negro azabache, con una mirada capaz de traspasar el acero! Cleopatra se muestra afable y benevolente, algo extraño en una mujer que se rodea siempre de un halo de majestad y lejanía. Considera a Herodes como un personaje de interés y recuerda que es capaz de retenerle la mirada.

La reina desciende del palanquín con estudiada solemnidad y se sienta en el trono; poco después hace una señal a un secretario, que se dirige a Herodes según el protocolo convenido.

—La reina pide que te acerques. Espera a que te pregunte y no hables si ella no te lo indica.

Herodes avanza por la sala hasta colocarse donde le señala el funcionario.

—He oído que has tenido que salir a toda prisa de Israel. Sé por Marco Antonio que eres un general eficaz. ¿Vienes quizá porque quieres servir a Egipto?

—Como judío podría hacerlo —responde Herodes.

—Te suponía natural de Idumea.

—Soy hijo de padre idumeo y de madre árabe nabatea, pero me he criado en Jerusalén y me siento judío.

—Hace ya siglos que muchos judíos vienen haciendo un gran servicio a Egipto. Sois gente aguerrida, dura y resistente, buenos luchadores, y el país necesita hombres así. Es mi intención devolver la grandeza que antaño tuvo este reino, y para ello me hacen falta soldados, pero sobre todo generales que sepan dirigirlos. Sé muy bien que tienes experiencia; la has demostrado en Galilea y en Idumea. Si estás dispuesto a colaborar, podría nombrarte gobernador de Israel.

—¿Piensas invadir mi tierra?

—Hubo un tiempo, con grandes faraones como Ramsés, en el que Israel fue un dominio egipcio. ¿Por qué no ha de volver a serlo? Tú lo conoces bien, serías de gran ayuda.

—¿Me pides que te ayude a conquistar mi propia tierra para Egipto?

—Los partos ya la han invadido y conquistado. Se trata solo de un favorable traspaso. Esos bárbaros no se quedarán ahí, seguirán hasta Egipto. Mejor que Israel esté junto a la civilización egipcia que no bajo la barbarie de Partia. Si te quedas conmigo y entras a mi servicio, te auguro un futuro agraciado por la Fortuna. Te ofrezco la gloria que te niega tu pueblo. Podrás traer a tu familia y tendrás recompensas inimaginables. Hace mucho tiempo hubo un judío al servicio de un faraón, ¿lo sabías?

—Claro. Esa historia está escrita en nuestros libros sagrados —dice Herodes.

—Pues tú puedes ser un nuevo José y pasar a los libros que se escriban sobre este tiempo. Piénsalo.

Herodes queda meditabundo y bastante sorprendido. Venía a pedir ayuda para algo muy parecido, pero nunca había pensado que fuera bajo la égida de Cleopatra. Esa mujer lo fascina, pero intuye que puede estar encerrándolo en una especie de trampa; y duda.

Por fin, el estratego se decide a hablar:

—Tu propuesta es generosa y atractiva, pero debo ir a Roma.

—¿Renuncias a riquezas sin cuento para lanzarte a una aventura que puede abocarte a la ruina, incluso a la muerte?

—Mi atención está ahora en Masada. Allí están recluidos mi madre, mis hermanos, mis esposas, mi hijo y otros familiares. Todo cuanto soy y he sido está en esa fortaleza. Si se pierde, lo pierdo todo.

—No tienes que renunciar a nada, y lo puedes tener todo.

—Un esenio pronosticó en una ocasión que yo sería rey de Israel..., pero no de este modo.

—Y lo serás. Acepta este pacto, y yo te daré ese reino.

—Tu propuesta es muy generosa, pero ahora debo centrar mis esfuerzos en liberar a mi familia del acoso de Antígono y de esos malditos partos que lo sostienen. En cuanto lo consiga, no tardaré en dar respuesta a tu ofrecimiento.

Cleopatra se siente contrariada y, en su fuero interno, ofendida. ¿Qué mortal es capaz de rechazar una oferta como esa? Ella es una diosa que hace un ofrecimiento a un simple mortal. ¿Qué hombre es capaz de rehusar semejante regalo?

—Esta noche he preparado una cena. Te espero.

La reina hace una señal y el secretario indica a Herodes que puede retirarse.

El banquete se dispone en dos triclinios enfrentados. Cleopatra lo decide así para tener a Herodes enfrente y que el estratego pueda admirarla en todo su esplendor.

Vestida de seda púrpura con engarces de pedrería, la reina de Egipto luce en verdad como una diosa.

El estratego la observa con deseo. Apenas puede desviar su mirada del cuerpo de esa mujer, de las insinuantes curvas de sus caderas, de sus brillantes ojos verdosos, tan grandes como llenos de misterios, del pecho que se adivina turgente, duro y suave a la vez como en otra ocasión había ya adivinado. ¡Cómo desea compartir su lecho y gozar de semejantes dones!

Los más exquisitos platos desfilan por el opíparo banquete, aunque Herodes solo tiene ojos para la fascinante egipcia, cuyos brazos conocen ya a dos gigantes como Julio César y Marco Antonio.

—Apenas has probado unos pocos bocados —le dice Cleopatra al final de la cena—. ¿No te ha gustado mi convite?

—Ha sido magnífico y te lo agradezco, pero mi cabeza está en Masada. Anhelo partir cuanto antes a Roma para encontrar la ayuda que demando. Alejandría y tu magnífico recibimiento me fascinan, pero entiende que debo marchar enseguida; mañana puede ser demasiado tarde.

La reina vuelve a sentirse enojada, como durante la recepción de la mañana, pero procura que no se note su malestar.

—Tu visita ha sido demasiado fugaz; espero que sea el preludio de otras más duraderas. Te acompañará a Roma un correo personal con cartas para Antonio. Supongo que no te importa.

—En absoluto, mi señora. Será un placer servirte.

—He dispuesto que preparen varias habitaciones para ti y tus hombres, y que paséis la noche en palacio.

Ya en su aposento, Herodes recibe la visita de una esclava de la máxima confianza de Cleopatra, que le trae una propuesta extraordinaria. La reina quiere verlo a solas en su cámara. Al escuchar aquellas palabras de labios de la muchacha, el corazón del estratego se desboca como un corcel a galope tendido. Sentimientos contrapuestos estallan en su interior. ¿Qué hombre es capaz de decir no a la oferta de pasar la noche con la reina de Egipto? ¿Cómo rechazar los dones de una diosa?

Su razón y su pasión chocan como dos ciervos en celo. ¿Y si acude a la llamada de la carne y Marco Antonio se entera? No puede guardarse algo así en secreto. La alcoba real está rodeada por sirvientes con cien ojos. Tras unos minutos de dudas, puede la cabeza a la pasión. Sí, Antonio acabará enterándose, sin duda...; y entonces será hombre muerto. Mira fijamente a la esclava y le dice:

—Avisa a tu dueña y señora de que me encuentro indispuesto debido al viaje, al vino y a la cena. Insístele en que lamento muchísimo no poder aceptar su invitación.

Cleopatra no está habituada a que la rechacen. Como mujer poderosa, es despótica y antojadiza; se enfurece como un mar bravío si alguien se atreve a no atender a sus deseos. Pasea como leona enjaulada por su habitación, llena de rabia y de ira. Se dice entonces a sí misma en alta voz: «¡Qué se habrá creído ese soldadito! Pagará con creces su desdén. ¡Lo juro por mi trono!».

A la mañana siguiente el idumeo intenta despedirse de la reina, pero en vano. Sus requerimientos son rechazados por el camarlengo palatino, que lo despide con palabras corteses, pero frías.

Ya en el puerto, Herodes intenta contratar un navío que lo lleve a Roma. Tras un par de rechazos, entabla una discusión con un navarco al que ve más algo más dispuesto a llevarlo a Roma.

—El otoño está comenzado —argumenta el piloto y dueño de la nave—. Lanzarse al mar en estas fechas es una temeridad. Te aconsejo que pases el invierno en Alejandría y viajes a Roma en la primavera.

—No. He de llegar a Roma cuanto antes; no puedo esperar aquí seis meses. Observo que tu nave está aparejada y provista; zarpemos hoy mismo, mañana como tarde.

Los dos hombres se enzarzan en una disputa, hasta que al fin el capitán del navío acepta.

—De acuerdo, te llevaré a ti y a tus hombres hasta Panfilia. Allí tendrás que contratar otro barco. Corro un riesgo enorme, de modo que eso cuesta unas monedas más de lo normal.

—¡Maldito usurero!

—Eso o nada. No solo arriesgo mi barco, también mi propia vida.

La nave zarpa de Alejandría con rumbo norte. Herodes está seguro de convencer al navarco para que ponga rumbo a Roma cuando lleve unas cuantas millas de navegación, pero el Mediterráneo reclama sus derechos en esa época y medio día después de la partida se desata un temporal. En apenas el tiempo de unos suspiros, la superficie del mar, agitada por el temible Bóreas, se convierte en una sucesión acuosa de valles y montes. El frío viento del oeste había rolado al norte, aún más gélido, el cual sacude la embarcación y la zarandea como en tierra a un montón de hojas secas.

Resulta imposible avanzar contra el fortísimo viento, de modo que se ven obligados a virar hacia el noroeste, y recalan en la isla de Rodas. Una vez en la seguridad del puerto, sobre cuya bocana se imagina alzada la colosal estatua de Helios, el rey del sol, ya desaparecida, el capitán se planta ante Herodes y se niega a seguir:

—El inventario de daños es considerable. Parte de la carga de cubierta está perdida y hay destrozos en vela y mástil. Debo detenerme, varar en la playa y hacer reparaciones.

Herodes no se rinde. Con mucho esfuerzo y mucho más dinero, convence al piloto de una trirreme, amarrada indolente en el puerto, para que lo lleve a Roma.

Pasadas veinticuatro horas, los elementos se ponen de su parte. El Bóreas comienza a rolar a favor, soplando constante del nordeste. Entonces ya puede utilizarse el artemón, una gran vela izada en el único mástil de la nave. Con su ayuda, los remeros tienen mucho más fácil bogar directos a Italia.

Dos semanas después, la trirreme arriba al puerto de Brindisi, en la costa suroriental italiana.

10

El Senado

Diez días se consumen en el trayecto desde Brindisi hasta Roma, durante los cuales caminan a lo largo de la vía Appia, una de las mejores calzadas construidas por la ingeniería civil romana.

Durante el camino, Herodes piensa en cómo proponer su plan a Marco Antonio. Duda si reclamar el título de rey para sí mismo o proponer al joven Aristóbulo, hermano de su esposa Mariamme y nieto de Hircano, miembro de la estirpe real de los Asmoneos y judío de pura cepa. Su cuñado solo tiene catorce años y cree que puede manejarlo a su antojo y ejercer el poder efectivo como tutor, además de mantener el gobierno directo de Samaria y Galilea.

Se felicita por haber rechazado la propuesta de Cleopatra, aunque suspira al pensar en el cuerpo de aquella mujer. Ahora lo único que importa es si él es el señalado por la Profecía y la Fortuna para ser rey de Israel. Si el Senado lo aprueba... Antígono es un iluso: Roma tiene la última palabra sobre la tierra sagrada. Herodes sabe que sus hombros no se resentirán con el peso de la púrpura. El Dios de los judíos bien puede hablar por boca de los senadores romanos.

Herodes y su pequeño grupo de acompañantes se hospedan en Roma en casa de Lucio Gabinio, viejo amigo de su padre, que los recibe con afecto. Enseguida envía el estratego un mensaje a Marco Antonio, pidiéndole audiencia.

El dueño de Oriente vive en un enorme caserón ubicado en la colina del Viminal, rodeado de pinos y huertos, alejado del bullicio del foro.

¡Audiencia concedida! Los dos generales se saludan efusivamente y pasan a un jardincito para ponerse al día de los últimos sucesos. Antonio concede la palabra al joven estratego:

—Hircano está libre, pero su situación es la de un prisionero, depuesto y humillado. Mi familia está cercada en una fortaleza al sur de Israel. Supongo que seguirán resistiendo, pues sus defensas son formidables.

Marco Antonio escucha con suma atención. Herodes lo observa y prosigue:

—No necesito hacerte recordar el escarnio que para Roma supone que en el trono de Israel se siente un acérrimo enemigo vuestro. ¿Consentirás que el asmoneo Antígono, que ha pactado con los partos, ponga en serio peligro la presencia de Roma en Siria? Estoy seguro de que los partos presumen ya de la nueva situación: Antígono se quedará con Israel a cambio de que Partia se haga con Siria. ¿Puede Roma consentirlo? —Herodes intenta ser convincente en su alegato.

—Tu visita es mucho más que mera cortesía —dice Marco Antonio, quien pese a estar bien informado de lo que sucede en Oriente, deja hablar a su amigo.

—Cierto. Pero no dudes de que he venido a saludarte, y también a ofrecer a la diosa Roma una rama de olivo y cintas blancas: paz y pureza en nuestras relaciones. ¿Te parece buen negocio acabar con Antígono y restaurar la influencia de Roma en Israel con mi ayuda? Por mi parte, me saco del cuerpo una molesta espina, y por la tuya, se te abre la posibilidad de rechazar a los partos más allá del cauce del Éufrates.

—¿Qué propones en concreto?

—Si me ayudas a echar a Antígono de Israel, te aseguro que seré tu mejor aliado contra los partos. Mi familia ha demostrado fidelidad a Roma, por lo que puedo ofrecerme como fiel servidor de la República. Los dos saldremos ganando.

Herodes insinúa otro argumento de gran peso: una caja, ricamente adornada, que contiene dos talentos de oro.

—Habrá más si me ayudas a echar de Jerusalén al traidor asmoneo y a empujar a los partos hacia su tierra. He venido para verte, sin duda, y también, como has adivinado, para pedir tu ayuda. Seré tu brazo en Oriente. Úsame, si lo consideras oportuno.

Marco Antonio da un sorbo a la copa de vino de Campania que les sirve una esclava, y responde con prontitud:

—No necesito reflexionar demasiado. Lo que propones es conveniente para Roma, para mí y para ti. Te ayudaré. Ese Antígono, además de indeseable, es un torpe y un verdadero sedicioso. Te comunico que ya ha sido declarado enemigo del pueblo romano por el Senado, de modo que habrá que quitarlo de ahí. Y si tú colaboras, será necesario buscarte un título.

—El traidor se ha proclamado rey —insiste Herodes.

—Entonces tú, también: «Herodes, rey de los judíos y amigo de Roma». Suena bien.

Al escuchar las palabras de Antonio, el rostro de Herodes se ilumina. Vuelve a su memoria la profecía del esenio en la puerta de Damasco. ¡Un judío idumeo rey de Israel! Sí, eso es. Herodes, digno sucesor de reyes gloriosos como David y Salomón.

—¿Crees que Roma me reconocerá como rey de Israel?

—Un paso previo, sin duda, es la aprobación del Senado, pero antes hay que contar con el beneplácito de mi colega Octavio. No creo que se oponga ni el Senado tampoco. Eso lleva su tiempo. Sin duda los senadores quedarán convencidos de que lo más conveniente es contraponer un monarca amigo de la República, tú, a otro, ese Antígono, al fin y al cabo un enemigo.

Antonio bebe otro sorbo de vino.

—Los judíos, y tú lo sabes bien, son gente difícil. Los considero absurdos en sus creencias, exagerados en sus maneras y muy fieros en todas las cuestiones relacionadas con su fe, sus costumbres y sus leyes. No los entiendo ni lo pretendo, pero tú, como los conoces bien, creo que sabrás manejarlos.

—Mis compatriotas son fáciles de entender, si tienes en cuenta que se consideran el pueblo elegido de Dios.

—¡La divinidad está ahora con Roma! Pero bajemos a la tierra; lo que propones es factible. Vayamos a visitar a Octavio; necesitamos su apoyo para convencer al Senado.

Herodes está a punto de estallar de gozo. Ni en el mejor de sus sueños imagina una respuesta como esta. ¡Qué escena más trascendental! El Senado romano otorgándole el título de rey de Israel.

Solo pasa un día, y Octavio recibe a Marco Antonio y a Herodes. El otro hombre poderoso en Roma comparte los argumentos de su colega y ve con buenos ojos al estratego.

—Sí, recuerdo tus servicios a Julio César, mi padre.

Octavio rememora también que Antípatro, el padre de Herodes, ayudó igualmente a Julio, durante la campaña de Egipto; pero también pasa por su memoria que el mismo personaje que ahora suplica su ayuda militó antes en el partido de Casio y de Bruto, asesinos de César.

El general idumeo, que observa atentamente a Octavio, espera que no recuerde ese baldón. Pero no es así.

Octavio toma de nuevo la palabra:

—No tengo mala memoria. Colaboraste con Casio y Bruto, pero te hago saber que esa mácula en tu vida podría perdonarse como un pecado de juventud, y admito que Antígono, sentado en el trono de Judea, es un aguijón clavado en la carne de Roma.

Una nueva pausa de Octavio hace crecer la intensidad de la espera.

—Mi opinión ahora es la siguiente: no es mala idea, amigo Herodes, que seas tú quien extraiga ese aguijón envenenado en nombre de la República. También está en tu carne.

Octavio vuelve su vista hacia Marco Antonio, y en ese mismo instante acuerdan los dos acudir al Senado, pues es preciso proponer a los senadores la proclamación de Herodes como rey de Israel.

Los asuntos se mueven deprisa en Roma cuando los dos dueños del mundo se ponen de acuerdo; y en el caso de Herodes, lo están.

Los ayudantes de Octavio preparan una moción sobre Judea que se plasma en el orden del día del Senado apenas una semana después de presentarla. Son solo siete días de espera, pero a Herodes se le hacen una eternidad. Ni siquiera una esclava árabe de soberbio cuerpo, que Antonio le envía para que lo acompañe en las noches romanas, le proporciona la calma que necesita en esos momentos, en los que su alma se divide entre la esperanza de lo que ocurrirá en el Senado y la zozobra de lo que pueda ocurrir a su familia, cercada en la fortaleza de Masada.

La sesión del Senado se celebra conforme al protocolo establecido. Los senadores, envueltos en sus blanquísimas togas orladas con bandas púrpuras, se sientan en sus escaños de la imponente sala y esperan, mientras dialogan entre ellos, a que dé comienzo la sesión. Son conscientes de que, pese a que la influencia de Marco Antonio y Octavio es cada vez mayor en la política de la República, las decisiones de los senadores siguen siendo la ley que marca el ritmo del mundo.

Herodes, invitado al acto, se mantiene en un discreto rincón, escrutando los rostros de los padres de la patria, como pretendiendo adivinar qué va a votar cada uno de ellos.

Cuando se hace el silencio, Valerio Mesala, designado como defensor de la propuesta presentada por Marco Antonio y Octavio, se pone en pie y toma la palabra con solemnes ademanes:

—Senadores, el dominio de Roma en Oriente está en peligro por la rebelión de un sedicioso judío llamado Antígono Matatías, que se ha proclamado rey de Israel y ha firmado un pacto con Partia. No creo que os quepa duda alguna de que no podemos consentirlo. Pero no os conmováis demasiado pues presento la solución a este problema.

A continuación pronuncia un extenso parlamento defendiendo la idoneidad de Herodes para resolver esa grave cuestión. Finalmente apunta:

—Sin duda, la mejor solución es que proclaméis a Herodes aliado principal de Roma en Oriente.

El senador Atratino, tal cual está convenido, pide la palabra para apoyar la moción de Valerio.

—Apoyo la propuesta del senador Valerio Mesala, y deseo añadir que Roma recibió notables beneficios de Antípatro, padre del general Herodes, asesinado por orden del impostor que ocupa el trono de Israel. Este joven —Valerio señala a Herodes— está dotado de excelentes cualidades que lo hacen idóneo para convertirse en el fiel amigo de Roma en Oriente. Cuando ejerció de gobernador en Galilea, supo imponer el orden sobre un territorio nada fácil y lo hizo con notable éxito. Nuestros gobernadores en Siria lo han ratificado en su puesto y no han dudado en poner bajo su mando directo varias cohortes de nuestras legiones. También hemos de destacar su eficacia como recaudador de impuestos, que no es poco mérito dada la tacañería de los judíos.

»Si debemos quitar de en medio a ese tal Antígono, una verdadera desgracia para Roma puesto que ha osado autoproclamarse rey de Israel sin contar con la aprobación de este Senado, no veo mejor medio que la ayuda de este joven general, que se valdrá por sí solo con una cierta ayuda militar por nuestra parte. El gobierno que ha instaurado ese príncipe asmoneo y su acuerdo con los partos son peligrosos para nuestra República. ¿A qué esperáis, padres conscriptos? ¿Vais a consentir que ese felón se burle de Roma? Ante vuestros ojos está el remedio. Otorgad vuestra confianza a Herodes, hijo de Antípatro, y permitidle que devuelva a Israel a la senda de la que nunca debió salir.

Todo parece discurrir conforme a lo previsto. Marco Antonio y Octavio se muestran satisfechos y sonríen confiados a Herodes, que siente cercano su triunfo. Pero, sin que esté previsto, pide la palabra Sempronio Pisón, un tipo gordo de cuerpo y prolijo de palabra que muestra poca simpatía hacia Marco Antonio.

—Convengo con los senadores Mesala y Atratino en que la situación en Judea es difícil, pero estoy en total desacuerdo con su propuesta de solución. No podemos dejar el gobierno de Israel en manos de un joven inexperto. Por eso propongo que convirtamos a Judea en una provincia de la República, segregada de Siria y con su propio prefecto, un ciudadano romano, por supuesto; y que se refuerce nuestra presencia allí con dos legiones, la XII Fulminata y la VI Ferrata, más las tropas auxiliares que se necesiten, al mando de un tribuno.

Varios senadores aplauden la nueva moción y Herodes se descompone ante el giro que presenta la inesperada propuesta. Si prospera en la votación, sus sueños están acabados. De repente deja de verse como rey para pasar a ser un simple general vicario de un gobernador romano.

Octavio lanza una mirada displicente al pequeño grupo de senadores que aplauden la propuesta de Pisón, y sin mediar palabra les recrimina su acción con un simple gesto.

Mesala se ve obligado a intervenir de nuevo.

—La propuesta del senador Sempronio Pisón es interesante, pero inconveniente y compleja. Convertir a Judea en una nueva provincia romana acarrearía nuevos problemas para la República. ¿Cómo vamos a organizarla si antes no acabamos con el usurpador? No descarto la ayuda de las dos legiones mencionadas por Pisón, pero sostengo que es mejor dejar que Judea sea gobernada por un monarca amigo de Roma, el cual se encargará de tan onerosa tarea.

Antonio percibe que debe intervenir para evitar nuevas disidencias y toma la palabra.

—Padres conscriptos: pienso que no es necesario extenderme en prolijas consideraciones. Estáis perfectamente informados de cuanto sucede en Judea y sabéis qué es lo que conviene a los intereses de Roma. Quiero pronunciarme sobre la propuesta del senador Pisón: me parece inoportuna, además de muy costosa para las arcas del Estado en este momento. Nos conviene mucho más tener a Judea como un reino leal y aliado, que se gobierne por sí mismo, sin distraer nuestras fuerzas, pues las necesitaremos en las más que probables contiendas en la frontera de Siria. La guerra total con Partia se presenta inevitable; tarde o temprano se desencadenará ese conflicto, y debemos estar preparados para cuando eso ocurra. Necesitaremos esas dos legiones en el limes del Éufrates, no en Israel. No podemos consentir que se repita una segunda Carras. Por tanto, os pido el voto favorable al decreto sobre Judea que han defendido los senadores Mesala y Atratino. Primero acabemos con el usurpador y las tropas partas que lo sostienen.

La mención al desastre de Carras, aquella terrible derrota sufrida por Craso, hace reflexionar a los senadores dubitativos, que vuelven su mirada hacia Octavio, quien asiente ante las palabras de Marco Antonio.

Se procede a la votación con el tradicional sistema de bolas blancas y negras. Herodes contiene la respiración, pues está en juego su futuro. Los senadores desfilan ante la mesa donde está el cuenco de oro en el que depositan su voto.

Un anciano senador es el encargado de hacer el recuento, con la supervisión de otros dos senadores, y proclama son solemnidad el resultado:

—Ciento quince votos a favor de la propuesta de Valerio Mesala y diez en contra. En consecuencia, el Senado de Roma proclama a Herodes, hijo de Antípatro, «rey socio y amigo del pueblo romano». Se faculta a Herodes para tomar las medidas necesarias que consoliden este decreto y se ordena al legado en Siria que proceda a deponer a Antígono Matatías, enemigo de Roma, y a instaurar en su lugar al nuevo rey aquí acordado proporcionándole la ayuda militar necesaria.

Al escuchar la proclama, Herodes cree que lo oído no es verdad, sino el más dulce de los sueños.

Marco Antonio y Octavio se ponen en pie y colocan de inmediato al joven estratego entre ellos dos. Luego le imponen una corona de laurel como símbolo de su poder y una diadema como señal de su nueva realeza.

Salen del edificio del Senado precedidos por los lictores con sus fasces, escoltados por los dos cónsules y otros magistrados, y se dirigen a ejecutar el sacrificio ritual.

La felicidad inunda a Herodes, pero enseguida repara en que queda mucho por hacer. El Senado deja en sus manos la realización del decreto, su familia sigue asediada en Masada, los partos continúan siendo una gran amenaza y Antígono permanece sentado en el trono de Jerusalén. Su título real parece aún una quimera, pero la profecía de la puerta de Damasco comienza a cumplirse.

Una copia del decreto queda depositada en el archivo del Capitolio:

«En el año 714 de la fundación de Roma, en la olimpíada 184, siendo cónsules Gayo Domicio Calvino, por segunda vez, y Gayo Asinio Polión, Herodes, hijo de Antípatro, recibió en la Urbe la realeza de Judea de manos del Senado».

11

Guerra

Marco Antonio ordena a Publio Ventidio, su legado en Siria, que refuerce el ejército con nuevas levas y liquide a los partos, a los cuales se unen algunos de los partidarios de los derrotados Bruto y Casio.

Ventidio alcanza sus objetivos en Siria, totalmente limpia de partos, pero no lleva sus tropas a Judea, donde la situación continúa siendo hostil para Roma.

Gracias a sus espías, Herodes, que sigue aún en Roma, recibe una información vital a través del piloto de un navío que desembarca cereal en Ostia desde Cesarea: «Es casi seguro que Ventidio ha aceptado un soborno de Antígono. El romano se ha detenido en la frontera sur de Siria, sin entrar en territorio judío».

El legado de Siria escribe a Marco Antonio: «Mis tropas están agotadas; se acerca el invierno. En estas condiciones no es posible afrontar el asedio a Jerusalén».

En realidad, Ventidio está prolongando la guerra. Ve en ella una oportunidad para enriquecerse, y toma decisiones en su propio beneficio. Una mayor duración del conflicto supone que Antígono tendrá que pagarle aún más dinero. Exprimir a esos bárbaros judíos le supone además un placer especial. ¡Que se enreden en el garlito que ellos solos se preparan con sus querellas intestinas!

En Roma, Herodes sigue recibiendo ulteriores detalles del sospechoso comportamiento del legado de Siria, de su negativa a seguir adelante hasta Jerusalén y de su retirada a los cuarteles de invierno, cuando en realidad tiene la victoria total al alcance de la mano. Para disimular, Ventidio deja un destacamento en el norte de Judea al mando de su lugarteniente, un tal Marco Silón, quien, para desesperación de Herodes, se comporta como un aliado de Antígono, cobrando también su parte del oro judío.

Entre tanto, la familia de Herodes sigue recluida en Masada, donde es hostigada por tropas de Antígono, quien pide a los partos más soldados. Sabe bien que la fortaleza es casi inexpugnable y que la única manera de rendirla es mediante un prolongado cerco, hasta que se acaben los víveres a los sitiados.

Lo que ignora Antígono es que los de la fortaleza están a punto de agotar sus reservas de agua. José, el hermano de Herodes que gobierna Masada, dispone salidas nocturnas para conseguirla, a la vez que idea un plan de fuga ante el temor de fracasar en ese intento. Todo es inútil, las últimas gotas de agua se acaban. En la noche tras un ardiente día preparan sus ánimos para la huida o bien una obligada rendición.

Pero la divinidad se pone del lado de los que resisten, porque poco antes del amanecer se desata tal aguacero sobre la cumbre de Masada que casi llena los aljibes de la ciudadela. ¡Antígono tendrá que esperar!

A medida que van llegando noticias a Roma, Herodes estima que no debe perder más tiempo y pide permiso a Marco Antonio para regresar a Israel.

—Me angustian las noticias. Cumpliré la misión encomendada por el Senado como sea.

El futuro rey recibe el permiso de Antonio, y zarpa del puerto de Ostia a bordo de una nave ligera con rumbo a Ptolemaida.

—Recibirás más de lo que has pedido. Haz lo imposible por llegar cuanto antes —apremia Herodes a un navarco que teme poner a su navío en riesgos superiores a su capacidad.

Por suerte, Eolo es propicio y, tras hacer una escala en Creta, llega a Ptolemaida a comienzos del verano; corre el año 715 desde la fundación de Roma.

El desembarco de Herodes produce un torbellino de emociones y una enorme agitación.

No hay tiempo que perder. Nada más atracar en el puerto, comienza el estratego a reclutar nuevas tropas. Las noticias vuelan como las aves, y los judíos saben ya que Herodes tiene una misión del Senado romano que les concierne de lleno. Corre la nueva de que el otrora estratego vuelve con el título de rey de Israel en la mano, y que cuenta con la bendición de Marco Antonio y el beneplácito de Octavio.

«Cuando caiga Jerusalén, habrá recompensa; una buenísima recompensa para quienes estén dispuestos a ponerse de mi lado».

Esta es la promesa de Herodes a cuantos se alistan bajo su estandarte. Lleva consigo una carta de Marco Antonio en la que se ordena al legado Ventidio que ponga los medios necesarios al servicio de Herodes y que le ayude con todas las fuerzas disponibles a recuperar el gobierno de Judea. Ventidio no tiene más remedio que esconder sus propósitos y poner tropas romanas a las órdenes de Herodes.

—Señor, estamos contigo —le dice animosamente uno de los mercenarios recién reclutados.

—Tenemos el apoyo de Roma. Venceremos a Antígono y a los partos —afirma convencido el estratego.

Solo un necio es incapaz de apreciar que el trono de Israel depende de la voluntad de Roma..., de su ayuda y de la victoria sobre los partos.

Herodes añade con seguridad:

—Antígono está perdido. Más pronto que tarde acabará sucumbiendo.

La irrupción de Herodes en Galilea se asemeja al iracundo Bóreas —que hacía poco había sufrido él mismo— cuando sopla furioso de norte a sur sobre toda la tierra agitando todo lo que se opone a su paso.

Su primer objetivo no es Jerusalén, donde Antígono se refugia y fortifica, sino Masada, hacia donde se dirige dando un rodeo por la costa. Con los nuevos reclutados, algunos restos de sus tropas en Samaria más las nuevas cohortes proporcionadas por un contrariado Ventidio, quiere presentarse ante su familia, y a los ojos de todo Israel, como un libertador, como el nuevo rey capaz de afrontar cualquier riesgo para liberar a los suyos del mal.

Al enterarse de la llegada de Herodes, el comandante que manda las tropas que asedian Masada, temeroso y prudente, ordena la retirada hacia el norte, alejándose de la costa. No ignora el pasado militar de su oponente y sabe que su vida, y la de sus soldados, nada valen si intentan resistir.

Los sitiados se sorprenden aquella mañana al observar desde su atalaya cómo los sitiadores desmantelan a toda prisa los campamentos que cierran el cerco a Masada, ya que ignoran que Herodes se acerca veloz al frente de un notable ejército en el que forman legionarios romanos, mercenarios sirios y voluntarios galileos.

Es José el primero en caer en la cuenta de que la gran polvareda que llega desde el oeste está provocada por los hombres de su hermano. Da la voz de aviso y enseguida los sitiados salen de los edificios, a la vez que los guardias desplegados en los muros alzan al viento sus lanzas con expresiones de alegría y alivio.

Los acontecimientos se suceden raudamente. Por la empinada cuesta de la ladera oriental asciende ligero un destacamento encabezado por el propio Herodes, que sonríe y agita los brazos en respuesta a las muestras de júbilo de los defensores. El portón de la entrada oriental se abre para dar paso a los primeros jinetes, que entran en el recinto amurallado entre gritos de júbilo y bailes de entusiasmo.

Todo son abrazos, lágrimas de alegría, carreras en busca del amigo o el familiar, carcajadas nerviosas y sollozos de dicha.

—Hermano, bienaventurados sean los ojos que te ven. Nunca dudé que regresarías para liberarnos —saluda José a Herodes.

—Habéis sido fuertes y habéis sabido resistir. Yo tampoco dudé nunca de vuestra determinación.

A la izquierda de José está Mariamme con su madre Alejandra, y a la derecha su hermana Salomé con su madre Cipro. Herodes mira a las dos parejas de mujeres y duda sobre a cuál saludar primero. Al fin opta por su esposa Mariamme, que sonríe victoriosa mientras Salomé se muerde los labios y frunce el ceño.

Durante el frugal banquete que sigue al reencuentro, Herodes narra su viaje a Egipto y a Roma.

—Alejandría es imponente, con sus amplias avenidas, su puerto y el Faro, cuyo destello puede verse en la noche desde muchas millas; pero Roma es el centro del mundo. Carece quizá de los monumentos que ornan Alejandría, pero se respira el aire del poder. Nada se mueve sin que lo decida Roma —comenta Herodes.

—¿Cómo es Marco Antonio? En Oriente todo el mundo habla de él —demanda José.

—Rezuma majestad y poderío, más aún que su colega Octavio, aunque me parece que el hijo adoptivo de César tiene mejor olfato político.

—¿Cómo lograste tus objetivos? —pregunta Mariamme.

—Más que eso. Escuchad esto.

Herodes hace un gesto a un secretario que le acerca un estuche cilíndrico de cuero; saca un documento de pergamino, lo desenrolla y lee:

—«El Senado de Roma proclama a Herodes, hijo de Antípatro, rey de Israel y amigo del pueblo romano. En el año 714 de la fundación de Roma, en la olimpíada 184, siendo cónsules Gayo Domicio Calvino, por segunda vez, y Gayo Asinio Polión».

—¿He escuchado bien? ¡Rey de Israel! ¿Eres el rey de los judíos? —se emociona José.

—Lo soy. Aún de palabra, pero...

—¿Cómo lo has conseguido?

—Tuve que convencer a Marco Antonio y a Octavio; pasé días sin dormir visitando a personajes y senadores influyentes para lograr situarlos en pro de mi causa y pensando en cómo defenderla; tuve que rebajarme ante gentes a las que consideraba inanes y mostrarme servil con idiotas engreídos. Me presenté en el Senado sin tener claro mi triunfo; pero lo logré. Los senadores votaron por una amplísima mayoría concederme el título de rey de Israel, aunque nada es gratis. Tengo que ganarme el trono..., y pagar.

—¿Qué vas a hacer ahora? —demanda José.

—Tomar lo que ya es mío por derecho. Iré a Jerusalén, depondré a ese villano de Antípatro y me sentaré en el trono de Jerusalén.

—¿Y nosotros...? ¿Qué será de nosotros en el entretanto? —pregunta Mariamme.

—Permaneceréis aquí, en Masada, protegidos en esta fortaleza hasta que llegue el momento en el que os venga a buscar para llevaros conmigo a Jerusalén. Tengo grandes proyectos para esta tierra. Quiero construir ciudades y edificios como los que he visto en Asia, Egipto y Roma. He de conseguir el poder cuanto antes y aplastar la cabeza de la hidra.

—¿Antígono?

—Claro. Antígono y sus amigos partos.

La guerra civil, otra más, se abate sobre Israel como el anuncio de una sombría tragedia. La situación de la mayoría del pueblo es penosa; hace tiempo que no disfruta de una temporada de sosiego. Los campesinos sufren como nadie la inestabilidad del país; tropas que nadie controla pasan una y otra vez por pueblos y ciudades incautando cuanto encuentran a su paso: víveres, ganado y todo tipo de pertrechos.

Por si fuera poco, ese año es sabático y, según la ley de Moisés, no se pueden sembrar los campos, que quedan en barbecho para su descanso, lo que implica un año venidero con enormes carencias ante la dificultad de importar grano de otras regiones. Los comerciantes no se atreven a organizar caravanas por miedo a los asaltos y saqueos, los artesanos carecen de materiales para elaborar sus productos y faltan clientes con dinero para comprar sus manufacturas.

La impaciencia es mala consejera. A pesar de que lo sabe, Herodes no puede esperar, y recién entrado el otoño organiza una algarada contra Jerusalén. Su intención no es conquistar la ciudad, pues aún no está preparado para ello, sino dar un susto a Antígono, mostrarle los dientes y enseñarle que está en condiciones de realizar un ataque a gran escala para tomar la ciudad cuando se lo proponga.

—Ahí está Jerusalén. —Aupado sobre la grupa de su caballo, Herodes señala la vieja ciudad, arracimada entre colinas y valles al sur de un famoso cerro, el monte de los Olivos, desde cuya cumbre se avista la capital de Judea. En realidad, y a pesar de algún palacio y del Templo, no es más que un caserío grande amurallado.

—No disponemos de suficientes tropas para tomarla, ni siquiera para establecer un asedio formal —dice Terón, uno de sus soldados más fieles.

—No pretendo tomar Jerusalén aún, sino dar un aviso al felón, que me tenga miedo, que tiemble, que no duerma, que sepa que ya está al alcance de mi mano.

—Tal vez fuera lo más conveniente mostrarnos cerca de las murallas, pero retirarnos enseguida a posiciones seguras. Las tropas enviadas por el legado Ventidio son bisoñas, inexpertas; apenas han combatido en serio. Si a los veteranos partos que custodian Jerusalén les diera por realizar una salida, nuestros reclutas huirían en desbandada como conejos o serían aniquilados. Necesitan meses de duro entrenamiento antes de estar en condiciones de combatir.

—Tienes razón. Abundan los mercenarios extranjeros entre las tropas cedidas por Ventidio a los que el destino de Israel nada les importa. Y a Marco Silón, ese hombre de confianza de Ventidio, lo considero de escasa capacidad de mando.

Poco después las sospechas de Herodes se concretan. El frío del invierno llega antes de lo habitual y las quejas estallan entre los soldados.

Uno de los tribunos se presenta ante Herodes con un memorial de agravios.

—Mis hombres consideran que esta es una guerra propia de judíos. Muchos reclaman el regreso a los cuarteles para pasar el invierno antes de que el frío se acentúe.

Herodes intuye que esas quejas están alentadas por el propio Ventidio. Piensa que el legado de Antonio en Siria sigue influido por el oro de Antígono. No puede certificar sus sospechas, pero las quejas paralizan su tímido acercamiento a Jerusalén. El estratego anda escaso de dinero para incentivar a sus tropas, de modo que considera prudente retirarse y volver a la primavera siguiente, con los soldados mejor adiestrados y la moral elevada.

Tras sopesar las posibles alternativas, ordena levantar el campamento y volver al norte, a los cuarteles de invierno en Galilea y Samaria, donde se siente seguro. Por el camino, Terón comenta:

—Pienso que no sería improbable que, durante el invierno, Antígono pretenda acercarse y pactar con Marco Antonio, tal vez ofreciéndole algo de lo que queda del tesoro del Templo.

Herodes tiembla solo con pensarlo. Antonio es su amigo y confía en él, pero varios talentos del tesoro del santuario, más otra parte de las fortunas de los más ricos entre los miembros del Sanedrín, son capaces de hacer mudar de bando al más leal de los aliados.

El invierno se alarga y discurre con pasmosa lentitud. La llegada de la primavera viene preñada de rumores. Algunos viajeros llegados desde el desierto de Siria aseguran:

—Hemos visto en la lejanía columnas de infantes y escuadrones de caballería. Parecen llevar rumbo hacia la frontera oriental de Judea.

Herodes envía oteadores que regresan con la confirmación de los rumores. Un ejército parto avanza con las debidas precauciones y su destino parece ser Jerusalén. Se trata de tropas de refuerzo que los partos han reclutado ese invierno para lanzarlas contra las de Herodes.

Algunos viajeros aseguran que Pacoro, que ya es el nuevo rey de los partos tras la muerte de su padre Orodes, cabalga al frente de ese ejército.

—Seguro que Pacoro viene hacia aquí con ánimo de revancha y deseoso de dar un golpe de efecto que lo convierta en un héroe a los ojos de sus súbditos —comenta Herodes a su amigo Terón.

—Sí, yo también estoy seguro de que viene con la intención de conquistar toda Siria para incorporarla al reino de Partia —asevera su amigo.

Una vez que el avance de los partos se confirma, Herodes se preocupa, pero a la vez se alegra. Por si queda alguna duda, Roma va a entender ahora cuáles son las verdaderas intenciones de Antígono y su alianza con los partos, y cuán dañino es para la República ese acuerdo. La situación se torna muy grave; en Siria, los romanos andan enzarzados en querellas internas, pues todavía quedan tropas afectas en su día a Casio y a Bruto que recelan de las verdaderas intenciones de Marco Antonio respecto a ellas. No se fían de alguien a quien consideran un cruel y vengativo personaje.

En esas condiciones no hay manera de vencer a Antígono. Lo más prudente es aguardar a que se resuelvan los enfrentamientos entre los romanos; pero Herodes teme que el decreto del Senado en el que se le nombra rey de los judíos caiga en el olvido, o al menos relegado a un oscuro e inefectivo rincón de la memoria. ¿De qué sirve por ahora ese pomposo título si no puede sentarse en el trono del palacio real en Jerusalén? Así es, pero... ¿qué otra cosa puede hacer?

Mariamme da a Herodes su primer hijo con ella en ausencia de su marido. Como segunda esposa desea que lo nombre primer sucesor, ya que observa cómo no muestra el menor apego hacia su primogénito Antípatro, que vive con su madre Doris, ambos apartados del círculo familiar. Pero Antípatro no deja de ser su primogénito, y la Ley otorga al primer hijo varón el derecho a presidir la familia en el futuro, al heredar la parte principal de los bienes paternos. Si quiere parecer un judío de verdad y que la comunidad lo acepte como tal pese a su origen idumeo, Herodes debe comportarse como un hebreo de cuna. Sin duda, ciertas gentes con cultura consideran heredero legal a Antípatro, pero no así el pueblo, que prefiere a su segundo hijo, el retoño de Mariamme, mujer de sangre real emparentada con su encarnizado enemigo Antígono.

No faltan mujeres que de vez en cuando ascienden al lecho de Herodes y descargan su virilidad, pero ninguna puede impedir que el estratego eche de menos a Mariamme, que sigue en el refugio de Masada, ni que imagine que tiene entre sus brazos el maravilloso cuerpo de Mariamme, sus cabellos rubios como rayos de sol, sus ojos verde esmeralda y sus rotundos pechos.

En Masada, el nacimiento de Alejandro, que así se llama el

primer hijo de la segunda esposa de Herodes, no mejora la relación entre ella y su cuñada Salomé. Todo lo contrario. El único apoyo de Mariamme es su madre Alejandra, que cuida con celo al nieto y no permite que se acerquen a él otras féminas, ni siquiera la anciana Cipro, su otra abuela.

—No soporto más a esas altivas mujeres —confiesa Salomé a su madre tras haber recibido con inmensa rabia otra negativa—. Imposible tener a mi sobrino entre mis brazos. Mariamme es una arpía que ha agostado el corazón de mi hermano. Tú, querida madre, deberías reconvenirlo por ello. Es tu hijo y te respeta más que a nadie.

—Lo he intentado, pero su segunda esposa le tiene absorbido el seso. ¿No ves cómo la mira cuando está con ella? Parece un garañón en celo; solo desea quedarse a solas para montarla una y otra vez.

—Es increíble que un hombre como mi hermano, un verdadero león, esté dominado por esa fulana como si se tratara de un gatito sin uñas.

—Es una estúpida. No puedo soportar que no me permita ver a mi nieto —se queja Cipro amargamente—. ¡Que se pudran los dos! ¡Ojalá Dios conceda a Antípatro el disfrute de su primogenitura!

—Ojalá, aunque me temo que Herodes tiene otros planes. Esa odiosa asmonea ha inculcado en el corazón de mi hermano un sentimiento de odio hacia nuestra familia. No nos considera dignos de su estirpe, y no deja pasar la ocasión de mostrarnos todo su desprecio. La odio cada día más. Espero con ansia el día en el que no tengamos que compartir el mismo techo, aunque mientras estemos aquí, en Masada, no nos queda otro remedio que aguantar.

—¿Sabes algo, hija?

—Sí, me temo que vamos a peor —dice Salomé.

—¿Cómo es eso? —pregunta Cipro con manifiestos signos de preocupación.

—Creo que la asmonea vuelve a estar embarazada.

—Pero si Herodes apenas estuvo aquí un par de días la última vez que nos visitó.

—Tiempo más que suficiente para dejarla preñada otra vez.

—Se impondrá la razón. Mi nieto Antípatro lleva sangre idumea por parte de su padre y de su madre. Él es el heredero.

Salomé se da cuenta de que su madre siente hacia Mariamme el mismo odio, o más si cabe, que ella. Es consciente de que, al menos por el momento, no puede hacer nada, pues Herodes solo tiene ojos y oídos para Mariamme.

Pero Salomé es tan dura y resistente como su hermano y empieza a rumiar en su mente planes para conseguir que su hermano rechace a su segunda esposa.

Entre tanto, en la siempre indómita Galilea corren al fin buenas noticias. El legado Ventidio cumple con el deseo de Antonio y derrota de nuevo a los partos en Siria; los pone en fuga hacia Mesopotamia y los persigue hasta que cruzan el Éufrates. En la refriega mata a Barzafranes, uno de los asesinos de Fasael, el hermano del estratego. Los partos que todavía quedan en Jerusalén se baten en retirada y dejan a Antígono solo ante la cólera de Herodes.

Marco Antonio abandona Roma rápidamente y vuelve a Asia. Gente bien informada aventura que quiere atribuirse los triunfos conseguidos por su legado Ventidio y que tal vez se dispone a preparar el golpe definitivo contra los partos. Ello lo encumbraría a una altura casi inalcanzable, el general más célebre de la historia de Roma, por encima incluso del divino Julio.

El hasta hace poco sombrío horizonte se despeja. Finalmente, el tercer hijo de Herodes y segundo de Mariamme, al que llaman Aristóbulo, trae con su natalicio la buena fortuna y magníficos augurios. El sol brilla sobre Judea más luminoso que meses atrás.

12

El aplazamiento

La llegada de Marco Antonio supone un enorme alivio para Herodes. El duunviro lo recibe de inmediato y le promete el mando sobre dos legiones y mil soldados de caballería. Con todas esas tropas ya es posible un asalto a Jerusalén, piensa el estratego embriagado de gozo.

Tras desembarcar en la costa de Asia, Marco Antonio envía un correo a Cleopatra: «Te comunico mi llegada a Oriente. Tengo inmensos deseos de verte, aunque antes debo estar seguro de la derrota de los partos, que se baten en retirada hacia Mesopotamia».

Celoso en verdad de los triunfos de su legado Ventidio, Antonio ordena que acudan los grandes oficiales del ejército a su tienda y les expone sus planes:

—El Senado considera que los partos deben ser eliminados no solo de Siria, sino de más allá de sus fronteras. Vengaremos nuestra derrota en Carras y borraremos de la faz de la tierra a esa tribu de bárbaros. Impediremos que vuelvan a causar problemas en las fronteras orientales. Nuestra acción debe ser contundente y definitiva, no solo contra Partia, sino también contra todos los pueblos, ciudades y hombres que han sido o son sus aliados. Nuestro primer objetivo es el reino de Comagene y su capital, Samosata. Los armenios han ayudado a los partos y les han permitido atravesar su territorio proporcionándoles apoyo, víveres e información sobre los movimientos de nuestras tropas y sobre el estado de nuestras fortificaciones. Arrasaremos Samosata como escarmiento para todos los que aún aniden en su pecho la idea de ayudar a los partos.

—Excelente idea, general —interviene Ventidio.

—Yo seré quien dirija personalmente la campaña contra Samosata —añade Antonio.

—Te seguiremos hasta el último aliento —dice Ventidio.

—Tú no, querido amigo. Ya has hecho mucho por Roma durante tu época al mando de la provincia de Siria. La República te agradece los grandes servicios prestados y te premia con un merecido descanso. Volverás a Roma para disfrutar de lo que te has ganado.

Ventidio, hasta entonces sonriente, muda su rostro a un gesto serio. Se muerde los labios y guarda silencio. Se confirman sus temores de la treta de su jefe, quien está eliminando obstáculos para que toda la gloria sea suya.

Se aleja unos pasos mientras se forman tres corrillos entre los mandos allí presentes. Uno de los tribunos se acerca a Ventidio, le da la mano y le musita al oído:

—Antonio no puede tolerar que nadie alcance mayor fama que él.

—Ya lo supuse en algún momento..., pero deseché la idea; no lo creí capaz. De cualquier modo no hubiera podido hacer nada para evitarlo.

—Quiere aplastar el reino de Comagene, someter a su rey y entrar victorioso en Samosata. Me parece evidente que desea repetir su entrada triunfal en Roma. Tú, el verdadero artífice de este éxito, recibirás una escueta mención honorífica.

—Tuve que haber tenido en cuenta más en serio esa posibilidad.

—Marco Antonio aspira a todo, y todo es el poder absoluto. Ahora lo comparte con Octavio; pero no creo que estos dos gallos estén dispuestos a ser perpetuos duunviros en el mismo corral. Tarde o temprano chocarán, y solo puede quedar uno —comenta en voz baja el tribuno.

—¿Crees que esta operación para anularme estaba preparada?

—Por supuesto. Mi padre es senador, como sabes, y me ha alertado sobre las verdaderas intenciones de Antonio.

—En caso de que se produzca el enfrentamiento entre los dos, ¿a quién apoyaría el Senado?

—¿Lo dudas? Al más fuerte, por supuesto. Si Antonio regresa vencedor de Asia, con el reino de Comagene conquistado y luego el de Partia aplastado, su triunfo será absoluto y nadie podrá impedir que se proclame dictador, o incluso rey, y ponga fin a la República.

Ventidio se acerca a Marco Antonio, lo saluda militarmente y le pide permiso para retirarse sin permitir que su rostro muestre contrariedad alguna. De cualquier forma no vuelve pobre a Roma.

—Puedes retirarte, y recuerda que cuanto hacemos es siempre por el bien de Roma, amigo Ventidio, todo por el bien de Roma —reitera Antonio.

Todas las tropas disponibles son necesarias para la campaña contra Comagene. Antonio escribe a Herodes ordenándole que se presente con todos sus efectivos y al estratego no le queda más remedio que obedecer. Su sueño de conquistar Jerusalén con las tropas prometidas tiene que esperar.

La destitución del legado Ventidio ha dejado en claro cuáles son las intenciones de Marco Antonio. Herodes tiene los ojos abiertos y sabe que no puede exigir a Antonio un desvío de tropas en ese momento. Jerusalén se libra de un ataque inminente y puede prepararse mejor. Al despedirse de su hermano José, el estratego le encomienda el gobierno de Galilea.

—Sé paciente. Actúa con la mayor prudencia... No corras riesgos inútiles... y ¡cuidado con los galileos!

—¿No ves posible actuar de inmediato con las dos legiones que aún están en tu mano, asaltar Jerusalén rápidamente, coronarte como rey, dejarlo todo asentado y seguir luego las instrucciones de Antonio?

Herodes se asombra de la ignorancia de su hermano.

—No conoces en absoluto a Marco Antonio. Podría conseguir en apariencia el objetivo; pero inmediatamente después no solo sería destituido por él, sino ejecutado.

Herodes impone su voluntad; aunque menor en edad es superior ahora a José en jerarquía militar y en perspicacia política.

—Te ordeno que te limites a mantener las posiciones. No procedas contra Antígono. ¡Ni la menor escaramuza hasta que yo regrese de la campaña contra Comagene!

Con la retaguardia asegurada, Herodes parte hacia Antioquía, donde reina cierta confusión. Los oficiales leales a Ventidio consideran su cese una tremenda injusticia. Algunos tribunos no ocultan su malestar, critican el desgobierno provocado por la decisión dc Antonio y la falta de instrucciones concretas.

Por el contrario, la mayoría de la tropa, envalentonada por la retirada de los partos, no desea otra cosa que unirse a la vanguardia, que ya está en Samosata, para ser partícipe de un sustancioso botín deparado por una victoria segura.

Recién llegado a Antioquía, Herodes se entera de que las tropas de Antonio circunvalan ya Samosata; aunque sitiada, la ciudad resiste con gran fortaleza.

—El propósito de Antonio es que acudamos rápidamente a Samosata en su ayuda —afirma Herodes ante los tribunos que ponen en duda la conveniencia de partir en ayuda de Marco Antonio

—Ten en cuenta que el camino es largo —argumenta un tribuno de entre los fieles a Ventidio— y que todavía hay grupos de soldados partos en la zona. El camino es montañoso; puede ser muy peligroso aventurarse y caer en una emboscada.

Un chispazo de astucia alumbra la mente de Herodes cuando cae en la cuenta de que puede aprovechar esas circunstancias para sus propósitos. Sorteando las reticencias y las excusas de los tribunos, replica enérgicamente:

—Haced lo que os plazca. Yo voy a conducir a Samosata las tropas bajo mi mando y también a todos los regimientos que quieran unirse. No escatimaré mi ayuda a Marco Antonio. No pienso dejarlo solo.

El estratego demuestra una eficacia extraordinaria. Su entusiasmo y coraje consiguen vencer la resistencia de los tribunos, organizar el ejército de ayuda y equiparlo con los correspondientes víveres y pertrechos en un tiempo muy breve.

Herodes planea recorrer las ciento cincuenta millas entre Antioquía y Samosata en solo siete días, gracias a unos excelentes guías y a la disciplina de sus hombres.

Faltan solo dos días para llegar a Samosata. En un paraje estrecho rodeado de un espeso bosque de coníferas surge una empinada cuesta que asciende hasta una elevada meseta. La dureza del ascenso ralentiza la marcha, y la lluvia que descarga sobre el ejército hace que sea aún más difícil avanzar por la pendiente.

La vanguardia está a punto de culminar la ascensión cuando de la espesura salen como un ciclón dos centenares de jinetes partos con sus largas lanzas. Son los catafractas, que se protegen con gruesas armaduras, tanto ellos como sus corceles. En un instante cargan sobre los desprevenidos y cansados soldados de las primeras filas. El repentino ataque es seguido por un despliegue de la caballería ligera parta, que aparece por todas partes esgrimiendo sus espadas contra los flancos del ejército romano.

El peligro es inmenso, pero Herodes reacciona con enorme rapidez que evita la catástrofe. Su voz profunda y recia se alza sobre el griterío y confiere seguridad a sus hombres, que responden a sus órdenes con la presteza acostumbrada. Las trompetas de bronce llaman a concentrarse y a evitar la división. Los arqueros acuden al frente y disparan una lluvia de flechas sobre la caballería pesada de los partos,

Herodes, situado aún en la retaguardia, se coloca al frente de un escuadrón de caballería y ordena una maniobra envolvente que sorprende a los pesados catafractas por la espalda. La infantería parta aparece entonces en lo alto de la ladera, a la vez que el hueco que comienza a abrir Herodes con sus caballeros parte en dos a la pesada caballería enemiga y desbarata por completo a los catafractas, separándolos de la caballería ligera. El estratego percibe la debilidad del enemigo así dividido y ordena por señas a sus arqueros que lancen sus saetas sobre los infantes partos que descienden por la ladera. Centenares de flechas caen sobre ellos, cuyos escudos y grebas son más endebles que los de los romanos.

Sin el apoyo de los catafractas, la infantería parta retrocede intentando no desbaratar la formación, en tanto que los legionarios romanos, ordenados en forma de testudo, avanzan arrolladoramente, bien protegidos de los dardos y lanzas enemigos. Los catafractas retroceden y la caballería ligera parta, en el otro flanco, cede terreno igualmente ante el empuje de los caballeros de Herodes.

Al fallar el factor sorpresa, decenas de partos caen presa del pánico, otros dan media vuelta y corren desordenadamente hacia la protección de la espesura. Es el momento propicio para la matanza. El propio Herodes abate a varios enemigos antes de que alcancen la linde de los pinos y huyan perdiéndose en la espesura del bosque.

Algunos legionarios hacen intención de perseguirlos y acabar con todos los que puedan. Herodes se muestra prudente, pues considera que tal vez haya más partos escondidos entre los árboles, y ordena la retirada por temor a que caiga su infantería en otra trampa mortal.

El que muchos enemigos logren huir no importa al estratego. Salir casi ileso de una terrible emboscada y victorioso de un ataque de un batallón parto es una hazaña memorable.

Entonces Herodes ordena la reagrupación del convoy impartiendo órdenes claras:

—Rematad a los enemigos que estén aún vivos. Atended a nuestros heridos. Recoged los cadáveres de nuestros muertos y enterradlos. Dejad que los buitres den buena cuenta de los partos.

Dos días después, cuando llega a Samosata, Marco Antonio ya sabe de la proeza protagonizada por el estratego, y acude a recibirlo con toda pompa.

—Salve, viejo amigo, rey de Israel —lo saluda Antonio sonriendo.

—Salve, general —replica un no menos sonriente Herodes.

—Las buenas noticias, volanderas, dicen que has logrado una gran victoria.

En realidad había sido el propio Herodes quien, tras la batalla de la cuesta embarrada, había enviado un mensajero por delante para que llevara la buena nueva a Marco Antonio.

—Dios ha estado de mi parte.

—También lo han estado nuestros dioses. Me alegra mucho tenerte aquí. Juntos daremos buena cuenta de esos demonios.

—Yo también anhelo liquidarlos. No han dejado de incordiar a mi pueblo durante años.

—Vayamos a mi tienda, te aguarda una sorpresa —sonríe Antonio.

Los dos generales entran en el pabellón de mando. Ni por asomo puede imaginarse Herodes lo que va a ver.

En el centro de la tienda, más impresionante, voluptuosa y enigmática que nunca, está de nuevo Cleopatra. ¡Al igual que antaño en Cilicia! La reina de Egipto ha acudido en cuanto recibió la carta de Antonio para encontrarse con él y revivir los amores de antaño.

—Mi señora, es un enorme placer volverte a ver —balbucea Herodes asombrado.

—Yo también me alegro, general.

—¿A que no lo esperabas? —pregunta un feliz Antonio.

—Estoy muy sorprendido. ¿Cómo has podido llegar aquí desde Egipto antes que yo desde Siria?

—En cuanto recibí el mensaje de Antonio, salí de Alejandría rumbo a la costa de Asia en la nave más rápida de la flota real. Los vientos y los dioses fueron muy favorables. Una vez en tierra monté a caballo y volé hacia aquí solo con una escolta conveniente.

Esa mujer no deja de sorprenderlo. Su osadía no tiene límites. ¿Cómo se ha atrevido a atravesar tierras tan peligrosas sin apenas protección? ¿Qué tipo de valentía anida en su corazón para exponerse de semejante manera? ¿Y qué pretende con esa demostración de valor? El alma y el amor de Marco Antonio ya son suyos; Egipto con todo el peso de su historia y sus riquezas, también; medio mundo está rendido a su hechizo. ¿Qué busca además?

Esa misma noche Antonio ofrece un suntuoso banquete en el que hace reclinar a Cleopatra a su derecha y a Herodes, a su izquierda.

Un joven escanciador pasa una y otra vez por delante ofreciendo vino mezclado con miel. Herodes se concentra conscientemente en el muchacho, un joven iranio de extraña piel blanca, delicado, frágil, de pelo ensortijado y con bucles sobre las sienes. Herodes sigue el deambular del joven como dando a entender que su galanura y delicadeza le interesan mucho más que cuanto pudiera ofrecerle la contemplación de la más bella mujer.

Cleopatra lo atrae intensamente. De nuevo desea gozar de su cuerpo hechizante en extremo, pero se contiene igualmente también. Se resiste a devolver esas miradas turbadoras lanzadas por Cleopatra. Intenta permanecer frío, impasible y lejano; evita que cualquier gesto delate cuánto lo atrae esa mujer. Ella, por su parte, le envía ardorosas miradas y gestos insinuantes en cuanto Antonio se distrae. Pero ni por un instante se digna Herodes devolverle una mirada complaciente.

¿Puede ser que la reina quiera entrometerse entre él y Antonio, romper los lazos de amistad que unen a los dos generales para ser ella, y solo ella, la que ocupe el corazón y la cabeza del dueño de Oriente? ¿No está quizá molesta, despechada por el desplante de Alejandría, por haber rechazado su ofrecimiento para pasar una noche con ella? Con Antonio presente, la situación se torna más tensa aún. Herodes sabe muy bien que Cleopatra ambiciona apoderarse de Israel. Sí. Parece claro. Esa actitud va dirigida a enemistarlos a los dos, de modo que Roma deponga a Herodes de su título real y entregue Judea a Egipto.

Al final de la cena, Herodes se despide de Antonio con un gran abrazo y una ligera inclinación de cabeza ante Cleopatra. Solo en ese instante cruza su mirada con la de la reina, cuyas pupilas brillan como cuchillos acerados.

Herodes se retira a su tienda. Tarda en quedarse dormido. Una pesadilla lo angustia. Sueña que el cadáver de su hermano José lo persigue por un valle de sombras. Camina decapitado, con la cabeza entre las manos, y se la muestra como un trágico reproche. Herodes trata de huir, pero el cadáver de José es más rápido y lo adelanta mostrándole aquella cabeza seccionada sujeta por los cabellos, chorreando sangre todavía, los ojos abiertos desmesuradamente y la boca moviéndose con un rictus macabro; solo con el resplandor del día amanece la liberación.

La llegada de Herodes con las tropas de refuerzo cambia drásticamente la situación de la sitiada Samosata. Antíoco de Comagene, defensor de la plaza, decide al fin rendirla.

Antonio se comporta como un dios piadoso, o como un monarca magnánimo con los vencidos. Ante el rey de Comagene ofrece a ese reino la paz y la amistad de Roma a cambio de dos mil talentos y el pago anual de un tributo.

Herodes respira tranquilo. Con los partos vencidos y con pocas ganas de volver a la batalla, más el reino de Comagene sometido a Roma, llega la hora de centrarse en reclamar su reino y conquistar Jerusalén. Antígono ya puede ir escribiendo el epitafio de su sepulcro.

13

Jerusalén

Herodes se separa de Marco Antonio tras el éxito en Samosata y se dispone a conquistar Judea.

—Estoy contento. Pronto tendrás las tropas prometidas. —Antonio sabe muy bien qué es lo que Herodes desea oír, y lo despide calurosamente—. No dudo de que cumplirás el encargo del Senado y tu deseo. Serás el rey de Israel.

El estratego vuelve satisfecho, pero siempre ocurre algún inconveniente. Al llegar a Ptolemaida recibe una noticia que le amarga la feliz victoria y el reconocimiento logrado en la guerra contra los partos. Su escudero, y a menudo lugarteniente Jehoshúa, enterado por las gentes del lugar, le informa sobre lo sucedido en Judea.

—Tu hermano José no ha cumplido tus recomendaciones y ha sufrido una estrepitosa derrota.

—¿Qué ha hecho ese desgraciado? —pregunta Herodes muy enojado.

—Este año ha caído la lluvia justa y se preveía una buena cosecha. Tu hermano se dirigió a Jericó con un contingente de tropas para privar a las gentes de Antígono de los frutos de la recolección y debilitar su resistencia; pero el Asmoneo adivinó sus intenciones y le plantó cara. Los soldados de Antígono estaban avisados de la expedición de José, de modo que esperaron emboscados a que llegaran.

—No sé si lo adivinó el Asmoneo o si mi hermano tenía un traidor entre sus filas.

—Cualquier cosa. La batalla se libró en las afueras de la ciudad de las palmeras. Las tropas de José eran bisoñas; aunque auxiliares de las cohortes, nunca habían entrado en combate, por lo que carecían del entrenamiento adecuado. Además, las gentes de Jericó no estaban a su favor. Eso lo debía de haber imaginado José: sus simpatías estaban de parte de Antígono Por el contrario, el Asmoneo disponía de guerreros veteranos. José ordenó el despliegue en el llano de Jericó, pero la respuesta de sus soldados fue muy lenta, lo que permitió que las tropas enemigas los rodearan y provocaran una masacre entre los nuestros.

—¿Cuántos hombres hemos perdido? —pregunta Herodes con rostro compungido.

—No hemos hecho aún balance de víctimas porque algunos huyeron en desbandada y tal vez hayan desertado, pero el desastre ha sido absoluto.

—¿Y mi hermano?

—Ha caído en el combate.

—Repite. No puedo creerlo.

—Luchó en primera línea y murió con sus armas en las manos.

—¿Qué ha sido de su cuerpo?

Herodes tiene que extraer casi a la fuerza cada una de las palabras de la boca de su lugarteniente, atorado ante la mirada iracunda del estratego.

—Antígono ordenó fustigar su cadáver...

—Sigue.

—Luego mandó que...

—Sigue de una vez.

—Que le cortaran la cabeza —balbucea Jehoshúa.

—¡Acaba!

—Y se la llevó a Jerusalén para exponerla al ludibrio público.

Herodes permanece en silencio un rato e intenta reponerse bebiendo un vaso de vino fuertemente especiado. No logra comprender cómo él en sueños había visto lo ocurrido con José antes de que aconteciera. El cadáver de su hermano con la cabeza entre las manos corría más que él en aquel valle de sombras. El silencio de Herodes se prolonga y piensa si el cielo está quizá en contra suya. No es posible, pues todo apunta a lo contrario. Rechaza la idea y luego clama enfurecido ante los ojos atónitos de Jehoshúa:

—En Israel han tronado los infiernos y se han desencadenado todos los demonios.

—Hay más, señor. Tras conocer la derrota de Jericó, en algunas ciudades de Galilea han estallado focos de rebelión contra ti.

Herodes lo mira airado, pero se contiene.

—Los cabecillas de la rebelión alegan que los romanos no pueden..., no tienen ningún derecho a nombrar al que ha de ser rey de Israel. En algunas ciudades costeras del lago de Galilea apresaron a quienes te habían defendido. Los ataron de pies y manos y los arrojaron al agua.

—Esos renegados comprenderán ahora qué les ocurre a quienes se enfrentan conmigo.

Herodes aprieta puños y dientes. Jehoshúa comprende que la venganza de su amo se augura terrible.

El estratego se dirige a toda prisa hacia el sur con las tropas que trae de Samosata. Arriba a Galilea y refuerza sus líneas integrando a los que cree idóneos entre los supervivientes del descalabro de Jericó que habían huido hacia el norte. Poco tiempo después concentra sus contingentes en la llanura de Esdrelón, en la baja Galilea, y muestra a sus adversarios que tiene más poderío que el que ellos imaginan.

La formación del ejército de Herodes, su disciplina y su actitud de combate impresionan a cuantos lo observan hasta provocar un efecto disuasorio contundente. No es preciso entablar un combate abierto, porque en realidad los rebeldes dispuestos a luchar no son tantos como se presupone tras las malas noticias. Algunos de los rebeldes se presentan ante el estratego suplicando clemencia y pidiendo incorporarse a sus filas; desde varias ciudades llegan mensajes que anuncian que los partidarios de Herodes han detenido y ejecutado a los cabecillas de los revoltosos.

Finalmente, y sin batalla abierta alguna, al término de ese año toda Galilea vuelve a estar bajo su control.

La calma se celebra, como no podía ser menos, con un banquete en el que Herodes comunica sus intenciones a sus amigos, quienes pronto comienzan a denominarse a sí mismos «los amigos del rey», es decir, su círculo íntimo de consejeros.

—Jerusalén y su región es lo único de todo Israel que queda bajo el dominio de Antígono —dice Herodes pausadamente a sus amigos—. No es mucho, pero es la capital y el centro sagrado del reino. Sin Jerusalén no puedo proclamarme rey de los judíos. Os juro que la conquistaremos y vengaremos la muerte de José.

Justo al acabar el banquete, y recién salidos Herodes y sus amigos de la sala, un leve temblor de tierra hace que el techo se desplome sobre los triclinios. Los soldados son supersticiosos y creen que es un buen augurio.

—Es una señal del cielo. La bendición divina lo protege.

Los agentes de Herodes aprovechan para decir por todas partes que el general está tocado por la mano de Dios, que lo protege de todo mal. ¿Se necesita algo más para aceptar que es el verdadero y legítimo rey de Israel?

Contagiado por la determinación de Herodes, el ejército se pone en marcha hacia Jerusalén.

Antígono reúne un contingente que apenas llega al número de soldados de una legión. Su intento es plantar cara al estratego cerrando en lo posible el paso directo a Jerusalén. La batalla se prepara en los llanos de Jericó, exactamente en el mismo lugar donde ha muerto José; para unos se trata de una revancha, para otros de la repetición de una victoria..., esta vez incierta.

Los de Antígono se posicionan en la ciudad y en los montes de alrededor, mientras Herodes concentra sus tropas en las cercanías de un poblado, no lejos de Jericó. Al amanecer, los dos ejércitos forman en el llano, frente a frente. Ambos son conscientes de que están librando el primer acto de una guerra en la que están en juego el trono y el reino de Israel.

Herodes manda dos legiones romanas casi completas, más tres mil auxiliares galileos y su selecta caballería; Antígono está al mando de unos seis mil judíos y otros tantos auxiliares llegados de varias partes de Judea.

El estratego sonríe. Se sabe superior a su oponente en táctica militar y en número de efectivos; además, la mayoría de sus soldados son veteranos combatientes en la guerra civil de Roma y contra los partos.

Herodes dispone la caballería en vanguardia, y detrás las dos legiones, formadas en cuadros. En la retaguardia sitúa los tres mil auxiliares galileos. Cree que tiene la victoria en sus manos y la saborea antes de ordenar la carga.

Apoyados por la caballería, los legionarios romanos avanzan con rapidez como un ciclón arrasando a cuantos enemigos se cruzan. Pronto, muy pronto, se ve que los de Antígono combaten sin orden, y que al primer envite de los legionarios se desmoronan y retroceden hacia las murallas de la ciudad, que tienen a su espalda.

Atropellados inmisericordemente, van cayendo los de Antígono como espigas segadas por la hoz. Poco después, a golpes de arietes, bien protegidos por recios escudos, caen derribadas las puertas de Jericó y la batalla se extiende al interior, donde se lucha casa por casa, en una orgía de sangre y horror. Los legionarios hacen su trabajo con la profesionalidad de un matarife, pero los judíos combaten con una fiereza inusitada. Algunos de ellos tratan de defenderse escalando a los tejados, que se hunden por el peso; tras caer, son rematados en el suelo. De manera sistemática, los legionarios entran en cada vivienda abatiendo a los que desesperadamente se refugian tras los débiles muros.

A caballo, rodeado de varios jinetes y de un cinturón de soldados de élite, Herodes dicta órdenes a sus comandantes, quienes las transmiten con rapidez y eficacia a los soldados.

Antes de caer la tarde, miles de muertos alfombran el llano a las afueras de Jericó y las calles de la ciudad. La victoria de Herodes es inapelable. Aunque las operaciones han concluido con gran éxito para su enemigo, Antígono tiene la oportunidad de huir como una liebre. Además, durante la refriega, una saeta perdida, lanzada desde lo alto de una casa, hiere a Herodes en un costado. No es grave, sin embargo. El estratego se retira a una casona para lavar la herida con vino fuerte y untarse con ungüento de áloe.

Confiado por la contundencia del éxito, comete un error: la casa no ha sido debidamente registrada, y en ella se ocultan tres enemigos bien armados. En un momento en el que Herodes está acompañado solo por un criado y su leal Jehoshúa, salen de su escondite tres soldados judíos empuñando sus espadas; pero están tan asustados que salen corriendo de la casa sin tratar de combatir. Jehoshúa reacciona y sale tras ellos, aunque los pierde entre las primeras sombras de la noche.

Cuando regresa su lugarteniente, Herodes sonríe como un chiquillo; salva la vida como por otro milagro. Pronto se conoce lo ocurrido, y sus soldados comentan de nuevo la buena suerte de su general, que solo puede estar motivada por la voluntad de Dios de proteger a un hombre destinado a ser el rey de los judíos. Su fama se acrecienta, y corre el rumor de que basta su sola presencia para desarmar a cualquier enemigo.

A la mañana siguiente se hace el recuento de los caídos en la batalla. La matanza entre las tropas de Antígono es de tal magnitud que apenas le quedan hombres para defender Jerusalén. Herodes la tiene al alcance de la mano. Si decide tomarla ahora mismo, la ocupación se atisba casi inevitable.

Pero llueve con furia desmedida, cosa rara en Judea. Dos días después, cuando todavía se recogen despojos de la batalla y se entierran a los muertos propios, los cadáveres de los derrotados quedan a la intemperie para festín de chacales y buitres.

Un Herodes meditabundo decide que no es hora aún de ir a Jerusalén, ya que durante los tres o cuatro días exigidos para montar un cerco en condiciones, Antígono, de momento refugiado tras sus muros, puede escapar fácilmente.

Aunque los comandantes del ejército herodiano, el propio Jehoshúa entre ellos, lo conminan para que no se demore y ordene el cerco de Jerusalén, el estratego es prudente y se niega. Intuye que quedan aún muchos días de copiosos aguaceros que dificultan en extremo el avance de las máquinas de asedio. La guerra debe postergarse hasta que acabe el mal tiempo; la victoria final puede esperar, y la espera puede hacerla más dulce aún.

Lo nunca visto en esas tierras: las lluvias duran varias semanas a fines del año 716 desde la fundación de Roma y dan paso a un crudo invierno. En tales condiciones no es posible asegurar una fácil conquista de una ciudad que tiene sus almacenes repletos de víveres y las cisternas y fuentes rebosantes de agua. ¡No hay más remedio que esperar!

Corren lentos los días, y la primavera se presenta de improviso, cálida y seca, como de costumbre. Es el momento entonces de subir a Jerusalén.

Los habitantes de la ciudad observan temerosos cómo lenta y rigurosamente se va cerrando el cerco. Algunos lamentan haberse unido al partido de Antígono, que ahora parece el seguro perdedor. Conocen cómo se las gasta Herodes, y tiemblan con solo imaginar que dentro de unas semanas, días quizá, se sentará invicto en su trono e impartirá su propia justicia, implacable, vengativa.

Las escasas esperanzas de resistir se disipan como nubes tras la tormenta al contemplar los sitiados desde los muros que Gayo Sosio, el nuevo legado romano en Siria, siguiendo órdenes directas de Antonio, envía tropas de refuerzo a Herodes, que ya dispone de dos legiones y miles de auxiliares y jinetes. Es el propio Sosio quien se presenta en el asedio con los refuerzos. ¡Nada menos que tres legiones más con sus correspondientes tropas auxiliares y caballería!

Tras los saludos de rigor, Herodes lo invita a recorrer el perímetro del cerco, para que sea el propio legado quien valore la posibilidad de realizar un asalto o mantener el sitio durante algún tiempo hasta minar la resistencia de Jerusalén. Lo hacen a pie, acompañados de los tribunos y de un escuadrón de soldados como escolta.

—Emplazaremos el contingente principal de nuestra fuerza en la zona frente al Templo, en el lado norte. Parece la parte más vulnerable —propone Sosio.

—Lo es —certifica Herodes.

—He leído que el gran Pompeyo conquistó Jerusalén siguiendo esta táctica.

—Estoy de acuerdo; pero antes del asalto final enviaré heraldos para que voceen ante los muros y las puertas las convenientes proclamas. Minarán los ánimos de los defensores, sin duda.

—¿Qué quieres que oigan los sitiados?

—Los imagino temblando de miedo, y este desencadena a veces el heroísmo. Que oigan que mi propósito no es la venganza, sino recuperar el trono usurpado por un pretendiente indebido. Les prometeré seguridad para sus bienes, inmunidad para la ciudad cuando la ocupe y que nadie tema mi ira por haber tomado partido a favor de Antígono; prometeré así mismo ser benevolente y olvidar cualquier ofensa a mi persona si acceden a rendirse.

—¿Confías en que tus palabras convenzan a unos judíos tozudos y rebeldes? Antígono en verdad no es para ellos un traidor, sino el legítimo heredero de los Asmoneos. En Roma se dice que los judíos son irreductibles y que prefieren morir antes que someterse a un señor que no sea el representante de su Dios.

El legado sabe bien que Herodes no cuenta con la lealtad de muchos judíos, que lo consideran un advenedizo. Odian su origen medio árabe y medio idumeo.

Cuando los heraldos proclaman las intenciones de Herodes a voz en grito, los de la ciudad responden con todo tipo de improperios, con burlas e incluso arrojándoles flechas y piedras, a pesar de que portan banderas blancas.

Por su parte, Antígono escribe una carta que hace llegar al legado Gayo Sosio: «Romanos, obráis contra justicia al atacar una ciudad santa como Jerusalén y por haber otorgado el título de rey de Israel a quien no lo merece. El impostor Herodes, aunque ha abrazado el judaísmo por conveniencia, es un idumeo. Las costumbres ancestrales y las leyes del nuestro pueblo niegan el acceso a la realeza a quien no sea de pura estirpe hebrea. Roma alega que yo he recibido el trono gracias a los partos, vuestros enemigos, pero no es así. Apenas si estos han intervenido. Soy yo el que lucha. En mis venas hay sangre real, y si yo faltara, hay miembros de mi familia que pueden sustituirme, lo que para un pueblo como el nuestro tiene una importancia capital. El pueblo judío no admitirá, de ninguna manera, que se arrebate el trono a uno de los suyos para entregárselo a un extranjero. Cesad pues en vuestro acoso, retiraos a Siria y dejad en paz a nuestra gente. Firmaremos un tratado de paz con Roma».

—Ese Antígono es un iluso —comenta Sosio tras leer la carta a Herodes—. El Senado lo ha declarado enemigo de Roma, y te ha reconocido a ti, general, como legítimo rey de Israel.

—Antígono está decidido a resistir hasta el fin. Disponemos de cinco legiones, casi treinta mil hombres curtidos y experimentados. A pesar de ello, ese traidor no se rinde y prefiere llevar a la muerte a miles de sus connacionales.

—Marco Antonio me ordenó que pusiera toda la fuerza de Roma a tu servicio, de modo que tú decides.

—Por el momento, cerraremos el cerco con puño de hierro. Antes de nuestra llegada, Antígono ha dejado baldíos los alrededores de la ciudad para acabar con cualquier tipo de provisiones que pudiéramos requisar. Ya di orden de que se revisaran las fuentes y los manantiales, por si habían sido emponzoñados con veneno, y ordené que se trajeran abundantes suministros, algunos desde muy lejos. También he ordenado que se escrute cualquier atisbo de túneles. He sabido que se han excavado algunos desde el interior de la ciudad hasta el exterior de las murallas, quizá con la intención de hacer una salida subterránea nocturna para cogernos desprevenidos o para destruir nuestras provisiones. He dispuesto ya un turno reforzado de guardias nocturnas que estarán al tanto de ello. Si algunos tratan de salir por los túneles, los cazaremos como a conejos.

—Veo que lo tienes todo previsto.

—Cierto. Los habitantes de Jerusalén, a los que conozco bien pues he crecido entre ellos, son tenaces y resistentes y las murallas son sólidas. Me he adelantado ordenando que se requisen las provisiones que sean necesarias en las regiones de Samaria y Galilea. Te aseguro, legado, que los alimentos les faltarán a ellos antes que a nosotros.

—¿Y si hay que tomar Jerusalén al asalto?

—No quisiera hacerlo así, pero es probable que suceda. Has

visto ya preparadas mis máquinas de asedio: arietes, boleadoras, balistas, y escalas.

Sosio asiente en silencio.

Tras un último aviso, los defensores de Jerusalén se niegan a rendirse. Están ciertamente temerosos ante la formidable fuerza desplegada ante ellos, pero confían en la protección de las recias murallas, de dos hileras separadas por un foso, en la fiereza y valor de sus soldados y en el talismán sagrado que ofrece el Templo. La presencia divina, la *Shekinah*, habita en sus también sólidos muros, erigidos sobre los cimientos del santuario levantado mil años atrás por Salomón. Dios está con su pueblo para otorgarle la victoria, pues ya no luchan solo por el trono, sino por su vida y por el honor de su divinidad.

Herodes ordena que comience el lanzamiento de proyectiles sobre Jerusalén. Una lluvia de piedras y de balas incendiarias se abate sobre la ciudad santa. Las poderosas catapultas lanzan bolardos de doscientas libras, tan pesadas como un gigante, que golpean una y otra vez los muros provocando los primeros derrumbes. Lejos de amilanarse, los defensores se aprestan a reponer las zonas dañadas, pese a que sufren numerosas bajas, pues algunos proyectiles impactan sobre sus casas.

Durante varios días continúa el bombardeo. Desesperados, los sitiados realizan algunas salidas nocturnas para destruir las máquinas de asedio, pero Herodes, que refuerza aún más la guardia, consigue repelerlas y evita que tales incursiones enemigas se sigan produciendo.

Antígono pretende que la moral de sus hombres permanezca alta, por lo que mantiene los sacrificios diarios en el Templo. Para contrariedad del legado de Siria, Herodes permite que entren en la ciudad corderos, tórtolas e incluso algunos becerros para los sacrificios rituales. No quiere que lo tachen de impío y sabe que así se ganará la simpatía de algunos judíos.

Para un romano como Gayo Sosio tal actitud es incomprensible, y habla con Herodes de este enojoso asunto.

—Es una estupidez que dejemos pasar algunos animales al interior de la ciudad, pues una vez sacrificados sirven de alimento a los rebeldes. Esto debe acabar.

—Mis respetos y aprecio, legado. Comprendo que, como buen romano, no entiendas algunas de nuestras costumbres y nuestros valores. Esa ciudad —Herodes señala hacia Jerusalén— es para los judíos la casa de Dios, donde desde hace un milenio se celebran ritos y sacrificios regidos por leyes ancestrales. Yo soy judío y no puedo ir en contra de lo que mi pueblo cree sagrado. Es contraproducente a la larga. Además, ¿qué significan un par de corderos y media docena de palomas cada día para tantos sitiados?

—Está bien —cede de mal humor el legado romano, pues recuerda que tiene órdenes directas de Marco Antonio de obedecer cuanto disponga Herodes.

El asedio se prorroga.

Pasa ya más de un mes desde los primeros ataques de las catapultas, y Jerusalén resiste. Incluso el fuego de algunos bolardos impregnados de betún ardiendo no consigue gran efecto. Gayo Sosio se impacienta. El Senado quizá piense que Herodes se está jugando el trono y que arriesga no solo su prestigio político sino también su carrera militar. Si las cosas siguen así, alguno de sus colegas puede criticar que cinco legiones a sus órdenes sean incapaces de conquistar una ciudad pequeña como Jerusalén, y que lo acusen de incapacidad para el mando.

A los cuarenta días del inicio del cerco, Herodes se deja convencer, cede ante un Sosio hastiado y malhumorado por la tenaz resistencia y toma la decisión de iniciar el asalto definitivo.

—La rampa está lista —avisa uno de los ingenieros encargados de supervisar la construcción del terraplén para salvar la altura de la muralla.

—Ordena el ataque —dice Sosio a Herodes.

Veintes ojeadores, provistos de grandes escudos, ascienden por la rampa y con plataformas de tablas alcanzan la parte superior del muro. Los defensores lanzan algunas piedras, pero ni siquiera osan hacerles frente. Se retiran ordenadamente a la protección que les ofrece el segundo muro, levantado en paralelo al exterior.

—Dispóngase el ataque de los legionarios de la VI Ferrata —ordena Herodes.

Una legión completa se despliega más cerca de la zona de asalto. Los dos primeros manípulos ascienden por la rampa, alcanzan la altura del muro exterior y comienzan el asalto al segundo recinto. Además de repeler los ataques, tienen que luchar durante varios días para construir una nueva rampa y nuevas empalizadas para superar el segundo muro, la única defensa que separa ya a los soldados de Herodes de los partidarios de Antígono.

Los sitiados contemplan con angustia el avance implacable de los legionarios. Ruegan a Dios para que envíe una legión de ángeles y sacrifican los últimos animales entre rogativas desesperadas, pero el Altísimo no se manifiesta. Los proyectiles alcanzan ya los pórticos del Templo, entre los gemidos de algunos, que asisten impotentes a un final que sienten inevitable.

Antígono arenga a sus más leales seguidores, que se quejan de que Dios los abandone en medio de tan graves peligros.

—Los romanos no respetan la sagrada casa. Confiad en Dios. La muerte espera a todos ellos sin remedio.

Algunas voces de iluminados y visionarios se alzan entre los aterrados habitantes de Jerusalén, a los que animan a resistir hasta el postrer hálito, porque Dios puede apiadarse de ellos en el último momento. Les recuerdan el cerco de Betulia y la intervención divina mediante la joven Judit, que salva a la ciudad sitiada al matar a Holofernes; y los conminan a rezar y a esperar la ayuda del cielo.

Los legionarios consiguen vadear la segunda muralla y entrar en la ciudad sagrada. La mayor parte de ella cae en manos de Herodes tras sangrientas arremetidas de sus tropas casa por casa. Antígono solo mantiene la ciudadela, pero todos saben que la resistencia ya es inútil. Una tercera muralla, mucho más endeble y construida a toda prisa, cae igualmente ante el embate de los arietes transportados desde el exterior con plataformas de tablones, grandes cabos y roldanas. Todo se viene abajo. Los legionarios, animados por la proximidad del desenlace, arrasan cuanto encuentran a su paso. Los cadáveres se amontonan en las calles, la sangre empapa las losas del pavimento, los gritos de terror y los lamentos brotan por todas partes y un olor nauseabundo a excrementos y muerte se extiende por toda la ciudad.

Los más crueles en el ensañamiento con los vencidos no son precisamente los legionarios, sino los soldados judíos de Herodes, que degüellan a quienes se encuentran por las calles sin perdonar a mujeres, ancianos y niños.

La carnicería es de tal magnitud que el mismo Herodes tiene que intervenir.

—No matéis a todos —ordena presentándose en la primera línea de combate—. ¡De qué va a servir que asiente mi reino sobre una ciudad desierta!

Las palabras del rey apenas mitigan la violencia de sus hombres. La sangre derramada, los cuerpos mutilados y la destrucción provocan un pernicioso ímpetu de aniquilamiento total en el espíritu de los atacantes. Cuanto más daño causan, más aumenta en ellos el deseo de matar.

Desde lo alto de la ciudadela, Antígono contempla el desastre, y cede al fin. Ante su círculo más íntimo anuncia:

—Rendiré nuestra ciudad sagrada; pero a Sosio, el legado romano, nunca a Herodes.

Ordena detener la lucha, enarbola una bandera blanca y sale de la fortaleza caminando hacia el sector donde se encuentra el legado. Antígono avanza desprovisto de todo ornamento real y camina abatido, sin mostrar el menor atisbo de la grandeza que se supone a un rey.

Solicita a los legionarios a los que se entrega que lo lleven a presencia de Gayo Sosio, pues solo a él pretende rendirse.

Al llegar ante el legado de Siria, Antígono se arroja a sus pies como un cachorrillo con el rabo entre las piernas, sin dignidad alguna.

—Clemencia, general, clemencia —le suplica.

—¡Perro judío! A partir de ahora no te llamaremos Antígono, sino Antígona. Levántate, cerdo inmundo.

—Piedad, piedad —musita el judío con el rostro empapado en sus propias lágrimas y la cabeza gacha.

—Si fueras un verdadero guerrero y tuvieras una pizca de honor, te habrías quitado la vida antes de protagonizar esta escena infamante.

—Perdón, perdón.

—No hay perdón para los traidores ni honor para los cobardes.

Los romanos se precipitan en el interior de la fortaleza y del Templo. Los acucia la curiosidad de contemplar qué se guarda en un lugar tan venerado por los judíos, y entran en el sanctasanctórum para ver con sus ojos lo mismo que en su día el gran Pompeyo.

Cuando Herodes se entera de lo sucedido, corre al encuentro de Sosio.

—Detén a esos hombres. La profanación del Templo está castigada con pena de muerte.

—El botín es un derecho de los soldados —afirma el legado.

—Detén a esos hombres, te lo ordeno.

Los ojos de Herodes emanan una contenida furia. Sosio agacha la cabeza y cede.

—Detened el saqueo. Si alguno es sorprendido con objetos del Tempo en sus manos, será ejecutado de inmediato.

—¿Qué pretendes, que gobierne una ciudad sin un solo habitante? —Herodes se encara con Sosio—. Ya ha habido demasiadas muertes. Es suficiente.

—Ya tienes tu reino, ¿te parece poco?

—¿De qué vale un reino sin súbditos? ¿Crees que pienso reinar en un desierto?

—Mis soldados han ganado esta guerra. Tienen derecho a disfrutar del botín.

—Yo recompensaré a tus hombres con mi propio peculio.

—¿Lo juras por tu Dios? —Sosio duda de las intenciones de Herodes.

—Lo juro.

—Vale. En cuanto a Antígono, vendrá conmigo a Antioquía.

Herodes se sorprende. Sospecha al instante que mantener a su enemigo con vida, aunque a buen recaudo, sea una treta de Marco Antonio para, si él no le sirve en el futuro, recurrir a Antígono como repuesto, pero no puede evitarlo. Sosio tiene el aval de tres legiones, y las dos que manda Herodes están en realidad a las órdenes de Roma. Nada puede hacer para evitar que se lleven al cautivo; solo resta esperar que el linaje de los Asmoneos y la dinastía de los Macabeos desaparezcan para siempre.

El idumeo ya es rey de Israel y puede sentarse en el trono de Jerusalén, pero sus arcas están vacías tras cumplir su promesa de recompensar a los legionarios con su peculio.

En los anales de Roma queda escrito lo siguiente: «Siendo cónsules Marco Agripa y Caninio Galo, en la olimpíada 185, año 717 desde la fundación de Roma, tras veintisiete años del asalto de Pompeyo el Grande y tres años después del nombramiento de Herodes por el Senado, cayó la ciudad santa de los judíos».

Sentado ya en el trono de Jerusalén, Herodes se proclama rey efectivo sobre todo el territorio de Israel. ¡Se cumple al fin la extraña profecía del esenio en la puerta de Damasco! Pero ¿qué futuro le espera?, ¿qué le deparará el destino, ¿qué tiempos se avecinan sobre el pueblo judío?

Tales son las preguntas que a sí mismo se hace Herodes. Tras dudar algún tiempo, decide escribir una carta a su amigo y protector Marco Antonio: «A Marco Antonio, salud. Espero que todos tus asuntos vayan bien y que goces de una buena situación. Yo estoy bien. Conoces ya las buenas nuevas. Respecto a Antígono, te pido un juicio sumarísimo por traición a Roma. Ello conviene a la República y a nosotros. Vale».

Al final del mismo pergamino, el rey de los judíos añade una nota de su puño y letra: «Acompaño esta carta con algo que te complacerá: dos esclavas idumeas y una espléndida copa de oro labrada al estilo de las del Templo. No conviene que sea yo mismo quien acabe con Antígono ante el pueblo. Estoy seguro de que intentará defender su causa promoviendo a algunos de sus hijos y dirá que no ha tenido nada que ver con la invasión de los partos en Siria. Mientras viva es un peligro latente para los designios del Senado. Acaba tú con él».

Antonio accede y, tras una brevísima *cognitio extra ordinem*, acusa a Antígono de lesa majestad contra el Senado y lo manda degollar. Es la primera vez que Roma ejecuta la pena de muerte en la persona de un monarca. Herodes se libra de sus temores, al menos de momento, pero tiene por delante la inmensa tarea de reconstruir un reino en ruinas y el difícil reto de gobernar un pueblo cuya mayoría lo odia.

Su futuro no puede ser más incierto.

14

La restauración

La derrota y ejecución de Antígono y la retirada de los partos sitúa a Cleopatra en una posición privilegiada. Aleja el peligro de que los iranios se acerquen a Egipto y deja a Judea sumida en una extrema debilidad, pese a la victoria de Herodes.

Cleopatra lo sabe y reúne a su propio Consejo de «amigos». Es menos numeroso que el de Herodes y la mayoría de las veces sus miembros se limitan a escucharla con atención y asentir.

—Es un momento propicio —les dice— para rogar a Marco Antonio que nos entregue toda la región suroriental de Siria y le pediré que incluya a Israel y la Arabia nabatea en la parte occidental. Mis antepasados en el trono manifestaron la conveniencia de tener la posesión de estos territorios para dar mayor robustez a nuestra seguridad.

—Admirable plan, mi señora, pero no lo creo posible —replica temeroso y en voz baja uno de sus consejeros—. Será un arduo trabajo convencer al romano para que este pierda la confianza en Herodes y deje de sostenerlo. Además pienso que Antonio no permitirá la entrega a nuestro país de territorio controlado de algún modo por el Senado.

Cleopatra apenas presta atención a las palabras del consejero. La herida en su orgullo se mantiene abierta y destila odio. No olvida aquella noche en Alejandría y el rechazo del estratego, ahora convertido en rey de los judíos. Hará lo posible para convencer a Antonio.

Por su parte, Herodes, una vez sentado en el trono de Jerusalén, comunica sus planes a sus «amigos». Es hora de demostrar que el hijo del difunto Antípatro posee las cualidades necesarias para comportarse como el mejor de los gobernantes y que merece el título real concedido por el Senado de Roma.

Eurimedonte, uno de sus principales consejeros áulicos, es el que tiene la fortuna de ser recibido el primero por Herodes en una reducida sala de su palacio provisional de Jerusalén, a prueba de oídos indiscretos. Herodes le comenta en privado:

—Hay que pacificar el reino; pero a la vez no puedo permitir reticencia alguna sobre mi legitimidad. Llevo tres años planeando qué hacer cuando llegara este ansiado momento, que no será un día de triunfo para todos en Israel.

—Sin duda, mi señor.

—Los primeros pasos son los más importantes; si te ganas al pueblo con ellos, lo tendrás a tu lado para siempre. Quiero obligarles a pensar que un árbol a punto de ser talado puede dar buenos frutos si se le concede la oportunidad.

Eurimedonte es griego; procede de una rica familia de Asia Menor, y está afincado en Israel desde hace años por motivos de negocios. De baja estatura, tiene una fuerte complexión y muestra siempre un semblante serio y reflexivo. Es trabajador, muy eficaz y sabe actuar sin estridencias. Hace tiempo que está al servicio de Herodes, al que sirve como secretario y administrador. Su buen hacer conquista la confianza de su amo. El estratego expresa ante él, con insólita familiaridad, sus pensamientos:

—Hasta ahora he tenido que aparentar una actitud solícita ante el legado Sosio. Me he mostrado sumiso, dado que es el gobernador romano de Siria, pero ahora estoy plenamente al mando de este reino. ¡Ya no necesito su tutela! Ha llegado el momento de gobernar Israel yo solo.

—No es preciso recordarte que tus gobernados son díscolos en extremo. Tendrás que ser cauto y astuto, sobre todo en lo referente a la aplicación de la ley de Moisés. Hay muchos recalcitrantes que andan siempre pendientes de que se cumpla al pie de la letra.

Hace tiempo que ambos personajes se conocen y se muestran lealtad mutua. Eurimedonte da su aprobación prácticamente a todo lo que dice su señor, pues Herodes está educado a la griega y tienen en muchos ámbitos puntos de contacto intelectual. Cuando muestra una opinión discorde, lo hace sin miedo pero con diplomática suavidad. El griego es por naturaleza un hombre político, por lo que congenia con el nuevo rey. En realidad, los dos se entienden casi con la mirada.

—Sé bien cómo tratarlos —sostiene Herodes.

—¿Debo insistir una vez más en que seas precavido? Nunca manifiestes en alta voz tu distancia respecto a algunos preceptos de la Ley. Disimula cuanto puedas al obrar en tu condición de soberano; que tus decisiones sean conformes, al menos en apariencia, a los preceptos de Moisés.

—Lo sé, lo sé.

—Son muchos tus acérrimos enemigos por tu amistad con Marco Antonio. Te suponen un acólito de Roma. Murieron muchos durante la toma de Jerusalén, pero siguen vivos otros tantos, y supongo que en su pecho albergan deseos de venganza.

Eurimedonte calla al observar el rostro del rey, meditabundo y con notorios signos de preocupación.

—Ya hablaremos de eso. De momento, encárgate de que el palacio de Hircano, que ha sufrido pocos daños, sea habilitado como mi nuevo palacio real. Es urgente restaurar la zona habitable para que se instale mi familia; y revisa también los sótanos.

—¿Los sótanos?

—Sí. Allí estarán las mazmorras, ocultas a los ojos del populacho. Allí irán a parar los cabecillas de los rebeldes cuando proceda a limpiar mi reino librándolo de toda esa gentuza.

Herodes ordena que su familia, que sigue en Masada, se traslade a Jerusalén tan pronto como sea posible y en cuanto esté habilitada la antigua residencia de Hircano.

Pasa el tiempo; escoltados por un regimiento de caballería, llegan a la ciudad santa su madre Cipro, su hermana Salomé y su hermano menor Feroras, reunidos todos en el mismo carromato. En otro, y alejado en la comitiva, viajan su esposa Mariamme, sus dos hijos y su suegra Alejandra. Al llegar al palacio, los dos grupos son alojados en alas separadas; bien sabe Herodes que no se soportan.

—¿Todo en orden en cuanto a la instalación de mi familia? —pregunta el rey a Eurimedonte.

—Sí, mi señor, todos están ya en sus aposentos. Los hemos distribuido tal y como has ordenado. En el ala oriental, tu madre y hermanos, y en la occidental, tu segunda esposa, su madre y tus dos hijos pequeños.

—De acuerdo. ¿Hay noticias recientes de Hircano? Ya sé que se lo llevaron los partos a Mesopotamia cuando abandonaron Jerusalén.

—En realidad hay pocas nuevas. Sabemos que está custodiado en Pumbedita, una ciudad a orillas del Éufrates, al noroeste de Babilonia, donde vive una nutrida colonia de judíos desde la época del cautiverio.

—Entre judíos estará bien. Por el momento, es bueno que siga allí.

—¿Reclamarás su liberación?

—No. Lo dejaremos como está. Recuerda que hubo un tiempo en el que Hircano, protegido por Roma, pudo llegar a ser rey de Judea.

Eurimedonte comprende fácilmente que no es oportuno pedir la libertad de Hircano. Cuanto más lejos esté el antiguo etnarca, más rápido va a ser el olvido de los judíos.

—Como ordenes.

—Ahora urge organizar la nueva policía.

Herodes se detiene un momento dando a entender que lo que diga a continuación es importante:

—Te encomiendo que te encargues tú de la nueva policía y de los oportunos *curiosi*, que se mezclarán en cualquier grupo que nos interese. Recluta a algunos veteranos del ejército; están ya cansados de las actividades de campaña, pero todavía se mantienen en forma y me son leales. Con su experiencia, eficacia y prontitud, pueden ejercer bien esas nuevas funciones, que son tareas tan importantes como luchar en el campo de batalla.

—Te agradezco la confianza, mi señor —sonríe levemente un comedido Eurimedonte.

—Hay que controlar a demasiados adversarios: a los fariseos que siguen ejerciendo gran influencia en el pueblo, pues se consideran depositarios de la única verdad; a los saduceos, que son mayoría entre los comerciantes más ricos y que en su día se pasaron al bando de Antígono; a otros nobles que fueron fieles a Málico; y también a los esenios, que, aunque piadosos, son siempre imprevisibles.

—Descuida, todos esos serán vigilados oportunamente. Los *curiosi* harán su tarea. Me dedicaré al nuevo trabajo para tu mayor gloria y la del nuevo reino que vas a construir.

—Sé que lo ejecutarás con total eficacia. Y ahora, dile a Costobaro que puede entrar en la sala. Lo he citado; estará fuera esperando.

Eurimedonte regresa al instante con Costobaro, un idumeo en quien confía Herodes.

—Mi señor. —Se inclina Costobaro ante el rey, que le tiende la mano para que se la bese.

—Sentaos los dos. —Herodes dirige su mirada al griego—. Acabo de nombrar a Eurimedonte jefe de la policía del reino y quiero que tú, Costobaro, seas el jefe de las puertas de Jerusalén, que seas su custodio y también de las murallas, que serán reconstruidas. Dirigirás la guardia armada que vigilará la ciudad. Eres idumeo, como yo, hombre de fiar. Tu familia está emparentada con la mía.

—Te agradezco la confianza, señor. Cumpliré tu encargo con la máxima lealtad.

—Por el momento, convierte a Jerusalén en una jaula. Nadie debe entrar en esta ciudad sin autorización expresa. Todos los que conspiraron contra mí deben ser identificados, y ni uno solo de ellos debe salir de aquí. Preparad entre los dos una lista donde aparezcan todos los fieles a Antígono y cuantos le mostraron notable simpatía en algún momento. Tú, Eurimedonte, envía delegados a todas las ciudades importantes de Israel, con la orden de que las autoridades locales elaboren listas similares; que no quede ningún enemigo oculto. Si es necesario, que se aplique cualquier método para que los que sean identificados como traidores revelen la identidad de sus compinches.

—¿Cualquier método...? —pregunta el nuevo jefe de policía.

—Lo que sea necesario para que declaren cuanto sepan, incluida la tortura.

Apenas un mes después de impartir tales órdenes, se confeccionan las primeras listas con los nombres de los colaboradores de Antígono.

Los inclinados a la delación surgen enseguida; algunos son retribuidos convenientemente. Solo en Jerusalén son denunciadas cuarenta y cinco personas de alta alcurnia. Nadie se libra de las pesquisas. Los calabozos habilitados en los sótanos del palacio real comienzan pronto a llenarse; y no solo sufren la cárcel, sino que el tesoro real se incauta de todos sus bienes.

—Señor —Eurimedonte se dirige a Herodes—, de los cuarenta y cinco reclusos principales, más de dos tercios son miembros del Sanedrín, y ya lo eran en el momento del proceso que incoaron a tu regia persona hace más de tres años. ¿Deseas que señalemos especialmente a los que estaban dispuestos a condenarte a muerte?

—No quiero saber quiénes estuvieron a favor de mi ejecución o de absolverme. Todos esos formaban parte del tribunal que me juzgó, y eso es lo que cuenta. ¿Recuerdas la profecía?

—No sé a cuál te refieres.

—A la que predijo el fariseo Samías: «Algún día se revolverá contra vosotros y os castigará con la muerte». Aquí estoy para cumplirla.

—Algo más —añade Eurimedonte—: en la ciudad no hay revuelo alguno por las detenciones; todos acatan tu real voluntad.

Eurimedonte calla en ese momento que ha dado órdenes a sus

hombres para que a quien abra la boca con críticas no tolerables a Herodes, se la cierren para siempre.

—¿Faltan algunos por detener?

—No hemos podido localizar a un puñado de sospechosos. Es probable que escaparan el primer día, en la confusión de la caída de Jerusalén —tercia Costobaro.

—¿Están identificados?

—Algunos sí; por ejemplo, los dos hijos varones de un tal Babá, un riquísimo comerciante de sedas muerto recientemente; ambos eran acérrimos partidarios de Antígono. No los hemos encontrado ni tampoco sus cuerpos.

—Pues poned todo el empeño en hacerlo. Tengo especial interés en acabar con esos dos.

—El caso es extraño, como si se los hubiera tragado la tierra.

—Nadie, salvo los fantasmas, desaparece sin dejar una sola huella. Rastread toda la ciudad, casa por casa, sótanos, cuadras y graneros.

—¿Y qué hacemos con los fariseos? —demanda Eurimedonte.

—Debo pensarlo bien. Necesito atraer a algunos de ellos para ganar a mi favor a parte del pueblo de Jerusalén.

—Cierto. Muchos miembros de ese grupo son respetados por la gente. Además de su piedad, se esfuerzan en acomodar la ley de Moisés al tiempo presente, a la vez que no dudan en enseñársela a quienes lo demandan. Muchos los consideran el partido de los pobres y desvalidos, frente a los saduceos, a los que todos identifican como el partido de los ricos.

—Ahora que la estrella de David está en mis manos, tal responsabilidad me obliga a aceptar algunas cosas indeseables. Incluso a pactar con esos fanáticos fariseos, tan hipócritas a menudo.

—Señor —interviene Costobaro—, te consta que Samías y Abtalión son los dos personajes más prominentes de la secta farisea. Ninguno de los dos ha mostrado reticencia alguna desde tu entrada en esta ciudad. Quizá sea conveniente por ello llegar a algún acuerdo, pues dominan a casi todos los fariseos, incluidos los más recalcitrantes del grupo.

—Sí, tienes razón; sé perfectamente que son muchos los judíos en todo el país que se decantan hacia las doctrinas de los fariseos y muchos menos hacia las de los saduceos. Negociar con los jefes de ambos grupos será lo más inteligente. Además, hay que contar con el sumo sacerdote. Nadie hay más relevante, puesto que representa la línea recta entre Dios y el pueblo elegido.

—Pero el sumo sacerdote y sus escribas no son de fiar. Interpretan las leyes a su conveniencia —tercia Eurimedonte, influido por su cultura y su origen griegos.

—Lo admito, Eurimedonte —replica Costobaro dirigiéndose luego a Herodes—. Vuelvo a Samías y Abtalión; aunque sean fariseos, no son adversarios tuyos declarados. Han sostenido en ocasiones, tanto en conversaciones privadas como en sus discursos públicos, que el linaje de los Asmoneos, lo que vale decir tu enemigo Antígono, acabaría recibiendo el castigo divino, como así ha sido. Debes aprovechar, señor, que ahora esos dos fariseos están contigo, y es probable que en estos momentos tengan más influencia sobre el pueblo de Jerusalén que los propios saduceos.

El rey no necesita más para mostrar su aprobación. Sabe que los jefes de los dos grupos pueden cambiar de opinión en cualquier instante; pero si ahora al menos los fariseos están a su favor, hay que aprovechar la situación; de momento no son enemigos declarados.

Eurimedonte interviene:

—Esos dos fariseos, Samías y Abtalión, son contrarios al linaje de los Asmoneos, porque la casa real pertenece a la descendencia de David, no a ellos. Siempre se han mostrado contrarios a que esa familia monopolizara además el cargo de sumo sacerdote, que pertenece a los sucesores de Sadoc. Han retenido el sumo sacerdocio contra todo derecho desde que Simón, el hermano de Judas Macabeo, lo sucedió en la insurrección contra los griegos hace más de cien años —afirma Eurimedonte con total seguridad.

—Tienes razón. Los dos fariseos consideran que yo, Herodes, al que no me reconocen como un judío pleno, soy un mestizo al que apoyan los romanos; pero tengo por lo menos la misma legalidad para ser su rey que la que tuvo Antígono, quien gobernó contra la ley divina.

—Señor, si pones orden en la casa de Dios, fariseos y saduceos te apoyarán sin fisuras.

—Lo he pensado; por eso voy a nombrar sumo sacerdote a Hananel.

—¿Quién es ese hombre? —pregunta Eurimedonte, extrañado de no conocerlo.

—Un descendiente de Sadoc, el sacerdote de David, quien, por tanto, tiene toda la legitimidad para ejercer el cargo de sumo sacerdote. Nadie se opondrá —asienta Herodes.

—Quizá alguna persona cercana a ti sí lo haga —apunta Costobaro.

—¿Quién osará contradecirme?

—Tu suegra Alejandra, por supuesto.

—¿Por qué crees que se opondrá?

—Porque aspira a que ese puesto sea para su hijo Aristóbulo.

—¿Para mi cuñado...? ¡Pero si el hermano de Mariamme es aún un mozalbete!

—Mi señor, desde que te casaste con tu segunda esposa, Alejandra no ha cesado de intrigar pensando sabiamente en el futuro. Desea colocar a su hijo menor en un alto cargo. Si me permites...

—Habla.

—No está bien visto por el pueblo que el rey nombre al sumo sacerdote, pero hace ya un siglo que se hace así, o que asuma él mismo el cargo. Hircano ocupó a la vez la función de sumo sacerdote y la de etnarca, para contrariedad de muchos entre el pueblo judío. En mi opinión, eso es un error, de modo que haces bien nombrando para el puesto a ese tal Hananel, un perfecto desconocido para la mayoría.

—Hecho, pues. Hananel será el sumo sacerdote.

Como prevé Costobaro, Alejandra monta en cólera al enterarse de que su yerno desecha a Aristóbulo y nombra a Hananel. Lo considera un desprecio hacia su hijo menor y tilda al nombrado de «estúpido anónimo». Durante varios días, Alejandra no cesa de molestar a su hija en medio de reproches:

—Media ante tu marido y pídele que revoque el nombramiento de Hananel a favor de tu hermano Aristóbulo.

En vano. La despechada Alejandra proclama en alta voz:

—Juro por el sagrado templo que haré todo lo posible para que mi hijo sea sumo sacerdote. ¡Cueste lo que cueste y pese a quien pese!

15

Alejandra

El rey no considera preparado al joven Aristóbulo para el cargo de sumo sacerdote... todavía.

Alejandra no lo piensa dos veces y escribe una carta a Cleopatra. El mensajero es un cantor de la corte de Jerusalén llamado Alipio, que viaja hasta Alejandría con la misiva.

La suegra de Herodes habla con su hija Mariamme:

—Estoy muy nerviosa. Te comunicaré un secreto: conjeturo que si convenzo a Cleopatra y esta a su vez se lo dice a Marco Antonio, puede cambiar la situación respecto a lo del sumo sacerdocio. El poder de Antonio sobre tu marido es bien conocido, por lo que sería posible que el rey mudara su opinión, revocara el nombramiento de Hananel y nombrara a Aristóbulo sumo sacerdote.

La reina de Egipto recibe la carta de Alejandra, que lee en alta voz: «Salud, reina. Como eres buena amiga de mi familia y sé que te preocupas por nuestros asuntos, te ruego que intercedas ante Antonio y lo convenzas para que doblegue la voluntad de mi yerno. Es una inmensa injusticia el nombramiento de un absoluto desconocido al que ha designado nuevo sumo sacerdote. Los derechos de mi hijo Aristóbulo son superiores. Siempre he sido fervorosa partidaria tuya, pero de ahora en adelante lo seré mucho más».

Cleopatra ni siquiera toma en consideración la propuesta de Alejandra. Comenta con uno de sus consejeros:

—La petición de esa judía me parece una necedad y una insolencia propia de una mujer desesperada y torpe. Ordena que echen a patadas a ese tal Alipio.

Pero reflexiona un instante y cae en la cuenta de que puede utilizar a la suegra de Herodes para sus planes sobre Israel. Sí, tal vez pueda emplear a esa mujer, despechada y descontenta con su yerno, para debilitar la posición que ahora tiene el rey de Israel respecto a Marco Antonio.

Esa misma tarde, durante un paseo por los jardines del palacio real de Alejandría, Cleopatra revela a Antonio el contenido de la carta de Alejandra. Lo hace con sutileza, sin darle la menor importancia, para comprobar cómo reacciona su amante. Antonio, tras escuchar la petición de Alejandra, se limita a decir:

—Los asuntos de Israel están bien como están. Confío plenamente en Herodes y acepto su gobernanza y nombramientos.

—En realidad, Herodes me es indiferente —comenta Cleopatra—; pero el nombramiento de un nuevo sumo sacerdote, aun en el minúsculo Israel, no es asunto nimio aunque no te afecte por ahora.

La reina lamenta en su interior no haber sido capaz de debilitar en este punto el lazo de afecto mutuo entre Herodes y Antonio. Por otro lado, Cleopatra ignora que Delio, un amigo de su amante romano, está precisamente en Jerusalén realizando una delicada misión del gusto de Marco Antonio.

Delio es un romano, conocido hombre de negocios, dedicado desde hace tiempo al comercio de la madera y la compraventa de esclavos en Egipto y Siria. A la vez actúa como espía al servicio de su amigo Antonio y lo informa puntualmente de cuanto se urde en los entresijos de los mercados de Oriente.

En una discreta habitación del ala este del palacio real de Jerusalén, Alejandra recibe a Delio, que viste ropas lujosas y se desenvuelve con evidentes ademanes afeminados que ni siquiera trata de disimular. Saluda en primer lugar a Herodes y a Mariamme:

—Tengo negocios en la ciudad con comerciantes saduceos. Deseo además verte, Alejandra, para ofrecerte algunos productos, pues eres buena clienta desde hace tiempo.

Y ya a solas con ella, Delio profiere palabras aduladoras:

—Tienes unos hijos hermosísimos. Tanto el joven Aristóbulo, un efebo digno de compartir el lecho de un dios, como Mariamme, que parece la mismísima Venus hecha mortal, son de una belleza admirable.

—Que ese cumplido provenga de un romano es todo un halago.

—En verdad, estoy asombrado por tanta belleza, la que para sí quisieran algunas deidades del Olimpo. La diosa Fortuna te ha colmado de gracia, querida Alejandra.

Delio sabe cómo tratar a las damas; está acostumbrado a cerrar negocios por sumas cuantiosas de dinero, y para eso se necesita habilidad y destreza, que él posee. Con sus lisonjas se asegura el afecto y la confianza de las mujeres. Aparte de otros asuntos menores, Delio está pensando en presentar a los dos hermanos, hijos de Alejandra, a su dueño Marco Antonio; conoce bien los gustos del general, y hace años que le consigue bellos amantes. Sabe que Antonio es un gran adorador de Afrodita, cuyo culto practica tanto con jóvenes doncellas como con delicados efebos.

—¿En qué estás pensando? —pregunta Alejandra al observar los ojos de Delio.

—A ver qué te parece lo que se me ha ocurrido. Te sugiero que mandes hacer sendos retratos de tus hijos y se los envíes a Marco Antonio. Todavía voy a estar unos días por aquí, pues tengo que acercarme a Mariza por asunto de negocios, y luego iré a Alejandría, de modo que puedo llevárselos yo mismo. Conozco a un buen pintor que puede hacerlos a tiempo.

—¿De qué servirán esos retratos? —pregunta Alejandra un tanto extrañada.

—Yo sé que deseas que tu hijo sea sumo sacerdote, y para que se cumpla no hay ahora mejor posibilidad que la intervención de Marco Antonio. Si este ordena a Herodes que destituya al actual y nombre a Aristóbulo, conseguirás lo que anhelas. Antonio ama y admira la belleza, y cuando vea la de tus hijos y yo se la confirme, caerá rendido y aceptará cuanto le propongas.

—Eso está bien; pero ¿qué dirá Cleopatra si te ve arribar a

Alejandría con los dos retratos y llegara a enterarse de cuáles son tus intenciones?

—No te preocupes por eso. La reina jamás sabrá de ese envío. Yo mismo me encargaré de custodiar los dos retratos. Como a Antonio le gusta rodearse de jóvenes bellos, si conoce a Aristóbulo, quizá lo llame a su presencia y luego..., ya habrá ocasión de que le retribuya con algo bueno..., por ejemplo..., el sumo sacerdocio de Jerusalén, que no está tan lejos de Alejandría. ¿Acaso no querrías algo así para tu hijo, o quizá otra cosa mejor? Vuestra capital no es más que un poblacho de piedras y barro en medio de un secarral. ¿Qué le espera a tu hijo aquí? En el mejor de los casos, ser sumo sacerdote de una religión de fanáticos. Al lado de Antonio puede alcanzar la cima del mundo.

—De acuerdo. Llévales esos retratos a tu amo —acepta Alejandra, que ignora los verdaderos planes que trama Delio, quien no tiene más interés que su fortuna personal.

Pasados unos días, Delio viaja a Alejandría con los retratos de los dos hermanos y se los enseña a Marco Antonio, a la vez que habla maravillas de la belleza, la elegancia y las cualidades de Aristóbulo. Aunque la imagen del muchacho agrada mucho al general y lo que de él cuenta Delio, recrimina a su servidor el haber ordenado el retrato de Mariamme:

—Es la esposa de mi amigo Herodes y puede haber un malentendido...; no me conviene por ninguna parte, ni aquí... ni en Jerusalén.

Sin embargo, Antonio decide escribir una carta al rey de Israel: «Marco Antonio, general, a Herodes, rey de los judíos. Si te encuentras bien, me alegro. El ejército y yo estamos bien. Creo conveniente que envíes a Alejandría a tu joven cuñado Aristóbulo, si te parece oportuno y no te supone molestia alguna. Considero que su estancia aquí puede ser muy útil para su formación. La reina también muestra interés en este asunto. Salud».

Herodes imagina rápidamente para qué quiere Marco Antonio que Aristóbulo acuda a su lado..., pero no le importa; ¡en absoluto! Sin embargo, la mención al interés de la reina Cleopatra llama su atención y despierta en él ciertas suspicacias. ¿Qué ganancia puede tener ella si un hermosísimo efebo está al lado de su amante? ¿Qué pretende con ello? ¿Qué gana la reina con llevar a Alejandría a un joven que puede convertirse en un potencial competidor? Así que se decide a indagar y sacar algo en limpio preguntando directamente a Mariamme.

—¿Qué te parece si envío a tu hermano Aristóbulo a Alejandría? —demanda Herodes a su esposa.

—De ninguna manera —le responde agriamente Mariamme—. No quiero separarme de mi hermano. Está muy bien aquí en Jerusalén. Además, ¿qué se le ha perdido en Alejandría?

—En Egipto recibiría una formación adecuada, que aquí no es posible.

—¿Y vivir un tiempo en una ciudad que presiento será inhóspita para él?

—Antonio le enseñará muchas cosas.

—Todo el mundo sabe que ese romano es un pervertido, un libidinoso. A su lado Aristóbulo perdería su honor y su decencia.

—Es el dueño de la mitad de Roma —alega Herodes desviando la mirada.

—Pero no es el dueño de nuestros corazones, al menos del mío y del de mi hermano. No permitas que se adueñe de ellos.

—Está bien, está bien. Le escribiré para decirle que gracias por su ofrecimiento pero que Aristóbulo se queda aquí. Tendré que inventarme una excusa convincente para no aceptar una petición del amo de Oriente.

Durante una semana el rey maquina cómo negar algo a su amigo romano, pues no está dispuesto a escuchar los reproches de su mujer. Por otro lado, le resulta extraño que hace cierto tiempo que ni Mariamme ni Alejandra le pidan que nombre a Aristóbulo sumo sacerdote, lo cual significa tranquilidad; además, acceder al deseo de Antonio significa quitarse de en medio un problema: el tiempo borrará el recuerdo del último asmoneo, pues Herodes no olvida que su cuñado es el último príncipe de esa dinastía.

Finalmente Herodes accede a regañadientes a los ruegos de Mariamme. La carta para Marco Antonio sale camino de Alejandría, sin que él despeje todas sus dudas: «Herodes, rey socio y amigo del pueblo romano, a Marco Antonio, general. Sé que estás bien, lo que me alegra; también yo estoy bien. Respecto a tu petición, te comunico que no parece conveniente que el joven Aristóbulo salga de Israel. Los judíos podrían imaginar que se está tramando algo contra ellos. No olvides que Aristóbulo es pariente del difunto usurpador Antígono. Su marcha podría ser malinterpretada y provocar disturbios por todo el país, lo que no conviene a ninguno de los dos. Te deseo que sigas con salud».

La decisión significa de momento paz familiar, social y política; la reorganización de un reino destrozado por una guerra civil no es tarea fácil.

Su esposa se alegra por la decisión de no haber atendido al ruego de Marco Antonio, pero entonces vuelve junto con Alejandra a reivindicar para el joven la concesión del sumo sacerdocio.

—La Ley deja claro que el sumo sacerdote debe tener más de veinte años, y Aristóbulo no los cumple todavía —alega Herodes para rechazar una nueva petición de su esposa y Alejandra.

—¿Desde cuándo te ha importado la Ley? —replica Mariamme.

Los esposos van caminando juntos hacia la sala donde se reúne el Consejo, todavía de manera provisional por las obras que se realizan en palacio.

—Soy el rey; debo cumplirla.

—La has conculcado cuando has querido.

¿Paz familiar, social y política? De nuevo, la reclamación del sumo sacerdocio está siendo un fastidioso tema para Herodes, que no sabe cómo evitarlo. ¿Y si finalmente destituye a Hananel y nombra a Aristóbulo? Su cuñado es una pieza incómoda, difícil de encajar. Pero nombrarlo sumo sacerdote puede ser un arma de doble filo, pues no deja de ser un asmoneo. Entre el pueblo hay muchos nostálgicos que abogan por el regreso de esa dinastía al poder. La muerte de Antígono no cierra la herida.

Entonces Herodes decide convocar a su Consejo de Estado.

La sala, ubicada en el primer piso del ala norte del palacio, junto a un imponente torreón, ofrece de momento un aspecto mortecino. Aunque los obreros trabajan deprisa para concluir las obras, el aspecto es aún provisional, pues todavía no se ha colocado decoración alguna. Las lisas paredes resultan frías y desangeladas. Solo dos columnas de severo estilo dórico sostienen un arco de adorno, que quizá esté pensado para albergar un dosel todavía no instalado.

Al llegar a la sala, los «amigos» del rey se inclinan ante la pareja real. Herodes cita por sorpresa. Allí están los miembros más relevantes del reino, y también Alejandra con su hija Mariamme. Los «amigos» del rey se sientan en la zona más ancha del salón, en un semicírculo formado por simples bancos de madera, aún sin respaldo, con el rey sentado frente a ellos en un escaño superior. No suele haber mujeres en el Consejo, pero el rey las puede invitar en alguna ocasión como esta, cuando tiene algo extraordinario que anunciar.

—Amigos —dice el rey a modo de exordio—, me conocéis lo suficiente como para saber que soy sincero con vosotros. Y si os convoco en reunión extraordinaria es porque quiero pediros vuestro consejo por un asunto que estimo grave. Este es el caso: Alejandra, aquí presente, me ha solicitado en numerosas ocasiones que otorgue el cargo de sumo sacerdote a su hijo Aristóbulo, mi joven cuñado.

»Cuando me lo pidió por primera vez no accedí, porque mi cuñado era aún menor de edad; por eso nombré a Hananel, pero fue de manera provisional. En el último año he comprobado que la edad no debe ser un inconveniente irresoluble. Aristóbulo ha demostrado estar preparado para ejercer tan alta función; tiene la madurez suficiente para ocupar el cargo con honor, eficacia y diligencia. Su sangre es noble y su disposición, excelente. Por ello os hago saber que ceso a Hananel como sumo sacerdote del Templo y designo para ese puesto a Aristóbulo, hermano de mi querida esposa Mariamme.

Al escuchar estas palabras cunde la estupefacción entre los asistentes al Consejo. Alejandra no puede creer lo que acaba de escuchar; Mariamme mira a su esposo con la boca abierta y los ojos desorbitados, y luego observa el gesto de perplejidad que refleja el rostro de su madre; los demás miembros del Consejo se limitan a emitir ligeros murmullos y cuchicheos ininteligibles.

¿Cómo es posible semejante cambio de opinión en el rey?, se preguntan todos.

Por su parte, Herodes disfruta al comprobar la convulsión provocada por su decisión entre los miembros del Consejo y en su familia. Durante unos largos momentos escudriña los rostros de los presentes, sorprendidos por su revelación.

—Están impactados por lo que has dicho —le musita al oído Eurimedonte, que se halla a su lado.

—Pues aún van a estarlo más cuando oigan los resultados de tus pesquisas —susurra Herodes, que se vuelve hacia el griego.

En uno o dos segundos de sorprendente y abrumador silencio, el fiel jefe de policía confirma en su interior que su amo va a desvelar el fruto de su trabajo: uno de los siervos de palacio le informa cómo se realizaron ocultamente los retratos de Aristóbulo y Mariamme; y cómo Delio salió de palacio con las pinturas camino de Alejandría. El siervo no sabe indicar quién ordena los retratos ni por qué, pero a Eurimedonte le es fácil de imaginar, conociendo la amistad de Delio con Antonio y el carácter de este. Por ello sospecha al instante que lo que se hace a espaldas del rey tiene que ser en su contra, por mínimos que sean sus inicios... y se lo comunica al rey.

Herodes se vuelve hacia los miembros del Consejo y habla con voz fuerte y recia:

—Amigos, debo quejarme de algo. Hace muy poco he averiguado que alguien de esta corte actúa en asuntos de Estado sin mi anuencia. Presumo que por algún tiempo me habréis sentido preocupado en exceso; ahora voy a revelaros el porqué. Por diversos caminos, que naturalmente no puedo revelar, han llegado a mis oídos ciertas noticias alarmantes. Me han hecho pensar que miembros de este Consejo, o muy cercanos, han mantenido contactos secretos con Marco Antonio y Cleopatra a mis espaldas. Es de suponer que ese o esos traidores tienen la intención de perturbar mi reino, y que buscan la ayuda de Egipto para conseguir su propósito.

Las palabras de Herodes provocan el cese absoluto de los murmullos. Las miradas de los consejeros, hasta ahora llenas de asombro y sorpresa, se tornan circunspectas y temerosas. Los ojos del rey mudan de expresión hasta convertirse en dos pedazos de hielo rebosantes de cólera fría.

—Quien esté detrás de esta conjura ha de saber que su traición puede desencadenar una nueva guerra. Sé que hay algunos que conciben la esperanza de derrocarme, y que abogan por un regreso de los Asmoneos a las más altas magistraturas del reino, y quién sabe si incluso a usurpar el trono.

Herodes se levanta de su sitial y pasea entre los miembros del Consejo, que siguen sentados en sus modestos bancos de madera. Va mirando a la cara, uno a uno, escudriñando sus gestos, confiando en que su instinto le revelará quién o quiénes están implicados en la conjura.

Se fija en los ojos de Alejandra, la principal sospechosa de cualquier intriga, de cualquier acción que coadyuve sus propósitos de situar a su hijo en el sitial del sumo sacerdote.

«¡Demasiado obvio!», piensa.

—Yo no tengo nada que ver en esto —dice Alejandra cuando Herodes se planta ante ella.

—He conseguido este reino con enormes esfuerzos y no pocos peligros, y no estoy dispuesto a dejarlo sin luchar hasta la muerte.

—Sé que lo harás —dice Alejandra.

—Para ello quiero apoyarme en vosotros, mi familia y mis amigos. Para que lo comprobéis he nombrado a Aristóbulo sumo sacerdote.

Alejandra continúa siendo la más sorprendida por las palabras de su yerno. No esperaba semejante declaración sobre una posible conjura ni el cambio drástico después de tantos rechazos a su reiterada petición sobre Aristóbulo. Pese a temores y dudas, una Alejandra alegre y preocupada a la vez decide hablar.

—Querido hijo —Alejandra trata a su yerno con un vocablo y una modulación de voz nunca antes usada—: siempre me preocupó el futuro de Aristóbulo, por eso te agradezco su nombramiento. El cargo es el que le corresponde por dignidad y alcurnia. Muchos de nuestros antepasados han sido sumos sacerdotes. Quizá no lo has nombrado antes porque debiste de creer que ambicionaba la corona. No es así. Nuestra familia ha sufrido muchas y amargas experiencias; quiero que sepas que mi hijo jamás aceptará sentarse en el trono de Israel, ni aunque el mismo Marco Antonio se lo ofreciese como premio.

Alejandra observa el rostro de momento indescifrable de su yerno. Prosigue al instante su zalamero discurso:

—Para nosotros, y hablo en nombre de toda mi familia, es suficientemente honroso que tú seas nuestro legítimo rey, porque contigo estamos seguros y satisfechos. Has demostrado valor y fuerza cuando se requerían, y astucia y determinación para superar los momentos más complicados. Quiero agradecerte aquí, delante de este noble Consejo, lo que acabas de hacer, a la vez que te juro lealtad eterna.

Herodes asiente, aunque sabe que Alejandra es mujer astuta y que puede estar representando una pantomima.

—Tu suegra no es sincera —musita Eurimedonte a Herodes al oído, mientras Alejandra se dispone a continuar su perorata.

—Pongo por testigo al Altísimo de que cuanto estoy afirmando es cierto, y declaro que, si he cometido alguna injusticia, pido perdón por ello y me comprometo a reparar el daño causado. Si he cometido errores, se debe al natural amor que siento por mi hijo, para el que siempre he deseado la concesión de los más altos honores. Juro que de ahora en adelante no saldrá de mí ninguna demanda que pudieras estimar inoportuna.

Herodes sonríe y acepta con un leve gesto las palabras de Alejandra, pero desconfía. Intuye que el envío del retrato a Alejandría es obra de su suegra y que trama algo serio. Lo ratifica el que dé tantas explicaciones no pedidas y la cantidad de muestras de fidelidad de parte de una mujer que lo odia con todo su ánimo.

—Ordeno que se cumpla lo dispuesto en este Consejo, y que sea de inmediato —concluye Herodes.

Ese mismo día se depone al irrelevante Hananel y se nombra a Aristóbulo, de solo diecisiete años de edad, como sumo sacerdote del Templo. Cuando se extiende la noticia por la ciudad, la estupefacción es general, y son muchos los que se preguntan qué hay detrás de todo esto.

16

Aristóbulo

El pueblo de Jerusalén acoge con júbilo el nombramiento de Aristóbulo como sumo sacerdote; mas Herodes se muestra suspicaz ante tanta euforia. Escribe, sin embargo, a Hircano brevemente: «Es momento para que abandones Pumbedita. Te pido que regreses a Israel, la tierra de tu niñez».

La carta no es un antojo momentáneo del rey, sino que alberga un plan aún latente.

El viejo etnarca se conmueve con la misiva del rey, y duda qué hacer. En la ciudad donde reside, y a pesar de que la mutilación de su oreja le impide continuar en el ejercicio del cargo, hay una notable comunidad de judíos que lo respetan como antiguo sumo sacerdote. Mas, por otro lado, sigue vivo en su ánimo el recuerdo del juicio contra Herodes y sus posibles consecuencias. Hircano medita qué decisión tomar.

Al fin, puede más el corazón que la cabeza, y decide volver. La posibilidad de regresar a la patria pesa más que cualquier otra consideración. Es un anciano y ya no supone amenaza alguna para el poder del rey, sentado ahora sobre su antiguo trono. Hircano desea morir en su tierra y ser enterrado en el valle del Cedrón, al resguardo de las murallas de la ciudad santa, y esperar que su alma pueda contemplar desde el Hades la venida del mesías, siempre anunciada. Zacarías, el profeta, había advertido que la procesión del mesías hasta el Templo saldría del monte de los Olivos y pasaría por el torrente Cedrón.

Pasan los días y en el palacio de Jerusalén suena una voz:

—Hircano está llegando. Lo acaba de anunciar un jinete que se ha adelantado a la comitiva del..., del etnarca.

Es Eurimedonte quien lo comunica a Herodes, con la duda de cómo titular al antiguo sumo sacerdote y soberano de Israel.

—Iré a recibirlo a las puertas de la ciudad —responde el rey sin dudar ni un instante—. Que tus hombres difundan por calles y mercados que iré a encontrarme con el que fue su etnarca y sumo sacerdote.

Poco después un nutrido grupo se agolpa en la puerta de Damasco, donde Herodes recibe a Hircano forzando sus muestras de alegría.

—Sé bienvenido a tu tierra, noble Hircano; la patria te recibe con el honor que mereces.

—Te agradezco este recibimiento, rey de los judíos, y sobre todo que me permitas el regreso para morir en paz en la tierra que me vio nacer y sobre la que di mis primeros pasos —le responde con voz emocionada y ojos bañados en lágrimas.

El anciano se conmueve al ver ante él no ya al antiguo estratego, sino al rey de Israel. Le animan sobre todo las muestras de júbilo de los curiosos agolpados a ambos lados de la calle por donde circula el cortejo. El palacio habilitado ya como su residencia lo espera.

—La gente está demasiado entusiasmada. Quizá debimos arreglar la entrada de Hircano con mayor discreción —musita Eurimedonte.

—Ordena a tus oficiales que controlen a los que griten demasiado —indica Herodes a su jefe de policía.

El rey se muestra inquieto. Entre los que reciben con vítores a Hircano hay algunos que gritan a favor de la estirpe de los Asmoneos, a la que pertenece el antiguo etnarca.

Ya en palacio, Herodes hace una indicación a Eurimedonte para que lo acompañe a un rincón discreto.

—Las palabras que pronunció mi suegra Alejandra cuando decidí nombrar sumo sacerdote a su hijo me enternecieron —ironiza el rey—; y también el ánimo del pueblo al recibir a Hircano.

El rey cambia bruscamente de tono:

—¡No me fío de ninguno de los dos, y mucho menos de mi suegra! ¡Esa arpía...! No se conformará con el sumo sacerdocio de su hijo. Con la vuelta de Hircano rebosará su ambición. También ella es asmonea como este viejo. No se detendrá, y menos ahora tras el nombramiento. Ya lo está viendo en un futuro no lejano: «Aristóbulo, sumo sacerdote y rey de Israel».

»Dispón que tus mejores agentes mantengan vigilada a Alejandra todas las horas del día y de la noche. Quiero conocer cuándo duerme, qué come, cuándo va a las letrinas, con quién habla o se relaciona, qué gestos hace, a quién mira, quién la mira... ¡Quiero saberlo todo!

—¿Y en cuanto a Hircano?

—Lo considero menos peligroso, pero ya ha saboreado las mieles del poder y ha visto cómo lo han recibido algunos nostálgicos. Es un anciano decrépito aparentemente inofensivo, pero Alejandra lo puede utilizar para reclamar antiguos derechos; sin embargo, pensé que es mejor tenerlos juntos...

Eurimedonte conoce bien a Herodes y sabe que obra siempre a largo plazo. Asiente con un leve movimiento de cabeza, pues él, como experto jefe de policía, no duda sobre cómo actuar en estos casos, y apenas necesita indicaciones.

El dispositivo de espionaje es complicado. El palacio es relativamente pequeño y en sus salas y pasillos pululan miembros de la familia del rey, nobles, comerciantes adinerados, soldados de la guardia, esclavos y esclavas del servicio. Con tanta gente deambulando por las estancias palaciegas no es difícil descubrir que existe una red de control.

Alejandra, inteligente, observadora y avezada en intrigas palaciegas, no tarda demasiado en darse cuenta de que está siendo vigilada. Se lo comunica a su hija Mariamme:

—Hay por aquí demasiados ojos avizores y oídos demasiado atentos. Estoy prácticamente segura de que no dejan de vigilarme en cada momento. Me invade la sensación de no poder estar tranquila ni un solo instante. Este palacio es como una prisión.

—Yo también me siento controlada. Tenemos que arreglarnos para buscar ocasiones oportunas para hablar. Por ejemplo, en el patio interior junto a la fuente, para que el sonido del agua mitigue el susurro de nuestras palabras; y comprobar también que no haya nadie cerca.

Por la noche, cuando Alejandra se retira a su aposento, alejado de los del rey, habla con Rebeca, su única esclava de confianza, con voz queda casi imperceptible. Y si escucha algunos pasos en la oscuridad, su pecho se conmueve y su corazón palpita acelerado. Mantiene entonces su casi continuo silencio.

Su animadversión hacia Herodes, siempre viva pero latente, se incrementa. Ni siquiera el nombramiento de Aristóbulo la apacigua. Quiere más para ella y para su hijo. El viejo rescoldo de odio se convierte en llama encendida. A solas en su cama, tapada la cabeza con un cobertor para que ni siquiera puedan escapar sus pensamientos, bisbisea para sus adentros: «Que ese plebeyo de Herodes haya llegado a la cúspide de Israel y sospeche continuamente de mí es peor que si me soltara a la cara una ristra de improperios. Prefiero cualquier mal antes que sufrir esta vida de servidumbre y miedo. Es una pendiente hacia un abismo. Tengo que hacer algo para remediarlo. Lo que sea».

En Cleopatra puede estar de nuevo la solución, piensa Alejandra. Sí, quizá la reina de Egipto se avenga a ofrecerle la ayuda que necesita. Le escribe una vez más: «Alejandra, a Cleopatra, reina. Corro gran riesgo escribiéndote de nuevo, pues a mi alrededor abundan los delatores. Mi situación es agobiante con tantos sicofantas; sufro un permanente acoso y temo que pueda ocurrirme lo peor. Te ruego ayuda. Piensa en ello. Salud».

El correo que lleva la misiva, alguien de quien no parece sospechar Eurimedonte, regresa pronto de Alejandría con la respuesta de la reina de Egipto: «Cleopatra, reina, a Alejandra. Salud. Lamento la situación en la que te ves implicada y que te sientas como en una jaula, vigilada cual alimaña peligrosa. Puedes contar con mi ayuda. Mi consejo es que vengas a Egipto con tu hijo Aristóbulo y así te liberes de las redes del odioso tirano idumeo. Hazme saber tu decisión. Vale».

Alejandra ignora que ella no preocupa a Cleopatra en absoluto; pero la reina de Egipto es demasiado inteligente como para no seguir pensando que puede obtener el provecho posible de la enemistad entre Herodes y algunos miembros de su familia. La huida a Egipto del sumo sacerdote y de su madre puede ser un golpe rotundo al prestigio de Herodes. La consideración de los judíos sobre Egipto, siempre potencial enemigo, puede cambiar; Roma siempre está presente en Israel; su bota lo pisotea inmisericordemente a través de sus satélites. Cierto. Es inevitable, pero quizá prefieran los judíos una reina lejana que la presión cercana de un miserable idumeo. ¿Por qué no pensar que una reina de Egipto puede ser también soberana de Israel?

Alejandra visita a su hijo Aristóbulo en unas dependencias aledañas al Templo, tomando todas las precauciones para que nadie oiga la conversación.

—Escucha, hijo —le musita al oído—, y no alces la voz cuando me hables, que el jefe de policía de tu cuñado tiene oídos por todas partes. La reina de Egipto nos ofrece cobijo y protección en Alejandría.

—¿Cómo dices eso? ¿Pretendes huir de Jerusalén ahora que hemos conseguido lo que añorábamos?

—¡Baja la voz! Herodes es violento y colérico; sus reacciones son impulsivas e inesperadas. Yo también tengo mis informadores, y sé que no dudará un ápice en quitarte la dignidad del sumo sacerdocio, o liquidarte si lo estimara conveniente para su beneficio. Conmigo es igual. El pueblo está adormilado de momento, pero dada la tiranía de ese hombre, no tardará demasiado en despertar y rebelarse. Debemos ser más rápidos que el rey y adelantarnos a sus planes.

—¡Soy el sumo sacerdote! —protesta Aristóbulo.

—Eres un muñeco de trapo en manos de Herodes, y te despedazará cuando le interese. Tenemos que lograr que Marco Antonio, su gran sostén protector, lo abandone, y eso solo lo puede conseguir Cleopatra. Piensa, hijo, piensa un poco. En tus venas —Alejandra le toma el brazo— hay sangre real. El romano Antonio es un tipo veleidoso que está encaprichado de Herodes; si se encariñase de ti y te protegiera... podrías ser el siguiente rey de Israel.

—¿Yo..., yo rey? —balbucea el joven.

—Cleopatra está dispuesta a acogernos en su reino. Tiene

tanta antipatía y recelo hacia el idumeo como yo misma, si no más aún. Si conseguimos sortear a sus guardias y llegar a Alejandría, desde allí podríamos preparar una revuelta que derrocara al tirano, y entonces tú serías el nuevo rey.

—¿Cómo vas a evitar su vigilancia? —pregunta Aristóbulo que abunda en sus dudas.

—Lo tengo muy pensado. Eurimedonte, ese chacal sanguinario, controla bien a la policía; no se mueve una hoja sin que lo sepa, pero he encontrado la solución para salir de aquí sin que nos detengan. Espera; vuelvo enseguida.

Alejandra se retira y regresa poco después con un hombre que se cubre la cabeza y la cara con una capucha.

—¿Quién es este? —pregunta Aristóbulo.

Alejandra le hace una indicación para que se descubra.

—Soy Esopo.

—¡El esclavo! —exclama Aristóbulo, que conoce desde niño al esclavo griego.

Esopo es uno de los siervos más viejos de cuantos posee Alejandra. Natural de Estratonicea, en la provincia de Caria en Asia Menor, vive con la familia desde hace muchos años. Vendido por un comerciante latino al padre de Alejandra, demuestra tener un carácter sereno y poco dado a chismes y habladurías; aún mantiene agilidad y resistencia, es educado y sabe hablar latín, griego, arameo y hebreo, todas las lenguas posibles en Israel.

—Escucha el plan que hemos preparado. —Alejandra hace una indicación a Esopo para que lo explique.

—Sirvo a tu familia desde hace tantos años... Siempre he sido fiel y lo seguiré siendo hasta que me alcance la Parca y Caronte me lleve al otro lado de la Estigia a encontrarme con Hades.

—No te has olvidado de tu origen pagano —apunta Aristóbulo.

—No fui uno de los elegidos —ironiza Esopo.

—Dejaos los dos de veleidades y vayamos al plan —tercia Alejandra.

—Salir de Jerusalén es muy complicado, pues los guardias de Eurimedonte y de Costobaro controlan las puertas y revisan cualquier cosa que pase por ellas, salvo...

—¿Salvo qué?

—Dos cadáveres.

—¿Cómo exactamente? Acláramelo.

—Lo haremos justo nada más anochecer. Os descolgaréis los dos a la calle desde la terraza de los aposentos de tu madre. Os estaremos esperando con los ataúdes, en los que os introduciréis. Nos encargaremos de difundir el rumor de que los cajones contienen los cuerpos de dos leprosos. Los guardias de la puerta del Estiércol y los curiosos, si es que hubiera algunos a esas horas, se apartarán a nuestro paso por miedo a contraer impureza. Una comitiva de una docena de plañideras enlutadas acompañará al cortejo fúnebre en dirección al monte de los Olivos para la inhumación. Allí nos estará esperando una escolta de soldados fieles, antiguos guerreros que sirvieron a Antígono y que no soportan a Herodes —relata Esopo ante la cara de sorpresa de Aristóbulo.

—Es un buen plan, pues quien toca voluntariamente un cadáver tiene que purificarse con agua lustral mezclada con ceniza de una vaca roja y no puede aproximarse al Templo hasta pasados siete días. Evitarán, pues, acercarse —insiste Alejandra—. En el monte de los Olivos nos estará esperando media docena de soldados con los caballos más veloces y resistentes que puedan encontrar. Cabalgaremos toda la noche hasta la costa. Si somos rápidos podemos llegar poco después de amanecer.

—¡Hay más de cuarenta millas hasta el mar! —recuerda Aristóbulo.

—Con caballos de refresco se puede conseguir —asegura Esopo.

—Una vez en la costa embarcaremos en el puerto de Jope rumbo a Alejandría.

—¿Qué ganas tú con esto? —pregunta el sumo sacerdote al esclavo.

—Cincuenta piezas de oro y... la libertad.

—Puedes perder la vida.

—Merecerá la pena.

—Me ha costado convencer a Esopo para que nos acompañe en esta fuga —dice Alejandra.

—Ganar la libertad fue lo que me inclinó definitivamente, señora.

—¿Has hablado ya con Sabión? Tengo plena confianza en él.

—Sí, está preparado. Se encargará de que la nave esté lista para llevarnos a Alejandría y de que nos reciban allí con todas las garantías de seguridad. Ha contratado a un navarco de Jope que conoce muy bien la ruta.

—¿No ha hecho preguntas indiscretas?

—En absoluto, solo le interesa cobrar por el servicio. La mercancía a transportar le importa muy poco.

Esopo tarda ocho días en tener todo dispuesto según el plan de fuga: ataúdes, criados que ayuden a escapar de palacio, la nave en la costa... Nada puede salir mal.

La policía de Herodes controla todas las rutas de Jerusalén a Siria, Idumea, Arabia y a la costa. Uno de los agentes recela al darse cuenta de que Sabión, esclavo de la máxima confianza de Alejandra, hace dos viajes muy seguidos a la costa mediterránea, y lo pone en conocimiento de Eurimedonte. Además, hace tiempo que Sabión está bajo sospecha, pues corre el rumor de que es partidario del fallecido Málico, opuesto, por tanto, a Herodes.

El confiado Esopo comunica el plan de huida con todo detalle a Sabión, quien, a su vez, sospechando con razón de que está siendo vigilado y que tarde o temprano puede verse ante la policía, ve la oportunidad de congraciarse con Herodes y sus esbirros. Pensado y hecho. Se presenta ante Eurimedonte y le cuenta cuanto sabe. Luego acuden ambos a ver al rey.

—Señor, este hombre tiene información valiosísima. —El jefe de la policía señala a Sabión.

Herodes le hace saber con un gesto que puede hablar.

—Rey de Israel: hace ya días que Esopo, el viejo esclavo de Alejandra, contactó conmigo para que buscara una nave que llevara un cargamento valioso a Alejandría. El cargamento es Alejandra y su hijo el sumo sacerdote.

Herodes hace un gesto de rabia; pero se contiene al instante.

—Alejandra ha organizado un plan de fuga —tercia Eurimedonte—. Ella y Aristóbulo pretenden huir de Jerusalén y refugiarse en Alejandría, bajo la protección de Cleopatra. Conocemos todos los detalles gracias a las palabras de Sabión.

—Así es, mi rey. Esopo me lo ha contado todo. Se escaparán de palacio al anochecer, saldrán de la ciudad metidos en dos ataúdes y viajarán hasta la costa cabalgando toda la noche en monturas que estarán esperándolos en el monte de los Olivos. En el puerto de Jope los aguarda un navío para llevarlos hasta Egipto.

—¿Por qué los delatas?

—Se dice de mí que estuve en su día al lado del traidor Málico y que defendía al usurpador Antígono, pero no es cierto. Quiero demostrar que estoy a tu servicio.

—Márchate ya, y mantén informado a Eurimedonte. Espero por tu bien que seas sincero. Recibirás una recompensa; pero si me estás engañando, tu cuerpo será un festín para los perros.

—Siempre a tu servicio, señor.

Sabión se despide besando la mano de Herodes.

—¿En qué estabas pensando? —increpa el rey al jefe de policía—. Te ordené que mantuvieras bien vigilada a esa zorra, y de no ser por la delación de ese esclavo no nos hubiéramos enterado de sus planes. Debería someterte al más duro castigo por tu negligencia.

—Perdona, mi rey, perdón; no volverá a ocurrir. —Eurimedonte baja la cabeza avergonzado.

—Eso espero. Por tu bien.

El rey reflexiona durante un buen rato:

—No muevas un dedo por ahora. Deja que Alejandra siga adelante con su plan, como si no supiéramos nada. Permitirás que salgan de palacio y de la ciudad y que lleguen hasta el monte de los Olivos, y una vez allí...

Conforme se acerca el día previsto para la fuga, la tensión se acumula en Alejandra. Repasa una y otra vez los pasos a seguir, confía en que no haya fallo alguno y sueña con estar en apenas una semana en Alejandría. La idea de burlar a Herodes le produce un intenso placer y saborea de antemano lo que disfrutará pensando en la cara de su yerno cuando se entere de la fuga.

Cae la noche fijada para la huida. Alejandra y Aristóbulo se descuelgan por los muros del palacio real y se introducen en los ataúdes. Cargados con los macabros cajones, los criados avanzan entre las sombras hasta la puerta del Estiércol. Los guardias casi ni preguntan cuando les aseguran que se trata de leprosos, y se limitan a dejar que salgan de la ciudad guiados por Esopo, que los conduce hacia el lugar donde esperan los soldados con los caballos.

Cuando Esopo y los criados que cargan los ataúdes llegan al lugar convenido en el monte de los Olivos, no los aguardan los escoltas y cabalgaduras que deben llevarlos a Jope, sino el mismísimo Eurimedonte con una nutrida patrulla de guardias bien armados.

Esopo y los criados son rodeados por los soldados, que detienen a los esclavos y los degüellan allí mismo. Abren los ataúdes y sacan de ellos a Alejandra y a Aristóbulo, que, al vislumbrar entre la oscuridad de la noche al jefe de la policía y a tantos hombres armados, caen en la cuenta entre temblores de que su estratagema termina en un fracaso.

Una hora después los fugitivos son conducidos a la sala del Consejo del palacio real, donde los espera Herodes, al que acompaña Mariamme, que desconoce para qué la convoca su esposo a esas horas de la noche.

—Supongo que no esperabas este desenlace —dice con gesto burlón Herodes a su suegra mirándola fijamente a la cara.

—¿Vas a matarnos ahora? —pregunta Alejandra entre temblores fingiendo una entereza que la ha abandonado.

—Debería hacerlo. Sí; ahora mismo. Sobrados motivos me has dado para que te corte el cuello aquí, en esta sala; pero no voy a hacerlo..., por ahora. Tú, mi cuñado, ¿en qué pensabas cuando aceptaste participar en esta traición? ¿Acaso no tienes suficiente con lo que te he dado? ¿No te bastaba el sumo sacerdocio? ¿Qué más quieres? Sí, claro, el reino, el trono de Jerusalén. Tu madre te ha emponzoñado las entrañas con promesas gloriosas: «Serás el rey». Imagino que te ha dicho eso para convencerte de que te unas a su conjura. ¡Necio!

—Perdónalos. Yo no sabía nada —interviene Mariamme llorosa, que asiste atónita a la escena.

—Mi querida esposa intercediendo por su madre... Me alegro mucho de que no estés implicada en esta maquinación. No te preocupes, no quiero que sufras por el castigo de tu madre y de tu hermano.

Un silencio agobiante oprime a todos, menos al rey.

—No. No voy a ejecutarlos, aunque al no hacerlo me privo de un gran placer. He decidido perdonaros la vida —se dirige ahora a su suegra y a su cuñado—. Mañana enviaré sendas cartas a Marco Antonio y a Cleopatra comunicándoles vuestra traición. ¡Que sepan qué tipo de alimañas iban a acoger y cuán grande es mi misericordia! La Ley me faculta para ejecutaros mañana mismo a las puertas de la ciudad y que los ciudadanos de Jerusalén contemplen cómo hace justicia su rey; pero no temáis, no voy a hacerlo.

—Gracias, esposo —murmura con voz entrecortada Mariamme, que sigue la escena con ojos llorosos.

—Transmite esto a tu madre —Herodes se dirige a su esposa como si su suegra y cuñado no estuvieran presentes, ignorándolos por completo—. Dile que comprendo bien sus males del pasado, y que todos podemos atravesar momentos de debilidad. Soy un monarca magnánimo y puedo olvidar lo ocurrido. Eso sí, recuérdale a tu madre que es una princesa. Por tanto, que se comporte como tal, y no como una esclava ladrona y fugitiva.

—Lo haré —dice una Mariamme que no puede salir de su sorpresa entre lágrimas y alegría.

—Dile también que no quiero verla en palacio, que desaparezca de mi vista.

—¿Dónde va a ir?

—A Jericó. Allí deberá permanecer hasta que decida qué hacer con ella.

—¿Y mi hermano?

—Se quedará en Jerusalén. ¡Es el sumo sacerdote!

Los presentes se quedan estupefactos ante la decisión del rey, sobre todo Eurimedonte. No acaba de entender que su amo perdone a dos traidores y que envíe a la que sabe urdidora del plan a la ciudad de las palmeras a disfrutar de una calma que no merece.

Herodes sabe bien lo que hace. Con esa resolución tan inesperada está diciéndole al pueblo que sus reacciones no responden a impulsos iracundos, sino a decisiones meditadas y magnánimas.

Pasa el tiempo. La fiesta de los Tabernáculos dura una semana y es una de las más importantes de cuantas fiestas anuales celebran los judíos.

Herodes dispone que sea Aristóbulo quien presida los ritos el día principal de los festejos. Como es preceptivo, el joven va revestido con la ropa talar de sumo sacerdote, tejida con lino purísimo, manto refulgente recamado en oro y piedras preciosas y tocado con turbante de hilo dorado y una flor de oro puro.

El rencor interno del rey, que procura disimular al máximo, sufre al comprobar que la muchedumbre prorrumpe en gritos y exclamaciones apasionados cuando Aristóbulo asciende por las gradas del Templo. La figura alta y esbelta del joven es imponente; su atractivo destaca sobre el de cualquier otro hombre y la belleza de su rostro no tiene parangón. Peregrinos llegados al santuario y ciudadanos de Jerusalén se muestran entusiastas y lanzan voces de alabanza al sumo sacerdote.

Desde su estrado, situado en el lado oeste del gran atrio del Templo, el rey contempla la escena con inquietud. ¿Por qué semejantes muestras de euforia ante un joven que no tiene mérito alguno para su cargo, salvo su ascendencia? ¿Aplauden en realidad al difunto Antígono o a lo que representa la familia a la que pertenece? ¿Ve toda esa gente a Aristóbulo como un posible candidato al trono? ¿Homenajean en su persona a los anteriores reyes de Israel?

Cada uno de los vítores hacia Aristóbulo se convierte en una espina que se clava en su pecho cerca del corazón. Apenas puede disimular su encono ante lo que está viendo y se enfurece ante el entusiasmo del pueblo, que él no es capaz de concitar. ¡No puede permitir que nadie le haga sombra en su reino! ¡Nadie!

Acabadas las fiestas, el otoño brilla con tardío fulgor. No parece finalizado el verano, lo que invita a mantener la molicie propia del estío.

Ingenuamente, Alejandra quiere suavizar las tensas relaciones con su yerno. Son ya muchos años de amargura; cree que quizá sea ya tiempo de acabar con las rencillas y le propone pasar unos días en Jericó.

«Estoy sincera y profundamente arrepentida. Con esta nota, te proclamo mi absoluta fidelidad. Te ruego que si aceptas mi propuesta, traigas contigo a Mariamme y a Aristóbulo, pues como madre deseo estar con ellos».

Herodes se toma un tiempo antes de aceptar. Jericó es un agradable oasis en medio del desierto; de sus balsameras se extrae una resina y un bálsamo de gran calidad, como comprueba él mismo con el que contienen las vasijas enviadas por Alejandra como regalo de reconciliación.

Extrañamente Herodes decide aceptar la invitación. El cortejo real recorre pausadamente en dos jornadas las veinte millas que separan Jerusalén de Jericó. Lo forman dos decenas de carruajes que cargan la impedimenta requerida por la corte para ese breve viaje.

Alejandra espera a la comitiva a las afueras de la ciudad, ataviada con sus mejores vestimentas y con una sonrisa forzada en sus labios.

—Querido yerno: siento gran alegría al tenerte aquí. Te agradezco que hayas aceptado mi invitación y que hayas traído contigo a mis hijos —dice a la vez que acude a abrazar a Mariamme y a Aristóbulo.

Herodes no sabe qué contestar, aunque esperaba un recibimiento semejante.

—Espero que hayas ordenado preparar excelentes viandas, propias de este paraíso—le dice Herodes esbozando una sonrisa.

Durante cinco días los miembros de la corte disfrutan de fiestas galantes, pasatiempos y espléndidos banquetes: pan de finísima harina blanca, galletas de avena y pasas, miel de Nazaret, lentejas y garbanzos regados con agua del Jordán, lomos de gacela del desierto de Nabatea, piernas de cordero especiadas, pescadillas del mar de Kinéret en vinagre, jarabes de granada y mora, vino de Hebrón, dátiles del mismo Jericó, aceite de oliva del entorno de Jerusalén...

Herodes parece feliz. Se divierte jugando a la pelota con los jóvenes hijos de los «amigos del rey»; disfruta degustando tantos manjares y se complace con el amor de Mariamme, tras las largas veladas amenizadas por flauta y tamboriles a cuyo son se contornean bailarinas árabes siempre voluptuosas. Alejandra sabe cuáles son los gustos de su yerno.

Pero el aire cálido del día se torna espeso, demasiado espeso... ¿Acaso vendrá una tormenta que nadie espera?

Herodes pone especial interés en tratar a Aristóbulo con afecto y cariño, con momentos incluso de cierta ternura, insospechados en un tipo tan duro y hosco como él. ¿Se trata de una estrategia perfectamente pensada?

Esa tarde calurosa de otoño, Herodes, Aristóbulo y varios cortesanos juegan una partida de pelota. Aristóbulo, joven y ligero, consigue golpear en varias ocasiones al rey, más pesado y lento, que ríe de buena gana pese a los pelotazos recibidos.

Tras la partida, con los jugadores empapados en sudor, Herodes propone ir a bañarse a una alberca de aguas limpias donde se recoge el líquido que brota de manantiales de los montes cercanos. Entre ellos está la fuente de Eliseo, una corriente que se mantiene todo el año a la misma temperatura, fresca y agradable.

Todos se meten en el agua, semidesnudos y felices, nadando entre risas y salpicones, como unos chiquillos; solo Aristóbulo se resiste a bañarse.

Herodes se le acerca sonriendo y lo anima a que se arroje al agua y disfrute del baño. Un tanto a su pesar, Aristóbulo cede y chapotea dentro de la alberca. En ese momento, Herodes hace una indicación con su cabeza a Eurimedonte y se retira. El jefe de la policía asiente, y con su brazo derecho realiza un movimiento giratorio. Entonces varios de los jóvenes presentes rodean nadando a Aristóbulo, a la vez que simulan un combate de gladiadores en el agua. Son fuertes y resistentes, y están aleccionados en secreto por Eurimedonte.

Los jóvenes, más dos amigos del rey, pasan una y otra vez por encima del sumo sacerdote, sumergiéndolo en el agua e impidiendo que pueda asomar la cabeza a la superficie. Lo que parece un juego se convierte pronto en una pesadilla para Aristóbulo, que lucha por zafarse, pero le resulta imposible. Intenta gritar, aunque no puede hacerlo, pues apenas abre la boca vuelven a sumergir su cabeza bajo el agua.

Los jóvenes se turnan en tanto que él va perdiendo fuerzas hasta que el cansancio y la falta de aire agotan sus músculos y se rinde. Eurimedonte contempla la escena desde el borde de la alberca. Espera unos momentos y comprueba que Aristóbulo ya no bracea. Entonces indica a los jóvenes que salgan del agua y vuelve a esperar. El sumo sacerdote no da señales de vida. Pasa un tiempo, y lentamente su cuerpo aparece boca abajo flotando en la superficie.

—Sacadlo de ahí —se limita a ordenar el jefe de la policía a los circunstantes.

Aristóbulo tiene el pecho abombado por el agua tragada, los labios morados, los ojos abiertos como de espanto y la cabeza caída a un lado. No respira. Está muerto. Apenas tiene dieciocho años y ni siquiera lleva doce meses como sumo sacerdote de Israel.

Desde una discreta esquina, Herodes contempla el cadáver de su cuñado y sonríe.

Ajenas a lo ocurrido, las mujeres charlan animadamente en el patio del palacio mientras unas esclavas les sirven dátiles, uvas, galletas de nueces y leche de almendras.

Uno de los guardias del rey entra a trompicones y entre sollozos grita jadeante:

—¡Aristóbulo! ¡Aristóbulo!

—¿Qué ocurre? —Alejandra se asusta.

—¡Se ha ahogado mientras nadaba en la alberca! ¡Se ha ahogado!

Mariamme se levanta como impulsada por una fuerza invisible.

—¿Mi hermano? ¿Es una broma de mal gusto? Si lo es, ordenaré que te corten la lengua.

—No, señora, es cierto, está muerto.

Las dos mujeres salen corriendo desesperadas hacia el estanque.

Cuando llegan, se encuentran con la más terrible de las pesadillas. El cuerpo del hijo y hermano está tumbado al borde de la alberca. Se abalanzan sobre él, lo zarandean; se niegan a admitir la evidencia. Nada. Ni se mueve ni respira.

Los gritos desgarradores de las dos mujeres restallan como trallazos por el dolor y la angustia. Sus doloridos lamentos, surgidos del fondo de sus entrañas, recorren el aire sobre los olivares y se pierden en la lejanía hacia los montes.

Esa noche, en el velatorio de Aristóbulo, Alejandra y Mariamme hablan en susurros.

—Un tormento infinito corroe mis entrañas. ¡Mi hijo, carne de mi carne, muerto!

Mariamme trata de consolar en vano a su madre. Ella sufre también una pena indecible y se estremece a cada instante ante el cadáver de su hermano, al que adora.

Los testigos presenciales intentan convencerlas de que se trata de un accidente, un lamentable accidente, pero Alejandra no los cree.

—Ha sido tu marido —dice al oído a Mariamme—. La alargada mano de Herodes ha ahogado a tu hermano, a mi pequeño, mi vida. Así se cobra nuestro intento de fuga. Ha estado fingiendo todo este tiempo; nos ha engañado para acabar con Aristóbulo. Ahora vendrá por mí, y luego quizá por ti, hija mía. Su sed de sangre no tiene fin y solo quedará saciada con más sangre.

Mariamme abraza a su madre y guarda silencio. Una terrible duda se abre en su interior y le quiebra el corazón. Sí, es posible que Alejandra tenga razón y que su marido sea el asesino de su hermano.

Y si es así, ¿cómo va a poder compartir el lecho con un criminal? Se siente como un ratoncillo entre las garras de un enorme gato que juega con su presa, martirizándola antes de darle el mordisco letal. ¿Qué sentido tiene ahora su vida? Da un beso a su madre, que suspira apenas calmada, y le murmura unas palabras de consuelo.

Por su parte, Alejandra no imagina un mundo sin su hijo. Piensa arrojarse sobre una daga y hundírsela en el pecho hasta partirse el corazón. No entiende otra manera de librarse de tanta desazón. No. Enseguida rectifica. Eso es lo que pretende Herodes, que se suicide, que se inmole a modo de un sacrificio a Moloc, ese dios sediento de sangre.

—Hija, ninguna madre está preparada para ver morir a un hijo. Nada hay más angustioso y duro que perder a quien has llevado en tus entrañas y al que has dado la vida.

Se detiene en su discurso y prorrumpe en un llanto sonoro.

—Lo he pensado ya: solo tengo dos razones para seguir viviendo: tú y la venganza. ¡Lo juro por el Altísimo! Un día no muy lejano cumpliré el mandato divino: ojo por ojo y diente por diente. De momento, controlemos nuestro inmenso dolor. Hemos de sobreponernos, ser más fuertes aún. Hagamos como que creemos sin duda alguna que la muerte de Aristóbulo ha sido un accidente.

Mariamme calla; llora inconsolablemente, pero su rostro dice que está de acuerdo.

El cadáver del sumo sacerdote es trasladado a Jerusalén embadurnado provisionalmente con el precioso bálsamo de Jericó.

Durante el camino, Alejandra hace enormes esfuerzos para no desvelar su odio hacia Herodes. El rey es demasiado listo. No es ningún accidente, pero no puede arriesgarse a que el rey sospeche que ella está ya totalmente segura de quién está detrás de la muerte de su hijo.

Herodes actúa como el mejor de los comediantes. Cuando está en público se muestra apesadumbrado y abatido, e incluso llora en alguna ocasión al referirse a su cuñado muerto. Ordena al Consejo de «amigos»:

—Que se celebren funerales dignos de un rey. Mi dolor es insufrible. Siento gran pesar por la muerte de un joven tan hermoso y vital. ¡Qué horrible accidente!

La ceremonia fúnebre se celebra en el atrio del Templo. Decenas de plañideras oscurecen con sus lamentos el cielo de Jerusalén. Herodes desgarra sus vestiduras mientras Alejandra, cubierta por un saco penitencial, se arranca con sus propias manos mechones de sus cabellos.

El cadáver del sumo sacerdote es embalsamado finalmente por un maestro egipcio con una mezcla de áloe, alheña, mirra, nardo y alguna otra esencia secreta y queda envuelto en ornamentos preciosos dignos de su rango.

Al acabar el funeral, Eurimedonte observa con todo detalle la figura y los gestos de Alejandra. «Seguro que rumia su venganza. Procurará que sea terrible y despiadada. Estaré preparado», piensa.

17

Cleopatra

Alejandra oculta su odio, pero en su interior arde un bosque de ira contra Herodes.

Aunque es muy difícil en su actual circunstancia, logra enviar subrepticiamente otra carta a Cleopatra, a la que considera su única esperanza. Le narra sucintamente lo ocurrido con Aristóbulo, y concluye: «Reina de Egipto: No pasa un solo instante sin que mi cabeza sienta bullir el dolor más intenso. El recuerdo de mis calamidades incrementa mis deseos de venganza. Un tirano cruel y sanguinario me ha arrebatado lo que más amaba. Si no le pones remedio, otros muchos sufrirán el mismo castigo».

Cleopatra está habituada a situaciones similares en su propia familia. Sola en su cámara, se sume en sus pensamientos. Está dispuesta a ayudar a Alejandra contra Herodes, a quien también detesta, y desde que se conoce el asesinato de Aristóbulo, lo odia mucho más.

Sale de sus aposentos con la carta en la mano y se presenta ante Marco Antonio.

—Siento la desgracia de esa mujer como propia —le dice con tono recio y elevado.

—¿A qué mujer te refieres? —replica Antonio.

—Escucha. —Cleopatra lee la misiva que acaba de recibir y deja a Antonio pensativo—. ¿Y bien? —El general se encoge de hombros—. Tienes que castigar la muerte de ese joven. No puedes tolerar que los enemigos de Roma impongan una tiranía como la que está aplicando Herodes. Si le dejas hacer, Israel será ingobernable y Roma lo pagará caro.

—Ese idumeo contra el que rabias no es enemigo de Roma y es muy valioso para mis intereses. ¿Qué pretendes que haga en este caso? Además, el sacerdote asmoneo no obró como debía. Debió haber seguido las instrucciones de su cuñado y no intrigar contra él.

—Herodes ha conseguido un reino que no le pertenece. Ha asesinado a un miembro de la familia real de los judíos. Tu amigo no es más que un impostor que ha conseguido con engaños lo que no le corresponde. Acaba de matar a quien debería haber sido su verdadero rey. El odio del pueblo de Israel crecerá contra Herodes y si Roma lo apoya, se volverá contra la propia Roma.

Antonio medita. Herodes ocupa el trono gracias a las acciones de Octavio y de él mismo en el Senado..., no hace tanto tiempo; pero quizá el argumento de Cleopatra tenga una parte sólida. Un pueblo quejoso puede volverse contra la injusticia y luchar contra la tiranía. Sin embargo, no quiere parecer débil ante Cleopatra y no da su brazo a torcer.

—Estoy dispuesto a pensarlo con mayor detenimiento. Llamaré al judío y le pediré explicaciones por la muerte de ese muchacho.

—Ten cuidado con él. Es un hipócrita engreído. Siempre lo has ayudado, pero no creo que su amistad te reporte beneficio personal alguno.

Cleopatra se acerca a Antonio y comienza a acariciarle la entrepierna. La reina de Egipto sabe cómo satisfacer al dueño de Oriente.

En esos días, varios asuntos de envergadura requieren la presencia de Antonio en Asia. Lejos de estar derrotados, los partos siguen siendo un doloroso aguijón en el costado de Roma; el Senado ordena preparar una expedición de castigo contra ellos en los territorios de Bitinia y Frigia que se ven acosados por los herederos de los antiguos persas.

—Debo partir con premura. Me haré cargo de las legiones que se están preparando para rechazar de nuevo a los partos —le dice Antonio a Cleopatra.

La reina duda si acompañar a Antonio o quedarse en Alejandría; finalmente le dice:

—Iré contigo. ¡Tenemos los mismos dioses y el mismo destino!

Zarpan de Alejandría, desembarcan en Berito y desde allí se dirigen a Antioquía y Laodicea. En esta ciudad los espera Herodes, a quien Antonio convoca poco antes de salir de Egipto.

Cuando recibe la carta de citación, Herodes se estremece y busca consejo entre sus amigos. Eurimedonte asume la idea de todos.

—Vete al encuentro de tu protector; y si te preguntara por los asuntos de Judea, afirma enérgicamente que nada has tenido que ver con la muerte de Aristóbulo. Ratifícale tu lealtad incondicional. Fue un mero accidente.

La noticia de que Marco Antonio ha convocado a Herodes extemporáneamente circula por los corrillos de Jerusalén. Hay gente que relaciona lo ocurrido con el sumo sacerdote, la protesta del pueblo y la llamada de Antonio.

Antes de salir hacia Laodicea, Herodes se asegura de que Alejandra no contacte de nuevo con Cleopatra, sin saber que es tarde para eso. Lleno de dudas por la extraña citación de Antonio, el rey viaja a Laodicea y deja a José, el esposo de su hermana Salomé, como regente de Israel.

José es de origen idumeo; tiene el mismo nombre que su hermano muerto; está ya entrado en años y proviene de una familia rica emparentada con Cipro, madre de Herodes y Salomé. Lo tiene en gran estima y considera que es digno de fiar.

El rey de los judíos llega a Laodicea un par de días más tarde que Antonio y Cleopatra. Lleva con él un carromato suntuoso con cortinas de seda que contiene una carga muy especial: un cofre de madera de cedro labrado con una delicada taracea cubierta de pan de oro. Dentro del cofre se guarda un opulento servicio de mesa fabricado con la más pura plata del Líbano, repujado con filigranas de hilo de oro. Este era el regalo de bodas para José y Salomé, que ahora cambia de destinatario para satisfacer el gusto de Marco Antonio. Salomé no abre su boca cuando su hermano le exige su devolución.

—No hay tiempo que perder. Te recompensaré —promete a su hermana.

«¡Cleopatra!, ¡maldita sea!», masculla para sí Herodes cuando se presenta en el grandioso palacio que ocupa Antonio en Laodicea y ve que junto al general está la reina egipcia.

—Querido amigo, nos alegramos mucho de verte —sonríe Antonio mientras le da un gran abrazo.

—La dicha es mía, general, doble dicha por tu presencia, mi reina —saluda Herodes a Cleopatra con una ligera inclinación de cabeza procurando que no se le note el malestar.

—¿Cómo has dejado tu reino?

—En muy buenas manos, las de mi cuñado José, un hombre serio y eficaz.

Cleopatra mira a Herodes con ojos serios y profundos. Herodes sabe bien qué hay detrás de esa mirada.

Otra vez esa mujer... Es como una angustiosa e irremediable pesadilla que lo acompaña a todas partes y de la cual no puede librarse. Aparece siempre enigmática, inesperada, soberbia y altiva, como una diosa lejana, fría y peligrosa.

Marco Antonio, ya preparado por las palabras de Cleopatra, repara con mayor atención en la distancia abierta entre su amante egipcia y su protegido judío. Es evidente que no existe entre ellos la menor muestra de sintonía.

—Toma asiento —indica Marco Antonio a Herodes, en tanto que Cleopatra y él lo hacen en sendos sitiales—. Supongo que imaginas el porqué de mi convocatoria.

—Luchar contigo contra partos y armenios.

—¿Qué le ocurrió a Aristóbulo? —pregunta sin ambages Antonio.

Herodes responde con evasivas.

—Conoces bien la absoluta lealtad que guardo hacia tu persona, de modo que no necesito aportar prueba alguna de ello. Te he dado sobradas muestras. Roma tiene en Oriente a su hombre más calificado, a su general más glorioso y válido. La República está en las mejores manos posibles. Los dioses están contigo y te han otorgado sus favores...

—Sí, sí, conozco todas esas lisonjas y sabes que me agradan, pero quiero que me hables de Aristóbulo y de su muerte.

Herodes cede:

—Poco más puedo contarte que ya no sepas. Yo no estaba presente cuando ocurrió ese fatal accidente que a todos nos ha conturbado. Mi dolor fue notable y sincero, y el pueblo de Israel es testigo de lo que te digo. El desgraciado desenlace fue, según me contaron, el fatal resultado de un juego inocente de unos jóvenes alocados y llenos de energía. Nunca debió ocurrir.

»No creas que ignoro que algunos están divulgando infundios sobre lo ocurrido en la piscina de Jericó aquel funesto día. No son sino habladurías necias y parloteos mendaces de gentes malintencionadas que pretenden causar el mayor daño posible y enconar los ánimos; además...

Cleopatra tuerce el gesto, se levanta de pronto e interrumpe a Herodes:

—Guardo cartas de testigos presenciales en las que se acusa a varios jóvenes, de los que dicen que eran hijos de amigos tuyos, de llevar ese juego a tal extremo que provocaron la muerte de Aristóbulo. Dejan claro que hubo mala intención. ¿Nada tienes que decir sobre esto?

—Vuelvo a repetir que soy tu más leal colaborador, amado Antonio. Soy incapaz de cometer una estupidez como esa de la que veladamente parece que se me acusa. —Herodes no pierde la calma y ni siquiera mira a la reina.

Cleopatra, herida en su orgullo, se adelanta un paso para replicar, pero Antonio alza el brazo, contundente y pleno de autoridad.

—Estamos perdiendo demasiado tiempo con este asunto. Has demostrado ser un gran amigo, mío y de Roma, y derrochas generosidad cada vez que nos vemos. No encuentro prueba alguna incontestable que te incrimine en el asunto de la muerte de Aristóbulo. Nuestro derecho es bien claro a este respecto: en caso de duda, siempre a favor del reo. En consecuencia, y por lo que a mí respecta, declaro que el rey de Israel no ha tenido nada que ver en la desgraciada muerte del sumo sacerdote de Jerusalén. Y ahora, amigos, os ruego que nos dejéis un momento a solas. Tú también, Herodes. Tengo que hablar con la reina.

Los consejeros áulicos presentes en la sala se retiran, y tras ellos el rey de los judíos, que sonríe triunfante.

Cleopatra apenas puede contener su enfado: otra vez humillada por un burdo idumeo, derrotada en público y batida en un duelo dialéctico por un bárbaro sin modales.

Ya los dos a solas, Marco Antonio se dirige a Cleopatra con tono serio.

—No es inteligente pedirle cuentas a un rey sobre lo que hace en su reino.

—¿A «eso» consideras un rey? —Cleopatra aprieta los dientes y dibuja en su rostro una mirada torva y furiosa.

—El Senado de Roma le otorgó ese título con mi apoyo y lo facultó para gobernar un reino. Debemos admitir ese hecho, querida, porque de lo contrario, nos desautorizaríamos a nosotros mismos. —El tono con el que habla Antonio es tranquilo y sosegado, como acariciando con cada palabra la piel de la reina.

—Tú has hecho a Herodes; tú tienes la llave de su dicha o de su desgracia; tú eres quien decide su futuro.

—Mi querida reina, no es conveniente que te inmiscuyas en asuntos que no te conciernen. Esta cuestión debe quedar entre Herodes y Roma, y en este caso, *Roma soy yo*.

—Tienes razón, querido Antonio. —Cleopatra sabe que tiene perdido el envite.

Se traga su orgullo, se sobrepone al tropiezo y se limita a esbozar una sutil y falaz sonrisa; pero en su fuero interno, la reina no se conforma, y se jura a sí misma no dejar impune la humillación sufrida. ¡No se puede despreciar así a una reina! ¡Y menos a ella!

En aquellos días, Antonio y Herodes, como acostumbran, comparten banquetes y partidas de caza, y estrechan su amistad y su alianza.

Desde Jerusalén, Alejandra confía en que Antonio pierda la confianza en Herodes y ambos se distancien por la intervención de Cleopatra. Antes de que llegue cualquier noticia sobre lo ocurrido en realidad, alguien hace correr el rumor de que Marco Antonio está muy enojado con Herodes y que lo acusa de ser responsable de la muerte de Aristóbulo... lo cual tiene graves consecuencias.

Los deseos de Alejandra se desatan como sus sueños. La suegra del rey imagina a Herodes humillado y depuesto por Antonio, entrando ambos en Jerusalén, con el idumeo cargado de cadenas y arrastrándose como un vulgar malhechor. Incluso se hace la ilusión de que Antonio se enamora de su hija Mariamme, a la que nombra reina de Israel. ¿Por qué no? Existe el precedente de la reina Salomé Alejandra, poco antes de la llegada de Pompeyo el Grande. Mariamme es descendiente de aquella gran señora de gloriosa memoria, y si Mariamme es la reina, ella, Alejandra, sería la reina madre, y...

Mientras estas ensoñaciones se agitan en su cabeza, un criado anuncia que quiere verla José, el regente en ausencia de su cuñado Herodes.

—Sé bienvenido a mis aposentos, José. ¿A qué debo el alto honor de tu visita?

—Han llegado a mi conocimiento ciertos rumores sobre algo que está perjudicando al rey. Te lo digo más claro: algo se está fraguando contra el rey a tenor de su visita a Marco Antonio. ¿No sabrás quién está detrás?

—¡Oh!, no, en absoluto. Nada he oído.

—Si eso fuera cierto, corremos cierto peligro.

—Si así lo crees, ordena que la legión VI, que acampa en el exterior de la ciudad, se repliegue más cerca de los muros de Jerusalén, y así estaremos más protegidos.

—La Ferrata tiene veteranos curtidos que garantizarán nuestra seguridad. No creo que sea necesario acuartelarlos dentro de los muros.

—¿Tienes pruebas de algún contubernio especial?

—Nada concreto, solo rumores.

—¿Cómo sabes entonces de su existencia? —pregunta Alejandra.

—Los guardias de Eurimedonte han percibido esos rumores. El jefe de la policía los cree reales y me ha recomendado emplear mano dura contra cualquier sospechoso de conspirar contra el reino.

—Si de algo te sirve mi consejo, considero que es mejor dejar que los murmullos mueran por sí mismos.

—Soy el regente —asienta José—. Mi deber es garantizar la estabilidad del reino hasta que regrese Herodes. Además, acaba de llegarme una carta de mi cuñado, cuyo contenido quiero que escuches. —José saca un pergamino y lee—: «Herodes, rey de Israel, a José, regente, al Consejo de "amigos" del rey y al pueblo, salud. La razón se ha impuesto. He sido absuelto con todos los pronunciamientos favorables de la inicua acusación de asesinato que contra mí se había vertido. Antonio me ha tratado como verdadero amigo. No ha faltado un solo día en el que no me invitara a participar en su mesa, y en varias ocasiones me ha sentado a su diestra en el tribunal, mientras atendía otros casos. La reina Cleopatra ha mostrado su oposición, pero nada ha podido contra los razonables argumentos y la verdad de mi inocencia. Vuelvo enseguida rodeado de una mayor benevolencia de Antonio. El reino nada debe temer. Salud».

José sonríe al contemplar el ensombrecimiento del rostro de Alejandra. Lo que no le dice es que junto a esa carta llega una nota en la que Herodes le informa que, para compensar el enfado de Cleopatra, Antonio le ha regalado una buena parte de la Celesiria, que pasa a ser controlada por la reina de Egipto.

—Excúsame, no me siento bien —dice Alejandra, visiblemente turbada por lo que escucha.

—Por supuesto. ¿Necesitas que te envíe a uno de mis médicos?

—No es necesario; se trata de un simple mareo que se me pasará con un poco de reposo.

—En ese caso, me retiro.

José sale de la estancia.

Alejandra se tumba en un diván. Dos esclavas acuden a atenderla y le ofrecen una copa de agua con miel.

—Dios es cruel conmigo e inclemente con mis penas. ¡Qué

desolación, qué engaño! ¿Cómo el Dios de Israel, al que los profetas proclaman justiciero, se mantiene al margen de este crimen?

Las dos siervas se miran confusas, porque Alejandra está hablando en voz alta pero sin dirigirse a ellas. Rumia su fracaso y su amargura, y vuelve a pensar en el suicidio. Tiene veneno a mano. Sí, tal vez sea el momento de poner fin a una vida que el dolor hace insoportable.

—La puerta está siempre abierta, solo hay que tener el valor suficiente para atravesar el umbral —dice de nuevo en voz alta para mayor confusión de las esclavas.

Pasan de nuevo los días. Desde lo alto de la ciudadela, las trompetas anuncian la llegada del rey.

Herodes regresa del norte y entra en Jerusalén con gran pompa, radiante de gloria y de felicidad. Apenas se asea del viaje, llama a Eurimedonte a su presencia; los asuntos a tratar no admiten demora alguna. La fidelidad del griego es compensada: de jefe de policía se convierte en la práctica en consejero áulico.

—Te he convocado con prisa justificada. A cambio de mi absolución, Antonio ha tenido que entregar a Cleopatra la Celesiria, cuyo gobierno me encomendó en su día. Con el sur de Siria bajo su gobierno, una grave amenaza pende sobre nuestras cabezas. Estamos rodeados de dominios egipcios, lo que supone un gran peligro para nosotros. No descarto que esa arpía del Nilo quiera conquistar Israel. Su ambición no conoce límites.

—Señor —interviene Eurimedonte—, por nuestra parte hemos detectado alguna agitación en el pueblo, pero no ha sido atajada con la debida contundencia.

—Habla más claro.

—Tu cuñado, y te soy sincero como siempre, ha actuado de manera tibia. Le avisé de lo que estaba ocurriendo, pero no reaccionó como yo esperaba ni siquiera cuando se corrió el rumor de que habías muerto y algunos salieron a la calle a celebrarlo. Le informé sobre reuniones prohibidas de grupos de más de cinco personas, pero no dio órdenes de poner remedio efectivo para disolverlas.

Un secretario los interrumpe. Anuncia que Salomé pide ser recibida por su hermano el rey. Herodes asiente.

—¿Qué te trae con tanta premura, hermana?

—Necesito hablar contigo... a solas.

—¿Tan importante es?

—Para mí es vital y gravísimo.

—De acuerdo. Luego continuaremos; puedes retirarte —dice Herodes a Eurimedonte.

El jefe de la guardia inclina la cabeza y sale de la estancia.

—Y ahora dime qué es eso tan grave como para interrumpir mi despacho con el jefe de policía —pregunta Herodes a Salomé.

—Hermano, siempre he estado en la sombra y he acatado cuanto has decidido por mí, pero ha llegado la hora de que esto cambie.

—Vaya, ¿no pretenderás sentarte en mi trono? —ironiza Herodes.

—Lo que procuro es que no te lo arrebaten, y en ello están tu esposa Mariamme y tu suegra Alejandra.

—¿Tu marido José...?

—¡Ese viejo estúpido! —Salomé no deja acabar la frase sobre su esposo.

—¿Ya no lo respetas?

—Hace tiempo que me asquea vivir junto a él. Me aburre y me fastidia su sola presencia.

—No me habías dicho nada hasta ahora.

—Solo lo he hablado con nuestra madre, que también ha sufrido los desprecios de esas dos mujeres.

—José, Mariamme, Alejandra..., ¿hay alguien más a quien desees despellejar vivo?

—Estoy harta de mi esposo. Es un desastre incluso en el lecho. Madre lo sabe desde hace tiempo, pero quiero que también lo sepas tú. Entre José y yo se ha abierto un abismo, y no solo por nuestra diferencia de edad, sino también por su estupidez; ni siquiera podemos intercambiar dos frases seguidas sin chocar.

—¿Qué te ha dicho madre?

—Me aconseja calma y me dice que su vida con nuestro padre no fue nada fácil, pero añade que el deber de una mujer es aguantar con paciencia a su esposo.

—¿Y qué piensas hacer?

—No puedo divorciarme de un marido al que detesto porque la Ley no lo contempla.

—¿Pretendes que lo... elimine?

—Estás rodeado de traidores.

—Sigue hablando.

—Alejandra trató de buscar refugio entre los romanos.

—Ya lo sé.

—Sí, pero no era esa su última intención; lo que pretendía, y sigue en ello, es acabar con tu reinado. Es mi obligación revelártelo.

—Sigue.

—Va a dolerte, hermano.

—¡Sigue!

—José, mi marido, ha frecuentado en tu ausencia los aposentos de Mariamme, tu esposa. Los esclavos los han visto en numerosas ocasiones hablar de manera demasiado animosa y cercana. Tu mujer es un dechado de virtudes, pero no se comporta a menudo con el recato debido a una real esposa.

—Estoy informado de la animadversión que sientes hacia Mariamme y Alejandra, y hasta ahora lo he ignorado porque creí que era cosa de mujeres, pero esta acusación va más lejos. ¿Insinúas que Mariamme es una adúltera? Nuestra ley condena a muerte a la mujer que comete adulterio.

—No es mi intención sembrar dudas y sospechas sobre Mariamme; solo te prevengo de lo que algunos cuchichean por ahí y que tengas cuidado. Un rey cornudo no es respetado.

La velada acusación de Salomé crea incertidumbre en Herodes, aunque duda de la gravedad del cargo ya que no ha recibido queja alguna por parte de Eurimedonte. Si fuera tal como afirma Salomé habría llegado a él alguna noticia. El rey ama en verdad a Mariamme; la echa de menos cuando está fuera de la ciudad; la prefiere a cualquier otra mujer, pero las palabras de Salomé lo llenan de inquietud.

Llama entonces a Mariamme a su presencia.

—Mi querida esposa, se dice que durante mi ausencia se te ha visto en varias ocasiones con mi cuñado José, y que los dos parecíais muy felices cuando estabais juntos. ¿Qué tienes que decirme?

—Hemos hablado algunas veces.

Mariamme siente un escalofrío intenso.

—¿De qué?

—Banalidades sin ningún interés.

—Si es interesante o no, lo decidiré yo. ¿De qué habéis hablado?

—De nada debes preocuparte, esposo.

—¿José ha visitado tu lecho?

—No. ¿Cómo puedes siquiera pensarlo?; siempre te he sido fiel.

—Puedes salir —dice Herodes ante la sorpresa de Mariamme al ver a Eurimedonte aparecer tras unas cortinas.

—Señora —saluda el jefe de policía a la esposa del rey.

—¿Qué clase de trampa es esta? —pregunta Mariamme muy ofendida.

—Explícaselo —indica Herodes a su fiel policía.

—José ha estado hablando con gente principal de Jerusalén; algunos de ellos propagaron el bulo de que Marco Antonio había condenado y ejecutado a tu esposo, nuestro rey, y José ni siquiera los reprendió por ello. Por su parte, Alejandra trató de buscar refugio entre los romanos de la legión VI Ferrata, traicionando al rey y a su familia, tú, señora, incluida.

—¿Cómo lo sabes? —pregunta una Mariamme indignada y más temblorosa aún.

—Me informó directamente Julio, tribuno de esa legión. Tengo una decena de testigos que corroborarán lo que digo.

—Lo acabas de oír. Tu madre me quería muerto y José estaba de acuerdo con ella, y supongo que también contigo.

—¿De acuerdo para qué? —demanda Mariamme al borde del paroxismo.

—Para eliminarme, por supuesto, y así poder apoderarse del trono.

—¡Todo eso es mentira! Una montaña de falsedades. ¡Puras patrañas! —protesta Mariamme.

—Un testigo escuchó decir a José que no sería malo para Israel que volviera a gobernar Hircano —dice Eurimedonte.

—¿Vas a creer en todas esas falsedades? —se dirige Mariamme a su esposo.

—Todas las piezas de este rompecabezas casan ahora a la perfección. José y Alejandra se han comportado a mis espadas como traidores. ¡Y lo son!

—No tienes pruebas para condenarlos; solo habladurías, rumores y conjeturas.

—Querida esposa, esos dos son reos de muerte. Debo mostrar ante los ojos de mis íntimos que llevo las riendas del reino. Durante mi ausencia han corrido bulos reprobables. Es preciso exhibir de nuevo mano dura, pues sin ella mi propio palacio se convertirá en ingobernable.

—Bastante tienes ya, mi rey, con defenderte de los enemigos de fuera como para permitir querellas intestinas y traiciones domésticas —apostilla Eurimedonte.

Herodes convoca un consejo extraordinario de los «amigos». Es el momento oportuno, pues Marco Antonio anda ocupado en campaña contra los partos.

Eurimedonte lee los cargos contra Alejandra y contra José, que hasta entonces vive ignorante de lo que se desencadena en el ánimo del rey, hasta tal punto que no tiene nada preparado para su defensa.

La sentencia de Herodes restalla como un trueno:

—José, el marido de mi hermana Salomé, es reo de alta traición.

Los consejeros quedan sorprendidos y demandan pruebas de semejante crimen. Eurimedonte responde por el rey:

—Dispongo de abundantes testimonios, todos ellos seguros y cotejados.

Ante la mirada terrible y amenazadora del rey, ni uno solo de los consejeros osa contradecir al jefe de la policía. A nadie importa lo que le pase a José, que apenas goza de simpatías en el entorno y fuera de palacio, a quien nadie reconoce mérito alguno y cuya regencia es gris.

Cuando le transmiten la sentencia, José suplica audiencia al rey, reclama el derecho a defenderse y le escribe una nota: «Rey y señor. Te suplico que me sometas a prueba como el buen metal al crisol. No consientas que mis manos queden manchadas con absurdas sospechas y permite que me defienda».

Todas sus súplicas son denegadas. Herodes ni siquiera admite verlo.

Apenas lleva dos días en prisión cuando José recibe la visita de tres fornidos guardias. Dos de ellos lo sujetan con fuerza por los brazos, mientras el tercero le coloca alrededor del cuello una soga de cáñamo. Sin mediar palabra, va apretando la cuerda a la vez que la vida del reo se apaga como la luz de una lámpara a la que se le agota el aceite.

Esa misma tarde se hace saber a los ciudadanos de Jerusalén que José fallece de una misteriosa y repentina enfermedad debida a su edad. Pocos dudan de su ejecución, pero en la ciudad reina la tranquilidad y el silencio. Nadie se atreve a hacer movimiento alguno.

Salomé respira satisfecha y feliz al conocer la muerte de su esposo. No deseaba otra cosa.

18

Juego peligroso

Pese a su derrota dialéctica en Laodicea, Cleopatra no renuncia a derribar a Herodes. La concesión del gobierno de Celesiria por parte de Marco Antonio es un consuelo, pero ella no sacia su apetito territorial: crear un imperio desde el Nilo al Éufrates que incluya el reino de Israel.

Por su parte, Herodes no se considera vencedor en la contienda con Cleopatra; consigue el triunfo en una batalla importante, pero no decisiva. La reina está decidida a imponer su voluntad y que Marco Antonio le conceda cuanto le pida. Todo. Ni por un momento se detiene a pensar que su amante está a punto de jugar una partida peligrosa, en la que si vence a los demonios partos, el Imperio es suyo, pero si lo derrotan, puede perderlo todo, incluso la vida.

Antes de partir en campaña hacia Mesopotamia, Marco Antonio y Cleopatra gozan de los dones de Afrodita. Mientras descansan de sus ardores beben vino dulce de las laderas del monte Bargylus, en la cordillera de la costa de Siria.

—Salvaste a Herodes. Venía convencido de que lo ibas a castigar por haber asesinado a Aristóbulo —dice Cleopatra mientras acaricia el pecho de Antonio.

—Ha quedado claro que fue un accidente; varios testigos lo han jurado.

—No. Sabes bien que fue ese idumeo quien ordenó la muerte del sumo sacerdote.

—No, no lo sé. No estaba allí.

—No hacer falta haber presenciado con tus propios ojos lo ocurrido para adivinar que es obra de ese bárbaro al que tú has dado el título de rey de los judíos.

—Propiamente no fui yo y tampoco Octavio, sino el Senado de Roma. No insistas más.

—En Roma no se mueve una brizna de hierba sin que tú lo ordenes.

—No lo creas. Octavio manda tanto como yo..., o más.

—¿Te refieres al hermano de tu esposa? Hay muchos Octavios importantes en Roma.

Naturalmente, Cleopatra es totalmente sabedora de quién es Octavio, pero le encanta recordar de vez en cuando a su amante que está casado con Octavia la Menor.

—Mi matrimonio, como bien sabes, es de conveniencia; pronto lo anularé para casarme contigo.

—¿Sabes cómo me llaman algunos? Te lo diré sin que me lo preguntes: «la reina demente» y «la gran puta de Egipto». ¿Estás dispuesto a casarte con una mujer así?

Cuando Cleopatra le habla de ese modo, Marco Antonio se excita sobremanera.

—Sáciame de nuevo —le pide a su amante egipcia, repuesto ya de los trotes de hace muy poco.

La reina sonríe y en sus ojos brilla también el deseo. El origen del mundo, la puerta de la vida, se ofrece de nuevo al general como una espléndida flor rosada.

Calmado el reciente deseo, es Cleopatra quien habla primero:

—La concesión de la Celesiria no es suficiente para lavar mi honra, querido Antonio. Mis dominios están partidos en dos. Entre el sur de Siria y las riberas del Nilo se extiende una tierra que debes poner bajo mi control. Fenicia, Arabia y Judea también han de ser de Egipto.

—¿Qué tiene ese infecto, reseco y polvoriento país de los judíos para que todo el mundo quiera poseerlo? Salvo los llanos de Galilea y el palmeral de Jericó, el resto solo vale para apacentar un rebaño de cabras enjutas.

—Entrégame esas tierras y tú y yo dominaremos todo Oriente, y luego el mundo entero.

—Tus amores casi me han hecho perder la cabeza, pero no del todo, reina. Octavio gobierna el occidente romano y manda sobre la mitad de las legiones Si te entrego todo lo que pides, mi cuñado nos declarará la guerra, y te aseguro que no estoy dispuesto a que la mitad de las legiones romanas vuelvan a enfrentarse con la otra mitad, como ya ocurrió en Filipos.

—Has vencido a los partos y vencerás a la mitad de los romanos si se atreven a desafiarte.

—Subestimas a Octavio. Me han llegado rumores de Roma que hablan de mi licenciosa relación contigo. Dicen que estoy dominado por una... zorra, a la que he concedido territorios que pertenecen a la República, pues han sido legionarios romanos quienes los han conquistado.

—Me los debes —afirma Cleopatra mirándole fijamente a los ojos.

—Tengo que pensarlo.

El tiempo apremia. Tras unos días de reflexión, Marco Antonio cede en parte y a regañadientes. Decide otorgar a Egipto algunas regiones de Arabia, Fenicia y Judea.

Ha de esperar con paciencia la cesión de hecho, pues antes hay mucho que hacer. Entre mil asuntos, debe citar a los actuales soberanos y comunicarles que deben cederlas por el bien del Imperio.

No es lo habitual. Henchido de poder, Marco Antonio no acostumbra a dar explicaciones a nadie, pero en este caso debe hacerlo, pues fragmenta zonas sensibles de la República y muy apreciadas para los reyes o arcontes que las gobiernan. No puede cederlas sin más.

Finalmente, entrega de momento a la reina otra parte del sur de Siria, hasta entonces gobernada por Lisanias, hijo de Ptolomeo, ejecutado tras ser acusado de ayudar a los partos y, para dolor de Herodes, la ciudad de Jericó, muy cerca de Jerusalén, el bello oasis con sus plantaciones de palmeras, su bálsamo y su áloe; pero se niega a entregar a Cleopatra las ricas ciudades de Tiro y Sidón, pues ambas disfrutan de un estatuto especial de libertad desde hace muchos años.

Cerca ya de la ribera del Éufrates, Cleopatra se cansa de seguir a Marco Antonio y decide volver grupas y retornar a Egipto. Su ausencia se prolonga demasiado. Debe volver de inmediato. La aguardan demasiados asuntos de gobierno.

Antonio no pone reparos y permite que regrese su amante. Pero la reina no lo hace directamente. Tiene en su mente un plan: quiere presentarse por sorpresa ante Herodes en Jerusalén y tomar posesión del oasis de Jericó, que al fin es suyo. Necesita saborear ese triunfo y observar con gozo el rostro desencajado de su adversario.

Un correo llega a todo galope al palacio de Jerusalén.

—Señor —saluda a Herodes—, estas son las órdenes del general Marco Antonio. Deben cumplirse de inmediato.

El rey de los judíos desenvuelve el pergamino contenido en una carpeta de cuero y lo lee. Al acabar la última línea siente un fortísimo espasmo en su estómago.

—Jericó... —musita.

—Señor, ¿es grave? —pregunta su fiel Eurimedonte, a menudo a su lado cual una sombra, al contemplar el serio semblante del soberano.

Herodes lo coge del brazo y se lo lleva una vez más a un lugar discreto.

—Antonio ha concedido a Cleopatra la ciudad de Jericó y sus alrededores. Se dice que en los veinte estadios de ancho y setenta de largo de ese oasis se producen más frutas y aceites que en todo el resto de Judea. Sin Jericó, perdemos buena parte de las rentas del reino. ¡Maldita sea mil veces esa mujer!

—¿Qué vas a hacer?

—Ceder, naturalmente, al menos por ahora. Mi reinado depende de la voluntad de Antonio. No puedo negarme a entregar Jericó a esa víbora venenosa.

Herodes se refiere precisamente a los rumores que corren sobre las causas de la reciente muerte del hermano de Cleopatra, a quien correspondía en herencia el gobierno del país. El joven y futuro rey muere misteriosamente tras los excesos en un banquete. Nadie puede probarlo, pero muchos sospechan que la mano de Cleopatra está detrás de esa muerte, que elimina a un competidor a punto de alcanzar la mayoría de edad. Igual ocurre con Arsínoe, hermana también de Cleopatra, asesinada por unos desconocidos durante un rito en el templo de Ártemis en Éfeso, hay quien asegura que por mandato expreso de Antonio.

—La ambición de esa egipcia es insaciable, y ahora se dirige contra tus intereses directos —apunta Eurimedonte.

—Jericó y toda Celesiria son las dos primeras fichas; no se detendrá ahí; pronto querrá Perea, Galilea, Samaria y, por último, Judea entera.

—¿Vas a permitírselo?

—Habrá que pelear por ello, pero no en este momento. Cleopatra no cejará hasta ser la reina de todo Oriente, con Marco Antonio a su lado..., o sin él. Hace algún tiempo, cuando la visité en Alejandría, así lo manifestó. Dijo sin inmutarse que había sido señalada por los dioses de Egipto para devolver las pasadas glorias al reino de los faraones.

Dos días después llega desde el este de Judea un segundo mensajero con una sorpresa todavía mayor: la reina de Egipto anuncia al rey de Israel que está en camino y va a visitarlo a Jerusalén.

Herodes se sobrepone al sobresalto y se adelanta. Al frente de un notable ejército y de toda la corte, espera a Cleopatra en la frontera de Galilea, por donde entra la egipcia en Israel.

La reina luce magnífica. No parece que venga de atravesar cientos de millas por Asia, dando un gran rodeo que la acerca al Éufrates, hasta Israel. Está en la cuarta década de su vida, pero mantiene un cuerpo espléndido y de su presencia emana una atracción como la piedra de Magnesia, que hechiza a quienes la contemplan.

Cuando los dos monarcas se encuentran frente a frente, sonríen como si nada sucediera. Herodes sabe fingir que está contento, pese a la pérdida de Jericó.

Allí se dirigen las dos comitivas reales y los dos ejércitos, cuyos soldados se observan con recelo. Algún día Egipto y Judea pueden ser enemigos dispuestos a combatir a muerte.

—Este es tu palacio —indica Herodes a Cleopatra al llegar a la ciudad que acaba de perder por voluntad de Antonio.

—Y mi ciudad —apostilla la reina con una sonrisa que denota su triunfo—. Antonio me ha entregado una isla en medio del territorio judío.

—Una isla riquísima —añade Herodes.

Tras unos instantes de mero protocolo, Cleopatra le propone un trato inesperado.

—Quizá sea oportuno que lleguemos a un acuerdo sobre este territorio, ¿no te parece? —le dice mientras sigue sonriendo.

—¿Te refieres a un acuerdo económico?

—Por supuesto.

Cleopatra sabe que no es fácil gobernar ese territorio rodeado de tierras extranjeras, y además, Jericó está muy poblado por judíos. Sí, lo más sensato es llegar a un acuerdo.

—¿Qué propones? —le pregunta Herodes.

—¿Qué me propones tú?

Herodes cae en la cuenta de que en este momento puede jugar con ventaja. Jericó está muy lejos de Alejandría.

—Que me arriendes el territorio de Jericó y su administración por un precio que acordemos.

—¿Cuánto estás dispuesto a pagarme por Jericó?

—Lo que estipulen nuestros tesoreros y nosotros estimemos que es un precio justo.

—Esto llevará unos días: hay que redactar documentos, protocolos de actuación, estudiarlos, preparar copias para nuestros archivos.

Herodes respira hondo. Lo que va a prometer a la reina supone para él un gran dolor. Además, para colmo de males, ella tiene que permanecer varios días en Jericó.

—De momento te propongo enviarte cada año a dos censores de cuentas para que examinen la producción. Me encargaré de que llegue cada año a Alejandría la cuantía que acordemos.

¡Qué ironía cruel, piensa Herodes, el rey de Israel convertido en recaudador de impuestos para la reina de Egipto!

Cleopatra se encuentra a gusto en Jericó, lejos de las preocupaciones inmediatas de su reino, esperando el trabajo de ecónomos y escribas. Disfruta de la zona, pasea relajada entre los palmerales y no parece interesada en proseguir el camino hacia Alejandría. Procura pasar algunos ratos hablando con Herodes, quien, a pesar de su odio, se siente atraído por esa perturbadora mujer. Le encanta pensar en abrazarla, besarla y...; pero ¿cómo va a atreverse?

En una de sus conversaciones, mientras pasean entre unos arrayanes al atardecer, Cleopatra se sincera con Herodes:

—Tu amigo Antonio no me presta la atención que merezco. Tiene gustos diversos; también lo atraen los efebos; a veces se entretiene con ellos.

—Lo sé —dice Herodes.

—¿Cómo se comportan en el lecho las mujeres de este reino?

La curiosa e incómoda pregunta inquieta al rey, que mira fijamente a los ojos de Cleopatra.

—Como las mujeres de todas las regiones del mundo —responde evasivamente.

—Tengo entendido que vuestra religión impone ciertos límites a la pasión de la naturaleza.

—En Israel distinguimos entre las mujeres de educación griega y las hebreas. Nuestras mujeres se entregan con menor fervor a los placeres del sexo, quizá porque no creen en la diosa Afrodita.

—¿A quién escoges tú?

—Te responderé: aquí distinguimos las relaciones entre un hombre y una mujer antes y después del matrimonio. Nuestra ley prohíbe tener sexo antes de la boda, pero exalta el amor entre los esposos; así se refleja en nuestro más preciado libro, *El cantar de los cantares*, una verdadera exaltación del amor.

Las conversaciones con Cleopatra, en las que no interviene la esposa de Herodes, se prolongan demasiado. ¿Duran tanto los temas de negocios? Mariamme decide indagar por su cuenta a la vez que ordena a los criados que le informen de todo lo que hace su marido con Cleopatra.

El rey no sabe qué pretende esa enigmática mujer. Se resiste a caer en las redes que teje con sus encantos. Duda sobre si dar el primer paso, al que tantas veces lo incita. ¿Hasta cuándo aguantar la tentación de tener cada día a su lado a una mujer tan espléndida? «Intentaré aparentar indiferencia ante sus insinuaciones. Ya lo hice en otra ocasión», piensa Herodes.

El tiempo apremia y la indolencia del rey no aparta a Cleopatra de sus verdaderas intenciones. Ni siquiera la presencia ocasional de Mariamme le impide insinuarse ante Herodes con descaro.

—Hemos llegado a un acuerdo y estoy complacida. Retornaré a Egipto de inmediato —le dice a Herodes, cuyo semblante es mucho más serio que en los días precedentes.

La penúltima noche, durante la opulenta cena habitual, Cleopatra, sentada a la derecha de Herodes, lo mira con manifiesta lascivia y le susurra al oído:

—Acabado el banquete te espero en mi alcoba.

Herodes guarda silencio. ¿Quiere la reina disfrutar de los placeres del sexo, o trata de utilizarlo por otros motivos? A pesar de las últimas conversaciones, algunas íntimas, no deja de dudar sobre las intenciones de esa mujer. Piensa de nuevo: «No puedo entrar en la cámara de la reina sin que lo adviertan mis criados y los miembros de mi guardia personal. Antonio acabará enterándose». Entonces la pérdida de Jericó y el pacto económico con Cleopatra no serían sino una nadería con lo que vendría después: Antonio interviene y le arrebata todo Israel para dárselo a su amante, si los esclavos declaran que el bruto idumeo fuerza a una mujer inocente.

Finalmente el rey devuelve a Cleopatra una mirada indescifrable y no responde. La reina de Egipto considera tal mirada como una respuesta afirmativa, y se retira a su alcoba. Ordena a sus esclavas que la perfumen y que se aparten dejando la puerta entreabierta. ¿Qué mortal, qué héroe o incluso qué dios es capaz de rechazar el compartir una noche de amor y pasión con ella? Solo hay que esperar unos minutos.

La noche en el palacio de Jericó discurre en un silencio más espeso que de ordinario. Cleopatra, vestida con una túnica semitransparente, espera y espera... Aguza el oído aguardando escuchar unas leves pisadas acercándose, pero nada ocurre, solo el silencio responde a los deseos de la reina.

Herodes decide acudir esa noche a los aposentos de Mariamme. Mientras se une a su esposa con todo el vigor de su fornido cuerpo, cierra los ojos e imagina que es Cleopatra la mujer que se somete a sus deseos.

Herodes no aparece en la alcoba de Cleopatra. Cerca de la madrugada, la reina de Egipto sale a la terraza y mira el titileo de las estrellas, hasta las que llega su desazón, su rabia y su despecho.

Herodes no cae en lo que su instinto presupone como una trampa. Al alba se reúne con Eurimedonte y con algunos de sus «amigos» y les explica lo ocurrido.

—Creo que esa mujer pretende eliminarme utilizando su sexo. Está claro que soy un obstáculo para sus planes. Ya me ha arrebatado Jericó. Ahora, cuando vuelva a Egipto, contará a Antonio lo que le plazca. Estoy perdido. Ella o yo. Pero esta noche brilló un relámpago en mi mente. Ahora sé cómo librarme de esta pesadilla.

—Mi señor, ¿no habrás pensado en... eliminarla? —Eurimedonte tiembla ante esa mera ocurrencia.

—Sí, lo he pensado y lo pienso. Después de tantos días de fingimiento, la liquidaría con mis propias manos. Pero puede sufrir un accidente. Tiene que desaparecer de la faz de la tierra.

—Señor, eso es imposible, al menos en este momento rodeada de sus soldados. Te matarían a ti también al instante. Y luego..., es fácil adivinar cómo respondería Marco Antonio. Considera que Cleopatra es una pieza suya.

Herodes no necesita mucho tiempo para reflexionar y resignarse.

—Tienes razón. Es más inteligente que sea el propio Antonio quien la fulmine.

—Tu indignación y rabia por la pérdida de Jericó no te deja razonar debidamente. Perdona mi atrevimiento, no creo que el romano se deshaga de esa mujer —opina Eurimedonte.

—No será fácil, por supuesto, pero podemos obrar para que así sea.

—¿Cómo?

—Procurando convencer a Antonio de que la reina es una amenaza cierta para su futuro, que no le conviene su compañía y que si se libra de su influencia, su camino hacia el poder absoluto en Roma será más fácil. Debo intentar que Antonio tenga que elegir entre Cleopatra y Roma, y sé que en esa disyuntiva elegirá Roma.

—Serás un mago si lo consigues —tercia de nuevo un atrevido Eurimedonte, quien en su interior piensa que su señor desvaría debido a su intensa rabia.

Teodoro, un anciano tratante caballos y ricachón gracias a ese negocio, interviene como amigo del rey:

—Cualquier propósito de que Antonio elimine a Cleopatra indirectamente es también ilusorio. Olvida esos inútiles deseos. Si llegara a ocurrir, las consecuencias para nosotros serían catastróficas. Marco Antonio respondería ferozmente acabando con Israel entero. Lo más acertado es que te alejes de ella. Procura no verla jamás.

Cumpliendo su plan, Cleopatra emprende el camino de vuelta ese mismo día. El rechazo de Herodes la llena aún más de furia y rencor, pero no puede manifestarlos.

El rey pronuncia una breve declaración en público sobre el inmenso gozo de haber tenido a la reina de Egipto en la otrora Jericó judía.

—Deseo declarar mi tristeza por tu marcha y quiero manifestarte el dolor que me provoca la partida de una amiga, señora y reina.

Con sus tropas más selectas, Herodes acompaña al séquito de Cleopatra hasta la ciudad de Rinocura, donde se despide con impostada emoción. La huidiza mirada de la reina lanza veneno sin apenas pronunciar palabra.

Al ver alejarse la caravana egipcia con sus soldados, Herodes sonríe aliviado y dice con una sonrisa a Eurimedonte:

—Antonio se sentirá complacido al saber cómo he tratado a su amante. La hemos colmado de regalos; nuestra atención más exquisita y nuestros mejores pensamientos han sido para ella.

Tira de las riendas de su caballo y ordena a su tropa poner rumbo a Jerusalén.

Las largas conversaciones celebradas entre Herodes y Cleopatra en Jericó molestan a Mariamme. La reina consorte está devorada por los celos. ¿Son amantes durante unos días? No está segura de ello, pero le agobian las atenciones y el comportamiento de su esposo respecto a la reina egipcia. Azuzada en sus resentimientos por su madre Alejandra, Mariamme se siente día a día más alejada de su marido. Tras la muerte de Aristóbulo, una animadversión cada vez más intensa se aposenta en su interior.

De vuelta a Jerusalén, madre e hija dialogan en el palacio real.

—Siento desahogarme otra vez con lo mismo. No soporto a esa orgullosa egipcia ni tampoco a mi marido —confiesa Mariamme.

—Se ha comportado como un pelele en manos de Cleopatra; incluso babeaba en alguna ocasión cuando la miraba de reojo —tercia Alejandra.

—Me ha humillado delante de toda la corte.

—Nos ha humillado a las dos. Me incomodó mucho su servilismo cuando le enseñaba mi palacio en Jericó. Es mío; no suyo. Ese asesino...

—¿Tienes alguna prueba más de que mi marido ordenó la muerte de Aristóbulo?

—No; pero no albergo la menor duda. Tu marido es el asesino de tu hermano, y creo que también pretende acabar conmigo. En alguna ocasión, cuando nos hemos cruzado sin testigos, me ha mirado con ojos de fiera hambrienta. Y además, está esa arpía de su hermana.

—Sí. Tengo mucho miedo de ella. Salomé es una intrigante feroz. Tengo miedo.

—Rebosa perfidia y maldad. Es sinuosa como una leona en la

selva. Domina a Herodes como quiere y hace lo que le viene en gana sin que el rey ponga coto a sus desvaríos.

—¿Qué podemos hacer? Desde la muerte de mi hermano no he podido sentir otra cosa que repugnancia hacia mi esposo. Cuando duerme conmigo, me siento sucia, violada y humillada. Y si se acerca su cuerpo desnudo, ya no contemplo su atractiva y hercúlea figura como antaño. Veo a un demonio que viene para hacerme daño y me siento impura.

—Supongo que no habrás hablado con él de eso.

—Claro que no. Mi marido no pierde el tiempo en dialogar sobre lo que llama meras tonterías femeninas. Las mujeres somos para él simples objetos de los que gozar durante un rato. Alguna vez que he pretendido hablar de cosas trascendentes, me ha cortado de forma abrupta diciendo que las mujeres de palacio tenemos pocas cosas de las que ocuparnos. Ni siquiera se ha dado cuenta de que ya no lo amo, de que lo desprecio y de que me provoca asco y rechazo.

»Desde que se fue Cleopatra, viene a visitarme muchas tardes, y me monta como si yo fuera una yegua y él un garañón en celo.

—Sí, lo sé. Me he dado cuenta de que ahora atiende menos a sus concubinas, ni siquiera a esa árabe de piel dorada y pechos como odres a la que tantas noches recurría.

Herodes sí cae en la cuenta de que Mariamme no lo acoge en su lecho como antes, pero apenas le importa. Lo achaca a la pérdida de su hermano y piensa que el paso del tiempo suaviza las penas. De cualquier modo, la sigue considerando la mujer con la que más placer siente.

Mariamme le da tres hijos, dos varones y una niña. El segundo de los niños se llama Aristóbulo, como su tío el sumo sacerdote asesinado. Herodes siente hacia los hijos de Mariamme mucha mayor pasión que hacia Antípatro, su primogénito, el único engendrado con Doris, su primera esposa.

Los dos varones de Mariamme se llevan poco más de un año, y son hermosos, recios, fuertes y de elevada estatura para su edad. Herodes ordena que los preparen con ejercicios gimnásticos dirigidos por los mejores atletas de la corte para ser grandes guerreros, pero también que se eduquen con maestros griegos. Se preocupa además de que Jeconías, un fariseo muy reputado como gramático, los instruya en leer y escribir en hebrero y arameo, las dos lenguas del país, a la vez que aprendan la ley de Moisés, como es obligación de todo padre judío hacia sus hijos. El pueblo ha de saber que el rey cumple con la sagrada palabra.

Mariamme y Alejandra no solo están amedrentadas y molestas con su esposo y yerno, sino que su animadversión es mayor si cabe hacia Salomé. La permanente presencia de la hermana del rey en palacio se les hace asfixiante. Como hace tiempo que se odian, no parece existir posibilidad alguna de reconciliación.

—Tu esposo es el rey; poco podemos hacer. Aunque Salomé quizá sea todavía peor…, sería posible… —comenta Alejandra a su hija.

—¿Sería posible qué? ¿Conoces alguna manera de deshacernos de ella?

—¿Eliminarla? Lo haría con mucho gusto antes de que el rey lo haga conmigo.

—Bastaría con que desapareciera de nuestra vista —precisa Mariamme.

—Habla con tu esposo, justo cuando más excitado esté en el lecho. En el momento justo, date la vuelta y dile que sería conveniente que Salomé se alejara de la corte por un tiempo.

—¿Con qué pretexto?

—Con el de una boda. Dile a tu esposo que es hora de que su hermana se vuelva a casar.

—No es mala idea. Lo haré.

El plan de Alejandra parece funcionar.

Herodes, a instancias de su esposa Mariamme, acepta la conveniencia de que Salomé se vuelva a casar:

—Es una idea excelente. Mi hermana es una mujer fogosa que necesita tener un hombre a su lado. Alguna vez le he oído que no le gusta pasar las noches sola, y que disfruta de los deleites que brinda Astarté.

Como es tradición, es el propio Herodes el que se ocupa de buscar un nuevo esposo para su hermana. Además, controlar a los parientes es fundamental; suelen ser los familiares y amigos quienes ocupan cargos relevantes en el gobierno del Estado.

Previa notificación al Consejo del reino, sus «amigos», elige como esposo de su hermana a Costobaro, el noble idumeo encargado de la custodia de las puertas y de la guardia de Jerusalén. Es miembro de uno de los linajes más ricos del sur del país; su alcurnia es elevada y sus antepasados están relacionados con el culto en el templo de Márisa, donde todavía algunos ejercen como sacerdotes, función reservada a las grandes familias.

Salomé acepta casi sin reparos. Conoce al novio desde hace tiempo. Será placentero tener a un hombre como él en su lecho.

Tras los esponsales, dice Herodes a su hermana y nuevo cuñado:

—Os tengo preparado un regalo de boda muy especial: el nombramiento de Costobaro como prefecto de las regiones de Idumea y Gaza.

Todos se muestran contentos con esa decisión. Salomé consigue un marido y el gobierno de dos regiones, Mariamme logra que Salomé se aleje de Jerusalén y Herodes se libera de la preocupación de evitar rencillas entre las mujeres de su familia.

Herodes comenta con Eurimedonte:

—Costobaro es un hombre de probada eficacia y lealtad. Me conviene que sea el gobernador del sur y sureste de Israel. Aunque Idumea sea mi país natal, confieso que no es precisamente una región tranquila.

El jefe de la policía está de acuerdo; aunque como griego no conoce algunos entresijos del país donde ha hecho fortuna, este Israel misterioso cuyas últimas razones, siempre religiosas, se le escapan. Herodes precisa:

—Los idumeos fuimos incorporados a Israel hace más o menos cien años, durante el mandato del macabeo Juan Hircano, hijo de Simón, sobrino por tanto de Judas el gran macabeo. Pero la anexión fue muy forzada, lo que supuso la pérdida de símbolos propios y la adopción de costumbres para nosotros extrañas, como la circuncisión, dentro de otras normas de la religión judía que nos fue impuesta. Ello nos provocó no pocas molestias, entre otras, las suspicacias de los auténticos judíos.

Siendo importantes, no son las intrigas de las mujeres de su corte las principales preocupaciones de Herodes. Le llegan noticias alarmantes de Roma: el malestar con la política de Marco Antonio en Oriente hace crecer el desasosiego del Senado. La inquietud de Herodes se desata cuando recibe una carta de su amigo romano Lucio Gabinio: «Octavio ha dicho en el Senado que su colega Marco Antonio no tiene un claro proyecto político para Oriente. Su vida es desastrosa e indigna de un noble romano. Es un mal ejemplo como gobernante y ha regalado territorios romanos a su ambiciosa amante egipcia, a la que complace con caprichos. Son tierras cuya conquista ha costado mucha sangre a la República».

Herodes sabe ya de semejantes quejas, pero no por conocidas dejan de alarmarlo, porque afectan directamente a los lazos con su protector.

Estruja la carta entre sus manos. Comprende entonces que el mundo está cambiando muy deprisa. ¿Está herida de muerte la República? El gobierno de sus territorios, de dimensiones colosales, necesita una mano fuerte, no dos, como hasta ahora. Octavio y su esposa Livia están poniendo en marcha desde hace tiempo una colosal maquinaria de propaganda política: «No puede haber dos soles en el mismo cielo, ni dos cabezas pueden dirigir un mismo cuerpo».

Es necesario buscar una solución a un grave conflicto. Se avecinan tiempos de angustia para la República y para quienes están estrechamente relacionados con ella. Suenan ruidos de armas y tambores de guerra. Surgen temores y miedos. No hace falta ser un político avezado para darse cuenta de que se está preparando una nueva y gran batalla por el dominio del mundo. Una guerra colosal en la que también Israel va a verse implicado.

19

Accio

El matrimonio de Costobaro y Salomé flaquea pronto, antes de cualquier sospecha. Apenas llevan unos meses casados, pero suficientes para demostrar que la pareja no congenia. Salomé, fogosa y pasional, no disfruta en el lecho con su esposo, una de sus preocupaciones, y se desilusiona enseguida.

Cansada y frustrada por la falta de vigor de su marido, escribe una nota a su madre: «La fortuna es adversa en ocasiones; en mi caso, el destino me ha hecho cargar con maridos que no han sabido satisfacerme. He decidido abandonar el lecho conyugal y dormir todas las noches sola, sin permitir que mi esposo entre en mi alcoba ni una sola vez».

Por su parte, el despechado Costobaro, herido por el desprecio y el rechazo de la hermana de Herodes, busca resarcirse de su fracaso matrimonial. En medio de su desazón vuelven a su mente viejas ideas ya casi desechadas, pero que en estos instantes de amargura pueden devolver su daño no solo a Salomé, sino al instigador de su boda.

Cuando desde las prescriptivas visitas a Jerusalén retorna a Idumea, se siente como en su verdadero hogar. Alentado por algunos parientes, llega a pensar que la anexión de su tierra a Judea fue y es un error.

Los acontecimientos lo ayudan. Si Marco Antonio desgaja Jericó de Israel, para entregárselo a Cleopatra, también lo puede hacer con Idumea, y convertirlo a él en soberano, quién sabe si incluso rey, o al menos en etnarca. Empieza a creer que puede convencer a sus compatriotas idumeos de que es mejor que no los gobierne un feroz Herodes.

Idumea es demasiado pequeña frente al resto del país para convertirse en región independiente, pero si rompe las cadenas que la atan a Israel y se libra del gobierno de un tirano, quizá logre una autonomía, aunque bajo cierta dependencia de Egipto. Mejor ser gobernado desde Alejandría por Cleopatra que desde Jerusalén por Herodes.

Convencido de que su plan puede tener éxito, convoca en secreto a varios notables idumeos, descontentos con Herodes, y una vez asegurados sus apoyos, envía dos legados a Cleopatra con la excusar de comprar trigo; regresan pronto a Idumea con buenas noticias de Alejandría.

—¿Qué ha dicho la reina de Egipto? —pregunta un Costobaro ansioso.

—Nos hizo esperar muy poco antes de recibirnos. Ha acogido tu propuesta de manera muy positiva. Está dispuesta a hablar con Antonio para que conceda el gobierno de Idumea a Egipto, como ya ha hecho con Jericó. Basamos nuestro alegato en que los idumeos nunca hemos sido totalmente judíos. Le dijimos una y otra vez que si hemos abandonado nuestros dioses ancestrales fue por una imposición forzada. Hemos proclamado que nos desagradan la circuncisión y otras costumbres hebreas ajenas a las nuestras. Le aseguramos que el gobierno de Egipto ha sido el más beneficioso para Idumea de entre todos los poderes extranjeros que han dominado nuestra tierra y que deseamos volver a ese pasado común.

—¿Creyó que erais sinceros?

—Sí. Se mostró feliz con tu propuesta. Llegó a confesarnos que le agradaría ajustar las cuentas a Herodes. Lo llamó «provinciano, arrogante y pretencioso», y lo calificó como «tirano que os oprime».

—¿Eso dijo? —pregunta un Costobaro feliz aunque algo sorprendido.

—Y más aún. Comentó que Herodes se considera a sí mismo

un gigante, pero que es incapaz de conservar sus propios territorios sin ayuda de Roma. Prometió su auxilio, pero...

—¿Pero...?

—Añadió que hay que esperar la ocasión propicia. Comentó que Antonio está considerando la reorganización de las fronteras en Oriente, pero que antes debe ocuparse de una acción muy importante.

—¿De qué acción se trata?

—No habló de ello, pero creemos que se está preparando una gran batalla.

—¿Qué os hace suponer eso? —pregunta Costobaro a los legados.

—Los numerosos movimientos de tropas y navíos de combate que pueden verse en la zona militar del puerto de Alejandría.

—Una nueva campaña contra los partos, supongo.

—No lo creo. Las naves que se están pertrechando son trirremes de guerra, propias para una batalla naval.

—La reina de Egipto es una mujer muy lista. Si se ha expresado así con respecto a Herodes es porque quiere que sepamos que es sincera, y que es nuestra aliada contra el tirano.

Las palabras de los mensajeros llegados de Egipto confortan a Costobaro. ¿Por qué no ser él el soberano de su tierra? En ningún momento piensa que la ambición de los seres humanos suele desbordar su capacidad de juicio. Decide entonces poner en marcha su plan contra Herodes y Salomé, su propia esposa, aunque tomando todas las cautelas, pues sabe muy bien que su amo mantiene oídos infiltrados en todas partes.

En su palacio de la ciudad de Márisa recibe Salomé continuamente visitas que le detallan lo que va ocurriendo en Idumea. Ha aprendido mucho de su hermano y sabe que la información es poder. Uno de sus allegados se va de la lengua y le insinúa que Costobaro anda en conversaciones con Cleopatra. Esa revelación la pone en guardia y agudiza el oído para enterarse de qué hay de cierto tras ese rumor.

No tarda en conocer las intenciones de su esposo. Pero la sola idea de caer bajo el dominio de Cleopatra la horroriza. No lo va a consentir. ¡Jamás!

Su vida corre peligro, no le cabe duda. Sin aviso previo, ordena a un par de criados:

—Preparad los corceles más veloces de nuestras cuadras.

Momentos después sale a uña de caballo hacia Jerusalén, abandonando Márisa de imprevisto, dejando atrás todo su ajuar.

La distancia entre las dos ciudades se puede recorrer en menos de un día, de modo que cuando llega a la capital, su esposo no se ha enterado aún de su huida.

Desde Jerusalén, Salomé envía una carta a Costobaro: «Por esta carta, denuncio como imposible nuestro contrato matrimonial. Nuestro enlace fue un error desde el principio. Te solicito la anulación de nuestro vínculo conyugal».

La actitud de Salomé es insólita según el derecho judío, sobre todo en la interpretación de los fariseos, quienes defienden que la mujer tiene prohibido obrar con tal libertad; la mujer no tiene derecho a pedir el divorcio; ni siquiera está permitido que una mujer repudiada se case con otro hombre sin haber recibido por escrito el acta de repudio de su exmarido.

—Hermano, me he separado de Costobaro para salvar tu honra —le confiesa Salomé a Herodes nada más estar en su presencia en el palacio de Jerusalén.

—Confieso que me sorprendes.

—Antes estás tú que mi matrimonio.

—Explícate.

—En Idumea están conspirando contra ti.

—No me lo puedo creer.

—Costobaro se ha reunido con antiguos amigos como Lisímaco, Dositeo y Gadías, que se han conjurado contra ti y a favor de Cleopatra.

—¿Acaso te has vuelto loca? ¿Cómo va a organizarse en Idumea, mi tierra natal, una conspiración contra mí, y menos aún para favorecer a Egipto y a su reina? —se extraña Herodes.

—Pues créeme, porque así es. Si he escapado de Márisa jugándome la vida es para avisarte de lo que en verdad está ocurriendo allí.

—Mis agentes en Idumea no me han dicho nada; además, Costobaro siempre ha sido un leal colaborador. No lo creo capaz de traicionarme.

—Lo creas o no, es un conspirador.

—¿Tienes pruebas para sustentar una acusación tan grave?

—Durante años se ha burlado de ti. Me he enterado de que Costobaro ha ocultado a los dos hijos de Babá, los parientes de Hircano que tanto se te opusieron durante la guerra con Antígono y que tanto animaron a la población de Judea a rechazarte. Cuando entraste triunfante en Jerusalén los buscaste por todas partes, pero no los encontraste. Llegaste a creer que habían muerto, pero no fue así. Viven. Están ocultos en una casa en las afueras de esta ciudad, y yo sé dónde.

—¿Cómo es posible que esos traidores hayan eludido la vigilancia de la policía de Eurimedonte y que tú te hayas enterado?

—Porque quien controlaba la policía de las puertas era Costobaro; ¿o acaso no lo recuerdas? Fuiste tú quien lo nombró para ese puesto. Fue él quien descubrió a los dos hijos de Babá cuando trataban de huir, pero no los denunció porque le entregaron una buena bolsa de monedas. Sabía que tenían buena relación con los Asmoneos y que si los salvaba le podrían ser útiles en el futuro. Costobaro te mintió cuando le preguntaste por los hijos de Babá y te dijo que no sabía nada de ellos. Ahí comenzaron mis sospechas, que se han ratificado en Márisa. En tantísimas conversaciones uno se fue levemente de la lengua y yo até los cabos.

—He estado ciego. Te agradezco, hermana, tu información y tu lealtad. Te recompensaré por haberme abierto los ojos.

Herodes envía una patrulla para averiguar si es cierto que los hijos de Babá están escondidos en una casucha al norte de la ciudad, y allí los encuentran camuflados como tejedores remendones de sacos y tiendas. Los llevan a presencia del rey, donde son degollados de inmediato.

Momentos después manda traer a un escribano a su presencia: «Orden al comandante de la guarnición de Márisa: apresa sin demora alguna a Costobaro, Lisímaco, Dositeo y Gadías».

Tras unos segundos dicta una segunda orden: «Para el comandante de la guarnición de Márisa: los cuatro mencionados en la orden anterior serán ahorcados inmediatamente».

Y añade de viva voz:

—Que un manípulo de soldados salga al galope a Márisa con estas dos órdenes. La espada es una ejecución demasiado noble para traidores. ¡Que mueran colgados de una soga!

Salomé, que vuelve a quedarse viuda, se instala confortablemente en el palacio real de Jerusalén ante la desesperación de Mariamme, que sigue odiando a su cuñada.

El mundo está a punto de arder en llamas.

Marco Antonio y Octavio rompen su alianza y se preparan para dirimir cuál de los dos es el amo de la República. No puede haber dos soles bajo el mismo cielo.

Herodes promete su ayuda a Antonio, pero Cleopatra se opone:

—No te conviene admitir la ayuda de ese salvaje que solo ha visto el mar de Galilea. No sabe nada de un combate naval. Mejor, pídele dinero; por ejemplo, que te entregue los doscientos talentos que le debe el rey de los nabateos. Que los recobre por las buenas o a la fuerza. Malco, rey de Nabatea, se negará a pagar, y Herodes no tendrá otro remedio que invadir ese reino árabe.

La estrategia ideada por Cleopatra funciona. Si los dos reinos se enfrentan, se desgastan o se destruyen en una guerra sin cuartel. Y una vez que Antonio derrote a Octavio, de lo que Cleopatra no alberga duda alguna, puede apoderarse finalmente de las dos regiones, Nabatea y Judea, previamente debilitadas.

Reunido el Consejo de Israel, se aprueba la invasión de Nabatea. Herodes arenga a sus hombres recordando que tienen una cuenta que saldar con Malco. Hay que darle un buen escarmiento por haberle negado su ayuda en la guerra contra Antígono.

La invasión resulta un éxito en los primeros días del ataque. El ejército nabateo se bate en retirada tras dos encuentros, pero se repliega hacia el sur de Celesiria para librar la batalla definitiva. Los dos ejércitos se sitúan frente a frente en la llanura de Cana. Es un terreno propicio para una gran batalla táctica, pues no hay ningún relieve desde el que uno de los bandos pueda obtener ventaja.

—Judíos y árabes compartimos un antepasado común, el padre Abrahán, pero ahora somos enemigos mortales —arenga Herodes a sus tropas.

—¡Condúcenos a la victoria definitiva! —grita uno de los oficiales, entusiasmado por las dos victorias previas.

—¡El Altísimo, bendito sea, ya ha condenado a los nabateos a sucumbir bajo la espada de Israel! —grita otro.

—Atacaremos al amanecer. Espero que Adonay nos otorgue suerte, aunque no será necesario porque podremos nosotros solos con esos árabes, pero si fuera necesario, en nuestra retaguardia están las tropas del general Atenión, gobernador egipcio de esta región, que vendrá a ayudarnos.

Atenión es hombre de confianza de Cleopatra, y su delegado en Celesiria, que la reina gobierna por regalo de Antonio; pero Herodes no desea que participe en la batalla, pues quiere la gloria para él solo.

Al amanecer, al son de cuernos y trompas, los israelitas invocan a Dios y se lanzan a la carga contra las tropas enemigas con el ánimo de quien se cree bendecido y combate tocado por la gracia divina. Los árabes aguardan en formación, pero ceden ante el empuje de los judíos, pletóricos de ánimo y henchidos de orgullo.

Con los árabes replegándose en desorden, la victoria parece cosa fácil. Herodes sonríe. Se sabe ganador, pero de pronto, todo cambia. Las tropas de Atenión, que se mantienen hasta ese momento quietas en la retaguardia, desenvainan sus espadas y cargan..., ¡pero no contra los árabes, sino contra sus presuntos aliados judíos!

Sorprendidos por la espalda, los soldados de Herodes no entienden lo que está pasando. Los que creen sus aliados los atacan con inusitada ferocidad por detrás. Como si todo estuviera preparado, los árabes dan entonces media vuelta y se encaran con sus perseguidores judíos, que ahora se encuentran atrapados entre dos frentes, a su vanguardia y a su retaguardia.

Al darse cuenta de la traición, Herodes aprieta los dientes y maldice a Cleopatra. Esta vez sí ha caído en la trampa tendida por la reina de Egipto. No hay nada que hacer. Sorprendidos por una mortal tenaza entre los nabateos y los egipcios de Atenión, los judíos son derrotados con estrépito.

La venganza de Cleopatra da comienzo. Decenas, cientos, miles de judíos sucumben bajo las espadas de árabes y egipcios, que los persiguen hasta el campamento, donde intentan resistir para evitar la aniquilación total. Aguantan como pueden y con muchas bajas hasta que cae la noche, que Herodes aprovecha para salir huyendo con un puñado de supervivientes. Los nabateos no los persiguen; están demasiado ocupados saqueando lo que queda del campamento judío y registrando los cadáveres.

«Cleopatra ha previsto todo a distancia. Ha demostrado ser más lista, más hábil y más astuta que yo». Herodes rumia su derrota cuando en aquella noche funesta atraviesa la frontera y entra en su reino con el amargo regusto del fracaso. En la batalla se deja la mitad de su ejército. «Pero si la reine cree que voy a rendirme y suplicarle perdón, está muy equivocada. ¡Aguanta, corazón, que situaciones más perrunas has vivido! Reconstruiré cuanto antes mis tropas. No me rendiré ante ella. ¡Nunca!».

La guerra entre Octavio y Marco Antonio es inevitable. La heredera de la Sibila de Cumas y otras profetisas y oráculos anuncian tiempos terribles para la República.

Marco Antonio y Cleopatra se preparan para un combate naval en el que se decide el destino del mundo. Octavio dispone de la mitad de las legiones de Roma, entre ellas la VI Victrix, fundada por el propio Octavio; Marco Antonio manda la otra mitad, entre ellas la VI Ferrata, gemela de la Victrix. No hay mayor paradoja posible: las dos legiones hermanas convertidas ahora en enemigas y dispuestas a aniquilarse mutuamente en una guerra fratricida.

Herodes, derrotado pero vivo, aguarda en Jerusalén noticias de la batalla decisiva que los romanos libran en la bahía de Accio, en la costa occidental de Grecia. Pasea como león enjaulado en la sala de audiencias del palacio real. Corren los primeros días de septiembre, el sol cae aún inclemente sobre las colinas de Jerusalén y el calor sigue siendo sofocante y seco. Es consciente de que del resultado de lo que suceda en Accio depende el destino del mundo, y su propio futuro.

Un mensajero cabalga sin detenerse, salvo para cambiar de montura, las cuarenta millas que separan la costa de Jerusalén. Llega a medio día; está agotado.

Herodes corre hasta el patio de palacio para conocer cuanto antes la noticia. Aborda al jinete sin dejar siquiera que desmonte.

—¿Quién ha vencido? —pregunta el rey al mensajero.

—Señor y rey, la flota de Antonio ha sido derrotada por la de Octavio en la bahía de Accio.

—¿Se sabe qué ha sido de Antonio? —pregunta Herodes, abatido, quien en pesadillas nocturnas ha temido que ocurra lo peor.

—Ha conseguido escapar. Por su rumbo, los navarcos creen que se dirige a Alejandría; con él va la reina de Egipto. La batalla de Accio ha supuesto una derrota tremenda para Antonio y Cleopatra. La escuadra de Octavio, dirigida por Agripa, empujó a la de Antonio hasta encerrarla en la bahía de Accio y allí decidieron el resultado las tropas de infantería. Se piensa que fue entonces cuando Cleopatra tomó la decisión de huir. Las naves egipcias abrieron una brecha en la línea de las naves de Octavio que cerraban la bahía, y por ese hueco lograron escapar algunas naves.

—¿Cómo fue posible que gente experimentada como los alejandrinos cedieran terreno?

—Porque las naves de Octavio son más ligeras y rápidas. Su almirante, Agripa, es el mejor comandante naval de Roma. Las de Antonio eran más grandes y pesadas pero menos maniobrables y creemos que peor armadas. Antonio y Cleopatra han huido vergonzosamente dejando atrás abandonada a su flota.

Tras escuchar el relato del mensajero, Herodes ordena que se retire y convoca a una reunión a los consejeros de su reino.

—No está todo decidido. Pero no es necesario tener espíritu profético para adivinar quién va a ser el vencedor definitivo en esta guerra. La suerte está echada... y contra nuestro amigo. Nadie podía pensar que se pudiera producir un descalabro semejante —lamenta Herodes.

—Es una desgracia que nos afecta de lleno —dice uno de los consejeros.

Un silencio atronador reina en la sala del Consejo. Los miembros están sumidos en una turbamulta de dudas hasta que Herodes vuelve a hablar:

—Me he equivocado de bando dos veces. La primera cuando apoyé a Casio en vez de a Marco Antonio, y la segunda al apoyar a Marco Antonio en lugar de a Octavio. No volverá a ocurrir.

—¿En qué estás pensando, señor?

—En enmendar el error cuanto antes. Si Antonio ha huido de la batalla dejando abandonados a sus hombres, nadie más volverá a confiar en él. ¿Qué soldado se alistará bajo sus estandartes sabiendo que lo puede volver a hacer si se ve acorralado y vencido? Octavio no se detendrá en Accio. En cuanto se reagrupe, irá en persecución de su antiguo aliado, y lo aniquilará.

El Consejo se disuelve en silencio. Herodes se queda solo en la sala. ¡Qué rápido muta el corazón de los reyes! ¡Cuántas peripecias caprichosas provoca la diosa Ananke!, la Necesidad como la llaman los romanos.

Tiene que actuar, y deprisa. Está obligado a empezar de nuevo. Es necesario que demuestre a Octavio que ahora está con él, que abandona a Antonio y se alía con el que la mayoría ya considera como único señor de Roma y de su imperio.

Ocurría en aquellos momentos que al norte de Israel estaba instalada una imponente tropa de gladiadores que Antonio había ya contratado para los juegos a celebrar tras su victoria sobre Octavio. ¡Tan seguro estaba de la victoria!

La noticia de la derrota de su patrón llega hasta los gladiadores. Su comandante decide acudir a Egipto para unirse a las fuerzas que le restan a Antonio tras el desastre de Accio. Esos gladiadores son magníficos luchadores, incluso más experimentados que algunos legionarios noveles, por lo que pueden ayudar a recomponer las fuerzas de Antonio, vencido pero todavía en pie, y ofrecerle una nueva oportunidad.

Enterado por sus espías de la marcha hacia el sur de los gladiadores, Herodes ve ahí su oportunidad para congraciarse con el victorioso Octavio. Sin pensarlo dos veces, escribe una carta a Quinto Didio, legado de Siria. La misiva no deja lugar a dudas: «De Herodes, rey, a Quinto Didio, legado en Siria. Salud. Te ofrezco mi ayuda para detener a los gladiadores que se dirigen a Egipto para unirse a las tropas de Marco Antonio. Vale».

Cuando lee la carta, el legado de Siria, que admira a Octavio y se pone incondicionalmente a sus órdenes, acepta encantado la ayuda de Herodes.

Perfectamente coordinados, los legionarios romanos de Didio y los soldados judíos de Herodes preparan una emboscada a los gladiadores de Antonio. Los sorprenden en un paso estrecho junto a la costa, los rodean como peces en redes y los asaetean desde posiciones de ventaja. La escabechina es tremenda, y los que sobreviven son capturados y encerrados en mazmorras.

De vuelta a Jerusalén, Herodes es pasto de pesadillas. Su decisión de pasarse al lado de Octavio es atinada. Hay que correr en ayuda del vencedor, pero en su mente siguen anidando angustias y dudas. Se despierta mediada la noche entre sudores y escalofríos. Sueña con animales salvajes que lo persiguen por el desierto mientras él corre desnudo delante de las fieras que están a punto de devorarlo; su corazón ensangrentado late a golpes de tambor de una trirreme zarandeada en medio de un mar de embravecidas olas; monstruos de alas negras como el azabache revolotean sobre su cabeza ensartándole el cuerpo a picotazos. Antonio, con ojos rojos de sangre y amarillentos dientes afilados, lo mira a la vez que de sus labios agrietados y resecos surge una y otra vez la palabra «traidor, traidor, traidor...».

¿Qué hacer? ¿Seguir traicionando a Antonio a cambio de salvar su vida y conservar su reino? ¿Volver con el amigo al que tanto debe a cambio de arriesgarse a perderlo todo? Las circunstancias indican que Octavio vence, pero... ¿y si Marco Antonio se repone y consigue la victoria definitiva? ¿Y si la diosa Fortuna vuelve a tener otro capricho y cambia el rumbo de los acontecimientos?

Antonio y Cleopatra siguen vivos y se rehacen en Egipto,

donde esperan librar, ahora sí, la batalla definitiva. Todavía pueden ganar, aún pueden derrotar a Octavio. Todavía es posible.

—De los pasos que dé en las próximas semanas depende mi vida, la de mi familia y el destino de mi reino —comenta Herodes a Eurimedonte—. Tengo el futuro de tanta gente en mis manos que me siento abrumado.

—Octavio será el vencedor —asegura el jefe de la policía.

—Sí. También lo pienso yo. No queda otro remedio que renunciar a seguir apoyando a Antonio. Me ofreceré a Octavio. Además ya he tomado esa decisión con el asunto de los gladiadores.

—Es la mejor decisión que puedes tomar, mi rey.

—Decidido. Esta es la manera de liberarme de la angustia que me oprime en las últimas semanas. Octavio va a convertirse en el dueño del mundo, y lo más sensato es estar con él. Lo único que dudo es cómo reaccionará.

—Te aceptará sin el menor reparo —asegura Eurimedonte.

—¿Eso crees? He sido uno de los mejores amigos y aliados de Marco Antonio.

—Eso es ya pasado, mi señor. Octavio es un hombre inteligente, sagaz y práctico. Aceptará tu propuesta de amistad con todo su entusiasmo. Lo verás.

—¿No es demasiado arriesgado?

—El dueño de Roma y la Fortuna aprecian a los audaces; si te presentas ante él, considerará que eres hombre valiente y decidido, y te respetará.

—Tienes razón. Así lo haré.

No todos están apesadumbrados por la derrota de Marco Antonio. Algunos en Israel viven momentos de euforia. La suegra de Herodes, Alejandra, intuye rápidamente los temores y las dudas que atribulan a su yerno —al que sigue considerando su gran enemigo— con el role repentino de los vientos.

Se sienta junto a unos parterres de flores en el patio del palacio y contempla los vivos colores; le parecen más bellos y luminosos que nunca, incluso exhalan un aroma más sutil y agradable. Para Alejandra, la caída de Antonio es una bendición, pues cree que va a arrastrar a Herodes a un abismo insondable, y eso le agrada. Pierde a su amiga Cleopatra, pero en compensación imagina a Octavio ensañándose con el rey de los judíos, deponiéndolo y destruyéndolo. Sonríe cuando supone que el final de su odiado yerno está a punto de producirse.

Es el momento de hacer planes y de resarcirse de tanta amargura contenida desde el asesinato de su hijo Aristóbulo. En los desvelos nocturnos, su cuerpo ahogado en la piscina de Jericó se le aparece a menudo. Vengarse de Herodes es la razón que la mantiene con ganas de vivir; este es el momento. Hace tiempo que lo espera, y no puede desaprovecharlo. Agradece al cielo que siga con vida para ver la caída del hombre que tanto daño le hace y a tantas humillaciones la somete.

Alejandra necesita ayuda en sus esfuerzos por acabar con Herodes, y considera que el viejo Hircano puede ser su apoyo, de modo que acude a visitarlo.

—Hircano —le dice con tono vibrante y decidido tras los saludos de rigor—, al fin ha llegado nuestra hora. Este es el momento que tanto hemos esperado, el de la restauración de la legalidad y la justicia en Israel. Herodes se tambalea, y caerá en cuanto Octavio decida darle el golpe decisivo por haber colaborado con Marco Antonio.

—Quizá te precipitas; Antonio y Cleopatra aún siguen vivos —le dice Hircano.

—Octavio prepara la liquidación de la pareja, y la de los que los ayudaron, en cuya lista el primero es Herodes. Ese usurpador está perdido sin remisión. Su cabeza pronto rodará por el suelo y su cuerpo será un banquete para los carroñeros. Israel necesita un nuevo rey, y ese eres tú. Recupera lo que es tuyo, vuelve a sentarte en el trono que nunca debiste perder. La corona real pertenece a nuestra familia, no a la de ese idumeo.

—No sé... —duda Hircano.

—No estamos solos; contaremos con la ayuda de Malco, el rey nabateo, que está deseoso de cobrar las deudas que tiene pendientes con Herodes. Vayamos a Nabatea antes de que Herodes nos asesine. Desde allí preparemos las acciones a seguir, incitaremos al pueblo a sublevarse y pediremos a Octavio que ejecute cuanto antes a Herodes. Muéstrate ante Octavio como el único que puede garantizar el buen gobierno de Israel y firmar una alianza leal con la Roma que el hijo adoptivo de César representa ahora.

—No me entusiasma lo que dices, querida nuera; y tampoco me toma por sorpresa. Es probable que los años me hayan hecho más escéptico y más acomodado. Mírame. Soy un anciano. Carezco de energías para volver a gobernar un país que apenas reconozco.

—Eres nuestra única esperanza.

—No me fuerces a hacer lo que no puedo ni deseo. Me queda un corto tramo de vida y quiero vivirla en paz. Además, temo a Herodes. Tú lo crees vencido, pero es una fiera acorralada y herida, y en esa situación es cuando se torna más peligrosa y letal. Si fue capaz de atentar contra mí cuando yo estaba a su favor, imagina qué hará si descubre que estoy implicado en una conjura para derrocarlo.

—Querido suegro, por ahora solo se trata de huir de Jerusalén. Ya veremos qué hacer luego. Si nos marchamos, Octavio sabrá que no estamos con Herodes. Vayamos a Nabatea y esperemos allá el desenlace —reitera Alejandra.

—Deseo morir en paz.

—¿Aunque tengas que pasar los últimos años de tu vida en una prisión sin barrotes? ¿No deseas recuperar la libertad perdida? ¿Prefieres seguir sentado ahí de manera indolente, tolerando que Herodes ofenda y humille a nuestra familia? ¿No arde tu sangre al recordar que ese canalla es el asesino de tu nieto Aristóbulo?

—No estoy convencido de que podamos tener éxito.

—Esta es nuestra hora. No dejes pasar la oportunidad, porque tal vez no vuelva a presentarse otra igual.

—¿Cómo podemos estar seguros de que Malco nos acogerá en su reino? —Hircano comienza a ceder ante la insistencia de Alejandra.

—Envíale una carta, y según lo que responda, decidiremos.

La resistencia del antiguo etnarca se quiebra y acepta escribir esa misiva: «De Hircano a Malco, rey. Conoces bien la situación en la que nos encontramos, y no necesitas más explicación. Alejandra y yo te pedimos que nos prestes ayuda. Queremos librarnos de esta prisión y te rogamos que nos acojas en tu reino. Nosotros te ayudaremos en lo que nos sea posible. Salud».

—Ya está —dice Hircano tras acabar de escribir la carta.

—Será más fácil de lo que imaginas. Si la respuesta de Malco es positiva, llegaremos a la frontera disfrazados. Una escolta de jinetes árabes nos llevará al otro lado del lago Asfaltitis y desde allí a un lugar seguro en Nabatea, donde esperaremos tranquilamente a que Octavio acabe con Herodes.

Algunos seres humanos nunca aprenden de sus errores, ni siquiera de los más evidentes. No escarmientan en cabeza ajena ni en la propia. Alejandra atesora sobrada experiencia en todo tipo de conjuras y tramas palaciegas, pero comete un error de bulto con el envío de esa carta.

Eurimedonte no solo no baja la guardia, sino que ha incrementado la intensidad de la vigilancia sobre todos los miembros de la corte. Muy pronto logra apoderarse de la misiva enviada al rey nabateo.

—Aquí está la carta de esos traidores, señor. Interceptamos al mensajero y lo hemos degollado. —Eurimedonte se la entrega a Herodes.

—¿Alguien más sabe lo ocurrido?

—Nadie más.

—Ordena que se haga una copia y envía la carta original a su destino —dice Herodes.

—¿Cómo? —se sorprende el jefe de la policía.

—Busca a alguien de la máxima confianza, y que sea amigo de los nabateos, para que entregue esa carta a Malco como si nada hubiera sucedido. Una vez allí le dirá al rey que espera una pronta respuesta. Necesito saber qué va a hacer ese árabe.

—Entendido. Este es un trabajo para Aristodoro —propone rápidamente Eurimedonte que ha escogido bien sus contactos.

—¿Lo conozco?

—Sí, has estado con él en alguna ocasión. Es un hombre de negocios que tiene intereses comerciales en Nabatea. No fallará.

—Entrégale treinta sólidos de oro por su trabajo, y por su silencio.

Tres semanas después, Aristodoro regresa de Nabatea con la respuesta: «Malco, rey, a Hircano. Acepto tu súplica. Estoy bien dispuesto a recibirte y también a tus compañeros, y a cuantos judíos estén contra Herodes. Cuando decidáis el día de la partida, avisadme para enviaros soldados que os escolten. Lo prometo».

Herodes organiza un banquete suntuoso al que invita a Alejandra y a Hircano, junto con todos los «amigos» del Consejo.

Mediado el convite, el rey alza la mano y demanda silencio. Todos callan.

—Hircano, viejo amigo, sé que últimamente andas atareado con cartas y correos. ¿No habrás recibido por casualidad alguna noticia de nuestros vecinos nabateos que pueda ser de interés para todos nosotros?

El rostro de Hircano muda de color, y mira con ojos asustados a Alejandra, que parece darse cuenta inmediatamente de lo que ocurre.

—Pues sí..., sí —responde el antiguo etnarca tartamudeando—. He recibido una carta del rey de Nabatea en la que me envía saludos.

—¿Solo eso?

—Me enviará también cuatro corceles árabes como regalo. —Hircano siente cómo su cuerpo se recalienta y un sudor frío le empapa de pronto la espalda.

Sentada muy cerca de Hircano, Alejandra palidece a la vez que el ritmo de su corazón se acelera como un alazán al galope. Comprende enseguida que Herodes conoce sus planes. Está perdida.

—Un buen regalo —concluye Herodes, que continúa comiendo.

Alejandra e Hircano cruzan sus miradas mientras Herodes debate tranquilamente con otros comensales. Quizá haya sido una falsa alarma y el rey nada sabe del plan de huida a Nabatea.

Apenas amanece, Herodes vuelve a convocar al Consejo de urgencia. Los rostros de la mayoría muestran signos de somnolencia.

—Anoche acabó tarde el banquete, y veo en vuestros rostros que algunos apenas habéis dormido. Perdonad si no os he dejado descansar, pero el asunto que hemos de tratar es muy grave y urgente. Todos escuchasteis la conversación que mantuve anoche con Hircano. Bien, por eso os he convocado —dice Herodes.

—Parecía una conversación trivial, señor —interviene uno de los consejeros.

—No lo era.

Herodes hace un gesto y un secretario lee las dos cartas.

La consternación se extiende por el Consejo.

—¿Qué vas a hacer, señor?

—Por lo que a mí respecta, lo que han hecho Hircano y Alejandra es alta traición, pero decididlo vosotros mismos.

Nadie se opone a la calificación dictada por Herodes.

Nadie alega que Hircano es un anciano de ochenta años, absolutamente inofensivo. Todos piensan que el urdidor de la trama es Hircano y que Alejandra se ha dejado arrastrar.

Nadie dice que era impensable que Hircano viniera de Pumbedita para fraguar una conjura contra Herodes.

Nadie pondera la moderación y la falta de ambiciones de Hircano. Nadie ignora que la condena a muerte de los dos personajes es irremediable. Nadie.

El Consejo concluye que Hircano es personalmente reo de alta traición y de inducción a la violencia y a la sedición sobre Alejandra, y se disuelve sin más asuntos que tratar.

La edad suele proporcionar cierta porción de sabiduría que otorga la experiencia. Hircano es lo bastante viejo para comprender que, aunque nadie haya pronunciado aún la condena a muerte, el Consejo va a dictar la pena capital para él y Alejandra.

Recluido en su habitación, recuerda algunos momentos de su vida. Piensa en Herodes, su defensor, en su nieta Mariamme, en su nieto Aristóbulo, muerto tan joven, y en Alejandra. Recuerda el juicio a Herodes en aquella sesión del Sanedrín, y se arrepiente de su comportamiento en aquellos días difíciles; hace memoria sobre la profecía de Samías, en parte cumplida; intenta escudriñar entre sus recuerdos, pero solo ve sombras oscuras. Siente haber abandonado la vida feliz y relajada en Pumbedita; se entristece por no haber hecho más cosas para evitar el ascenso de Herodes; y siente que su final está muy cerca.

Esa misma noche tres sicarios entran en la habitación donde duerme Hircano y lo estrangulan. El anciano no emite el menor ruido.

Al enterarse de la muerte de Hircano, Alejandra no entiende por qué no corre la misma suerte.

—Pienso que no fue Hircano, sino esa mujer la principal culpable de la conjura contra ti. ¿Por qué has perdonado a Alejandra, mi señor? —pregunta Eurimedonte a Herodes.

—Me extraña que lo preguntes. La venganza es más dulce cuanto más se tarda en saborearla. Mi suegra no merece seguir viviendo, solo busca su propio interés, pero es la madre de Mariamme, y no quiero que mi esposa sufra. Esperaré a ver cuál es la reacción del pueblo cuando se entere de la muerte de Hircano y entonces obraré en consecuencia.

Herodes calla que Mariamme está muy afectada desde la muerte de su hermano Aristóbulo. Apenas habla, busca la soledad y el retiro, se aparta del rey, permanece inmóvil y pasiva cuando este se insinúa en el lecho conyugal y no muestra ningún afecto hacia su esposo. El rey sabe cuánto significa Alejandra para su hija, y teme perderla definitivamente si manda ejecutar a su suegra.

—Eres demasiado clemente —dice Eurimedonte.

—Alejandra ya tiene por ahora bastante castigo con pensar que cada día puede ser el último, que cada sombra puede ser la de su asesino, que cada noche se acuesta con la angustia de no saber si volverá a abrir los ojos, si cada sonido que escucha no será el de la pisada de uno de mis soldados acercándose para degollarla.

El rey disfruta imaginando la tortura en la que debe de estar sumida su suegra, angustiada por un destino que solo depende de su real voluntad. A pesar de los momentos inseguros que está viviendo, Herodes se cree tocado por la Fortuna. Sigue vivo y sentado en el trono. Ahora su meta es acabar con cualquier atisbo de recuperación de la familia real de los Asmoneos, aunque para ello tenga que liquidar a todos sus miembros, incluidas su suegra Alejandra y su esposa Mariamme..., si continúa comportándose de modo inconveniente.

Después tiene que acercarse a Octavio, ponerse a su servicio, salvar su trono y ser ratificado por el nuevo dueño de Roma como rey de los judíos.

Pero... ¿y si fracasa? Todo hace indicar que Octavio no tiene rival en Marco Antonio, aunque este todavía sigue vivo en Egipto al lado de su amante Cleopatra. ¿Y el pueblo de Israel? ¿Qué puede pensar? Lo mejor es dejarlo al margen de las querellas políticas y darle pan y circo, como hacen los romanos para que las masas populares se queden quietas y sean sumisas. Al menos en apariencia..., pero eso basta.

Herodes anuncia al pueblo judío que Hircano fallece de muerte natural, durante el dulce sopor del sueño. Algunos lo dudan, pero enseguida son acallados por los agentes de Herodes aduciendo los ochenta años de edad del fallecido.

Solucionado el primer asunto, queda por resolver la visita a Octavio. Cuando Herodes sale de Jerusalén hacia el encuentro con el dueño de Roma, algunos judíos contrarios al rey hacen correr el rumor de que va a rendir cuentas. Suspiran deseando que Octavio no acepte lo que imaginan que es el propósito de su visita. ¡Que lo ejecute en castigo por el apoyo a Marco Antonio! Es la única manera de librarse del tirano. Jerusalén y Judea toda respirarán más tranquilas.

20

Octavio

La esperada cita llega al fin. A petición de Herodes, Octavio le comunica que lo va a recibir en la isla de Rodas, al comienzo de la primavera.

Los miembros del Consejo escuchan atentos las indicaciones del rey:

—Mañana salgo hacia el puerto de Jope, donde embarcaré rumbo a Rodas para encontrarme con Octavio. Pero antes deseo dejar bien dispuestos los asuntos del reino. Si Octavio decidiera condenarme a muerte y no volviera, la sucesión al trono se hará según mi voluntad.

—Te escuchamos, señor.

—Dejo como regente de Israel a mi hermano menor Feroras. Conoce bien los asuntos de palacio y ha demostrado buenas dotes para el gobierno. Desde niño ha sido educado en la tradición familiar, de manera que sabe lo que tiene que hacer.

—El Consejo aprueba tu decisión, señor —certifica el secretario sin preguntar a nadie por el asunto.

—Podéis retiraros. Deseo hablar a solas con el regente.

—Tú, Feroras —se dirige Herodes a su hermano ya solos los dos en la sala del Consejo—, apóyate en el Consejo para un buen gobierno; consúltalo todo con sus miembros y no dudes en acabar con quienes pretendan rebelarse, especialmente en Jerusalén. Elimina a los sospechosos a la menor sombra de duda; en primer lugar a Alejandra. Apóyate también en Eurimedonte, hombre en el que más confío de todo el reino. Alejandro y Aristóbulo, mis hijos con Mariamme, gobernarán en su momento oportuno Judea y Galilea, ambos como tetrarcas. Hazte valer ante ellos e imponte en caso de que te desobedezcan o duden de tu mando.

—Cumpliré cuanto me indicas. Te lo juro solemnemente. Me dejaré asesorar por el Consejo. Y añado por mi cuenta que prestaré la conveniente atención a lo que diga nuestra hermana Salomé; su experiencia de cuestiones de Estado y de palacio guiará mis pasos.

—Nuestra madre se retirará a Masada. En esa fortaleza estará más segura.

—¿Y Mariamme?

—Irá al Alexandreion, una de nuestras fortalezas; y su madre irá con ella. Cuidarás de manera especial que Alejandra no pise Jerusalén en mi ausencia. Aquí le quedan algunos amigos.

—Así se hará.

—Para la administración del reino confía en el itureo Soemo y en el cuestor Josefo; ellos sabrán cómo ayudarte en cada momento, según lo precises.

Herodes y Feroras se dan un fuerte abrazo.

A la mañana siguiente el rey parte hacia Jope, y de allí a Rodas, donde lo espera la muerte o la gloria.

Durante la travesía apenas sopla viento favorable, por lo que es necesario usar más los remos, con el correspondiente retraso. Herodes aprovecha ese tiempo para pulir aún más el discurso con el que tiene que convencer a Octavio de lo imposible.

Una vez en Rodas, tiene que esperar para ser recibido por el dueño de Roma, quien hace unos días está ya en la isla.

—Señor, el rey de los judíos aguarda a que lo recibas —comunica un secretario a Octavio.

—Se ha demorado más de la cuenta —comenta el hijo de Julio Cesar.

—Dicen que no sopló el viento conveniente y que tuvieron que usar los remos bastante más de lo normal.

—Hazle esperar hasta que te indique.

Antes de aceptar la visita de Herodes, Octavio se informa en profundidad sobre el orgulloso idumeo. Conoce bien las buenas relaciones que lo unen a Marco Antonio, y cómo las rompe con él, su antiguo protector, mostrándolo con hechos en el asunto de los gladiadores. Siente curiosidad por volver a encontrarse con el personaje al que el Senado, estando él presente y con su recomendación explícita, designó rey de los judíos. Le intriga saber con qué actitud viene a presentarle sus respetos y obediencia, y qué alegato tiene para justificar su cambio de bando.

Herodes aguarda impaciente. La audiencia se produce finalmente en el palacio de los magistrados y arcontes de Rodas, un magnífico edificio construido al gusto edilicio griego muy cerca del templo del dios Helios.

La elección del santuario dedicado a la divinidad solar no es casual. Octavio quiere recordar a Herodes que Dédalo cae en su vuelo por acercarse demasiado al sol.

La sala que Octavio usa para las recepciones es amplia y está bellamente adornada con bustos de mármol de filósofos y maestros de la ciudad, famosa por sus escuelas de retórica. La decoración es sencilla, incluso austera, pero noble y elegante, al estilo griego, como el edificio en su conjunto. Al fondo de la sala se levanta un sitial de madera labrada, colocado a su vez sobre una tarima para que destaque sobre todo lo demás. Allí está sentado Octavio, rodeado de sus ayudantes, que permanecen en pie.

La entrada de Herodes impresiona a los romanos, sobre todo a los que visitan Oriente por primera vez. El rey de los judíos realiza una entrada triunfal, vestido de púrpura como corresponde a un verdadero monarca. Solo tras dar unos primeros pasos hacia Octavio, Herodes se despoja de la diadema de oro que corona su cabeza, y avanza con paso lento pero firme y seguro.

Una vez ante Octavio, el judío extiende la mano y le ofrece un saludo respetuoso:

—Salud, Gayo Julio César Octavio.

El romano responde con un gesto breve y distante:

—Salud. Tienes la palabra.

—Excelentísimo Octavio, no he venido ante ti para rogarte

clemencia ni para pedirte perdón por mis actos, tal como mis enemigos desean que haga, sino como socio, aliado y amigo del pueblo romano. Estoy aquí para presentarte mis respetos como el más conspicuo y honorable representante del Senado de Roma. Vengo a relatarte con sinceridad y sencillez cuanto he hecho hasta ahora, para que seas tú mismo con tu propio criterio quien lo juzgue y decida lo que estimes justo y oportuno.

Los asistentes se sorprenden ante el tono, quizá demasiado altivo, de Herodes, cuya causa todos consideran perdida. Algunos murmuran que el judío se equivoca al usar esa táctica, pero enseguida regresa el silencio absoluto, pues nadie quiere perderse este trascendental momento y la decisión de Octavio.

—Esto no es un tribunal.

—Lo sé —afirma Herodes—, pero en esta audiencia está en juego mi cabeza.

—Sí —Octavio hace un gesto de asentimiento.

—He sido amigo de Marco Antonio, ¿cómo voy a negarlo?, quizá porque los derroteros de la vida me han conducido a tratarlo mucho más que a ti. En esas circunstancias es natural que me pusiera de su parte en la contienda que habéis sostenido, pero has de saber que nunca luché directamente contra ti o contra tus soldados. Cuando os enfrentasteis, yo andaba combatiendo a los nabateos y a los partos en la frontera oriental. Es cierto que proporcioné trigo y dinero a Antonio, pero... ¿qué amigo que se precie no haría lo mismo en circunstancias similares?, incluso ofrecer su vida para defenderlo.

»No hice sino lo que la Fortuna decidió. Si lo hubiera dispuesto de otro modo y tú, Octavio, hubieras sido el gobernador de Oriente, no dudes que te hubiera tratado con el mismo grado de afecto, si no más. En ese caso tú habrías ocupado el lugar de Antonio y estoy seguro de que hubiéramos trabado una amistad más estrecha. Por todo ello, no creo que deba arrepentirme de cuanto he hecho, pues he actuado de acuerdo a mi recta conciencia y siempre como fiel amigo del Senado y del pueblo romanos, pues no en vano accedí al trono de Israel por la decisión de ambos.

»La divinidad, en su infinita sabiduría, ha decidido otorgarte una justa victoria, ganada además en buena lid en Accio. Creo que sabes que te ayudé en la distancia al interceptar y derrotar a una tropa de gladiadores que Antonio había concentrado en Cícico y que marchaba hacia Egipto para luchar contra ti.

»Deseo que sepas, y es una buena muestra de la rectitud de mis sentimientos hacia la República, que en una ocasión estuve a punto de acabar con Cleopatra, pues consideraba que su relación era mortal para Antonio. Sí, la tenía a mi merced y pensé en matarla con mis propias manos, pero mis consejeros me convencieron para que desistiera. No obstante, y siguiendo la intuición de mis sentimientos, aconsejé a Antonio que se apartara de esa mujer, pero el amor es cadena demasiado fuerte para romperla con meras palabras, aunque sean justas y razonadas.

»Si estás tan indignado con Antonio que deseas condenarme por haber sido su amigo y haberlo tenido en tan gran estima, aquí me tienes; no puedo hacer otra cosa que afirmar cuánto amor le profesaba; pero si consideras que mi actitud es una muestra de cómo me comporto con mis amigos y cuán fiel soy al juramento de amistad con el pueblo romano, verás que mis acciones son pruebas irreductibles de mi lealtad. Ahora eres tú quien rige el destino de Roma, de manera que, si así lo quieres, podrás comprobar la firmeza de mi amistad con tu pueblo.

Herodes se detiene y mira fijamente a Octavio. No parece que los ojos del romano muestren signos de desagrado por lo que está escuchando, aunque su rostro es inescrutable.

—Óptimo. Óptimo —dice Octavio a la vez que se levanta de su sitial y aplaude brevemente la intervención de Herodes—. Me impresiona la energía, la sinceridad y la retórica que has utilizado en tu alegato de defensa. Creía que te arrojarías a mis pies y suplicarías clemencia por tu felonía, pero te has comportado con la magnificencia de un rey y la dignidad de un ser superior.

»Mientras hablabas, han venido a mi memoria las razones por las que Marco Antonio y yo defendimos ante el Senado tu nombramiento como rey de los judíos. No nos equivocamos. Me ratifico en que mantener a un hombre como tú, enérgico, inteligente y capaz, como soberano de Israel, es lo mejor para el pueblo romano y para el judío. Me alegro de que seas un hombre fiel; por tal te tenía y por tal te sigo teniendo.

—Te lo agradezco —dice Herodes manteniendo su mirada firme en los ojos de Octavio.

Este parece sumirse de repente en una profunda reflexión. Ante los sorprendidos ojos de los allí reunidos, da unos pasos por la sala, se lleva la mano derecha a la barbilla, mira al suelo, luego al techo y por fin lanza una ojeada a los que asisten atónitos a este acontecimiento.

—Una vez que te he escuchado, no voy a dilatar mi decisión. —El silencio retumba en los oídos de los presentes—. Es mi voluntad que por ahora sigas al frente de Israel como su rey —sentencia Octavio, ya de vuelta a su sitial, con voz pausada y plena de autoridad.

Herodes no evita un suspiro de alivio. Todo se resuelve de manera breve y concisa. Acaba de conseguir lo que parecía imposible: que el triunfante y todopoderoso Octavio no corte el cuello de inmediato a un gran amigo de su rival, sino que lo ratifique en su puesto y con todo su poder intacto. Por su cabeza pasa con la velocidad de un destello la idea de que sus enemigos en Jerusalén morderán el polvo, derrotados y humillados otra vez.

—Cuenta con mi lealtad y mi gratitud por siempre —dice Herodes, visiblemente emocionado y dichoso.

—Antes de que intervinieras, y conociendo tus hechos, ya había tomado la determinación de no presentar ningún cargo formal contra ti. Me alegro de que hayas venido a visitarme y de haberte escuchado. Un senadoconsulto confirmará mi decisión.

»Lamento que Antonio diera más crédito a los consejos de Cleopatra que a los tuyos, pues al inclinarse hacia la egipcia se desvió de los intereses de Roma y nos condujo a todos al borde del precipicio. Quinto Didio, nuestro legado en Siria, me informó sobre tu acción contra los gladiadores de Antonio. Te lo agradezco.

Octavio se muestra contento. Disfruta al contemplar el alivio de Herodes y siente una vez más el enorme poder que se concentra en sus manos, capaces de otorgar la muerte o la vida, casi como un dios. Considera un acierto ese «por ahora» con el que ha ratificado la realeza del idumeo, pues no hace sino recordarle que debe tener siempre presente que es a él, a Gayo Julio César, a quien los íntimos llaman Octaviano, a quien debe su victoria y quien decide su destino.

Octavio vuelve a levantarse del sitial y se acerca a Herodes.

—Déjame tu diadema —le dice.

—Tuya es. —Herodes le entrega la corona de laurel, que sigue en su mano.

—Yo te corono con ella.

El rey de los judíos se inclina, es algo más alto que el romano, y Octavio coloca la diadema de oro en su cabeza. Suenan unos tímidos aplausos en la solemnidad de ese momento.

A continuación aparecen en la sala cuatro esclavos portando un cofre no demasiado grande. Herodes lo abre con ceremoniosa calma, extrae dos figuras de oro macizo que representan a un cazador tensando su arco y a un jabalí huyendo por un sendero retorcido.

—Este es mi regalo por tu magnanimidad —dice Herodes—. Ha sido labrado por el mejor orfebre de Fenicia.

—Hermoso presente, y es un detalle elegante que me lo ofrezcas después de haber tomado mi decisión. Supongo que ya sabías que el jabalí es el emblema que figura en el estandarte de la XX legión, la Valeria Victrix, que yo reformé tras ser fundada por mi padre adoptivo. A ella le debo muchos éxitos.

—Lo sé —asiente Herodes—; y también sé que te gusta la caza del jabalí.

—Yo no te he preparado ningún regalo; pídeme alguno.

—Hace tiempo que considero la idea de enviar a dos de mis hijos, Alejandro y Aristóbulo, a Roma para que completen su educación. Solicito tu permiso para hacerlo.

—Concedido. Barato regalo.

—Y me gustaría que se hospedaran en casa de Lucio Gabinio, un viejo amigo.

—Por supuesto. Acepto tu propuesta. Te garantizo la protección de tus hijos y espero recibirlos en Roma cuando sea su momento y tu voluntad.

Octavio y Herodes no necesitan decirse, pues ambos lo entienden así, que la presencia en Roma de los dos príncipes, a modo de rehenes, será la garantía para un leal comportamiento del rey de los judíos en el futuro.

Al salir de la recepción, y tras una inesperada y emotiva despedida, el corazón de Herodes se inunda de alegría. Una explosión de gozo estalla en su cabeza a la vez que comienza a planear su venganza. Él no es tan magnánimo como Octavio. Piensa en sus enemigos en Jerusalén y en cómo va a disfrutar cuando los vea hundidos tras su regreso triunfante.

Al día siguiente de la vista, sin apenas detenerse para saludar a viejos conocidos de Rodas, Herodes regresa a Judea. Todos saben que su afición a la arquitectura lo había llevado en una visita anterior a contribuir con dinero a la reconstrucción de los pórticos del ágora, pero en este momento tiene prisa por mostrar su victoria, por regresar a Jerusalén con el mayor de los honores y con la confianza otorgada por el dueño del mundo.

Al salir de Rodas imagina que pasa como un dios bajo la colosal estatua de Helios, el divino Sol, aunque ya no custodia la entrada del puerto, tras ser derrumbada por un terremoto dos siglos atrás.

Mariamme y Alejandra, recluidas muy a su pesar en el Alexandreion mientras Herodes acude a Rodas a rendir pleitesía a Octavio, ven pasar los días sin recibir noticia alguna de su esposo y yerno.

—Tu marido, el rey, nos tiene encerradas entre estos muros para disponer a su albedrío de nuestras vidas, no para proporcionarnos seguridad, como falsamente dice. Su amor por ti, que tantas veces proclama, es un engaño más de ese tirano —se queja Alejandra.

—Al menos estamos alejadas de Cipro y Salomé.

Mariamme no replica a su madre, pues piensa que tiene razón. Se agobia porque Salomé, su cuñada y gran enemiga, permanece en la corte, en tanto ella y su madre están recluidas en la fortaleza sin posibilidad de moverse. La angustia de las dos mujeres es insoportable, pues nadie les informa de lo que está ocurriendo en Rodas.

Desesperada, decide hablar con Soemo, el comandante que las custodia. El guardián itureo habla bien griego, de manera que se entienden perfectamente. La reina piensa que puede obtener alguna información de ese personaje, en realidad su carcelero, un tipo grueso, alegre y de aspecto amigable. Su enorme tórax se sustenta sobre dos piernas como columnas, ligeramente torcidas; nunca siente frío, camina por la fortaleza vestido con una simple túnica y calza humildes sandalias; de rostro amplio y redondo, como una torta recién cocida, tiene ojos vivarachos, ratoniles; es inteligente y siempre sonríe, pues gusta de bromas; cuando habla es difícil de entender, porque apenas articula las palabras, y le agrada jugar con los vocablos dándoles un sentido insólito; su aspecto bonachón oculta un corazón recio y una voluntad decidida, y se considera capacitado para ocupar un puesto más elevado en la corte; sabe mandar a los soldados y esclavos de la guarnición tal como se requiere de él.

Mariamme se esfuerza por obtener información, incluso recurre a destacar que es la esposa favorita del rey, pero Soemo se niega a revelarle cualquier noticia y se limita a responder que nada sabe de lo que está ocurriendo en Rodas.

La reina insiste e insiste. Machaconamente, como la rueda de un molino, va triturando la resistencia del carcelero, hasta que este decide hablar.

—El rey está muy enamorado de ti —le dice a Mariamme—. Antes de zarpar hacia Rodas me dio la orden de que si Octavio decidía ejecutarlo, yo no debía permitir que fueras la mujer de otro hombre. Dado ese caso, tendría que matarte, pues él no podría soportar que otro disfrutara de tu celestial belleza.

—¿Es eso cierto?

—Como que el día sucede a la noche. Me ordenó que si él moría, yo debía matarte para así estar los dos juntos en el otro mundo.

—Agradezco tu sinceridad. —Mariamme, horrorizada, se muestra fría como un témpano de hielo—. Ahora sí veo cómo es el amor que tu amo siente por mí.

La reina se retira a sus aposentos para contar a su madre la revelación de Soemo.

—No veo en esa orden de tu marido ninguna prueba de amor hacia ti, sino una muestra de su barbarie —replica Alejandra muy indignada con la voz quebrada por la rabia—. Si tú mueres por la espada del verdugo, yo caeré ese mismo día, y todo por la crueldad de un tirano.

—Madre, la imagen de ese verdugo será la que me acompañe desde ahora y durante todos los días que dure esta reclusión.

—Aguarda un momento. ¿Y si Octavio perdona a Herodes? ¿Qué será entonces de nosotras? ¿Volverías a compartir tu lecho con un hombre así? —pregunta Alejandra.

—No, no creo que fuera capaz de hacerlo.

—Recuerda a tu hermano Aristóbulo, ahogado en aquella alberca de Jericó, y a tu abuelo Hircano, también ejecutado. Herodes es el asesino de nuestra familia. No deberías acostarte con un criminal de su calaña, ni siquiera sonreírle ni mirarlo a la cara.

—Tienes razón, madre. Nunca podré volver a intimar con él. Ojalá Octavio acabe de una vez con mi esposo..., aunque a mí me cueste también la vida.

El revuelo desatado en Jerusalén es tremendo. Herodes regresa de Rodas con la ratificación de la realeza en su mano. Agentes desplegados por Eurimedonte vocean por toda la ciudad que el rey vuelve con toda su majestad intacta. Ya nadie puede discutir que es el legítimo soberano de Israel, dueño efectivo del poder y amo absoluto del reino.

Su primera orden es que dos mensajeros acudan a las fortalezas de Masada y el Alexandreion para informar a las mujeres sobre la buena nueva de Rodas, y a la vez que las conduzcan a Jerusalén. Quiere celebrar su dicha con un gran banquete, que se prepara mientras su madre vuelve de Masada y su esposa Mariamme y Alejandra llegan desde el Alexandreion.

Asisten al convite todos sus familiares, los miembros del Consejo del reino y los funcionarios de más alto rango. Desde el estrado erigido para el rey, Herodes relata con pausada delectación y minuciosa calma su viaje a Rodas, el encuentro con Octavio y su renacida amistad. Detalla con precisión de fino orfebre cada uno de los aspectos tratados con el dueño de Roma, y acaba mostrando un pergamino en el que se ratifica su condición de rey de los judíos.

Durante el banquete todos los invitados manifiestan muestras de alegría por lo sucedido, e incluso Alejandra, siempre tan arisca y contrariada, parece satisfecha.

La fiesta se alarga. Herodes va cumpliendo años, ya sobrepasa los cuarenta y tres, y necesita descansar. El viaje y la tensión lo agotan un tanto, pero al ver a Mariamme se acrecienta el deseo de poseerla, pues hace ya algunas semanas que no disfruta de su favorita.

—Se acabó la fiesta —alza la voz Herodes—; todo el mundo a sus aposentos.

Coge de la mano a Mariamme, la mira lascivo y la arrastra hacia sus estancias reales. Arde en deseos de tenerla en sus brazos. Mientras avanza por los pasillos de palacio no deja de acariciar su trasero prominente y de palpar sus rotundos pechos.

—Que nadie nos moleste —ordena a su escolta antes de cerrar la maciza puerta de gruesos tablones y pasar los dos cerrojos de hierro.

Entonces, ya solos, comienza a abrazarla y a besarla en el cabello, en el cuello, en el rostro, en los labios..., pero Mariamme no reacciona. Permanece impasible, inmóvil y fría como una estatua de mármol. No muestra rechazo a su esposo, pero tampoco da síntomas de aceptar sus zalemas.

Las manos del rey buscan la intimidad de la reina, levantan su túnica, llegan al pubis, lo acarician buscando el estímulo y la humidificación de la mujer, pero esta sigue sin ofrecer respuesta alguna a las incitaciones de su marido.

Tras varios intentos, el rey se aparta del cuerpo de su esposa. Una ráfaga fugaz trae a su espíritu un viento cargado de celos. ¿En quién está pensando Mariamme para mostrarse tan gélida y distante? ¿Qué ocurre para que tras una ausencia tan pronunciada sea ignorado su requerimiento amoroso de semejante manera?

Su reacción es extraña, inaudita. Una mujer tan fogosa y ardiente no puede mostrar una actitud tan indiferente a los estímulos en su sexo.

—¿Has tenido alguna visita no prevista en el Alexandreion? —pregunta Herodes directamente.

—Nadie puede entrar en esa fortaleza sin tu permiso o sin el consentimiento de tus carceleros —replica Mariamme.

—¿Dónde está tu corazón? Dime, ¿dónde? —Herodes vuelve a intentar el masaje con sus dedos, pero la rigidez, frialdad y silencio de la reina son más que elocuentes—. Está bien. Si no quieres —Herodes le baja la túnica—, al menos deja que te cuente mi viaje a Rodas.

—Ya lo has hecho durante la cena.

—Me refiero a detalles que solo quiero que conozcas tú.

—No me interesan.

—¿No quieres saber nada más de mí? Callas. Alguien te ha seducido durante mi ausencia. ¿Es eso? Sí, es eso. Hay otro hombre en tu corazón. Lo presiento. Tienen razón los esenios cuando afirman que la castidad y la continencia son virtudes imposibles para las mujeres. Dime quién es ese hombre.

Herodes sujeta por los hombros a Mariamme y la zarandea. Alza una mano y amenaza con cruzarle el rostro, pero se detiene.

—No hay nadie. Nadie —musita la reina.

El rey duda si penetrarla a la fuerza o golpearla con toda su energía. Siente una atribulada y explosiva mezcla de pasión, celos e inmensa furia por el rechazo al que está siendo sometido por una mujer. Su mujer. Él, el rey.

—Está bien. ¡Fuera de mi vista! Quedarás recluida en tu cámara hasta que decida qué hacer contigo.

Descorre los cerrojos, abre la puerta y encomienda a los guardias que escolten a Mariamme hasta su estancia, que la mantengan vigilada y que no le permitan salir bajo ningún concepto.

En los días siguientes Herodes no deja de pensar en Mariamme. Sensaciones contradictorias se agolpan en su ánimo. Vacila entre castigar con la máxima dureza a su esposa o tratar de convencerla de que las cosas han de tornar a ser como antes. El edén o el averno.

Al fin decide no castigarla. Ahora no le importa el dolor que pueda sufrir ella, sino el que va a sentir él mismo.

Los banquetes se suceden cada semana, regularmente, pero a ninguno de ellos asiste Mariamme.

A Cipro no le pasa desapercibida la tristeza reflejada en el rostro de su hijo, y, pese a ser mujer de pocas palabras, decide hablar con él.

Una tarde, mientras los miembros de la corte escuchan el placentero tañer de liras y cítaras acompañadas por el dulce sonido de los caramillos en uno de los patios de palacio, Cipro toma a Herodes por el brazo y se retira con él a un rincón que se presume discreto.

—Hijo, sabes que tengo por ti una mezcla de amor, cariño y respeto; por eso siento en mi interior una intensa preocupación. Por lo que contaste al regresar de Rodas, deduzco que tu actitud melancólica no se debe a una cuestión de Estado, pues todo parece discurrir en orden y sin demasiados problemas. Por tanto, lo que te atormenta tiene que ser otra cuestión. Soy tu madre, y te ruego que me lo digas para poder ayudarte.

Herodes se sorprende por las palabras de Cipro.

—Nunca te ha interesado mi estado de ánimo, ¿por qué ahora sí?

—No quiero verte sufrir.

—No me pasa nada —dice Herodes con firmeza apartándose de su madre.

—No es cierto. Sé bien cuándo tiene alguna pena un hijo al que he llevado nueve meses en mis entrañas.

—Te he dicho que no es nada.

—Está bien, si no quieres hablar, guárdalo para ti; pero eso no mejorara las cosas, todo lo contrario.

Al rey no le agrada esa conversación, por lo que decide abreviarla y quitarse el agobio que le está produciendo su madre.

—De acuerdo. Sospecho que Mariamme ha estado, o al menos ha pensado, en otro hombre durante mi ausencia.

Para Cipro, escuchar el nombre de su nuera es como nombrar a una alimaña. La aborrece desde hace tiempo, desde que su hijo abandonó a Doris porque ella sedujo a Herodes de malas maneras; su hijo sabe que es un odio que comparte con su hermana Salomé.

—Ignoro si es cierta tu sospecha, pero esa mujer es una verdadera víbora. Nunca te lo había dicho hasta ahora. Debes saber que tu segunda esposa desprecia a todos los miembros de nuestra familia. Sé que la amas, lo que no comprendo dada su maldad y su inquina hacia nuestro linaje. ¿Te ha contado Salomé las penas que pasamos en Masada la primera vez que nos dejaste allí con ella y con su madre Alejandra?

—Supuse que no era otra cosa que celos y disputas banales entre mujeres.

—¿Disputas banales? Tu esposa nos insultaba y nos despreciaba a diario, se mostraba altiva, sin la menor consideración hacia mí y hacia Salomé. Alardeaba constantemente de su aristocrática nobleza, de su alto linaje, del rango real de su familia asmonea, de la majestad de su estirpe, mientras nos tildaba de bajas, plebeyas, despreciables idumeas, criadas deshonestas y siervas sin honor. Ella, la culta, la inteligente y la brillante, siempre por encima de nosotras, las humilladas, las serviles, las rastreras.

—No debió trataros con tanta falta de respeto —musita Herodes.

—Eso no es todo. Siempre hemos sospechado que fue esa serpiente venenosa, y no Alejandra, quien ordenó que le fuera enviado a Antonio un retrato suyo y otro de su hermano. ¿Imaginas por qué? Creo que pretendía seducir a tu amigo romano para conseguir sus perversos propósitos.

—¿Mariamme, infiel?

—¿Acaso no te lo has preguntado a ti mismo hace un momento? ¿Imaginas qué hubiera pasado si los torcidos requerimientos de tu esposa hubieran sido atendidos por Marco Antonio? Serías un real cornudo y el hazmerreír de todo Oriente. Aunque, ¿quién te asegura que durante estas semanas encerrada en el Alexandreion no han visitado su cama otro u otros hombres?

Cipro no siembra en balde su cizaña. El rey está sumido en la duda, cuando un correo trae una noticia de Egipto que hace que todo se precipite: Octavio vuelve a derrotar a Marco Antonio y a Cleopatra en Egipto. La victoria del hijo adoptivo de Julio César es total.

Mil imágenes pasan en un abrir y cerrar de ojos por su mente:

los buenos momentos vividos con Antonio, la amistad perdida, muchos malos recuerdos de Cleopatra y la pasión nunca satisfecha, la nostalgia melancólica de presenciar el final de una época, y la sensación de estar viviendo el comienzo de un tiempo nuevo.

Herodes comienza a sonreír de repente. Los cinco mil soldados enviados en ayuda de Octavio en esta última batalla le garantizan aún más la amistad del vencedor y refuerzan su posición como rey de Israel.

Los dos amantes están muertos. Antes de caer en manos de Octavio, Marco Antonio se clava en el pecho su propia daga. Algunos dicen que no muere al instante, sino que sobrevive el tiempo suficiente para exhalar el último aliento en brazos de Cleopatra. La reina no quiere ser exhibida como trofeo de guerra en Roma, y también se suicida; unos dicen que dejándose morder por un áspid y otros, que ella misma se inocula el veneno en las venas con una cánula.

Al rey de Israel le interesa poco cómo ha muerto su odiada Cleopatra. Lo que en verdad le importa es que a esa hora su espectro y el de su antiguo amigo Antonio están ya al otro lado de la laguna Estigia, que Egipto es tierra romana y no invadirá Israel, que el mundo solo tiene un amo y que ese amo es su amigo y aliado. Su nueva apuesta triunfa y quiere aprovecharlo.

Las cuitas domésticas pasan a segundo plano. Le conviene ir al encuentro de Octavio, pues este decide ir por tierra desde Egipto hasta Asia, y pasar por tanto cerca de Jerusalén. Es obligado felicitar al vencedor, acogerlo con todos los honores a su paso por Israel, reiterarle su lealtad y recordarle oportunamente la ayuda prestada en la guerra con los cinco mil soldados judíos.

Herodes anda preparando la recepción de Octavio, cuando recibe la inesperada visita de Mariamme.

—¿Qué quieres ahora? —le pregunta con tono displicente.

—Vengo a pedirte un favor.

—¿Uno más de tus caprichos?

—No te pido nada para mí, sino para Soemo, tu fiel servidor.

—¿Qué tiene que ver Soemo contigo?

—Le debo mucho por sus cuidados cuando me tuviste presa en la fortaleza, el Alexandreion. Creo que es un buen hombre, eficaz y leal a tu persona; merece ocupar un puesto más elevado.

—Me extraña que solo rompas tu silencio para recomendar que ascienda a ese hombre.

—Te será más útil en puestos de mayor responsabilidad.

—Al regreso de mi encuentro con Octavio me ocuparé personalmente de que Soemo obtenga un premio acorde a sus méritos. Lo consideraré.

Pese al rechazo de Mariamme, Herodes sigue apasionado por ella. La abraza por la cintura y la besa, pero ella se aparta una vez más. Herodes se muerde la lengua y se retira.

El reencuentro con Octavio es muy satisfactorio. Herodes consigue de nuevo el dominio sobre Jericó, revocando así la concesión realizada por Marco Antonio a Cleopatra. ¡Qué inmenso placer le causa recuperar la ciudad de las palmeras! ¡Qué deleite contemplar la cara de amargura de la reina..., pero ya no vive! No puede verla, pero tal vez sí puede su fantasma en el Hades contemplar su rostro alegre y triunfal, lo que le añadirá pena sobre pena.

Herodes acompaña a Octavio en todo su recorrido. Escoge el camino hacia el norte por la costa de Israel hasta la ciudad de Antioquía, donde se separan. Mientras regresa a Jerusalén desde Siria, el rey no deja de pensar en su bella esposa asmonea, sumido en la zozobra que lo consume. Ojalá reflexione y vuelva a comportarse como la esposa de antaño, o que se atenga a las consecuencias.

21

Celos

De vuelta a Jerusalén el rey sigue pensando continuamente en Mariamme.

Nada cambia. Sus deseos de poseerla físicamente, a pesar del continuo e inesperado rechazo, siguen vivos. No puede dejar que pase un instante sin pensar en la voluptuosidad de su cuerpo, en su preciosa piel de seda, como cera finísima, y en sus hermosos ojos azules, en su bellísima cabellera rubia ondeando suavemente en la brisa de un atardecer apacible. Su orgullo de varón le hace confiar en volver a seducirla.

A mediodía, su hora predilecta, la llama a sus aposentos.

La reina se presenta ante su esposo, pero su rostro no demuestra un pensamiento amigable. Todo lo contrario; su adusta mirada demuestra a Herodes que no se siente feliz de volver a su lado.

—De ninguna manera deseo acostarme contigo —le dice Mariamme bruscamente sin que el rey ni siquiera abra la boca.

—Mi voluntad es que te unas a mí, como corresponde a tu rango de esposa favorita.

—Veo cómo me miras, pero nada quiero saber de ti.

—La expresión de tu rostro te delata, pero debes obedecer; eres mi esposa y yo soy tu rey.

—Lo sé.

—Cumple con tu deber de esposa.

—No. —Mariamme se aparta de su marido alejándose al lado opuesto de la habitación.

—Ven aquí. ¡Ahora mismo!

—¿Piensas que voy a compartir tu lecho con todo lo que ha pasado? —La voz de Mariamme suena amarga y furiosa—. ¿Acaso Dios te ha dado un corazón de piedra? ¡No tienes idea de cuánto me has hecho sufrir!

—No entiendo. ¿Por qué me rechazas de este modo? ¿Te molesta que haya triunfado y haya ganado la amistad y la confianza de Octavio? Deberías estar contenta por mis éxitos, por haber recuperado la tranquilidad para Israel, por haber logrado la devolución de Jericó y por seguir sintiendo cariño hacia ti. Guardas silencio. ¿Nada tienes que decir? Nada he hecho que no fuera dirigido a lograr tu felicidad.

—¿Cómo puedes decir eso? —Mariamme rompe con furia su silencio—. ¿Cómo puedes decir que me amas aún, cuando has sido capaz de asesinar a mi hermano, a mi venerable abuelo y a un fiel administrador como José?

Herodes calla contrariado por las acusaciones directas de su esposa.

—Soy el padre de tus hijos —replica tras un largo silencio—. Además, tus recriminaciones son falsas: lo de Aristóbulo fue un accidente, Hircano murió de viejo y José fue condenado legalmente por mala administración. ¡Estás radicalmente equivocada!

—Eres el monstruo que me ha dejado preñada; nada más.

—Olvida un pasado erróneo y ya inevitable.

—¡Cuán desvergonzado eres! ¿Cómo podría acostarme con un asesino, con el hombre que dio orden de matarme y también a mi madre en caso de que no saliera bien su trato con Octavio?

Al oír estas palabras, Herodes reacciona como una fiera acorralada y salta sobre Mariamme, a la que sujeta por el cuello con la intención de estrangularla. Aprieta y aprieta hasta que la mujer parece desvanecerse y estar a punto del colapso, o incluso de la muerte. Herodes lo advierte y aparta sus recias manos del débil cuello de su esposa, que se inclina sobre una mesa y tose intentando recuperar el aliento.

—¡Ahora lo sé! —Herodes grita con un rugido feroz—. Acabo de darme cuenta de quién ha sido el que se ha acostado contigo en mi ausencia. ¡Soemo! Ese cerdo es el que ha gozado de ti. Por eso me pides que ascienda a tu vigilante —Herodes recalca cada sílaba de esta última palabra—. ¿Por qué, si no, pedirías privilegios para tu carcelero? —Herodes brama como un toro, camina de lado a lado de la sala, se acerca a Mariamme, amenaza con golpearla con los puños, se aleja, vuelve, se convulsiona de ira.

—¿Qué estás diciendo? —pregunta Mariamme todavía intentando recuperar la voz tras el conato de estrangulamiento.

—¡Soemo! Ese bastardo traidor... Has tenido que ser tú la que lo ha seducido, porque si por él fuera nunca se hubiera atrevido a mancillar mi honor. ¡Tú!, vil ramera, tú eres la que ha yacido con ese cerdo velludo y gordo, el itureo... Sí, es él con el que te has revolcado entre sus sucias sábanas. Ya he descubierto a tu amante.

Herodes se lanza de nuevo sobre Mariamme, que pide auxilio desesperada, creyendo que llega la hora de su muerte.

—¡Socorro! —La reina consigue esquivarlo y se refugia tras dos eunucos que entran en la sala alertados por los gritos.

—Llevaos a esta zorra de aquí. ¡No quiero verla nunca jamás! ¡Fuera! Fuera antes de que la estrangule con mis propias manos. Encerradla en prisión antes de que le arranque la piel a tiras.

Ese mismo día Herodes manda venir a Soemo a Jerusalén.

En cuanto llega, es sujetado por los guardias. El comandante del Alexandreion queda asombrado. Nada ha hecho contra el rey, pero conoce a su amo y sabe que está perdido. El fiel servidor de Herodes apenas puede despegar los labios, cuando varios guardias lo llevan medio a rastras a presencia del monarca, que lo mira con desprecio, le escupe a la cara y se limita a sentenciar:

—Cortadle la cabeza; ¡ahora y aquí mismo!

Días de angustia se ciernen sobre el palacio real. Toda la corte está apesadumbrada. La sangre no empapa la tierra de los campos de batalla, sino las losas de los aposentos reales.

Salomé es la única que se mantiene firme y fría, mientras observa con interés los acontecimientos que se suceden en la corte.

Hace ya tiempo que espera, desde aquellos lejanos días en Masada, que su enemiga y cuñada Mariamme cometa un desliz; y parece que lo ocurrido con Soemo lo es, y muy grave. De todo acaba uno enterándose en la corte.

Pasados unos días, y al repasar el tiempo vivido cerca de Mariamme, la hermana del rey comienza a dudar de que la infidelidad de la esposa de su hermano sea cierta, pues no parece en absoluto propio de ella. Es verdad. Pero... ¡qué importa! La venganza no entiende de sentimientos. ¿Qué más da si su cuñada es culpable o no de adulterio? Llega por fin el momento de desquitarse de las afrentas y desprecios ocasionados durante años por esa mujer.

El talante frío y calculador que Salomé muestra exteriormente se convierte en un volcán de pasión en su interior. En estos años pasados ha aguantado por temor a su hermano, pero ahora no va a moderarse. Al contrario, agita las aguas contra Mariamme, a la que desea ver cuanto antes expulsada de la corte, humillada e incluso muerta. La favorita cae al fin en desgracia. ¡Sin el amparo del rey, la asmonea está perdida!

Salomé disfruta sabiéndola encerrada en una mazmorra. Ahora es ella la que ríe, la que triunfa, la que al final se alza con la victoria en la silenciosa batalla que vienen librando desde hace años.

Su cabeza es un mar en ebullición. Llama al copero real, un tipo de origen idumeo como ella, y le dice:

—Harás lo que voy a pedirte sin explicaciones ni dudas. Irás a ver al rey, mi hermano, y le dirás que su esposa Mariamme te había ordenado que prepararas cierta bebida para él. Si Herodes te pregunta por el tipo de bebida, le dirás que lo ignoras, porque ella tenía los ingredientes y no te ha dicho cuáles eran. Si vuelve a preguntarte no respondas, baja la cabeza y niega saber nada más al respecto.

—Pero mi señora...

—Haz lo que te digo —le ordena con fiereza y le ofrece una bolsa—. Estas monedas te ayudarán a pasar este trago, y habrá más, pues conoces bien que soy generosa cuando es necesario.

Medio muerto de miedo, el copero cumple la orden de Salomé. El rey se muestra interesado en lo que le cuenta e insiste en obtener más información, a lo que el copero responde una y otra vez, temblando como un conejillo:

—No sé nada más. Te lo juro, oh rey, no sé nada.

Herodes llama entonces a los dos eunucos que atienden a Mariamme y les hace las mismas preguntas que al copero. Los dos niegan saber algo de ese asunto de la bebida y mucho menos de qué está compuesta.

El rey no los cree y ordena que sean sometidos a tormento. Tras un rato en el potro, uno de los eunucos responde entre gemidos algo ya conocido:

—Mariamme odia al rey, y no hay día que no lo maldiga por la muerte de su hermano y de Hircano.

Herodes, personado ante el potro, quiere saber si Soemo y Mariamme son amantes. El eunuco se limita a decir entre gritos desgarradores:

—Juro que solo sé que hablaban mucho, pero nada más.

El rey convoca al Consejo, al que invita a su madre Cipro, a su hermana Salomé y a su suegra Alejandra.

Inicia su discurso de manera nerviosa y precipitada:

—El Consejo tiene que saber que mi esposa Mariamme me ha sido infiel con el traidor Soemo, al que ya mandé ejecutar por su deslealtad. Además, ha intentado librarse de mí con filtros y bebidas mágicas emponzoñadas con veneno.

—¿Por qué iba a hacer eso tu esposa, mi señor? —pregunta un consejero convenientemente aleccionado por Eurimedonte.

—Piensa que soy el culpable de la muerte del sumo sacerdote y del etnarca, y quería vengarse; pero bien sabe el cielo que nada tuve que ver en esas muertes.

Mientras habla su hermano, Salomé observa a Alejandra, que no despega sus labios en defensa de su hija Mariamme. Algo extraño está pasando, porque no pide aclarar algunas imprecisiones ni disipar falsas sospechas.

El rey prosigue su brutal y rabioso alegato contra su esposa, mientras Alejandra supone con razón que su hija está condenada de antemano y que es inútil cualquier intento de defenderla. Se sabe sola e incapaz de reunir ayuda para oponerse a su yerno. No tiene apoyos en Israel: Cleopatra y Antonio están muertos; y partos y nabateos no parecen tener apetencias de causar nuevos problemas a Herodes. Alejandra se rinde y su fortaleza interior se desploma definitivamente. No le queda más que tratar de cuidarse a sí misma de la mejor manera posible. Solo los jóvenes no encuentran inconveniente en ofrecer su vida por sentimientos que con el tiempo se manifiestan vanos. Es demasiado mayor para enfrentarse a la furiosa corriente del río, cuyas aguas tumultuosas conducen su vida, y apenas desea otra cosa que aferrarse a ella en la medida que pueda.

Cada vez piensa menos en ese viejo anhelo de justicia para con su hijo asesinado ni en vengar a los muertos de su linaje por orden de Herodes. Lo único que le preocupa es su salud y salvación, es decir, ella misma. El instinto de supervivencia la mantiene viva, instinto animal, primitivo, que la ayuda a soportar la angustiosa vida en la corte. Vivir, solo vivir es lo importante. ¿Quién es capaz de asegurar que en el más allá impera siempre la justicia? ¿Quién puede garantizar que Dios es el escudo ante la muerte y ante el Sheol, el lugar donde reside el olvido? ¿Acaso alguien regresa desde allí para contar que Dios va a restaurar el orden, la falta de justicia en este mundo?

Mientras Alejandra sigue sumida en sus pensamientos, finalmente tan centrados en ella misma, Herodes acaba su discurso de acusación pidiendo la pena de muerte para su esposa.

—Ha quedado probada la infidelidad de la reina Mariamme para con su esposo nuestro rey Herodes. Que alcen la mano los miembros del Consejo que consideren que la reina es rea de muerte —proclama la voz del secretario.

Ni siquiera en este terrible momento Alejandra se manifiesta en defensa de su hija. Con los ojos bajos y el rostro serio, asiente y alza la mano a favor de la sentencia condenatoria.

Se oye una voz; es la de un anciano prudente y reconocido, antiguo tribuno del ejército real.

—Mi rey, la sentencia de muerte es justa, sin duda, pero no creo que sea conveniente ejecutarla de inmediato, pues quizá

Roma tenga algo que decir. Te ruego que la destierres y la pongas a buen recaudo en alguna otra fortaleza, y que consultes con Octavio sobre cómo proceder.

En realidad, el anciano no pretende que se pronuncie Octavio, sino salvar a Mariamme.

—Estoy de acuerdo con esa propuesta, pero espero la opinión del Consejo —asiente Herodes, que espera se apruebe el retraso en la ejecución, porque sigue amando a su esposa.

Salomé cae en la cuenta de que demorar el cumplimiento de la sentencia puede significar su postergación sin límite. No puede admitirlo, pues siempre cabe la posibilidad de revocarla. Decide intervenir.

—Lo que propones —se dirige al anciano— no es en absoluto conveniente. Deberías conocer bien al pueblo. ¿Te has preguntado qué pensará la gente cuando se entere de que la nieta de Hircano ha sido condenada a muerte, pero sigue viva porque no se cumple la sentencia? Creerán que no nos atrevemos o que queremos dejar que escape o que no somos capaces de imponer la justicia. En ese caso, quizá se desaten revueltas. Por otra parte, esperar la opinión del dueño de Roma resulta improcedente, pues se trata de un asunto interno, por lo que Octavio ni siquiera debe intervenir. La ejecución debe ser inmediata.

Herodes, sorprendido por la energía y contundencia de la intervención de su hermana, mira a su madre. Cipro, que también sufre el desprecio de Mariamme, deja claro con un gesto que está de acuerdo con Salomé. Es suficiente.

—No hay más que discutir —interviene Herodes—. La reina será conducida al suplicio mañana al amanecer y será ejecutada conforme ordena la Ley.

Herodes no permite que esa noche visiten a Mariamme, ni siquiera su madre. La esposa infiel debe purgar su pecado en la soledad más absoluta.

Cuando la luna completa el dibujo de su arco en el nocturno cielo y se anuncia la terrible aurora, el cadalso de madera está ya levantado en uno de los patios de palacio, cerca del gineceo. Los verdugos colocan una escalera de cuatro peldaños que permiten acceder al tablado, que comienza a iluminarse con las luces frías y plomizas del alba.

Por una esquina del patio aparece media docena de soldados que escoltan a la reina sumida en un tenso silencio.

Alejandra, mezclada entre las gentes de palacio que asisten curiosas a la ejecución, realiza un extraño movimiento. Se adelanta unos pasos, se coloca delante de la infausta comitiva, alza los brazos y grita dirigiéndose a su hija:

—¡Cuán ingrata y malvada has sido con tu marido! ¡Qué desleal con el hombre que tanto te amaba! ¡Qué mal has obrado con tu esposo! No has sabido reconocer los enormes beneficios que de él has recibido. Te has revuelto como una alimaña contra quien te ha hecho tanto bien. Tu condena es justa. Yo proclamo que nada sé de los asuntos que te arrastran a la muerte y te repudio como hija.

De pronto, como en un arrebato imprevisible, Alejandra se lanza sobre Mariamme, le tira de los cabellos y le arranca algunas guedejas antes de que los guardias puedan evitarlo.

La reina, cual oveja desvalida conducida al matadero, calla. Ni siquiera se defiende del ataque de su madre ni le reprocha su actitud ni tuerce la cabeza ni se queja. Se mantiene digna y serena, con la actitud propia de una reina, y sigue caminando hacia el patíbulo mientras un soldado sujeta a la enloquecida Alejandra.

Todos los presentes sienten gran vergüenza ante lo que están viendo. A nadie se le escapa que lo que pretende la mujer con esa comedia bufa es congraciarse con su yerno y salvar el pellejo. La escena provoca bochorno.

Salomé se mantiene en un rincón del patio, desde donde disfruta de la representación, y siente aumentar su dicha ante la actitud ridícula de Alejandra. ¡Cómo se alegra al ver a su gran enemiga subir los cuatro escalones del patíbulo!

El verdugo, armado con una enorme hacha y con el rostro cubierto con un paño negro, indica a la reina que se ponga de rodillas y apoye la cabeza sobre un poyete de madera. Con sus propias manos retira la camisola del cuello y alza el hacha esperando la orden. Un gesto del rey es suficiente.

Basta un solo golpe, certero y brutal, para cercenar la cabeza de la hermosa asmonea, que rueda por el suelo a la vez que la tarima se empapa de sangre.

—Sacadla de aquí y arrojadla a una fosa común —ordena Herodes a los guardias—; que nadie pueda identificar su cadáver.

Apenas un puñado de personas derrama unas lágrimas por la reina.

El recuerdo de Mariamme sigue vivo en palacio. Pasan las semanas, y Herodes mantiene viva la pasión por su esposa. Todas las noches, cuando se acuesta en su lecho vacío, desliza la mano por las sábanas para comprobar si la muerte de su amada es solo un sueño, y espera que ella esté tumbada a su lado.

Día a día, lejos de olvidarla, evoca con más intensidad los momentos felices vividos juntos: las visitas desde Galilea a Jerusalén tan solo para verla, las excitantes noches de amor, los hijos en común, los paseos por los palmerales de Jericó y los baños en su estanque... No quiere recordar los malos momentos, pero de vez en cuando siente un conato de vómito, que interpreta como un síntoma de remordimiento, tardío e inútil, pues nada puede resarcir la muerte de Mariamme.

Hasta entonces ni siente ni se arrepiente de la pésima suerte de hombres y mujeres muertos por él mismo o por una orden suya; pero la de su esposa le reconcome las entrañas, le hace temblar los músculos y le provoca espasmos que no puede eludir.

Desea ser como Dios para lograr que el tiempo corra hacia atrás y para que cada noche aparezca en el umbral de su dormitorio la rubia cabellera de Mariamme. Algunas madrugadas se despierta delirando, llama a los criados que hacen guardia a la puerta y les ordena que la traigan a su presencia. Cae en la cuenta de su locura y se revuelca entre las sábanas penando su amargura infinita.

Los criados llevan a su lecho hermosas concubinas para que consuelen sus ardores varoniles, pero todas son rechazadas. Ni la más preciosa desnudez femenina provoca en él sensación alguna.

Celebra opíparos festines con la mera intención de olvidarla.

Suelen alargarse hasta bien entrada la madrugada, pero cuando se retira a su aposento vuelven los fantasmas a su cabeza. Organiza partidas de caza, durante las que derrocha todas sus fuerzas para conseguir agotarse hasta el extremo y desplomarse rendido por el sueño. Ni aun así logra olvidarse de Mariamme cuando cae extenuado sobre el lecho.

Todas las mañanas se ocupa de los asuntos de Estado, que tampoco logran concentrar su atención, pues su mente sigue cautiva de una hermosa sombra de cabellos rubios y formas voluptuosas.

Cierto día cunde el pánico en Jerusalén. No se trata de un ataque de los partos ni de una rebelión de los descontentos. Se declara una epidemia de peste.

Decenas de personas mueren cada día, entre ellas algunos amigos del rey. Por las callejuelas de Jerusalén comienza a correr el rumor de que aquella terrible enfermedad no es más que un castigo divino por sus pecados, en especial por haber consentido la ejecución de una mujer inocente.

Herodes decide, por consejo de sus médicos, retirarse del foco principal de la epidemia y se traslada a Jericó. Allí los recuerdos vuelven en penosa tromba, sobre todo los lamentos de Mariamme por la muerte de su hermano Aristóbulo. Por la noche, en el silencio del palmeral, solo interrumpido por el leve chapoteo del agua en las fuentes y albercas del palacio, atruena en su cabeza el chasquido del cuello de su esposa cercenado por el hacha del verdugo.

A los pocos días, Herodes cae enfermo. La tensión acumulada estalla y lo postra en el lecho. No es la peste, sino una misteriosa enfermedad que los médicos de la corte tratan con medicamentos y pócimas llegados de Egipto, que no provocan ningún efecto.

El rey sufre día y noche alta calentura, dolores en la nuca y espasmos en la espalda, que no le permiten ni un instante de descanso.

Su madre no lo abandona ni un momento. Es tiempo de estar junto a su hijo, cuya indómita fortaleza comienza a abandonarlo. Como los medicamentos no causan mejora alguna, Cipro ordena que los retiren. Ella misma se encarga del cuidado de Herodes, aplicándole paños fríos en la frente y nuca, esperando que la naturaleza siga un curso favorable, a la vez que impetra el favor de la voluntad divina.

La enfermedad del rey se conoce pronto en Jerusalén, donde se reúnen los miembros del partido asmoneo, que en la clandestinidad siguen esperando el regreso de su linaje al trono de Israel.

Alejandra, que permanece recluida en palacio y vigilada por los guardias de Eurimedonte, tiene prohibido salir de sus aposentos, pero conoce por algún criado fiel lo que bulle en los conciliábulos de la ciudad.

Aprovechando que Eurimedonte sale de Jerusalén para visitar a Herodes en Jericó, y no sin entregar una buena bolsa de monedas, la madre de Mariamme consigue que los guardias que la custodian miren hacia otro lado y dejen pasar a sus aposentos a media docena de cabecillas del partido asmoneo, que se reúnen con Alejandra en secreto.

No está prohibido visitarla, siempre bajo vigilancia y previa notificación del nombre del interlocutor, pero en esta ocasión y en ausencia del jefe de la policía, el oro consigue que se haga caso omiso de esa norma, y nadie anota los nombres de los visitantes.

—Señora —habla Yohanán, el más anciano del grupo—, parece que ha llegado la hora que tanto ansiamos desde hace tiempo. El tirano ha caído enfermo de una rara dolencia y, según comentan algunos, es probable que muera pronto. Ojalá el Señor, bendito sea, nos libre de esta calamidad.

—¿Qué más noticias traéis? —pregunta la suegra del rey, mostrando cierta indiferencia.

—Totalmente nuevas no son, pero se dice que su enfermedad es incurable y se insiste en que es cuestión de tiempo que se produzca su muerte. Venimos a preguntarte qué has pensado hacer en ese caso.

—No pienso hacer absolutamente nada —responde, ceñuda y seca, la anciana Alejandra.

—¿Cómo? —se sorprende el viejo Yohanán, que mira a sus compañeros con expresión atónita.

—Tengo suficientes años y sobrada experiencia como para no engañarme con ilusiones vanas.

—La posibilidad de que muera el tirano no es una ilusión.

—En cualquier caso, no contamos con apoyos suficientes como para recuperar el trono de Israel. La hora de los Asmoneos ha pasado ya. ¿Acaso no veis con vuestros propios ojos mi decrepitud?

—Aún podemos luchar por los derechos de tu familia.

—Lo haré por los derechos de Aristóbulo y Alejandro, los dos hijos de Mariamme. Pero no moveré un dedo en mi favor.

Alejandra habla en serio y tiene un plan en su mente.

—Señora, siempre fuiste una luchadora y la mejor defensora de los derechos de tu linaje, pero los hijos de la llorada reina Mariamme también lo son de Herodes, por tanto no son Asmoneos de pura cepa, sino idumeos, como su padre. No estamos dispuestos a perpetuar en el trono de Jerusalén a la descendencia del tirano. ¡No es posible!

Intenta convencerla, pero Alejandra se mantiene firme y no acepta conspirar contra el rey ni contra sus nietos. Quizá, piensa, lo haga a su manera.

Tras despedirse del grupo, Alejandra pide permiso al jefe de la guardia para salir de palacio con la excusa de visitar a una amiga.

Acompañada de dos esclavos y embozada en una amplia capa, cubierta la cabeza y parte del rostro con un pañuelo, recorre un par de calles y se presenta en la fortaleza cercana al Templo, donde pide ser recibida por Aquiab, quien, además de comandante de la guarnición del fuerte, es pariente lejano de Herodes.

Jerusalén dispone de puertas, fortines, muros, barbacanas y dos fortalezas principales. Desde una de ellas se domina la parte de la ciudad junto al palacio real, y desde la otra se vigila la zona del Templo. Entre las dos se controla toda la ciudad. La que gobierna Aquiab es clave para la tranquila celebración de los sacrificios que se ofician en el santuario, pues los animales tienen que pasar necesariamente bajo sus muros. Sin el permiso de su comandante, es imposible llevar a cabo los ritos sagrados, fundamentales para el pueblo judío.

—Señora, me alegra verte por aquí. ¿A qué se debe tu visita? —Aquiab recibe a Alejandra un tanto sorprendido.

—Vengo con un importante propósito. Como sabes, el rey está muy enfermo y una funesta noticia puede llegar en cualquier momento. Si se produce el óbito, puede haber cierta inseguridad en las calles, por eso he pensado que lo más seguro para los hijos del rey es trasladarlos a esta fortaleza, y venir yo con ellos, para que dispongan de la mejor protección posible.

—¿Sospechas que alguien pudiera atentar contra los príncipes Aristóbulo y Alejandro?

—Pudiera ser. Y si eso ocurriera, tal vez alguien tenga la tentación de alzarse en armas para desestabilizar el trono, ¿quién sabe? Debemos guardar a la progenie real de todo peligro.

Aquiab mira con cierta desconfianza a la suegra de Herodes. No cree que sus palabras sean sinceras. Está al corriente de los pasados intentos de esa mujer para derrocar al rey y piensa que puede ser una trampa. Quizá Alejandra, aprovechando la enfermedad de Herodes, está tramando una treta para apoderarse de las fortalezas de Jerusalén, hacerse con el control de la ciudad y alcanzar luego el dominio de todo el reino de Israel.

—No puedo autorizar lo que me pides —dice Aquiab tras unos momentos de reflexión.

—¿Por qué no? Se trata de garantizar la seguridad de los herederos.

—No puedo conceder una licencia para la que carezco de competencia. Necesitaría una orden expresa del rey para dejar que os instalarais tú y tus nietos en esta fortaleza. Además, ¿no te estás precipitando al tomar una decisión tan importante? Es como si dieras por hecho que va a estallar una revuelta a gran escala. ¿Qué edad tiene nuestro rey? ¿Cuarenta y cinco años? Es fuerte como un cedro. Ha salido indemne de otras situaciones peores, y también saldrá de esta.

—Si ocurriera lo peor, la culpa caerá sobre tu conciencia —sentencia Alejandra, que se marcha contrariada a la segunda fortaleza, desde la que se controla el acceso al palacio.

En presencia de su comandante, la anciana repite el mismo argumento que ante Aquiab, y recibe casi la misma respuesta. Nadie en sus cabales se atreve a mover un dedo sin el permiso del rey.

Desde lo alto de la fortaleza cercana al Templo, Aquiab envía un mensaje a Jericó por medio de una paloma mensajera. Un jinete tarda quizá medio día en hacer ese recorrido, en tanto una paloma puede hacerlo en unas dos horas.

«De Aquiab al rey. Deseo que recobres la salud. Alejandra me ha visitado hoy, en esta fortaleza, y me ha hablado de su amor por sus nietos, tus hijos, y de la necesidad de salvaguardarlos aquí mientras dure tu enfermedad. La confianza del parentesco que nos une me permite decirte que, en mi opinión, los verdaderos propósitos de tu suegra son bien distintos: tomar bajo su control esta fortaleza, y luego todo lo demás. Espero tus órdenes. Salud».

Esa misma tarde la paloma llega a Jericó con el mensaje. Herodes, que nota ya síntomas de mejoría, lo lee, pero no responde a Aquiab. Llama a Eurimedonte, que está de visita en Jericó esa semana.

—Ya sabes qué hacer —se limita a decirle, y le ordena que regrese a Jerusalén de inmediato.

El jefe de la policía entiende a la perfección. Parte raudo a caballo esa misma noche; llega a Jerusalén poco después del amanecer tras recorrer sin descanso las veinticinco millas que separan ambas ciudades.

Acompañado por cuatro soldados se dirige a los aposentos de Alejandra. Llevan las espadas en la mano. Los guardias, los esclavos y los criados se apartan y les abren el paso al reconocer al jefe de la policía, que encabeza el grupo.

Irrumpen en el aposento donde se encuentra Alejandra, que al verlos aparecer intuye que no vienen precisamente a saludarla. La anciana se sobresalta y da un leve grito, pero enseguida recupera la calma.

Uno de los soldados se acerca a ella por detrás y la sujeta con fuerza. Ni siquiera es necesario atarla o taparle la boca. Alejandra asume que no tiene escapatoria posible. Se resigna a su suerte.

Mira con fiereza a Eurimedonte y le hace un gesto de desprecio, pero sin mediar palabra. Los soldados se la llevan en volandas a las mazmorras de palacio.

Apenas una hora más tarde, el verdugo tiene bajo el filo de su hacha el cuello de Alejandra, que no se resiste a la ejecución; al contrario, ofrece su cabeza estirando el cuello cuanto puede, para que el trabajo del ajusticiador sea más fácil y rápido.

El golpe limpio y certero cercena el cuello de la madre de Mariamme, y su cabeza rueda por el suelo dejando un fino reguero de sangre.

Ya no queda nadie vivo de la estirpe real de los Asmoneos. Alejandra es la última. Nadie de ese linaje puede hacer sombra a Herodes. Nadie puede reclamar el trono. Nadie.

22

La intriga

La sangre derramada de Alejandra parece tener efectos balsámicos, y Herodes se recupera de su enfermedad.

Regresa a Jerusalén y retoma sus actividades cotidianas, pero la ciudad no lo recibe como a su verdadero rey. Su carácter se torna más sombrío y agrio desde la muerte de Mariamme, y se agrava con lo que cree la última traición de Alejandra y las secuelas de su enfermedad. Su alma se vuelve tenebrosa, ve enemigos y conspiradores en todas partes y mira con recelo a cuantas personas pululan a su alrededor.

Sospecha de todos y de todo, y navega en un mar de sentimientos confusos y contradictorios. Quiere ser fiel y afectuoso con sus amigos y creer en ellos, pero muchos lo ven ya con otros ojos. No pocos se sienten inseguros dadas las repentinas furias del rey. Parece difícil que perdone cualquier error, por lo que el hacha del verdugo puede ser la nueva enseña del palacio real.

Cierto es que ya no queda con vida ningún miembro de los Asmoneos, pero... ¿no puede disputarle el trono alguno de sus ambiciosos familiares idumeos? No faltan enemigos ocultos en un país revoltoso y descontento con su rey.

La normalidad recuperada en palacio tras la muerte de Mariamme y los rescoldos de su enfermedad, algún que otro banquete y las fiestas no logran apagar el recuerdo de su esposa. Un día, durante la primera partida de caza, ya repuesto tras el regreso de Jericó, se sincera de nuevo con Eurimedonte, el único a quien sigue considerando fiel servidor.

—El pueblo de Israel es desagradecido. Me odia y desea mi muerte.

—Señor, ¿por qué dices eso ahora? —le pregunta el jefe de la policía.

—Es un pueblo lleno de traidores. ¿Acaso no se rebeló contra Dios en el Sinaí y adoró a ídolos falsos? Un pueblo capaz de obrar así contra el Altísimo, ¿qué no hará contra un rey mortal?

—Algunos se alegrarían si finalmente cayeras en desgracia, pero los tenemos localizados y los neutralizaremos si intentan cualquier movimiento inoportuno. Desde la derrota de Malco, el monarca nabateo, y desaparecidos la taimada Cleopatra y Atenión, su pérfido servidor, tu ejército ha crecido en número y poder. Dispones de mercenarios tracios, galos y germanos, guerreros feroces y bien adiestrados en el combate, dispuestos a cumplir tus órdenes sin rechistar, y, sobre todo, disfrutas de la amistad de Octavio y de Roma. ¿Quién en su sano juicio osaría levantarse en armas contra ti?

—Cualquier judío ambicioso. Nuestras Escrituras dicen que David, armado con una simple honda, luchó contra el gigante Goliat, y lo venció. ¿Quién te dice que no hay entre esa chusma judía un David con ganas de enfrentarse a mí? No me fío de nadie. Necesito ojos y oídos en cada rincón de Jerusalén y en cualquier parte del reino, y que no se mueva una brizna de hierba sin que yo lo sepa.

—Señor, tengo desplegado un amplio número de confidentes, pero si no estás tranquilo lo aumentaré. Ya está prohibido holgazanear por las calles de las principales ciudades del reino y organizar reuniones de más de diez personas. Pondremos mayor atención incluso en las pequeñas reuniones de grupos familiares. Se necesitará permiso expreso para celebrar bodas y fiestas privadas. Prohibiremos, al menos en Jerusalén, salir a pasear en grupo a más de cinco o seis personas, y controlaremos a todas horas las entradas y salidas de la ciudad.

—Bien. Sigo confiando en ti. —Herodes sonríe satisfecho por un momento.

Mientras el griego sea el jefe de su policía, la solidez de su trono no corre peligro. Herodes olvida, sin embargo, algo primordial: los judíos abominan de que su rey ofrezca tantas muestras de afecto hacia los odiados romanos, y él a menudo se comporta con los extranjeros más amablemente que con los propios nacionales.

De Roma llegan noticias importantes. Los romanos, que ven en Octavio al hombre que pone fin a décadas de guerras civiles, cambian el nombre con el que se refieren al nuevo dueño de la Urbe, y comienzan a llamarlo «Augusto». Ese apelativo indica el respeto y la veneración que sienten hacia su persona. También lo llaman «César», en recuerdo a su padre adoptivo asesinado a las puertas del Senado en aquel fatídico día de los idus de marzo.

Se dice que es Livia Drusila, su bella esposa, quien fomenta esos cambios de nombre. Con ello, Livia quiere lanzar el mensaje, desde su palacio en el Palatino, de que en su esposo sigue vivo el espíritu del llorado Julio, considerado un dios en Roma. De alguna manera, el dictador vuelve a la tierra desde las estrellas y otorga a Octavio una aureola divina.

Livia y Octavio llevan diez años casados, ambos en segundas nupcias, tras haberse divorciado de sus primeros cónyuges. La fuerza de las nuevas denominaciones es tal que por todos los dominios de Roma se habla ya de Augusto o César Augusto. A Herodes le parece bien, por lo que envía una carta a su amigo sin más pretensiones que llamarlo por primera vez «Augusto».

Con la ayuda de la inteligente Livia, Augusto consigue que el poder de Roma se convierta en un imperio unipersonal sin perder las formas republicanas y sin ni siquiera proclamarlo. Es en las provincias más lejanas donde los ciudadanos romanos fomentan esa imagen de Augusto como amo no de una república sino de un nuevo imperio, lo que acrecienta la figura del todopoderoso señor. Sobre todo en Oriente, algunos lo consideran ya un verdadero dios, y comienza su veneración en algunas ciudades importantes; recintos sagrados, bosques y templetes se dedican a su nombre, unidos a altares donde se quema incienso en honor al genio de la diosa Roma.

Otorgar la condición de divinidad a un mortal es otra de las cosas que repudian íntima y ferozmente los judíos. Muchos de ellos se enfurecen al saber que su rey no ve mal la divinización de un ser humano, e incluso consideran que con ello se contribuye a fomentar la unidad de un imperio opresivo. Lo que quizá es normal para los peludos bárbaros de Capadocia o para las belicosas tribus de Armenia no lo es, ni mucho menos, para los judíos. Si Herodes cree que acercándose a Roma va a consolidar en el futuro la confianza de su pueblo en él, se equivoca. El monarca sopesa en su balanza interior ambas posturas y se cree más seguro si se apoya en Roma que en su propio pueblo. Sí, le importa conseguir el amor del pueblo, pero aún más la seguridad que le ofrece el nuevo amo. Dispuesto a mantener y a profundizar más, si cabe, su amistad con los opresores romanos, Herodes ordena que se organicen fiestas en Israel en honor de Augusto.

La mayoría de los judíos se horrorizan todavía más ante esta nueva iniciativa de su rey. En los atrios del Templo, donde se reúnen algunos grupos de judíos sorteando las restricciones impuestas por la policía, un escriba llamado Josué, experto en la ley de Moisés, arenga a los que se arremolinan en su derredor.

—El rey pretende dedicar algunos de nuestros edificios oficiales a la persona de Augusto, un extranjero impuro. Ha establecido juegos cuatrienales en su honor, al estilo de las festividades olímpicas de los griegos politeístas. ¿Lo imagináis? Edificaciones y espectáculos dedicados a honrar a un hombre, no a Dios. En esos juegos competirán varones desnudos y las mujeres lucirán vestidos descocados de gasas transparentes. Se exhibirán impúdicamente al lucir sus cuerpos y sus joyas. Nuestra sagrada ley condena el adorno desmedido, el lujo y la ostentación que arrastrarán al pecado de idolatría a los hombres incautos. Quienes así obran, merecen el castigo eterno.

—¿Estás seguro de todo eso que pretende el rey? —pregunta uno.

—Sí. Estoy bien informado. Desde el palacio real se está promoviendo el culto a dioses falsos, un horror para nuestro pueblo, como afirman nuestros dirigentes, sobre todo fariseos y esenios. Quieren que olvidemos nuestras costumbres ancestrales para que acudamos a los anfiteatros. ¿No veis cómo los están construyendo en algunas de nuestras ciudades para presenciar peleas de fieras y combates a muerte entre humanos? Eso es una grandísima abominación, pues el único dueño de la vida es Dios.

—Tienes razón. Yo añadiría el oprobio que provocan las imágenes que lucen los estandartes de los legionarios romanos con los que se atreven a entrar en Jerusalén —le recuerda uno de los congregados.

—Otro despropósito más. Nuestra ley prohíbe venerar imágenes, e incluso representarlas. ¿Y las esculturas de los gentiles? Consideran que los dioses habitan en ellas. ¡Necios! Todo esto no es sino un horror para la piedad de nuestro pueblo, y quien se erige como principal responsable de esta catástrofe es nuestro rey. Debería ser el primero en respetar la ley de nuestros mayores en vez de dedicarse a introducir perniciosas costumbres extranjeras.

—¿Y el teatro? Ya habéis visto cómo lo han tallado en la roca viva dentro de las murallas de nuestra Jerusalén, en la zona alta, para que se vea desde todas partes —afirma otro.

—¡Fatal ocurrencia! Y también un hipódromo en las afueras de nuestra capital. El rey quiere que nos corrompamos con las representaciones que se darán en esos presuntuosos edificios. Lo que en verdad está pretendiendo es que el Templo tenga cada vez menos visitantes. Debemos oponernos a todo esto.

—Pero ¿no caéis en la cuenta de que esos trabajos suponen salarios para muchos trabajadores? —sostiene uno de los presentes.

—Con esos salarios se corrompe al pueblo. Es intolerable que en nuestra ciudad santa se representen escenas en las que aparezcan dioses falsos como Dionisio, o héroes de sus enloquecidos mitos, como Heracles y Aquiles. No podemos consentir que se loen las procacidades de Zeus con tantas mujeres, ni que las blasfemias de Prometeo resuenen entre los muros de la ciudad de David.

Josué hace callar a sus contertulios al ver acercarse a dos

hombres que cree identificar como policías, pero antes de que lleguen, cita a varios de los que lo están escuchando a una reunión al cabo de dos días al pie del monte de los Olivos para estudiar alguna estrategia que ponga fin a tantos desmanes.

Llegan el día y la hora acordados en el atrio del Templo. Son diez los que acuden a la cita en el monte de los Olivos, convenientemente discreta para evitar sobresaltos; entre ellos hay fariseos y esenios, pero ningún representante de los saduceos, quienes, aunque no estén de acuerdo con Herodes, siempre andan a la sombra del poder. Se mantienen al margen y adulan al rey porque es lo que más conviene a sus intereses. Herodes los desprecia, pero admite su falsa lisonja.

—Tenemos que quitar de en medio y cuanto antes al rey. Tenemos una buena ocasión ahora que está débil por su reciente enfermedad —propone Josué.

—El pueblo acumula demasiada bilis, y tiene que eliminarla por algún cauce —dice uno de los congregados—. Unámonos por un juramento sagrado y propongámonos no retroceder ante ningún peligro. Hemos de erradicar la causa de tanta corrupción: ¡el rey!

—Pero somos muy pocos. Tenemos que lograr más apoyos, muchos más. Hablé ayer con algunos esenios que estarían dispuestos a ir hasta el fin ante de que nos destruya Herodes. Hemos de respetar a Dios y cumplir sus mandamientos. Tampoco podemos consentir que entren animales impuros en Jerusalén ni un solo perro que contamine el Templo en un descuido. Jerusalén es la casa del Señor nuestro Dios. Si permitimos que nos invadan esas costumbres podridas, Dios se volverá contra nosotros y nos castigará como ya hizo en otras ocasiones, en el Sinaí, por ejemplo.

—¿Qué propones que hagamos? —le preguntan a Josué.

—Herodes acudirá al teatro dentro de unos días. No quiere perderse ese acontecimiento. Hay tiempo para recabar más ayuda. Lo esperaremos a la salida, cuando se produce la mayor aglomeración de gente. Lo atacaremos desde varios puntos y lo acuchillaremos, como hicieron los senadores romanos con su dictador. ¡Muerto el perro, se acabó la rabia!

—Tu padre, Joyada, al que conocí bien, estará orgulloso de ti —abraza a Josué el de más edad de los conjurados.

Dios no siempre está de acuerdo con las decisiones que adoptan sus adoradores. Eurimedonte mantiene atenta a toda la policía, que escudriña cada rincón de la ciudad en busca de posibles alborotadores. Decenas de agentes convenientemente retribuidos están infiltrados en todas las capas sociales y pasan en organizada cadena la información que reciben. Uno de los espías se entera de lo que se está preparando tras la reunión en el monte de los Olivos. Eurimedonte, ya al corriente, informa de la nueva conjura a Herodes.

El día previsto para el atentado a la salida del teatro, el rey no acude al espectáculo. Los conjurados que van preparados para cometer el magnicidio, con puñales escondidos entre los pliegues de sus túnicas, quedan sorprendidos y sus movimientos los delatan. Antes de que puedan siquiera reaccionar, agentes de la policía bien camuflados caen sobre ellos, los inmovilizan y los atan.

Sin pasar por el calabozo, son conducidos a palacio y llevados a la sala de juicios. Los policías los colocan en fila, asegurados ya con cadenas y argollas en pies, manos y cuello. Delante de ellos, sobre una tela roja, se depositan las armas blancas incautadas.

Herodes entra displicente y preocupado a la vez. Se sienta en su lugar de costumbre que preside el salón. Mira a los desdichados con ojos iracundos y les pregunta con voz rotunda:

—¿Tenéis algo que alegar sobre vuestro ignominioso propósito?

Ninguno contesta. No parecen estar avergonzados ni arrepentidos ni muestran intención de retractarse de sus intenciones. No tiemblan de miedo ante la fiera humana que parece a punto de devorarlos.

Al fin, uno de ellos, convencido de que la muerte es irremediable, decide hablar:

—Esas dagas —señala hacia el suelo con un gesto de la cabeza— estaban destinadas a clavarse en tu corazón; y en él se hubieran hundido, si Dios lo hubiera consentido. No ha sido esa su voluntad. Pese a ello, ninguno de nosotros se arrepiente de lo hecho.

»Nuestros motivos para acabar contigo son limpios y justos de acuerdo con nuestra ley. No pretendemos apoderarnos de tu trono, como otros, ni deseamos obtener ganancia alguna. Tampoco hemos buscado vengar ningún resentimiento personal. Hemos obrado por devoción y respeto a nuestras leyes y costumbres. —El encausado hace una pausa voluntaria. Mira con ojos fieros al rey y lo increpa—. Tú eres el culpable del sufrimiento de nuestro pueblo. Poner fin a este dolor implica acabar con tu vida. Todos estamos obligados a cumplir la Ley, pero tú te has burlado de ella y has profanado lo más sagrado de este pueblo con la introducción, sobre todo en la capital, de tan perniciosas costumbres extranjeras. Perder la vida por una causa tan noble, como purificar nuestra ciudad santa de tanta podredumbre, no nos asusta. Nuestra causa es un ejemplo a seguir en otras ciudades y villas. Sabemos que si nosotros empezamos, otros seguirán nuestro ejemplo en otras localidades. Dios sabrá recompensarnos en el mundo venidero.

—Ja, ja, ja. —Herodes suelta una nerviosa carcajada como respuesta al alegato del reo.

La risa del rey hiela el aliento y la sangre de la mayoría de los presentes.

—Tu risa es nuestra victoria.

—Ilusos. Vuestra torpe traición no merecería una sola palabra de mi parte. Sois tan ignorantes que nunca podréis entender que yo, vuestro rey, ofrezca al pueblo de Israel ponerse al mismo nivel de otras grandes naciones de vuestro alrededor. En estos años he construido para vosotros edificios grandiosos, y os he ofrecido espectáculos notables. He traído a nuestro pueblo artistas de gran fama y he organizado juegos para solaz de vuestras gentes. Podéis ir al teatro o al hipódromo o a los odeones, como tantos otros pueblos civilizados de vuestro alrededor.

—Mátanos ya, tirano; mátanos con nuestras propias armas

—interrumpe al rey uno de los encadenados—. Deja de tratar de convencernos de ir contra nuestro Dios.

—Este es un juicio sumarísimo por alta traición. Como ha quedado demostrado por vuestras mismas palabras, sois reos culpables de sedición e intento de asesinato. Os condeno a morir. Mañana al amanecer se ejecutará la sentencia.

—No esperes a mañana, mátanos ahora.

Herodes mira con desprecio a los condenados. No quiere ejecutarlos de inmediato. Esa noche tienen que sufrir la tortura de saberse víctimas del verdugo y sentir el dolor antes de viajar al otro mundo.

Cuando se retira a su aposento, Herodes no acaba de entender estas y otras acciones de miembros distinguidos de su pueblo, a pesar de haber sido educado desde niño en el país. ¿Cómo puede ser tan incomprendido si lo que pretende es incorporar a Israel al mundo que lo rodea y sacarlo del ensimismamiento y de sus tinieblas?

Pocos días después, algunos colegas de los ajusticiados logran enterarse del nombre del delator. Se presentan en su casa y lo matan a palos. Luego trocean su cadáver y lanzan los pedazos a los perros. Algunos ciudadanos presencian la macabra escena, pero nadie la denuncia.

Cuando Eurimedonte se entera de lo sucedido ordena someter a tortura a las mujeres de los presuntos implicados o simplemente a las que contemplaron lo ocurrido. No tardan en confesar los nombres de los vengadores. La policía los detiene y son pasados todos a cuchillo junto con los miembros de sus familias, mujeres, niños y ancianos.

Un invisible hálito de horror y muertes sobrevuela Jerusalén. Una inmisericorde guerra entre el rey y el pueblo parece a punto de estallar.

23

Antípatro

Tras la ejecución de los diez conjurados, Herodes reúne al Consejo.

—Cada día que pasa me convenzo más de que hay que vigilar a todos. Cualquier individuo, aun de ínfima condición, puede tener ínfulas para pretender sentarse en este sitial o enmendar totalmente la plana de nuestra política. Estad atentos y no relajéis la vigilancia —ordena el rey.

—Hemos reforzado el número de guardias y nuestra red de agentes cuenta con ojos y oídos en cada rincón de Jerusalén y en las ciudades grandes del reino. Ya viste cómo gracias a ello pudimos enterarnos del complot de los diez. Creo que puedes estar satisfecho, mi señor. La cuestión es que ampliar nuestra red de informantes cuesta más dinero aún —comenta Eurimedonte.

—Lo que sea necesario se proveerá. Hay que garantizar la seguridad del Estado.

—Controlar a individuos aislados no es problema, señor. Cuestión distinta es hacerlo con las masas.

—Tienes razón. No me fío de las gentes de Jerusalén. Son fútiles uno a uno, pero cuando se junta un grupo, son capaces de provocar un incendio de cualquier tipo. Ya ha pasado en varias ocasiones y podría volver a ocurrir en cualquier momento.

—Las masas no son nada sin un caudillo que las dirija —dice Eurimedonte.

—Utilizaremos puño de hierro contra cualquier acto de rebelión, por mínimo que sea. Por mi parte, no habrá muestra alguna de debilidad. He decidido reforzar las defensas del palacio, las de las fortalezas de Jerusalén y reconstruir las de Samaria.

—Está bien, pero el pueblo se rebelará igualmente si, en su opinión, no tiene pan suficiente —interviene un consejero—. Ya ves que no les importa morir.

—El pueblo tiene pan y trabajo, y lo seguirá teniendo mientras yo sea su rey. Las construcciones que se están llevando a cabo en las ciudades dan trabajo a muchos, y así continuará.

En realidad, Herodes planifica grandes obras no por el pueblo, sino por afán de gloria personal y para dejar una huella indeleble de su reinado.

—Hay algunos que consideran que esas construcciones son gastos superfluos —añade el consejero.

—Los que eso dicen son burdos ignorantes. ¡No entienden nada!

—Afirman que tus nuevos edificios honran a los romanos, no a ellos.

—Ante semejantes pensamientos solo caben la risa y la burla. Seguiré convirtiendo a Israel en un reino lleno de grandes construcciones que serán el orgullo de la nación, mal que les pese. Como han concluido las obras del teatro y el hipódromo, iniciaré pronto la reforma y ampliación de palacio. Nadie quedará ocioso o sin empleo —explica Herodes.

—No sé si acabarán por aceptar que así conviene a tu gloria como descendiente de los grandes reyes de Israel... y a la suya propia —dice Eurimedonte.

Herodes indica a los criados que traigan la maqueta con su nuevo proyecto arquitectónico.

Compuesta de madera y arcilla, la maqueta presenta la ampliación de los muros del palacio hasta llegar a los treinta codos; el refuerzo de sus tres torres para hacerlas colosales en altura y en grosor y la ampliación de las salas al número de cien. Sobre el prototipo, Herodes explica que ha mandado traer maderas preciosas y ornamentos de Siria, Arabia y Fenicia, que está canalizando las aguas de la fuente de Siloé para irrigar los jardines del conjunto palaciego y que crea nuevas fuentes en los patios. Un gran rey necesita un gran palacio... y una gran reina..., Mariamme, siempre ella, siempre en el recuerdo. Herodes no puede olvidar a su esposa más amada.

Sin Mariamme y sin Alejandra en la corte, Cipro y Salomé se convierten en las damas más influyentes del reino. Las dos mujeres son felices al fin, pues las concubinas de Herodes, esclavas en su mayor parte, no resultan competencia alguna, ni siquiera la hermosa Amaris, una etíope de piel oscura y dulces ojos a la que el rey dedica más tiempo, pero que no desempeña papel alguno en el ámbito del poder.

La muerte de Mariamme y su pasada enfermedad provocan que una pequeña parte del ensombrecido corazón de Herodes se ablande un poco. Permite, pues, que Doris, su primera esposa repudiada, visite de vez en cuando el palacio de Jerusalén, y que la acompañe Antípatro, el hijo primogénito.

A sus dieciocho años, Antípatro se parece en el físico a su padre. Aunque algo menor en altura, sus proporcionados miembros y su musculatura son igualmente titánicas, lo que le confiere una fuerza descomunal. Su pelo negro azabache y su piel oscura combinan en perfecta armonía; sus ojos vivaces, de un raro color verde oscuro y orlados de largas pestañas, destacan en un rostro enérgico, cuya mirada puede ser, si se lo propone, cruel. Viste al modo griego, con prendas livianas que dejan entrever sus poderosos músculos. El joven príncipe parece mayor de lo que en realidad es. Es tan agraciado y de apariencia tan formidable que las mujeres se sienten atraídas por él, y apenas disimulan cuando le lanzan miradas de placer y deseo.

La propia Salomé, casi doce años mayor que su sobrino, se siente atraída por Antípatro. A pesar de haber tenido dos hijos, es todavía joven, mantiene un cuerpo maravillosamente torneado y es capaz de competir en belleza y esbeltez con cualquiera. A la hermana del rey le encanta estar con su sobrino y hablar de todo, sin hallar dificultad alguna en la diferencia de edad.

Cuando cruzan sus miradas, cierto brillo de malicia y astucia se destaca en los ojos de Salomé, y poco a poco, como queriendo grabar en su alma la figura de Antípatro, la hermana del rey percibe que en su corazón está brotando un sentimiento que va más allá de la relación de parentesco entre tía y sobrino. Si están a solas, ella no puede conservar la calma interior, siente escalofríos y una férvida y agitada inquietud, a la vez que nota cómo se aceleran los latidos de su corazón. Un día, tras un estrecho abrazo de saludo, nota el miembro viril de su sobrino rozando su cadera. Se estremece al instante y siente cómo se humedecen sus partes íntimas.

Salomé recuerda entonces que sus dos maridos fueron una imposición de su hermano, el rey, y que ambos duraron muy poco tiempo..., de lo que no se arrepiente. No conoce el amor verdadero ni goza del sexo en plenitud. Desde la muerte de Costobaro, su segundo esposo, es una mujer libre, y Antípatro, aunque sobrino, es un hombre tan apetecible y apuesto... Qué diferencia con José, su primer marido, casi un anciano, y con el último, de noble estirpe, pero basto y bruto.

Cálidas fantasías eróticas inundan la cabeza de Salomé, que se imagina tumbada en el lecho, al lado de Antípatro, acariciando su pecho y sus brazos musculosos, plenos de vigor y de juventud. Cada segundo que pasa está más segura de que su sobrino puede llevarla a un éxtasis de placer hasta entonces desconocido.

A veces, cuando la tentación la empuja al límite y está a punto de besar los labios de Antípatro y pedirle que la conduzca al lecho, piensa en los chismes de las mujeres de la corte, entre ellas su propia madre. Pero... ¡qué importa! ¡Que se mueran de envidia al enterarse de que está entre los brazos de Antípatro! ¿Y si dicen que es una locura? No, no es estar loca el que le guste y atraiga su sobrino. El joven príncipe lo tiene todo: salud, fuerza y belleza, buena educación, una mente preclara y perspicaz...

En cuanto a Antípatro, la relación con su tía es más bien la propia de dos parientes cercanos a los que separa más de una década de edad. No le desagrada, todo lo contrario, incluso se fija con detalle en el cuerpo majestuoso de Salomé, tan apetecible a los ojos de cualquier varón, pero nada más.

Herodes, que permite que las visitas de su primogénito a palacio sean cada vez más frecuentes y duraderas, no se entera de la pasión que crece en su hermana hacia Antípatro. Está demasiado ocupado en atender a las dificultades que atraviesa su reino y en apaciguar las crecientes críticas del pueblo a su gobierno.

Aunque las heridas que él mismo se inflige en el alma siguen presentes y todavía no puede olvidar a Mariamme, poco a poco comienzan a cicatrizar, y las cenizas del olvido van cayendo sobre el recuerdo de la bella asmonea. Las concubinas calman su tempestuoso ardor varonil, pero ninguna llega a ocupar su lugar en su vacío corazón. Además, son de baja condición, no aptas para sentarse en el trono real.

Por su parte, Cipro se muestra preocupada por su hijo Herodes, y anda buscando a una dama de alta alcurnia que lo contente y que en su día pueda servir de esposa adecuada.

Un sacerdote saduceo llamado Simón, hijo de Boeto, un rico judío de la diáspora afincado en Alejandría, se ha instalado en Jerusalén con toda la familia, cansado de vivir en Egipto, lejos de la patria. Una de sus hijas, Marián, noble, bella, joven, de buena reputación y soltera, reúne todas las condiciones para ocupar cualquier puesto de alcurnia.

La madre del rey se entera de su existencia y considera que puede ser perfecta para calmar la melancolía de Herodes. Va a conocerla, le agrada, la invita a palacio, a uno de los usuales festines, y se la presenta a su hijo.

Al verla, el rey queda mudo de asombro.

—Mi madre no ha exagerado un ápice cuando me comentó cuán bella y elegante eres; incluso creo que se quedó corta en sus apreciaciones —dice Herodes a Marián.

—Gracias, señor. Me siento muy honrada con tus palabras.

Los ojos de Marián rebosan dulzura; el tono de su voz es cálido y agradable, su cuerpo es magnífico y bien torneado.

—Deseo volver a verte pronto.

—Cuando lo desees, mi señor.

Herodes hace una señal a su madre y se retira un momento con ella.

—Quiero que esa mujer sea mía —le dice.

—¿Como concubina? —le pregunta Cipro.

—O como esposa...

La madre del rey, árabe nabatea, habla de sexo con cierta franqueza como ocurre entre los suyos. Un rey de Israel disfruta de grandes libertades en cuestiones de sexo, pero en los ambientes nabateos tal cosa ocurre con casi todos los varones, por lo que a Cipro la actitud de su hijo no le escandaliza en absoluto. Acostumbrada a la idea de que un varón tiene necesidades distintas a las de una hembra, las asume como algo natural.

—Hay una notable diferencia de edad. Tienes unos treinta años más que Marián.

—¿Y eso qué importa? Soy el rey.

—¿Te casarías con ella?

—¿Por qué no? Un rey no debe estar sin una reina, y, al parecer, Marián cumple todas las condiciones.

—Me alegro mucho. —Cipro sonríe; elige bien.

—Hay que obrar con prudencia. No quiero utilizar mi poder para darme satisfacción con Marián, pues ya corren demasiadas habladurías sobre mí. No puedo obrar por la fuerza en este caso, ni arrebatarle Marián a su padre sin su previo consentimiento.

—Es una sabia decisión. Estoy de acuerdo contigo. Israel necesita una reina que esté a la altura, y Marián lo está.

—También lo creo yo.

—Es probable, sin embargo, que su padre, Simón, no tenga suficiente categoría para ti.

—Tiene fácil solución. Basta con ennoblecer a la familia.

—¿Cómo?

—Se me ocurre ahora mismo una idea. La labor de Jesús, hijo de Fiabi, como sumo sacerdote, es deficiente. Lo depondré y nombraré a Simón, el padre de Marián, máximo responsable del Templo.

—Eso irritará a los saduceos.

—Me importa muy poco lo que moleste o no a esos falsos aduladores.

—Otra cosa, hijo —añade Cipro—. Tu hermana Salomé sigue sola. La veo deambular como alma en pena por los pasillos de palacio y creo que necesita un nuevo esposo.

—Supongo que ya has pensado en alguno.

—Sileo, el árabe, anda bebiendo los vientos por tu hermana.

—¿Te lo ha dicho ella, o él?

—No es necesario.

—¿Lo sabes o es pura imaginación tuya?

—Ya te lo diré. Te adelanto lo importante: Sileo es de origen nabateo, como yo. Me parece un hombre espléndido. Es bien parecido, fuerte, muy rico y defiende tu causa. Además, se encarga personalmente de los negocios de Obodas, el sucesor del rey Malco. ¿Qué mejor partido se puede pedir para Salomé?

—Lo conozco. Lo considero peligroso. Mis agentes en Nabatea me han informado de él; aseguran que es un intrigante y que el rey Obodas no está contento con sus servicios. ¿Has hablado de esto con Salomé?

—No.

—Pues esperemos a que ella diga qué le parece Sileo, y deseo que su opinión sea negativa —afirma Herodes.

Dicho y hecho. En los días siguientes Herodes depone a Jesús, hijo de Fiabi, y nombra a Simón sumo sacerdote. A cambio le pide una notable cantidad de dinero y la mano de su hija Marián.

El pueblo, aleccionado por los fariseos y los saduceos, se indigna cada vez más con Herodes por este cambio inesperado en el sumo sacerdocio. La tensión crece. Nadie es capaz de predecir qué puede llegar a ocurrir en Israel.

24

Salomé

Herodes se siente fuerte todavía; tiene ganas de seguir gobernando y le encanta ser rey con poderes absolutos, pero debe contentar a todos los miembros de su familia, su principal apoyo. Un caso especial es el de su hermano menor, Feroras, regente en alguna ocasión y ahora ocioso en la corte, quien cierto día confiesa a Salomé:

—No me siento a gusto en Jerusalén. Me veo desaprovechado. Desearía hacer algo más que ser como un objeto del mobiliario de la corte. He pensado que podría ir a Roma, al menos por un tiempo.

—Te apoyo en tus pretensiones. Habla con nuestro hermano. Necesitas su autorización, incluso si quisieras pasar un tiempo en Jericó o en Galilea.

El rey comprende los deseos de Feroras y escribe a Augusto: «De Herodes rey, a Augusto. Mi hermano Feroras desearía ir a Roma. He pensado que podría serte útil. Si te place, dígnate concederle la oportunidad de servirte, pues quizá tengas necesidad de alguien más en tu administración y haya una plaza vacante. Feroras te servirá con la misma fidelidad que yo. Como presente para ti, aportaré cien talentos. Salud».

Octavio Augusto mantiene excelentes relaciones con Herodes, pues constata que este se comporta como un subordinado leal y no le causa problema alguno. Con el mismo correo, le contesta: «A Herodes rey. Tu hermano puede venir a Roma cuando lo desee. Ahora bien, dado que como regente tiene experiencia de gobierno en tu corte, concedo a Feroras el mando de la tetrarquía de Perea, para que lo disfrute vitaliciamente siempre que su comportamiento sea aceptable para el Senado y el pueblo romano. Salud. Octavio».

Augusto está encantado con ese nombramiento. Que Feroras tenga el control de tierras al este del río Jordán, entre Siria y la Arabia nabatea, le conviene, pues a pesar de su amistad y su confianza, piensa que Herodes está acumulando demasiado poder. Es una buena idea que sea otro quien gobierne en Transjordania, aunque sea el hermano del rey de Judea.

Recibida la respuesta, Herodes reúne al Consejo para comunicar los cambios decididos por Augusto.

—Feroras gobernará Perea, así lo propuse y así lo ha determinado Octavio Augusto. Como acordé con él en su momento, mis hijos Alejandro y Aristóbulo irán a Roma hasta completar su educación. Se formarán bien como gobernantes.

—Señor, ¿eres consciente de que los dos príncipes en Roma serán en realidad rehenes?

—Mi reino depende de Roma, ahora más que nunca. Soy consciente de ello. Estar bajo la protección de Augusto implica muchas cosas positivas, sobre todo disfrutar de la protección de sus legiones, pero también supone muchas servidumbres, especialmente que Israel no goce de soberanía absoluta. Como bien sabéis, ninguno de mis hijos puede llevar el título de rey sin expresa autorización del Senado de Roma.

—¿Y qué ocurrirá cuando desees nombrar a tu propio heredero? —pregunta uno de los consejeros.

—Tendré que comunicárselo a Augusto. Como rey de los judíos no puedo hacerlo absolutamente por mi cuenta.

—En ese caso, está bien que los dos príncipes se dejen ver en Roma.

—En principio pensé que mis hijos se alojaran en casa de mi amigo Lucio Gabinio, y así se lo hice saber a Augusto, pero Lucio está enfermo y cansado, de manera que lo harán en la residencia de Asinio Polión, ilustre senador, hombre de letras y también buen amigo. Asinio es hombre de edad avanzada, pero sólido y fuerte como una encina. Tiene una inteligencia lúcida, goza de gran prestigio en el Senado y es un gran historiador. Dicen de él que tiene una cultura tan extensa que se sabe de memoria las obras de Horacio y de Virgilio, los dos poetas más famosos hoy en Roma. Asinio es el responsable de que exista la costumbre de hacer lecturas públicas en casas y bibliotecas. Mis hijos tendrán con él el mejor ejemplo para una perfecta educación.

Cuando se entera de lo dictado por su padre, el rey, Antípatro se incomoda y se dirige al encuentro de su tía Salomé en busca de consuelo.

—Mi padre prefiere a mis dos medio hermanos, y no a mí, que soy el primogénito.

—Es algo evidente —asiente Salomé mientras le acaricia el cabello.

—Envía a los dos a Roma para que se formen como gobernantes, lo que significa que es a esos dos a quienes señala como herederos. Desde muy niño fui orillado por mi padre a favor de ellos, sus favoritos por ser hijos de la adúltera Mariamme.

—Pero ahora tienes permiso para estar cuando quieras en el palacio real.

—No es suficiente. Pienso continuamente en mis dos hermanos. Mi padre se muestra cariñoso y cercano con ellos, en tanto que a mí me sigue tratando de manera fría y distante.

—Ninguno de tus hermanos tiene tus cualidades. Te superan en nobleza de sangre según el pueblo, pues Mariamme era de la estirpe real de los Asmoneos, pero tu madre, Doris, para ellos era una plebeya idumea. Eso puede no significar nada ahora. Tú eres superior en fuerza, en talento y en astucia.

La mirada de Salomé no es la propia de una tía aconsejando a un sobrino; pero Antípatro, sin reparar en ello, continúa:

—Siento en mi interior una enorme desazón. Me duele ser tratado injustamente. Ahora mi padre me permite estar más cerca de él, es cierto, pero insisto en que todas sus preferencias están con los hijos de Mariamme. Durante su estancia en Roma van a conocer a hombres muy poderosos, trabarán amistad con senadores y cónsules, y establecerán interesantes contactos. Entre tanto, yo me quedaré aquí, de brazos cruzados, pudriéndome.

—Lo que tú sientes ahora no es nuevo para mí. Sé lo que es sufrir ese mismo desprecio. La madre de tus dos hermanos fue mi gran enemiga. Tu padre la favorecía por encima de cualquier otra persona y ella nos despreciaba a tu abuela Cipro y a mí. No estoy de acuerdo con la manera en la que el rey se comporta contigo. Vales cien veces más que esos dos juntos y, sobre todo, para mí eres mucho más importante.

Antípatro no adivina aún del todo el significado de las miradas de Salomé, ni cuáles son los sentimientos que hacia él anidan en el corazón de su tía; pero se da cuenta de que lo prefiere y de que está dispuesta a hacer cualquier cosa por su causa.

—Podrías ayudarme ante mi padre —le pide Antípatro con voz melosa—. Por ser su hermana, veo que ejerces cierta influencia sobre él. Te ruego que cuando le hables de mí sea para bien.

A Salomé le gusta lo que oye. Le agrada que Antípatro la convierta en su confidente y que le confíe su suerte.

—Escucha con atención. Estoy de tu lado, pero las cosas deben hacerse con tino y prudencia. Eres joven e inexperto, pero tienes capacidad para aprender, y yo puedo mostrarte las reglas principales para medrar en la corte. Te informaré en su momento de todo lo concerniente a la gente que vive en este palacio. Te enseñaré a adivinar las intenciones de los consejeros del rey, a interpretar sus acciones y el sentido de sus palabras. Aprenderás a sacar provecho de las circunstancias.

»Hace muchos años que vivo aquí, y durante este tiempo he observado con atención cuanto ocurre. Me ha tocado callar, tragar y disimular. Sé reconocer a los traidores y a los leales y distinguir a un hombre sincero de un impostor. Tu causa será la mía, y tu abuela Cipro también te ayudará; yo me encargo de eso.

Se despiden con un abrazo, pues Antípatro anuncia que a esa hora va a ejercitarse en la palestra. Salomé está a punto de apretarlo contra su pecho y besarlo en la boca, pero se contiene. Su joven sobrino la atrae mucho más de lo que ella misma imagina, pero él aún no reacciona como ella desea.

Alejandro y Aristóbulo embarcan en el puerto de Jope rumbo a Roma. Tienen catorce y trece años, deben esperar casi un lustro hasta completar su formación y poder cambiar la infantil toga pretexta por la capa viril.

En Jerusalén, Salomé idea un plan para que Antípatro consiga ganarse la estima de su padre.

—Conviene que te dejes ver más veces por palacio sin que tu presencia sea molesta para él. Has de procurar no suscitar ni una sola crítica adversa. Debes hacer amigos entre los íntimos del rey y ofrecer tus servicios para lo que sea menester.

Salomé promete arroparlo en todo momento y trabajar para que la imagen de Antípatro sea la de un joven bien dispuesto, de buen talante y, ante todo, deseoso de prestar ayuda a quien la necesite.

—¿Qué crees que ocurrirá cuando falte mi padre? —pregunta Antípatro a Salomé.

—No lo sé. Pero debes ser tú quien figure como su sucesor en su testamento. Tú, y no uno de esos dos necios hijos de Mariamme a los que odio. Cada vez que los veía, antes de que se fueran a Roma, sentía la fría presencia de su malvada madre. Me irritan ambos, pero especialmente Alejandro. ¡Ojalá se queden allí para siempre!

—¿Era tan malvada su madre?

—Mariamme era el mismo demonio. En un juicio quedó probado que se acostó con Soemo, su carcelero, cometiendo adulterio y deshonrando al rey. Fue condenada a muerte por decisión unánime de los miembros del Consejo, pero alguien inventó el pretexto de que convenía retrasar la ejecución. Yo me negué a semejante farsa, expuse sólidos argumentos y el rey ordenó su muerte inmediata. De no haber sido así, me temo que hoy seguiríamos teniendo a esa odiosa mujer entre nosotros.

—¿Lo saben mis hermanos?

—No. Lo ignoran. También cayó Alejandra, la perversa madre de Mariamme y abuela de esos dos idiotas. ¡Cuánta alegría sentí cuando su cabeza rodó por el suelo! Este es mi secreto. Si lo supieran tus hermanos, y alguno de los dos llegara a reinar, mi cabeza correría la misma suerte.

—Mis labios están sellados para siempre en este asunto. Te lo aseguro: nada malo te ocurriría si el heredero fuera yo —dice Antípatro con absoluta claridad.

—Eso es precisamente lo que deseo.

—Tenemos plena comunión de intereses —añade el joven.

Salomé clava con toda intensidad sus ojos en los de su sobrino. No cabe duda de lo que le está expresando con su mirada. No hacen falta palabras. Se acerca lentamente y le acaricia las mejillas a la vez que se contornea moviendo sensualmente las caderas. Sus labios casi se rozan hasta que, por fin, Salomé besa a Antípatro en la boca. Es un beso profundo, intenso y mantenido. El príncipe, asombrado durante un instante, responde con la emoción del joven primerizo al ser besado por una mujer experta en tales lances.

El hijo de Herodes experimenta un ligero temblor. Está conmocionado, pero anhela que continúe el encuentro. Desea abrazar a su tía, estrecharla entre sus poderosos brazos y volver a besarla con más pasión, si cabe. Duda. Se siente dividido entre el fuego del deseo que lo abrasa casi inopinadamente y la prudencia y cordura obligadas. ¡La mujer que lo besa es la hermana de su padre! Un deseo prohibido por la Ley, ya que es su tía..., pero ¡tan sensual y tan apetecible! El cuerpo de Salomé es espléndido en todas sus formas. Nota la presión de sus rotundos pechos sobre su tórax.

Al fin se impone el deseo. Da el paso y la rodea con sus brazos. Ahora es él quien la besa, sin temor alguno. Lentamente baja los brazos contorneando con sus manos la silueta de Salomé, de magníficas curvas. Se aproximan las caderas de ambos en un contacto íntimo. Sigue descendiendo sus manos hasta los glúteos de su tía, de carnes prietas y a la vez moldeables. Ella adelanta su pubis y lo frota con el de su sobrino hasta notar una tremenda erección bajo su túnica.

—Vamos a mi cámara —le propone, y él acepta sin dejar de acariciarla.

Salomé espanta con un enérgico gesto a las esclavas que asisten curiosas para averiguar qué hombre va a compartir ese día el lecho con su señora. El eunuco que guarda el aposento sonríe con malicia y se retira también empujando a las esclavas fuera de la estancia.

Salomé lo lleva de la mano hasta el lecho, que huele a fragancia de azahar.

Le enseña cómo acariciar el cuerpo de una mujer; le hace detenerse en sus pechos, suaves a la vez que firmes, le hace acariciar con su lengua los pezones, que se erigen y endurecen como dos diminutas torres en lo alto de una colina carnosa; conduce su mano hasta su pubis mientras le susurra que lo haga con suavidad, despacio, muy despacio. Antípatro observa el leve movimiento de Salomé, que se ondula como suspendida por suaves olas. Los dos cuerpos se van acomodando, mientras él entra en ella ayudado por la mano de la mujer y unos precisos movimientos de sus caderas. Un momento después de que el miembro viril se encuentre dentro, Salomé comienza a moverse a un ritmo acompasado, que el príncipe imita con similar cadencia.

Durante un buen rato solo existe para Antípatro un universo: el cuerpo de Salomé. Los envuelve un ensueño agitado, placentero y ardiente, como cielo y tierra fundidos en un abrazo eterno en torno a un sol radiante.

Tras su primer encuentro amoroso, por la mente de Antípatro cruza la idea de salir corriendo, de huir de Israel y perderse en la inmensidad de las estepas o en las arenas de Arabia, donde nadie pueda encontrarlo. La aventura con Salomé le produce pavor ante lo desconocido, pero un placer infinito.

No huye. Entiende que acaba de unirse con Salomé, quién sabe si para siempre. Está ligado por una invisible red dorada que lo envuelve quizá peligrosamente y de la que ni puede ni quiere librarse. Reconoce que su tía lo tiene atrapado, pero le gusta.

Se levanta del lecho y busca el aire fresco en la terraza; gira la cabeza y contempla a su amante recostada en el lecho, sobre un lado, con un brazo debajo de su cabeza y el otro sobre su rotunda cadera, y siente la necesidad de yacer con ella una vez más.

Durante las semanas siguientes los encuentros amorosos de Salomé y Antípatro se repiten en varias ocasiones.

Procuran una extrema discreción, como furtivos, intentando que no haya testigos que puedan ir a contárselo al rey. Cuando están con otros familiares o gentes de palacio, se comportan como simples parientes, evitando manifestar cualquier leve señal que pueda revelar la amorosa relación que los une.

Cierto día, tras yacer juntos, hablan sobre el futuro.

—Te ayudaré ante mi hermano. No lo dudes ni un instante. Pero debemos pensar cómo eliminar el estorbo que tarde o temprano regresará de Roma. —Salomé insinúa el regreso de Alejandro y Aristóbulo.

—¿Qué podemos hacer? No consigo que mi padre aparte su displicencia conmigo. Me soporta y me permite estar en palacio; pero estoy seguro de que en su interior no me imagina como heredero.

—Intentaré que mi hermano modifique sus intenciones. ¡Malditos hijos de Mariamme! He podido enterarme de que Herodes está preparando precisamente ahora su testamento; habrá que lograr que sea en tu favor.

—Supón que conseguimos que esos dos dejen de ser un estorbo, pero ¿qué haremos si aun con eso, mi padre sigue vivo por mucho tiempo?

—Primero solucionaremos lo de tu herencia, luego vendrá lo demás.

—¿Y si tú y yo nos casáramos? —propone Antípatro mientras acaricia los pechos de Salomé—. En la escuela me enseñaron que Amram y Jocabed, padres de Moisés y Aarón, eran primos hermanos.

—Tú y yo no somos primos, sino tía y sobrino. Y supongo, aunque lo quieras olvidar, que también te enseñaron que en el libro del Levítico se prohíbe la relación entre tía y sobrino.

—Nos casaremos fuera de Israel, en alguna ciudad de Siria, y volveremos como rey y reina de Israel. Tú serás mi reina. El pueblo tendrá que aceptarlo.

—Eso implica un largo, tortuoso y peligroso camino. Al final quizá no haya un premio sino un castigo, incluso la muerte. ¿Estás dispuesto a arriesgarte?

—A tu lado, sí.

Pasan varios meses. Antípatro continúa visitando el palacio con el consentimiento de Herodes y viéndose en secreto con Salomé. Extreman la prudencia, aunque ya corren rumores de que algunos días tía y sobrino se encierran en la habitación de Salomé y prohíben que se entre en ella sin permiso.

Y ocurre que cierto día se anuncia en palacio que es el tiempo de que los dos príncipes regresen de Roma tras completarse su educación.

En la corte, los que conocen la situación de Antípatro comprenden que es irritante, pues aunque primogénito, Herodes ya tiene decidido que no es el heredero.

Para Octavio Augusto se trata también de un momento delicado: pierde dos valiosos rehenes que puede utilizar como importantes bazas en alguna ocasión inesperada; pero consiente que los dos hijos de Herodes regresen a Jerusalén. Sigue confiando en la lealtad del rey de los judíos, y les entrega una carta para su padre: «A Herodes rey. Envía a otro de tus hijos a Roma. Lo acogeremos con todo nuestro cariño. Livia y yo tendremos cuidado de que su formación sea la precisa y de que no le falte nada de lo conveniente. Salud. Octavio».

El regreso de Alejandro y Aristóbulo es apacible; pero Salomé reniega de sus dos sobrinos, y dice a su madre:

—Su sola presencia me recuerda continuamente a Mariamme. Se me revuelve el estómago y pierdo el apetito cada vez que los veo.

Ante Antípatro se sincera de igual modo:

—Tus hermanos me incomodan en extremo. ¡No los soporto! No tolero que tu padre los siga prefiriendo a ti. Tenemos que hacer algo y pronto.

—Estoy contigo —responde su sobrino y amante.

—Supongo que el regreso a palacio y el volver a encontrarse en los espacios en los que vivieron con su madre están despertando en esos dos jovenzuelos sensaciones y sentimientos de pesar y nostalgia. Pienso que un cúmulo de contradicciones estará sobrevolando sus cabezas. El que dictó la pena de muerte contra su madre y el que tiene la capacidad de encumbrarlos en el trono son la misma persona. Tienen edad suficiente como para preguntarse por qué fue ejecutada y qué delito tan grave cometió para ser condenada por su propio esposo. Serán presos de las dudas y volverán los ojos hacia el rey con preguntas incómodas, lo que podemos aprovechar en nuestro beneficio.

—Me los imagino hablando así entre ellos —Antípatro imita la voz y ademanes de uno de sus dos hermanos—: «¿Qué clase de corazón tiene nuestro padre que procura para nosotros la mejor educación a la vez que elimina al ser que más queríamos? Siempre se ha portado de manera cariñosa con nosotros, pero ha matado a nuestra madre y a nuestra abuela, y a nuestro bisabuelo».

Salomé sonríe ante la impostada interpretación de su sobrino.

—Haremos crecer un rencor inextinguible de ellos hacia su padre, y viceversa. Yo me encargaré de ello. Ya estoy pensando el cómo.

Al leer el contenido de la carta enviada por Augusto, Herodes comprende las intenciones del dueño de Roma, y le desagradan. Lo que quiere el romano es mantener rehenes a su disposición para tenerlo absolutamente controlado. No le gusta, pero no le queda otra opción. Los deseos de Augusto son órdenes, de modo que contesta aceptando el envío de otro u otros miembros de su familia a Roma: «De Herodes, rey, a Augusto. Veré quién de mis otros hijos es el más apropiado para enviarlo a educarse en Roma a tu lado. Salud».

Pronto llegan a oídos de Herodes ciertas quejas de sus hijos, Alejandro y Aristóbulo, al poco de instalarse en palacio. Eurimedonte le hace saber:

—Algunos de mis agentes me han comunicado que los jóvenes príncipes se arrepienten de haber regresado y se quejan de la crueldad de su padre. Lamentan que haya matado a mucha gente de Jerusalén y de otros lugares. Dicen que se les oye criticar en concreto la orden de ejecución de su madre Mariamme, y de su abuela Alejandra.

El plan urdido por Salomé funciona. Cuando se entera de las habladurías de sus hijos, el rey se siente herido en su orgullo.

Por su parte, Salomé le cuenta exactamente lo mismo que los espías, lo que provoca un enorme disgusto en Herodes.

Otro día, Salomé dice a su hermano como para demostrar su fidelidad:

—Las críticas de Alejandro y Aristóbulo no son ya meros rumores, sino que están corriendo por la ciudad. Eso puede provocar una pérdida importante de tu prestigio. Te prevengo de que tienes el enemigo dentro de casa. No debes tolerarlo.

Por el momento, el amor de padre es más fuerte que el rencor de rey. Herodes decide no actuar contra sus dos hijos; pero la mala semilla ya está sembrada.

Salomé sigue tenaz y recia en su propósito: convertir a su amante en el heredero del trono de Israel. Como sea.

25

El cerco

Tras el regreso de Alejandro y Aristóbulo de Roma, Herodes se muestra contento durante las primeras semanas.

—El retorno de mis hijos me ha devuelto la calma y ha hecho surgir en mí una nueva ilusión—confiesa el rey a su arquitecto favorito—. He decidido poner en marcha la que será la gran obra de mi vida. Ya has hecho muchas cosas para mí, pero ahora quiero que planifiques el edificio que me otorgará gloria eterna, una construcción que me congraciará definitivamente con mi pueblo.

—Estoy intrigado por la respuesta del Consejo a tu propuesta —le dice el arquitecto, una de las poquísimas personas que conocen cuál es ese gran proyecto.

Herodes, acompañado de su fiel proyectista, se dirige al atrio del Templo, donde está convocado el Consejo. Nadie sabe el motivo de la reunión, pues solo reciben una convocatoria con la mención expresa de que es urgente y de la máxima importancia.

Están citados también unos cuantos personajes relevantes de la ciudad, tanto fariseos como saduceos, además de algunos esenios.

—Tiene que tratarse de algo realmente notable para que el rey nos haya llamado con semejante celeridad y secretismo. Espero que no sea para anunciarnos una declaración de Roma —comenta un consejero.

—Y en ese caso, que no sea contra Roma —replica otro.

Herodes entra en el atrio seguido del arquitecto, de Eurimedonte y de dos docenas de guardias armados. Alguno de los esenios teme lo peor al ver a los soldados con las espadas al cinto dentro del espacio sagrado.

Luego se coloca en un podio elevado desde el que se dirige a todos los congregados, en torno a un centenar de personas.

—Amigos, no es este el momento de referirme a todas las obras que he puesto en marcha desde que comenzó mi reinado. Hemos pasado una época angustiosa y difícil, en la que nos hemos enfrentado a enemigos poderosos como los nabateos y los partos, y hemos sabido superarlos. Nada he hecho que haya perjudicado a los intereses del pueblo y siempre he procurado atender sus necesidades. Con el paso del tiempo, he llegado a la profunda convicción de que Dios está conmigo, pues he conducido al pueblo judío a un estado de prosperidad y desarrollo como nunca antes conoció esta nación. Nuestras fronteras alcanzan más lejos que nunca, más aún que con el glorioso rey David, por lo que Israel ha conseguido una extensión territorial jamás soñada. Estoy contento por ello, pero ahora quiero regalaros algo mucho más importante, solo guiado por un propósito noble y hermoso.

Herodes hace una estudiada pausa con la intención de acrecentar la atención de los convocados, a los que mira fijamente en silencio durante unos instantes. Esta táctica siempre le ha proporcionado buenos resultados.

—Mi señor, estamos impacientes. ¿Para qué nos has convocado? —pregunta un consejero al que la pausa se le hace larga.

—Este edificio —Herodes señala con los brazos el Templo— fue reconstruido por nuestros mayores tras el regreso de la pesarosa cautividad de Babilonia. Para levantarlo tuvieron que pedir permiso al gran rey Darío. En este Templo ha rezado nuestro pueblo en los últimos cinco siglos, igual que lo hizo otros cinco siglos antes en el que aquí mismo erigió el rey Salomón, pero... no me parece apropiado para adorar a Dios. Me propongo construir un templo nuevo, más grande, más bello, más grandioso, como corresponde a la morada del Altísimo. Para ello voy a emplear cuantos medios sean necesarios, sin reparar en gasto alguno.

Entre los asistentes, completamente anonadados ante tan inesperado anuncio, se extiende un rumor propio de la estupefacción. La mayor parte de los convocados considera a Herodes un rey impío, carente de fundamento religioso y de poca fe. Al escuchar sus palabras y la propuesta de reforzar el gran símbolo de Israel, la señal del pacto de Dios con su pueblo elegido, se miran unos a otros sin dar crédito a lo que oyen. Algunos muestran su aprobación, pero otros comentan en voz baja que ese proyecto es inviable, al menos en estos momentos.

—Tu propósito es magnífico, oh rey, y te honra, pero ¿qué pasará si una vez demolido este centenario edificio el tesoro real no tiene suficiente dinero para afrontar la nueva obra?

Quien habla es Simón, el nuevo sumo sacerdote nombrado por Herodes.

—Prometo —replica Herodes haciendo acopio de toda su energía— que no demoleré este edificio sin antes tener los talentos necesarios para el nuevo Templo..., pero podría aseguraros que ya dispongo de ese dinero.

Estas palabras sorprenden, aunque calman la inquietud del Consejo, y sobre todo de los saduceos, que ven peligrar sus negocios en caso de cerrar el Templo por demasiado tiempo.

—¿Cómo se va a construir?

—Cumpliendo estrictamente nuestras leyes ancestrales. Nadie que no sea sacerdote podrá presentarse para trabajar en ciertas partes de la obra; y solo ellos podrán poner sus manos en la edificación del Santo, del Santo de los Santos, del altar de los sacrificios y de su entorno.

Con estas palabras, el rey reconforta el ánimo de los desconfiados.

El proyecto de construcción de un nuevo Templo se convierte con rapidez en la comidilla de las conversaciones en todo Israel.

Herodes traslada su proverbial energía a las obras, e impulsa de manera intensa la construcción. Desde el inicio de los trabajos, mil carros se disponen en los alrededores del monte Moriá, medio allanado previamente para construir el nuevo Templo. En viajes interminables se transportan escombros, piedras, ladrillos, maderas y cubas de agua en un ir y venir ininterrumpido.

Al acabar la gran plataforma, se construye un basamento con

los refuerzos convenientes. Todo ello se consigue tras enormes movimientos de tierras, colosales rellenos y soporte de grandes bloques como mamparos de refuerzo. La población de Jerusalén muestra su asombro ante el acoplamiento de las enormes piedras talladas que poco a poco configuran los paramentos que dan robustez a la gran plataforma. La obra confiere una sensación de poder y fortaleza, como hecha para durar miles de años.

Quince mil obreros son contratados para las secciones que no requieren mano de obra sagrada, además de mil sacerdotes, todos equipados con vestiduras de trabajo y que se ejercitan antes en obras de cantería, carpintería y albañilería.

A lo largo de dieciocho meses, obreros y artesanos trabajan a un ritmo frenético, incansable, como galeotes forzados a remar por el *hortator* de una trirreme. El rey en persona vigila la marcha de las obras diariamente. El hercúleo trabajo se concluye provisionalmente, pues quedan abundantes detalles por rematar con menor premura.

Emplazado como una acrópolis, se sube al Templo, orientado de oeste a este, con alguna dificultad, por una calle amplia y varias escalinatas hasta las primeras puertas, y luego se atraviesan un sinfín de columnas y pequeños pórticos hasta llegar al primer atrio, al que tienen acceso los *goyim*, los gentiles. Este es una inmensa explanada cercada igualmente de columnas que sostienen los pórticos, con recovecos donde se congregan los maestros fariseos para impartir sus enseñanzas a discípulos y a quien desee oírlas. También se aprovechan ciertos huecos para vender productos y animales necesarios para los sacrificios.

En el gran patio se ubican unas escalinatas que conducen a una segunda explanada, un poco elevada sobre la plataforma general. A derecha e izquierda de la entrada a este segundo atrio hay inscripciones en griego y latín con letras grandes y visibles: «De aquí en adelante queda prohibida la entrada bajo pena de muerte a todo aquel que no sea hijo de Israel».

Sobre esa segunda plataforma se alza propiamente el recinto del santuario, que contiene un pequeño atrio para las mujeres y a través de una hermosa puerta otro atrio, solo para los varones. A partir de ahí, únicamente tienen acceso los sacerdotes. Ni siquiera el rey puede acercarse al altar de los sacrificios, recinto protegido por un muro de baja altura.

Tras otras doce gradas comienza el recinto más sagrado, que muy pocos pueden ver. Tiene tres piezas: primero un vestíbulo; luego, el Santo y la Morada, la gran sala del culto donde se guardan el candelabro macizo de siete brazos de dos talentos de peso en oro, y la mesa, también maciza, de los panes de la proposición; finalmente se halla el Santo de los Santos, el núcleo más importante del Templo, destinado a morada invisible de la divinidad, separado de la sala anterior por otro pequeño vestíbulo y una cortina grande y espesa tejida con filamentos de seda y oro. Una vez al año, el sumo sacerdote entra en esta sala totalmente vacía, desnuda en absoluto, cuadrangular, pétrea y desprovista de adornos, salvo las chapas de oro purísimo que cubren sus paredes. Postrado de hinojos, el sumo sacerdote pronuncia dos veces bajito, muy bajito, con enorme temblor, el nombre del Dios de Israel, Yahvé, nombre en verdad impronunciable.

Al sur del conjunto se erige el enorme Pórtico Real, al que se accede por una gran escalinata desde el interior de la ciudad; y en el lado este, bajo otro pórtico denominado de Salomón, se encuentra la Puerta Dorada; todo el conjunto se construye en piedra blanca y durísima.

Los portones de madera son casi tan altos como los muros en los que se enmarcan y están chapados con láminas de oro formando figuras geométricas y dibujos de flores. Todos los atrios muestran sus hermosos pórticos soportados con colosales columnas, algunas tan gruesas que son necesarios tres hombres para abarcarlas.

En la esquina noroeste del Templo se alza la gran fortaleza de la ciudad. El jefe de los arquitectos reales estudia con detenimiento el lado septentrional del conjunto, reforzado antaño por una torre llamada Antonia, en honor de Marco Antonio. Herodes ordena al arquitecto que la consolide y la convierta en un potente baluarte, pues desde esa torre se controla toda la explanada del Templo. Manda, además, ensanchar un viejo camino que conduce desde allí al Templo, para tener acceso privilegiado a la casa de Dios.

Elevado sobre la plataforma artificial, el santuario es visible desde muy lejos; la piedra blanca y los tejados cubiertos de planchas de metal dorado reverberan la luz produciendo un efecto mágico cuando inciden sobre ellos los rayos del sol.

Una vez acabada la obra, esta resulta ser una de las más admirables jamás construidas por manos humanas. Los pasmados habitantes de Jerusalén entran en el recinto del Templo admirando las colosales estructuras que les ofrece su rey. Pronto corre de boca en boca un dicho: «Quien no ha visto el templo de Herodes, no ha visto lo más bello del mundo».

Un buen padre debe buscar buenas esposas para sus hijos, piensa Herodes al ver que Alejandro y Aristóbulo están ya en edad casadera, según la costumbre del país. Pero ambos son príncipes, de modo que sus bodas deben aportar algún beneficio para la nación.

Tras escuchar al Consejo, se establecen varios pactos matrimoniales. Herodes los comenta con su fiel Eurimedonte:

—Aristóbulo se casará con Berenice, hija de mi hermana Salomé. Es una joven de quince años muy despierta y vivaracha, aunque quizá demasiado apegada a su madre. Alejandro lo hará con Glafira, hija del rey Arquelao de Capadocia, de la que dicen que es hermosa y dócil, aunque un poco tonta, lo que se compensa con su noble ascendencia. Además, su padre tiene buenas relaciones con Augusto, y eso nos beneficia.

—¿Y Antípatro? —pregunta Eurimedonte.

—Antípatro... Habrá que casarlo también, aunque me extraña que siendo el mayor nunca haya manifestado sus deseos de contraer matrimonio.

—Según la Ley, el estado natural del ser humano es el matrimonio. Hasta los romanos lo consideran así. Dicen que Augusto ve con muy malos ojos a los solteros.

La decisión de Herodes respecto al futuro casamiento de Antípatro sienta muy mal a Salomé, pero nada puede hacer para evitar que se cumpla la voluntad de su hermano. Tiene que tragar la amargura de la boda de su sobrino, lo que trastoca todas las ensoñaciones que ambos planean desde que son amantes. Debe aceptarlo, aunque ya piensa en que ese matrimonio puede anularse más adelante.

No obstante, respecto a su hija Berenice, intenta contravenir los deseos del rey.

—No veo oportuna la boda con Aristóbulo. Agriará las relaciones en la corte. No me hagas soportar que mi hija sea entregada a uno de los hijos de Mariamme, mi gran enemiga.

El rey se muestra inflexible; Salomé no logra mudar su opinión.

—Conviene a la familia que se funda la sangre real de los Asmoneos que lleva en las venas Aristóbulo, con la de los idumeos.

Para Salomé es un bocado demasiado amargo, y se jura a sí misma que ha de lograr algún provecho de esa imposición. A solas con su amante, le dice:

—La boda de mi hija es una infamia. Tampoco puedo soportar que te unan a ti con otra mujer que no sea yo.

Antípatro besa apasionadamente a su tía.

—Tal vez sea una oportunidad para entrar de lleno en el corazón del enemigo. Sigamos adelante con nuestros planes. Estaremos preparados si se produce la muerte de mi padre y tengo que luchar por el trono.

Salomé no puede guardar por más tiempo su gran secreto. Al fin, decide confesar a su madre su relación con Antípatro.

—Madre, no puedo seguir fingiendo. Tengo que confesarte algo que no te gustará.

—Siempre te he ayudado. Puedes confiar en mí. ¿Qué te ocurre? —pregunta Cipro.

—Estoy enamorada de Antípatro.

—¡Mi nieto, tu sobrino! —se sobresalta Cipro.

—Sí. Hace algún tiempo que tenemos una relación...

—¿Te has acostado con él?

—Sí, madre, no hemos podido evitarlo.

—Hija mía, eso es un pecado gravísimo. ¡Cómo has podido hacerlo!

—Nos enamoramos y...

—No puedes imaginar el dolor que me causan tus palabras. Me arden las entrañas. ¿Lo sabe alguien más?

—Creo que no. Hemos sido muy discretos.

—¿Cómo dices eso? Este palacio está lleno de ojos y oídos camuflados en las paredes y en los cortinajes. Supongo que tu hermano no se ha enterado todavía, porque si lo supiera...

—Nuestro secreto no ha salido de mi alcoba, hasta ahora.

—Tu relación con mi nieto me desagrada profundamente. Debes cortar inmediatamente con él. Más aún ahora que debe casarse por orden de tu hermano Herodes. La que también tiene que casarse de nuevo eres tú. No pienses que he estado ociosa. Hace tiempo que ando buscándote un marido. ¡Te casarás sin rechistar!

Cipro siente que la bilis sube desde su estómago hasta la garganta y toma un vaso de agua intentando calmarse.

—¿En quién has pensado? —pregunta Salomé irritadísima.

—Tengo una lista de candidatos, pero antes de decidir, debo consultarlo con tu hermano. El rey tiene la última palabra.

Salomé procura dar un vuelco a la conversación:

—No podemos consentir que los hijos de Mariamme sean los herederos.

—En eso estoy de acuerdo, hija, pero hay que actuar con inteligencia y habilidad. Cuando Herodes deje este mundo, y supongo que yo lo habré hecho antes, la cuestión sucesoria debe estar resuelta. Tenemos que conseguir, pero no sé cómo, que la sucesión al trono recaiga en Antípatro; pero dudo cuáles serán los pasos adecuados.

»Vuelvo a tu caso. Si tu hermano se entera de que su hijo primogénito y su hermana habéis sido amantes, es probable que os condene a muerte. ¡Se sentirá deshonrado! Es fácil de imaginar. No puede saberlo. ¡Nunca! Parece que habéis tenido demasiada suerte por haber mantenido el secreto. A partir de ahora no tocarás un pelo del cabello de Antípatro, aunque te ahoguen los ardores. ¡Cálmate como sea!

—Lo intentaré —recapacita Salomé.

—No. No lo intentarás; lo harás. Olvídate de volver a acostarte con mi nieto, al menos mientras viva Herodes. Te he parido; te conozco bien. Si hubieras nacido varón, habrías sido el mejor rey de Israel; pero naciste hembra. Eres fuerte, astuta, vigorosa y enérgica, pero has cometido un desliz que no debe volver a repetirse. Céntrate. Hemos de conseguir que Antípatro sea el heredero. Piensa solo en eso. Un idumeo debe sentarse en el trono de Jerusalén.

—¿Has reparado en qué nos ocurrirá si uno de los dos hijos de Mariamme ocupara el trono? Tú misma, madre, levantaste la mano en el Consejo que aprobó la ejecución de aquella odiosa mujer. No creo que albergues duda alguna de qué sería de nosotras, y del propio Antípatro, si uno de esos dos malditos logra la realeza. —Salomé no tiene otro remedio que corroborar lo que propone su madre.

—No necesito que me lo recuerdes, pero eso no te exime del pecado que has cometido con Antípatro.

—Eso ya no puede borrarse.

—Pero sí puede olvidarse. Apoyaré a Antípatro en contra de los nietos de la fementida Alejandra. Nunca podré aceptar a los dos hijos de Mariamme. Voy a procurar obviar mis reparos a que te hayas acostado con tu propio sobrino. Haré cuanto pueda para enfangar a esos dos engreídos y enfrentarlos con su padre.

—Yo ya he empezado a hacerlo.

—¿Qué has hecho?

—He ido dejando caer al rey, poco a poco, pequeñas advertencias para que tenga cuidado con ellos. Nunca los he acusado directamente ante él, pero he insinuado yo misma y por parte de mis contactos, a menudo bien pagados, que son ambiciosos; que recuerdan a su madre; que fue él mismo, su padre, quien impulsó al Consejo para que decretara la condena a muerte de Mariamme; que sus hijos no han olvidado quién es el responsable de su ejecución; que tienen la intención de vengarla; y que ambicionan llegar al trono cuanto antes.

—Haré lo mismo. Todo eso se repetirá. Y en cuanto a ti, bastará con que mantengas las piernas bien cerradas cuanto estés con Antípatro.

Tal como hace Salomé, cada vez que Cipro se encuentra a solas con el rey no deja de insinuar levemente que sus hijos favoritos sienten odio hacia su padre. Día a día, como una gota que horada la dura piedra golpeando sobre ella débil pero constantemente, las insinuaciones de Cipro hacen mella en el corazón de Herodes, quien en el fondo no quiere creérselo.

Los rumores suscitados con tanta habilidad provocan desazón en el corazón del rey, que sufre pesadillas en sus sueños. Una noche se despierta angustiado en la madrugada. Unos alacranes nacen de unos huevos que tiene en la mano y vuelven sus colas contra él, inoculándole veneno. El sentido de la pesadilla se le torna evidente sin necesidad de recurrir a los augures. Sus hijos pueden hacerle lo mismo que él hace con sus enemigos: vengarse sin piedad. Y en este caso... ¡se trata de la muerte de su madre!

Angustiado y sudoroso, Herodes llama al griego Eurimedonte, una vez más su confidente.

—Amigo: han vuelto a invadirme pesadillas y temores que creí olvidados. Esta noche he soñado lo que puede ser una premonición. Encárgate de vigilar muy de cerca a mis hijos Alejandro y Aristóbulo.

—¿Dudas de ellos, mi señor?

—¿No has oído los rumores? Se dice que quieren llegar al trono lo antes posible, y para eso yo debo desaparecer.

—Cierto. Algo he oído, pero son meras habladurías de vagos que no tienen mejor cosa que hacer que difundir rumores.

A Eurimedonte no dejan de sorprenderle las confidencias de su rey, aunque hace mucho tiempo que lo conoce.

—Si han llegado a tus oídos, algo hay detrás de ellos. Debemos estar prevenidos para cualquier cosa. Esto lo he aprendido de ti.

Eurimedonte reflexiona un instante:

—Humm..., tienes razón, mi rey; es posible que estos rumores sean el inicio de una conjura.

—La venganza se cocina despacio, pero se sirve de repente, cuando menos se espera.

—Ordenaré que se vigile con la máxima atención a los dos príncipes.

—Afortunadamente tengo a otro posible heredero.

—¿Antípatro...? —se extraña Eurimedonte.

—Sí, mi primogénito. Lo aparté de mi lado cuando repudié a su madre. Me enamoré de Mariamme como un chiquillo, y puse por delante de Antípatro a Alejandro y a Aristóbulo. Pero Mariamme ya no está, y esos dos hijos míos tal vez quieran vengar su ausencia, de la que me consideran culpable.

—Fue una condena justa; de nada tienes que arrepentirte.

—Justa o no, yo envié al cadalso a su madre y creo que no me lo han perdonado.

—Mantendremos bien abiertos ojos y oídos.

—Veo ahora que he sido injusto al mantener a mi primogénito alejado de mi lado durante tantos años. Debe disfrutar del derecho de primogenitura. Es la Ley. A partir de hoy, Antípatro vivirá en la corte. No la visitará de vez en cuando, como un furtivo escondiéndose en las estancias de mi hermana, la única de la familia que lo ha sabido comprender.

Herodes sabe que su hermana comparte muchos ratos con Antípatro en sus aposentos, pero ni por un instante pasa por su cabeza que sean amantes. ¡Tía y sobrino! ¡Impensable!

—Habrá que asignarle a Antípatro sus propias estancias.

—Encárgate de ello. Quiero que Antípatro ocupe un aposento cerca del mío.

Por supuesto, Eurimedonte conoce también los encuentros de Salomé y Antípatro. Son demasiado ingenuos al pensar que pueden ocultar sus reuniones; pero, aunque intuye lo que ocurre tras las puertas de la alcoba de Salomé, nadie tiene pruebas seguras para ratificar la sospecha de que tía y sobrino son amantes.

Cuando se entera de la decisión del rey respecto a la admisión definitiva en palacio de su amante, Salomé se siente encantada. El plan ideado por ella y secundado por Cipro parece funcionar. No solo logra la rehabilitación del primogénito y que sea ubicado junto a su padre, sino que los dos hijos de Mariamme se encuentren bajo sospecha.

La nueva situación comienza a mudar también algunas otras

cosas de la corte. Los partidarios de los dos hijos de Mariamme, entre ellos varios amigos venidos de Roma, caen en la cuenta de que les puede ir mucho mejor si se van desligando lentamente de Alejandro y Aristóbulo y se acercan a Antípatro, que ahora parece el favorito de Herodes.

Entonces, Salomé cree llegado su momento. Decide instruir más detenidamente a su amante y a sus nuevos amigos en la corte para que sigan fomentando el odio hacia los hijos de Mariamme, pues la táctica está dando resultados.

A su vez, Alejandro y Aristóbulo perciben que están siendo abandonados por sus antiguos aliados; y no solo los más jóvenes, también algunos veteranos que no tardan en darles la espalda y sumarse al bando del hijo de Doris.

—Nuestro padre ha cambiado de actitud hacia nosotros —dice Alejandro a su hermano.

—Tienes razón. Veo que ya no nos trata igual que al principio de nuestra vuelta de Roma.

—¿Sabes qué significa que haya instalado en palacio a nuestro hermano Antípatro y en un aposento muy cerca de su cámara?

—Claro que lo sé: que ahora es su preferido —ratifica Aristóbulo.

—Y que es probable que piense en él como su heredero.

—Pero... ¡si era un proscrito! Nuestro padre siempre ha pensado que sus sucesores somos nosotros.

—¡Éramos!, hermano; parece que ahora lo es ese advenedizo. De hecho, padre está delegando en él algunas funciones, lo que nunca hizo con ninguno de nosotros dos.

—¿A qué funciones te refieres?

—¿No caíste en la cuenta de que lo ha representado en alguna festividad religiosa y lo ha sentado a su derecha en su tribunal de justicia, por delante de nosotros?

—Sí, pero... no me atreví a darle demasiada importancia. ¿Qué podemos hacer?

—No lo sé.

—Deberíamos presentarle nuestras quejas.

—No. Podría creer que no somos agradecidos. Hablaremos con nuestra tía Salomé. Ella lleva muchos años en la corte.

Los dos príncipes se dirigen a los aposentos de la hermana del rey y solicitan a los servidores hablar con ella.

Cuando una sierva le notifica que sus dos sobrinos están esperando a ser recibidos, Salomé dibuja una amplia sonrisa triunfal. Todo está saliendo conforme a lo que ella y Cipro pretenden. ¡Ingenuos!

—¿Qué os trae por aquí, queridos sobrinos? —Salomé besa a los hijos de Mariamme, disimulando un tanto su repugnancia.

—Desde que Antípatro vive en palacio nos sentimos relegados —manifiesta Alejandro—. Nuestro padre cuenta cada vez menos con nosotros, y eso ha provocado que hasta nuestros amigos más íntimos nos hayan vuelto la espalda. Algunos ni siquiera nos miran, como si fuéramos invisibles o espectros o, peor aún, apestados. Nos rehúyen a pesar de que Berenice, la esposa de mi hermano, es tu propia hija.

—El culpable de lo que nos pasa es nuestro propio padre —tercia Aristóbulo, que hasta ese momento permanece en silencio dejando hablar a su hermano mayor.

—Sabemos que fue él quien ordenó la muerte de nuestra madre, pero no comprendemos por qué debemos pagar nosotros los posibles delitos que ella pudiera haber cometido.

—Vuestra madre fue una mujer adorable —afirma Salomé con descaro—. Su castigo fue debido a causa de declaraciones de testigos que sentían gran aversión hacia ella. Vuestro padre no tuvo más remedio que aplicar la Ley.

—Cuando gobernemos nosotros —interviene Alejandro—, cambiaremos esa Ley.

—¿Habéis hablado de esto con alguien más?

—Solo con un par de amigos. Nos quedan tan pocos... —se lamenta Aristóbulo.

—Veré qué puedo hacer por vosotros. Ahora, marchaos, tengo algunos asuntos que resolver.

Salomé se da la vuelta, dibuja otra sonrisa y piensa: «¡No pueden ser más tontos!».

Apenas se marchan, la hermana del rey manda llamar a los dos amigos citados en la conversación. Se trata de hijos de un comerciante de trigo venido a menos, que está al borde de la ruina.

—Señora, hemos acudido a toda prisa en cuanto nos han anunciado que querías vernos —dice uno de ellos.

—Sé que andáis en serias dificultades porque los negocios de vuestro padre no han ido nada bien.

—Así es, mi señora. El comercio del trigo ya no es lo que era; hemos tenido pérdidas.

—Eso tiene remedio.

—¿Qué debemos hacer?

—Algo muy fácil y que conviene además a la seguridad de Israel. ¿Estáis dispuestos a hacer lo que os pida?

Los dos hermanos se miran esperanzados y esperan que no les solicite algún imposible.

—Estamos a tus órdenes, señora.

—Redactad una lista de las quejas que habéis oído de las bocas de Alejandro y Aristóbulo criticando al rey Herodes.

—Pero...

—Se trata del bien de todos; es conveniente que mi hermano conozca al fin y de un modo directo lo que dicen sus hijos de él. Si lo hacéis, os aseguro que vuestra situación mejorará, y mucho. Además, estaréis cumpliendo un gran servicio a la nación.

Los hermanos aceptan y se convierten en agentes de Salomé a cambio de algunas monedas que de vez en cuando les ofrece como pago por sus informes.

Los planes iniciales caminan lentamente hacia la meta propuesta como sólidos carros arrastrados por recios bueyes. Salomé filtra lo que le interesa a un eunuco, el cual se lo hace saber a un siervo muy cercano al rey. Ella desea aparecer como una mujer de inquebrantable fidelidad a su hermano, alguien que solo piensa y trabaja en beneficio de la nación. En su cabeza sigue creciendo su propósito de sentarse algún día, junto a su amante y sobrino, en el trono de Israel.

Se sabe a punto de ganar su arriesgada partida, de modo que Salomé juega una nueva baza que refuerza su ya probada estrategia.

Su hermano Feroras, tetrarca de Perea, acude a menudo de visita a Jerusalén. Suele aducir que lo hace para debatir asuntos de gobierno con Herodes, pero lo que le ocurre en realidad es que se aburre en su palacio de Medabá al lado de su tediosa mujer.

Salomé aprovecha una de esas visitas, con motivo de la Pascua, para comentar con Feroras el asunto de la sucesión de Herodes.

—Te voy a hablar como hermana mayor. Aunque en los últimos meses ha cambiado algo su actitud hacia ellos, nuestro hermano, el rey, está embobado con Alejandro y Aristóbulo, esos dos idiotas hijos de Mariamme. Por el momento sigue pensando en ellos como sucesores y herederos del reino. Supongo que habrá pasado por tu cabeza en más de una ocasión que eso no nos conviene en absoluto; y al que menos, a ti. ¿Imaginas qué harán con tu tetrarquía, si alguna vez se sienta uno de ellos en el trono de Israel? Los hijos de la asmonea, tan finamente educados en Roma, no dejarán que tú, un idumeo al que consideran inferior, sigas al frente de una provincia tan importante. Ambos tienen en mente que fue nuestro hermano quien condenó a muerte a su madre, pero que lo hizo con nuestro apoyo.

—Claro que lo he pensado, hermana. ¿Cómo no voy a tener en cuenta un asunto tan importante? —Feroras se mantiene pensativo unos instantes—. Algo he pensado, sí —continúa dubitativo—; pero ¿qué puedo hacer yo en todo eso? Conoces a nuestro hermano; nombrará su heredero a quien se le antoje. Poco o nada podremos hacer para cambiar su decisión.

—Claro que podemos influir —replica con firmeza Salomé—. Yo ya lo estoy haciendo, y tú tienes que apoyarme porque te va, porque nos va la vida en ello. ¡No seas bobo! Tú nunca podrás ser el heredero, porque eres su hermano y hay varios hijos suyos por delante de ti. Pero sí puedes ayudarme a que cambie su elección y nombre sucesor a Antípatro.

—Este asunto es más complicado de lo que parece, incluso según tu planteamiento. Nuestro hermano tiene varios hijos más, algunos de insignificantes esposas, de concubinas y de amantes, aunque Antípatro sea el primogénito.

—Sí, aunque él es más nuestro; es sangre de nuestra sangre.

—Pero ha estado proscrito de la corte demasiado tiempo...

—Eso ha cambiado. Hace algunos meses que recibió el permiso real para instalarse en este palacio. Lo han puesto en aposentos muy próximos a los del rey.

—No sé...

—Abre bien los ojos, hermanito, y déjate aconsejar por mí.

—¿Qué quieres que haga?

—Cuando estés con Herodes deja caer alguna crítica, no muy severa pero contundente, sobre el comportamiento de Alejandro y Aristóbulo. Hazlo sutilmente, como sin darle importancia, e inmediatamente alaba la disposición y el talante de Antípatro, cuán bien se comporta, su profunda lealtad y cuánto admira a su padre. Repite esto mismo cuando hables con Eurimedonte. El jefe de policía es el hombre en quien más confía nuestro hermano. Lo considera sus propios ojos y oídos. Por lo demás, sé discreto; actúa con inteligencia. Al hablar con Alejandro y Aristóbulo, muéstrate cortés y amable; que no desconfíen de ti, que no lleguen ni a imaginar lo que tramamos. Y no seas torpe. Haz lo que te digo.

Feroras, aún dubitativo, pondera la propuesta de su hermana. Finalmente cede.

—No te preocupes, haré lo que me dices.

—Esos dos son algo tontos. En unos momentos son unos confiados, y en otros sospechan que yo soy su gran enemiga. Una criada que está a su servicio me ha dicho que en varias ocasiones los ha oído hablar mal de mí. Y yo, en otras, he visto cómo me miran con esos ojos del que odia y no puede evitarlo. También odian a Antípatro, porque ven a su medio hermano como el único gran rival que les puede disputar la herencia por mucho que crean tenerla asegurada.

—¿Y nuestro hermano, sospecha algo?

—Creo que no. Pero los hijos de Mariamme son estúpidos y no tienen recato alguno en rechazar, incluso en su presencia, a Antípatro. Muestran una actitud altiva y distante con su medio hermano y conmigo. Su madre los instruyó bien para que despreciaran nuestro linaje.

El futuro presenta siempre un horizonte incierto.

Al cabo de unos meses de su acuerdo con Salomé, Antípatro se plantea las primeras dudas respecto a su intrigante tía. Su posición ante su padre se consolida; ya no es el paria de antaño. Pero vacila respecto a Salomé; quizá el plan de su tía y amante no sea tan beneficioso para él.

En su alcoba, reflexiona sobre el futuro al lado de ella. Aunque se mantiene lozana y hermosa, es mayor que él. La belleza y el esplendor no duran eternamente. Además, Salomé posee un temperamento absorbente, recio, muy dominante. Se comporta con cierta superioridad y siempre cree tener razón. Si alguna vez es él el rey y Salomé su reina, tal vez no le deje gobernar, sino que quiera ser ella la que maneje el reino a su antojo. Comienza a verse como un juguete que ella utiliza a su conveniencia.

Además, se siente atosigado por la insistencia de Salomé en el sexo. Una y otra vez, sin descanso, como una obsesión enfermiza. Pero los juegos amorosos no son como antes. En ocasiones le embarga un agobio que lo lleva al rechazo. Pero se contiene. Ya no experimenta la emoción, el estímulo del goce precisamente prohibido, sino la tediosa rutina de lo cotidiano, aunque procura que su tía no se dé cuenta de que ya no siente el mismo ardor.

Por el contrario, Salomé es feliz cada vez que disfruta de Antípatro. Tras dos matrimonios frustrados, por fin consigue plena satisfacción. Lamenta que, por mandato de Herodes, su joven amante tenga que casarse, y que no pueda ser con ella. Reflexiona; entiende que debe mantener su pasión en secreto, aunque ansía que llegue el instante en el que pueda manifestar su amor y pregonarlo a los cuatro vientos.

Cierto día, tras regresar Herodes de un viaje de inspección por el norte de Israel, Salomé y Feroras se encuentran con su hermano en palacio. Pasean por un pequeño jardín en uno de los patios junto a media docena de consejeros, a los que Salomé logra apartar con su habitual habilidad para que Feroras pueda charlar a solas con el rey. Cuando se retiran los consejeros, acude ella presta junto a sus hermanos. Es el momento oportuno para ser claros. Hasta ahora el plan funciona por medio de personas interpuestas. Difícilmente se presenta una situación como esta para una actuación directa y personal. Cree que es mucho más efectiva que todas las anteriores.

—Hermano —le dice Salomé cogiendo por el brazo a Herodes—, has estado unas semanas ausente de Jerusalén, y en este tiempo han pasado algunas cosas que creo que debes conocer.

—Por tu semblante de preocupación deduzco que se trata de algo grave.

—Lo es. He pensado mucho sobre lo que voy a decirte, pero no puedo ocultarlo por más tiempo. —Salomé finge mostrarse dubitativa—. Siguen circulando los rumores sobre la actitud de tus hijos Alejandro y Aristóbulo.

—¿Otra vez? —pregunta Herodes intrigado y expectante, aunque ya está informado.

—Tal vez sean solo eso, rumores, pero debes conocerlos directamente. Convendría enseñar a algunos a que se comportaran con prudencia y mesura.

Herodes mira a su hermano Feroras, que se mantiene callado, pero que asiente con la cabeza a cuanto dice Salomé.

—Hablad claro los dos. ¿Se han ido de la lengua mis hijos? Acaba ya de una vez con lo que tengas que contarme. —Herodes se muestra tenso, impaciente e inquieto.

Salomé mira a Feroras, que evidencia un rostro compungido.

—Ahora no son rumores, sino conciliábulos secretos en los que afirman que pronto llegará el momento de vengar la muerte de su madre. Hasta hace un tiempo eran solo simples quejas, pero ahora hablan de emprender acciones inmediatas.

—¿Cómo lo sabes? —El gesto de Herodes se torna aún más tirante y agrio.

—Tengo un confidente. Es quien me dice lo que tus dos hijos hablan de ti. Parece que están tramando un plan para..., para quitarte de en medio y despejar su camino hacia el poder.

—¿Pretenden asesinarme?

—Por ahora no. Algo más sibilino. Quieren mediar ante Augusto para que sea él quien te deponga. Y luego vendrá tu fin.

—¿Cómo puede ser cierto eso? Eurimedonte no me ha hablado nada más que de rumores, y él controla cada paso que se da en Israel.

—Hay más. Tus hijos cuentan con la ayuda de Arquelao de Capadocia, que es buen amigo de Livia, la esposa de Augusto. Glafira, la hija de Arquelao y esposa de Alejandro, ha intervenido ante su padre; dicen que el rey de Capadocia quiere que su yerno sea el rey de Israel cuanto antes, y su hija, la reina. Tal vez sea así —añade Salomé—, pero también puede ser que haya alguien interesado en enfrentarte con tus dos hijos y que todas estas acciones sigan siendo rumores, una maledicencia de algunos reconcomidos por la envidia o el rencor. No creo que Alejandro y Aristóbulo sean tan necios como para enfrentarse a ti. Si te sirve de algo mi opinión, creo que son inocentes, y que esos rumores y las pretendidas acciones no han surgido de sus mentes.

Herodes sigue tenso en su mutismo.

—Opino como Salomé, hermano —asegura Feroras moviendo la cabeza con signos de aprobación.

Herodes queda compungido y su ánimo completamente perturbado. Bulle de rabia, pues si sus dos hermanos manifiestan la misma opinión sobre lo que sucede, es posible que haya algo de verdad entre tantos rumores.

—Habéis hecho bien en decírmelo, pero ahora mi mente está poblada de incertidumbre. Presiento una terrible tormenta. Veo ya los negros nubarrones. Quiero estar solo, necesito pensar.

—Hermano —Salomé abraza a Herodes con ternura—, no des demasiada importancia a todas esas habladurías. Un rey debe estar al tanto de todo cuanto ocurra en su reino, incluso de los falsos rumores. Tus hijos son encantadores. No los creo capaces de encabezar una bajeza semejante ni de tramar una conjura contra ti.

—Marchaos, por favor; dejadme solo.

Salomé besa a Herodes, y Feroras le da un abrazo antes de salir del patio.

El rey llama a un criado y ordena que avise a Eurimedonte: debe presentarse ante él de inmediato.

El jefe de la policía llega al instante.

—Dime, mi señor.

—Mi fiel amigo... Acabo de hablar con mis hermanos y sus palabras me han causado una enorme preocupación y un inmenso enojo. Durante todo mi reinado he procurado gobernar con justicia, tanto en los asuntos de mi reino como en los de mi familia.

—Soy testigo de ello.

—¿Crees que he tratado bien a mis hijos Aristóbulo y Alejandro?

—Ningún padre pudo haberlo hecho mejor. Les has dado la educación adecuada y el trato correcto.

—Pues parece que ellos no lo estiman así. Me dicen que hay rumores de que están tramando un plan para hacerse con mi trono antes de tiempo. ¿Has oído algo sobre eso?

—No, mi señor. En todo caso una mínima habladuría, a la que he prestado poca atención. Si así hubiera sido, te lo habría comunicado de inmediato.

—Tras años de guerras y dificultades, creí que había llegado el momento de gozar tranquilamente de un tiempo para gobernar en paz este reino. Soy amigo del poderoso Augusto, tengo relaciones entrañables con Agripa, su legado en Oriente, disfruto de la amistad y de la confianza del Senado, el cual me ha ido concediendo nuevos poderes y rentas sobre la región de la Traconítide; corren años de bonanza y buenas cosechas... O eso creía hasta ahora, porque veo cómo se ciernen sombras amenazadoras sobre este palacio.

—No lo veo así, señor.

—He tomado más esposas, como la samaritana Maltace, con la intención de unir los dos pueblos principales de mi reino, Samaria y Judea, que se detestan, y otras más para seguir pacificando mediante acuerdos matrimoniales esta tierra. Me he sacrificado incluso ordenando la muerte de Mariamme, la mujer a la que más he amado y a la que todavía no he conseguido olvidar. ¿Y qué he logrado? Ni siquiera puedo fiarme de los hijos que tuve con ella, ni siquiera puedo estar tranquilo cuando muestro mi espalda a esos dos hijos, pese a que saben que son mis predilectos.

—No te amargues, mi señor, porque lo que has dicho al final no es verdad.

—Tengo razones para sentir una profunda amargura. Si dicté

la sentencia de muerte de Mariamme fue por justicia. ¿Qué tipo de rey hubiera sido en caso de haber incumplido nuestras leyes sobre el adulterio? Mis hijos no lo han entendido. Nadie sufrió tanto por la muerte de mi esposa más amada. Tuve que hacerlo, era mi obligación. Pero ¡mis hijos no lo comprenden!

—Insisto en que estás dando pábulo a rumores sin sentido.

—Desde que murió Mariamme, que me traicionó, mi vida se ha trocado en una vorágine de dudas y de angustias en las que habita la desconfianza hacia todo y hacia todos.

—¿Me incluyes a mí, señor?

—No. Tú eres la excepción. Pero desde que falta Mariamme, necesito que me amen cuantos están a mi lado. Necesito sentir su confianza, su cariño, su apego. No puedo soportar la sensación de ser traicionado, porque ese sentimiento me recuerda la infidelidad de mi esposa con aquel bruto carcelero. Si mis hijos, que viven bajo mi mismo techo, también me traicionan, ¿qué puedo hacer?

—Mano dura.

—Sí, mano dura; esa es la única manera de sostener un reino como el de Israel y de pacificar una familia como la mía.

—Mantendré vigilados muy de cerca a tus hijos.

—Tendrán que entender lo de su madre: que a veces utilizar la dureza es obligado para gobernar. Vigila también a Antípatro.

—Señor, sabes que ya lo vigilo. Tu primogénito es moderado y leal, fuerte y discreto. No te defraudará.

—Lo sé, pero si Alejandro y Aristóbulo ven que su hermano mayor se comporta como se debe, caerán en la cuenta de que la sucesión en el reino no les pertenece por derecho, sino porque yo lo he decidido, y que deben ganársela con su buen comportamiento. Puedo cambiar de opinión si así lo creyera conveniente. Házselo saber a los dos.

Desde que Salomé le revelara directamente las habladurías y pretendidas acciones de sus hijos y tras su conversación con Eurimedonte, Herodes acrecienta sus atenciones hacia Antípatro, cuyo papel en la corte se incrementa. El rey está tan satisfecho con su primogénito que lo hace intervenir aún más en los casos judiciales que se dirimen en la corte y en los asuntos de política exterior. No hay asunto relevante en el que Antípatro no sea consultado.

Salomé, que observa encantada el ascenso de su sobrino y amante, no cabe en sí de gozo. El destino o la divinidad provocan progresos y parecen dispuestos a confluir para que se cumplan sus planes.

Cuanto más crece la figura del hermano mayor, tanto más menguan las de Alejandro y Aristóbulo, cuyos rostros se desfiguran día a día corroídos por la envidia y por la zozobra de saber que están perdiendo influencia en la corte. Los dos hermanos desconfían de su padre e interpretan como una grave ofensa el que los esté relegando en favor de Antípatro. Tienen que hacer valer que ellos son de sangre real macabea por su madre, Mariamme.

Antípatro, exultante con sus nuevas funciones, procura disimular su gozo; es preciso evitar que se note. Mantiene un trato exquisito con sus hermanos, pues desea que su padre confíe plenamente en él y quiere demostrar que acepta cualquier decisión que venga del rey.

En tales circunstancias, el primogénito, cada día más convencido de ocupar un lugar preeminente en el corazón de su padre, se permite una acción audaz: visitar a su madre, a la que se mantiene lejos de palacio. Pero visitar a Doris podría interpretarse sin duda como algo muy inconveniente.

—Madre, las cosas están cambiando en la corte. Ya no soy ese hijo renegado y rechazado que ni siquiera podía poner un pie en el palacio de Jerusalén. Ahora me siento a la derecha del rey, quien confía en mí hasta el punto de que me considera su más valioso consejero.

—Tal vez lo veas así, pero, que yo sepa, los hijos de Mariamme están por delante de ti en la sucesión al reino.

—Los años han cambiado a mi padre. Creo que está considerando la opción de modificar su testamento y nombrarme heredero.

—¿Estás seguro de lo que dices? —Doris se sobresalta por la emoción.

—Muy seguro, madre.

Antípatro no le dice que es amante de su tía ni que está siguiendo un plan acordado con ella.

—¿Puedo hacer algo por ayudarte? —pregunta Doris.

—Sí, madre. Ya que mi nueva posición en la corte me otorga prerrogativas insospechadas, quiero aprovecharlas. Sé que tengo que comportarme de manera más astuta, reflexiva y calculadora que mis medio hermanos y que debo ganarme la confianza de mi padre cada día y en cada momento, por eso me he atrevido a pedirle que te admita en la corte y permita que regreses tú también a palacio.

—No entiendo nada. ¿Estás loco? La herida que provocó tu padre en mi corazón al repudiarme no ha cicatrizado todavía. No quisiera que se desencadenaran más tensiones ni problemas; no quiero volver a encontrarme con tu padre. ¡No deseo recordar de nuevo tantas amarguras, tanto despecho, tanto desprecio! En todo caso, y quizá..., podría hacer una visita breve, recóndita en lo posible, solo por estar contigo. Pero volver a vivir en palacio sería resucitar un pasado acibarado. Prefiero seguir viviendo en casa de mi padre y ahorrarme más dolor. Me he acostumbrado al modo de vida que ahora llevo y gozo de una libertad que nunca antes tuve.

—Pero en palacio...

—No. Sería una cárcel para mí, con oro, esclavos y criados, pero una prisión al fin y al cabo.

—Insisto, madre. Visita aunque sea por una sola vez a mi padre. Hazlo por mí, por mis planes, aunque te moleste.

—Te repito que no entiendo qué pretendes. Pero de acuerdo, lo haré por ti.

Doris cede y se abraza a Antípatro. Se traga su orgullo si con ello es capaz de ayudar a desbancar de la sucesión a los hijos de la mujer culpable de la pérdida de su marido.

26

La defensa

Tras diez años en Oriente, Agripa, el mejor compañero de Augusto, recibe la orden de regresar a Roma. Escribe una nota a Herodes para comunicarle su marcha.

En Jerusalén, el rey de los judíos convoca al Consejo.

—Os anuncio que deseo despedirme en persona de Agripa, por el cual siento un gran aprecio. Voy a navegar hasta Rodas para encontrarme allí con él. Quiero aprovechar los buenos momentos que atraviesan nuestras relaciones para obtener más beneficios para nuestra nación.

Herodes se va haciendo mayor, y cada vez le cuesta más salir de Jerusalén, donde está relativamente tranquilo y en algunas ocasiones se siente afortunado. Es verdad que gobierna un reino con gentes nada fáciles, pero ante todo está realizando su mayor deseo: dejar para la posteridad un gran legado. Planifica grandes construcciones en las ciudades más importantes del reino, edificios públicos, algún palacio y el hermoso puerto de Cesarea. Incluso su propio mausoleo, para el que elige un lugar a solo diez millas al sur de Jerusalén donde se está construyendo una enorme fortaleza, un palacio y su tumba.

Venciendo la pereza, se dirige a Cesarea y se embarca en la trirreme real, siempre a punto en el puerto, rumbo a Rodas.

La arribada y la visita a Agripa discurren con normalidad.

—Y esto es todo lo que debía contarte —concluye Herodes

tras poner al corriente a Agripa sobre cuanto ha sucedido en Israel en los últimos meses.

—Roma está contenta con tu amistad y con la manera en que estás gobernando Judea, pero hay un tema que nos preocupa.

—Haré lo posible para complacer a Augusto.

—Se trata de tus dos hijos, los que tuviste con aquella bellísima mujer.

—Mariamme.

—Sí, los hijos de Mariamme. Hasta mí ha llegado el rumor de que tienes algunos problemas con ellos.

—Pequeñas controversias, nada importante.

—Y que has recuperado a tu hijo mayor.

—De eso quería hablarte. Sería para mí una gran satisfacción que pudieras acomodar en la nave que te llevará a Ostia a mi hijo Antípatro. Cuando volvieron de Roma mis hijos Alejandro y Aristóbulo le prometí a Augusto que le enviaría a otro de mis descendientes, y quién mejor que mi primogénito. Esta es la ocasión, si te place.

—Cuenta con ello. Tu hijo vendrá conmigo.

—Te lo agradezco. Cuando se enteren de que su hermano irá a Roma, esos otros dos hijos míos espabilarán.

—¿Por qué dices eso?

—Tú has hablado de ello. Últimamente se han mostrado un tanto díscolos. Tendrán que aprender a comportarse como se requiere en la corte.

—¿Cómo...? —Agripa mira a Herodes dando a entender que no comprende del todo lo que quiere decir.

—Voy a ser absolutamente sincero. Quiero que Alejandro y Aristóbulo comprendan que, cuando yo falte, mi decisión sobre el trono puede no recaer sobre ellos; naturalmente con la aprobación del Senado. Que asuman que mi primogénito seguirá los pasos que ellos han dado antes; que será presentado a Augusto y que se educará en Roma como lo hicieron ellos.

—Eso significa que han de aceptar que Antípatro es otro posible candidato a tu sucesión.

—Así es. Mi heredero será el mejor, el más preparado y el más capaz. Han de saberlo los tres.

El rey retorna felizmente de Rodas en una navegación agradable. Pasado un cierto tiempo los hijos de Mariamme acaban por enterarse de lo pactado en Rodas con Agripa, y se angustian y entristecen. Cada vez perciben con más claridad que ya no son los candidatos únicos e indiscutibles al trono ni ocupan en exclusiva el corazón del rey. Los ánimos de ambos se deprimen, sin consuelo alguno.

Ni siquiera sus respectivas mujeres, Glafira y Berenice, pueden consolarlos. Alejandro y Aristóbulo dialogan largamente en secreto y concluyen que Herodes no está jugando limpiamente con ellos. Es evidente que nada es igual a los primeros tiempos tras la vuelta de Roma. Y Antípatro tiene mucho que ver en el cambio de opinión de su padre. Deben reaccionar, y pronto, si no quieren perder sus opciones a heredar el reino.

Herodes convoca a su primogénito.

—Es mi decisión firme que vayas a Roma.

Antípatro duda. No es el mejor momento para abandonar la corte, pero no puede negarse a una orden de su padre si quiere seguir contando para la sucesión.

—En la Urbe aprenderás lo necesario para ser un buen gobernante. Los romanos son maestros en el arte del gobierno, y no de una simple y única nación, sino de todo un imperio. Aprenderás y te ejercitarás en el derecho de gentes, pues son ellos quienes le han dado consistencia. Conocerás a Augusto, el verdadero dueño del mundo. Te recibirá con los honores debidos a un príncipe de Judea. Compórtate servicialmente, pero no seas servil jamás. Hazte respetar y muéstrate orgulloso de lo que eres, sin altanería.

—Así lo haré, padre —responde Antípatro aun sin disipar sus dudas internas.

—Irás en el navío de mi amigo Agripa. Es la mano derecha de Augusto y el segundo hombre del Imperio. Aprovecha la travesía para aprender también de él y ganarte su confianza. De la impresión que causes a Agripa dependerá, y mucho, la idea que se haga Augusto de ti, pues el emperador seguirá sus consejos.

—Intentaré ganarme su afecto.

—Una vez en Roma procura hacer todos los amigos posibles. Irás provisto de regalos que repartirás en mi nombre y en el tuyo. Acude a fiestas y banquetes de la gente importante. Date a conocer de todas las formas posibles. Llevarás contigo varias esclavas, muy hermosas. Úsalas con inteligencia cuando veas que son necesarios sus favores. Exígeles que satisfagan a los hombres con los que desees congeniar. Las mujeres de Oriente suelen fascinar a los romanos. En ocasiones, y con el varón apropiado, una hembra es capaz de conseguir más triunfos que un ejército.

—Descuida, padre, sabré comportarme como digno hijo del rey de Israel. —Antípatro se siente abrumado al pensar en sus futuros compromisos.

—Eso espero —añade con impostada decisión.

Antípatro tiene su mente dividida: por un lado, no quiere alejarse de Jerusalén, para no dejar el campo libre a las intrigas de sus dos hermanos; por otro se libera, aunque sea por un tiempo, del agobio que le supone Salomé, a menudo tan exigente.

Se acerca el momento de despedirse de ella.

—Me voy con la preocupación de cuán peligroso puede ser para nuestros planes alejarme de Jerusalén.

—Quizá. Pero conocer a Augusto es también muy beneficioso. Si logras agradar al emperador y ganarte su amistad va a ser más fácil que consigas ser nombrado heredero; tu padre procura hacer lo que dice Augusto. Él consiguió el trono cuando Octavio y Marco Antonio convencieron al Senado para que lo designara rey de Israel.

Tía y sobrino están tallando un delicado trabajo de taracea, en el cual todas las piezas deben encajar con precisión si quieren lograr su objetivo. Antes de decirse adiós, Salomé asegura a su sobrino:

—Nunca olvides que soy tu principal defensora. No dudes ni por un momento que lo único que me guía es que seas el futuro rey de Israel.

Roma fascina a Antípatro como a otros hombres cultivados que la ven por vez primera. Su estancia en la capital del Imperio discurre como está previsto.

Una vez cada uno o dos meses, a través de mercaderes que llevan todo tipo de productos a Roma desde los puertos de Fenicia y regresan con joyas y esculturas para los templos que se están construyendo por todas partes en honor a Augusto, Antípatro escribe una carta a su padre informándole de sus progresos.

Las misivas contienen buenos augurios, excelentes informes y esperanzadoras perspectivas. El joven príncipe no olvida incluir que se preocupa por la salud y la seguridad de su padre, preguntándole con rodeos y paráfrasis sobre lo que hacen Alejandro y Aristóbulo, cuya credibilidad sigue minando Salomé en Jerusalén.

Pasa el tiempo y triunfa la insidia. Salomé, con férreo designio, no cesa ni un momento en su labor de zapa contra sus odiados sobrinos. Herodes se inclina cada vez más a pensar que sus dudas sobre la lealtad de Alejandro y Aristóbulo aumentan y que se van haciendo más evidentes.

Cierta tarde, Salomé le dice sin tapujos a su hermano:

—Cuídate de los más próximos. Piensa en la fábula del campesino ingenuo. De vuelta a casa un crudo día de invierno encuentra a una serpiente en el camino y piensa que va a morir de frío. La recoge y la introduce entre sus ropas dándole el calor de su cuerpo. Una vez que la serpiente se siente confortada, pica en el pecho al campesino benefactor, le inocula su veneno y lo mata.

La insistencia de Salomé acaba por convencer a Herodes de que sus dos hijos, Alejandro y Aristóbulo, lo traicionan y están tramando acabar con él. El rey convoca al Consejo de «amigos» del reino tras hablar con Eurimedonte de lo que va a hacer.

Una vez reunidos, les da una noticia que hiela la sangre:

—Consejeros, amigos: ha llegado el momento de confesaros algo que jamás imaginé. Me he enterado por distintos conductos de que mi vida corre un grave peligro. En la sombra, como arteros ladrones, mis hijos Alejandro y Aristóbulo están tramando una conjura contra mí. No lo quería creer, pues son sangre de mi sangre, pero se gestaron en el vientre de Mariamme, que también me traicionó abusando de mi confianza.

»He sido paciente y he aguantado cuanto me ha sido posible porque no quería creer que mis propios hijos fueran capaces de cometer semejante villanía; pero ya me es imposible esperar más. He decidido poner fin a intrigas y conjuras y acabar definitivamente con habladurías y con algunos hechos. Sé que mis dos hijos son culpables, pero tampoco quiero ser yo quien los condene.

»No deseo que se repitan las maledicencias vertidas sobre mí cuando reuní el Consejo y disteis vuestro voto para condenar a muerte a Mariamme. Por ello he decidido que Alejandro y Aristóbulo viajen de nuevo a Roma, se presenten ante el emperador Augusto y respondan de los cargos de traición al rey, conjura para deponerme y maquinación para alterar el estado del reino. Yo mismo daré cuerpo al pliego de cargos. Tendrán el derecho a defenderse ante un tribunal romano.

—Señor —interviene Eurimedonte, como previamente está planeado—, conocemos las habladurías que desgraciadamente circulan por palacio y por algunos mentideros de la ciudad. Como jefe de la policía, admiro la paciencia y sabiduría que has mostrado en este grave caso, propias de un rey como Salomón, y cómo has pensado solventarlo.

Eurimedonte pasea su mirada por los consejeros, que permanecen en silencio. De los rostros de algunos se deduce que están pensando que Herodes se va haciendo viejo y que por ello tarda en decidir sobre algo tan obvio como un delito de alta traición.

—Señor, si me permites... —interviene uno de los consejeros.

—Habla.

—Creo que no te conviene seguir ese procedimiento. ¿Consideras necesario lavar nuestros trapos sucios en Roma, a la vista de todo el mundo?

—Sí. Totalmente—replica Herodes—. He llegado a la firme convicción de que yo no debo hacer nada a este respecto, y que debe ser la suprema autoridad del emperador Augusto la que dicte sentencia. No son unos trapos cualesquiera. Yo mismo iré a Roma con mis dos hijos para que quede claro que confío en la justicia imperial y que no deseo cometer un acto de injusticia debido a mis relaciones de parentesco con ellos.

Los consejeros aplauden.

—Así sea —sentencia Eurimedonte.

—El secretario tomará nota de lo acordado por unanimidad en esta asamblea, y lo comunicará a Alejandro y a Aristóbulo inmediatamente, haciendo constar que no he impuesto mi voluntad en ningún momento.

El Consejo se disuelve entre sentimientos de pesadumbre y de melancolía, con la sensación de que ellos, consejeros del reino, no son más que títeres en sus manos.

Durante los preparativos en los días previos al viaje a Roma se desata la tensión. Los dos hijos de Mariamme procuran no cruzar siquiera una mirada con su padre. A medida que se acerca la fecha de partida se respira una atmósfera cada vez más sombría en palacio.

La despedida de Glafira y Berenice, las esposas de los hermanos, se asemeja a la acción de una tragedia griega de las que pueden contemplarse en el teatro. Abrazos intensos, lágrimas sinceras, consejos amables, palabras sentidas...; se preguntan si aquel viaje tiene solo un punto final o también incluye el regreso.

El trayecto se hace larguísimo. Herodes y sus dos hijos viajan en la misma nave durante días, compartiendo un espacio angosto, sin posibilidad de evadirse ni de alejarse más allá de una treintena de pasos.

—Ojalá soplaran con toda su fuerza vientos del norte y del sur, sin descanso, los que los griegos llaman Bóreas y Noto, para que este navío se fuera a pique con todos nosotros dentro, y acabara así este suplicio —dice Aristóbulo a su hermano Alejandro.

—Antípatro vive tranquilamente en Roma. Si este barco se hunde sin él, nada impedirá que nuestro hermano se siente en el trono de Judea —responde Alejandro.

Las divinidades de los vientos permanecen sordas a los ruegos de Aristóbulo. Solo el cadencioso golpear de los remos sobre las olas rompe el silencio de un mar en calma, sin apenas viento.

—Maldito tambor; me va a volver loco —se queja Aristóbulo tapándose los oídos ante el sonido del bombo que a las órdenes del cómitre marca el ritmo de los galeotes—. Es como si estuviera acompañando nuestros pasos hacia el cadalso.

—Cálmate, hermano. Si perdemos la compostura nadie nos considerará dignos de ser herederos de un reino.

—Ya no lo somos. Nuestro padre no nos ha dirigido la palabra en todo el viaje. Está en la proa, mirando al frente como un mascarón inerte; supongo que está pensando cómo deshacerse de nosotros para otorgarle su herencia a Antípatro. Nos acusan de traicionarlo por presuntas conversaciones entre amigos escuchadas por nadie sabe quién. Nuestro padre cree a pies juntillas todos esos infundios —dice Aristóbulo entre lamentos—. ¡Todo es falso!

—Desde el mismo día que se nos comunicó la decisión del Consejo del reino, no he hecho otra cosa que buscar argumentos para nuestra defensa. Cuando nos encontremos ante el tribunal de Augusto, tenemos que defendernos con coherencia y sin incurrir en contradicciones. Hemos de hablar con una sola voz y ser convincentes —propone Alejandro.

—¿Cómo podremos desmontar la acusación de un rey que además es nuestro padre? ¿Quién va a creernos a nosotros dos antes que a él? Y si replicamos cuanto diga, estaremos acusando al rey de traición, falsedad e ignominia. No tenemos ninguna posibilidad de defensa. Nadie nos creerá. Nadie.

—Hermano, escucha y atiende a razones. Si nos callamos, será como asumir nuestra culpabilidad, y seremos condenados a muerte, tal cual prescriben nuestras leyes en caso de traición al rey. Debemos defendernos de manera sosegada, hablar con claridad en nuestro descargo, sin usar más palabras de las necesarias, con la tranquilidad de los que se saben inocentes. Eso pondrá a nuestro padre, más aún si cabe, en contra nuestra. ¡Pero... piensa! El que va a dictar sentencia no es él. El que nos puede salvar es el emperador; es a Augusto a quien debemos convencer de nuestra inocencia. Él es nuestra única salida.

Alejandro contempla los ojos vidriosos y la mirada perdida de su hermano menor.

Los fenómenos meteorológicos, las olas y los suaves vientos son propicios; la travesía se realiza sin contratiempo alguno.

Cuando desembarcan en Ostia, el emperador se encuentra en Aquilea, en una de sus pocas salidas de Roma. Antípatro acude a saludar a su padre y, a su pesar, a sus hermanos, que responden hoscamente.

Todos esperan el regreso de Augusto, que se demora unos días. Finalmente los recibe en su palacio del Palatino, que ya se conoce como la Domus Augustea. El rey de Judea entra solo a la sala de audiencias, pues el emperador ordena que los hijos aguarden fuera.

—¡Viejo amigo! ¡Tenía ganas de verte! —Augusto abraza con cierta efusión a un Herodes mustio, de mirada huidiza.

—Yo también me alegro, César.

—En verdad que siento mucho lo que te ocurre. Debe de ser muy triste ser traicionado por tus propios hijos. Pero dejemos este vidrioso asunto para el tribunal. Cuéntame ahora, de viva voz, no por los informes de los correos, cómo está tu reino y cómo llevas los intereses de Roma en la región.

Herodes habla muy poco de sí mismo y de Israel, y concentra su respuesta sobre la bondad de Antípatro, su buen comportamiento como hijo, y cómo se arrepiente por haberlo mantenido tantos años alejado de su lado, favoreciendo a Alejandro y a Aristóbulo.

Transcurren días tristes. Dos semanas después se cita a los involucrados. El tiempo se les hace como una línea recta, que jamás acaba, pero al fin llega el día de juicio.

Augusto no está contento. Bastantes problemas tiene con su propia familia como para tener que dirimir pleitos ajenos, los de un linaje de un reino vasallo en un alejado rincón de su vasto Imperio.

La vista tiene lugar en un recóndito salón del palacio. El emperador lo elige a propósito, para que sean muy pocos los que puedan acceder a las sesiones del juicio.

Herodes pide asumir la acusación. En los días previos habla mucho con Antípatro, y su corazón se decanta definitivamente por él en contra de sus antiguos favoritos.

Según las preferencias de Augusto, la sala está adornada austeramente, sin apenas mobiliario, lo que hace destacar el bello mosaico que luce en el suelo. Las paredes, enlucidas con yeso y adornadas con bandas de pintura roja, presentan una decoración de grecas muy simples. Solo un tapiz persa, algunos bustos de personajes ilustres de la historia de Roma y dos mesas de ébano destacan ante la silla curul del emperador, colocada sobre un podio de madera noble.

Cuanto todos los actores de la bufa tragedia están ya en la sala, entra Augusto, que acude a su asiento sin mirar a los presentes.

Indica con un gesto de su mano que puede comenzar la vista, y señala a Herodes, que aguarda paciente a la derecha del emperador.

Con leve gesto de cabeza, el rey de Israel comienza su alegato:

—Es justo, excelentísimo Augusto, que seas tú, como padre de todo el orbe, quien dictamine en este caso y dirima nuestras diferencias. Como socio y amigo del pueblo romano, entiendo que todo cuanto afecte a la sucesión del reino de Israel debe ser sometido a tu dictado.

—¿Qué tienes que exponer, rey de los judíos? —exclama el príncipe, a quien se le nota el disgusto.

A continuación, Herodes continúa con sus lisonjas a Augusto en un largo preámbulo antes de entrar en el asunto del juicio. Cuando percibe que el emperador se mueve inquieto en su silla, Herodes se centra en la cuestión de sus hijos.

—Estos dos, a los que bien conoces, pues se educaron en tu corte, son mis hijos Alejandro y Aristóbulo. Han sido mis favoritos, y por eso los designé como mis herederos, pero no han sabido esperar a que llegara su momento y se han confabulado con amigos para conspirar contra mí. He conocido por mis agentes que están dominados por uno de los impulsos más nefandos que pueda afectar a un ser humano: el deseo del parricidio. Estos dos traidores sienten tal odio hacia mí que han maquinado un plan para eliminarme y ocupar el trono antes de que la naturaleza cumpla su inexorable ciclo conmigo. Quieren mi muerte, planean mi muerte, desean mi muerte.

Los asistentes escuchan estupefactos estas palabras. Ciertamente la apariencia de los dos jóvenes príncipes no es la de asesinos sin escrúpulos. Colocados en pie en el centro de la sala, rodeados del escaso grupo de personas invitadas a presenciar el juicio, visten una modesta toga romana de color marrón oscuro, y miran asustados al suelo, sin atreverse a levantar la cabeza. De sus ojos enrojecidos y con enormes ojeras, brotan gruesas lágrimas.

—Tus acusaciones son muy graves —dice Augusto.

—Como grande es mi dolor al hacerlas. Hace tiempo que convivo con esta calamidad, sobre la que he guardado silencio durante demasiado tiempo, creyendo que no podía ser posible que unos hijos a los que tanto he favorecido se comportaran de una manera tan vil, tan miserable, conmigo. Sin embargo, mi capacidad de aguante ha sido superada por sus insidias, y me he visto obligado a comunicártelo a ti, oh César, a pesar de que con ello sé que ofendo tus oídos con el relato de estos horrores, más propios de bárbaros que de ciudadanos educados en los principios del derecho y la civilización de Roma.

»Has de saber, padre de la patria, que estos dos canallas nunca recibieron un mal trato de mi parte y que nunca me comporté con ellos con aspereza ni con exceso de gravedad. Tengo testigos que prestarán testimonio fidedigno de que es cierto todo cuanto afirmo en esta corte.

—¿Por qué crees que han obrado de ese modo tan artero?

—Por ambición, porque querían tener su herencia antes de tiempo. Yo conseguí el reino de Israel de tus manos, y he sabido conservarlo durante estos años en medio de dificultades y penalidades sin cuento. ¿No es justo que sea yo, con tu benévola aquiescencia, quien pueda legarlo a quien considere que tiene merecimientos para recibirlo? Ellos —Herodes señala a sus hijos— fueron los elegidos, pero no han sabido esperar, sino que han deseado y planeado mi muerte para sentarse cuanto antes en el trono de Jerusalén.

»He sido un padre amantísimo. Siempre han vivido como los príncipes que son, rodeados de criados, esclavos, servidores, lujos y dignidades. Los he casado con harta honra y cuidado con hijas y parientes de reyes, para que la sangre de sus descendientes fuera la más noble posible. He hecho tanto por ellos, que nadie podrá encontrar un solo motivo para justificar el odio que me tienen.

Herodes evita citar el ajusticiamiento de Mariamme, la madre de los dos acusados, ni el de su abuela Alejandra ni el de su pariente el etnarca Hircano y menos aún el del jovencísimo Aristóbulo, ahogado por orden suya en la alberca de Jericó. No quiere que Augusto pueda recordar la crueldad empleada con la familia materna de los encausados. Se centra en justificar que es la razón de Estado la que lo empuja a realizar esta gravísima acusación.

—¿Qué solicitas de este tribunal?

—A pesar de tantos sufrimientos como me han causado, no pretendo dejarme arrastrar por una cólera que sería justa, dados sus delitos. No he querido utilizar mis prerrogativas como soberano de Israel, y por eso he recurrido a ti, oh Augusto, para que sentencies este caso. Me acojo a tu justicia y a tu derecho y dejo en tus manos la decisión final. Como padre que soy, tampoco quiero ser yo quien dicte sentencia, porque fuera la que fuera se entendería como condicionada por mi paternidad herida. Pero, como me lo preguntas, te digo que considero que deben recibir un justo castigo por un delito de lesa majestad. Dejo en tus sabias y justas manos la sentencia.

Al escuchar estas palabras de Herodes, sus dos hijos tiemblan de miedo y rompen a llorar a lágrima viva. ¡Su propio padre está pidiendo a Augusto que los condene a muerte!

En esta vista tan singular no hay un abogado que defienda a los hijos de Mariamme. Deben hacerlo por sí mismos. No están en condiciones, pero sus sollozos y lamentos parecen sinceros, hasta tal punto que la mayoría de los presentes empieza a considerarlos inocentes de las acusaciones que Herodes vierte sobre ellos. Por su parte, Alejando y Aristóbulo intentan recomponerse y ocultar sus lágrimas. Desde su salida de Israel hablan mucho de la estrategia a seguir en su defensa, pero no llegan a una conclusión clara sobre cómo hacerlo. Comparan su situación con la de Ulises atrapado entre las monstruosas Escila y Caribdis, en una trampa sin aparente salida, arrastrados por las imputaciones de su padre hacia un final catastrófico y letal.

—¿Qué tienen que alegar los acusados? —les pregunta Augusto, que parece muy incómodo con el curso que está tomando el juicio.

Paralizados y sin atinar a decir una sola palabra, los dos reos suspiran intensamente. Durante unos momentos solo discurre un pastoso silencio, que los asistentes entienden como el preludio de una sentencia terrible a la que están condenados sin remisión, ya que no pronuncian una sola palabra en su defensa.

A un lado de la sala, en un segundo plano, Antípatro disimula a duras penas su alegría por la intervención de su padre. Lo pasado para llegar a este instante, en el que se ve como heredero seguro de Israel, le hace merecedor de este momento. Está apenas a un paso de convertirse en el sucesor del gran Herodes, rey de los judíos. Únicamente falta que Augusto dicte sentencia, porque la defensa de sus hermanos se intuye imposible. Están atrapados en una gigantesca y pegajosa red que les impide hacer cualquier movimiento para liberarse.

Los acusados siguen sin desplegar los labios. Augusto observa su abatimiento y comprende que el peso de sus desdichas, la gravedad de los cargos y la falta de experiencia en estas lides los tengan paralizados, con los labios cerrados como por un cerrojo invisible.

Transcurren unos instantes angustiosos hasta que en la sala se genera un rumor espontáneo de simpatía hacia los reos. Algunos rostros miran a Alejandro y a Aristóbulo con rictus de piedad ante su indefensión.

Herodes, hasta ese momento impasible, parece conmoverse. Contempla a sus hijos y se pregunta entre dudas si lo que están haciendo es propio de muy buenos actores o si realmente son sinceros y la sensación de inocencia que destilan es cierta. Incluso Antípatro, hasta ese momento convencido de su triunfo, empieza a dudar sobre lo que va a ocurrir.

Al fin, tras esos instantes que duran una eternidad, Alejandro, el hermano mayor, aspira aire con fuerza y toma la palabra, pero, ¡oh sorpresa!, no para dirigirse hacia Augusto, sino hacia Herodes.

—Padre y señor —habla Alejandro con voz trémula—, a pesar del alegato acusatorio que acabamos de escuchar de tus labios, queda claro cuánto afecto nos tienes a mi hermano y a mí. Siento en lo más profundo de mi ánimo que tu corazón alberga serias dudas sobre nuestra culpabilidad, y que por ello nos presentas ante el protector del mundo, porque en el fondo de tu corazón intuyes que somos inocentes. No en vano nos has traído hasta Roma para que aquí se dicte una sentencia justa que nos libere de toda falta.

Las palabras de Alejandro suenan sinceras, están expresadas con gran sentimiento y pronunciadas con serena quietud. El argumento de que son inocentes parece ratificado al deducir que si Herodes no los ejecuta directamente es porque cree que no hay suficientes razones para ello.

Antípatro cae en la cuenta del acierto de la defensa de su medio hermano, y muda el rostro. La situación no parece ya tan propicia para él como hace unos momentos. Mira a su derredor y queda compungido al percibir en los rostros y gestos que la mayoría de los asistentes creen en la inocencia de Alejandro y Aristóbulo, lo que puede tornarse en fracaso para él.

—Continúa —le indica Augusto como resurgiendo del abatimiento provocado por la acusación.

—Nadie que tenga el propósito de condenar a muerte a unos acusados de un crimen de lesa majestad los llevaría ante un tribunal tan sagrado como este —sigue Alejandro ya más calmado—. Nuestra situación es terrible, pero no quiero abandonar el intento de persuadirte de que son falsas las calumnias e insidias que se han vertido contra nosotros, sin duda por personajes inicuos que solo pretenden hacernos daño sin más razón que su maldad. Nos acusan de aspirar a la realeza, a esa realeza que tú nos has transmitido. Nos señalan como intrigantes, por querer vengarnos de la muerte de nuestra madre. ¿Dónde están las pruebas que refrendan esas acusaciones? No las hay, sencillamente porque no existen. Te pedimos, padre querido, que quienes nos acusan muestren con hechos irrefutables que hemos cometido tan terribles delitos. No podrán hacerlo porque no hay tales hechos. ¿Puede presentarse aquí algún testigo que certifique con pruebas fidedignas que hemos preparado algún atentado contra tu vida? ¿O que nos hemos confabulado o que hemos tenido la tentación de verter algún veneno en tu comida o en tu bebida? ¿Qué pasos hemos dado para comprar o corromper a alguno de tus servidores para poner fin a tu existencia? Nadie hay que pueda aportar la menor prueba de los presuntos hechos por los que nos incriminan. Se nos ha calumniado e inventado crímenes que nunca cometimos, porque nunca existieron.

Un murmullo de aprobación a las palabras de Alejandro recorre la sala. Parece claro que la inmensa mayoría se inclina por creerlas. Herodes lo advierte, pero sorprendentemente no se siente demasiado molesto por ello. A pesar de que puede ser derrotado y caer en un espantoso ridículo si Augusto declara inocentes a sus hijos, nota una cierta sensación de alivio. En esos instantes, como en una brevísima y turbulenta ráfaga, se le aparece la cabeza de Mariamme rodando por el suelo del patíbulo, para su interno e inmenso desconsuelo.

—¿Tienes algo más que decir en vuestra defensa? —interviene Augusto cortando los murmullos.

—Sí, César. Me pregunto cómo podríamos habernos librado de esas calumnias, tan habituales en palacios donde hombres perversos trazan siniestras tramas y siembran perversas inquinas con ambiciones inconfesables. Si somos culpables de algo, es de hablar libremente y de llorar a nuestra madre, algo natural en unos buenos hijos. Todo cuanto hemos hecho no ha sido contra ti, padre, sino para defender la memoria de nuestra madre, manchada irremediablemente por sujetos deshonestos. Nunca hemos deseado deponerte de tu reino ni atentar contra tu vida o contra tu honra. ¿Cómo has podido pensar siquiera que estábamos tramando asesinarte y quitarte el poder sin contar con el beneplácito de Roma? Una acción así sería imposible, y ni Augusto ni el Senado romano la consentirían. ¿Cómo crees, padre, que íbamos a ser tan estúpidos?

Augusto escucha con atención y manifiesta su asentimiento a las palabras de Alejandro. El público está gratamente sorprendido por la defensa que hace el joven príncipe, que parece sacudirse una derrota anunciada.

—Concluye tu defensa —le dice Augusto.

—Señor de todos nosotros, supremo príncipe del Imperio y árbitro excelso: podría extenderme en nuestra defensa, pero no son necesarias más excusas para rechazar unos delitos que no hemos cometido. Acabo mi intervención proponiendo a mi padre un pacto de honor. —Alejandro se vuelve hacia Herodes—. Si crees que puedes recuperar el afecto que un día sentiste por nosotros, volveremos a tu lado y te obedeceremos como hijos honrados; pero si continúas temiendo que podemos atentar contra ti y nos consideras culpables, nosotros mismos aplicaremos el castigo que determines con nuestras propias manos. Ni Aristóbulo ni yo estimamos en tanto nuestras vidas como para conservarlas en perjuicio de aquel que nos las dio. Si nos condenas y nos das una daga, nos degollaremos aquí mismo.

El príncipe no aguanta más y rompe a llorar. Su hermano menor se le acerca y ambos se funden en un emotivo abrazo. Se arrodillan, bajan la cabeza y clavan sus ojos en el suelo.

En la sala flota la sensación de que el tiempo se detiene. Un nuevo periodo de silencio se abre sin que nadie haga un solo gesto ni emita un solo sonido que lo quiebre. Todos los ojos se vuelven hacia Augusto, que tiene la última palabra sobre el futuro de los dos acusados.

Herodes también mira al emperador. Se siente turbado. Tiene la sensación de que todos están en desacuerdo con su alegato inculpatorio. Espera nervioso a que se pronuncie el veredicto.

Augusto, pausado y tranquilo, se levanta de su sitial. Dirige primero su mirada a Herodes, luego a los dos príncipes y por fin a los presentes. Conoce a todos, sabe cómo piensa cada uno de ellos y es consciente de su propio poder y su fuerza.

—De lo dicho por la acusación y la defensa, infiero que no puede asegurarse con rotundidad que estos dos jóvenes sean culpables del grave crimen que se les imputa —comienza el príncipe su discurso entre suspiros y cuchicheos de satisfacción del público—. Pero a la vez, deduzco que los dos se han comportado de manera imprudente, lo que ha dado lugar a que se produzcan todas esas habladurías. En virtud de todo ello, te exhorto a ti, Herodes, rey de los judíos, que dejes de lado toda sospecha y hagas las paces con tus dos descendientes. No otorgues crédito a las acusaciones que personas maledicentes han hecho contra tus dos hijos, que han mostrado en esta vista moderación y prudencia. Dicho está. Cúmplase mi sentencia.

—Acercaos —les indica Augusto a los dos príncipes, que se incorporan y se colocan ante el emperador, al que besan la mano tras una genuflexión—. Y ahora, abrazad a vuestro padre.

Herodes, Alejandro y Aristóbulo se funden en un sentido abrazo, mientras le piden perdón por los errores cometidos y lamentan el daño causado.

A la vez que Augusto se retira de la sala, algunos de los presentes prorrumpen en aplausos, que son acallados por chasquidos y siseos dado el respeto que exige aquel solemne acto; otros incluso lloran y se dan la mano entre efusivas y nerviosas risas.

Mientras recibe los parabienes por la salvación de sus hijos, por la mente de Herodes atraviesa fugaz una sospecha. Si sus hijos son inocentes, ¿quién está detrás de tantas insidias? ¿Hay alguien en Jerusalén interesado en crear brutales infundios para perjudicarlo a él, al reino y a su familia? ¿Existe una trama organizada detrás de todo ese embrollo? ¿Cómo es posible que haya programado semejante viaje, acudido ante el emperador y desencadenado toda esa tramoya si no hay nada detrás que lo justifique?

Entre abrazos y felicitaciones, Herodes mira de soslayo hacia un lado de la sala. Sus ojos se cruzan con los de Antípatro, que se esfuerza por aparentar que también está satisfecho y contento con la sentencia de Augusto. En ese preciso instante, un presentimiento le dice al rey que a su regreso a Jerusalén va a averiguar qué se oculta detrás de lo ocurrido.

27

La sucesión

El paso del tiempo suele serenar los ánimos.

Augusto deja pasar unos días antes de convocar a Herodes.

—Te agradezco mucho, amigo, que hayas contribuido a la reconciliación con mis hijos.

—La paz en el seno de tu familia es una buena noticia para Roma y para Israel. Somos aliados, y, por tanto, lo que ocurra en Israel influye en el Imperio.

—Soy y seré un leal aliado.

—Así lo considero. Sigues teniendo la facultad de designar heredero a quien estimes conveniente. En principio sancionaré como sucesor a quien decidas.

—A partir de tu sentencia, estoy valorando si no sería mejor dividir mi reino entre mis hijos en vez de nombrar un heredero único.

—¿Crees que la división nos beneficiará? —Augusto se preocupa un tanto por la ocurrencia de Herodes.

—Todos mis hijos son ambiciosos, al fin y al cabo llevan mi sangre. Si nombro a uno de ellos heredero universal, los demás pueden caer en la tentación de rebelarse contra él, y eso supondría una guerra civil en Israel. Si entrego una provincia a cada uno de ellos, y tú, Augusto, lo ratificas, todos estarán contentos y ninguno osará contravenir tu firma.

—¿Has dicho algo de esto a tus hijos?

—No.

—¿Cómo crees que lo tomarán?

—Antípatro es mi primogénito, pero ha estado muchos años alejado de la corte, desde que repudié a su madre, Doris. Ahora se siente feliz y aceptará lo que yo disponga. Alejandro y Aristóbulo han sido mis favoritos hasta que aparecieron los rumores sobre su posible felonía. Pero ahora se han disipado casi del todo mis dudas. En los últimos tiempos los dos llegaron a creerse perdidos, e incluso al borde de la muerte, pero ahora están agradecidos y vuelven a sonreír. Cumplirán sus promesas y acatarán lo que yo decida.

—Bien. Pero no me parece oportuno que procedas al reparto en vida de tu reino —replica Augusto—. Es justo que disfrutes de lo que has logrado hasta el momento, al menos mientras te acompañen las fuerzas. Te aconsejo que aplaces cualquier decisión. ¿Cuántos años tienes? ¿Cincuenta?

—Algunos más, César, algunos más; tengo diez más que tú.

—Pero eres fuerte y estás sano; aún queda tiempo hasta que venga a buscarte la parca Átropos. En confianza, todavía necesito tu fuerte brazo en esa zona tan cerca de los partos. No me fío de unos jóvenes inexpertos. Además, la región no está en calma. Los habitantes de la Traconítide se han levantado en armas.

—Lo sabía. No lo he mencionado todavía porque...

—Descuida. —Augusto interrumpe las excusas de Herodes—. He sido informado por el legado de Siria.

—Perdón. Insisto en que no lo había mencionado porque creo que carece de importancia. No dediques ni una mínima porción de tu precioso tiempo a un asunto tan nimio. Desde que recibí de tus manos el gobierno del territorio de Zenodoro, ha habido problemas con algunos descontentos. Se han dedicado al bandidaje para debilitar al gobierno, pero mis hombres se han ocupado de reprimir a esos malhechores. Antes de partir hacia aquí recibí la noticia de su disolución.

—Esas gentes pueden volver a rebelarse. Si lo hicieran, no dudes en pedir ayuda al legado de Siria. La legión VI Ferrata se encargará de ajustar las cuentas a los revoltosos.

—Me ocuparé personalmente si reinciden.

Augusto queda contento con estas noticias, pero percibe en el rostro de su amigo la congoja por haber hecho el ridículo en el asombroso caso de un juicio contra sus propios hijos. Al fin y al cabo sufre una derrota y necesita nuevos ánimos por parte de Augusto.

—Por cierto, he pensado que eres la persona idónea para hacerte cargo de la explotación de nuestras minas de cobre en Chipre. La isla está cerca de Cesarea y se puede controlar bien. Esa responsabilidad tiene una compensación. Te quedarás con la mitad de las rentas.

—Acepto de sumo grado. Me haces un gran honor, César.

El sombrío rostro de Herodes se ilumina. Esa importante concesión significa que Augusto sigue confiando en él como socio preferente en el Mediterráneo oriental. Además, unos ingresos extraordinarios son excelente ayuda para cubrir los gastos de las grandes construcciones que se llevan a cabo en Israel.

Tras el juicio, no todo son alegrías. Antípatro envía un correo urgente y secreto a Jerusalén. Lleva consigo un informe para Salomé, que al recibirlo no puede reprimir la amarga sensación de la derrota. No esperaba semejante desenlace y su ánimo se turba.

Una vez leído y releído, la hermana de Herodes destruye el pergamino, se tumba en la cama y rumia sin parar lo acontecido en Roma. ¿Qué hacer ahora, cuando la decisión de Augusto desmonta todos sus esfuerzos: rendirse y admitir el fracaso o continuar la lucha hasta conseguir el objetivo pactado con Antípatro?

La nueva situación es confusa. ¿Quién acabará siendo el futuro rey? Se avecina un nuevo tiempo en el que hay que tener en cuenta el mudable corazón de Herodes. Es preciso dar un golpe al timón del destino y encontrar una acusación sólida e incontestable para condicionar la decisión final del rey. Hay que acabar de manera contundente con las renovadas opciones de los hijos de aquella Mariamme tan detestable.

Salomé tiene entonces una idea que puede decantar el triunfo definitivo en favor de Antípatro; para ponerla en marcha debe esperar a que su amante vuelva de Roma.

Concluidos los asuntos en la Urbe, Herodes regresa a Israel con sus tres hijos. La visita a Roma cumple ya su cometido.

La travesía de retorno se realiza de nuevo sin problema alguno, con buen viento y buena mar.

Nada más llegar, convoca en uno de los atrios del Templo al Consejo de «amigos» y a algunos personajes notables de Jerusalén. También están presentes Salomé, Antípatro, Alejandro y Aristóbulo.

—Amigos: no quiero que os enteréis de lo sucedido en Roma por rumores que suelen desenfocar la realidad. Desde este sagrado lugar deseo hacer un llamamiento a la concordia. Augusto ha ratificado su plena confianza en mí y me ha otorgado una importante concesión que hará de Israel un reino más próspero. Pero, sobre todo, os he reunido para explicaros el asunto de mi sucesión.

—¡No lo quiera el Altísimo! Todavía reinarás muchos años, señor —grita uno de los aduladores.

—Escuchadme con atención. —Herodes alza la mano demandando silencio sin ni siquiera dirigir una mirada al que profirió el grito—. Nunca antes había hablado de este tema en público ni en privado. En alguna ocasión sí he dejado entrever mis intenciones, teniendo en cuenta mi edad. Ahora os las manifestaré con toda claridad. Pensé dividir el reino de Israel entre mis hijos, pero no lo haré. Seguiré gobernando Israel mientras viva. Ahora bien, como llegará un día en el que partiré hacia el mundo futuro tras ser enterrado con mis padres, deseo, quiero y ordeno que cumpláis todos mi testamento, cuyas líneas principales voy a manifestar ahora.

El silencio es intensísimo; nadie quiere perderse una sola palabra del rey, que hace un gesto hacia Eurimedonte.

El jefe de policía se acerca y le entrega un rollo de pergamino. Herodes lo despliega y lee:

—«Yo, Herodes, rey de Israel, dispongo que a mi muerte el orden de sucesión entre mis hijos será de acuerdo con el año de nacimiento. El primer lugar corresponde a Antípatro, hijo de Doris, después a Alejandro y Aristóbulo, a los que tuve con mi esposa Mariamme. Los mantengo como sucesores pese a lo ocurrido y como muestra de sincera reconciliación».

Herodes acaba la lectura y pliega el pergamino.

—Hágase tu voluntad —alza la voz Eurimedonte.

Entre los presentes se siente un silencio tan abrumador que apenas se oye la respiración de los reunidos. Nadie esperaba esta resolución tan crucial y todos se muestran más que sorprendidos. El rey anuncia la reconciliación, pero a la vez elimina a los hijos de Mariamme de la primacía y coloca a Antípatro como primer heredero.

—¡Viva el rey! ¡Hágase por siempre su voluntad! —grita otro de los aduladores.

Apenas media docena de voces lo secundan. Antípatro es poco conocido en la corte, donde no es bien acogido a pesar de sus esfuerzos notables por agradar. La mayoría de los consejeros prefiere a Alejandro y a Aristóbulo, muy apreciados al ser hijos de Mariamme y porque unen el linaje real de los Asmoneos con la casa real de Herodes, lo que no ocurre con Antípatro, hijo de una mujer árabe, una nabatea.

Al escuchar la declaración paterna, los hijos de Mariamme se sienten más que entristecidos. Disuelta la reunión, sus miradas se cruzan; con un leve gesto, Alejandro indica a Aristóbulo que lo siga a un lugar apartado en una esquina del pórtico.

—Nuestro padre nos ha engañado. Todos esos abrazos y promesas no eran más que señuelos para que nos confiáramos —comenta en voz muy baja Alejandro.

—Está claro, hermano. ¡Ya no somos los preferidos! —exclama Aristóbulo dando su asentimiento.

—El corazón del rey es indescifrable; más duro que el granito del Sinaí. Hemos pasado a ocupar una posición secundaria, tras Antípatro. ¡No me parecía posible!

—¿Qué podemos hacer?

—Decidiremos conforme discurran los días. Se avecinan momentos amargos. Tenemos que reflexionar y prepararnos para recuperar el terreno perdido.

Alejandro da por concluida la conversación al comprobar que varios ojos los observan.

Salomé está satisfecha. No esperaba ese discurso a tenor del informe enviado por su sobrino desde Roma. Siente un gran gozo: ¡Antípatro es el primero en el corazón del rey! El dictado de Herodes resulta inapelable. Tanto esfuerzo merece la pena, aunque el éxito es parcial, pues se ratifica a los dos hijos de Mariamme como segundo y tercero en la sucesión. Sin duda alguna, eso significa nuevos problemas.

Desde una cierta distancia mira a Antípatro y con un leve gesto de la cabeza le hace saber que no es este el momento de hablar. El semblante de la hermana del rey es claro para su amante: ¡hay que seguir con los planes comunes o la tarea de años puede resultar baldía!

28

La tumba

Las disensiones familiares parecen desvanecerse como cenizas de un incendio dispersadas por el viento.

A la reconciliación, al menos por el momento, Herodes suma una razón más para sentirse menos inseguro y entristecido: al acabar el año finalizan las colosales construcciones de Cesarea, que se levanta orgullosa a orillas del mar en honor de Augusto.

Herodes se traslada con parte de la corte hasta la costa, para inaugurar el puerto de la ciudad, una de sus grandes obras.

—Se cumplen ahora un par de lustros desde que ordené el inicio de la construcción de este puerto. Ahí está, tal vez el mejor de todo el Mar Grande. Ha llegado el momento de ofrecerlo a la divinidad.

—Antes de tu reinado este era un mísero poblado de pescadores, y tú, señor, lo has convertido en un puerto colosal, digno de los grandes reyes antiguos —comenta Estratocles, el arquitecto griego director de las obras del puerto.

—Desde mis primeros días en el trono, constaté que Israel estaba de espaldas al mar —afirma Herodes agradecido por la alabanza—. Carecía de un puerto comercial, pues solo disponía del de Jope y de las ensenadas de Ptolemaida. Con el de Cesarea podemos competir con los grandes puertos de Fenicia e incluso con los de Alejandría y Rodas.

—No ha sido fácil. El malecón circular que protege el puerto de las olas que baten la costa supuso el acarreo de enormes piedras en cientos de carros con sus acémilas. Como puedes observar, hemos dejado el espigón abierto solo al norte, de donde soplan los vientos más fríos, pero en esta zona son más suaves. La entrada está protegida por un doble muro que al cruzar sus brazos deja una bocana ancha y de aguas tranquilas.

—Has hecho una excelente tarea. Te felicito, Estratocles. Los grandes barcos que usa Roma tienen aquí una magnífica base de operaciones.

—Gracias, mi rey. Estoy muy satisfecho por el trabajo realizado. Y lo estoy porque no se trata solo de un lugar donde pueden atracar navíos comerciales, sino también por el paseo que rodea el muelle. Es un ornato para la ciudad.

—Supongo que en la construcción de las dos grandes torres que pueden divisarse desde muy lejos habréis tenido un cuidado especial.

—Aparte de verdaderas fortalezas para la defensa del puerto, sirven para proteger las construcciones abovedadas que ves. Son los edificios para la pernocta de los marineros y sobre todo depósitos de mercancías. —El arquitecto jefe se muestra muy orgulloso precisando ante el rey los detalles de las construcciones—. A tu derecha —señala el arquitecto— se alza, como ves, el templo dedicado a Augusto. Está construido tal como ordenaste. Es bien visible por los navegantes cuando, desde varias millas de distancia, se acercan al puerto. En su interior hemos colocado dos estatuas: la de la diosa Roma y la de Augusto.

—Me costó convencer al Consejo para que no se opusieran a construir ese pequeño templo. La mayoría del pueblo sostiene que tal edificación es insufrible, porque no se puede consentir que se levanten templos a dioses paganos en esta tierra.

—¡Pero esta región no es Judea! —protesta Estratocles.

—Cierto, pero dicen que está muy cerca, y naturalmente critican que he preparado grandes fiestas para la dedicación de este conjunto al emperador Augusto y a su esposa Livia. Por cierto, ella ha contribuido con espléndidos donativos para que se celebren certámenes y juegos, incluso combates de gladiadores. Me consta que los fariseos y los esenios están muy enojados. Alegan que los juegos son profundamente inmorales. La vida solo pertenece al Altísimo, y tampoco soportan que las fiestas se prolonguen durante la noche. Son las horas predilectas para las orgías y otros pecados.

—No solo protestan fariseos y esenios, sino mucha gente del pueblo. Tales celebraciones están dedicadas a los ídolos; constituyen una grave ofensa al Dios de Israel —tercia Eurimedonte, que acompaña al rey y al arquitecto.

El jefe de la policía sabe bien de lo que habla, pues conoce al dedillo lo que se comenta en cada rincón. Su red de informantes funciona a la perfección.

—Tendrán que tragarse su enfado —replica el rey—. Y lo harán pronto, pues hoy mismo llegan a Cesarea bailarinas de Fenicia y de Damasco que colmarán de deleites a muchos hombres, aunque algunos protesten. Vosotros dos sois griegos, gentiles e impuros por tanto. No debe extrañarte, Estratocles, que sientas cierto rechazo si vas a Jerusalén vestido de esa guisa. Ni siquiera yo estoy libre de feroces críticas. Afirman continuamente que soy judío solo a medias, para denostarme porque mi madre es árabe. Después de tantos años todavía me rechazan, y así será hasta el día de mi muerte —confiesa Herodes con cierto aire de tristeza.

La construcción de Cesarea y los festejos por su inauguración consumen ingentes cantidades de dinero. A pesar de la bonanza económica que reina en el país, los impuestos y tributos son considerables y es difícil pedirle a la gente que pague más. Buscando algún modo para conseguir dinero sin ahogar al pueblo con más impuestos, a Herodes se le ocurre una idea al recordar un episodio del monarca Juan Hircano, abuelo del etnarca Hircano, ya difunto. En él se relata cómo el rey consiguió tres talentos bajando al sepulcro del rey David en Belén, donde se apoderó de las monedas y otros objetos depositados en su tumba como ofrenda funeraria. Y se dice que todavía hay más.

—Vayamos a Belén en busca de las monedas restantes del rey David —propone Herodes a Eurimedonte a la vuelta de los festejos de Cesarea.

—Mi señor, no otorgues crédito alguno a semejantes habladurías. Además, no puedes hacer eso. El pueblo siente gran devoción por el rey David y es muy cuidadoso en lo que respecta a sus muertos. Será una profanación —le aconseja el jefe de policía.

Herodes responde como si no hubiera oído ni media palabra:

—Elige a unos cuantos guardias de entre los mejores soldados. Abriremos el sepulcro y penetraremos en su interior. Recobraremos la parte que quede del tesoro.

Eurimedonte tiembla al escuchar la orden de su rey, pero obedece.

Esperan unos pocos días hasta la llegada de la luna nueva para que la oscuridad sea total.

—Nadie debe enterarse de lo que ocurra aquí esta noche —dice Herodes a los hombres seleccionados.

Se acercan con todo sigilo. La tumba de David es un monumento situado en la ladera de una colina de baja altura. Está excavado en un espacio rocoso, de fachada sencilla, cuya entrada, tapada con una enorme piedra en forma de disco, da paso a una cueva un par de metros por debajo de la superficie.

Herodes, imperturbable, da la orden.

—Moved esa piedra y dejad expedita la entrada.

Los guardias titubean. Todos tienen miedo, pues saben que están a punto de cometer una grave profanación.

—¡Empujad, o seréis severamente castigados!

Finalmente la piedra rueda dejando libre el paso.

Ninguno se atreve a ser el primero en entrar. Es Herodes el que da el primer paso, y con un candil en la mano desciende por unos escalones tallados en la piedra hasta una especie de antesala; desde esta, a través de un arco, se entra a una sala mayor, en una de cuyas paredes se abren tres profundos nichos, donde en algún tiempo se depositaron ofrendas funerarias.

Tras el rey, entran Eurimedonte y una docena de guardias, varios de ellos con antorchas de brea.

—Aquí no queda nada —dice Herodes con notable desencanto tras revisar los recovecos del sepulcro.

—Algunas armas, sin valor por estar melladas, unas figurillas de barro..., y veo alguna moneda —dice Eurimedonte—. Juan Hircano no dejó nada valioso.

—Esos dos sarcófagos deben de ser de los hijos de David —indica Herodes—. Y esos osarios contendrán los restos de sus esposas, supongo. ¡Un momento! —Herodes se fija en una gran lápida de piedra colocada en una pared—. Moved esa losa, con cuidado.

Cuatro hombres empujan la losa que deja ver otra escalera de acceso a la verdadera tumba del rey. Alejada de la entrada, esa zona muestra grandes grietas hacia el exterior hechas por las lluvias, los vientos y los siglos. Herodes vuelve a descender el primero, no sin cierto temblor. A su espalda escucha el castañeteo de dientes de alguno de los guardias.

La luz de las teas dibuja sobre las paredes un juego de fantasmagóricas sombras, que provocan terror. La segunda escalera desemboca en una nueva sala, que Herodes pisa con cautela. En ese momento se escucha un silbido horroroso a la vez que una sombra de buen tamaño se mueve con rapidez.

Sin pensarlo un instante, todos corren despavoridos escaleras arriba, entre empellones y tropiezos. Cuando llegan a la primera cámara cesa el silbido, y los hombres se detienen.

—¡Salgamos de aquí! Es un ángel enviado por Dios para castigarnos por haber profanado la tumba del rey David —grita uno de los guardias fuera de sí.

—No digas tonterías —replica Herodes, más calmado, el único que mantiene en su mano la lucerna encendida—. Será una serpiente de las que viven entre las rocas y que se refugia aquí durante la noche.

—En cualquier caso, señor, es un aviso de que no podemos seguir adelante —tercia Eurimedonte.

—Salgamos de aquí —ordena Herodes, que procura mantener la calma, aunque también siente miedo.

No consiguen ningún tesoro, pero uno de los guardias se va de la lengua y pronto se difunde la noticia de que el rey Herodes es el profanador de la tumba del rey David.

El pueblo se encoleriza y muchas voces claman que es intolerable semejante infamia contra la memoria del rey David, el más grande soberano de la historia de Israel.

En Jerusalén, algunos fariseos se reúnen en grupos a escondidas y hablan sobre el castigo que merece el profanador, pero no llegan a ponerse de acuerdo sobre las pertinentes acciones a llevar a cabo. En cualquier caso, las murmuraciones enfangan aún más la imagen del rey, y la barrera que lo separa de su pueblo crece. Los contrarios a que Antípatro sea el sucesor aprovechan lo sucedido para difundir que el príncipe es igual o peor que su padre, y que no merece ser el futuro rey de los judíos.

Como desagravio y para evitar males mayores, Herodes ordena que se levante ante la tumba de David un monumento de mármol blanco y que no se escatime en gastos.

Alejandro y Aristóbulo ganan simpatías y nuevos adeptos en la carrera sucesoria.

29

Glafira

La vida en palacio retorna a cierto sosiego, solo alterado por cuestiones de Estado que se dirimen en el Consejo de «amigos» y por las obras de las grandes construcciones en las que está empeñado Herodes, en especial el palacio-fortaleza de Masada y el mausoleo del Herodión.

A pesar del gozoso resultado de la vista ante Augusto, los hijos de Mariamme viven entre sentimientos confusos que alternan el miedo latente con una alegría insegura. No en vano, en apenas un año, pasan de ser herederos del reino a acusados de un delito de lesa majestad. A punto estuvieron de ser ejecutados cuando el Hado, esta vez benevolente, les hizo gozar de nuevo de una posición de privilegio, aunque ya no en el lugar preferente de la corte. Antípatro, al que rodea una corte de amigos y aduladores, consigue que día a día su padre deposite una mayor carga de funciones en su primogénito, lo que significa un aumento de confianza. Además, ya tiene la experiencia suficiente como para saber que la paz doméstica en la familia no perdura para siempre. La causa del enfrentamiento con sus hermanos, la sucesión de Herodes, sigue en pie. En su ánimo el dictamen de Augusto solo provoca un retraso en el estallido del conflicto, pero tanto él como la principal actriz del drama están seguros de que hay que hallar una solución definitiva.

A pesar de lo dispuesto en Roma, Herodes sigue albergando

dudas, no confesas del todo ni siquiera a sí mismo, sobre el comportamiento de sus hijos Alejandro y Aristóbulo. Un rescoldo de sospecha permanece encendido en su corazón, aunque en público se esfuerza por aparentar que la paz reina en la corte. En realidad es Antípatro quien va ganando la carrera por alcanzar el trofeo de la sucesión.

El rey piensa que es oportuno formalizar su anterior declaración ante el Consejo sobre el orden de herederos respecto a su sucesión. Y cierto día convoca a consultas al griego Ptolomeo, procurador de las finanzas del reino y uno de los ministros de su máxima confianza.

—He decidido no mantener duda alguna, sino nombrar formalmente a Antípatro como mi sucesor. Por tanto, comienza a explicarle lo que creas pertinente sobre las cuestiones relacionadas con la hacienda real. Te ordeno que no hables de ello con mis otros dos hijos.

La red informativa tejida por Salomé sigue funcionando a la perfección, por lo que se entera poco después de esta decisión de su hermano, acompañada además del nombramiento del primogénito como administrador directo de las provincias del norte y del este, lo que implica el manejo de muchísimos talentos.

—Mi amor —dice Salomé a su sobrino Antípatro, que la tiene entre sus brazos—, no puedes imaginar cómo he disfrutado cuando he sabido lo que ha dispuesto mi hermano. Vas a ser su sucesor, su heredero único. No tardarás mucho en ser proclamado rey de Israel.

—Nuestro plan ha funcionado gracias a ti.

—Tu padre ha excluido definitivamente a los hijos de Mariamme, que ya carecen de influencia en palacio. No obstante, tendremos cuidado con ellos, pues los creímos al borde de la muerte antes del juicio en Roma, y Augusto los salvó..., por el momento.

—Un amigo me ha confirmado —le dice Antípatro— que el aire que respiran esos dos se nota muy enrarecido. A pesar de lo ocurrido, crece su envidia hacia mí. Al parecer, el rencor hacia mi padre no ha disminuido un ápice en ellos. Lo sucedido en Roma ha abierto una grieta que podemos aprovechar en nuestro favor.

—Sí. Tus amigos deben continuar con las insinuaciones de que la conspiración de los hijos de Mariamme contra él no se ha detenido a pesar de las apariencias. Y tú sigue con el plan: no digas nada en contra de ellos y muestra tu consideración y respeto. Esta táctica ha dado muy buenos resultados, así que no la cambiaremos.

—¿No será demasiado reiterativo? Tan repetida cantinela puede llegar a cansar —replica Antípatro.

—Conozco muy bien a mi hermano. Es duro y sólido como el granito. Solo podremos hacer mella en él mediante la insistencia, como ha ocurrido hasta ahora —afirma Salomé.

—¿Y si se siente humillado?

—Descuida. No lo creo. Tu padre es demasiado orgulloso. Pero lo que no admite es la traición. Si fue capaz de ejecutar a Mariamme, a la que tanto amaba, por la mera sospecha de que lo engañaba con su carcelero, imagina qué hará con unos hijos traidores si los pilla definitivamente convictos y confesos en flagrante delito.

Los propósitos de Salomé se están cumpliendo; su red trabaja con eficacia, los sobornos y las dádivas funcionan y consigue que mentiras y falsedades a medias lleguen a oídos de Herodes por distintas bocas, lo que provoca que el rey se crea casi todo lo que sale de la mente de su hermana.

Salomé, sonriente por su triunfo y por el glorioso futuro que se abre, ahora sí, ante ellos, besa a su sobrino y lo incita a un nuevo envite amoroso. Es tan insaciable en el amor como en la ambición.

La continuidad de las gotas va horadando el granito. La insistencia en las maldades de los hijos de Mariamme, que día a día sigue escuchando Herodes de boca de los agentes de Salomé y Antípatro, provoca el efecto deseado.

A los pocos días de la conversación con Ptolomeo para que informe sobre las finanzas del reino al único que debe recibirlas, el rey se reúne en sus aposentos privados con el historiador y filósofo Nicolás de Damasco, amigo y consejero desde hace tiempo, al que ve poco pero al que tiene en gran estima.

—Necesito tu consejo —le dice Herodes.

—A tu disposición, como siempre. —Nicolás es consciente de su valía como literato, historiador y consejero, y siente placer en que el gran rey le pida su parecer.

—A pesar de lo que vi y oí en Roma, a pesar de las lágrimas y de que las palabras de arrepentimiento de mis dos hijos parecían sinceras, vuelvo a dudar de su inocencia. Creo que las promesas de sometimiento que me hicieron son falsas. Me odian como antes, más si cabe, y por los mismos motivos. Estoy seguro de que andan tramando eliminarme, y probablemente también a Antípatro.

—Comprendo que te invada la duda y te angustie la zozobra interior. Pero si me lo permites, te diré que conozco a Alejandro y Aristóbulo desde muy pequeños, y siempre los he considerado muchachos excelentes e hijos leales. Me cuesta mucho admitir que estén tramando algo malo contra ti, que no solo eres su padre sino también el hombre al que admiran.

—Yo ordené ejecutar a su madre. ¿No te parece suficiente causa para que me odien y deseen mi muerte?

—Por lo que me has contado, basas tus sospechas en habladurías de algunos de tus consejeros y amigos. ¿Tienes pruebas contundentes e incuestionables de que te están traicionando? ¿Has oído directamente de alguno de los dos una sola expresión reprobable? ¿Vas a anteponer la palabra de un extraño a la de tus propios hijos? —Nicolás de Damasco mira fijamente al rey.

—Eres el único hombre al que permito que me hable así.

—Porque sabes que soy tu amigo desde hace muchos años y que nunca te mentiré.

—Me siento como un náufrago en un mar de dudas. ¿Cómo puedo aclararme en todo este maldito embrollo? ¿Quién dice la verdad, quién miente, qué ocultos intereses hay detrás de todo esto? ¡Maldita soledad la mía!

—Es la soledad del poderoso. Mira en tu corazón; quizá allí encuentres la respuesta.

—Mi corazón se debate entre querencias diversas por mis hijos. Los de Mariamme me provocan dudas, pero Antípatro me colma de dicha. Lo mantuve durante muchos años apartado de mi lado, humillé a su madre y la relegué de la corte junto con su hijo. Pues bien, a pesar de todo me ha mostrado una fidelidad insobornable.

—¿No crees que lo hace para ganar tu estima y que lo nombres heredero?

—Jamás le he escuchado un reproche ni hacia mí ni hacia sus hermanos, ni he oído de alguno de mis agentes que lo dijera en otros foros. Su actitud ha sido ejemplar.

—Me alegra saberlo.

—Antípatro no deja de preocuparse por el buen gobierno. Precisamente hace un par de días me propuso que enviara a Andrómaco y a Gemelo como legados míos a la Traconítide. Algunos bandidos han vuelto a las andadas y nos están causando problemas. Esos dos oficiales son fieles y competentes y pueden hacer una buena labor en la pacificación de la Traconítide.

—¿Por qué me dices esto ahora?

—Porque es la prueba de que Antípatro tiene dotes de gobierno, pues no solo se preocupa por el Estado, sino porque sabe elegir también a los mejores y más competentes para ocupar puestos importantes.

—¿Solo eso?

—Andrómaco y Gemelo son recomendados de Aristóbulo, y son amigos de mi hijo Alejandro. Gemelo incluso lo asistió cuando estuvo en Roma.

—¿Qué quieres decir con eso? —Nicolás se hace el ignorante.

—No me hagas reír. Esa es la prueba de que Antípatro desea lo mejor para el reino; por eso no duda en proponer para tan importante puesto a un amigo de su hermano y rival en el orden sucesorio.

—Inteligente, sí. Traconítide es una provincia que viene dando problemas desde hace tiempo. ¿Has pensado que las revueltas se pueden deber a un malestar general de las gentes de esa región?

—Augusto me concedió el gobierno de esa provincia y no lo voy a defraudar.

—Así que has ordenado combatir a los bandidos...

—Por supuesto.

—De manera que quien dirija las tropas que envíes para combatir en la Traconítide estará en peligro, y por lo visto, Andrómaco y Gemelo gustan de combatir en primera fila.

—¿Qué estás pensando?

—¿Recuerdas la historia de Urías el hitita, el marido de la hermosa Betsabé?

—Por supuesto. Fue uno de los valientes del rey David; está narrada en el primer libro de Samuel de las Sagradas Escrituras —responde Herodes.

—En el segundo.

—¿Cómo?

—Se trata del segundo libro de Samuel. Te conviene recordar la historia: el rey David se encaprichó de Betsabé, se acostó con ella y la dejó encinta; como Urías no había querido tener relaciones con su mujer por unos votos religiosos como soldado, se podría sospechar del rey, y entonces David envió a Urías a la primera línea del frente; cuando estaba en plena pelea fue abandonado por sus hombres y sus enemigos lo mataron; David sufrió el reproche divino por su acción, pero había conseguido lo que deseaba: Urías ya estaba muerto y Betsabé era suya.

—¿Quieres decir que Antípatro envía a la muerte a Andrómaco y a Gemelo porque son amigos de Alejandro y de Aristóbulo, para así quitárselos de encima?

—A veces, amigo y señor, un lazo mortal se cierne sobre nosotros sin que nos demos cuenta hasta que se cierra el cerco y nos resulta imposible librarnos de él.

Glafira, como antes Mariamme y Alejandra, siente un espontáneo odio hacia Salomé; desde su boda con Alejandro no soporta su altivez y, cuando está presente, casi ni se atreve a abrir la boca. Berenice, hija de Salomé y esposa de Aristóbulo, participa de algún modo de los recelos de su cuñada Glafira hacia su madre, a la que teme. Pero, a su vez, Berenice se siente menospreciada en ocasiones diversas por la orgullosa Glafira, la cual no deja pasar la oportunidad de reiterar que ella es de alta cuna, hija del rey de Capadocia, descendiente del mismísimo gran rey Darío de Persia, en tanto que Berenice es de baja alcurnia. Berenice suele ahogar sus penas acudiendo a su madre, Salomé, de modo que esta tiene una fuente de información de primera mano.

—Dice Glafira que, en caso de acceder al trono, Alejandro piensa convertir en escribas de aldea a los hijos que su padre tiene con otras esposas y concubinas, y que hará de esas mujeres de su padre siervas dedicadas a tejer telas y a la limpieza de palacio.

Enterada de todo eso, Salomé habla con Feroras; desea una vez más que su hermano pequeño siga colaborando en la campaña de desprestigio que gota a gota cae sobre los hijos de Mariamme. Durante una de las visitas a Jerusalén, Feroras y Salomé se ven a solas en una sala del palacio que creen discreta.

—Hermano, necesito de nuevo tu ayuda. Tenemos que acabar definitivamente con cualquier posibilidad de que uno de los dos hijos de Mariamme llegue al trono.

—Hasta ahora he hecho todo cuanto me has pedido.

—Hay que insistir más, pues Augusto les ha dado un respiro que no esperaban.

—¿Qué pretendes ahora?

—Lo mismo, pero con mayor eficacia. Atiende. Alejandro y Aristóbulo, esos dos tontos, planean ejecutarte en cuanto asuman el poder. Tienes que reaccionar.

—Pero lo que pretendes es una conjura. Si nuestro hermano llegara a enterarse, y se enterará, de que estamos metidos en semejante empresa, él será quien me mate.

—No. Nuestro el hermano desconfía de todos, pero si de alguien se fía es de ti y de mí; debemos aprovechar esta circunstancia —replica Salomé.

—Hablaré con Alejandro. —Feroras se detiene un momento, pensativo—. Se me ocurre una idea que no puede fallar. Te la diré luego. Pero antes otra cosa: hace ya algún tiempo que estoy disgustado con nuestro hermano. Desde que murió mi esposa, por suerte para mí pues me estaba cansando de ella, no hay ocasión en la que coincidamos en la que no deje de molestarme presionándome para que contraiga de nuevo matrimonio con una mujer conforme a sus intereses políticos. Herodes quiere, y casi me obliga como hermano menor que soy, a que me case con una de sus hijas, con una de mis sobrinas por tanto. Incluso ha elevado una propuesta formal al Consejo a ese respecto.

Feroras confiesa a Salomé que se resiste a casarse con una sobrina —aparte de que esté prohibido por la Ley—, y le confiesa que incluso ha tomado una concubina con la que tiene un hijo, para gran disgusto de Herodes. Este se siente humillado por el rechazo de su hermano a convertirse a la vez en yerno.

La insistencia de Salomé logra casi todo. Feroras acepta su propuesta de hostigar de nuevo a los hijos de Mariamme, y se dispone a hablar con Alejandro, conforme a un plan que ha insinuado a Salomé.

—Querido sobrino —dice en voz muy baja mientras caminan por un largo pasillo de palacio—, tengo una información que puede interesarte.

Alejandro apenas siente el menor interés por su tío, pues le parece un personaje irrelevante, pero aquellas palabras despiertan su curiosidad.

—Te escucho.

—Es un asunto delicado, muy delicado. No te gustará —Feroras habla con un ligero tartamudeo.

—Suelta de una vez lo que tengas que decir.

—Tu padre, el rey..., ya te he dicho que es algo delicado y grave a la vez. Tu padre... está enamorado de Glafira, tu esposa. La quiere para sí, y ya sabes que cuando se despierta su pasión por una mujer, es muy difícil de calmar; a menos que...

—Sigue —insiste Alejandro con manifiesta actitud nerviosa.

—A menos que consiga lo que quiere, y lo que quiere es tu mujer.

El rostro de Alejandro se desencaja y muda de color. Feroras comprende que su envenenado dardo da de pleno en el blanco.

—Mi esposa... —balbucea confuso y confundido Alejandro.

—Bueno, tal vez sean cosas de viejos y no pase de ser un mero capricho. Supongo, querido sobrino, que harás buen uso de la información que te he dado. No lo comentes con nadie, y mucho menos con tu padre o con tu hermano Aristóbulo. Limítate a apartar a Glafira de todo contacto con tu padre. Ha sido un placer hablar contigo.

Feroras da un toque en la espalda a Alejandro y se aleja a paso rápido hasta desaparecer por los pasillos de palacio.

Ya a solas, Alejandro se pregunta si la revelación de su tío es cierta o si se trata de una especulación sin base alguna. Le asaltan dudas razonables, de tal magnitud que siente vivamente cómo se convulsiona su ánimo.

Nervioso y compungido, va en busca de su hermano, Aristóbulo, y le cuenta lo revelado por Feroras. Necesita contárselo y desahogarse con alguien.

—Si es verdad lo que me ha dicho nuestro tío Feroras, los agravios de nuestro padre son ya insoportables. Al asesinato de nuestra madre y de nuestra abuela y a su preferencia por Antípatro, suma ahora que se ha encaprichado de mi esposa, y tal vez se la quiera quedar como concubina.

—Eso es una infamia —exclama escandalizado Aristóbulo tras escuchar el relato de su hermano mayor.

—Que no podemos consentir.

—Tal vez sea mentira lo que te ha dicho Feroras.

—¿Por qué iba a hacerlo?

—Piensa, hermano, piensa.

—¿Acaso crees que hay alguna intención perversa detrás de esas palabras de nuestro tío?

—Tal vez; me inclino a pensarlo, pero no lo veo con claridad aún.

—En cualquier caso, me haces dudar. Observaremos las reacciones de nuestro padre, estaremos atentos a ver qué insinúa y esperaremos acontecimientos.

La exhortación a la calma por parte de Aristóbulo y a prestar la atención debida al entorno del rey no acaban de tranquilizar a Alejandro, que no deja un solo instante de pensar si es verdad que su padre quiere arrebatarle a Glafira.

Como un remolino impetuoso que va engullendo todo lo que se halla a su alrededor, la memoria de Alejandro no deja de recuperar datos e imágenes, y cree ir atando cabos. Ahora se explica los muchos honores que Herodes otorga a Glafira; ahora ve claro el porqué de la delicadeza con la que siempre la trata; ahora cae en la cuenta de que todas esas atenciones son las tretas que usa para seducirla.

Son ya varios los días en los que el dolor, los celos y la tortura de las sospechas hacen que la vida se convierta para Alejandro en insoportable. Ya no puede mirar a su mujer como antes; cuando se acerca al lecho de Glafira siente una confusa mezcla de atracción y rechazo. Sospecha incluso si Glafira le es fiel.

Alejandro habla de nuevo con su hermano:

—Me atormentan las dudas. ¿No crees que tal vez sea bueno, aun a riesgo de cometer una grave imprudencia, decírselo a nuestro padre y preguntarle directamente si ha oído alguna habladuría sobre el asunto?

Aristóbulo le recomienda prudencia, pero Alejandro no puede más. Las dudas no le dejan conciliar un sueño tranquilo.

Por fin decide dar el paso y pide audiencia a Herodes.

—El secretario me ha dicho que tienes gran interés en verme en privado. Bien, dime qué deseas.

—Antes de contarte lo que ocurre, quiero que sepas que no creo una sola palabra de lo que voy a decirte —comienza a hablar Alejandro con un tono de amargura y ojos llorosos—. Desde nuestra reconciliación, he cumplido como un buen hijo todas tus indicaciones, por eso quiero que no quede en mí la menor sombra de duda sobre una cuestión que me desgarra las entrañas.

—Deja los circunloquios y habla claro. —Herodes se impacienta.

El relato de Alejandro es desgarrador.

—Y eso es todo, padre. Lo sé de primera mano por Feroras.

Herodes, asombrado al escuchar a su hijo, hace algún aspaviento de horror, se acerca a su lado y lo abraza con fuerza.

—Hijo mío, todo eso de que yo pretendo quedarme con tu esposa es una burda patraña. Ya tengo suficientes mujeres y concubinas para saciar mis necesidades, que conforme voy cumpliendo años son cada vez menores. Además, ¿cómo crees que iba a ser tan insensato para caer en semejante error? ¿Tan estúpido me consideras?

—Perdóname por haber dudado de ti, padre.

—Vas a comprobar por tus propios ojos que lo que digo es la verdad.

Herodes llama al secretario y le ordena:

—Convoca de inmediato en la sala de juicios a Feroras y a cuantos miembros de mi familia se encuentren en este momento en palacio.

Mientras van llegando, Herodes piensa en que alguien está tejiendo una trama negra en torno a él, y no le parece que sean precisamente Alejandro y Aristóbulo.

Cuando están todos presentes, Herodes toma asiento en su sitial, a modo de juez, y les indica que se mantengan en pie.

—¡Sois mi familia! Y tú eres mi hermano —se dirige a Feroras señalándolo con el brazo y lleno de rabia—. ¿Hasta qué extremo ha llegado tu ingratitud para que te inventes semejantes patrañas contra mí?

—¿Yo...? —balbucea Feroras, que desea que en ese preciso instante se lo trague la tierra.

—Sí, tú. Sé que estás molesto conmigo por el asunto de tu futura boda, pero no me parece agravio suficiente para calumniarme como lo has hecho. ¿Acaso pretendes el trono? Sí, eso es, lo queréis todos: despojarme de mi reino, quedaros con él y repartiros los despojos. —Traga saliva y continúa—. Mi hijo Alejandro lleva varios días emponzoñado, soportando un dolor inmenso. Solo su buen corazón y su carácter bondadoso han impedido que él me clavara un puñal en el corazón de haber creído tus mentiras, Feroras. Solo una mente enfermiza y malvada como la tuya es capar de urdir semejante infamia. ¡Dices que intento apoderarme de Glafira! Desaparece de palacio, vete a tu madriguera de Medabá y déjanos vivir en paz. Y da gracias al Altísimo, por ser mi hermano, de que no te estrangule con mis propias manos aquí mismo.

—Gracias, padre, gracias —se oye la voz de Glafira entre sollozos—. Mi honor de hija de un rey y de esposa de un príncipe jamás se habría mancillado con esa perversión de la que algunos me acusan; y si alguna vez eso ocurriera, yo misma iría andando al cadalso como castigo a mi maldad.

Alejandro mira a su esposa y se siente orgulloso de ella.

—¿Tienes alguna prueba de tus acusaciones? —pregunta Herodes a Feroras, que tiembla de pavor.

—Yo…, no sé, no pretendía…, no he sido; no; yo no; no —Feroras balbucea como un niño perdido en la más oscura noche; y se derrumba—. No poseo ninguna prueba de una relación de Glafira contigo, hermano, mi rey. Fue nuestra hermana —Feroras señala con rabia a Salomé— la que me contó esta historia y me aseguró que era cierta, a la vez que me dijo que se la trasladara personalmente a Alejandro.

Al escuchar estas palabras, todos los ojos se vuelven hacia Salomé. Más bella y deslumbrante que nunca, la hermana del rey porta sobre su cabeza una delicada diadema a modo de muralla adornada con almenas. Su espléndida figura destaca sobre todas las demás mujeres; solo la samaritana Maltace, una de las esposas de Herodes, se acerca a su belleza.

Salomé permanece de pie como la estatua de una diosa griega, dura, desafiante, resistente. Tras escuchar a Feroras, no tiembla, pero su mirada de fuego denota que comprende la extrema dificultad de su posición. Piensa en la necedad de su hermano menor, al no convencer a Alejandro para mantener la boca callada. Como acostumbra, piensa rápido y adopta al instante una posición y un tono de víctima inocente.

—Hermano y rey —Salomé se dirige a Herodes—: yo no he dicho nada. Toda esa habladuría es quizá una mala interpretación de Feroras de algo que le dije como hermana mayor y que nada tiene que ver con eso. Lo que pretende nuestro hermano —se dirige a Herodes— es enemistarme contigo, pues soy la única persona que te avisa de todos los peligros, la más fiel, y eso le provoca celos terribles. Lo que le dije es que repudiara a esa esclava que tiene como si fuera su esposa y que se casara con una de tus hijas, como le aconsejaste. Feroras me odia por eso y de ahí que haya retorcido mis palabras y me acuse de algo tan grave.

Salomé, en una perfecta escenificación, pierde la compostura, rompe a llorar y se convulsiona. Se arrodilla y comienza a mesarse los cabellos y a golpearse el pecho, gritando desesperada que todo lo que dice Feroras es una calumnia contra ella.

Herodes inspira aire con toda la fuerza de sus pulmones.

—¿Quién es el culpable de esto? —pregunta el rey a todos los presentes.

—Padre, juro que no sé nada de este asunto —dice Antípatro sin proferir una sola palabra en defensa de su tía y amante.

Salomé, que espera alguna ayuda de su sobrino, lo mira en ese momento con intensa rabia, se pregunta dónde queda la connivencia entre los dos, su compromiso, su amor incluso. Ahora le parece obvio que Antípatro se está alejando de ella y lo considera un falso y un cobarde.

Entre los sollozos y los murmullos de unos y otros, se escucha la voz gimoteante de Feroras:

—Yo no he sido el autor de esas habladurías; yo no he sido; no he sido...

Mira a su hermana y por un momento piensa en abofetearla, pero se contiene.

—¡Mentiroso! —clama Salomé avasallando a Feroras.

—¡Víbora! —replica este alzando su mano.

La confusión se adueña de la sala de juicios, convertida por unos instantes en una verdadera jaula de locos.

Herodes ni siquiera impone orden. Se limita a observar y a constatar que todos los miembros de su familia, sin excepción alguna, se odian entre sí. Al fin alza la voz y tras un par de recias llamadas de atención consigue que lo atiendan.

—Ya veo que no puedo alcanzar la verdad —dice en tono de suma tristeza—. Mi familia es un nido de serpientes. ¿A quién debo creer? Tú, Feroras, desaparece de mi vista inmediatamente, ya pensaré qué hacer contigo. Y en cuanto a ti, Salomé, ¿cómo discernir entre tu probado amor por mí y esta falacia? Aléjate también de mí. De todos vosotros, solo Alejandro es digno de elogio y confianza, pues ha sabido dominar su ira por una acusación falsa y ha sido valiente al decírmelo cara a cara.

A un lado de la sala, Antípatro se muerde los labios. Asiste impotente a la derrota de sus dos grandes aliados y al triunfo, al menos por el momento, de su hermano y rival Alejandro. Tiene que discurrir algo más de lo usual para cambiar los ánimos del rey.

30

Una boda

A pesar de su notable representación teatral, Salomé cae en desgracia ante Herodes. El rey la estima demasiado como para tomar una decisión rápida contra ella, y la recluye en un ala del palacio. Tampoco toma represalias, por el momento, contra Feroras, pero le ordena que se retire, mohíno y acobardado, a sus dominios de Medabá, en Perea.

Antípatro reflexiona y ve en esta nueva e inesperada circunstancia no una derrota, sino una oportunidad para obtener algún provecho. Considera llegado el momento de prescindir de su tía Salomé, cuya ayuda comienza a tornarse molesta. Es una losa sobre sus espaldas, pesada como la piedra de Sísifo, que lo abruma con un tedio que poco a poco se vuelve insoportable.

Naturalmente el ardor sexual de antaño ha disminuido, y en las pocas ocasiones en las que su antigua amante lo impulsa a la intimidad, cumple con escasa pasión. Cada vez ve con más claridad que no le conviene ligar su futuro a una mujer mayor que él, ambiciosa, intrigante y controladora. No hay sitio para los dos en el trono de Jerusalén.

La mujer que lo acompañe debe ser sumisa y carecer de cualquier tentación de llevar la iniciativa política en el gobierno del reino. Además, una boda de tía y sobrino, aun dentro de la familia real, no se acepta por el pueblo, pues es contraria a las costumbres y a la religión. Él no tiene el poder de su padre, el cual puede pretender que una de sus hijas se case con su hermano Feroras también contra la Ley. Herodes gobierna al margen de la religión y las costumbres en tantas cosas, que esta idea se contempla como una ocurrencia más de un monarca muy poderoso pero extravagante.

No cabe duda. La mejor manera de deshacerse de la agobiante presencia de Salomé es buscarle un nuevo marido y que salga de palacio. Antípatro piensa que debe poner todo su afán en trasladar esta idea a la realidad, y, naturalmente, que el rey apruebe al candidato. Salomé es una mujer todavía bella, sensual y atractiva, además de rica y de la familia real; ningún hombre sensato va a rechazar casarse con ella.

No es extraño que, por su parte, Herodes mismo ande pensando en casarla de nuevo. Además, por si fuera poco su propio pensamiento, su heredero Antípatro le está manifestando también que su idea es correcta: Salomé necesita un nuevo marido. Cipro, la madre del rey, tiene la misma idea, y más aún desde que conoce los amores clandestinos de su hija con su nieto Antípatro. Todos coinciden.

En esos días está de visita en el palacio real un joven nabateo, Sileo de nombre, del cual Cipro habla en ocasiones con Herodes alabando sus bondades. Por el momento, el rey no hace caso a su madre, pues lo considera un arribista peligroso.

Sileo es apuesto y de bello rostro; aunque débil para la guerra, se muestra bien dotado para la diplomacia y es hábil en las componendas de una negociación. Tiene un discurso seductor y una habilidad natural en el uso de la palabra, y aunque carece de estudios de retórica, encuentra siempre el vocablo justo y preciso para cada momento. Es maestro en el arte de la adulación, lo que consigue que su interlocutor lo encuentre amable y cordial.

Sileo ocupa en Nabatea un cargo similar al desempeñado tiempo atrás por Antípatro el viejo, padre de Herodes, durante el reinado del débil Hircano en Judea. Obodas, el rey de los nabateos, es un tipo de pocos reflejos, indolente y tardo, de temperamento y carácter semejantes a los de Hircano, por lo que ha dejado en la práctica el gobierno en manos de Sileo, quien lleva tiempo tratando con Herodes asuntos entre los dos reinos; de ahí que el rey de Israel lo conozca bien.

Entre sus recuerdos, Herodes rememora que en alguno de los festines, a los que había asistido Sileo como invitado, miraba a Salomé con ojos lujuriosos. Por otro lado, una boda semejante puede considerarse muy natural, ya que la familia real tiene ascendientes nabateos por parte de Cipro, nacida en ese reino. La propia Salomé suele envanecerse de su sangre mitad árabe y mitad idumea; se muestra orgullosa de ello frente a la tendencia a adoptar las costumbres y la cultura de Grecia y Roma, tan habitual entre los nobles de gran parte de Israel.

—Hemos hablado de un esposo para Salomé; opino que Sileo sería un buen candidato. ¿No lo has pensado? —sugiere Cipro a su hijo. Herodes, suspicaz y pragmático, solo piensa en que Sileo es la mano derecha del rey de Nabatea—. Los dos tienen muchos lazos comunes por su sangre. Además, una boda así es muy beneficiosa para ti y para tu reino, pues Nabatea dejaría de ser un rival para convertirse en aliada.

—No confío en Sileo.

—Pero tú sabrías cómo tratarlo. Tal vez no sea el esposo ideal que toda mujer desea; pero es guapo, elegante y gentil. Que contente o no a tu hermana en el lecho no nos importa. Ya sabe ella cómo enfriar sus ardores.

—Tal vez tengas razón.

—En ese caso, sería interesante que Salomé y Sileo se encuentren a menudo, que se conozcan e incluso que intimen. Yo haré lo que pueda para que así sea, pero tu consentimiento es imprescindible. —Cipro se manifiesta con claridad meridiana.

—De acuerdo. Es una buena idea. Haré lo posible para que se ponga en práctica. Salomé se casará con Sileo y firmaremos un acuerdo con Nabatea.

La estrategia planteada por Cipro y aceptada por Herodes, quien presupone la aprobación implícita de su heredero Antípatro, se pone en marcha.

Los encuentros entre Salomé y Sileo se hacen cada vez más

frecuentes. Las palabras galantes del nabateo van calando en la hermana del rey, que día a día parece perder interés por su sobrino Antípatro en tanto que crece su atracción por el árabe.

Además, piensa Salomé, ¿por qué no pagarle a Antípatro con la misma moneda y devolverle indiferencia con más indiferencia? El cuerpo de su sobrino sigue interesando y atrayendo a Salomé más que el de ningún otro hombre y sus planes para ejercer el poder a su lado, incluso como esposa en un futuro no muy lejano, siguen siendo muy apetecibles. El camino que llevan recorrido los dos ya es largo, pero Antípatro parece decidido a seguir recorriéndolo sin ella, quizá de la mano de otra mujer más joven, y desde luego más sumisa.

Decide entonces simular que no le importa. Se permitirá devaneos amorosos con Sileo para ver cómo reacciona Antípatro y comprobar si tiene celos; con ella nadie juega.

Enseguida se evidencia en público que Salomé y Sileo se profesan algo más que mutuo afecto. Ambos muestran sentirse complacidos cuando están juntos y pronto los menudos roces de los primeros días se convierten en abrazos y besos. Las manos del árabe se detienen en las caderas de tan gloriosa mujer y palpan cada rincón de su dorada piel. Salomé responde con agrado a caricias y tocamientos. Le gusta que la acaricien, le encanta que la toquen, le apasiona que la amen. Disfruta al saberse objeto de deseo de los hombres, se excita con la excitación ajena, y aumenta su pulsión sexual cuando se siente observada y deseada por un varón. Llega el instante en el que Salomé otorga un signo inequívoco a Sileo: toma la mano del árabe y la coloca en su pecho, en señal de que le entrega su cuerpo plenamente.

Pronto se entera Antípatro de los devaneos amorosos de su tía con Sileo. Salomé no lo oculta, y permite ver a criadas y eunucos, que sirven en sus aposentos, que está muy a gusto cuando se ve a solas con el árabe. No tarda mucho en llegar la noticia a Herodes de mano de los confidentes de Eurimedonte.

Durante una de las apetitosas cenas de palacio, y aunque Herodes sigue sin aceptar del todo a Sileo, le dice a su hijo Antípatro que esté atento a la actitud de Salomé y el nabateo, y que observe su comportamiento para contrastar luego opiniones.

Acabado el banquete en el gran refectorio de palacio, Herodes conversa con su hijo en uno de los patios ajardinados.

—Supongo que te has dado cuenta de que esos dos tortolitos no han dejado de cruzar miradas ardientes durante toda la cena.

—Lo he visto claro, padre; creo que empiezan a tener una relación más estrecha que la habitual; y me parece bien. Ya hablamos de la necesidad de buscar un marido para tu hermana; pero quizá haya que esperar un tiempo prudencial —propone Antípatro con disimulo.

—Me pregunto si debo propiciar que se casen —Herodes se muestra reflexivo—; sería interesante para el reino y un gran beneficio no tener que preocuparse de Nabatea como potencial enemigo.

—Cierto. Si Salomé y Sileo se casan, los nabateos se lo pensarán dos veces antes de realizar cualquier incursión en nuestra frontera sureste, pues la mujer de uno de sus hombres importantes estará sentada en la corte de Petra.

—Tal vez deba conceder más importancia a la razón de Estado que a mis sentimientos hacia ese taimado y arribista nabateo y autorizar esa boda, pese a que tengo ciertas reticencias.

—Sería una buena decisión, padre, muy buena decisión.

Antípatro sonríe pleno de gozo. Si su padre cede al fin y casa a su tía con Sileo, queda libre del agobio que supone Salomé, a la que ya no necesita para sus planes.

En la soledad de su alcoba, Salomé reflexiona preocupada sobre cómo su plan de devaneo con el árabe para despertar los celos de Antípatro no causa el efecto pretendido. El príncipe se mantiene frío como el viento del norte e indiferente como arena del desierto. Las relaciones amorosas con su sobrino parecen estar desvaneciéndose hasta desaparecer como nubes tras una tormenta. En palacio, corren nuevos rumores que algunos difunden: Salomé empieza a ser llamada «la amante del árabe».

Desde su pronto enamoramiento, Sileo busca cualquier excusa para presentarse en Jerusalén y visitar el palacio real.

Salomé alberga muchas dudas, y no está segura de cómo comportarse con su pretendiente. Le agrada Sileo, sí; es apuesto y amable, pero sigue añorando las noches de amor en los brazos de Antípatro. Echa de menos sus abrazos y sus besos. Y como el intento de suscitar sus celos no tiene éxito, considera que es mejor volver al plan inicial. No desea en modo alguno perder a Antípatro.

Salomé confía en su capacidad de persuasión y está convencida de que aunque hace algún tiempo que Antípatro está alejado de ella no por eso deja de desearla. ¡Seguro que es así! Tras larga reflexión, decide acabar su galanteo con el árabe, por muy apetecible que le parezca, y centrarse en recuperar la pasión perdida de Antípatro. Al mismo tiempo, debe conseguir con los medios que fueren menester que Herodes lo designe como único heredero... ¡Definitivamente! Tal idea vuelve a convertirse en prioritaria. Herodes manifiesta las primeras señales de decrepitud, y no parece demasiado lejano el día en el que se apodere de él una debilidad irremisible y urja la necesidad de que sea sustituido al frente del reino de Israel.

Durante otra fiesta en palacio, momento de reuniones, Antípatro decide tomar la iniciativa y jugar con fuerza sus bazas.

—Padre, intuyo que el nabateo quiere decirte algo.

—¿Estás seguro o es mera intuición?

—Hace un buen rato que lo observo, y no te quita ojo. Ya ha hecho en un par de ocasiones el nervioso ademán de incorporarse de su sitio y amagar para venir a hablar contigo.

—Hazle una señal para que se acerque y veamos cómo reacciona.

Antípatro cumple las instrucciones de su padre y observa cómo Sileo se aproxima al sitial del rey.

Conforme se acerca el nabateo, Antípatro va a su encuentro.

—Mi padre quiere hablar contigo.

—Y yo con él; tengo algo muy importante que decirle.

Antípatro coge del brazo a Sileo y lo conduce a presencia de Herodes, que lo invita a reclinarse a su lado.

—¿Estás disfrutando de la velada? —pregunta el rey.

—Un banquete espléndido, mi señor, digno de ti.

—He visto que me has mirado a menudo durante la cena. ¿Tienes algo que decirme?

—Así es. Me gustaría hacerlo en privado, pero no puedo esperar más tiempo.

—¿No te parece adecuada una cena familiar como escenario para lo que tengas que proponerme?

Sileo traga saliva, y aspira aire con fuerza.

—Te pido formalmente en matrimonio a tu hermana Salomé —dice con claridad aunque un tanto nervioso.

—Así que deseas casarte con ella —replica Herodes sin inmutarse.

—Sí, y espero y deseo que mi petición sea de tu agrado. La unión de nuestras familias será de gran utilidad para mantener buenas relaciones de vecindad.

—Padre —tercia Antípatro—, si me lo permites, creo que es una idea excelente y supongo que mi tía Salomé estará de acuerdo y muy contenta.

—Comprobémoslo; dile que se acerque.

Antípatro se dirige al lugar donde cena Salomé y le indica al oído que Herodes quiere que vaya a su lado.

—¿Qué deseas, hermano?

—Acomódate. Sileo acaba de hacerme una proposición que te interesa. Me ha pedido que autorice tu boda con él. Creo que es una muy buena idea.

Aunque hace tiempo que teme la llegada de este momento, Salomé se muestra sorprendida. La decisión de no aceptar a Sileo está ya tomada y desea volver con Antípatro. Pero su sobrino interviene entonces de forma inesperada.

—Querida tía, la propuesta de Sileo es magnífica. No tengo duda de que aceptarás encantada.

Antípatro pronuncia la palabra «tía» de una manera tal, que ella la percibe como una bofetada en pleno rostro.

Salomé duda otra vez. Si se niega rotundamente, el rey lo puede tomar como un nuevo agravio, lo que no puede permitirse tras lo ocurrido con el asunto de Glafira y Feroras; pero si cede y acepta, significa alejarse de la corte y perder a Antípatro para siempre, olvidarse de sus planes y renunciar a compartir el poder con el hombre al que ama. No tiene gana ninguna de abandonar Jerusalén y marchar a vivir a una ciudad del desierto, aunque sea la creciente Petra, una ciudad de la que hablan maravillas los comerciantes que la visitan. No ambiciona en modo alguno comenzar una vida nueva en un ambiente desconocido, aunque su madre sea nabatea y ella comparta algunas costumbres de ese pueblo.

Tras unos momentos de reflexión en los que pasan por su cabeza tales ideas, y en contra de lo decidido hace muy poco tiempo, Salomé da su asentimiento a la boda, a la vez que su mente se ilumina con una fulgurante idea.

—Acepto complacida este ofrecimiento de matrimonio —dice con tono poco risueño, pero con energía.

—Yo me siento muy...

—Comprenderás, querido Sileo —Salomé lo interrumpe abruptamente—, que debo ser fiel a mis hábitos. Estoy de acuerdo con tu propuesta, pero antes de darte el sí definitivo deberás adoptar las normas y leyes de nuestra religión. De otra manera no será posible nuestro matrimonio. Conoces la rigidez de nuestras creencias, y si no las admites, no podría aceptarte como marido, pues no deseo que nuestra boda se convierta en un escándalo por nuestra disparidad manifiesta de opiniones.

La sonrisa dibujada en el rostro de Sileo se borra en un instante. El nabateo se remueve nervioso y confuso en el triclinio. Mira a Herodes en demanda de ayuda, pero en el rostro del rey le parece atisbar un gesto de conformidad. Luego mira a Antípatro, pero este se limita a alzar ligeramente los hombros.

—¿Eso significa convertirme al judaísmo...? —balbucea el árabe.

—Y circuncidarte —Salomé asiente con la cabeza.

—Es un trance muy doloroso; y si lo hago, mis connacionales nabateos me apedrearán.

—Piénsalo, pues soy judía y no me casaré con un gentil. No hay alternativa.

El nabateo se siente compungido y calla.

Salomé se ve triunfante. Inopinadamente sale airosa de una encerrona, pero no perdona el comportamiento de Antípatro, que con el apoyo a ese matrimonio deja claro que quiere quitársela de encima.

Piensa que su sobrino la traiciona, pero a la vez considera que quizá esté formando juicios apresurados; considera que tal vez pueda mudarse la momentánea frialdad que demuestra su amante. La llama de su pasión no está extinguida, puede renacer e incluso con más fuerza que antes. En el interior de Salomé chocan sentimientos encontrados, los que habitan en la estrecha e indefinible frontera que separa el amor del odio. Su corazón, varias veces herido, late aún con fuerza y es capaz de darle a Antípatro toda su vida, o quitárselo de en medio de un simple manotazo.

Por su parte, Sileo se retira de la sala de banquetes pensativo, tras manifestarle a Herodes que regresa de manera inmediata a su tierra debido a tareas urgentes. Considera que la exigencia de Salomé encierra un rechazo encubierto, y que no desea casarse con él. Tiene el orgullo herido y se siente desairado y burlado. Se muerde los labios hasta hacerlos sangrar y se jura a sí mismo que, cuando llegue el momento, devolverá ese desprecio pagando con la misma moneda.

31
La confesión

Antípatro necesita que su padre vuelva a confiar plenamente en él, y que lo ratifique de un modo totalmente claro como su heredero ante todos. Ha de aprovechar cualquier ocasión que se ofrezca ante sus ojos por pequeña que sea.

Desde hace algún tiempo viene observando que tres de los principales eunucos de la corte conversan a menudo con Alejandro y Aristóbulo, sus competidores directos por el trono. La repetición de conversaciones íntimas lo pone en guardia. Seguro que existen secretos inconfesables entre ellos. Se trata del copero mayor, del refitolero, responsable del servicio de mesa en los banquetes, y del encargado del ropero real. La razón de su elección es que son hermosos y eficaces, y lucen por su belleza en la corte.

La relación, que Antípatro supone íntima, entre sus hermanos y los tres eunucos le hace creer que tales conversaciones pueden tener un trasfondo peligroso para él y para sus aspiraciones. Por ello, aprovechando su cercanía al rey y su capacidad de persuasión, consigue que Herodes se interese por la relación de sus eunucos con los dos hijos de Mariamme, y el monarca encarga a Eurimedonte que los interrogue.

—Bien, ¿qué te han contado los eunucos? —demanda Herodes a su jefe de policía.

—Les pregunté según acostumbramos, pero ninguno de los

tres ha revelado información relevante alguna sobre tus hijos; todo han sido vaguedades y aspectos genéricos de la vida en la corte, de sobra conocidos —responde Eurimedonte.

Herodes no queda convencido, pues para él toda intimidad secreta o semisecreta en palacio o en Jerusalén puede representar un peligro.

—Emplea el potro. Tortúralos hasta que digan todo lo que saben. Sospecho que se está fraguando una nueva conjura contra mí, y mis dos hijos podrían tener cierta relación con ella.

—Prepararé el nuevo interrogatorio...

—¡Ahora mismo! —ordena tajante Herodes.

Eurimedonte indica a los guardias que reúnan a los tres castrados y los lleven a los sótanos.

Enseguida son bien aferrados con recias ligaduras a los aparatos de tormento y sometidos a tortura. El potro y la rueda son instrumentos infalibles para obtener información; nadie es capaz de resistir semejante dolor.

—Soltad vuestras lenguas. No dejareis de sufrir hasta que confeséis la verdad —dice Eurimedonte mientras los verdugos cumplen su trabajo con eficacia.

Tras un rato de lloros y gemidos, uno de los eunucos confiesa.

—Alejandro es un imprudente. En varias ocasiones nos ha dicho que guarda un profundo rencor hacia su padre, el rey, por haber ordenado la muerte de su madre. No se lo perdona —dice el copero, aliviado al ceder la presión del potro.

—Yo lo ratifico —interviene el refitolero entre gemidos.

—Aflojadle las cuerdas —ordena Eurimedonte.

—Es cierto. Los dos hermanos no han aceptado que su padre los haya relegado de la herencia a favor de Antípatro —afirma el refitolero aliviado de la presión de la rueda—. Les he escuchado decir que pondrán todos los medios para ser ellos quienes gobiernen en Israel algún día.

Ante la delación de sus dos colegas, el encargado del vestuario acaba confesando también.

—He oído decir al príncipe Alejandro que su padre ha perdido casi toda su fuerza y que se le nota la debilidad que conlleva el paso de los años. Se burla de cómo nuestro rey, cuyo cabello fue de color oscuro en su juventud, se tiñe ahora el pelo de negro para esconder sus canas.

—¿Qué os ha prometido Alejandro? Sed sinceros u ordenaré que os estiren los miembros hasta que se descoyunten —amenaza Eurimedonte.

—Nos pidió a los tres que le ayudáramos a disminuir la influencia de su hermano Antípatro en la corte y ante el rey; y que si así lo hacíamos, diría a su padre que nos colmara de regalos y de favores —confiesa el encargado del vestuario real—. Además, nos prometió que, en cuanto él sea rey, nos ratificará en nuestros puestos y nos dará una buena recompensa.

—Mantened custodiados aquí a estos tres pájaros hasta que decida el rey qué hacemos con ellos —ordena Eurimedonte a los guardias.

Al punto, el jefe de la policía se dispone a contarlo todo a Herodes.

El rey sigue en su sala privada despachando asuntos diversos. Al entrar Eurimedonte, ordena a los secretarios que salgan.

—¿Qué te han dicho los eunucos? ¿Han liberado sus lenguas? —demanda Herodes de su leal jefe de policía.

—Apenas les hemos aplicado tormento, se han derrumbado y han declarado los tres. —Para realzar la importancia de la noticia, Eurimedonte hace una pausa deliberada—. Efectivamente. Alejandro y Aristóbulo están tramando hacerse con el trono por cualquier medio.

—¡Qué indignidad! ¡Lo sospechaba!

—Hay más, mi señor. Han confesado que tus dos hijos tienen amigos entre los jefes del ejército, hombres audaces y resueltos, dispuestos a hacer lo que sea por Alejandro y Aristóbulo. Sostienen que los dos afirman que el trono les pertenece por derecho a ellos, los hijos de Mariamme, de sangre real.

—Esa es la prueba de que mis dos hijos no han podido sofocar su odio hacia mí y que serán capaces de traicionarme en cuanto se presente la ocasión.

—Así lo parece —supone Eurimedonte.

—Esto no es más que una reiteración de hechos ya conocidos.

Ni un segundo de mi vida, desde la decisión del Senado de Roma sobre el trono, he podido gozar de paz y tranquilidad completa. Tendremos que aplicar remedios similares a los utilizados antes con buen éxito.

—¿Iniciarás un nuevo proceso de acusación pública contra esos dos traidores?

—¿Propones algo distinto? No deseo que se me acuse de...

—Señor, no me parece lo más apropiado. Ya fuiste a Roma ante Augusto mismo, y no te dio la razón. ¿Por qué en una segunda ocasión va a ser distinto?

Herodes reflexiona unos instantes.

—De acuerdo. Refuerza la vigilancia sobre mis dos hijos y sobre todos sus amigos. Que estén controlados discretamente noche y día; que no digan una sola palabra sin que nos enteremos; y que no hagan un solo movimiento sin que lo sepamos. Veamos de qué materia están hechos.

Por primera vez en su vida Herodes se siente viejo. Cumplidos ya los sesenta años, las partidas de caza, que tanto apreciaba, se le tornan interminables; los ejercicios en la palestra lo cansan y busca cualquier excusa para sortearlos. Suele alegar un pretexto cualquiera para librarse también de los de esgrima y equitación, y delega en sus oficiales el adiestramiento de sus tropas de élite.

Las pesadillas lo atormentan de nuevo como señales de su decadencia. Terror, turbación, inestabilidad. Se angustia al soñar huyendo hacia algún lugar sin saber a dónde, dando vueltas extenuado, recibiendo golpes o propinándolos. Cae desde una gran altura, huye sin que nadie lo persiga, mata a sus vecinos y ve su vestimenta teñida de sangre. Gigantescos varones barbudos le apuntan con un arco o blanden la espada contra él. Se imagina sombríos bosques en los que vaga temeroso rodeado de lobos, leopardos y jabalíes que lo persiguen como jauría hambrienta presta a despedazarlo y devorarlo. Solo la luz del alba y el salir del lecho lo libra de tanto pesar, aunque siga obsesionado con su seguridad en pleno día. Ve en cualquiera un potencial enemigo.

Cada visitante de palacio es sospechoso de actuar como un aliado de sus adversarios del que es preciso recelar.

Pasa días, semanas y meses lleno de recelos y pavores, y teme que en cualquier momento llegue su final. Comienza a obsesionarse con ello, pero sobre todo con sufrir dolores irremediables. Si antes albergaba la decisión de no permitir oposición alguna, ahora mucho más. Su mano es recia, y así debe seguir siendo. O aún más. Impone su voluntad al coste que sea. No tolera que nadie le lleve la contraria y mucho menos sus propios hijos.

De pronto comienza a constatarse la desaparición de algunos personajes de la corte, próximos a Alejandro y a Aristóbulo. Las ausencias se producen de manera repentina y misteriosa, sin dejar huella alguna. Algunas madres de los desaparecidos se presentan ante Herodes y entre lágrimas le preguntan por sus hijos. El rey se limita a encogerse de hombros, a guardar silencio o a dar excusas. Las más atrevidas le piden que cree una comisión para que se investiguen casos tan extraños, pero nada se resuelve en concreto. Todo queda sumido en la confusión y el desengaño, sin que se produzca avance alguno.

El rey se convierte en adicto a chismes y murmuraciones. Le encanta establecer enemistades entre los que lo rodean, como si de un juego inocente se tratara. Escucha con placer las críticas de unos contra otros, las diatribas entre los cortesanos y no rehúye meterse de lleno en la polémica, incluso alimentándola. Conoce la expresión «divide y vencerás», y la practica sembrando cizaña entre los cortesanos, creando animadversión entre ellos y alentando rencores mutuos.

Ya no piensa solo en amenazas de enemigos exteriores, sino en los posibles planes en su contra en la capital o en cualquier lugar de su reino, o incluso entre los que forman parte del Consejo de «amigos». El rey se siente amenazado por todas partes, y solo piensa en salvarse a sí mismo. En la sesiones del Consejo permanece callado, mientras con su mente escudriña la actitud de sus súbditos a los que mantiene bajo una constante vigilancia.

Además de aumentar el listado de desaparecidos, las mazmorras de palacio comienzan a llenarse de presos de entre los numerosos amigos y partidarios de Alejandro y Aristóbulo. En los lúgubres calabozos se aplican crueles torturas, pero casi nadie confiesa dato alguno, sencillamente porque no saben nada de aquello sobre lo que se les interroga.

Pese a que no obtiene información alguna relevante sobre posibles conjuras, los tormentos infligidos para sonsacarles algún que otro dato no cesan. Uno de los más jóvenes amigos de Alejandro, incapaz de soportar el dolor del tormento en el potro, pide declarar.

Los verdugos llaman a Eurimedonte que se presenta enseguida para interrogar al reo.

—¿Qué puedes decir de la conjura que se está preparando contra el rey? —pregunta el jefe de la policía dando por supuesto que ya está enterado de todo.

—Yo mismo he oído de labios de Alejandro que, ante el rey Herodes, acertar en cómo comportarse no sirve de nada, y cómo el rey mismo critica a cualquiera con desdén por cuestiones nimias. Decía Alejandro que su padre, el rey, es un hombre tan celoso que no soporta la idea de que alguno de sus hijos pueda hacerle sombra.

Tras escuchar al reo, Eurimedonte envía un recado a Herodes, que no tarda en presentarse en la mazmorra bajando de dos en dos los escalones que conducen a los sótanos de palacio.

—¿Qué hay de importante en lo que dice este hombre para que me hayas llamado con semejante premura? —pregunta el rey a su fiel Eurimedonte.

—Escúchame, señor—habla el preso, que presenta un estado lamentable tras varias horas de torturas—. Parad este tormento y declararé cuanto se me exija.

—Dame una muestra de lo que sabes.

—Tus hijos fingen constantemente. En las partidas de caza fallan los flechazos a propósito para que seas tú quien más presas cobre.

—Eso no es demasiado importante. ¿En qué más fingen? —demanda el rey.

—También les he escuchado decir que los accidentes en la caza son muy frecuentes, y que una flecha podría desviarse de su destino y...

—¿Y qué?

—Dirigirse directa al corazón del rey.

—¿Es eso cierto?

—Tan cierto como que ya andaban repartiéndose el reino de Israel ante Augusto.

Tras escuchar eso, Herodes queda pensativo unos momentos.

—Libera a este muchacho de la tortura de vivir con mala conciencia —ordena el rey al verdugo.

—Gracias, mi rey —dice el reo, que no es consciente del tipo de liberación al que va a ser sometido.

Herodes hace un gesto y el verdugo ejecuta un violento y rapidísimo tajo con la espada que descabeza al joven preso.

—Como Roma, Israel tampoco paga traidores —se limita a comentar Herodes.

Mientras rueda la cabeza por las losas de piedra del suelo, Herodes se arrepiente de haber ejecutado al perfecto y definitivo testigo de cargo contra sus dos hijos.

Entonces, le asalta la duda; en el fondo le molesta encontrar pruebas indudables de la perversidad de los hijos de Mariamme, la mujer a la que no consigue olvidar; y se pregunta si debe dar pábulo a las acusaciones de un reo tan joven sometido a tortura.

Finalmente se dirige a Eurimedonte.

—Ordena que bajen a Alejandro a los calabozos; ocúpate de que sea apartado de los demás reos y de que Aristóbulo, Salomé y las demás mujeres sean vigiladas con toda prudencia, sobre todo Glafira; sé que escribe con frecuencia a su padre, Arquelao. No me extrañaría que fuera el centro de esta conjura.

Pasan varias semanas con Alejandro encerrado en las mazmorras, consumiéndose poco a poco.

Glafira, desesperada tras muchos días sin ver a su esposo, no para de llorar. Por su parte, Herodes se sume en un nuevo abismo de dudas respecto a su hijo. No encuentra pruebas de cargo suficientes como para acusarlo de alta traición, pero no cesan de llegarle rumores de que está empeñado en una conjura para derrocarlo.

Además, queda por dilucidar del todo la cuestión de Antípatro y qué hacer con el primogénito en caso de que opte por devolverle la herencia a Alejandro, si se descubre que todo es un monumental error. Al parecer, todo es un enredo, un inmenso embrollo que no acierta a resolver, pero está seguro de que o lo soluciona pronto, o su reino se dirige al caos y a la guerra entre hermanos.

Cada noche, Herodes da vueltas y vueltas en su lecho. Un furioso torbellino se apodera de su mente; todo parece enredado en una mezcolanza indisoluble: sus hijos conspiran contra él y son unos traidores; o bien, sus hijos están siendo víctimas de una conjura instigada por hilos invisibles. No halla la solución.

Los rumores en contra de Alejandro y Aristóbulo continúan pese a todo, y el aire de palacio es irrespirable para amigos o partidarios de los hijos de Mariamme. Siguiendo órdenes del rey, Eurimedonte continúa sus pesquisas torturando a todos los que pueden dar alguna información. En uno de los interrogatorios se entera de que en la ciudad de Ascalón unos traidores guardan un potente veneno traído de Egipto, preparado para acabar con el rey. El torturado confiesa que no sabe quiénes están detrás de la trama, pero que lo del veneno es totalmente cierto.

Enterado Herodes, ordena a su jefe de policía que envíe agentes a Ascalón para que revisen con toda minuciosidad las casas de los posibles amigos de Alejandro y Aristóbulo que vivan en esa ciudad y que busquen dónde se encuentra escondido el tal veneno. Tras dos semanas revolviendo casas, tiendas y almacenes, el veneno no se encuentra por ninguna parte.

Desesperado, Alejandro se pudre en la cárcel sin que Herodes ceda y sin que sus allegados puedan hacer nada por liberarlo. A Glafira no se le permite acercarse hasta las rejas y tiene orden de permanecer alejada como mínimo cien pasos de la mazmorra donde está encerrado su esposo.

La princesa, presa de amargura y desesperación, consigue enviar una carta a su padre, el rey de Capadocia, en la que le cuenta con amargas palabras y tono dolorido la terrible situación que están viviendo ella y su marido: «En mi opinión, padre, mi suegro está sumido en una espiral de delirio y locura. Se ha olvidado por completo de los asuntos de Estado y solo tiene interés en buscar por todas partes a culpables de tramar una conjura para derrocarlo. Su rostro, antes firme y decidido, se muestra ahora oscuro y desencajado. En cualquier momento es capaz de tomar una decisión aterradora. No puedes imaginar los horrores que estoy viviendo. Tu hija».

Pasan los días y la vida discurre no menos amarga para el rey de los judíos. No escucha las protestas de Alejandro, quien clama una y otra vez que él y su hermano Aristóbulo son inocentes de cualquier conjura, y se niega a admitirlo en su presencia. El mal estado de ánimo se extiende por toda la corte y todos se observan con recelo.

Llega un momento en el que Alejandro, al que se le suministra muy poca comida, se considera ya perdido sin remedio. Entonces, sacando fuerzas de flaqueza, decide luchar hasta su último aliento y vender su vida al precio más alto posible. Sí, es probable que su padre lo condene a muerte, pero en ese caso va a arrastrar en su caída a todos los enemigos que pueda. Pide al carcelero que llame a Eurimedonte, y este se presenta al cabo de un rato.

—¿Qué deseas ahora?

—He decidido escribir una carta a mi padre contándole la verdad de lo ocurrido —dice con voz que aparenta serenidad.

—¿Quieres verlo?

—No. Solo quiero escribirle esa carta. Permite que venga mi secretario con tinta, cálamo y pergamino.

Eurimedonte se hace cargo de la gravedad del momento y atiende la petición de Alejandro. Al poco se presenta el secretario, al que dicta el texto siguiente:

«Padre, es inútil seguir atormentando a tanta gente. He decidido contarte toda la verdad para que no sigas buscando limpiar de traidores tu palacio. Es totalmente cierto que existe un plan para que tu presencia deje de ser un estorbo a la hora de dirimir la sucesión al trono. En ese plan estoy yo implicado, pero no mi hermano Aristóbulo, que es completamente inocente. Aunque yo soy una mera marioneta, pues quienes mueven los hilos de esta conjura son tus hermanos Salomé y Feroras. No hay en palacio nadie que no sepa cómo se comporta Salomé, a la que llegaron a llamar "la querida del árabe". Cualquier cosa es buena para ella si alimenta su ambición. No contenta con haberse acostado con ese nabateo, y cuando estaba ausente, venía a mi lecho a demandar que yo yaciera con ella. Me opuse a sus perversas pretensiones por respeto a nuestra familia y a mi esposa Glafira, y para que no se manchara tu buen nombre al verse implicado en un incesto de tía y sobrino.

»Rechazarla ha sido mi perdición, pues desde entonces no ha cesado de acosarme con maledicencias y calumnias, que bien conoces. El plan de Salomé es gobernar Israel, como si fuera varón, como ya hiciera la reina Salomé Alejandra, en la que se ve reflejada. En ese plan, tú, querido padre, estorbas..., al igual que nosotros.

»En cuanto a Feroras, ya puedes imaginar lo que pretende. El gobierno de la tetrarquía de Perea no es suficiente para colmar su ambición. Siente que el terreno de sus dominios es demasiado escaso y aspira a mucho más, a mandar sobre todo el reino de Israel, pues se considera con todo el derecho a sucederte. En los planes de Feroras y de Salomé nos interponemos tres personas: mi hermano Aristóbulo, Antípatro y yo mismo. Tu hermana no dudará en quitarnos de en medio uno a uno, procurando no dejar huella de sus asesinatos para cargárselos a otros».

La carta continúa implicando en la conjura a otros amigos del rey como Ptolomeo, el jefe de las finanzas, quien movido por Salomé trabaja en favor de Antípatro, y a un tal Sapinio, un consejero muy cercano a Herodes. De Antípatro nada malo escribe en la carta; tan solo lo presenta como una víctima más de los oscuros manejos de Salomé y Feroras y admite que se deja querer por los conjurados.

Eurimedonte, que asiste atónito y expectante al dictado de la carta, decide recogerla y llevarla él mismo a Herodes, que la lee deprisa, como quien es consciente de que está bebiendo veneno a grandes sorbos.

Acabada la lectura, el rey aplasta el pergamino entre sus manos.

—No puedo dar crédito a lo que acabo de leer. Me causa extrañeza la repentina confesión de Alejandro, encerrado como está, solo y sin amigos. No sé si es sincero al escribir estas líneas o son fruto de su consternación y de su abatimiento. La desesperación es quizá una mala consejera para mi hijo Alejandro. Los dos sabemos que las acusaciones más o menos veladas son algo normal en esta y en todas las cortes reales del mundo. Nada nuevo, pero ¿a quién creer?

—¿A nadie? —pregunta Eurimedonte.

—Eso es, amigo, a nadie, absolutamente a nadie. Eso es lo que voy a hacer. De momento no daré crédito a ninguno de mis familiares, pues todos tienen intereses que defender. Solo prestaré crédito a lo que tú, mi fiel Eurimedonte, logres averiguar, sin atender las palabras de unos y otros.

—Puedes confiar plenamente en mí, señor.

—Lo que más me duele es la mención en su carta a mis amigos Ptolomeo y Sapinio. ¿Acaso ya no puedo confiar en ellos? Yo mismo los seleccioné como consejeros y los llamé a mi lado. ¿Qué opinas de ambos? —pregunta Herodes con gesto angustiado. Su voz suena como nunca, dubitativa y desazonada.

—No me atrevo a darte consejo en este delicado asunto. Creo que lo mejor es no tomar, por el momento, ninguna decisión sobre ellos.

—Anoche tuve otro sueño terrible. Un toro muy negro y con enormes cuernos me perseguía por un sendero estrecho azuzado por Aristóbulo. Pienso que su interpretación es muy fácil: es un reflejo de cómo me siento, acosado y engañado por todos. Mi poder y mi gloria están amenazados. Podría retirarme en paz y dejar el gobierno de Israel en otras manos, o dividir mi reino entre los pretendientes al trono... Pero no cederé, no voy a consentir que me arrebaten mi corona contra mi voluntad. He superado muchas penalidades para que ahora me derroten sin luchar. Nunca lo permitiré. ¡Nunca! De momento haré lo que dices. No tomaré represalia alguna contra mis hermanos. Dejemos correr el tiempo a ver qué sucede.

La carta de Glafira llega a manos de Arquelao de Capadocia, en el que provoca un efecto fulminante. Considera que la vida de su hija está en peligro y, aunque no sabe cómo actuar, sí es consciente de que ante esa amenaza no puede permanecer inmóvil. Decide viajar a Jerusalén y pensar durante el camino qué respuesta dar a Herodes.

32

Arquelao de Capadocia

Herodes reacciona con notable disgusto ante la noticia de que Arquelao, rey de Capadocia, va camino de Jerusalén. Manda llamar a Eurimedonte y al ministro de finanzas de la corte y se sincera con ellos:

—Lo que menos deseo en estos momentos es recibir a mi consuegro y tratar con él asuntos familiares. Además, sospecho que Arquelao está confabulado con mis hijos. Supongo, con buenas razones, que está dispuesto a acogerlos en Capadocia y a ofrecerles protección si para ellos se ponen mal las cosas en Israel.

—Señor —tercia Ptolomeo en tono conciliatorio—, no os queda otro remedio que recibir a Arquelao en Jerusalén y poner buena cara ante la tormenta.

—Sugiero, señor, que mostréis lo más diplomáticamente posible vuestro desagrado —interviene Eurimedonte ya dispuesto a preparar a sus hombres para la visita—. No lo recibáis a la entrada de la ciudad, o quizá unas millas antes, como soléis hacer con las visitas de reyes y otros personajes de altura, sino a la puerta de palacio.

—Me place la idea. Ptolomeo, Eurimedonte y tú lo recibiréis a una milla de la entrada a nuestra capital. Yo esperaré en palacio.

Así se hace, y el eunuco encargado de las visitas a la casa real instala a Arquelao no precisamente en los mejores aposentos.

Allí lo espera Glafira. El rey de Capadocia abraza a su hija:

—Mi primera intención es librarte de esta cárcel. Te llevaré de retorno a nuestra tierra y dejaremos que los judíos se despedacen entre ellos. Mi único temor son tus hijos, mis nietos. Si es posible, vendrán también con nosotros, no sea que sufran un castigo infame sin culpa alguna.

Arquelao es un hombre entrado en años, aunque algo más joven que Herodes. No es tan fuerte, ni tan arrogante, ni de figura tan majestuosa, pero sí de noble porte. Su estatura es un tanto menor que la media, enjuto y delgado; su rostro muestra facciones angulosas, recia nariz, ojos grandes, grises y vivos que denotan una inteligencia notable. Tiene el cabello completamente cano, bien cuidado y recortado; viste la clámide de púrpura propia de la realeza, pero se corona con una sencilla diadema; habla con exquisitez la lengua griega y da muestras de una pulcra educación; su aspecto y modales son más propios de un filósofo que de un hombre de Estado y todo su porte denota paz y armonía internas, justamente lo contrario de su anfitrión.

Tras los saludos de rigor, Herodes y Arquelao toman asiento en sendos sitiales colocados en una pequeña sala del palacio real de Jerusalén, con la única presencia de dos esclavos. El rey de Capadocia, un tanto nervioso, se olvida de circunloquios y va directamente a la cuestión que lo ha llevado hasta Israel.

—Debo hablar contigo del espinoso asunto de nuestros hijos. Te confieso que estoy indignado con lo que está ocurriendo aquí. Pero te adelanto también que deseo mostrarte mi total apoyo en estos momentos tan difíciles —dice Arquelao, que no mira a Herodes directamente a los ojos—. Comparto tu justísima cólera ante una situación insoportable. De haberme encontrado en ella, habría obrado de la misma manera, o incluso con menor prudencia.

Ante las inesperadas palabras de su consuegro, Herodes se queda boquiabierto, completamente desconcertado. No esperaba en absoluto esta reacción de Arquelao. Sospechaba que iba a oír quejas, improperios y exabruptos, pero lo que escucha es todo lo contrario.

—He obrado conforme a la Ley —dice Herodes casi sin capacidad de réplica.

—Eres digno de compasión, porque estás rodeado de gente indigna y contraria a tus sabios propósitos. Estás obrando con justicia y rectitud, quizá de forma demasiado moderada, pues hay gentes que solo entienden el castigo extremo como remedio a sus delitos.

—Agradezco tus palabras de apoyo. Te confieso que no las esperaba.

—Un rey justo debe comportarse como tal, aun a costa de tener que castigar a sus propios hijos.

—Sí. He castigado la insolencia de mis hijos Alejandro y Aristóbulo, sí —repite—. Pero en estos momentos pienso que quizá me he excedido en el castigo: no estoy completamente seguro de que sean ciertas las acusaciones contra ellos. Alejandro es bueno, pero también ingenuo e inexperto; y en cuanto a su hermano menor, Aristóbulo, no hace otra cosa que seguir sus pasos como un perrillo fiel. También me preocupa ahora la actitud de mis hermanos Feroras y Salomé y su posible participación en esta trama contra mí.

Herodes cuenta a Arquelao lo que sabe por Alejandro de la conjura en la que implica a sus dos hermanos.

—Conozco a Alejandro por lo que de él me cuenta mi hija Glafira. Sé que es un hombre ambicioso, ¿quién de estirpe regia no lo es?, pero también generoso y noble. No veo en él a un traidor capaz de engañar a su propio padre.

—¿Te conviertes ahora en abogado defensor de mi hijo?

—Quizá haya sido demasiado osado e ingenuo. Es probable que se haya dejado arrastrar por cantos de sirena que no debió escuchar —matiza Arquelao al notar que el ánimo de Herodes se encrespa ante el cambio de tono de la conversación.

El diálogo entre los dos reyes discurre entre reproches y disculpas. El astuto Arquelao, al darse cuenta de que en Herodes siguen vivos los sentimientos paternales, retorna a su táctica primera y arremete contra Alejandro... Y el efecto es el esperado: logra de nuevo que Herodes cambie de posición y se compadezca de su hijo.

—Estoy dispuesto a adoptar una solución de compromiso respecto a Alejandro que contente a todos —dice Herodes.

—Creo que es lo más sabio y justo.

En los días siguientes los dos reyes mantienen conversaciones en las que Arquelao insiste en suavizar las condiciones carcelarias de Alejandro, con el argumento de que otros presuntos culpables están libres.

—Debo confesarte que si persisten los problemas, tengo la intención de aliviar tus dolores de cabeza. Me llevaré a Glafira y a sus dos hijos a Capadocia, pues no quiero verlos sufrir —dice Arquelao en tono suave.

—No te dejes arrastrar por las primeras sensaciones. No rompas el matrimonio, pues tus nietos serían los mayores perjudicados.

Arquelao vislumbra cierta ternura en las palabras de Herodes, y piensa que por esa grieta ha de penetrar su estrategia, según lo hablado con Glafira para dirigir finalmente sus dardos contra Feroras y Salomé, a los que va a acusar de ser los verdaderos cabecillas de la conjura contra Herodes.

La táctica surte efecto de nuevo. El corazón de Herodes se muestra dividido. Las certezas de antaño, ya transformadas en dudas con el paso de los días, hacen recaer las principales sospechas en su hermano Feroras, dejando de lado a Salomé, a la que considera una muñeca en manos de Feroras, sin capacidad de acción o de influencia.

Finalmente Herodes confiesa a Arquelao:

—Poco a poco voy persuadiéndome de que son fundadas las sospechas de que Feroras es el cabecilla de toda esta trama. ¿A quién aprovecha? Ciertamente él será el mayor beneficiado si triunfa la conjura..., pues conseguirá más poder y territorios. Por el contrario, no creo que Salomé tenga nada que ver. Es mujer, no tiene responsabilidades de gobierno y no es razonable que pueda albergar aspiraciones al trono.

El rey de los judíos no menciona en ningún momento a su primogénito Antípatro, cuya estrategia de mantenerse en un discreto segundo plano da excelentes resultados; sigue gozando de estima ante su padre y su figura no está en entredicho.

Así, Herodes, convenientemente manipulado por Arquelao, llega a la conclusión de que su hermano menor es el gran muñidor de la conjura, y de que Salomé, a la que libra de toda culpa contra los deseos del capadocio, es una víctima inocente de las intrigas del desaprensivo Feroras. Por el momento, sin embargo, esperará a que Eurimedonte le proporcione la conveniente certeza. En otras ocasiones, haberse adelantado a los acontecimientos no ha conducido a nada bueno.

Las conversaciones entre los dos reyes se celebran en privado y sin testigos presentes en apariencia, pero en el palacio hay espías, oídos y ojos por todas partes. Feroras, a cambio de una bolsa repleta de monedas, no tarda en enterarse de lo que están hablando sobre él.

Su posición se torna muy complicada. Se siente el perdedor de este enredo, engañado y utilizado por su hermana Salomé y ahora caído en desgracia ante su hermano Herodes. Da vueltas en su cabeza buscando alguna solución, pero no la halla. El cerco de la muerte se cierra sobre él; no tendrá otro remedio que huir, escapar como un vil conejo, y esconderse donde no puedan encontrarlo. Nadie en palacio va a interceder por él; nadie defenderá su inocencia; nadie va a testificar en su favor. ¡Nadie!

Decide que debe defenderse por sí mismo. Se despoja de sus lujosas vestiduras y acude a visitar a Arquelao.

El rey de Capadocia, que descansa en su aposento del palacio real de Jerusalén tras una intensa jornada de caza, se sorprende cuando le avisan de que Feroras solicita audiencia.

—Me alegra saludar al hermano del gran rey Herodes. ¿Qué deseas de mí? —le pregunta Arquelao expectante.

—Ha llegado a mis oídos que has hablado con mi hermano sobre mi situación, y que le has dicho que crees que soy el cabecilla de una conjura contra él. He venido a decirte que soy inocente de esa acusación. Por el contrario, soy la víctima de un gran engaño. No tengo a nadie que me defienda, por eso he decidido hacerlo por mí mismo —alega Feroras sin más preámbulos.

—Me parece que hablas sinceramente, pero no soy yo quien debe creerte, sino tu hermano. Te aconsejo que te presentes ante él igual que has hecho conmigo y que asumas algo de la culpa, si te conviene; nunca la mayor parte, pues en ese caso estarás perdido..., irremediablemente. No sé con seguridad qué es lo más acertado para tu defensa, si en verdad eres inocente.

Arquelao se detiene y procura ver en los ojos de Feroras si dice la verdad, o si es también un consumado engañador... Duda, pero asume en principio que, si se ha atrevido a acercarse a palacio, es porque está seguro de su inocencia. Tras unos momentos de reflexión, prosigue:

—Quizá sea lo más apropiado que arrojes toda la culpabilidad sobre sospechosos que no puedan defenderse..., ya me entiendes. En el Hades no existen abogados defensores y los espíritus no regresan del otro mundo para pleitear por su inocencia. Piensa bien lo que vas a decirle. Ni siquiera sé si es conveniente que niegues todo, pues quizá eso sería contraproducente para tus intereses. No lo sé. Pese a todo, Herodes te estima como su hermano menor y te ayudará a salir de este embrollo, pues así lo está deseando. Pero necesita que le ofrezcas una salida para aclarar sus dudas.

—Tienes razón; así lo haré —asiente Feroras.

No lo piensa un instante. Atraviesa todo el palacio y acude a los aposentos de Herodes, que se prepara para la cena tras un relajante baño al regreso de la jornada de caza compartida con Arquelao. Eurimedonte le había avisado ya de la presencia de Feroras en palacio. Pero finge sorpresa.

—¿Cómo te atreves a presentarte ante mí sin previo aviso? —lo increpa Herodes, malhumorado y presa de un notable enfado.

—Querido hermano y rey —exclama Feroras lloriqueando—. Yo siempre te he amado, jamás he conspirado contra ti y jamás lo haré. Lo que van diciendo algunos sobre mí no son sino maledicencias de envidiosos que quieren enemistarnos y romper la unidad de nuestra familia. Puede que haya cometido algún error y que en alguna ocasión haya realizado algún comentario que haya podido ofenderte y disgustarte, pero te juro por el honor de nuestro linaje que fue sin intención de causarte daño. Te ruego que si he errado en algo, me perdones y que me admitas a tu lado como siempre, aunque si crees que merezco algún castigo, aplícamelo. Sabré asumirlo.

—De momento acepto tus disculpas, pero ahora retírate; ya decidiré qué hacer contigo.

Herodes no admite réplica alguna. Está intranquilo y enfadado, pero procura mantener la calma. Todos los que lo rodean tienen algo que ocultar; todos fingen; todos tienen alguna sombra en su relato. Ya no cree a nadie. Se siente cansado, sin fuerzas para mantener tanta tensión a cada instante. Es más cómodo y fácil, al menos de momento, atender a las explicaciones de Feroras que encargar una nueva pesquisa.

Cuando se está retirando Feroras, los guardias avisan a Herodes de que Arquelao hace acto de presencia en la antecámara.

El rey de Capadocia se cruza con Feroras y ante la incredulidad de Herodes lo coge por el brazo y le impide que se marche.

—Te sorprenderá que me presente de modo tan intempestivo —dice Arquelao.

—Desde luego no es lo que exige la etiqueta de la corte.

—Yo mismo me encontré hace un tiempo en mi Capadocia natal en una situación semejante a la tuya. Uno de mis hermanos me hizo sufrir con asuntos tan graves como los que tú atribuyes a Feroras. —Arquelao sigue prendiendo del brazo al hermano menor de Herodes—. Cuando me enteré de sus intrigas, pude castigarlo y condenarlo a muerte, pero prevaleció el amor fraternal sobre la venganza. Lo perdoné. Con los reinos, querido consuegro, sucede como con los miembros del cuerpo que se hinchan con alguna enfermedad: deben cortarse si no hay más remedio, pero conviene curarlos, si existe alguna posibilidad de remedio.

Herodes mira a Feroras, que baja la cabeza.

—Ahórrame tu presencia en Jerusalén. Es la segunda vez que te lo digo: sal de inmediato hacia Perea y permanece allí hasta que te dé otra orden. Reflexiona sobre lo que has hecho y reza para que las aguas vuelvan al cauce del cual jamás debieron salir. Y otra cosa: tu reciente matrimonio con una tal Demetria Alejandra no me gusta nada, ya que esta mujer es demasiada amiga de los fariseos de Jerusalén.

—Sabia decisión respecto a Feroras. Y en cuanto a Alejandro, ¿has decidido qué hacer con tu hijo? —pregunta Arquelao al sentir que la ocasión se muestra propicia ante un Herodes extrañamente complaciente.

—Mañana saldrá de prisión y quedará libre, aunque bajo vigilancia.

Un par de días después, Arquelao se despide de Herodes y regresa satisfecho a su reino. En el momento del adiós, a las afueras de Jerusalén en el camino de Damasco, el capadocio recibe como regalo una caja con setenta talentos de plata y un sillón de patas labradas, decorado con fina taracea. Complacido, Arquelao acepta las dádivas y entrega a Herodes una concubina a la que aprecia mucho llamada Paniquis, experta en las artes amatorias, de merecida fama.

Por el momento, la paz regresa al palacio de Jerusalén, pero a Roma llegan las noticias sobre las disputas que asolan el entorno íntimo del rey Herodes, lo que desde su atalaya del Palatino el emperador Augusto no ve con buenos ojos.

33

Sileo en Roma

El Imperio dispone de magníficos servicios de mensajeros y correos capaces de llevar a la capital toda la información relevante generada en cualquier rincón de la provincia más lejana.

Las nuevas que llegan de Judea no son halagüeñas. Un informe enviado por el legado romano en Siria pone en alerta a Augusto, que observa con preocupación lo que está ocurriendo en el palacio real de Jerusalén. En su morada del Palatino, Augusto y su esposa Livia hablan de este asunto.

—Según parece, tu amigo Herodes está perdiendo la capacidad para gobernar su reino —dice Livia, que participa activamente en la dirección del Imperio—. Si no sabe controlar a su propia familia, ¿cómo va a hacerlo con un reino tan complicado como Israel?

—Querida esposa: has leído el informe del legado en Siria, pero no el que me ha enviado el propio Herodes. Tengo noticias constantes de lo que acontece en Jerusalén —replica Augusto.

Livia mueve su cabeza como dando a entender que mantiene sus dudas sobre Herodes:

—Quejas de todos y por todo, confusión a raudales, desánimo generalizado y dudas, muchas dudas; eso es lo que acontece ahora en Judea. Ese idumeo al que hiciste rey de los judíos se está comportando en los últimos tiempos con mucha torpeza. Insisto en que no sabe llevar sus asuntos domésticos, y me temo que tampoco los públicos. Si todavía no ha caído, se debe a que lo respaldan nuestras legiones. Todo cuanto está pasando allí es culpa de su actual debilidad. No dudo de que haya cumplido un papel en el pasado; pero, en mi opinión, ha llegado la hora de buscarle un sustituto. —Livia vuelve a la carga contra Herodes.

—Es fácil decirlo, pero muy complicado acertar con el candidato que lo reemplace. —Augusto se muestra precavido como siempre y confuso como nunca.

—Alguno habrá.

—Desde luego, ninguno de los parientes que menciona en sus cartas, pues todos están, según dice, inmersos en querellas e intrigas que desestabilizan el reino. Y fuera de ese entorno, no tenemos a nadie con referencias suficientes como para auparlo al trono. Tal vez haya llegado el momento de convertir a Judea y al resto de los territorios judíos en una provincia más del Imperio, como en su momento a la terrible Hispania, Cilicia o Siria.

—No es mala idea; quizá haya que llevarla a cabo —asiente Livia.

—Aunque me temo que los hebreos no son partidarios de esa opción y que lucharán contra Roma con todas sus fuerzas. No todos los enfermos requieren del mismo tratamiento, según dicen los buenos médicos.

—Los díscolos judíos..., siempre quejosos, siempre pretendiendo gozar de un estatuto especial, siempre con su sagrado Jerusalén como excusa; les hemos concedido demasiados privilegios; y el primero en prodigarlos a manos llenas fue tu padre Julio. Están dispensados del servicio en las legiones, no aceptan cargos públicos que no sean los propios, no contribuyen a los gastos del culto imperial, se niegan a ofrecer sacrificios en nuestros templos, ni siquiera en honor tuyo, forman reductos cerrados en las ciudades donde tienen presencia suficiente fuera de su tierra y disponen de sus propios jueces y magistrados. ¡Ya está bien de tanta tolerancia con esa gente! ¡Ha llegado el momento de imponer en Judea y en Galilea un régimen normal, sin excepciones, como en las demás provincias del Imperio!

—Si algún judío escuchara lo que estás diciendo, se echaría a llorar, se mesaría los cabellos y arrojaría ceniza sobre su cabeza. Prefieren tener un rey propio, aunque solo sea medio judío como Herodes, que conoce la ley de Moisés y la respeta, aunque a su manera, que estar gobernados por legados extranjeros que adoran a un panteón plagado de dioses que ellos consideran falsos y que, además, no reconocen al dios único al que adoran.

—La fuerza de las legiones acabará con esas tonterías —da por sentado Livia.

Augusto pasea dubitativo por el pórtico del patio principal mientras su esposa saborea unos higos confitados y degusta una copa de vino de Falerno.

—No creo que convertir a Judea en una provincia más del Imperio solucione el problema judío. Si aplicamos esa medicina, surgirán problemas más graves que los que ahora acucian a Herodes. Los judíos más levantiscos, que acatan la solución de un reino propio bajo nuestro protectorado, no aceptarán ser una provincia más; las rebeliones y protestas serán constantes. Lo que necesita esa tierra es la fórmula actual: una mano fuerte que la gobierne bajo la sombra de Roma.

—Decidirás naturalmente lo que consideres más oportuno; pero piensa que lo razonable es colocar al frente de los judíos a un hombre joven y enérgico, que sepa gobernarlos con mano dura y puño de hierro. Es lo único que entienden —dice Livia.

—Si se trata de energía, Herodes ha demostrado que la tiene a raudales.

—Se hace mayor, quizá la haya perdido.

—De cualquier modo, no voy a precipitarme en mi decisión. Esperaré acontecimientos.

En tanto Livia y Augusto debaten la cuestión judía, Herodes envía otra carta dirigida a Augusto en la que le manifiesta su deseo de viajar a Roma por tercera vez para tratar directamente la situación en Oriente.

Cuando se recibe la carta, Livia ve en ella la fastidiosa repetición de un fracaso ya vivido. Con permiso de su esposo, ella misma escribe la respuesta a Herodes: «Gayo Julio César Augusto a Herodes, rey. Si gozas de salud, me alegro. Por mi parte no estoy tan bien como desearía. Abstente, por favor, de hacer el viaje a

Roma que propones. Mis médicos me han prescrito no recibir visitas por algún tiempo. Salud».

Las dificultades de Herodes no pasan desapercibidas tampoco en Nabatea. Obodas, el rey, consciente de que Livia está claramente predispuesta a no favorecer a Herodes, espera que la situación se vuelva favorable para él.

Hace ya tiempo que entre Nabatea e Israel se libra una soterrada disputa. Viene de lejos, cuando los habitantes de la Traconítide se rebelaron contra Herodes aprovechando su segunda estancia en Roma en el juicio contra sus dos hijos. El silencio de Herodes sobre esa revuelta provocó el enfado de Augusto, aunque volvió a confiar el gobierno de la Traconítide a su amigo, el rey de Israel, como el monarca más cercano a la revoltosa región. Es cierto que Herodes sofocó con rapidez el alzamiento, pero al menos cuatro centenares de rebeldes lograron escapar y se refugiaron en Nabatea.

Por esos días, el rey Obodas convoca a Sileo, pues quiere pedirle consejo, ya que sus agentes en Roma le informan de que Augusto y, sobre todo, Livia están molestos con Herodes. Obodas sabe muy poco del fracaso amoroso de Sileo ante Salomé y de sus deseos de venganza respecto a los judíos.

—Hemos acogido a los rebeldes de la Traconítide, pero creo que no hemos hecho bien. Esa gente díscola supone un problema para el reino; incluso han practicado el bandidaje en nuestra propia tierra. Estoy considerando expulsarlos de aquí y que regresen a su tierra, a la Traconítide, y allá se las entiendan con Herodes.

—No lo estimo así, mi rey. Esos rebeldes son una baza en tu mano. Debes una considerable cantidad de dinero a Herodes, aprovecha, pues, como herramienta a los bandidos de la Traconítide para conseguir ventajas. Negocia con Herodes explotando esta situación. Quizá puedas conseguir una moratoria en el pago de la deuda, una rebaja o quién sabe si la condonación total —aconseja Sileo.

—No sé... —Obodas manifiesta sus dudas, pues teme las bruscas reacciones de su vecino.

—Piénsalo bien, mi señor. Esos rebeldes pueden ser de gran ayuda. Si los devuelves a la Traconítide, Herodes los ejecutará, estoy seguro, y perderás la baza que ahora tienes en tu mano.

—Quizá tengas razón.

—Te recomiendo que les otorgues tierras a esos cuatrocientos individuos; pueden instalarse en la antigua fortaleza, la que está abandonada en la frontera con Israel. Yo puedo encargarme de ello.

Obodas teme a Herodes y sigue dudando. Tras unos instantes se deja convencer.

—De acuerdo, hazlo así.

Sileo está satisfecho. De inmediato otorga la pequeña plaza abandonada a los de la Traconítide, que no tardan en reparar las maltrechas fortificaciones y desde allí comienzan a realizar incursiones en Judea, en el sur de Celesiria y en la Traconítide misma, procurando hacer el mayor daño posible al reino de Herodes. De manera soterrada, Sileo proporciona suministros a los rebeldes, además de absoluta impunidad para llevar a cabo sus correrías.

Las incursiones de los bandidos protegidos por Sileo no tardan en incomodar a Herodes, que ordena a dos de sus tribunos que preparen de inmediato tropas y acaben con los rebeldes. Los dos jefes disponen de mercenarios tracios, germanos y galos, los más feroces soldados del ejército herodiano, ya que carecen de parientes y amigos entre las gentes de por allí; no tienen la menor consideración en caso de entrar en combate.

A la orden de Herodes, su ejército entra en Nabatea, encuentra a los bandidos débilmente protegidos en sus antiguas fortificaciones y los extermina uno a uno. Esa acción no hace sino exasperar más a las gentes de la Traconítide. Decenas de ellas acuden a defender a sus parientes, y la rebelión se acrecienta.

Herodes se desespera y convoca al Consejo de «amigos».

—Necesitamos una acción contundente contra Nabatea, pues no me cabe duda de que Obodas es el culpable principal de lo que ocurre en la Traconítide. Esos bandidos, ayudados por los nabateos, están devastando nuestros campos, saqueando nuestras aldeas y matando a cuantos prisioneros capturan en sus correrías. No lo podemos tolerar. Su rey nos debe mucho dinero; he sido demasiado condescendiente con él y con su tardanza en los pagos.

—El Consejo encuentra muy razonable esa suposición. ¿Propones que Israel entre en guerra con Nabatea? —pregunta uno de los consejeros.

—Estoy pensando precisamente en eso. ¡Es una desvergüenza intolerable! La deuda asciende a seiscientos talentos, que presté a Obodas nada más acceder al trono. Se los he reclamado en varias ocasiones, pero no para de darme largas cada vez. No acabo de entender cómo ayuda ahora a los rebeldes de la Traconítide haciendo daño a Israel.

—Señor —interviene un consejero—, es cierto que deberían interrumpirse las incursiones de represalia; pero considero que deberíamos enviar a Obodas un mensaje en el que se le avise de las consecuencias si persiste en su actitud. Para iniciar una guerra en toda regla se necesita el permiso de Augusto.

—Tienes razón. No podemos siquiera pensar en ello sin la autorización del emperador. Enviaré a Obodas y a su ministro Sileo un recado apremiante. Toma nota —ordena a un escriba—. Escribe: «De Herodes, rey, a Obodas, rey, salud. Te comunico que es absolutamente necesaria la extradición inmediata de los bandidos que desde tu reino están causando mucho daño al mío. Es además el momento de que devuelvas los seiscientos talentos que te presté hace tiempo. Los necesito. Devuélvemelos enseguida».

Dos mensajeros parten hacia Nabatea, donde Sileo los recibe con buenas palabras en nombre de Obodas, pero los despacha con las manos vacías. Quince días más tarde Herodes insiste y Sileo se limita a responder que no hay insurrectos en su territorio y que el pago de la deuda está preparado.

Algunos consejeros tratan de calmar la exasperación del monarca. Uno de ellos propone demorar cualquier acción agresiva.

—Señor, debemos esperar a que se pronuncien los legados romanos en Siria, los generales Saturnino y Volumnio. Al igual que tú, el rey de Nabatea ha prestado juramento de sumisión a Augusto; está, pues, sujeto al mismo régimen de dependencia de Roma y a la prohibición de guerrear sin permiso contra un Estado vicario de Roma.

Apenas diez días después llega la copia de la resolución de los dos legados romanos, que por otra vía reciben las quejas de los habitantes de Celesiria por las incursiones desde Nabatea: «Saturnino y Volumnio, legados de Gayo Julio César Augusto, a Sileo. Dictaminamos que el reino de Nabatea debe devolver en el plazo máximo de un mes los seiscientos talentos que se deben al rey Herodes. Ambos reinos cesarán las hostilidades y se intercambiarán los prisioneros que tengan en su poder».

Finalizado el plazo, los nabateos no cumplen lo dictaminado por los legados imperiales. Herodes pierde la paciencia y ordena a sus generales que se preparen para invadir Nabatea. El entusiasmo se desata entre los soldados judíos. Vapulear a los árabes es considerado un don de Dios y un enorme placer. Los dos pueblos, descendientes del patriarca Sem, hijo de Noé, llevan la misma sangre en sus venas, y quizá por ello sus relaciones distan de ser amigables, como suele acontecer entre vecinos y familiares.

El propio Herodes, deseoso de venganza, se pone al frente de sus tropas. Pretende demostrar a Livia que no es tan viejo ni está tan acabado como ella supone.

El avance del ejército judío llega a oídos del monarca nabateo por los avisos de los oteadores desplegados en la frontera.

—La invasión ha comenzado —comunica Sileo a su rey—. Avanzan tan deprisa que han recorrido en tres días la distancia que suele hacerse en cinco. Con tu permiso, mi señor, me adelantaré para vigilarlos.

Es una treta. Sileo engaña a su rey y huye como un cobarde. Aprovechando la confusión, abandona Nabatea, se dirige al sur de Fenicia y en el puerto de Tiro embarca rumbo a Roma. Hace tiempo que trama un plan contra Herodes y quiere presentárselo al emperador.

El ejército judío irrumpe en Nabatea. El primer obstáculo es una fortaleza muy rudimentaria llamada Raipta, de débiles muros de adobe, con almenas y baluartes poco consistentes. Basta una escalera larga para acceder a lo alto y asaltarla. Los judíos la toman con suma facilidad y hacen bastantes prisioneros. Herodes ordena demoler las fortificaciones, pero prohíbe que se dañen los alrededores, pues quizá se conviertan en su propiedad.

Obodas decide entonces plantar cara a los judíos en campo abierto.

Concentra a sus tropas en una llanura rodeada de suaves colinas al norte del territorio.

—Atraeremos hasta aquí al ejército de Herodes, lo atacaremos desde las alturas y acabaremos con él.

—Sileo no aparece por ningún lado —dice uno de sus generales al rey Nabateo.

—¿Cómo es posible? Empiezo a sospechar que es un cobarde y que nos ha abandonado por puro miedo. Ya lo pagará cuando lo encontremos. Ahora, luchemos.

—Estamos preparados. Los rebeldes de Traconítide combaten a nuestro lado. Vamos a derrotar a esos judíos.

—La victoria será nuestra —asegura Obodas.

Los ánimos de los nabateos no se corresponden con la relación de fuerzas de ambos ejércitos. En la batalla, los árabes son arrasados sin la menor contemplación. Más de un centenar cae en el primer embate, por apenas un puñado de judíos.

Arrollados y sin posibilidad de respuesta, los nabateos huyen en desbandada.

—Perdonad la vida a los que se rindan sin ofrecer resistencia, pero no tengáis misericordia con ninguno de los insurrectos de Traconítide. ¡Matadlos a todos!

La campaña resulta un éxito. Israel recupera la normalidad; los sublevados son dispersados y sus tierras se reparten entre varios centenares de familias idumeas, a las que se dota de la conveniente protección. En el informe que envía a Saturnino y a Volumnio, Herodes justifica su acción y les explica que lo realizado se debe a una necesidad ineludible en defensa propia.

Sileo llega a Roma sin contratiempos. Muy pronto, con las gentes del primer barco que arriba de Fenicia, se entera de lo sucedido en su tierra. Su habilidad para la diplomacia, su carácter jovial y su rumboso comportamiento le permiten en poco tiempo ser bien acogido en la capital del Imperio, donde logra atraerse a importantes patricios. Aparentemente deja abandonados a los suyos, pero afirma con rotundidad que eso no es verdad y, para demostrar su compromiso con ellos, cambia sus lujosos vestidos por hábitos de luto riguroso, y se pasea por la corte imperial de esa guisa, un tanto estrafalaria, suplicando una audiencia con Augusto.

Finalmente consigue un encuentro con Livia, que intuye con claridad que puede aprovechar el curso de los acontecimientos entre Judea y los nabateos, y media ante su esposo para que reciba al que cree un enviado del rey Obodas. Augusto concede a Livia lo que pide.

—¿Qué es ese secreto tan extraordinario que vienes a contarme? —pregunta Augusto a Sileo.

—Ilustre César, protector del orbe —Sileo se exhibe como maestro de la adulación—, tú eres nuestro justo árbitro, y a tu sabiduría compete dirimir las querellas de los pueblos acogidos bajo tu excelsa mirada.

Augusto, sentado en su silla curul y rodeado de servidores, mira a Sileo con cierta suspicacia.

—Te escucho con atención.

—La guerra ha devastado mi país con toda su crudeza. Ha sido precisamente uno de los que se proclaman tus amigos, el rey Herodes, quien ha sembrado la mayor desolación y horror. Él es quien ha agitado nuestro territorio, quien ha asesinado a unos dos mil de mis compatriotas, quien se ha apoderado de riquezas que no le pertenecían y quien ha tomado por la fuerza la fortaleza de Raipta.

»Ese perverso judío ha menospreciado tu autoridad y ha obrado traidoramente contra mi rey, Obodas, a quien sorprendió con su inesperado ataque sin que mediara declaración de guerra alguna. Fue al enterarme de ese vil y cobarde atentado a nuestra soberanía, cuando me apresuré a llegar a ti, oh César, porque estoy convencido de tu firme voluntad de que impere la paz y el acuerdo entre Israel y Nabatea. El inicuo Herodes ha desencadenado una guerra injusta sin recabar permiso de tu parte, y ni siquiera ha tenido a bien consultar contigo si era conveniente invadir un reino que goza de tu protección y amistad.

A medida que habla, Sileo expone los detalles de la incursión del ejército judío en Nabatea, y percibe que Augusto va prestando una mayor atención a sus palabras.

—Si es cierto lo que dices, Herodes ha obrado con una crueldad extrema y con una notable falta de mesura. Eso me indigna, pues no esperaba de él semejante comportamiento.

Augusto duda un tanto antes de proseguir su discurso. Por un lado, no desea mostrar en público el resultado de sus diálogos privados con Livia; sin embargo, por otro necesita ofrecer razones para fundamentar una decisión. Por ello reflexiona en público sobre la situación personal de Herodes.

—Mi esposa ha manifestado en alguna ocasión el verdadero talante de Herodes. Es probable que se sienta abrumado por los problemas de su propio reino y se haya dejado llevar un tanto por el enojo que le causan ciertos asuntos en su propia familia. Desde luego, sería intolerable que haya tomado decisiones tan graves sin contar con mi opinión y sin siquiera consultar con mis legados en Siria. No consentiré que se menoscabe o desprecie la autoridad imperial.

—Cuanto he dicho es verdad, César —afirma Sileo con tal rotundidad que el emperador no duda de que es sincero.

—Confirmadme si Herodes ha conducido a su ejército a una guerra fuera de las fronteras de su reino —Augusto alza la voz y da a sus palabras un tono de solemne majestad al dirigirse a los presentes en la sala, entre los que se encuentran algunos judíos y árabes.

—Todo cuanto ha dicho Sileo es cierto —alza la voz uno de los nabateos presentes.

—Herodes ha desencadenado una guerra injusta sin motivo alguno y sin mediar tu consentimiento —alega un árabe.

Se suceden varios testimonios más que ratifican el informe de Sileo y precisan el número de muertos provocados por la incursión de los judíos.

—Prometo —Augusto se levanta de su silla curul mirando fijamente a Sileo— que me ocuparé de este asunto y enmendaré la situación, pues desatar una guerra, tal como dices que ha hecho Herodes, es grave y atenta contra todo derecho.

A continuación ordena que abandonen la sala y dicta a su secretario una carta, breve y seca: «De Augusto, príncipe, a Herodes, rey de los judíos, salud. Me han llegado informes de tu actuación en Arabia y la Traconítide, y de cómo has osado emprender injustas acciones guerreras sin mi consentimiento. Hasta ahora te había considerado amigo. Desde este momento serás solo súbdito».

Herodes percibe como un mazazo injusto y terrible, cargado de una violencia demoledora, el tenor de la misiva llegada de Roma.

—Es injusto; Octavio es muy injusto conmigo —se lamenta Herodes, con la carta todavía entre sus manos—. Yo no le he transmitido otra cosa que muestras de honor y de respeto.

—Además de no pagar la deuda, el rey nabateo ha añadido la afrenta de no devolver a los nuestros que tiene prisioneros —añade Eurimedonte, quien comunica a su rey que Sileo ha dado a conocer a los nabateos el resultado de la audiencia con el emperador.

—La fortuna es sumamente injusta. Los árabes se están burlando de nosotros. —Herodes se lamenta de que ahora no solo vayan mal los asuntos domésticos, sino también los políticos.

—Señor, alentados por lo que Augusto ha dispuesto en Roma, los nabateos han vuelto a atacar nuestras guarniciones en Idumea y en la Traconítide y están llevando a cabo acciones de pillaje en territorios fronterizos. Te aconsejo, gran rey, que envíes cuanto antes una embajada a Roma para aclarar esta penosa situación.

Herodes hace caso de su principal consejero y confidente, y da la orden de que, a la mayor celeridad posible, se desplace como mensajero un personaje de la nobleza de Jerusalén y que lleve ante Augusto las explicaciones de Herodes.

El correo regresa de Roma con muy malas noticias, pues ni siquiera es recibido por el emperador.

El rey se entristece. Convoca al Consejo y le da cumplida cuenta de lo acontecido.

—No solo ha mentido rotunda y descaradamente, sino que Sileo campa ahora por los palacios de Roma lanzando todo tipo de improperios contra nosotros, desprestigiando mi persona y mi acción de gobierno.

El cariz que toman los acontecimientos es desolador. El complejo edificio construido con paciencia y determinación tras años de luchas y esfuerzos, se tambalea y amenaza ruina.

Herodes ha perdido su posición de privilegio en Roma y la amistad con Augusto. No puede ir personalmente, pues su presencia es declarada *non grata* en la Urbe, pero no se rinde.

—Enviaré a Roma —comunica al Consejo— una segunda legación, pese al sonoro fracaso de la primera. Estoy seguro de que todavía puedo lograr convencer a Augusto contándole la verdad, si consigo que declaren a mi favor los amigos que aún conservo en Roma.

El elegido para encabezar la nueva embajada es el historiador y filósofo Nicolás de Damasco, amigo personal y maestro de retórica.

Herodes piensa que, si Nicolás no consigue enmendar la grave situación en la que se encuentra y Augusto le retira su apoyo de manera definitiva, puede dar su reino por perdido.

34
Euricles

En la corte de Jerusalén la vida continúa con aparente serenidad. La paciente intervención de Arquelao de Capadocia apacigua los ánimos y establece un periodo de calma; pero las tensiones soterradas pueden provocar que la situación se desestabilice en cualquier momento.

Herodes tiene miedo a estar solo. No le gusta que los pasillos y salones de palacio permanezcan vacíos, de modo que invita a artistas y escritores para que lo acompañen en la corte. Entre los invitados hay uno, llamado Euricles, que suele aparecer por Jerusalén con cierta frecuencia.

De origen griego, bien educado y culto, Herodes lo invita a menudo a pasar unos días en el palacio de Jerusalén o en el de Jericó. Comparte aposentos con otros invitados a la corte real, un elenco numeroso de filósofos, historiadores, poetas, dramaturgos y artistas que pululan a sus anchas por la corte gracias a la generosidad del monarca, que se comporta en su reino como Mecenas en Roma.

El constante ir y venir de gentes paganas de todo tipo y condición, griegos sobre todo, irrita sobremanera a los fariseos y a los esenios. En los corrillos de algunas zonas del Templo se manifiestan constantes quejas entre los expertos en la Ley.

—El rey está corrompiendo a propósito las costumbres de la corte. Sus prácticas indecentes se expanden por la ciudad y por toda Judea. No hace sino fomentar la cultura pagana de los griegos, se olvida de su obligación como rey de los judíos y no tiene en cuenta su deber de imponer en Jerusalén la ley de Dios y las normas de nuestros padres. Se comporta de modo tan innoble e ignominioso que ofende a nuestras mejores costumbres. Su policía prohíbe cualquier manifestación en contra de las prácticas paganas que él mismo promueve; y lo peor es que consigue que nadie haga nada contra esas deleznables prácticas —comenta uno de los sacerdotes.

—El pueblo siente que el rey está cayendo en el mayor de los ridículos —sostiene un escriba presente en aquel corrillo en el atrio—. De la mano de su consejero, el taimado Nicolás de Damasco, ha descuidado los principales deberes del soberano para con su reino y sus súbditos, y se ha entregado al aprendizaje de la filosofía, la retórica y la historia de Grecia y Roma.

—Así es: fijaos que ha dejado la administración de los más graves asuntos de Estado en manos de individuos de educación griega, a los que ha situado en los puestos claves. La exhibición que hacen estos prebostes de su estatus es escandalosa —confirma el sacerdote.

—Y lo malo es que todo cuanto se dice del rey es cierto. Carece de tacto y es tendencioso. Parece mentira que ignore que nuestras Sagradas Escrituras son mucho más antiguas que las de los griegos; Platón y Aristóteles, sus dos más grandes filósofos, han bebido y copiado cosas de nuestros sagrados libros, salidos de las manos de nuestro legislador, Moisés, aunque no quieran reconocerlo. Sí, el rey Herodes lo sabe, pero prefiere mantener la duda y jugar con esa indefinición entre los suyos.

Entre tanto extranjero, la figura de Euricles corresponde al tipo de persona que cae bien a Herodes y que goza de simpatía en la corte. Alto y delgado, de noble rostro y pelo corto y rizado, que cuida con esmero, tiene porte de filósofo de la Academia. Pasea su dignidad por delante de todos, a la vez que alza con donosura los bordes de su túnica blanquísima. Es de voz melodiosa y modales exquisitos, y su cultura literaria y conocimientos políticos son tan vastos que sorprenden a todos los que hablan con él. Reúne, pues, las cualidades que se pueden pedir a un hombre para resultar agradable desde la primera impresión. Se mueve bien en los ambientes cultos de Atenas, aunque es espartano de pura cepa y muy conocido en su país. Nadie sabe por qué abandonó Lacedemonia. Se cuenta de él una oscura historia de envidias y maldades en las que desempeña un papel de víctima silenciosa.

Una vez asentado en la corte de Jerusalén, Euricles tarda poco tiempo en integrarse en el círculo de amigos íntimos del rey. Aparte del verbo fluido y de su trato delicado, con su carácter lisonjero y su astucia se gana al monarca, quien lo distingue con su preferencia sobre otros cortesanos. Su cercanía con Herodes le permite visitar a Alejandro y a Aristóbulo, con los que llega a trabar una notable amistad.

—Tu suegro Arquelao es un hombre admirable —dice Euricles a Alejandro—. Como rey de Capadocia que es, ha sabido administrar su reino con buen criterio y por ello tiene toda mi consideración.

Naturalmente Alejandro se siente bien con Euricles, pero al principio no le comunica sus más íntimos pensamientos. El hijo de Mariamme no renuncia a sus aspiraciones al trono, aunque las mantiene ocultas para evitar tensiones en la corte por el momento nada convenientes. Pero un buen día Alejandro abre su secreto al elegante espartano.

—Has logrado ganarte la confianza de toda la corte —comenta Alejandro—; incluso los que son enemigos entre sí te estiman y te alaban.

—Todo el mundo se porta muy bien conmigo y me hace regalos. Aquí, en Jerusalén, he encontrado remedio a muchos de los problemas de mi vida, ahora que se aproxima a toda prisa la onerosa vejez.

—Quiero sincerarme contigo —le dice Alejandro.

—Sabes cuánto te aprecio. Te escucho con atención —replica Euricles.

—Apenas hay palabras para expresar el dolor y el sufrimiento que hemos atravesado mi hermano Aristóbulo y yo desde que regresamos de Roma. Tenemos sobradas razones para mantener graves quejas contra el comportamiento de nuestro padre. Supongo que te has fijado en cómo sigue favoreciendo a Antípatro en detrimento de mi hermano y de mí mismo —abunda Alejandro en los pormenores y peripecias entre las que destaca el peligro que supone ser llevado ante la corte de Augusto previendo una sentencia de muerte.

—Antípatro es su primogénito —replica Euricles.

—Sí. Pero es el hijo de una repudiada y nosotros lo somos de una verdadera reina por su noble estirpe. Mi padre debería tenerlo en cuenta, pero está ciego y no considera algo tan importante a la hora de plantearse la sucesión.

—¿No existen posibilidades de reconciliación entre vosotros?

—No. Lo hemos intentado, pero la situación se ha hecho insoportable.

—Me llevo bastante bien con Antípatro, si te parece hablaré con él a tu favor.

—Te lo agradezco. Acepta dos talentos en prueba de mi amistad.

—No debo...

—Vamos, Euricles, sé que no andas bien de dinero, y que necesitas ingresar alguna cantidad para poder vivir al margen de las migajas de la corte. Deja que te ayude. Podrás reunir una cantidad importante para regresar a Lacedemonia y pasar sin agobios los últimos días de tu vejez. Tengo entendido que tu hacienda en Grecia es bastante magra.

—Lo es —reconoce Euricles—. Este regalo alegra mi ánimo sobremanera. Los judíos sois más dadivosos de lo que se dice por ahí; con este dinero podré regresar a Esparta y vivir sin penalidades.

—Habla con Antípatro, pero con extremo cuidado. Intenta sonsacarle todo lo que pueda ser de interés para mi hermano y para mí.

Euricles se presenta ante Antípatro con la excusa de que va a regresar pronto a su tierra. Su fino olfato político adivina de inmediato que una intermediación astutamente conducida puede proporcionarle muchos bienes para volver a su país cargado de recursos. El dinero no evita todos los males de la enojosa vejez, pero los alivia al calmar todas las angustias.

—Amigo, pronto abandonaré Jerusalén y regresaré a Lacedemonia —anuncia Euricles al primogénito de Herodes, adoptando un tono y pose confidencial—. Vuelvo a mi tierra, pero antes de partir tengo que contarte algunas cosas de tu hermano Alejandro. Como comprenderás, no me mueve ningún interés personal, sino el sincero agradecimiento por los bienes que me has otorgado.

Euricles aprovecha cuidadosamente la visita y confirma en Antípatro las sospechas que este sigue albergando sobre las intenciones secretas de sus dos hermanastros.

—No dejes de hablar con mi padre antes de abandonar el palacio. Cuéntale todo lo que me has dicho sobre Alejandro —recomienda Antípatro con insistencia—. El rey creerá cuanto salga de tu boca, pero si se lo cuento yo, pensará que me impulsan los celos o las turbias pasiones, y no me dará crédito.

»Antes de tu marcha quiero hacerte un regalo. No dejes de visitarme una vez que te hayas despedido de mi padre.

Antípatro espera paciente a que Euricles encuentre la ocasión de despedirse del rey.

Al fin se presenta una ocasión propicia para celebrar una despedida amistosa. La conversación de Euricles con Herodes es esclarecedora.

—Señor, te comunico por tu bien, como buen amigo que soy y para que dispongas conforme lo estimes conveniente, que Alejandro y Aristóbulo acumulan enormes cantidades de rencor y odio contra ti. Quieren alcanzar tu trono cuanto antes y creo que harán todo lo posible para lograrlo —confiesa Euricles al rey.

—Esto mismo me lo han dicho otras muchas veces y luego ha resultado, por boca de mis hijos, no ser cierto en absoluto. ¿Debo creerte ahora? —demanda un Herodes dubitativo.

—Plenamente. Ya conoces mi fidelidad, sobradamente probada.

—¿Y Antípatro?

—Tu primogénito es un hombre comprensivo. —Euricles, como buen actor, habla con voz cálida y fingidamente sincera. Se explaya en palabras elogiosas sobre el primogénito dejando entrever que él es el único hijo que merece su confianza.

—No me porté bien con él en su juventud —reitera Herodes.

—No lo tiene en cuenta. No es rencoroso y no le queda el menor síntoma de haberse sentido ofendido o menospreciado por ti.

Las palabras del griego despiertan en Herodes los viejos demonios dormidos y se rompe su paz interior recién alcanzada. Las entrañas del rey se inundan de nuevo con toda la bilis y malos humores de la sospecha, la ira y el miedo. Los más insanos recuerdos vuelven a invadir su corazón.

—¡Por el Dios de Israel! —exclama Herodes desesperado—, quise levantar un puente con benévola paciencia para sortear estas intrigas y me encuentro de nuevo con la traición. Otra vez renacen el engaño y la mentira.

—Alejandro y Aristóbulo se han burlado de ti, mi señor —ratifica el griego.

—¡Malditos hijos desnaturalizados! Todo en ellos es falsía. ¿Hasta cuándo tengo que soportar que esos inicuos engendros minen la tierra bajo mis pies y horaden los cimientos de mi reino?

—Mi única guía es servirte.

—Y lo has hecho bien. Recibirás diez talentos por los servicios que me has prestado, y te llevas mi reconocimiento. Amigos como tú son los verdaderos, los que todo rey debe tener, gente que te diga la verdad sin miedo, porque lisonjeros y arribistas los hay a decenas.

Acabada la visita con Herodes, Euricles se presenta ante Antípatro, que aguarda ansioso y expectante.

—Siento tener que marcharme de una tierra que ya considero mía, pero las circunstancias de mi ancianidad me obligan.

Antípatro ha oído que se siente eufórico tras conocer lo que su padre escucha de boca de Euricles. Como recompensa, le entrega cinco talentos.

De vuelta a casa, el griego pasa por Capadocia, donde Arquelao lo recibe espléndidamente. Mientras conversan, Euricles no deja de loar las virtudes de Alejandro y denostar las maldades de Antípatro; tanto es así que el rey de Capadocia le regala nuevos dones en monedas contantes y sonantes.

Euricles retorna a Lacedemonia rico, dichoso y reconocido por todos, porque a cada uno le cuenta lo que quiere realmente escuchar.

35

La semilla

A pesar de la inestimable ayuda de Euricles, corren tiempos turbios para Antípatro. Se siente cansado por la soterrada pero continua batalla que debe librar para asentar sólidamente su posición ante su padre el rey, siempre tan suspicaz e inclinado a sospechar de todo y de todos.

Su ventaja en la carrera hacia el trono es apreciable, pero la continua tensión está socavando su ánimo, pues Herodes no acaba de ratificarlo como heredero con la contundencia y claridad que él desea. Por otro lado, sigue recelando de los movimientos de sus dos hermanastros, sobre todo de Alejandro, cuya candidatura apoyan varios personajes notables del reino.

El rey es viejo, pero goza de una salud de hierro, solo aquejada por algún que otro achaque que él mismo cree sin importancia. Antípatro se impacienta. El paso de los días se hace lentísimo en su ánimo, y más cuando su tía Salomé, cuya ambición sigue planeando como una sombra alargada, continúa impertérrita en su acoso.

Una tarde, en uno de los discretos patios del palacio de Jerusalén, Salomé y Antípatro conversan tras varios días sin contacto alguno.

—Aunque te conozco lo suficiente, no dejas de sorprenderme. Tu determinación y tu constancia son asombrosas —dice Antípatro a su tía y casi examante.

—Puesto que siempre he apoyado tu candidatura al trono con eficacia, si alguna vez llegas a sentarte en él, me lo deberás a mí —replica Salomé con determinación.

—Bien, no lo dudo, pero la intervención de Euricles ha sido decisiva. Es su confesión la que ha convencido a mi padre sobre los verdaderos propósitos de Alejandro, y por eso se ha indignado tanto. Ha llegado el momento de dar el paso definitivo y precipitar este final tanto tiempo esperado.

Antípatro ya no siente atracción sexual hacia Salomé, al menos no tanto como antaño; desea liberarse de ella, pero de momento sigue considerándola una ayuda ideal. Una mujer inteligente, hábil y constante, que sabe moverse como nadie en los entresijos de la corte, no tiene precio si está a su favor. Ha de contar con ella necesariamente si quiere ganar la batalla decisiva por el control del reino.

—Yo estoy a tu lado, como siempre —afirma Salomé seductoramente.

—Hasta ahora hemos actuado con prudencia, dando pequeños pasos, pero esa táctica no parece dar resultado. Debemos ser más contundentes. Hay que conseguir que Alejandro sea encerrado para siempre, y que mi padre lo aborrezca de tal modo que se esfume cualquier posibilidad de que lo rehabilite para cualquier cargo. Este tiene que ser su final.

—Podemos aprovechar lo ocurrido con Jocundo y Tirano —propone Salomé, cuyo íntimo deseo es volver a reinar en el corazón de su sobrino.

—¿Qué insinúas? —demanda Antípatro tras tomarse unos instantes de reflexión.

—¿No has caído en la cuenta? El rey está cada día más susceptible. Jocundo y Tirano han sido amigos y compañeros de tu padre; lo han acompañado en sus partidas de caza y han compartido sus confidencias. Siempre los ha apreciado. No sé qué ha ocurrido con exactitud, pero los dos han caído en desgracia y han sido apartados de su compañía. Me imagino que habrá sido alguna menudencia sin mayor importancia.

»Mi hermano está cada día más susceptible e inquieto, y lo cierto es que esos dos están alejados de la corte, ociosos y sin saber qué hacer. Me he enterado de que ambos se sienten amenazados de muerte, y que sus sentimientos de afecto y de amistad hacia el rey se han convertido en temor y miedo. Tu hermano Alejandro necesita nuevos aliados si quiere disputarte la herencia; pues bien, podríamos hacer que Jocundo y Tirano fuesen dos de esos aliados.

—¿Pretendes reforzar a Alejandro? —se sorprende Antípatro ante la propuesta de Salomé.

—¡No has entendido nada! Escucha bien: si conseguimos que Herodes sospeche que esos dos apoyan a Alejandro, creerá que la conjura contra él va en serio, y que el hijo de Mariamme se está rodeando de los que han abandonado al rey.

—No sé...

—Tengo además otra idea que te contaré cuando proceda —dice Salomé mirándolo fijamente a los ojos, sin que Antípatro pueda sostenerle la mirada.

—¿Qué idea?

—Cada cosa en su momento —dice con tono misterioso.

Antípatro no tiene claro qué pretende su tía, pero admite su propuesta, pues da por bienvenida cualquier acción que acelere su llegada al poder. Siente de nuevo que la necesita, le atraigan o no las aventuras sexuales, por otro lado cada vez más peligrosas.

Pero Eurimedonte tiene sus ojos y oídos más abiertos que nunca.

Salomé debe actuar deprisa. Cita a Jocundo y Tirano, que acuden a la entrevista creyendo que la hermana de Herodes les va a transmitir algún mensaje positivo del rey. ¿Acaso reflexiona y desea admitirlos de nuevo a su lado?

Salomé los recibe en sus aposentos.

—Señora: estamos a tu disposición —saluda Jocundo directamente.

—Sed bienvenidos —les dice, indicándoles a la vez un diván forrado de paño rojo ceniciento, en tanto que ella se acomoda en un sillón de seda dorada—. Fuisteis guardaespaldas de mi hermano, fieles amigos, leales confidentes y compañeros en sus partidas de caza, pero hace ya algún tiempo que habéis caído en desgracia. Mi hermano no se ha portado bien con vosotros; os ha rechazado alejándoos de su lado con un despecho infundado. Sé que está pensando qué hacer con vosotros dos, y os aseguro que no es nada bueno.

—¿Piensa acabar con nosotros? —pregunta Tirano cuya voz denota un cierto temblor.

—No, si yo puedo evitarlo. Si os comprometéis a ayudarme, viviréis, y os prometo que os recompensaré con largueza.

—¿Qué quieres que hagamos?

—El rey está viejo y cansado. No será eterno. Cualquier día, no muy lejano, la Parca lo visitará sin remedio. Como bien sabéis, Alejandro es hijo de su esposa más amada, y son muchos los que consideran que, debido a su linaje, debe ser el heredero y futuro rey de Israel. Si os ponéis de su parte, seréis convenientemente tratados cuando llegue al trono.

—Eso puede tardar años —dice Tirano.

—Salvo que se acelere el momento de su muerte.

—¿Dar muerte al rey? ¿Propones que liquidemos a Herodes? —se asusta Jocundo.

—La venganza está justificada cuando se trata de hacer pagar un trato cruel e injusto como el que os ha dispensado mi hermano.

Salomé mira fijamente los rostros de los dos hombres y cree atisbar en ellos un deseo de venganza. Presiente, casi sin dudas, que la antigua fidelidad hacia Herodes es ya como un recuerdo de un pasado que no retornará.

—¿Qué deseas que hagamos?

—El tiempo de mi hermano ha llegado a su fin —dice Salomé fingiéndose contrariada—. Habéis sido testigos de cómo su mente se ha tornado voluble y débil. El rey es un peligro para nuestra nación, que requiere de un nuevo soberano al frente. El reino os necesita para llevar a cabo ese cambio.

Salomé sigue hablando un buen rato sobre lo que los nuevos tiempos demandan.

—¿Qué ganamos nosotros? —pregunta Tirano.

—El bien de Israel debería ser suficiente para contentaros.

Pero, además, si os sumáis al grupo que apoya a Alejandro, seréis recompensados con dinero y cargos importantes.

Los dos hombres dudan unos instantes. Finalmente interviene Tirano, quien se cree condenado sin remedio si no hace algo para remediarlo.

—De acuerdo. ¿Qué quieres que hagamos?

—Actuaréis conforme a mis instrucciones, y solo a las mías. Luego os pediré informes. Por el momento, acercaos a Alejandro y a Aristóbulo, congeniad con ellos, practicad ejercicios en la palestra, montad a caballo, acompañadlos en las partidas de caza que organicen y demostradles afecto y cercanía.

—¿Y si se entera el rey?

—Claro que se enterará..., pero no le dolerá; al contrario, pensará que tratáis de ayudar a sus hijos.

Ante el asentimiento de ambos, Salomé sonríe. Como en otras ocasiones, sus dotes de seducción funcionan y logra engañar a los dos, sorprendentemente ingenuos.

Como es ya usual, la nueva treta ideada por Salomé funciona, al menos por el momento.

Apenas dos o tres semanas después de que Jocundo y Tirano se acerquen a Alejandro, los agentes de Eurimedonte le informan de los movimientos de los antiguos amigos del rey. El jefe de la policía se presenta enseguida en palacio para dar cuenta de las novedades.

—En los últimos tiempos se ha visto a esos dos con tus hijos Alejandro y Aristóbulo en varias ocasiones. No solo participan en los mismos ejercicios, sino que mantienen conversaciones amistosas, al parecer con notable complicidad —informa Eurimedonte.

—Es intolerable —brama Herodes—. ¿Sabes qué pretenden?

—Es sensato sospechar que pueden tramar algo en favor de Alejandro, lo que implicaría cierta oposición a tus designios sobre Antípatro, señor.

—Antes de regresar a Lacedemonia, ya me advirtió Euricles sobre los traidores que merodean por palacio, dispuestos a venderse al que les garantice cargos o dinero en el futuro. «Ten los ojos de la Gorgona», me dijo poco antes de despedirse, a la vez que me recomendaba que desconfiara de todos.

—Mandaré que se los vigile aún más. Pierde todo cuidado, señor. Me enteraré de todos sus pasos.

—No puedo esperar a que Jocundo y Tirano cometan un error para descubrirlos; pudiera ser demasiado tarde. Envía a media docena de hombres para que los detengan inmediatamente; que los lleven a los calabozos y los interroguen hasta que digan la verdad sobre el contenido de sus encuentros con mis hijos, con Alejandro sobre todo, y por qué se han hecho de repente tan amigos de ellos.

—¿Cómo procedemos en el interrogatorio? Son gente noble... —pide instrucciones el jefe de policía.

—Con toda contundencia.

—¿Incluso con la tortura?

—Si no hablan claro, sí. Tortúralos hasta que digan la verdad.

Nadie puede entrar en las mazmorras de palacio sin autorización expresa del rey o de su jefe de policía, pero Antípatro se las ingenia para visitar a Jocundo y Tirano, que esperan temerosos para ser interrogados.

—No sintáis temor. Conozco lo que os ha propuesto la hermana del rey, y estoy de acuerdo con ella. Cuando os interroguen, hablad con claridad de las intenciones de Alejandro y Aristóbulo. Decid que están tramando una conspiración contra el rey; jurad por lo más sagrado que no tenéis nada que ver en esta trama y que, si habéis seguido el juego de los dos hermanos, ha sido para enteraros de lo que pensaban hacer, con la intención de contárselo a Herodes —les aconseja Antípatro.

—¿Y si nos torturan? Tengo miedo al dolor; no podré mentir —lloriquea Jocundo.

—Tal vez os torturen un poco. Resistid y mantened siempre el mismo discurso, tal cual os he dicho. Si lo hacéis así, no tardarán en soltaros. Pensad que, cuando salgáis libres, vais a recibir una recompensa extraordinaria.

El miedo puede más que los buenos sentimientos y la cordura.

—Confesaremos lo que el rey quiere saber: que los dos hijos de Mariamme son unos traidores —dice Tirano.

—Declarad que Alejandro os propuso acabar con el rey en la primera partida de caza que tuvierais juntos, pues ellos se iban a encargar de que se organizara; que estabais preparando un atentado como si se tratara de una caída accidental del caballo; que solo pensáis en el bien de la nación hebrea; y que sois fieles y leales siervos del rey.

Cuando le comunican la declaración de Tirano y Jocundo, que siguen al pie de la letra las recomendaciones de Antípatro, Herodes se siente presa de un furor infinito y de un enojo incontenible. Al fin tiene pruebas fehacientes de dos testigos que ratifican las denuncias sobre sus hijos.

—¿Cómo iban a matarme? —pregunta Herodes a Eurimedonte después de escuchar su informe.

—Tratarían de que pareciera un accidente de caza. Una vez perpetrado, los dos hijos de Mariamme se refugiarían en la fortaleza del Alexandreion, y desde allí formarían una columna armada que acabaría con Antípatro. En esa fortaleza se concentrarían armas para equipar a los rebeldes y oro para los gastos necesarios para sacar adelante la revuelta. Hemos traído al prefecto de la fortaleza. Está en los calabozos.

—¿Ha declarado su delito?

—No, mi señor; se ha negado siquiera a abrir la boca. Pese a que lo hemos sometido a tormento, ha jurado una y otra vez que no tenía nada que ver con esta traición. Como no cantaba, hemos hecho que su propio hijo contemplara el suplicio, y, aterrorizado, se ha derrumbado. Ha dicho que nos acompañaría hasta el Alexandreion y que nos ayudaría a buscar las pruebas que requiramos. He enviado de inmediato a varios hombres a la fortaleza y han estado buscando entre los papeles del prefecto, hasta que han encontrado este escrito. —Eurimedonte muestra a Herodes un trozo de pergamino.

—¿Qué dice?

—Es toda una declaración firmada por tu hijo Alejandro, en la que se demuestra que cuanto confesaron Jocundo y Tirano es cierto. Dice literalmente: «Una vez realizado con la ayuda de Dios todo lo que determinamos, iremos ahí; cumplid entonces con lo prometido, recibiéndonos en la fortaleza». Cuando se la hemos enseñado al prefecto de la fortaleza, ha negado absolutamente tener conocimiento de esa carta de Alejandro. Ha maldecido a su hijo, le ha escupido a la cara y ha dicho que jamás la había visto, que alguien ha debido colocarla entre sus papeles. No dejaba de hacer aspavientos y de proclamarse inocente.

—¿Es auténtica esa carta?

—Lo es, mi señor. La letra es de Alejandro.

—Degüella al instante a los dos, al padre y al hijo, y coloca al frente de la fortaleza del Alexandreion a un hombre de tu absoluta confianza.

—Así se hará.

—Y algo más. Ya no me cabe la menor duda de la traición de mis hijos. Probablemente —Herodes aún se emociona al recordar a su amada Mariamme—, su madre inculcó en ellos un odio hacia mí que ahora se manifiesta con toda crueldad. ¡Qué par de ingratos! Desde que nacieron los he favorecido con mi cariño y los he colocado por delante de mi primogénito. Los he colmado de favores y cuidados, y me lo han pagado con la más abyecta de las traiciones. Incluso les di una segunda oportunidad cuando en el juicio de Roma ante Augusto mostraron un falso arrepentimiento. Todo ha sido una gran mentira: su mendaz comportamiento, su hipócrita confesión, sus impostados sentimientos... Una vez más han protagonizado una comedia mal dispuesta y peor interpretada, con un estrambote que ratifica su falsedad y su engaño.

—¿Qué hacemos con ellos?

—Apresa a Alejandro y mételo en prisión.

—¿Y con Aristóbulo?

—Aprésalo también. No puedo dejarlo en libertad, pues es cómplice de su hermano mayor.

—Quedarán presos en palacio —dice Eurimedonte.

—No. Llévalos con el máximo sigilo a la fortaleza de Jericó y enciérralos allí. No soporto su cercanía. Dispón lo necesario para que sus esposas no tengan ningún contacto con ellos. Las dos mujeres permanecerán vigiladas aquí, en Jerusalén. Haremos que declaren por separado; así podremos confrontar sus contradicciones.

Al enterarse de las resoluciones tomadas por Herodes, Salomé sonríe con gran satisfacción. Su nuevo plan sigue adelante. Jocundo y Tirano cumplen lo ordenado y Antípatro se siente satisfecho al conocer que sus dos hermanos y grandes rivales son alejados de palacio sin contemplaciones.

Desde Jericó, Aristóbulo, siempre en segundo plano tras su hermano mayor Alejandro, decide intervenir por su cuenta. Gracias a la complicidad de un amigo, escribe una carta y consigue hacérsela llegar a su esposa Berenice, con la intención de que esta se la entregue a su madre, Salomé: «De Aristóbulo a Salomé, tía y suegra, salud. Compadécete de nuestros dolores e intercede por nosotros ante aquel que nos engendró, cuyo ánimo ha llegado a estos extremos de crueldad y de insania; su odio ha alcanzado límites insospechados. Recuerda que tú misma has estado al borde de la muerte con el asunto de los amores del rey con mi cuñada Glafira. Tú enojaste al rey con tus amoríos con su enemigo Sileo y tu vida estuvo en peligro lo mismo que ahora está la nuestra. Sabes lo que es padecer sospechas, así que actúa en nuestra defensa. Te lo ruego encarecidamente».

Tras leerla, Salomé no da crédito a la ingenuidad de su yerno y sobrino. En sus manos tiene una prueba indirecta de la culpabilidad de Alejandro, firmada por su propio hermano, pues nada dice en su defensa, sino que solo suplica piedad; rebaja la conjura a simples sospechas y se compara con Salomé, objeto también de insidias. La hermana del rey da gracias al Hado por la estupidez de Aristóbulo, y ríe a carcajadas ante la inmediatez de su triunfo.

Con la carta en sus manos, camina rauda hacia los aposentos de Herodes, que la recibe de inmediato.

—Hermano: bien sabes que nunca he tenido secreto alguno para ti. En la carta que te muestro podrás comprobar que Aristóbulo no defiende expresamente a su hermano; admite que todo cuanto se ha dicho contra mí es pura sospecha, mero producto de la envidia con la intención de enemistarnos, y que lo mismo ocurre con Alejandro. Lee con tus propios ojos esta carta y decide. —Salomé hace entrega al rey del pergamino.

Conforme va leyendo, la ira de Herodes crece como la marea, enfurecido por el aparente intento de Aristóbulo de implicar a su tía en otra conjura plena de insidias tramadas por su hermano Alejandro. Llama a Eurimedonte con la intención de agravar la pena de los prisioneros:

—Que los carguen de cadenas y los mantengan confinados, completamente aislados. ¡Malditos sean! ¡Mil veces malditos!

Antes de dictar sentencia definitiva, Herodes quiere ver e interrogar a sus díscolos hijos.

Escoltado por casi una cohorte, se dirige a Jericó, donde siguen presos los dos hermanos. Aislados en una mazmorra en la que apenas entra un hilo de luz por una especie de claraboya, los hermanos comienzan a ser conscientes de que la partida está irremisiblemente perdida.

Los sacan de la prisión y los llevan encadenados a la sala de audiencias del palacio de Jericó, donde los espera Herodes, cuyo rostro denota una severidad inusitada.

—¡Padre, piedad! —gimotea Aristóbulo en tanto Alejandro guarda un sepulcral silencio.

—¿Padre? Sois unos bastardos. ¿Piedad? Sois unos traidores. Debería mandar que os cortaran el cuello aquí y ahora mismo.

—¿Qué te hemos hecho, padre? ¿Por qué nos tratas con semejante crueldad? —pregunta Alejandro.

—Mira esta carta. —Herodes le muestra la misiva encontrada entre los papeles del prefecto del Alexandreion.

—No sé de qué carta hablas.

—De esta. —El rey la coloca ante los ojos de su hijo.

—Esa letra no es mía; esa carta no la he escrito yo. Es una falsificación. Sin duda es obra del escriba Diofante. Es muy conocido por su habilidad para imitar letras ajenas.

—Estaba en el escritorio del legado de la fortaleza donde os pensabais refugiar después de haberme asesinado.

—¡No es cierto! ¡Nos han tendido una trampa!

—No insistas. No voy a creerte por muchas veces que lo niegues.

—¡Lo juro, padre, es una trampa!

—Acabemos de una vez con esta mascarada. Vuestra única salida es que redactéis y firméis un documento reconociendo vuestros crímenes. Lo enviaré al emperador Augusto para que decida qué hacer con vosotros.

Herodes no desea torturar a sus hijos; se conforma con una confesión espontánea que acabe con una situación que se le está haciendo insoportable.

Alejandro duda unos instantes al caer en la cuenta de que sus afirmaciones de inocencia caen en saco roto.

—De acuerdo, escribiremos esa confesión para el emperador, pero te juro que ni Aristóbulo ni yo hemos escrito esa carta que nos muestras. Nunca hemos pretendido tu muerte. Si nos hemos quejado amargamente de algunas de tus decisiones, era porque nos creíamos tratados injustamente. Cuando supimos que nos querías encerrar, pensamos en huir de Jerusalén, hacer una escala en el Alexandreion, continuar hacia Siria y llegar a Capadocia, donde mi suegro el rey Arquelao nos ayudaría. Desde allí tomaríamos un barco para Roma, donde pretendíamos vivir felices. Creíamos que el emperador nos acogería con gusto, pues nos conoce desde hace tiempo y siempre nos ha tratado muy bien. Ojalá estuvieran aquí Jocundo y Tirano para ratificar cuanto te digo.

—Un careo con esos dos amigos tuyos hará que la verdad resplandezca —tercia Aristóbulo.

—Eso es imposible. Esos dos yacen en el mundo de las tinieblas —les dice Herodes.

—¿Muertos? Pero si eran tus amigos, tus guardaespaldas siempre fieles.

—Fue vuestro hermano Antípatro quien me aconsejó que los ejecutara enseguida; y así lo ordené. Me dijo que sería un ejemplo para escarmentar a otros traidores que pretendieran atentar contra mi vida. Quizá obré con demasiada precipitación —reflexiona Herodes.

—Somos inocentes —proclama Alejandro.

—Seguiréis encerrados en Jericó. No me fío en absoluto de vosotros.

De regreso a Jerusalén, Herodes escribe una larga y prolija carta a Augusto en la que le pormenoriza todo cuanto conoce de la conjura de sus hijos. Entre otros detalles afirma: «La reconciliación conmigo de Alejandro y Aristóbulo en Roma fue una farsa, ya que nos engañaron a ambos con sus malas artes y afilada retórica. Son consumados actores empecinados en representar una comedia llena de disparates y mentiras. Si quieres saber más, escribe al rey de Capadocia, que está al corriente del intento de fuga de los dos hermanos».

Herodes decide no acompañar su carta con la nota de autoconfesión de Alejandro, ya que Augusto puede considerarla extraída a la fuerza, pero sí remite las declaraciones de Salomé y de Antípatro denunciando la conspiración urdida por Alejandro y Aristóbulo.

El rey pone la carta en manos de dos correos de confianza, que la deben entregar en Roma a Nicolás de Damasco, para que este la lleve personalmente a Augusto.

Nicolás, como embajador del rey de Israel, tiene la misión de convencer al emperador para que reanude su amistad con Herodes, el cual se somete a su decisión como prueba de lealtad y afecto. También debe dejar patente que Herodes es calumniado por sus enemigos, y no solo él, sino toda la nación judía.

El rey confía en la habilidad de Nicolás de Damasco para que Augusto revoque el dictamen que proclama que el reino de Israel no es un aliado, sino un súbdito del Imperio, y que le ratifique que la fidelidad del rey de Israel para con Roma es inquebrantable.

Con esos encargos, los correos embarcan hacia Roma desde Cesarea.

36

Un final

En Roma, Nicolás de Damasco exhibe toda su capacidad y astucia como rétor para restablecer las buenas relaciones entre Augusto y Herodes y restañar las heridas del pasado. Por su parte, el árabe Sileo hace lo mismo, y trata de conquistar el corazón de Augusto en su favor.

En la pugna entre el árabe y el judío, Livia, la influyente esposa del emperador, se muestra favorable a Sileo.

—No veo con buenos ojos tu reconciliación con Herodes como pretende ese judío, Nicolás, molestándote continuamente con sus peticiones de audiencia. El rey de Israel me resulta profundamente antipático, orgulloso y pagado de sí mismo —insiste Livia una y otra vez sobre Augusto, sumido en sus dudas—. Los territorios del reino de los judíos son muy difíciles de gobernar; insisto en que precisamente por esta razón deben convertirse en una provincia más del Imperio. Los judíos solo renunciarán a sus pretensiones individualistas, de excepciones y ventajas sobre otros habitantes del Imperio, cuando perciban directamente sobre ellos un poder tenaz e inflexible.

Augusto sigue meditando sobre qué resolución tomar, en tanto que Nicolás de Damasco busca la oportunidad de defender la causa de Herodes directamente ante el emperador, al que envía cada semana una petición de audiencia.

La ocasión se presenta al fin. Mientras tanto, Sileo, el ministro de Obodas, pretende asumir él solo la negociación con Augusto, sin la participación de algunos de los árabes que lo acompañan en Roma. Son los propios compañeros de Sileo quienes, al encontrarse con Nicolás de Damasco en el Foro, le exponen sus quejas por el comportamiento de su colega.

—Sileo muestra un afán de protagonismo insufrible. Nos menosprecia con su irrefrenable deseo de quedar por encima de todos nosotros. Es un engreído, un orgulloso que aspira a que nadie le arrebate la gloria de denostar ante Augusto las pretensiones de Herodes, al que tú defiendes.

Nicolás los escucha con cortesía y decide que puede ser interesante invitarlos a su mesa. Así lo hace, y durante varios días, con gran habilidad, consigue obtener detalles relevantes del caso en disputa, hasta el punto de disponer de alguna información que desconoce, la cual le permite mostrar las debilidades de la argumentación de Sileo contra Herodes.

Los hados se conjuran a favor del judío. Llega un correo de Jerusalén anunciando la repentina muerte del rey Obodas. Un pariente del monarca difunto, llamado Aretas, asume la dignidad real sin solicitar el preceptivo permiso de Augusto.

Al enterarse de la noticia, Nicolás de Damasco se sabe ganador. Sileo, enviado por Obodas, carece de vínculo directo con Aretas, el nuevo monarca nabateo, de modo que casi nada puede reivindicar ante el emperador.

Pasan unos días y llegan a Roma embajadores del nuevo rey árabe, que piden ser recibidos por Augusto. Nicolás se pone en contacto con los nuevos representantes del reino de Petra, mientras vuelve a insistir por enésima vez en ser recibido en la corte imperial. Nicolás afirma a los secretarios del emperador:

—Reitero mi petición porque tengo interesantes novedades sobre el caso. Comunicádselo a vuestro señor.

Finalmente tiene lugar la deseada audiencia, a pesar de las reservas de Livia respecto a los judíos. La sala del palacio de Augusto en el Palatino está vacía aquella mañana cuando entra en ella Nicolás de Damasco acompañado por uno de los libertos del emperador. El embajador de Herodes tiene que esperar de pie un buen rato hasta que se anuncia la llegada de Augusto. Unos momentos antes entra en la sala Sileo, al que Nicolás mira con odio y recelo. Instantes después, precedido por unos cuantos cortesanos, se presenta Augusto.

El emperador se sienta en su silla curul. Mira a Sileo, que baja los ojos, y luego a Nicolás, que se mantiene de pie en el centro de la sala sosteniendo firme la mirada.

—¿Qué te trae por aquí? Me han dicho mis secretarios que no has dejado de insistir para que te reciba en audiencia —pregunta Augusto a Nicolás como si no supiera nada de la tardanza en recibirlo.

—César, me presento ante ti para acusar a ese hombre de falsificación y engaño. —Nicolás señala a Sileo con el dedo.

Entre los cortesanos presentes, algunos favorables a los árabes, se levanta un revuelo que Augusto acalla con un gesto enérgico.

—Continúa.

Nicolás de Damasco, que lleva muy bien preparado su discurso, comienza elogiando la benevolencia del emperador y defendiendo con sutileza la fidelidad de Herodes; a continuación desata un caudal de acusaciones contra Sileo, las menos importantes al principio, y aumenta el tono hasta las más graves.

—En suma —concluye Nicolás—, este individuo ha causado gravísimos perjuicios a su propio rey; ha tomado dinero prestado de Herodes sin la menor intención de devolverlo y ha endeudado a su reino sin mejorar el orden y el buen funcionamiento de su gobierno. Ha mentido repetidas veces sobre el modo de actuar del rey de Judea. Además, y con esto concluyo, su conducta particular es deleznable y ha promovido disturbios en Roma, Arabia y Judea, corrompiendo a varias mujeres notables, con el correspondiente quebranto de su honor y el de sus familias.

Augusto, aburrido de tantas querellas entre árabes y judíos, presta atención sin embargo a la última acusación lanzada por Nicolás. El emperador está empeñado desde hace tiempo en una campaña en pro del aumento de la natalidad en Italia, lo que supone una recia defensa del matrimonio estable, la vuelta a la familia tradicional romana y al cuidado de la prole, todo lo que considera como los principales valores que hacen grande a Roma.

—¿A qué te refieres con esto? —demanda a Nicolás.

—A que Sileo no solo te ha engañado a ti, César, con los asuntos de Judea, sino que ha violado los mismos fundamentos de Roma y sus más sólidas virtudes.

—Me molesta tu insinuación. —Augusto se revuelve en su silla curul, enfadado por lo que acaba de escuchar—. Dime si es verdad o no que Herodes invadió Arabia sin mi permiso y que mató a más de dos mil hombres en su incursión, regresando luego a Judea con numerosos cautivos a los que vendió como esclavos.

—No es verdad, César. Lo que te han contado es absolutamente falso, y estoy en condiciones de probarlo. Mi rey no ha hecho nada que pudiera irritarte. Has sido engañado impune y vilmente.

—¿Tienes pruebas de lo que dices? —Augusto aprieta los dientes; no puede consentir que él, a quien ya llaman «divino», sea engañado y burlado de semejante manera, como un ingenuo muchacho al que puede embaucar un cualquiera.

—Por supuesto. Los nabateos, con Sileo como embajador, prometieron en varias ocasiones que devolverían los seiscientos talentos que les prestó Herodes. Aquí tengo el documento firmado por Obodas con la cláusula que lo certifica por la que mi rey puede tomar prendas por ese valor en todo el territorio nabateo en caso de impago, como así ha sucedido. La expedición de Herodes en Arabia no fue una campaña de saqueo y rapiña —Nicolás habla con voz recia y tono seguro— ni una acción de guerra arbitraria e injusta, sino el ejercicio de un derecho para cumplir la legalidad de un tratado, además de para limpiar esa región de bandidos que se refugiaban en Arabia tras cometer robos y saqueos en Judea y en tu provincia de Siria. Lo único que hizo Herodes fue cumplir con su deber de soberano de Israel y de fiel servidor tuyo.

—¿Y cómo justificas lo sucedido en la Traconítide? Sus habitantes apoyaron a Sileo y acusaron a Herodes de comportarse de manera despótica —arguye Augusto.

—¿Despótica? Oh, César, ¿cómo puede calificarse de despótica a una acción militar que contaba con las bendiciones de tus legados en Siria? Tanto Saturnino como Volumnio dieron su visto bueno al plan que les presentó Herodes. Mi rey actuó conforme a la ley. ¿Qué credibilidad puede darse a Sileo? Este personaje juró en Tiro ante tus dos legados que en treinta días los nabateos devolverían el dinero prestado, pero no lo cumplió. Entre tanto, siguió alentando los desmanes de los insurrectos, traicionando la palabra dada. Solo entonces, al no quedar más remedio que usar la fuerza, fue cuando Herodes acudió a tus legados en Siria, pidiendo que lo autorizaran a reprimir por las armas a los rebeldes. Con el permiso de los legados, mi rey realizó una minúscula campaña de castigo, que los árabes han presentado como una guerra brutal y una expedición arbitraria. Sileo ha incumplido todos los acuerdos, te ha engañado y se ha burlado de Roma.

»No hubo dos mil quinientos asesinados, sino apenas un centenar de ejecutados, todos ellos bandidos y criminales, en general de la Traconítide, que merecían la pena de muerte por sus graves delitos; no hubo saqueo alguno en Nabatea, sino el justo resarcimiento que permite la ley. Todo esto ha sido una infame calumnia que tú, César, has creído por falta de información. Tus legados en Siria pueden ofrecer testimonio y corroborar mis palabras.

»Ahí tienes —Nicolás vuelve a señalar a Sileo, ahora con más energía si cabe— al causante del dolor de tanta gente, al muñidor de todos estos inventos y mentiras, al infame provocador de estas querellas, al responsable de las injurias al Imperio y a mi rey.

La contundencia de las palabras y del tono del embajador de Herodes intimida a Sileo y provoca un cambio en la actitud de Augusto, que se avergüenza de haber tomado decisiones precipitadas sobre Herodes y los judíos.

Con el rostro crispado y el ánimo enfurecido, se vuelve hacia Sileo, lo mira con ojos fulminantes y le pregunta con voz de hielo:

—¿Cuántos árabes murieron exactamente?

Sileo, atribulado y confuso, guarda silencio unos momentos, hasta que responde con voz turbia:

—Cesar..., quizá he sido mal informado; es probable que a mí también me hayan engañado, que..., que... —Sileo titubea y se queda sin palabras.

Nicolás de Damasco aprovecha los balbuceos e indecisiones del árabe para liquidarlo con su acerada retórica.

—Aquí tengo el documento del empréstito que los nabateos no han devuelto. Aquí están las declaraciones de los testigos que juran que apenas hubo cien muertos en la justa incursión de Herodes en territorio de Nabatea y no dos mil quinientos. He aquí los documentos que demuestran que no se capturaron esclavos entre los árabes para luego venderlos, y... —el embajador de Herodes hace una parada teatral, mira al emperador y concluye su alegato final— aquí están las cartas de tus legados en Siria autorizando a Herodes a actuar como lo hizo.

Ante esta catarata de pruebas, el emperador se siente muy contrariado. Tras unos segundos exclama con voz perturbada:

—¡He sido engañado! —Augusto se levanta como impulsado por un resorte, da unos pasos y se coloca frente a Sileo, que se derrumba—. Me has puesto en ridículo, y con tus falacias y mentiras casi logras que dicte una sentencia injusta. —Augusto da media vuelta y vuelve a sentarse en la silla curul ante un silencio denso y expectante—. El reino de Nabatea devolverá de inmediato los seiscientos talentos que le debe a Herodes, rey de los judíos. En cuanto a ti, Sileo, proclamo que has cometido un delito de lesa majestad, y te condeno a ser ejecutado de inmediato y sin apelación posible aquí en Roma.

Entre los judíos que acompañan a Nicolás de Damasco se extiende un murmullo de aprobación ante las palabras del emperador, mientras los nabateos se sumen en el más absoluto abatimiento.

Cuando se retira el emperador y los guardias se llevan preso a Sileo, Nicolás de Damasco saborea su triunfo. Al salir del palacio mira al cielo y encuentra que la mañana se torna más luminosa. Se imagina el momento de regresar a Jerusalén y contarle de viva voz a Herodes las buenas noticias que lleva de Roma, una ciudad a la que contempla, por primera vez, como la más amable y atractiva de las urbes del Imperio.

Acabada la audiencia, Augusto se siente apenado. Su conciencia le recrimina la manera de obrar con Herodes, su viejo amigo, y se sienta en solitario a reflexionar sobre sus errores. Se encuentra en su gabinete, sumido en sus pensamientos, cuando entra Livia.

—Me dicen que ya has dictaminado en el asunto de la querella entre árabes y judíos.

—Ojalá nunca hubiera enviado aquella carta a Herodes. Lo dejé de considerar un amigo y lo traté como a un súbdito. Lo hice engañado por ese mendaz nabateo, cuya lengua mentirosa dejará de hablar esta misma tarde.

—Los árabes seguirán siendo tus aliados —recalca Livia, intentando paliar el disgusto de su esposo.

—Creo que no sabes que Aretas, su nuevo monarca, se ha proclamado rey sin mi consentimiento, lo que no puede hacer. He decidido, pues, entregar el reino nabateo de Arabia a Herodes, para que lo gobierne y administre en mi nombre, y que lo haga en usufructo hasta su muerte; así lo compensaré por el daño que le he hecho al creer a ese tal Sileo.

—Te equivocas de nuevo si lo haces —porfía Livia, que no se rinde ante su esposo—. Herodes es un viejo achacoso que no trae sino problemas. ¿Qué es lo que pretendes con esta decisión, que estalle una nueva guerra en Oriente? Los partidarios de Aretas, y creo que todos los árabes, no van a quedarse con los brazos cruzados viendo cómo los gobierna Herodes, su gran enemigo, al que tanto odian. Piénsalo bien antes de cometer un error irreparable.

En los días siguientes, mientras Augusto no deja de reflexionar sobre la reprimenda de Livia, recibe de parte de Nicolás de Damasco un par de cartas escritas por Herodes antes del conflicto con Nabatea, cuidadosamente guardadas para entregárselas en audiencia. En ellas, además de manifestar su lealtad a Augusto, el rey de Judea confiesa que tiene problemas con la Traconítide y que siguen los conflictos internos en su familia.

Livia, al conocer el contenido de las cartas en las que Herodes se lamenta de la continuación de sus problemas familiares, ve en ello una nueva oportunidad. Percibe que Nicolás es imprudente al mostrar esas antiguas misivas después de su triunfo sobre Sileo, y aprovecha la ocasión para influir en la mente de Augusto, con un martilleo incesante:

—Ahora, más que nunca, no debes entregar el gobierno de Nabatea a un hombre viejo, cansado y con problemas graves en su propia familia.

Augusto se muestra sensible ante la argumentación de su esposa. ¿Cómo va a controlar un reino ajeno alguien que se muestra incapaz de gobernar su propia casa? Tras pensarlo de nuevo, retrocede en sus propósitos. Entregar Nabatea a Herodes no soluciona nada; al contrario, creará muchos más problemas.

Nicolás de Damasco está muy crecido con su triunfo. Sin perder un solo instante redacta un minucioso informe y lo envía a Herodes de vuelta con uno de los correos que traen noticias desde Jerusalén. Envía también un detallado plan de su viaje de regreso a la capital de Judea: «Una vez solucionado el asunto de Sileo, regresaré a Judea, pero antes quiero visitar ciertos oráculos muy afamados. Me llena de preocupación la complicada situación que estás viviendo en tu palacio de Jerusalén. Deseo conocer si los venerados oráculos ofrecen alguna indicación para contribuir a desatar el enmarañado nudo de las intrincadas relaciones que mantienes con tus hijos».

Nicolás conoce la existencia en Roma de unos libros proféticos que, según dicen, contienen consignado crípticamente el destino de ciertos mortales de relevancia, además de otras verdades humanas y divinas. Pregunta por su ubicación y algunos le dicen que se encuentran depositados en el templo de Apolo Palatino, pero que su consulta está vedada para la generalidad de los mortales. Además de hallarlos, ha de imaginar luego cómo poderlos leer.

Tras casi un mes buscando e indagando por toda Roma, no consigue averiguar dónde se guardan en verdad tales libros proféticos. Ante el fracaso, ¿por qué no consultar algún oráculo entre los considerados verdaderos? ¿Por qué desistir, ahora que tiene la libertad para ello, de conocer qué dicen sobre el futuro de Herodes y de su reino las sentencias de adivinos reputados?

Tiene dudas. Nicolás es un filósofo que sigue los procedimientos lógicos. No cree en las supercherías de vates, augures y adivinos, pero está convencido de que la divinidad puede comunicar sus dones a quienes desee, incluso a hombres descreídos siempre que tengan buena voluntad. En la historia de Israel se recogen casos de estimados profetas y de libros sagrados llenos de profecías. En esos mismos libros se admite que puede haber verdaderos profetas fuera de Israel. ¿Por qué no puede existir un vaticinio claro y cierto en algún oráculo prestigioso que ayude a Herodes a caminar con mayor seguridad entre las sombras que se atisban en el inmediato futuro?

Fracasada su búsqueda en Roma, hace caso a quienes le dicen que en el santuario de la antigua Sibila en la ciudad de Cumas se pueden formular preguntas a la profetisa que allí reside, una mujer que, gracias a sucesivas reencarnaciones, posee el don profético de ver el futuro concedido antaño a su venerada antecesora. Como ni siquiera logra saber con seguridad si los libros proféticos se encuentran en el templo de Apolo Palatino y mucho menos ha conseguido la autorización para consultarlos, nadie le impide dirigirse a la Campania y formular sus preguntas a la profetisa heredera de la famosa Sibila de Cumas. Rápidamente toma la decisión de ir y consultarla. Quizá tenga en herencia libros de la primera Sibila cuya lectura le sea permitida a través de la profetisa actual.

Se traslada a Cumas y se encamina al santuario de Febo Apolo. La sucesora de la antigua Sibila mora en un lugar cercano, en una caverna de una zona escarpada, donde aseguran que la divinidad invade con sus exhalaciones el cuerpo y la mente de la profetisa, revelándole lo que está por venir.

Tiene que esperar una semana hasta ser recibido, pues los servidores del oráculo examinan con detenimiento las peticiones y deciden una fecha de visita tras el pago de unas monedas. La anciana profetisa habita en esa profunda cueva habilitada como modesta vivienda, a la que se accede por un recio portón de madera maciza.

En presencia de la sibila reencarnada, y antes de que Nicolás diga una sola palabra, oye la voz profunda y cascada de la profetisa:

—No digas nada, caballero de Oriente, feliz amigo de un

hombre infeliz. Nada hables. Leo en tu rostro la preocupación y los desvelos.

Nicolás se queda aterrado ante la sobrecogedora presencia de la anciana. Pretende preguntar, pero la sibila vuelve a hablar sin dejarle emitir palabra alguna:

—La serpiente no alcanzará sus propósitos. El pajarillo vence a las águilas más fuertes.

Las palabras salen de la boca de la anciana como un caudal sin entonación, acento ni pausa alguna.

Tras unos momentos de un mutismo absoluto, Nicolás se recupera del asombro y realiza varias preguntas, pero la sibila se mantiene completamente callada. De pronto, con un enérgico gesto, le señala el camino de salida, entorna los ojos y parece sumergirse en una especie de trance, sin atender a los requerimientos de Nicolás.

El embajador judío, pasmado y atónito, retrocede en la dirección que le indica la sibila, la mira por última vez y sale de la cueva frotándose los ojos. Junto a la entrada, una mujer joven, también en severo silencio, le presenta una pequeña canastilla para que deposite otro puñado de monedas.

37

Berito

Nicolás de Damasco sigue todavía en Italia cuando Augusto escribe una carta a Herodes en respuesta a la pregunta de cómo debe proceder con sus hijos: «De Augusto, príncipe, a Herodes, rey de los judíos, salud. Livia y yo estamos bien. Respecto a la cuestión de tus hijos, tienes plena potestad para decidir sobre ellos. Lamento que hayas engendrado tales retoños, y también cómo me equivoqué sobre ti este año pasado. Retiro las palabras que escribí. Estimo, sin embargo, que si se comprueban como ciertas las acusaciones que tildan a tus hijos de intento de parricidio, deberán sufrir la pena capital. Pero si su intención era solo la de huir de tu corte, habría que castigarlos con menor dureza. Te sugiero que constituyas un tribunal en la ciudad fenicia de Berito, sede neutral, y que forme parte del mismo tu consuegro Arquelao, rey de Capadocia, cuyo buen juicio me consta. Dispón que asistan también mis legados en Siria y cuantos jueces estimes oportuno. Sigue sus consejos».

El emperador es quien firma la carta, pero la inspiradora es Livia.

—Me alegro de tu decisión —dice la emperatriz—. Así evitamos que Herodes viaje a Roma y nos libramos del espectáculo de volver a aguantar escenas lacrimógenas entre el padre y sus hijos, especialmente desagradables. No soporto impostadas sensiblerías, y menos aún representadas por actores tan mediocres.

La propia Livia acepta que el tribunal se reúna en Berito. Esta ciudad es una colonia romana, Colonia Iulia Augusta Felix Berytus, próxima a Palestina, y en sus cercanías están acantonadas dos legiones de veteranos que esperan la orden de regresar a Italia.

Tras recibir la carta de Augusto, Herodes obedece y ordena preparar el envío de misivas a los miembros del tribunal, en las que se incluye la convocatoria.

Su alegría por la amistad recuperada con Augusto es inmensa, y espera agradecer a Nicolás de Damasco las gestiones realizadas en Roma que logran el cambio de opinión del emperador. Además, asentarse en el poder y mantenerlo es mucho más importante que el destino de su familia. A esas alturas de su vida solo le importa él mismo y el mantenimiento de su estatus: ser el soberano indiscutible de Israel, pese a quien pese, por encima de todo y de todos.

En el palacio real de Jerusalén se aceleran los preparativos.

—Cursa las siguientes invitaciones —dice Herodes a su primer secretario en presencia del fiel Eurimedonte—: a los etnarcas de las regiones vecinas, a los jefes del ejército, a los altos funcionarios romanos en Israel, a los representantes del sumo sacerdocio de Jerusalén y a los dos legados de Augusto en Siria. La lista completa está en el archivo.

—El divino Augusto considera oportuna también la presencia del rey Arquelao —interviene Eurimedonte al notar su ausencia en el listado.

—No —replica Herodes con mal humor—. No voy a seguir en esto el consejo del emperador. El rey de Capadocia no será invitado. No me fío de él. Temo que nos envuelva con su meliflua palabrería. Su presencia en Berito sería un contratiempo para el resultado que espero de la vista.

El jefe de policía, pese a los años de servicio al lado de Herodes, no se atreve a replicar a su rey y acata su decisión, aunque sospecha que Augusto puede incomodarse por esa ausencia.

El lugar elegido para las sesiones del tribunal es un elegante odeón cubierto con un precioso techo de tejas de arcilla al estilo romano. Destinado a representaciones teatrales y a audiciones musicales para un público selecto y reducido, tiene planta rectangular y se asemeja al mandado construir en Atenas por Pericles. El graderío, colocado en semicírculo y tallado en fina piedra bien labrada, apenas tiene escaños suficientes para albergar a doscientas personas. Entre ellas se encuentra Antípatro, quien en modo alguno quiere perderse el juicio. Salomé está también presente, aunque siente que Antípatro está alejado de ella, lo que le molesta enormemente.

Ante un público expectante pero respetuoso y discreto, Herodes comienza su exordio en medio del proscenio, procurando imitar a los habilidosos rétores que encandilan con sus palabras a los oyentes.

Su discurso no resulta brillante, e incluso algunos lo consideran indecoroso, deslavazado, poco afortunado. Su vehemencia lo lleva a excederse en graves acusaciones, aunque sin el apoyo de argumentos y pruebas contundentes. Tras un buen rato de perorata con alguna que otra incongruencia, el rey se toma un respiro.

Con un poco más de calma lee las notas de Alejandro, de las que no se deduce que el hijo de Mariamme, antaño su favorito, muestre propósito alguno de acabar con la vida de su padre. Lo único que queda claro en ellas es el propósito de huir del reino, aunque es cierto que en algunos párrafos se intuyen reproches por la malevolencia del comportamiento del rey para con él y su hermano Aristóbulo, y por el claro favoritismo hacia Antípatro, el primogénito y nuevo favorito.

Herodes acaba su discurso reiterando temas ya expuestos que manifiestan de nuevo su furor contra sus hijos, con un encendido epílogo que pronuncia vehementemente:

—Todo cuanto habéis oído, nobles miembros de este tribunal, es un resumen de las intrigas que mis ingratos hijos Alejandro y Aristóbulo han urdido contra mí. Mi paciencia ha sido durante mucho tiempo mayor que la de Job, pero no puede tolerar más tanta infamia. Creo haber demostrado que esos dos insensatos son culpables de cuantos delitos los acuso. No puedo seguir así; prefiero morir a tener que continuar tolerando insidias de estos dos traidores, que para mayor oprobio y vergüenza llevan mi sangre en sus venas.

»Creo haber mostrado mi benevolencia. Pese a contar con el permiso del emperador para actuar contra ellos según mi voluntad, he preferido que sean juzgados por un tribunal imparcial. Nuestra ley ancestral dicta que si un padre pone las manos sobre la cabeza de un hijo acusado de falta grave, ese hijo debe ser lapidado hasta morir, pero yo no voy a ejercer esa prerrogativa. Podría haber acabado con esas dos hienas en Jerusalén, pero prefiero escuchar vuestro parecer, honrados jueces de este tribunal, y aguardar vuestra decisión. Espero que os comportéis con el sentido de la justicia que presumo tenéis. Esos dos hijos míos estuvieron a punto de asesinarme en mi propio palacio, un acto que nadie, por muy extraño y alejado que de mí se sienta, puede observar con indiferencia.

Salomé y Antípatro disfrutan con las últimas palabras del rey, que arregla en su favor la torpeza inicial de su discurso. Además, Herodes juega con ventaja, pues los dos acusados no están presentes, ya que no se permite su asistencia al juicio. La sesión está concebida como un alegato del rey contra sus hijos, no como un debate entre acusador y acusados. Ni siquiera se admite una intervención en su defensa. Herodes teme que la habilidad oratoria de Alejandro arrastre en su favor a los magistrados del tribunal alegando de nuevo su amor filial y mostrándose como víctima inocente de los turbios manejos de palacio.

Mientras Herodes habla en el odeón, sus dos hijos están encerrados en un calabozo de la fortaleza en la cercana ciudad de Plátana, una villa propiedad de Sidón. El jefe de la guardia que los custodia tiene instrucciones de conducirlos ante el tribunal solo si recibe la orden expresa del rey.

Acabado el discurso de acusación, y tras unos instantes de murmullos, pide la palabra uno de los miembros del Consejo del reino de Israel.

—Miembros del tribunal: veo al rey justamente indignado. Sus hijos han actuado con una maldad increíble, pero el rey se ha portado siempre con ellos como un padre clemente y de buena voluntad, atento a sus necesidades y dispuesto a darles lo mejor que puede ofrecer a su prole. Durante toda su vida les ha mostrado continuas pruebas de su cariño paterno y los ha educado como a príncipes que son. ¿Y cómo le han devuelto ese amor? Solo con insidias y conjuras criminales.

—No considero oportuno continuar este discurso que supone en el fondo zaherir de nuevo los oídos de un padre engañado por unos hijos ingratos —interviene otro de los consejeros de Herodes interrumpiendo al orador—. Basta ya de castigar al rey con más dolor del que es posible soportar. Pido a los miembros de este tribunal que procedan de manera inmediata a realizar una votación sobre el caso que aquí nos ha reunido.

Las Parcas parecen tener prisa por inclinar hacia el abismo la suerte de Alejandro y Aristóbulo. Los gestos de los presentes evidencian que el tribunal va a condenar sin remisión a los dos acusados, pues la mayoría asiente con claros ademanes que da por probada su culpabilidad y alza sus brazos ratificando lo dicho por el último orador.

—Un momento —clama con voz recia Saturnino, gobernador romano de Siria—. Los argumentos de un padre apesadumbrado y muy triste me han impresionado, como es natural. Me parece que esos dos hermanos se han comportado mal y que el derecho asiste a Herodes. Yo los condeno, pero no considero justo imponerles la pena de muerte. También tengo hijos e imagino que ese castigo acabará minando el espíritu del padre. Por ello propongo que se les aplique una pena menor. No es conveniente seguir hiriendo el ánimo del rey, que ya ha sufrido demasiado.

La intervención del gobernador desata un reguero de rumores y comentarios. Algunas voces se alzan postulándose a favor o en contra, y durante unos momentos la audiencia se divide.

Salomé sopesa tomar la palabra para neutralizar el efecto provocado por las palabras de Saturnino, que invitan a un perdón parcial de los dos hermanos, pero se contiene. Antípatro guarda también un prudente silencio, pues considera que su intervención puede manifestar un deseo inmoderado de recibir el reino como herencia.

El legado Volumnio, que se mantiene callado, hace un gesto a Herodes, y este asiente con la cabeza.

—Escuchad —grita Volumnio en medio de los rumores—. Esos dos jóvenes príncipes son reiterativos en sus maldades. Son numerosos los testimonios que certifican el daño que han hecho a su padre el rey. Su comportamiento es intolerable, pues no solo ofenden a su progenitor sino que provocan que se tambaleen los fundamentos mismos del Estado judío. Es evidente que se han comportado de manera impía y parricida. Tan graves delitos solo pueden ser castigados de una forma: con la pena de muerte.

—Pasemos ya a la votación. Propongo que sea nominal y pública —interviene uno de los jueces.

—Un momento. Al tratarse de una propuesta de condena a muerte, debemos votar primero si se aplica esta pena, y en caso de que se rechace trataremos otras alternativas —dice Volumnio.

Un esclavo coloca en el centro del proscenio una pequeña mesa sobre la que se disponen tres cuencos. Uno, más grande y en el centro, está vacío, y los otros dos contienen respectivamente bolas blancas y negras del tamaño de habas grandes.

Comienza la votación. Cada uno de los jueces, casi un centenar y medio en total, conforme es llamado por su nombre a viva voz, se acerca a la mesa y toma una bola, blanca o negra, y la deposita en el cuenco grande. La negra significa la muerte.

Herodes observa el desarrollo de la votación y a la mitad del listado cree observar que son mayoría las blancas. Su rostro denota contrariedad, pero poco a poco las negras van ganando espacio y cuando vota el último juez tiene la impresión de que las negras son más. Volumnio dibuja una leve sonrisa dándole a entender al rey que las negras ganan.

Tras el recuento, un escriba real proclama con solemnidad:

—Las bolas negras superan a las blancas en veinte unidades.

El resultado satisface naturalmente a Salomé y a Antípatro, cada uno ubicado en un extremo del odeón. Ambos tienen que hacer un esfuerzo por reprimir su alegría. Esta condena será definitiva. Tras años de paciente espera los antiguos amantes logran que se cumplan sus deseos durante tanto tiempo anhelados. Nada hay ya que se interponga en su camino hacia el poder.

La decisión de los jueces complace a los interesados en acabar con Alejandro y Aristóbulo, y entre ellos al propio Herodes, el principal acusador. De repente, un sentimiento extraño se apodera de su corazón. Lejos de alegrarse por su triunfo, el rey de los judíos se muestra dubitativo. La dolorosa sentencia de muerte que acaba de caer sobre sus hijos no lo conforta; todo lo contrario, empieza a conmover su ánimo. La orden de ejecutarlos debe partir de él mismo, pues como soberano de Israel es su prerrogativa. Una fuerza interior, hasta entonces desconocida, parece impedírselo.

A la hora suprema de la verdad, cuando tiene que firmar la sentencia de muerte de sus propios hijos, Herodes titubea. Su voluntad se resiste a dar ese terrible paso. ¿Cómo es posible que un padre dicte la ejecución de sus hijos? ¿Cómo matar a Alejandro y a Aristóbulo, carne de su carne y sangre de su sangre? ¿Cómo explicar que los dos jóvenes príncipes van a viajar al otro mundo para nunca volver por decisión de quien los ha engendrado? ¿Merecen en verdad ser castigados con la pena capital? Herodes recuerda el sufrimiento que todavía lo acompaña por haber ordenado la ejecución de Mariamme, su más amada esposa, la madre de esos dos desdichados, y no quiere vivir de nuevo el mismo tormento. Siente cómo se desgarran sus entrañas ante la terrible decisión que solo está en su mano, y duda, duda, duda...

Salomé, siempre perspicaz, se da cuenta de la vacilación que embarga a su hermano. Piensa en acercarse a él y apoyarlo en un momento tan difícil, pero permanece en su sitio. Demasiados ojos la contemplan y no quiere significarse en ningún sentido.

—Ahora tienes que firmar la sentencia, señor —susurra Eurimedonte a Herodes.

El rey mira a su leal servidor. Tiene los ojos acuosos, a punto de que las lágrimas se desborden e inunden sus mejillas. Toma el cálamo y lo moja en el tintero, pero cuando va a plasmar su firma en el pergamino que recoge el veredicto, se echa atrás y no lo rubrica.

—Queda disuelto este tribunal —se limita a mascullar, sin ratificar la pena de muerte de sus hijos, ante el asombro de la mayoría de los jueces y de Eurimedonte mismo.

El resultado de la votación se extiende enseguida por todo

Israel, así como que Herodes no ratifica, de momento, la sentencia de muerte.

El rey se traslada con los prisioneros desde Berito hasta Tiro, donde lo espera Nicolás de Damasco, recién llegado de Roma. Desde Tiro navegan en paralelo a la costa hasta Cesarea, con tiempo para conversar. El encuentro está lleno de felicidad; por fin puede deleitarse con buenas noticias, tras tanto tiempo de zozobra.

—Querido amigo —Herodes abraza a Nicolás—, tenía tantas ganas de verte...

—Hemos cumplido la misión que nos encomendaste, señor. Sileo ha sido condenado por Augusto. A estas horas está en el reino de las sombras.

—Al fin buenas noticias.

—Que seguirán llegando, señor.

—Todavía tengo que firmar la orden de ejecución de mis hijos, y eso me pesa demasiado.

—Si te interesa mi opinión, señor, estoy convencido de que tus dos hijos se han comportado innoblemente, incluso con impiedad. Además, son reincidentes, de modo que merecen el más severo castigo. Me parece oportuno que te tomes cuanto tiempo necesites para meditarlo; ahora bien, en tanto que decides, mantenlos vigilados estrechamente. Tu decisión es demasiado importante como para que sea irreparable —le aconseja Nicolás.

—¿No estás de acuerdo con que sean ejecutados?

—Estoy de acuerdo con lo que tú decidas, señor; pero lo que no me gustaría es que pasado un tiempo te arrepintieras de lo hecho.

—Ellos se lo han buscado; la imprudencia y las insidias tienen un precio.

Herodes calla y mira al mar. Las olas se suceden como las horas en un tiempo de monotonía, despacio, lentas, acompasadas. Su desazón solo es comparable a sus dudas.

Mientras la nave surca el mar hacia Cesarea, en todo el reino no se habla de otra cosa que no sea la situación de la familia real.

Las opiniones están divididas, aunque se intuye que una mayoría de ciudadanos está de acuerdo con no actuar con severidad.

Por el contrario, Salomé y Antípatro abogan por que se resuelva el caso cuanto antes con la ejecución sumaria de Alejandro y Aristóbulo, porque solo así quedan garantizados sus intereses. Es cuestión de esperar con paciencia, no cometer torpeza alguna y mostrarse serenos y tranquilos, además de lamentar en público, aunque sin excesos, el destino que espera a sus dos hermanos, o sobrinos, e incluso insinuar de vez en cuando palabras que indiquen una leve defensa.

Una vez en tierra, Herodes comprueba que el sentir general del pueblo judío se decanta hacia la clemencia, pues por todas partes surgen voces reclamando el perdón para los dos príncipes. En Jerusalén se organiza un grupo de fieles seguidores de la dinastía asmonea, que ven en la futura muerte de Alejandro y Aristóbulo el irremediable final de un linaje muy querido por el pueblo de Israel.

Varios miembros de ese influyente grupo deciden visitar a Herodes cuando este y sus hijos regresan a Jerusalén.

—Señor —comienza a hablar uno de ellos, llamado Terón, elegido como portavoz del grupo—, la familia real asmonea ha gobernado durante más de ciento cincuenta años este sagrado reino. Te suplicamos que tengas en cuenta nuestra súplica antes de adoptar una decisión irrevocable. Como bien sabes, he servido como soldado tuyo en múltiples batallas en defensa de Israel, y he visto morir a muchos hermanos defendiendo esta tierra hasta la última gota de sangre. Tus hijos han sido ciudadanos de honor, que han honrado tu reino con su presencia. Haz, pues, que resplandezca la misericordia en este juicio.

—Eres un hombre fiel y leal; ¿qué te empuja a realizar esta petición ante mí?

—Me conoces sobradamente y eres sabedor de mi lealtad hacia ti. No soy sospechoso de pretender engañarte. Solo te digo lo que siento, y mi postura la comparten otros muchos aquí en Jerusalén. Expresarte mis sentimientos es para mí más importante que mi propia vida. Eres mi rey y has sido mi general. Siempre has mostrado un juicio certero a la hora de decidir sobre la vida de los hombres a tu servicio. Gracias a ello te seguimos y nos llevaste numerosas veces a la victoria. ¿Dónde están ahora esos hombres antaño fieles? No, mi señor, muchos de los que ahora te rodean y te lisonjean solo están a tu lado por interés personal, y serán capaces de aplaudir cualquier decisión que tomes, aunque a la larga te perjudique. ¿Serás capaz de enviar a la muerte a tus dos hijos, los que tuviste con tu amada Mariamme? ¿Dejarás como único heredero a ese otro hijo tuyo sobre el que la mayoría de tu pueblo está convencido de que ha abusado de tu confianza?

Terón no se atreve a pronunciar el nombre de Antípatro, al cual odia tanto como otros muchos habitantes de Jerusalén.

—Eres demasiado atrevido; cuida tu lengua o la perderás —le recrimina Herodes.

—El pueblo calla, mi señor, pero no es ciego y ve lo que ocurre. También lo ven los oficiales del ejército, entre los cuales se oyen susurros que se compadecen por la suerte de tus hijos, a los que en absoluto consideran culpables de crímenes de lesa majestad. ¿Vas a entregar tu reino a alguien sobre quien existen serias dudas acerca de su comportamiento?

—Estoy escuchando con paciencia tu alegato en defensa de mis dos hijos, y las veladas acusaciones sobre mi primogénito. No abuses de mi tolerancia —insiste Herodes.

—Somos más de trescientos los soldados de la guarnición de Jerusalén que pensamos igual. No nos parece apropiado el grado de severidad que vas a aplicar en este caso.

—¡Trescientos! —Herodes se convulsiona al escuchar una cifra tan elevada de descontentos—. Retírate ante de que me irrite y te haga tragar tus insolentes palabras.

Terón se marcha, y Herodes se dirige a Eurimedonte, que asiste en silencio a la escena.

—Dispón un turno de vigilancia permanente en torno al viejo Terón, y espía a todos los oficiales del ejército que sirvan en la guarnición de Jerusalén.

—¿A todos?

—A todos. Quiero saber los nombres de los que no están de

acuerdo con que ordene ejecutar a mis dos hijos, y los de cuantos vayan diciendo por ahí que esos dos son merecedores de mi clemencia. Esta ciudad es un nido de traidores.

Como Herodes tarda en resolver la firma de la condena, Antípatro se impacienta y teme que su padre se eche atrás y revoque la sentencia de muerte. A la vez, hace ya tiempo que siente una cierta animadversión hacia su tía y antigua amante, pero traga su orgullo y le pide una cita.

—Mi querido sobrino —lo saluda Salomé con sarcasmo e impostado desdén—, ya creía que te habías olvidado de mí.

—Supongo que te has enterado de lo que algunos están tramando. Mi padre anda pensativo y meditabundo. Suelo verlo todos los días y me parece que no sabe bien qué hacer. ¿Qué podemos urdir para poner fin a esta lamentable e interminable historia?

—¿A mí me lo preguntas? —Salomé adquiere un aire de manifiesta superioridad sobre su sobrino—. Eres tú quien está ahora confundido. Como puedes comprobar, este asunto ya no forma parte de mis principales preocupaciones.

Antípatro traga saliva, pero continúa con su petición.

—Te pido que me ayudes. He barajado diversas salidas a este embrollo, pero no me convence ninguna. Tal vez tú sepas qué conviene hacer.

—Tras meses esquivándome, ¿ahora vuelves a mí? —Salomé se detiene y hace sentir a su sobrino que su colaboración es imprescindible—. De acuerdo, te ayudaré, aunque solo sea por los recuerdos de un tiempo pasado. Se me ocurre algo, pero es demasiado osado.

—Te escucho.

—Tenemos que convencer al rey de que el retraso en resolver el caso es perjudicial para él, y de que se está fraguando una conspiración en la ciudad para liberar a esos idiotas de tus hermanos.

Antípatro mira a los ojos a su tía y ve en ellos reflejado de nuevo el deseo de antaño. Reflexiona un instante y siente que la necesita para culminar sus planes. No tiene ganas de volver a compartir con ella juegos de cama, pero los ojos de Salomé no dejan lugar a dudas. La necesita, y si quiere su ayuda, debe esforzarse por complacer sus deseos.

Sus cuerpos están demasiado cerca uno del otro. Se rozan sus labios, sus manos se entrelazan, se besan y acaban fundidos como un solo cuerpo. Entre jadeos y gritos contenidos, ella se siente transportada a un paraíso soñado que vuelve a ser real. Tras el placer momentáneo, Antípatro retorna a su apático estado en tanto que Salomé vuelve a ilusionarse y piensa que es posible recuperar sentimientos y sensaciones casi olvidadas, y que su relación perdida puede revivir de nuevo.

Una vez más es Salomé quien traza el destino de Antípatro. Hasta ahora todo ha salido medianamente bien al menos. Pero la tarea está inconclusa. Es absolutamente preciso ponerle fin de una vez para siempre ante intentos que fallan a última hora. Así pues, el nuevo plan de Salomé se pone en marcha y parece que los meses transcurridos no existen. Herodes no se decide, pero surgen señales que lo avisan de que algo grave está a punto de suceder.

Un día aparecen sobre el lecho del rey unos mechones de cabello rubio, como el de su recordada Mariamme. Herodes pregunta al criado encargado de su cámara de dónde proceden. Se realizan numerosas pesquisas tratando de averiguar la procedencia de esos cabellos, pero en vano. A pesar de que algunas esclavas con acceso al lecho real son torturadas para que hablen, nadie sabe nada y nadie ve nada. Una semana después aparecen unos mechones similares sobre la ropa del rey.

Herodes se sobresalta. ¿Se trata de señales que anuncian un inminente castigo divino? ¿Es un augurio para que no proceda a matar a los hijos de la difunta reina asmonea de rubia cabellera? ¿O, por el contrario, esos cabellos quieren decir que proceda a la ejecución cuanto antes?

Mientras Herodes vuelve a debatirse entre dudas, Salomé pide al jefe del servicio que avise al rey de que quiere verlo urgentemente. Herodes acepta.

—Hermano, debo comunicarte algo muy importante. Hasta ahora no me he atrevido a decírtelo, pero creo que has de saberlo porque ya estoy segura. Dispongo de informes fidedignos sobre la existencia de una conjura contra ti. Uno de los comandantes del ejército ha hecho a tu barbero una propuesta terrible.

—¿Quién es ese comandante? —le demanda Herodes.

—Su nombre es Terón. Tiene un hijo que es muy amigo del príncipe Alejandro, con el que se veía con frecuencia hasta que lo encarcelaste. Bien, ese tal Terón ha propuesto a tu barbero que te degüelle al afeitarte.

Herodes da un respingo y se levanta de la silla. Su tensión se eleva hasta extremos imposibles, siente deseos de gritar y de estrangular con sus propias manos a los traidores imaginando que están ante él, pero se retiene.

—¿Qué más sabes?

—La conjura es cierta. Los amigos de Alejandro han manipulado a una camarilla de comandantes militares aprovechando la práctica en común de ejercicios en la palestra. Hay una docena de testigos que ratificarán lo que te estoy revelando.

Herodes responde casi a gritos.

—¿Creen que porque tengo canas soy débil? ¿Acaso piensan que pueden vencerme? Defenderé con uñas y dientes lo que me he ganado y quitaré de en medio a todos esos traidores. Van a lamentar haber nacido.

»¡Eurimedonte, Eurimedonte! —grita Herodes hasta que el jefe de su servicio permanente de escolta acude de inmediato a la llamada.

—Mi señor...

—Rápido; que se presente el jefe de la policía.

En poco tiempo un Eurimedonte asustado recibe una orden:

—Apresa a mi barbero. ¡Ahora mismo! Y encarcélalo junto a Terón y a su hijo.

El griego, siempre prudente y silencioso, se sorprende ante el mandato del rey. Ninguno de sus muchos y eficaces confidentes dice ni una sola palabra del barbero, y menos de su posible participación en conjura alguna; pero nunca discute una orden de su señor, y menos estando presente Salomé.

Los primeros acusados de la conjuración son ejecutados sin dilación alguna. El barbero, Terón y su hijo caen a filo de espada sin permitirles apelación ni alegato de defensa. El verdugo de palacio, un forzudo mercenario germánico, acalla de un tajo los gritos con los que los tres infelices proclaman su inocencia.

En los siguientes días son detenidos varios acusados de conspiración para matar al rey. Todos niegan ser culpables de felonía, pero Herodes no cree a ninguno. Salomé le aconseja que actúe con toda energía y contundencia, y que no dé respiro a los traidores.

En apenas una semana, los guardias de Eurimedonte apresan a unos trescientos individuos sospechosos de estar relacionados con Terón. Todos son recluidos en la escena del teatro de la capital sin saber en absoluto que les espera un escarmiento ejemplar.

Sin previo aviso, aparecen por las gradas los arqueros tracios que forman uno de los cuerpos de la guardia real. Entre los alaridos de horror y las peticiones de piedad de algunos de los reclusos, los arqueros los asaetean inmisericordemente. Conforme van siendo ejecutados, los gritos disminuyen, hasta que un silencio sepulcral se impone en la escena del teatro y en sus graderíos.

Con los trescientos abatidos, Herodes hace su aparición sobre la última grada. Mira al proscenio y atisba a los tres centenares de cuerpos ensartados en medio de un gigantesco charco de sangre.

—Que aprendan mis enemigos que con el paso del tiempo no me he vuelto más débil —dice Herodes a Eurimedonte.

—Los traidores no merecen otro final —afirma el jefe de la policía con un gesto de asentimiento.

—Ve a la prisión y saca de allí a Alejandro y a Antípatro.

—¿Qué hago con ellos?

—Llévalos a Samaria con el mayor sigilo. Que nadie se entere del traslado, y una vez allí ordena que los estrangulen.

La orden del rey se cumple sin rechistar.

Tres días después, casi recién llegados a Samaria, dos mercenarios germanos entran en la celda de Aristóbulo, que apenas ofrece resistencia, lo sujetan y le aprietan con sus tremendas manos la garganta hasta asfixiarlo.

Luego le toca el turno a Alejandro. El mayor de los dos hermanos percibe al instante que llega su fin cuando ve el rostro de unos soldados que se presentan inopinadamente en su celda.

—Sed rápidos. Acabad cuanto antes —les dice con la tranquilidad de quien sabe que este momento tenía que llegar.

Mientras lo sujetan, recuerda a su esposa Glafira y a sus hijos pequeños, y se complace al saber que su abuelo materno, el rey Arquelao, los acogerá, y aún tiene tiempo para pensar en su madre Mariamme, con la que al fin va a reunirse.

Alejandro pide entonces a sus verdugos que le permitan morir con las manos libres. El jefe de la cuadrilla asiente. Un golpe seco y rotundo de una espada tracia le atraviesa el vientre. La punta de la hoja sale enrojecida por la espalda, entre la columna vertebral y el hueso de la cadera.

Esa noche dos jinetes vuelan de Samaria a Jerusalén. Cabalgan sin parar y al día siguiente por la tarde están ya en Jerusalén. Uno de ellos se presenta ante el rey y le comunica la noticia. Herodes se muestra impasible.

El segundo jinete pide ser presentado ante Antípatro. Pocos instantes después le da cuenta de la ejecución de sus dos hermanos y le informa del traslado de sus cadáveres al Alexandreion, en donde reciben sepultura en secreto junto a Hircano, su abuelo materno.

El primogénito de Herodes sonríe levemente y pide que le sirvan una copa de vino, el más dulce posible, y que le añadan miel.

La tranquilidad propia de un cementerio se enseñorea de la corte.

38

La memoria

Salomé vive momentos de gloria. Las muertes de Alejandro y Aristóbulo despejan el futuro y se ve ya gobernando Israel al lado de Antípatro. Nada ni nadie parecen interponerse en su camino hacia el trono, pues a Herodes, dada su edad y su mal estado de salud, no le queda mucho tiempo por vivir. En ningún momento siente el menor atisbo de pena tras la ejecución de sus sobrinos ya que recuerda con odio a Mariamme y sus desprecios. ¡Lo tenían merecido! ¡Eran sus enemigos y jamás la miraron con simpatía, sabedores del rencor que profesaba a su madre! Tampoco siente misericordia alguna por los hijos de los príncipes ejecutados, a pesar de que dos de ellos, los retoños de su hija Berenice, son sus propios nietos. Su corazón no puede permitirse ninguna sensiblería: el poder no es para los débiles.

Su ánimo alberga un único recelo, como nube negruzca que aparece de vez en cuando en el horizonte. ¿Qué actitud va a mostrar Antípatro con ella cuando suceda a su padre? Espera que cumpla con lo acordado y la coloque a su lado, como su verdadera reina. Pero Antípatro es ya un hombre casado... ¡No importa! Ella es su verdadera dueña, la que lo apoya, la que lo sostiene, la que le abre el camino. El sendero hacia la gloria está abierto para ambos, y ambos lo van a iniciar juntos, aunque le pese a la mujer de su sobrino.

Antípatro, por su parte, se siente dichoso. Consigue finalmente apartar los dos grandes obstáculos hacia el trono. ¡Quedan derribados! Ya puede considerar como una realidad su deseo más preciado; la gloria que tanto anhela está al alcance de la mano. Pasea por los pasillos y los patios de palacio girando la cabeza a uno y otro lado. ¡Qué alegría más inmensa ese vacío, no ver nunca más a sus dos hermanos! Mirando hacia atrás todas las dificultades parecen fáciles una vez que están resueltas. ¡Qué estúpidos esos dos al colaborar de manera tan directa en su propia destrucción! La victoria, como la venganza, es un manjar que se degusta con mayor deleite cuanto más tarda en llegar. Merece la pena el sufrimiento, la espera, el desprecio, el desarraigo; todo está bien empleado tras conseguir un triunfo tan grande.

Pero ese triunfo no es definitivo. Es posible que el verdadero esté a punto de llegar..., pero para ser coronado rey, antes debe morir Herodes. Sin embargo, en las últimas semanas su salud parece haber mejorado mucho y aún puede durar bastante tiempo, años incluso.

En esa situación, la espera puede hacerse de nuevo interminable; el rey puede cambiar de opinión, como en tantas ocasiones, y variar su testamento. Otros medio hermanos, nacidos de las múltiples mujeres del rey, deambulan por palacio. Hay que andar con paso lento, pero firme y seguro, pues los caprichos de su padre pueden dar un notable viraje y echar por tierra todos sus anhelos. Lo importante es no cometer ningún error, no mostrar desaliento por lo que tarde en llegar la muerte del rey. Serenidad ante todo, ante cualquier canto de sirena que arrastre su navío hacia el abismo. Día a día hay que seguir ganándose la voluntad de su padre, sin enfadarlo ni alterar su estado de ánimo. Herodes es suspicaz, veleidoso y voluble. Cualquier fallo puede abocar al desastre y a la pérdida de la herencia.

Por su parte, Herodes está sumido en una profunda y envolvente tristeza. Aunque intenta disimularlo, la ejecución de sus hijos lo arrastra hacia una silente desesperación. Atraviesa una tormenta interna de hondo vacío que él mismo ha provocado y que no logra calmar con ninguna distracción. Nadie contesta su autoridad; todos se sienten amedrentados en su presencia y todos le profesan un miedo cerval. Se sabe dueño y señor de la vida de sus súbditos. No debe importarle que lo odien con tal de que lo teman. La muerte de sus hijos le hace recordar con un intenso dolor la ausencia de Mariamme, y rememora los recuerdos grabados en su memoria como cicatrices perennes.

Maltace, la esposa samaritana de Herodes, siente y respira la atmósfera generada por los recientes horrores de la corte. Teme por la vida de su hijo, el pequeño Arquelao, y quiere alejarlo de Jerusalén para evitar cualquier peligro.

—Sería conveniente enviar a nuestro hijo a Roma —dice Maltace a su marido.

—Hace varias semanas que no visito tu lecho y ¿esto es todo lo que tienes que decirme? —replica Herodes.

—¿Cuándo quieres que te lo diga si eres tú quien me tiene apartada de tu alcoba y apenas dispongo de una oportunidad para hablar contigo?

—Puede ser que tengas razón, y que sea bueno para Arquelao viajar a Roma y educarse allí, pero no irá solo. Mi hijo Filipo irá con él. Es un chico despierto y buen observador, como su madre Cleopatra.

Herodes tiene varias esposas, pero se comporta con ellas con desigual atención. En los últimos tiempos la que más le agrada es la curvilínea y rotunda Cleopatra, una hierosolimitana refinada y culta, aunque ninguna lo satisface tanto como en su día la rubia y bella Mariamme.

Cierto día, tras uno de los copiosos banquetes de la corte, Antípatro se entera de que Herodes pretende enviar a Roma a dos de sus hijos pequeños, Arquelao y Filipo, habidos de posteriores mujeres del rey, ¡tantas después de Doris, su madre! Ambos son mucho más jóvenes, y que vayan a Roma no significa que su padre los prefiera en cuanto a la herencia principal, pero no deja de ser un motivo de intranquilidad.

En principio, la marcha a Roma de sus dos hermanos pequeños deja a Antípatro como incuestionable sucesor; pero su corazón se inunda igualmente de sospechas. Comienza a pensar mal de todos sus hermanos, pues en cada uno de ellos ve un rival presto a disputarle el gran trofeo del trono. El tiempo juega en su contra, ya que cada año que pasa los jóvenes se hacen más fuertes y él, más y más débil.

Y aún queda pendiente el asunto de su relación con Salomé. Su último encuentro amoroso no fue por placer, sino por pura conveniencia. Siente que ya no necesita a su tía, que no es una ayuda sino un estorbo, sobre todo porque él tiene su propia esposa. Ve con claridad que no puede seguir el resto de su vida al lado de esa mujer. Todo lo contrario, tiene que deshacerse de ella antes de que sea demasiado tarde.

Los asuntos familiares, tan graves hasta hace bien poco, parecen casi definitivamente resueltos, pero entre el pueblo hebreo cunde la sensación de que las cosas no van bien. En algunas unidades del ejército se percibe un cierto malestar, agravado por lo ocurrido con Terón, y entre el pueblo no faltan voces disonantes que acusan al rey de comportarse como un tirano, critican sus actos crueles y denuncian que no gobierna para el beneficio de todos.

Tras la marcha a Roma de sus dos hijos pequeños, Arquelao y Filipo, Herodes se refugia una tarde en lo alto del palacio, y mientras el sol cae en el horizonte su ánimo se torna más melancólico y lo lleva a rememorar los principales hitos de su reinado.

Con él, como rey de los judíos, la nación hebrea disfruta de su mejor época. Son ya varios años seguidos de paz y bienestar, unidos a una cierta prosperidad económica, prestigio entre los reyes vecinos, amistad con el emperador romano y respeto de los enemigos. Nunca Israel es tan poderoso y grande; nunca se construyen tantos edificios, calzadas y puertos. Israel supera a Fenicia, Arabia e incluso a Siria en paz y riqueza. Ni siquiera en tiempos del rey David se consiguió algo semejante.

El nuevo templo construido por él en Jerusalén es uno de los más imponentes del mundo, capaz de rivalizar con los de Atenas y Roma, notablemente mejor que el desaparecido de Salomón. Piensa el rey que si la reina de Saba renaciera de sus cenizas y volviera a la vida en su tiempo, declararía que él, Herodes, es superior a todos los reyes del pasado, incluido el propio Salomón.

Tantos logros, tantos triunfos, tantos éxitos..., ¡para nada! ¡Cuán insensato y cuán desagradecido es el pueblo al que gobierna! Los hebreos son gentes de dura cerviz, insensibles de corazón y de alma como el pedernal. Solo atienden a sus minúsculos intereses religiosos, a sus antiguas ideas, a sus ritos y costumbres ancestrales... ¡a veces tan estúpidas! No captan la importancia de las obras edilicias ya terminadas, las imponentes construcciones por las cuales Israel es ahora ensalzado entre las naciones. Ahí están, a la vista y para el asombro del mundo, los teatros e hipódromos, el puerto de Cesarea, los santuarios, acueductos, murallas, las fortalezas, las ciudades recién fundadas y las reformadas desde míseras chabolas de barro a casas de piedra y ladrillo.

Y, sobre todo, ahí está el nuevo templo de Jerusalén, con sus techos más relumbrantes que el mismo sol, el orgullo de todo un pueblo, la gema más imponente de la que Jerusalén y todos los judíos se vanaglorian; el aumento extraordinario de peregrinos, fuente principal de riqueza para la ciudad santa, que tanto le debe a su mecenazgo, gloria eterna para el pueblo judío que debe besar cada huella que dejan sus pasos. Nunca el prestigio de Jerusalén y su santuario han sido tan excelsos como ahora, gracias a él, a Herodes, el rey al que todos deben reconocer como «el Grande». En realidad, ese mismo pueblo lo odia y lo rechaza como si fuera su mayor enemigo.

Por más vueltas que le da, no cabe en su mente que la mayoría de las gentes, según los informes que le pasa Eurimedonte, sientan un odio incoercible hacia su persona. Incluso cuentan de él todo tipo de patrañas. Aún le duele en lo más profundo de su alma el invento ya vetusto de algunos que explica su nacimiento espurio: llegan a decir que es hijo de una hieródula, una prostituta al servicio del culto pagano en el templo de Apolo en Ascalón, descendiente de esclavos fugitivos. Inventan cualquier cosa para negarle el derecho al trono que hace años ocupa por su valor, sus méritos y su linaje.

Lamenta que los judíos tengan tan mala memoria. Es un buen gobernante que se comportó en las calamidades como ningún otro soberano. En tiempos de penuria empleó su peculio personal en atender las necesidades del pueblo, mitigando penalidades y dando de comer a los hambrientos. En la terrible hambruna ocurrida hace años fue él quien acudió personalmente a socorrer a los necesitados como un amoroso padre para con sus hijos. No dudó en empeñar todas sus joyas, su oro y su plata para comprar trigo en Egipto y calmar el hambre del pueblo distribuyendo alimentos y evitando miles de muertes.

¿De qué sirve todo eso? ¿Cómo es posible que tanto sacrificio personal, tanta atención prestada a su pueblo se convierta en odio y rechazo? No deja de pensar en los trescientos soldados capitaneados por Terón arrogándose la representación de todo el pueblo para sublevarse contra su legítimo soberano.

¡Qué poco comprende ese pueblo inculto y desagradecido todos los sacrificios de su rey! ¡Cuán hipócritas son sus dirigentes, los petulantes fariseos, que se creen dueños absolutos de la verdad! ¿Dónde están ahora los filósofos, sabios, literatos, artistas y rétores antaño tan favorecidos en su corte? ¿No existe ni un solo hombre capaz de agradecerle su trabajo y esfuerzo por el bien de Israel y de su pueblo?

Israel es un reino de prestigio gracias a que él, Herodes, está integrado en la cultura universal de Grecia y Roma, representada ahora por el imperio de Augusto. Pero sus esfuerzos por lograr la integración de los judíos en ese mundo nuevo se están encaminando hacia el mayor de los fracasos. Los judíos prefieren ser bárbaros antes que renunciar a sus costumbres, no quieren derribar la muralla espiritual que los aísla del resto de las naciones cultas; es un pueblo tan ingrato que prefiere el rigorismo de su religión a la permisividad de la cultura helena, la que hace al hombre más libre y más grande.

Herodes medita obsesivamente sobre lo conseguido, pero no encuentra razón alguna para su fracaso según la consideración de su propio pueblo. Él es en cierto modo el mesías prometido en las Escrituras, pues a él se debe la salvación y la paz del Israel presente, la prosperidad actual y la supervivencia como pueblo. Desde que él es el monarca, la fortuna sonríe a los judíos. Solo por eso merece que le erijan estatuas y monumentos y lo proclamen como soberano benefactor del pueblo. Él se considera la nueva progenie de Israel, como canta el poeta: «Bajo tu gobierno comenzarán los grandes meses su carrera. Si quedan algunos vestigios de nuestra maldad, deshechos ya, se librarán las tierras del eterno miedo». Herodes debe ser para los judíos como Augusto para los romanos: el faro que ilumina al pueblo para que transite por un camino recto y seguro.

En cambio no recibe más que odio, un rencor que le hace la vida insoportable, un odio que convierte lo que debiera ser una edad de oro en un tiempo de plomo y de hierro. ¿Merece la pena vivir así?

Cae la tarde y el sol comienza a ocultarse tras las colinas. El alma se llena de tristeza incontenible con la desaparición del sol. Negras sombras se extienden por la ciudad, sumiendo en una amenazadora oscuridad las calles.

Apoyado en el antepecho del torreón más alto del palacio, Herodes observa el triunfo de las tinieblas sobre la luz, y le parece contemplar la imagen de una terrible premonición.

39

La esclava etíope

En medio de tanta desolación y oscuridad, tanto desgarro y desconsuelo interiores, en la vida de Herodes se abre paso una centella luminosa.

Entre las siervas encargadas de servir en la cámara real hay una esclava etíope llamada Amaris. Tiene una buena estatura, excelentes proporciones corporales y hermosos rasgos. Es hija del jefe de una tribu derrotada en una guerra local, comprada por comerciantes egipcios y revendida en el mercado de esclavos de Tiro. Se trata de un regalo a Herodes del presidente de la asamblea de esa ciudad, con motivo de un fasto ya olvidado.

Hasta ese día, el rey apenas se fija en ella. Suele pasar por delante de sus esclavos y siervos sin prestarles atención alguna, como figuras inertes, como ocurre con los guardias germanos que custodian sus aposentos.

Amaris sí se fija en el rey. Sin que él se dé cuenta, lo observa cada día, admira su porte, su cuerpo todavía robusto y fuerte, casi inmune al paso de los años, y el halo de energía y poder que emanan sus andares. Le gustan su rostro varonil, su cabello ensortijado y entrecano y sus ojos negros y brillantes, que parecen guardar un profundo misterio. Para Amaris es una inmensa locura imaginar siquiera que Herodes pueda fijarse en ella; se considera hermosa y de cuerpo opulento, como pocas mujeres pueden lucir, pero solo es una esclava. Sufre al ver que algunas noches bellas mujeres son requeridas al lecho real, e imagina que es ella la que un día se acuesta en esa cama al lado del soberano.

Cuando se cruza con el rey, Amaris procura atraer su mirada, aunque no lo consigue hasta que un día tose a propósito al paso del monarca y este se fija fugazmente en ella. Algo ocurre en ese instante que despierta el interés de Herodes. Se detiene y la mira con atención. Tal vez sean su piel oscura y brillante, su rostro de perfiles y líneas angulosas o sus intensos y penetrantes ojos negros; lo cierto es que el rey se siente interesado de repente. Enseguida baja sus ojos al cuerpo de Amaris, que viste una túnica corta y ajustada, propia de las esclavas, bajo la cual se atisban unos senos firmes y sobresalientes, una figura rotunda resaltada por un cinturón sobre caderas amplias, glúteos tersos dibujados en una curva perfecta, piernas largas y contorneados tobillos.

A la noche siguiente, la esclava etíope se las ingenia para estar presente a la puerta de la alcoba real cuando Herodes se retira a descansar. Lleva apretado el cinturón, la túnica ligeramente remangada hasta mediado el muslo y el pelo suelto sobre los hombros. Tiene el aspecto de una mujer magnífica, dispuesta a seducir.

Al paso de Herodes hacia sus aposentos, Amaris aguanta la mirada del monarca con estudiada serenidad, y quizá sea esto lo que más impresiona al rey. Mientras las demás siervas inclinan su cabeza ligeramente hacia el suelo y mantienen en él fijos sus ojos cuando pasa su amo, como evitando conscientemente el fulgor penetrante y temible de una mirada superior, Amaris conserva una actitud altiva y sigue con sus ojos el paso del rey por la galería porticada hacia sus aposentos.

Herodes la contempla con gusto y ella se atreve a preguntar, rompiendo las normas de palacio.

—¿Deseas algo, mi señor?

—¿Dónde está Amalteo? —pregunta Herodes por el eunuco principal.

—Supongo que estará ocupado en algo importante. —La voz de la esclava suena dulce y atrayente, como un susurro pleno de erotismo y deseo.

—¿Cómo te llamas?

—Mi nombre es Amaris. Procedo de Etiopía. Tal vez recuerdes, señor, que Sambuco, el presidente de la asamblea de Tiro, me compró en el mercado de esclavos de la ciudad y luego me ofreció a ti como regalo.

—Me apetece agua fresca.

Amaris no transmite la orden a Amalteo ni a ninguna de las otras esclavas, sino que corre ella misma por el agua, mientras el eunuco principal debe de seguir ocupado. Vuelve apresurada y extiende la copa de agua al rey. Cuando este la toma de su mano, la esclava no se retira hacia atrás, sino que se acerca aún más con osadía impropia de una sierva común. Un cierto olor a perfume llega a la faz del rey y le agrada. Toca la mano de la sierva y le agradece el agua. Luego, con una mirada y un gesto inusual, la despide.

Tras ella aparece el eunuco principal.

—¡Señor, perdonad la inconsciencia de esta esclava! Retírate —ordena Amalteo con cara destemplada a Amaris.

—¡No! —dice el rey—. Sírveme esa copa y quédate conmigo. —Herodes toma de la mano a la bella etíope—. Y tú, Amalteo, retírate.

El eunuco sale rápido de la estancia real y cierra tras él la puerta.

Herodes contempla a la luz de dos hachones el espléndido cuerpo de la muchacha y siente cómo se incendia su deseo por ella.

Repentinamente, las manos del rey sujetan las caderas de la joven esclava, que siente vibrar su cuerpo.

—Mi señor... —balbucea.

—Ven a mi lecho.

Amaris siente una cálida e intensa turbación, a la vez que una inmensa alegría. Al fin está entre los brazos de su rey, como tanto desea. Al instante y con suma delicadeza comienza a desvestir a su señor.

Luego, cuando ha desnudado al rey de la parte superior, Amaris, sin decir tampoco una sola palabra, se despoja de su escaso vestido y deja al descubierto su cuerpo oscuro, liso, terso, sin una brizna de vello, ocultas tan solo sus partes pudendas por una mínima prenda que acrecienta aún más para el rey, al tapar su pubis, el misterio y la atracción de su cuerpo. Con sus propias manos el rey termina de desnudarla.

Al verla completamente desnuda, la virilidad del rey se desborda y recorre con sus manos las sinuosas curvas del cuerpo de tan prodigiosa muchacha. Le acaricia el pubis, que la mujer tiene depilado con esmero, y siente un deseo tan irrefrenable de poseerla que se despoja de su ropaje interior con cierto nerviosismo, a pesar de su edad y de su larga experiencia con tantas mujeres como pasan por su lecho.

Aún conserva la fuerza y el vigor suficientes como para tomarla por debajo de las nalgas con todo cuidado y delicadeza, elevarla en vilo y llevarla hasta el lecho en volandas.

Se tumban juntos y se acarician todo el cuerpo. Hace tiempo, quizá desde los primeros días con Doris y con Mariamme, que Herodes no siente una excitación semejante. Ninguna de las esposas y concubinas con las que se acuesta despierta en él tantos deseos como ahora Amaris, ni siquiera la samaritana Maltace o la hierosolimitana Cleopatra, tan refinadas de cuerpo como expertas en las artes amatorias.

La dulzura de la etíope, la suavidad de su piel y la delicadeza de sus caricias le proporcionan un intenso placer. En plena unión recuerda por unos instantes a su segunda esposa, a pesar de su distinto color de piel y de cabello: blanquísimo y rubio el de Mariamme; negrísimo y azabache el de Amaris. Cierra los ojos y cree estar de nuevo con su esposa más amada, y le parece sentir las deliciosas convulsiones de las primeras veces.

Hasta entonces acostumbra a despachar con presteza sus envites amorosos, y despide a sus amantes en cuanto queda satisfecho para entregarse en solitario al sueño reparador que desea y necesita. Con Amaris es distinto; tras la unión, le pide que se quede a su lado.

—¡Qué regalo tan maravilloso me hizo Sambuco! ¿Cómo no he sabido disfrutar de ti hasta ahora? —dice Herodes sin dejar de recorrer suavemente la sedosa piel de su concubina.

—Estoy para complacerte, mi señor —dice Amaris mientras acaricia el sexo del rey.

—Quédate a dormir conmigo, que el alba nos descubra fundidos en un solo cuerpo.

Herodes se sume en un profundo sueño, que Amaris aprovecha para deslizarse con sigilo y salir de la habitación.

En la puerta forma guardia Amalteo, que mira con ojos asombrados a la esclava etíope.

—¿Has satisfecho a nuestro señor? —pregunta osadamente el eunuco.

—Eso tendrá que decírtelo él mismo, pero será ya mañana; ahora duerme plácidamente.

Al día siguiente Herodes se levanta poco antes del mediodía. Llama a Amalteo y le ordena que mantenga siempre libre a Amaris, por si alguna noche quiere volver a gozar de ella.

Lo hace reiteradamente. Le encanta su esclava, y no solo su cuerpo, sino su sonrisa, sus delicadas maneras, y su entrega y pasión. Tras un día de ajetreo en la corte, el tribunal o la palestra, es un relajo precioso encontrarse en su alcoba con Amaris. Le agrada que apenas hable, que solo murmure al oído breves palabras y frases hermosas y dulces, y que se entregue a él en cuerpo y alma.

Mientras está con ella, Herodes olvida los problemas cotidianos, la política, las intrigas, los sufrimientos o las obsesiones del pasado que no dejan de atormentarlo. Siente que la juventud y la belleza de Amaris le transmiten nuevas energías y nuevo vigor para seguir viviendo.

Muy cerca de donde el rey se siente feliz y relajado, mientras disfruta de los placeres que le ofrece su esclava, Antípatro, heredero incontestable del reino de Israel, está urdiendo un frenético plan que su padre ni siquiera puede sospechar.

40

Feroras y el juramento

El reino y el trono. Antípatro no piensa en otra cosa que en su deseado ascenso a la cumbre de la realeza. Siente que el pueblo no le tiene simpatía, pues sigue añorando a sus dos hermanos ya difuntos; tampoco se encuentra a gusto entre los oficiales del ejército, que no le ofrecen especiales muestras de adhesión; prefieren también a un heredero del linaje de los Asmoneos, al que siguen considerando como el depositario de la verdadera sangre real de Israel.

Si no se gana al ejército por su estirpe, no le va a quedar otro remedio que comprar voluntades entregando importantes cantidades de dinero a los mandos militares, como si se tratara de repartir el botín de una victoria. Mas, a pesar de llevarlo a cabo, siente que no aumenta la simpatía hacia él entre los agraciados. ¿Estarán preparando algún golpe contra él ante el rey? ¿O contra los dos? Tiene que maniobrar con inteligencia y cuidado, adelantándose a los acontecimientos. Cada vez es más oportuno fingir que profesa a su padre un gran amor, mostrar una extraordinaria preocupación hacia su persona y una fidelidad fuera de toda duda. Herodes no tiene que albergar la menor sombra de sospecha hacia su primogénito.

Entre tanto, Salomé espera cada noche que su amante se presente en su alcoba, pero aguarda en vano. Cuando coinciden en palacio y pueden hablar unos momentos a solas, Antípatro presenta todo tipo de excusas para no visitarla. Desesperada, entiende que los lazos de pasión e interés que los unen están a punto de romperse, y esta vez quizá para siempre. De nuevo surge en ella la desilusión y la rabia. Se siente utilizada y burlada. Antípatro ya no la necesita, pues desde la muerte de Alejandro y Aristóbulo cree que no tiene ningún obstáculo para alcanzar el trono, y que su tía y antigua amante no es una ayuda sino un estorbo.

Pese a la evidencia, Salomé mantiene un hilo de esperanza. Los momentos de amor y de intensa pasión compartidos, los grandes planes imaginados y las esperanzas soñadas no pueden caer en el vacío sin dejar rastro alguno. Se resiste a admitir que es víctima de un abandono cruel y miserable, pero la certeza que la golpea día a día la conduce hacia lo inexorable. Como tantas veces ocurre, al desaparecer el amor no queda el vacío, sino que aparece el odio y ocupa su lugar con la misma plenitud.

Antípatro no puede hacer que Salomé desaparezca de repente. Es poderosa y Herodes la tiene en gran estima. Ha de ser hábil y buscar una salida; y la encuentra..., precisamente por indicación de su padre.

Tras el fracaso amoroso con Sileo, Herodes comenta a Antípatro:

—Salomé debe volver a casarse; mi hermana no puede continuar sola. No quiero verla deambular por los pasillos de palacio dando pábulo a todo tipo de habladurías.

El heredero atisba en el comentario de su padre la ocasión para liberarse del agobio que supone Salomé, y prepara el momento para pasar a la acción.

Durante uno de los banquetes en los que Herodes reúne a miembros de la familia real y a altos cargos en palacio, Antípatro alza la mano y pide la palabra:

—No es bueno que la princesa Salomé siga sola, sin un esposo a su lado.

—Estoy de acuerdo con mi hijo. Debes volver a casarte —dice Herodes mirando fijamente a Salomé.

—Me encuentro muy bien sola —reacciona deprisa y con rabia contenida—. Me abruma que todo el mundo desee que vuelva a casarme. Además, querido hermano, si continúo soltera puedo cuidar mejor de ti.

—Querida hermana, agradezco tus buenas intenciones, pero tu bienestar está por encima de cualquier otra consideración. Por lo que a mí respecta, casarte es lo mejor para ti en estos momentos.

—Querida tía, todos queremos lo mejor para ti —añade Antípatro con una sonrisa hiriente.

Salomé mira a su sobrino con notable malestar. No espera esa propuesta de boda, que la deja absolutamente descolocada. Lamenta en su interior no haberla previsto.

—Te conozco, hermana, y sé que necesitas un hombre a tu lado —agrega Herodes.

—Supongo que ya has pensado quién es ese hombre. —Salomé hace un gesto de resignación, obligada por las circunstancias.

—El marido más honrado que puedas tener: Alexas, miembro del Consejo real y uno de mis mejores amigos —responde el rey.

Salomé piensa que podría haber sido algo peor. Alexas es uno de los consejeros más jóvenes, goza de fama de hombre espléndido, aunque un tanto mujeriego, y es afortunado en los negocios.

—Padre, permite que te felicite, y a ti también, querida tía, Alexas es una magnífica elección. Será un excelente esposo para ti.

Antípatro sonríe. Detrás de la propuesta de Herodes está su mano, y Salomé lo adivina enseguida.

—Ya no estarás sola ninguna noche más —afirma Herodes.

—Si me permites, padre, ya que estamos cerrando bodas, propongo que se le busque esposo a nuestra querida Berenice. Es tiempo de que deje su viudedad, que abandone el llanto por el recordado Aristóbulo, mi querido hermano —ironiza con todo sarcasmo Antípatro.

—Excelente idea. ¿Se te ocurre algún candidato?

—Humm..., ¿qué tal mi tío Agripneo, el hermano de mi madre Doris?

—No encuentro inconveniente alguno para este segundo enlace —asiente Herodes.

Salomé se muerde la lengua. Su boda ya es una humillación a

la que se añade otra más con la unión de su hija Berenice con Agripneo, un plebeyo, entrado en años además, que no es de su agrado. A su lado se encuentra Cipro, que al observar el enfado de su hija la sujeta del brazo y le susurra al oído:

—No te alteres; paciencia, hija, paciencia. Cede ante los poderosos y sobrevivirás.

Salomé se resigna, calla y asiente. Decide guardar su ira para una ocasión posterior. Sí, para sobrevivir hay que saber adaptarse a circunstancias difíciles o complicadas. ¡Obedecer a la necesidad!

Antípatro actúa con diligencia y se le ocurre informar por su cuenta a Augusto de lo acordado respecto a las dos bodas.

Poco después llega a Jerusalén un correo con cartas de Roma. Una de ellas está firmada por Livia, que decide actuar personalmente en el asunto: «A Herodes, rey. Te felicito por la decisión del nuevo matrimonio de tu hermana. Espero que se celebre cuanto antes. Te expreso mis mejores deseos para Judea. Livia».

Cuando Herodes le enseña esa carta, Salomé se siente derrotada por completo. Pierde la partida. Se tiene que casar, dejar el palacio y alejarse del poder que tanto desea. Pero no está muerta; aún no. Perdido el amor de Antípatro y sustituido por el odio, se enciende una chispa que prende una llama pequeña y titubeante que crece con el tiempo: la venganza. ¡No cabe duda de que se vengará! Hay días para urdir el cómo.

Los planes de Antípatro van bien, pero para él el tiempo discurre demasiado despacio. La rutina palaciega hace que la espera sea aún más exasperante. En el reino no hay de momento problemas significativos; todo está en calma, aparente al menos. El pueblo disfruta de paz y no se atisban en el inmediato horizonte emociones o sobresaltos. Incluso la frontera con los belicosos nabateos se encuentra en un tenso sosiego, ya que su rey, Aretas, no tiene ninguna intención de provocar nuevos altercados con Israel. La tranquilidad de los vecinos incentiva las relaciones mercantiles. Los caminos a Babilonia y Siria se tornan seguros y el comercio florece con la paz. En Jerusalén, las visitas al Templo crecen y se desarrollan actividades relacionadas con el culto y los sacrificios. Pero... para Antípatro un horizonte despejado no es suficiente. La vida de su padre se prolonga más de lo esperado, y no hay indicios de que vaya a empeorar su salud.

Desde su alejamiento de la región de Perea, allende el Jordán, Feroras sigue con interés la evolución de los acontecimientos en Judea y los comenta con Demetria Alejandra, su esposa. Ha recibido una carta de su sobrino Antípatro en la que le anuncia su visita.

—Tras la desaparición de Alejandro y Aristóbulo nos conviene estar a buenas con el futuro dueño de Israel.

—¿Tu sobrino Antípatro?

—¿Quién si no? Mi hermano lo ha proclamado heredero y le ha encargado que se ocupe personalmente de las provincias del norte de Israel. Y Medabá no está tan lejos. No tengo duda de que será el próximo rey de los judíos —afirma Feroras.

—Tal vez te necesite y requiera tus servicios —supone Demetria.

—Lo que deseo es que me deje gobernar en paz mi tetrarquía. He de hacer todo lo posible para que, cuando sea el rey, no se inmiscuya en mis asuntos.

—Yo haré cuanto esté en mi mano para que tu sobrino se encuentre siempre bien dispuesto contigo. Para ello ayudará superar este tiempo de desencuentros y disputas con tu hermano Herodes, que en realidad te mantiene alejado de su corte.

—A mi sobrino no se le escapa que mi buena disposición hacia él le será muy beneficiosa en su futuro gobierno.

—Sí. Pero de momento no es el rey —precisa Demetria.

—Lo será pronto, y cuanto antes se produzca, mejor para todos. Si muere Herodes, tanto Antípatro como yo resultaremos favorecidos.

Un criado anuncia que Antípatro estará enseguida en el palacio de Medabá, residencia de Feroras y su esposa.

—¡Querido sobrino, me alegra mucho verte! —lo saluda Feroras.

—La alegría es mutua. —Antípatro abraza a su tío y besa a su tía.

—¿Qué te trae por aquí? —le pregunta Feroras mientras le sirve una copa de vino con miel.

—He venido por mi cuenta. Mi padre no sabe nada de este viaje.

—Tal vez se enoje por ello —dice Demetria un tanto asustada, pues conoce bien a Herodes.

—Hace tiempo que no visito Jerusalén. ¿Cómo está la ciudad santa? —demanda Feroras.

—En principio reina la calma. Por otro lado, comprendo perfectamente que no te dejes ver por la corte, sobre todo tras tu caída en desgracia por el turbio asunto de Glafira.

—Pienso que ya fui perdonado.

—Solo a medias —precisa Antípatro.

—Sea como fuere, vosotros dos deberíais sellar un pacto formal. Podéis comenzar ahora mismo —interviene Demetria.

La esposa de Feroras es joven y muy bella. Antípatro se siente a gusto junto a su tía, casi de su misma edad.

—La formalidad no es necesaria; somos tío y sobrino —recuerda Feroras.

—Estrechad entonces los lazos de parentesco; reuníos más a menudo; ambos tenéis mucho que ganar.

Demetria no agrega que le gusta su sobrino y que le agradaría sin duda probar con él el néctar del amor. Feroras es demasiado viejo, y ya no cumple como debiera con los deberes de esposo. Luego apostilla con un tono que cree persuasivo:

—Resultará fácil aunar los lazos políticos si son buenos los vínculos familiares, ¿no lo crees así, sobrino?

—Por supuesto, querida tía, por supuesto.

Salomé no tarda en darse cuenta de la trascendencia del viaje de Antípatro a Perea. Sin duda alguna, su examante tiene planes nuevos. Ella también dispone de un informante en la corte de Feroras y conoce al momento la visita de su sobrino a Medabá, las excelentes relaciones que mantienen los dos y cómo el destino vuelve a excluirla de un futuro acceso al reparto del poder.

Debe hacer algo, y pronto. No puede tolerar que su hermano

y su sobrino pacten a sus espadas y muy probablemente en su perjuicio. Piensa en cómo solventar los posibles problemas de esta situación dudosa, y de repente se le ilumina el rostro. Quizá Antípatro dé algún paso en falso. Solo es preciso esperar, pero debe prepararse para cuando se presente esa ocasión, y entonces será el instante de la dulce venganza. De momento encarece a su informante que esté pendiente de las actividades de Antípatro en la corte de Feroras, que procure enterarse por alguna filtración de sus posibles planes y, ante todo, que siga manteniéndola al tanto de sus movimientos.

Antípatro viaja a menudo a Medabá. Demasiadas veces, en opinión de Herodes, quien comienza a recelar de lo que hace su heredero ya que cree innecesarios tantos desplazamientos a un territorio que no es de su incumbencia. La repentina e intensa amistad con su hermano Feroras lo intriga, y las sospechas vuelven a invadir su ánimo receloso. Las posibles conjuras de la corte, olvidadas tras la ejecución de Alejandro y Aristóbulo, o simplemente las intrigas palaciegas vuelven a aparecer en sus noches como una recurrente pesadilla.

El cambio de actitud de Herodes no le pasa desapercibido a Antípatro. Cada vez que vuelve de un viaje al norte, de la provincia que debe controlar por encargo del rey, y se detiene, como de paso, en Medabá, nota una cierta frialdad en su padre. ¿Acaso le molestan sus ausencias?, se pregunta. No es posible, pues dado su encargo de administrar personalmente las provincias norteñas, debe desaparecer de vez en cuando del palacio. Los signos de distanciamiento se repiten una y otra vez, y Antípatro nota que la antigua alegría del rey para con él se disipa en ocasiones. ¿Alguno de sus amigos se va de la lengua? No es posible, pues los controla a todos. ¿Alguien del Consejo aprovecha su ausencia para difamarlo?, pero ¿con qué fin? Lentamente se abre en su ánimo la única explicación razonable: intuye la pérfida y astuta mano de Salomé en medio de todo este cambio.

Ciertamente su tía está muy enfadada con él y se inventa mil pretextos para procrastinar su boda con Alexas. Antípatro observa que Salomé habla más a menudo con el rey en secreto; es seguro que está despechada, y que no está dispuesta a perder esta partida, pues la boda podría alejarla de la corte.

Los rumores que llegan hasta Herodes sobre los encuentros entre Feroras y Antípatro aumentan. Para el rey son preocupantes, de modo que decide convocar a su hermano Feroras a Jerusalén.

Los dos aliados se ponen nerviosos con la convocatoria. Sospechan el uno del otro y recelan de que uno de los dos esté informando a Herodes de sus contactos en su propio beneficio. Es posible que haya una traición tras la llamada del rey a Feroras.

La tensión entre ambos estalla mientras conversan en uno de los patios interiores en presencia de varios testigos, entre los que se encuentra Salomé, que acude a saludar a su hermano menor.

—Escucha, Feroras —Antípatro interrumpe una conversación banal y se dirige a él con su nombre de pila, y no con el apelativo familiar—, es necesario que tomes de una vez la decisión de divorciarte de tu esposa, Demetria Alejandra. El rey te lo ha advertido en alguna ocasión, pues la considera demasiado amiga de los fariseos de Jerusalén. Deberías hacer caso a tu hermano.

Feroras parece sentirse muy turbado por una admonición que no viene a cuento. Es cierto que Herodes no ve con buenos ojos su matrimonio con Demetria Alejandra, pero Antípatro no tiene nada que ver con ello.

—¿Qué estás diciendo? ¿Divorciarme? ¿Quién eres tú para decirme eso? —replica Feroras muy airado a la vez que alza la voz.

—Tengo autoridad delegada por el rey para juzgar varios asuntos.

—Lo que haces es provocar disensiones entre nosotros. ¿Es eso lo que pretendes en este momento?

—El asunto de tu esposa es de gran interés para todo el reino. Tómalo en consideración.

—No es de tu incumbencia. De ahora en adelante te cuidarás de dirigirme la palabra sobre este tema o sobre cualquier otro relacionado con mi matrimonio. —Feroras aumenta el tono y su grado de indignación, da media vuelta y se aleja como ave espantada.

Salomé sonríe. La alianza entre su hermano y su sobrino, que considera muy perjudicial para ella, parece resquebrajarse. Nada le importa si Feroras se divorcia o no, y si Demetria es o no amiga de los fariseos. Lo que le interesa es la ruptura de la alianza de sus dos parientes, porque a ellos los hace más débiles y a ella más fuerte.

Al retirarse a su aposento tras la cena, una esclava le susurra algo al oído, y Salomé asiente.

Un esclavo recibe la autorización para entrar en los aposentos privados de la princesa. Es un hombre mayor al que Salomé encarga que siga discretamente a Antípatro a todas partes. El criado le informa de que la discusión de tío y sobrino no ha quedado ahí. Ambos están reunidos en esos momentos en unas dependencias de palacio.

Salomé se sobresalta, se emboza en el primer manto que encuentra y sigue con sigilo al esclavo por los pasillos de palacio. Caminan en una oscuridad casi total, apenas interrumpida en algunos tramos por la tenue luz de unos hachones colgados en la pared. Parecen ladrones buscando botín entre las sombras. En unos momentos llegan al otro extremo del edificio, a los aposentos de Antípatro. Entre la penumbra y a cierta distancia puede distinguir Salomé a dos figuras sentadas una frente a la otra. Están en una habitación, pero la puerta queda entreabierta, quizá por un descuido. No es capaz de escuchar la conversación, pues se desarrolla en tono muy bajo, pero es evidente que no están discutiendo, sino que hablan en plan muy amigable.

Salomé regresa a su habitación, pero no puede conciliar el sueño. ¿Qué está pasando con su hermano y su sobrino? ¿A qué están jugando para mostrarse de repente enfrentados y al rato de nuevo muy unidos? Sin duda, piensa, se trata de una simulación, un engaño para que ella o el rey caigan en alguna trampa.

Ya entrada la mañana Salomé acude a la fuente del jardincillo interior por el que suele pasear Herodes tras levantarse. Es un buen lugar para conversar, pues los siervos saben que allí deben mantener las distancias.

—Hermano —Salomé trata de mostrarse afable con el rey—, tienes que saber que tus cuitas no han acabado con la muerte de tus hijos. Tengo que prevenirte sobre lo que estoy observando desde hace unos meses. Feroras y Antípatro mantienen reuniones secretas. Lo han hecho en Perea y ahora lo hacen aquí, en Jerusalén. Ayer los sorprendí cuchicheando a solas mediada la noche. No sé qué pretenden, pero no será nada bueno, pues en ese caso no se ocultarían.

—¿Intuyes algo de lo que se llevan entre manos?

—No. No pude escuchar su conversación, pero deberías vigilarlos estrechamente. Los he visto discutir cuando hay más gente a su alrededor y fingir que se llevan mal, pero cuando están a solas y nadie los ve, se comportan como fieles amigos o aliados. Antípatro es tu heredero, por lo que desea tu trono cuanto antes, y Feroras está dominado por su esposa, esa taimada Demetria, que no te profesa ningún aprecio.

—He criado víboras —dice Herodes—. Antes, los dos hijos que tuve con Mariamme, y ahora, mi propio hermano y el hijo de Doris. ¿Qué he hecho para merecer este castigo?

—Sabes que siempre podrás contar conmigo.

—Hermana, tú eres la única que nunca me ha traicionado. Ahora retírate, necesito estar solo para pensar.

En los días siguientes la actitud de Herodes para con su heredero cambia sustancialmente. Antípatro lo percibe, aunque prefiere actuar como si no ocurriera nada. Intuye de nuevo que Salomé está implicada en lo que sucede, pero ve más conveniente instalarse en una prudente espera.

En los dos Consejos del reino que se celebran después, Herodes lleva la contraria a Antípatro, algo que no suele hacer, incluso se deleita dejándolo en ridículo. Añade además alguna insinuación sobre extraños encuentros nocturnos, que hacen sospechar al heredero que su padre conoce sus reuniones con Feroras. Pese a las indirectas, Antípatro no se descompone y se mantiene servil con el rey.

Feroras, por el contrario, se siente fuerte y busca un momento para espetar a su hermano Herodes:

—Mi nombramiento como tetrarca de Perea depende directamente de Augusto. Solo ante el emperador debo rendir cuentas.

A Herodes le afecta todo lo que ocurra en Medabá, tan cerca de Jerusalén, así que la tensión entre los dos hermanos va creciendo, al igual que entre Herodes y Antípatro, y puede estallar violentamente de un momento a otro.

A medida que pasan los días y se acelera la decrepitud del rey, las grietas con su familia y con su pueblo en general se hacen más profundas. En su mente comienza a bullir la idea de asentar más si cabe su autoridad sobre la familia y en especial sobre el pueblo. Ve conspiradores por todas partes, se cree rodeado de conjuras e intrigas. Y al levantarse una mañana tras una noche de insomnio, se le ocurre una idea: todos los que lo rodean deben jurarle fidelidad incondicional. Pretende, pues, exigir a todos sus súbditos que prometan aceptar incondicionalmente la voluntad de su rey, jurando no mover ni siquiera un dedo contra él.

Cuando el rey plantea su nueva ocurrencia en el Consejo, algunos miembros, sobre todo fariseos y esenios, sostienen que la idea puede ser muy peligrosa.

—Oh, rey, obligarnos a jurar va en contra de nuestras creencias; significa que vas a impulsarnos a oponernos activamente a tu voluntad. Te consta que no admitimos otro juramento que el que se haga a Dios, al que consideramos único soberano y rey de Israel.

Por el contrario, otros consejeros alegan que el César exige también jurar fidelidad a su persona. Herodes, siguiendo la idea del juramento debido a Augusto, no atiende a las razones en contra y ejecuta su plan.

Muchos judíos toleran con cierta indignación la medida impuesta por el rey y acatan temerosamente su voluntad; en ciudades y villas se realizan juramentos públicos de lealtad por medio de sus prebostes. Pero varios cientos de fariseos y esenios de Jerusalén se niegan. Ningún argumento sirve para doblegarlos; solo deben lealtad a Yahvé.

Reunido el Consejo de nuevo, Herodes brama de furia.

—¡Deben jurarme lealtad como rey, al igual que todos los habitantes de mi reino!

—Señor —interviene un consejero medio muerto de miedo—, si obligas a jurar a los reticentes, es probable que vuelva a ocurrir lo que pasó con el censo del rey David, cuando algunos judíos se pusieron en contra aseverando que un juramento así suponía negar la soberanía de Dios en la tierra de la Promesa.

Algunos murmullos se extienden por la sala del Consejo.

—Nadie puede obligar al pueblo a ir en contra de la voluntad de Dios —interviene un consejero de tendencias fariseas—. Los fariseos sostienen que quien lo haga así, deberá pagar por semejante pecado. Ni siquiera un rey puede hacerlo, pues en ese caso Dios mismo se encargará de cambiar a quien se sienta en el trono y de sentar a uno más digno en su lugar.

—¡Desdichados! —brama Herodes fuera de sí—. De buena gana daría ahora un buen escarmiento a los que se niegan a jurarme lealtad como rey. Podría hacer que la sangre corriera tan abundante que el caño de la fuente de Siloé parecería un hilillo a su lado.

—Señor, ordena la muerte de un puñado de fariseos y esenios; unos pocos, solo aquellos más significados en tu contra —le dice al oído Eurimedonte—. No es este el momento adecuado para hacer una carnicería. Con el tiempo cambiarán.

Tras la recomendación de Eurimedonte y sin mediar palabra, Herodes sale de la sala del Consejo seguido por su jefe de la policía. Una vez fuera, le dice con todo sigilo:

—Ejecuta a varias decenas de fariseos y esenios. Hazlo con la prudencia que creas conveniente.

En los siguientes días las ejecuciones se producen de manera selectiva. A pesar del cuidado en no hacer demasiado ruido, la noticia de la matanza corre a toda velocidad por las calles de Jerusalén, levantando la indignación de mucha gente.

Ante un revuelo de creciente envergadura, Eurimedonte da la orden a sus guardias de no permitir reuniones en las calles de más de cinco personas. Las concentraciones más numerosas son reprimidas con toda dureza, pese a la indignación que crece por momentos.

El propio Eurimedonte se da cuenta de que la tensión aumenta y puede convertirse en una marea incontenible.

—Señor, los fariseos están alentando al pueblo a sublevarse. Deberías detener las ejecuciones antes de que la rebelión sea total —aconseja a Herodes.

—Tienes razón. Es ya el tiempo de mantener la calma. No deseo crear más tensiones.

—¿Detenemos, pues, las ejecuciones?

—Por el momento, sí, pero no quiero parecer débil. Que no muera nadie más, pero obliga a los que se nieguen a prestar juramento al pago de una elevada multa; y a los que no quieran pagar, enciérralos en las mazmorras.

Los fariseos más recalcitrantes también se niegan a pagar las multas. La tensión en las calles, lejos de aminorar, se intensifica. Todo parece a punto de estallar.

Los consejeros más sensatos se llevan las manos a la cabeza ante lo que se está viviendo en la ciudad. Nadie es capaz de adivinar lo que pueda ocurrir si los ánimos siguen tan encendidos.

Es entonces cuando interviene la persona que menos se espera, Demetria Alejandra, la esposa de Feroras. Enterada de lo que ocurre, pide a su marido que actúe.

—Mi corazón y mis querencias están muy próximas a los fariseos —dice Demetria a su marido—. Vuelve a Jerusalén y trata de mediar en este asunto.

—Me extraña que me aconsejes esto. A pesar de tus creencias, siempre has sido partidaria de separar la religión de los asuntos públicos.

—Trasládate a Jerusalén, te lo ruego, y procurar acabar con esta revuelta.

—¿Qué sugieres, pues, que haga?

—Ve con uno de nuestros ecónomos, preséntate ante Ptolomeo, el prefecto de las finanzas reales, y dile que vas a pagar el importe completo de las multas impuestas a los fariseos.

Feroras así lo hace. Viaja a Jerusalén sin pompa alguna, paga las multas y se dispone a regresar a su palacio de Medabá a toda prisa.

El hermano menor de Herodes está a punto de salir de Jerusalén cuando es interceptado por los guardias, que lo llevan ante el rey. Eurimedonte, enterado de la operación de Feroras, logra detenerlo y lo lleva a presencia de su señor.

—¡Maldito entrometido! ¿En qué estabas pensado para hacer esto? ¿Cómo te atreves a interferir en mis decisiones de manera tan grosera? Los fariseos se estarán riendo ahora a mi costa.

—Yo solo pretendía ayudarte, hermano —se justifica Feroras.

—¿De quién ha sido esa idea?

—Me la propuso mi esposa.

—Demetria, esa... Lo que ha hecho tu mujer es algo que no puedo soportar.

—El dinero de las multas ha salido de mi propio peculio.

—¡Idiota! Ese dinero no me importa nada en absoluto. Lo que detesto es que hayas obrado de esa manera, y por tu cuenta y sin pedirme permiso. Tú, al hacer caso a tu esposa, eres culpable de nuestro distanciamiento. Has conseguido que los rebeldes fariseos se hayan salido con la suya, sorteando mis órdenes y dejándome en ridículo. Todo el pueblo se reirá de mí en cuanto se entere, si no lo ha hecho ya. Haz algo bien por una vez en tu vida y divórciate de Demetria. Si no lo haces por mí, hazlo al menos por nuestro padre, pues en caso de estar vivo, esa sería su voluntad.

Feroras aguanta la reprimenda sin abrir la boca, pero acumula tensión en su interior hasta que estalla:

—¡Yo no quiero separarme de ti!; pero tampoco puedo dejar a la mujer a la que amo, aunque tú la odies. Prefiero morir mil veces antes que repudiar a Demetria.

—Si eso es lo que quieres, tú y yo hemos acabado. Retírate a tu región y olvida que soy tu hermano. Desde ahora queda prohibido que cualquier miembro de esta familia vaya a visitarte a Medabá. ¡Vete, ingrato, y no vuelvas jamás! —grita Herodes, que da media vuelta y se marcha de la sala entre bramidos.

Feroras aprieta los dientes y masculla:

—De buena gana me marcho de aquí y dejo de ver tu rostro. Te juro por Dios que no me verás aparecer por Jerusalén hasta el momento de tu muerte, que ojalá sea pronto.

41

Demetria Alejandra

Feroras cumple su palabra y no vuelve a pisar Jerusalén.

Por su parte, Salomé se alegra en parte al conocer el enfrentamiento entre sus dos hermanos, ya que conoce el odio que le profesa Herodes, y a la vez sigue preocupada por lo que está haciendo Antípatro, decidido a seguir su camino solo, sin apoyarse en ella ni en Feroras.

Apenas un mes más tarde de la tensa discusión con su hermano, Herodes enferma. Las dolencias que lo acompañan en los últimos años se agravan. Tiene los pies inflamados y le supura un humor transparente y fétido; siente dolores tan intensos en el abdomen que le impiden tomar alimentos, pues cada vez que come algo apetitoso le sobreviene un cólico que lo mantiene postrado sin poder moverse, acompañado de una fiebre intensa y duradera que lo consume de forma irremediable.

Desesperado por el dolor, escribe una carta a su hermano comunicándole su penoso estado. Feroras la lee, pero no se conmueve.

—¿Vas a ir a verlo a Jerusalén? Por lo que dice esa carta, tu hermano está muy grave —pregunta Demetria a su esposo.

—No pondré un pie en esa ciudad mientras viva mi hermano mayor. Lo he jurado y lo cumpliré —replica Feroras.

—Deberías ir —dice Demetria, que tiene sus propios planes—. Salomé aprovechará esta debilidad del rey para hacerse más fuerte en la corte. Esa mujer es insaciable, y sabe maquinar como nadie a favor de sus intereses particulares.

—No se atreverá...

—Claro que sí. Recuerda aquellos rumores que corrieron hace un tiempo. Se decía que tu hermana se acostaba con vuestro sobrino Antípatro y que aspiraba a sentarse junto a él en el trono. Si aquella relación fue cierta, desde luego ya pasó, porque es evidente que ahora odia al heredero. En esas circunstancias, Antípatro solo te tiene a ti como apoyo en la familia. Te necesita.

—No sé... —Feroras duda, pero no desea dar su brazo a torcer.

—A Herodes no le queda mucho tiempo de vida. Ha dictado testamento, pero ya lo ha cambiado en alguna ocasión y puede volver a hacerlo. Con Salomé a su lado, quizá introduzca cláusulas que no te interesen a ti ni a Antípatro. Esa mujer es capaz de convencerlo para que rubrique cualquier cosa, sobre todo si es ella la principal beneficiada.

—¿Qué sugieres que haga? —pregunta Feroras, que empieza a dudar.

—Que, pese a la prohibición real, estreches tu alianza con Antípatro. Podéis veros en secreto en la frontera de Perea, aprovechando las visitas de tu sobrino a esa región —le aconseja su esposa.

En las semanas siguientes tío y sobrino se entrevistan en varias ocasiones, y en todas ellas está presente Demetria Alejandra.

A pesar del sigilo con el que Antípatro y Feroras llevan sus encuentros, sus citas clandestinas acaban conociéndose en Jerusalén. La red de informantes de Herodes se refuerza con la de Salomé; nada pasa desapercibido a sus ojos y oídos.

Propagadas por no se sabe quién, no tardan en correr rumores y habladurías en las calles de Medabá. Son varios los que aseguran que tantas visitas se deben a que Antípatro y Demetria tienen una relación que va más allá de la que implica el parentesco. Llegan a insinuar que es la mismísima Doris, la madre de Antípatro, la que actúa como intermediaria entre tía y sobrino políticos. Otros, por el contrario, suponen que en esos encuentros no se habla de otra cosa que del futuro de la región. Todos recelan de cualquier cambio político repentino y especulan sobre los verdaderos motivos de las continuas conversaciones del heredero.

No es Herodes hombre de disimulos y paciencia, y menos aún conforme se acerca el crepúsculo de su vida, cuando siente con más viveza los peligros reales o imaginarios. Enterado de sus visitas a Feroras, llama a su presencia a su hijo.

Lo recibe en la cama, aquejado de dolores en las piernas y el estómago, y consciente de que no le queda demasiado tiempo.

—Hijo, hasta mí han llegado noticias sobre tus visitas al palacio de Medabá. Has incumplido mis órdenes.

—Padre, todo lo que hago es en tu favor —se excusa Antípatro.

—Has hecho que ponga en duda tu fidelidad. Te ordené que no vieras a tu tío y me has desobedecido. No vuelvas a verte con Feroras, o tomaré medidas contundentes.

—No lo haré, padre, confía en mí.

—Voy a ordenar que te transfieran del tesoro real cien talentos; emplearás ese dinero para aislar a Feroras, como te parezca más oportuno. Nunca más deberás encontrarte con él. Deseo que quede aislado, como un chacal del desierto, en su fortaleza de Medabá, que sea para él como una prisión de la que no pueda salir hasta su muerte.

Herodes habla con tanta vehemencia y cólera que se siente agotado y pide un poco de agua.

Por alguna razón no bien conocida, Antípatro intuye que la actitud de su padre para con él cambia de repente, como si un punto de desconfianza, como si una misteriosa barrera o un muro se levanta en ese preciso momentos entre ambos. No le parece difícil averiguar quién es la responsable de que se construya esa pared... ¡Su tía tiene que estar detrás de todos sus movimientos! Es seguro que lo vigila y está intrigando contra él con sus habituales prácticas arteras. Solo ella es capaz de difundir habladurías respecto a sus visitas a Medabá y que lleguen hasta oídos de Herodes.

Antípatro reflexiona sobre qué hacer, pues conoce bien la veleidad con la que su padre muda de carácter y opinión. Como un relámpago que rasga las tinieblas, se le ocurre que la mejor respuesta ante su complicada situación es desaparecer de la corte por algún tiempo: que la falta de viento serene las aguas. Decide viajar a Roma, para que su padre lo eche en falta y que ansíe su regreso. Además, piensa, el viaje a la Urbe le puede comportar dos grandes beneficios: mostrar fidelidad a Augusto y verse libre durante unos meses de la atosigante presencia de Salomé, con la que ya no mantiene vínculo alguno.

Sí, viajar a Roma es lo más oportuno, buscar el refugio entre amigos influyentes y convencer con todo tipo de lisonjas a Augusto y a Livia para que lo consagren como heredero incontestable al trono de Israel. Con la ratificación del emperador y el reconocimiento del Senado romano, su herencia estará más que asegurada.

Tras esos momentos de reflexión, Antípatro se sienta al borde del lecho de su padre.

—Padre, he pensado que sería conveniente para los intereses del reino que viaje a Roma. Allí ratificaré en tu nombre, si así lo consideras, tu firme amistad con Augusto. Por eso sería muy oportuno que me enviaras en calidad de embajador tuyo, y así no habría duda alguna de mi lealtad hacia ti y de tu confianza en mí. Augusto verá claro que el reino de Israel está en paz y firmemente asentado.

Herodes reflexiona unos instantes. Luego asiente con la cabeza, pero sin pronunciar palabra. Está demasiado débil para hablar, pero con un enorme esfuerzo consigue articular una palabra:

—Hazlo.

—Gracias, padre. Si te parece bien llevaré conmigo una copia de tu testamento, de manera que el príncipe Octavio Augusto pueda ratificarlo.

Antípatro piensa con razón que eso le proporcionará un espaldarazo total.

—Sea —se limita a susurrar Herodes antes de caer rendido por el cansancio.

Antípatro sonríe. Está feliz. Se está imponiendo con facilidad. Su padre está demasiado débil y carente de energía, y apenas tiene fuerzas para hablar de planes futuros.

Con enorme esfuerzo, Herodes dicta a su secretario una carta para que su hijo la lleve a Roma: «A Augusto, príncipe y señor. Deseo que la diosa Fortuna mantenga tu vida por los cauces más dichosos. Quiero también confirmar mi testamento. El primer lugar en el orden de mi sucesión es para mi primogénito, Antípatro. Caso de que este falleciera, recaerá mi herencia en Arquelao, el hijo que tengo con Maltace, mi esposa samaritana. Y en tercer lugar en mi hijo de mi mismo nombre, el que tengo con la hierosolimitana Marián. Vale. Herodes, rey».

Al fin. Parece que Antípatro lo consigue. Con la carta de su padre en la mano, nada se interpone en su camino al trono. Tan seguro está de su fortaleza que decide visitar a Feroras y a Demetria en Medabá, sin que le importe ya la vigilancia de Salomé ni que se entere su padre de esa cita. Está convencido de que su tía nada puede hacer para evitar su triunfo.

—Me voy a Roma —comunica a sus tíos, en tono de despedida.

—Supongo que dejas todo bien atado —le dice Feroras.

—Mi padre me ha ratificado como heredero, y lo ha firmado en carta dirigida al emperador. Nada puede cambiar ese hecho.

—Mi hermano es veleidoso. Nunca puedes confiar en que esté todo asegurado.

—Por eso precisamente he decidido viajar a Roma. Mi padre está más susceptible que nunca, tiene accesos incontrolables de rabia y no quiero más roces con él. Su carácter se vuelve cada día más agrio. Aumenta su recelo de todo y de todos. Si me ausento de palacio, me echará de menos y tendrá más necesidad de mí. Además, me alejo también de tu hermana Salomé, cuya sola presencia me angustia. No cesa en sus manejos e intrigas, que los dos hemos sufrido, pero no te quepa duda de que le daré su merecido en cuanto yo sea el rey.

—¿Qué harás?

—A su debido tiempo lo sabrás. Tengo preparada una sorpresa muy especial para ella.

Feroras se contenta con la incertidumbre, pero sospecha que será algo espectacular. Vuelve entonces a su tema preferido.

—¿Y en cuanto a tu padre…?

—Tal vez haya llegado el momento de poner en práctica lo que hemos hablado en alguna ocasión. Lo haremos, porque estando yo lejos nadie sospechará; en todo caso lo harán de Salomé.

—No me queda claro cómo quedo yo en todo esto. Arriesgo mi cuello —demanda Feroras.

—No debes albergar la menor duda sobre mis intenciones. Tus dominios se agrandarán por el norte y nunca deberás preocuparte por una mala noticia que llegue desde Jerusalén.

Feroras se tranquiliza un tanto ante la retahíla de promesas de su sobrino y se aleja pensativo, dejando solos a Antípatro y a Demetria.

—Te echaré de menos todo este tiempo, hasta que regreses de Roma —dice Demetria, que mira al sobrino de su esposo con dulce intensidad.

—Yo también.

Se cruzan sus miradas.

—Tus visitas aquí han sido lo más vivificante que me ha ocurrido durante mi estancia en Medabá.

Las manos de Demetria cogen las de Antípatro y ambos se funden en un intenso y tierno abrazo.

—Volveré.

—Haré votos al cielo para que regreses pronto —dice Demetria, antes de besarlo en los labios con delicada suavidad.

Solo dos semanas después de que Antípatro embarque en Cesarea rumbo a Roma, Feroras cae gravemente enfermo tras sufrir fuertes dolores en el pecho y el abdomen. A pesar de ser un amante de mesas bien provistas, es la primera vez que padece esas dolencias.

El hermano del rey se retuerce de dolor en su cama. Siente como una cuchilla que lo desuella desde dentro. No puede permanecer quieto en el lecho. No puede dormir. No puede descansar. El suplicio dura tres días, durante los cuales los médicos tratan de encontrar un remedio a su sufrimiento. No hay manera de calmarlo y el dolor avanza imparable, pese a la ingesta de purgantes e infusiones y al constante cuidado.

Al tercer día, Feroras deja de existir.

Pese a las discrepancias mantenidas en los últimos tiempos, Herodes se muestra muy apenado por la repentina muerte de su hermano menor. Todo ocurre tan deprisa que apenas da tiempo para organizar el funeral. El rey ordena que el cadáver de Feroras sea llevado a Jerusalén y que se celebren exequias fúnebres dignas de un rey, en las que no falten plañideras y rogativas para que emprenda un buen camino al más allá.

El propio Herodes se desgarra las vestiduras y se viste con tela de arpillera, lleva los pies descalzos durante los tres días de duelo y ayuno, y derrama abundante ceniza sobre sus cabellos.

Acabados los funerales, dos de los libertos de Feroras se presentan en el palacio de Jerusalén con la intención de ver al rey. No lo tienen fácil, pues Herodes se muestra muy reticente a conceder audiencias debido a sus continuos dolores, pero los libertos insisten y suplican con tal constancia que al fin accede a recibirlos.

En presencia de Herodes, los dos se echan a llorar desconsoladamente, sin acertar a pronunciar una sola palabra correcta. Molesto por la actitud de los dos suplicantes, el rey está a punto de ordenar que los expulsen a palos de palacio cuando uno de ellos acierta a hablar coherentemente.

—¡Oh, gran rey! Te rogamos que no dejes sin venganza la muerte de tu hermano. Ordena a tu eficaz policía que realice una investigación para que aclare las causas de su imprevisto final, porque no está claro si nuestro señor ha muerto a causa de la naturaleza o por mano de hombre.

Los dos libertos se cruzan una mirada de connivencia que hace pensar a Herodes que están hablando con sinceridad.

—Explicaos —ordena el rey, sentado en su trono con un almohadón bajo los pies para mitigar los dolores.

—Señor, antes de que cayera súbitamente enfermo, tu hermano el tetrarca Feroras había cenado en compañía de su esposa, la señora Demetria. Tras la cena, nuestro señor se sintió repentinamente indispuesto. Uno de los coperos nos dijo que una mujer árabe merodeaba por palacio desde hacía algunas jornadas y que la vieron proporcionando a la esposa de tu hermano algunos bebedizos.

—Decían —interviene el otro liberto, hasta entonces callado— que eran filtros de amor y sustancias afrodisíacas, en los que las mujeres árabes son expertas.

—En verdad —continúa el primero—, la muerte de tu hermano ha despertado en nosotros muchas sospechas y dudas. No creemos que Feroras haya fallecido debido a la voluntad de Dios, sino a causa de una intervención humana.

—Marchaos —ordena Herodes.

—Pero señor... —balbucean los libertos.

—Me ocuparé de ello. Marchaos ya; si tenéis razón en vuestras sospechas, seréis convenientemente recompensados, pero como me tratéis de engañar...

Es el propio Eurimedonte quien por orden de Herodes se traslada con un grupo de sus mejores agentes a Medabá para comenzar la investigación. Durante varios días somete a un intenso interrogatorio a todo el personal de servicio en el palacio, a la vez que ordena someter a tortura a diversas esclavas que considera de carácter más débil, junto con los eunucos más cercanos a Demetria.

Una de las esclavas, incapaz de soportar el tormento, confiesa enseguida.

—Dios, que rige el cielo y la tierra, sabe que no miento. Confieso que es Doris, la que fue esposa del rey Herodes, quien está detrás de todo esto.

Al escuchar el nombre de Doris el propio Eurimedonte se espanta.

—¿Qué tiene que ver la exesposa del rey? —pregunta el jefe de la policía.

—Ella es la instigadora de la muerte de nuestro señor. Doris y

Demetria se veían con frecuencia, y cuchicheaban en secreto. Antípatro y mi señor Feroras acostumbraban a pasar muchas noches juntos, cenando y bebiendo copiosamente.

—¿De qué hablaban?

—Ponían cuidado en no hacerlo en voz alta, pero parecían tener planes que nadie debía oír.

Tras interrogar a los eunucos, Eurimedonte llega a la conclusión de que en Medabá se tramaba una conjura.

Así lo comunica a Herodes, que siente su corazón herido por la pena. La pérdida de Feroras lo afecta más de lo que parece. Olvida las discusiones de otros tiempos y renace en su corazón el cariño hacia el hermano muerto. En su memoria afloran los mejores recuerdos de su joven hermano.

Tras las primeras pesquisas, y previa consulta con el rey, Eurimedonte ordena el traslado a Jerusalén de los interrogados en Medabá, para seguir allí la investigación de la causa de la muerte de Feroras.

Ninguno de los testigos dice saber nada de un posible envenenamiento, pero todos confirman el buen estado de salud de Feroras y su súbito e inesperado empeoramiento tras una cena en compañía de su esposa.

Todo parece apuntar hacia una conspiración en la que participan de manera muy activa algunas mujeres, entre ellas Demetria Alejandra, la propia esposa de Feroras, además de Doris.

Conforme va recibiendo más y más información, Herodes se va convenciendo de que su hermano no fallece de muerte natural. Ordena a Eurimedonte que traslade a Demetria al palacio de Jerusalén y que la mantenga vigilada y encerrada.

La presión del interrogatorio sobre los eunucos y las esclavas al servicio de Feroras se incrementa. Uno de los eunucos confiesa bajo tormento.

—El príncipe Antípatro teme a su padre el rey. En cierta ocasión, mientras hablaba descuidadamente con Feroras en las caballerizas, le oí decir que si su padre había acabado con su mujer y dos de sus hijos, los preferidos hasta entonces, no tendría el menor empacho en quitar de en medio a su hermano. Antípatro decía a Feroras que Herodes era demasiado viejo, pero que seguía teniendo el poder y la fuerza suficientes para eliminarlo si se lo proponía.

—Cuéntalo todo; no te dejes ningún detalle.

Con lentitud, y ante las preguntas agobiantes de Eurimedonte, el eunuco sigue confesando.

—En otra ocasión escuché de boca de Antípatro, cuando hablaba con el difunto, que temía por su herencia, pues sus hermanos eran muchos y siempre estaban acechando para arrebatarle sus derechos. Puso como ejemplo que el rey había enviado a Arquelao y a Filipo, para formarse, a Roma. Dijo que para él era insufrible ese hecho, pues creía que su padre los había enviado para que se educaran con el fin de sucederlo al frente del reino.

—¡Sigue! —insiste Eurimedonte, que amenaza al eunuco con aplicarle el tormento del potro.

—Oí también que Antípatro dijo que convivir con el rey era muy difícil, dada su extrema susceptibilidad y cambios de ánimo, y acusó a Herodes de odiar a varios miembros de la familia. También decía que el desamor había llegado a tal extremo que en una ocasión Antípatro comentó que su padre le había dado cien talentos para que aislara o anulara, no recuerdo bien la palabra que empleó, a Feroras, a quien odiaba, pero que no le había obedecido porque Antípatro sí quería a su tío.

A los interrogatorios de los siervos de Feroras se añaden algunos de los de Antípatro. El proceso continúa durante varios días. El monarca se olvida de sus otras obligaciones de Estado y se centra en el interrogatorio, demandando hasta los últimos detalles. Le interesa todo lo referido a su primogénito, al que comienza a ver como una amenaza a su propia seguridad.

Con las declaraciones de los eunucos, Eurimedonte se presenta ante Herodes y se las comunica palabra por palabra.

—Lo que ha dicho ese desdichado es verdad —confirma el rey, que se expresa como quien recibe un latigazo en pleno rostro—. Esa historia de los cien talentos se la dije en secreto a Antípatro, y solo él la sabía. Todo lo que voy conociendo no hace sino ratificar las sospechas que me ha ido contando Salomé.

—Eso parece, mi señor. —El jefe de la policía percibe en el rostro del rey un gesto de profunda tristeza.

—Es mi hermana, de la que he dudado en ocasiones, el único miembro de mi familia que siempre me ha sido leal, la única que me informa de lo que en verdad acontece en esta corte, además de ti, mi fiel Eurimedonte. Ahora entiendo por qué Feroras y otros familiares han calumniado a Salomé..., porque decía la verdad.

—La relación de tu primera esposa con la trama de la conjura y con Demetria Alejandra no está aún clara, pues Doris se niega a declarar, pese a que hemos intentado interrogarla con todos los respetos.

—De cualquier modo, Doris no puede ser perdonada. Lo que ha hecho es una clara traición; basta que haya tratado en secreto con uno de mis enemigos.

—Si me autorizas, señor, procuraré averiguar más sobre las intenciones de Doris. Supongo que ella quiso ayudar a vuestro hijo, Antípatro, e intentó aprovechar en su favor el odio de Feroras contra ti.

—Doris me odia desde que la relegué y elegí a Mariamme para ocupar su lugar en mi lecho y en mi reino. Hace años que alimenta sus deseos de venganza; imagino que será capaz de hacer cualquier cosa para humillarme.

—Puedo presionarla...

—No. No la sometas a tormento alguno. La citaré ante el Consejo real, pero sin derecho a hablar, y la despojaré de todos sus ornamentos y privilegios. Se irá de palacio y regresará con los suyos a Nabatea. No quiero volver a verla nunca más.

Herodes cumple su palabra. Cuando se entera del ludibrio público de Doris ante todo el Consejo reunido, Salomé aplaude internamente. Le parece excelente la decisión del rey que elimina a otra de las mujeres que pueden influir en las cosas de palacio. Ya quedan menos que le hagan sombra..., muchos van cayendo en su camino hacia el triunfo final.

Los últimos interrogatorios se centran en las personas más cercanas a Antípatro. La mayoría no revela ningún dato de interés, pero un samaritano que es su intendente principal, sometido a tortura, confiesa un importante detalle.

—Mi señor Antípatro encargó a uno de sus amigos, llamado Antifilo, que trajera de Egipto un veneno muy potente y me ordenó que le diera lo necesario para comprarlo. No me dijo para qué era esa ponzoña, pero sí supe que no dejaba huellas visibles y quién provocaba la muerte del que lo ingería de una manera que parecía natural. Supe después que Antifilo entregó el veneno a Feroras y que este se lo dio a guardar a su esposa.

Las palabras del intendente parecen despejar algunas dudas.

—¿A quién iba destinado ese veneno? —pregunta Eurimedonte.

—No lo sé.

El jefe de policía hace una señal para que el verdugo incremente la presión del potro de tortura.

—Confiesa o sufrirás de una manera tan insoportable que desearás no haber nacido y morir cuanto antes.

La amenaza surte un efecto fulminante.

—Sospecho que era para el propio rey Herodes, pero juro por Dios que no lo puedo asegurar a ciencia cierta. Creo que pretendían administrárselo al rey cuando Antípatro se encontrara en Roma, para así no levantar sospechas.

Herodes, que se halla presente en el interrogatorio, oculto detrás de una celosía, llama a Eurimedonte.

—Ordena a los guardias que traigan a Demetria.

Al presentarse en la sala, la viuda de Feroras se derrumba y no tarda en confesar ante las preguntas de Eurimedonte.

—Sí, es verdad lo del veneno; aún conservo una porción. La guardo en un pequeño frasco azulado, como si se tratara de un caro perfume egipcio. Lo he traído conmigo a Jerusalén, por si las cosas se ponían difíciles.

—Id a sus aposentos con Demetria y traed ese frasco —indica Herodes a Eurimedonte—; regresad aquí de inmediato con esa pócima.

La extraña comitiva recorre los pasillos de palacio. Una vez ante el aposento de Demetria, los dos guardias se quedan custodiando la puerta y solo entran Eurimedonte y la mujer.

—Busca el frasco azul. Hazlo con cuidado, sin agitarlo.

Así lo hace. Rebusca entre sus cosas durante un rato hasta que encuentra el frasco azul, justo cuando Eurimedonte comienza a impacientarse.

Demetria entrega el veneno al jefe de policía, que se descuida un momento al cogerlo con sus manos, ocasión que aprovecha Demetria para salir corriendo al pórtico que rodea su habitación y, de un ágil salto, lanzarse al vacío.

—¡Guardias, guardias! —grita Eurimedonte, pero ya es demasiado tarde.

El cuerpo de Demetria yace sobre el pavimento del patio, donde se concentran varios siervos que observan el espectáculo. Algunas esclavas corren alocadamente y gritan desesperadas tirándose de los cabellos y arrancándose mechones de pelo.

—¡Pobre mujer! —lamentan algunas de las esclavas al ver sobre el suelo el cuerpo de Demetria.

Avisado de lo ocurrido, Herodes acude al patio donde ha caído su cuñada.

Nadie toca su cuerpo, pensando que está muerta por la caída, pero Demetria aún respira. Su pecho se mueve agitado por una débil respiración. A una indicación de Herodes, un esclavo la levanta y comprueban que sigue viva.

—Llevadla a su cámara —ordena Herodes—, y que la vean mis médicos.

Tras revisar su estado, los médicos comprueban que la caída es de pie y luego sobre un costado. La suerte es que donde cae no hay losas de piedra, sino un parterre de flores que amortigua el golpe. No tiene huesos rotos, solo una fuerte conmoción y diversas contusiones.

Unas horas después, con Demetria ya recuperada de la caída, el rey la visita en el lecho, la toma cariñosamente de la mano y le sonríe.

—Ten mucho ánimo, querida cuñada. Te prometo con solemne juramento ante todos los que aquí están como testigos que no tomaré represalias contra ti, ni sufrirás persecución ni tormento si confiesas toda la verdad. Lo juro por el Altísimo.

Demetria Alejandra, todavía confusa, decide hablar. Se da cuenta de que para ella va a ser una liberación, pues su alma está atormentada por los remordimientos. Hace días que no puede dormir y no desea sino su propia muerte, a la que ve como única medicina para los terribles miedos que la afligen. Lamenta no haber tomado el veneno o haberse lanzado al vacío desde la torre Antonia y no desde una altura tan escasa.

La viuda de Feroras toma aire y habla.

—Es cierto; yo tengo ese veneno. Encargué a Antifilo que lo trajese de Egipto. Lo consiguió por mediación del médico de su hermano, que ejerce como cirujano en Alejandría. Me dijeron que el efecto no se notaría hasta pasadas muchas horas y que no dejaría rastro alguno, pero no era verdad.

—¿Por qué lo hiciste? —le pregunta Herodes.

Demetria toma aire.

—Porque amaba y amo a Antípatro. No puedo ni quiero vivir sin él. Sé que debo pagar por lo que he hecho, pero ahora ya nada me importa. Nada.

Todos los presentes guardan un silencio sepulcral ante la tremenda confesión de Demetria.

—Salid todos de aquí. Que solo se queden Eurimedonte y dos escribas —ordena Herodes.

Tras la salida del personal de servicio, el rey indica a los escribas que tomen nota de la declaración de Demetria.

—Sí, estoy enamorada de Antípatro. Mi esposo era un hombre indeciso, que no llenaba mi vida sino con silencios y ausencias. Mi amor por Feroras desapareció totalmente cuando empeoró su carácter tras discutir contigo, oh rey. Dejó de visitar mi lecho o de llamarme al suyo. Así pasó un tiempo hasta que se sucedieron las visitas de Antípatro...

—Te entiendo. Continúa tu relato —dice Herodes.

—Cuando mi amado se despidió para viajar a Roma, no pude soportarlo, estaba como loca y decidí suministrar el veneno a mi esposo. Ya no amaba a tu hermano. Ojalá hubiera sido de otra manera.

—¡Tú lo envenenaste! —clama el rey.

—Sí, le suministré el veneno durante la cena. Hacía tiempo que tenía uno que me había proporcionado una mujer árabe, pero utilicé el que compré en Egipto porque me aseguraron que sus efectos pasaban inadvertidos. Fue fácil dárselo. Tu hermano menor era un ingenuo y no sospechó de mis intenciones. Lo que no sabía es que le iba a provocar tantos dolores y que sus efectos serían tan repentinos.

—¿Lo mataste por amor a mi hijo, por despecho o por venganza?

—Tenía también otros motivos. Algunos de los fariseos que se negaron a prestarte juramento de fidelidad me aseguraron que estabas muy enfermo y que tu muerte era inmediata. Me dijeron que Dios te haría pagar todos tus crímenes muy pronto, que te castigaría por haber quebrantado la Ley, oprimido al pueblo y roto la sagrada alianza. Me aseguraron que uno de ellos había tenido un sueño en el que Dios le había revelado que tu hijo Antípatro sería rey muy pronto, y fue entonces cuando...

Demetria rompe a llorar desconsolada. Enormes lágrimas corren por sus mejillas. Parecen sinceras, pero Herodes desea saber más.

—Deja de llorar y acaba tu confesión —le ordena.

—¿No lo entiendes? ¡Yo podía ser la reina! —exclama Demetria apretándose con fuerza los pechos—. Muerto Feroras, me podría haber casado con Antípatro, y sería la reina, la reina...

—Tramaste todo este plan contra mí por tu ambición.

—Lo hice, sí. Fui yo quien pagó las multas que impusiste a los fariseos como agradecimiento a que me revelaran ese sueño y el augurio divino sobre Antípatro. Tu hijo, del cual sigo enamorada, me prometió en secreto que si le ayudaba a conseguir el trono, me sentaría a su lado como su reina.

—Insensata...

—Llámame así si quieres, pero estaba loca de amor. Para conseguir mi propósito había dos obstáculos: Feroras y... tú. En secreto, Antípatro y yo hicimos en Medabá planes para el futuro y decidimos eliminar a mi esposo, pero antes...

—¿Antes? ¿Qué había que hacer antes?

—No te gustará que lo diga.

—¡Habla, maldita asesina! —clama Herodes.

—Tu propio hermano, mi esposo, era el designado para matarte con ese veneno traído de Egipto.

—¿Qué sarta de mentiras estás diciendo?

—Es la cruda verdad. Feroras tenía razones de sobra para querer tu muerte, pues te odiaba en silencio. Tenía miedo porque sospechaba que tenías la intención de solicitar de Augusto que lo desposeyera de su tetrarquía. En cambio, Antípatro le prometió que no tenía nada que temer, que con él al frente del reino de Israel, mi esposo mantendría su gobierno y además recibiría más tierras y más dinero. Nuestro plan era envenenar a Feroras una vez que él te hubiera eliminado y cargado con la posible culpa por tu muerte.

—Eres una víbora.

—Sí, tal vez lo sea. Me adelanté a los planes que tracé con Antípatro y busqué otra solución. Tu hermano menor era un cobarde, indeciso y lento. Me di cuenta de que no se atrevería a proporcionarte ese veneno, que nunca se decidiría a matarte y que mientras dependiera de él, nuestro plan estaría abocado al fracaso.

Al oír las palabras de Demetria, la indignación y la cólera de Herodes crecen por momentos. Apenas puede creer lo que está oyendo, pero conforme su cuñada confiesa y descubre el complot, va atando cabos y se convence de la veracidad del relato.

—Ahora entiendo todo: los constantes viajes de mi hijo a Medabá, la actitud de mi hermano… No sé cómo me resisto a estrangularte aquí mismo y con mis propias manos.

—Ya nada me importa. Nada. Hazlo —concluye Demetria bajando los ojos.

Herodes contiene las ganas de matar a su cuñada y se marcha con el rostro marcado por la desazón y la ira.

Al retirarse, hace una señal a Eurimedonte para que lo siga.

—Escucha con atención —dice en voz baja a su fiel amigo mientras caminan hacia una de las terrazas de palacio—: esa arpía no morirá, aunque su muerte es lo que más deseo en estos momentos. Lo juré. Abandonará Jerusalén junto a su madre.

Una escolta conducirá a ambas mujeres hasta Cesarea, y en su puerto tomarán un barco con destino a Chipre y luego a Marsilia. De allí viajarán hasta el norte de la Galia, donde acabarán sus días lo más lejos posible de Judea. Finalizarán sus vidas en absoluta pobreza y soledad. Ese será su tormento.

La confesión de Demetria no deja lugar a dudas sobre la conjura contra Herodes.

Algunos de los siervos interrogados, todos ellos bajo tortura o amenazas de ser ejecutados tras aplicarles terribles tormentos, ratifican en líneas generales lo dicho por Demetria. Un hermano del tal Antifilo y su madre reconocen la botella que contiene el veneno de Egipto preparado para matar al rey.

En tanto se van desvelando los hilos de la trama, se presenta en Jerusalén el liberto Bailo. Es un criado de Antípatro, que llega desde Roma con cartas para Herodes.

Sin que apenas medie palabra alguna y ante su asombro, nada más presentarse en palacio es apresado, amordazado y atado, encerrado en las mazmorras y colocado sobre el potro de tortura.

Medio muerto de miedo, mira a sus carceleros con ojos llenos de pánico, ignorante de lo que está ocurriendo.

—¿Sorprendido por este recibimiento? —pregunta Eurimedonte.

Bailo, silenciado por la mordaza, asiente con la cabeza. Por indicación de Eurimedonte, un guardia le quita la mordaza para que pueda hablar.

—¿Qué ocurre? ¿Por qué este trato a un servidor del príncipe Antípatro?

Y se la vuelve a colocar de inmediato.

—Hemos descubierto la traición de Antípatro y el crimen que pretendía perpetrar. Todos los implicados han confesado su participación en la conjura. Ya hemos revisado tu equipaje y hemos encontrado esto entre tus ropas. —Eurimedonte le muestra un pequeño frasco—. Supongo que será un veneno. ¿Para quién va destinado? —le pregunta, e indica que lo vuelvan a liberar de la mordaza.

—No lo sé —responde Bailo aterrorizado.

—Dadle otra vuelta a la soga del potro; no paréis hasta que se le descoyunten todos los huesos y quede descuartizado.

—¡Es para la señora Demetria, la esposa de Feroras! Debía entregárselo a ella o a la señora Doris.

—¿A quién debían suministrar ese veneno?

—Al rey Herodes. Es un frasco de reserva por si fallaba el primero...

—Tapadle la boca y seguid girando el torno hasta que muera. ¡Ah!, y hacedlo despacio, muy despacio —sentencia Eurimedonte.

El jefe de la policía se presenta ante Herodes, cuenta la confesión de Bailo y le enseña las cartas interceptadas y el frasquito de veneno.

El rey lee las misivas una a una y apenas sale de su asombro y su pena. En ellas puede leer, según Antípatro, las murmuraciones y críticas de Arquelao y Filipo en Roma contra su padre. Con manos temblorosas sus ojos van recorriendo las líneas en las que su hijo mayor desgrana las acusaciones que los dos hijos pequeños vierten sobre él por sus numerosas crueldades. Lo acusan de asesino por la muerte de sus otros hijos, Alejandro y Aristóbulo. En una de ellas Arquelao y Filipo confiesan que tienen miedo a dejar Roma y regresar a Israel, porque pueda pasarles lo mismo que a sus dos hermanos mayores.

Eurimedonte informa a Herodes:

—Bailo ha confesado además que esas cartas sobre el comportamiento de tus hijos menores han sido dictadas palabra por palabra por el primogénito del rey.

El agobio alcanza su culmen al leer una última carta en la que el propio Antípatro, tras exponer algunos asuntos sobre diversos negocios, vuelve a avisar a Herodes sobre el artero comportamiento de sus hijos en Roma: «Te confirmo, caro padre y señor, los detalles de las quejas públicas que escupen contra ti tus dos hijos, que me ha parecido bien transmitirte. Deseo añadir que no les debes conceder mucha importancia, pues esas expresiones son propias de su temprana edad, fruto podrido de la influencia de amigos perversos que solo saben sembrar cizaña en medio del trigo».

El rey empieza a ver con claridad. Las veladas o manifiestas acusaciones de Antípatro contra sus hermanos menores son una neta revelación de lo que su hijo siente respecto a ellos: que ambos son claros competidores para sus planes, por lo cual pretende desacreditarlos ante el rey para eliminar potenciales enemigos.

En Roma, Antípatro ignora naturalmente lo que está ocurriendo en Jerusalén. Eurimedonte se cuida de que los caminos que salen de la ciudad estén bien vigilados y los correos son supervisados y censurados si es conveniente.

Acabado el grueso de las investigaciones sobre el caso desencadenado por la muerte de Feroras, Herodes escribe a Antípatro: «Querido hijo. Te echo de menos y deseo ardientemente que estés de nuevo en mi presencia. Cuando concluyas tus negocios en Roma, vuelve con presteza a Jerusalén, pues tengo que consultar contigo ciertas graves decisiones. Salud».

El primogénito no puede siquiera imaginar cuáles son esas decisiones tan graves.

42

La trampa

La carta de Herodes alegra a Antípatro, desconocedor de la tormenta desatada en Judea.

Responde con el mismo correo: «Padre y rey. Ya he finalizado todos mis negocios en Roma. Pronto emprenderé el regreso a casa. Ardo en deseos de abrazarte. Antípatro».

Herodes envía una segunda carta que rezuma amor y benevolencia. No muestra una pizca de indignación, ni un mínimo detalle de su cólera, tan solo una breve noticia sobre ciertos malentendidos con Doris, sin importancia: «Los pequeños conflictos con tu madre se disiparán en cuanto regreses. Nada importante. Me siento cada día más viejo y débil. Necesito tu compañía y el apoyo de tu fuerte brazo. Vuelve pronto. Salud».

Con esta carta, el ánimo de Antípatro crece al máximo. Todo marcha bien. Se siente vencedor y casi puede sentir la palma del triunfo en la punta de sus dedos.

—¡Augusto ha confirmado el testamento de mi padre, por el que me convierto en el futuro rey de Israel! —exclama alborozado ante unos amigos convidados a cenar en su despedida de Roma.

—¡Excelente! —lo aclaman—. Brindemos por ello.

—Mi padre confía plenamente en mí. Es viejo y está lleno de achaques. Quiero viajar a Jerusalén cuanto antes. Tal vez cuando llegue, sea ya el rey de los judíos.

Los amigos muestran su alegría alzando sus copas de vino mezclado con limaduras de plomo.

Con la copa de vino de Falerno en la mano, Antípatro se siente el dueño de medio Oriente. Mientras sus amigos cantan himnos báquicos y recitan poemas amorosos de Catulo, él recuerda los años de espera, los esfuerzos para asentarse como heredero, las cavilaciones sin cuento, las noches en vela aguardando un futuro que nunca parecía llegar; pero por fin está ahí, ante sus ojos, al alcance de su mano. Es el ganador, y lo merece.

—¡Larga vida a Antípatro, rey de los judíos, amigo de Roma! —exclama uno.

—Siento pena al abandonar la Urbe y dejar aquí tantas buenas cosas. En esta ciudad abundan los placeres y los amigos. Se hace duro tener que marcharme.

Vuelven a alzar las copas y beben.

Antípatro ha de regresar a Judea y dar un golpe definitivo antes de que reaccionen sus hermanos Arquelao y Filipo, con los que apenas coincide en Roma. Tampoco lo pretende ni los busca.

Ahora solo piensa en llegar cuanto antes a Jerusalén, tomar las riendas del reino, ser por fin el actor principal de ese teatro mundano y quitar de en medio a todos esos personajes secundarios que tanto lo molestan. Imagina la cara de su tía y antigua amante buscando excusas para librarse de un destino inexorable, suplicándole que la perdone, implorándole clemencia arrojada a sus pies. Salomé, la mujer a la que debe muchos momentos de placer, pero a la que no soporta desde hace tanto tiempo. Ansía escuchar su voz suplicante buscando mil pretextos para convencerlo de que la deje vivir. De nada va a servirle su lengua viperina y sus argucias. Esa hembra tiene ya un sitio reservado en el Hades.

Antípatro parte de Ostia con un pequeño grupo de amigos que constituyen una especie de corte del futuro rey.

Durante una escala en Siracusa se entera de la muerte de su tío Feroras, pues Eurimedonte aconseja a Herodes que en cada uno de los puertos donde recale la nave de su primogénito se le ofrezca una nota con nuevas y afecto, para que no pueda sospechar lo que realmente le espera en Jerusalén.

La noticia de la muerte de Feroras conmociona a Antípatro, que se muestra perplejo ante la siniestra novedad. No es eso lo esperado. La nueva situación le hace dudar, incluso derramar lágrimas temblorosas por la desaparición de su tío y amigo.

Tras aprovisionarse en Bellos Puertos, en la isla de Creta, continúa la travesía. Los navegantes no tienen ya miedo de acercarse a esos temibles farallones antaño infestados de piratas, enviados al fondo del mar por Agripa. Tocan tierra en Rodas y luego bordean la costa de Licia y Panfilia hasta llegar a Cilicia. La nave avanza frente a paisajes imponentes y bellísimos, que Antípatro apenas contempla, sumido en las preocupaciones suscitadas por la muerte de Feroras.

En Cilicia lo alcanza otro correo real. Lleva una carta en la que Herodes muestra su interés por la salud de su primogénito y por el éxito ante los posibles peligros de la ruta. La ignorancia de lo que no es conveniente saber hace de bálsamo, por lo que la travesía prosigue sin contratiempos.

Sin embargo, Antípatro continúa pensativo e intranquilo. Tantas referencias a que nada ocurre, a que todo discurre normalmente con la salvedad de que existen algunos inconvenientes con Doris, sobre los que es preciso «tomar una determinación» cuando llegue a Jerusalén, unido a la inesperada muerte de Feroras, acaban por suscitar en Antípatro la sospecha de que su padre le oculta algo importante.

Cuando la embarcación comienza a virar a la altura de Celenderis para tomar rumbo sur, Antípatro percibe una extraña sensación, como el aviso de un demon interior que le susurra que algo no va bien; quizá ocurra algo grave con su madre, que no soporta ya a Herodes y que provoca una situación harto desagradable. Quizá por eso dice su padre que «es preciso tomar una determinación».

Apremiado por la incertidumbre, pide consejo a sus amigos sobre su extraña percepción de lo que puede estar ocurriendo en Jerusalén, según ese críptico y repetido mensaje sobre la urgente necesidad de «tomar una determinación».

—Ordena que se detenga la nave, noble Antípatro, y esperemos al socaire de algún puerto a que se aclaren esos acontecimientos a los que de manera tan oscura alude el rey —le aconseja uno de los amigos.

—Es ciertamente extraño. Sí. Muy extraño.

—No estoy de acuerdo. No debes retrasar más tiempo tu llegada a Judea. Sin duda, tu padre se refiere a algún malentendido con Doris que solo podrá aclarar tu presencia —replica otro de sus amigos.

—Así es —media un tercero—. Delante de ti nadie osará decir una sola palabra inconveniente. Tu presencia pondrá freno a cualquier habladuría; evitará que se difundan bulos y falsedades que nada te convienen.

—Se trata de Salomé, estoy seguro. Esa mujer no se quedará quieta hasta que no exhale su último aliento.

—Vayamos directos a Jerusalén. Que nada te detenga ahora —aconseja otro—. Cuanto más tardes en llegar, será peor. Es de necios retrasar tu viaje por una sospecha incierta y carente de fundamento.

Las diversas opiniones de sus amigos no resuelven las dudas de Antípatro, que al fin decide seguir adelante poniendo rumbo directo a Cesarea.

Herodes no se equivoca: la alusión a Doris intriga a Antípatro, que desea llegar cuanto antes para averiguar de qué se trata. Cuando el rey sabe con certeza por medio de palomas mensajeras que el barco de Antípatro ha partido de la última escala, invita a palacio al legado de Siria, Quintilio Varo.

En una carta, con saludos de su puño y letra, le escribe: «De Herodes al legado Quintilio Varo. Es mi deseo que tú, como el máximo representante de Roma en la región, estés presente en la actuación que montará mi hijo en su defensa. Salud».

Quintilio recibe el mensaje mediante una paloma mensajera a la vez que la nave de Antípatro parte de Chipre. Con presteza se pone al frente de una cohorte y se dirige a Jerusalén. Por lo demás, la misiva del rey de Judea es enigmática, pues Quintilio no recibe antes ninguna noticia sobre posibles problemas con su heredero designado.

A pesar de que una vista judicial, y más siendo el reo un hijo del monarca, puede ser un plato de poco gusto para un invitado, el legado accede con cierto agrado, pues es cosa sabida que los entretenimientos abundan en la capital de Judea. Se sabe que el palacio está siempre lleno de gentes interesantes, sobre todo griegos: poetas, artistas, rétores, faranduleros. También que los festines del monarca judío son proverbiales por su lujo y pasatiempos, así que aceptar la propuesta comporta un cierto placer.

La nave de Antípatro avista con tiempo apacible y buena mar el puerto de Cesarea, la gran obra de Herodes junto con el Templo.

La entrada en la bocana del puerto le provoca una notable desolación. Pese al envío de mensajes para que se avise de la llegada del príncipe heredero, nadie lo espera en el muelle. Ansía ver a una multitud de ciudadanos recibiéndolo como a un verdadero rey, pero sobre los malecones apenas hay un puñado de operarios que realizan su trabajo cotidiano.

La nave se alinea con el espigón y atraca en el muelle. ¡Qué extraño! Las enormes obras del puerto parecen gigantes silenciosos que aguardan el momento en el que se desencadene una tormenta.

Algo raro está pasando. Algo grave; en especial que no haya nadie para recibir al futuro monarca, como quien rechaza a un apestado. De pronto tres naves se ponen en movimiento con la clara intención de bloquear a la de Antípatro.

—¡Ordena soltar amarras; vámonos de aquí! —grita Antípatro al navarco—. Pon rumbo a Chipre, ¡de inmediato!

Es demasiado tarde. Dos trirremes bloquean la bocana del puerto e impiden la salida. Desde el puente de una de ellas hacen señales para que vuelvan al malecón, amarren la nave y desembarquen.

Mientras la mayoría desciende a tierra firme, un grupo de soldados, dirigido por un centurión, se acerca hasta Antípatro, que se mantiene de pie junto a la borda.

—Sé bienvenido, príncipe —lo saluda mientras un manípulo de legionarios sube a la nave y ocupa posiciones en cubierta.

—¿Qué está pasando aquí? —pregunta un sorprendido Antípatro.

—Son órdenes del rey.

—Informa de lo que está ocurriendo.

—Ni lo sé ni tengo autorización para eso. Nadie la tiene. La orden del rey es llevarte enseguida a Jerusalén, sin darte ninguna explicación —se limita a decir el centurión—. Allí serás informado de cuanto precises conocer. Te espera un carruaje y una escolta para llevarte a palacio. Eso es todo.

El primogénito dibuja un gesto risueño mal amañado, dominando como puede los temores que lo embargan. Luego camina hasta el carruaje y sube de mala gana. Su corazón se compunge cuando oye cómo corren un cerrojo que bloquea la puerta desde el exterior. Cuando el carromato se pone en marcha y se queda solo, Antípatro comienza a temblar de miedo.

En la sala principal del palacio real de Jerusalén, donde se espera la llegada del heredero, la expectación es enorme. Están reunidos todos los miembros del Consejo, y buena parte de la familia real, además del legado Quintilio Varo y algunos altos oficiales romanos.

Antípatro es llevado a palacio escoltado por varios soldados y acompañado por cuatro amigos. Viste de púrpura y llega en un carruaje, como quien acude a una fiesta. Atraviesa el gran portón de entrada y hace un gesto displicente a la guardia de palacio. Pero una vez dentro, sus cuatro amigos son detenidos violentamente por los guardias, que los arrojan al suelo sin contemplaciones y los echan a patadas al primer patio, donde los inmovilizan con sogas.

El príncipe se queda solo frente al largo y desolado corredor que conduce al patio central. Con el ánimo cada vez más encogido y la sensación de que está metido en una trampa, avanza hacia la gran sala, seguido por los soldados. Nadie le indica a dónde tiene que ir; lo sabe perfectamente.

Al entrar en la sala decenas de ojos se fijan en el primogénito del rey. Antípatro trata de reaccionar. Mira a los lados, intenta identificar a los allí congregados tras adaptar sus pupilas al cambio de luz y reconoce a Quintilio Varo, a Salomé, a pesar de que se ubica en un discreto lugar en la penumbra, y al rey, su progenitor.

—¡Padre! —exclama con rostro semialegre—, al fin juntos tras tantos meses de ausencia.

Se acerca con los brazos abiertos con la intención de abrazarlo, pero Herodes lo mira con la faz airada, gesto torcido y ojos llameantes de furia.

—No sigas —ordena el rey con energía.

Antípatro se detiene en seco y retrocede un par de pasos.

—Padre, ¿no te alegras de verme?

—Estaba deseando verte, después de todo este tiempo, pero no para abrazarte —masculla Herodes con ira contenida, voz áspera y tono quebrado.

—Pero...

—Querías matarme... —Herodes clava en su hijo una mirada sangrienta. No ha podido contenerse e incide directo en la acusación. Enseguida gira su cabeza hacia Quintilio Varo, que mantiene una postura hierática, como una estatua sagrada—. Aquí está el legado del emperador, que actuará como juez imparcial.

Esas palabras suenan a sentencia preestablecida. Antípatro tiembla de miedo y descompone el rostro.

—¿Matarte..., yo?; pero si vengo de Roma...

—No me hables de tu viaje; no me interesa. Delante del legado de Siria, del Consejo real y de la corte te acuso de intrigar con malas artes para conseguir que fueran condenados a muerte tus hermanos Alejandro y Aristóbulo; te acuso de haber envenenado a mi hermano Feroras; y te acuso también de haber preparado mi asesinato. El legado Varo está al corriente de los cargos y conoce las pruebas que señalan y confirman tus crímenes. Mañana responderás por todo ello, y agradéceme que no mande que te degüellen ahora mismo.

Antípatro ni siquiera tiene ánimos para balbucear excusa alguna.

De pronto, el techo de la sala y el mundo entero caen sobre él. Todo se trastoca en un instante; la luz se torna oscuridad y el brillo, sombra. Permanece unos momentos en silencio, la cabeza baja y la mirada fija en el suelo. Pero como impulsado por una fuerza invisible, se recompone y dice con voz pretendidamente firme:

—Soy inocente. Sabré defenderme de todas esas calumnias que han inventado mis enemigos. Han aprovechado mi ausencia para tenderme una trampa. Aclararé todo y desenmascararé a los verdaderos asesinos.

Eurimedonte, que está discretamente situado unos pocos pasos tras el rey, hace una indicación a los guardias, que sujetan a Antípatro y se lo llevan de la sala.

Salomé se acerca a su hermano y le susurra al oído que permita a su hijo cierta libertad de movimientos y de visitas, para enterarse de sus verdaderas intenciones. El primer encuentro entre padre e hijo acaba bruscamente. Herodes no desea verlo más, no sea que su fuerte ira le lleve a cometer un desatino ante el mismísimo Quintilio Varo.

Siguiendo el consejo de Salomé, Herodes permite que Antípatro reciba a su esposa, llamada también Mariamme, que entre llantos y lamentos le cuenta apresuradamente todo lo sucedido en su ausencia, las acusaciones vertidas contra él, el ingente número de personas torturadas, el intento de suicidio de Demetria Alejandra y el asunto del veneno de Antifilo.

—Doris te escribió una carta. Tu madre te avisaba y te decía que permanecieras en Roma bajo la protección de Augusto y de tus amigos, y que no se te ocurriera volver a Judea, pues tu padre te estaba esperando para apresarte —le dice Mariamme.

—Nunca me llegó esa carta —lamenta Antípatro.

—Supongo que fue interceptada por agentes de Eurimedonte.

—¿Quién fue el delator?

—No lo sé. No lo sé.

—Déjame solo, te lo ruego.

Antípatro se queda solo bajo vigilancia muy estrecha. Está muy cansado y se tumba en su lecho. Cierra los ojos e intenta conciliar el sueño, pero es imposible. Una y otra vez vienen a su cabeza situaciones pasadas y los más importantes momentos vividos en los últimos tiempos. Intenta ordenar sus ideas, buscar explicaciones para lo ocurrido y encontrar argumentos sólidos para sostener su defensa. Luego, toda su vida pasa ante sus ojos, desde su expulsión de palacio siendo muy niño con su madre, la repudiada Doris, hasta los instantes de gloria al ser confirmado como heredero al trono.

Repasa las posibles torpezas o errores cometidos y las alternativas a seguir desde ese instante, pero se siente atrapado en una jaula sin posibilidad de escapar. Llora de rabia. En su mente aparece su tía Salomé, sensual y lasciva, sin duda la causante de su desgracia. Tiene la certeza de que ella es la responsable de todos sus males presentes. Ahora lo ve con claridad. Se levanta del lecho, pasea por la habitación, vuelve a tumbarse, se levanta de nuevo, se sienta en un escabel que huele intensamente a madera de cedro; se levanta, vuelve a pasear, se tumba... «¿Qué es lo que he hecho mal? ¿Cuándo y dónde me equivoqué? ¿Cómo me ha podido pasar esto? ¿Qué cabos he dejado sueltos? ¿Quién me ha delatado?», se pregunta. No hay respuestas.

Sopesa qué argumentos puede emplear al día siguiente para mudar la opinión de su padre. Quizá sea lo mejor involucrar a su tía Salomé, revelar sus encuentros amorosos de antaño y ponerla en el centro de la trama. Tal vez así su padre lo entienda y lo perdone. Tal vez.

Al siguiente día y a la hora convenida se reúne el tribunal en la sala grande del palacio. Lo preside el legado Quintilio Varo y vuelven a estar presentes los mismos que en la primera sesión. Solo Herodes y Varo están sentados; todos los demás permanecen de pie.

Nada más entrar en la sala, despeinado, ojeroso y vestido de luto, Antípatro se arroja a los pies de su padre y le suplica clemencia entre lloros y lamentos.

Al verlo de esa guisa, Herodes recuerda aquella turbulenta sesión del Sanedrín, celebrada hace ya muchos años, con él como acusado, altivo, sin una lágrima...

—Me avergüenzo de tu aspecto y de tu actitud plañidera —dice el rey—. Yo también tuve que pasar por un juicio ante el Sanedrín, hace ya tiempo, pero me presenté con mi atuendo de gala y con mi orgullo intacto.

—Padre, no decidas nada en un juicio tan precipitado. Concédeme la oportunidad de ser escuchado, pues probaré que mi conducta ha sido íntegra y leal hacia ti, y demostraré que todas las acusaciones que me implican en una traición son calumniosas y falsas.

—Hacedle sitio —ordena Herodes, indicando con sus manos a los asistentes, que se arremolinan demasiado cerca del reo, para que se separen a los lados.

Parece que el rey está dispuesto a conceder el uso de la palabra a su hijo, y este así lo entiende.

—Quiero alegar en mi defensa...

—¡Silencio! —grita Herodes negándole el derecho a hablar—. Hablaré yo.

»Excelentísimo Varo, caros amigos: a la vista de este espectáculo macabro, cualquiera de vosotros aborrecerá mi mala fortuna y me tendrá por mísera persona sujeta a toda desdicha al haber engendrado hijos merecedores del peor castigo, la pena de muerte. Mis hijos Alejandro y Aristóbulo, a los que hice donación de mi reino, recibieron de mi generosidad cuantiosos beneficios y privilegios, los mandé a educarse en Roma y conseguí para ellos la amistad de Augusto. Pese a tanto como les di, Antípatro me convenció de que no había obtenido de ellos más que enemistades y traiciones. La muerte de esos dos ingratos me hizo confiar en Antípatro, mi primogénito, a quien concedí la herencia y la primacía al trono.

»Me equivoqué. Esta fiera, que se arrastra ahora a mis pies como una alimaña vencida, ha usado contra mí todo tipo de añagazas y ha hecho caer sobre mí los peores males. No ha querido esperar que la vida cumpla su ciclo, y ha preferido mancharse las manos con mi sangre para sentarse en el trono cuanto antes. Es igual que sus dos hermanos, a los que acusó de los mismos crímenes que luego él ha cometido.

»Ahora dudo si aquellas acusaciones fueron ciertas o una treta más de Antípatro para quitar de en medio a sus hermanos, Alejandro y Aristóbulo, empleando falaces insidias para tener así vía libre para gobernar Israel. Ahora sé que este hijo malnacido me ha traicionado, que planeó el envenenamiento de mi hermano, el inocente Feroras, que hizo promesas falsas a Demetria Alejandra para engañarla y meterla en la trama que trataba de envenenarme.

Herodes se detiene unos momentos y siente como una interna liberación al poder descargar sobre Antípatro la culpa de la ejecución de Alejandro y Aristóbulo. Enseguida continúa su alegato.

—Es ahora, en mi vejez, cuando recibo los golpes traicioneros de aquel a quien creía el ser más leal. ¿Qué clase de serpiente he criado en mi seno?

Herodes habla con voz entrecortada mezclada con sollozos. Las lágrimas le impiden seguir pronunciando el discurso que lleva bien preparado.

Hace un gesto a Nicolás de Damasco y le indica que siga él con la acusación.

Antípatro se da cuenta de lo que sucede y antes de que Nicolás tome la palabra, alza la mano y le pide a Varo:

—Legado, solicito tu venia.

—La acusación todavía no ha concluido.

—Esto es una querella familiar además de un juicio —alega el príncipe acusado.

—De acuerdo. Habla —asiente Varo, un tanto azorado, saltándose el procedimiento de un juicio regular.

—Padre, has ofendido mis sentimientos y mi causa —Antípatro habla puesto de rodillas—. ¿Cómo podría yo tenderte trampas y desear tu muerte si tú mismo has admitido que mi comportamiento siempre ha sido propio de un hijo que te guarda fidelidad y te defiende? Nunca he dejado de demostrarte mi amor filial. No creo ser tan perverso y astuto como para haber fingido ese sentimiento durante tantos años. Además, por mi educación sé que nada se oculta al Juez celestial, que lo ve todo desde el cielo.

»Nada tengo que ver con la muerte de mis hermanos. Fue Dios mismo quien tomó venganza de ellos con su propia mano, porque conspiraban contra ti. Nunca te he traicionado. ¿Por qué iba a hacerlo? Desde que me acogiste en palacio, yo ya reinaba en tu corazón y tú en el mío. ¿Qué otra cosa me podía importar? Me querías, y eso era más que suficiente para mí.

»He recibido de ti honores y mercedes; soy un hijo agradecido, no una bestia sin alma. He sufrido la mala voluntad, la insidia y la envidia de otros que solo pretenden hacerme daño, pero tengo testigos de mi fidelidad hacia ti. Toda Roma es testigo de lo que ahora te digo, incluido el mismo César, que es difícil de engañar como bien sabes; y aquí tengo la prueba de lo que afirmo. —Para sorpresa de todos, Antípatro saca dos cartas de entre los pliegues de su ropa—. Estas son dos misivas que confirman la veracidad de mi defensa. Aquí las tienes, padre, por si deseas leerlas en público. Dejarán claro mis sentimientos hacia ti, pero también el amor que tú has sentido, al menos en algunos momentos, hacia mí.

»Aquí estoy, padre, ya casi condenado —continúa el príncipe con las cartas en la mano—, pero te ruego que no aceptes como ciertas las confesiones obtenidas bajo tormento, porque yo te digo que si no es verdad lo que sostengo, venga a mí y me abrase el fuego purificador, ábranse mis entrañas en el potro de tortura y desgarren los garfios mi carne toda.

Se hace un silencio atronador. El hijo de Herodes llora desconsolado, se lamenta y se contorsiona como un poseso. Los presentes se miran y entre ellos surgen gestos de compasión. El mismo Varo, hasta entonces insensible, parece conmoverse, aunque procura mantener la rigidez de sus gestos.

Solo Salomé permanece imperturbable. Ella sabe mejor que nadie la verdad de lo que ocurre y hace un tremendo esfuerzo por mantenerse tersa y contener su rabia y su temor. Por un momento pasan por su cabeza otros pensamientos. Piensa en delatar a Antípatro por sus promesas de matrimonio, igual de falsas e interesadas que las hechas a Demetria para empujarla a matar a su esposo Feroras. Son ideas imposibles. No puede acusar a su sobrino y antiguo amante porque así se delata a sí misma. No sabe qué dirá Antípatro además. Todo pende de un hilo, de la fortuna o del destino; quién sabe.

El legado Varo, que atisba en Herodes un gesto de disgusto por haber concedido el uso de la palabra a su primogénito, se recompone e indica a Nicolás de Damasco que puede iniciar su turno de intervención.

Nicolás se aparta unos pasos de los presentes e inicia su alegato.

—Quien acecha a su padre con veneno, es el mismo que tuvo pocos escrúpulos para acabar con sus hermanos, Alejandro y Aristóbulo. El rey no ha tenido nada que ver en el desastroso final de sus hijos. Toda la culpa es de Antípatro, como ha quedado de manifiesto con las pruebas presentadas. No quiero afirmar que el príncipe haya saciado toda su ira con esas acciones, porque pienso que aún tiene algunas por descubrir.

»No —se dirige Nicolás directamente a Antípatro—. Tú no hiciste nada por la seguridad de tu padre; lo engañaste para encumbrarte y le mentiste para tu beneficio, aunque ello le costara la vida a tus hermanos. No tuviste otro propósito que acabar con tu progenitor, tras conseguir que fueran inmolados para evitar que descubrieran tu traición. Y luego, tú preparaste el veneno para asesinar a tu padre; tú te serviste de hombres y mujeres desgraciados y débiles para acabar con el hombre que te dio la vida y te hubiera dado la gloria. Pese a todo, te atreves a presentarte ante este tribunal para negar testimonios evidentes como el sol, sin aportar otra cosa que tu vana palabrería.

Nicolás deja de dirigirse al acusado y se gira hacia el legado de Augusto.

—¿Cuándo, excelentísimo Varo, se aplicará justicia y se librará al mundo de los crímenes de este monstruo? El parricidio es uno de los delitos más execrables, que merece el mayor de los castigos.

—¿Qué tienes que decir a la lista de cargos y testimonios? —le pregunta Varo.

—Dios es testigo de mi inocencia —se limita a responder Antípatro.

—Solo hay un beneficiario de la traición, y es este hombre. —Nicolás señala al príncipe—. De haber triunfado su conjuración, se hubiera quedado con el reino de Israel y con la tetrarquía de Feroras. Cortad de raíz tanta maldad. Condenad a este infame.

Varo concede un turno a quienes quieran presentar algún otro testimonio sobre el caso. Son varios los que intervienen ratificando las acusaciones con nuevos indicios o aportando meras declaraciones de culpabilidad.

El aluvión de denuncias, provocadas por la antipatía que Antípatro había suscitado en muchos, es de tal cuantía que el legado tiene que poner orden ante los incesantes murmullos que suscitan.

Ante la catarata de acusaciones que le cae encima, Antípatro parece carecer de armas para defenderse.

—Dios es testigo de mi inocencia —repite una y otra vez el angustiado príncipe sin aportar ningún otro argumento.

Varo aguarda unos instantes, pero no hay ninguna reacción por parte del reo.

Salomé sonríe. Parece que su sobrino la tiene olvidada, y eso le va muy bien. Si logra permanecer al margen, va a quedar consolidada como principal aliada de su hermano, el rey. Al fin y al cabo, tras el desprecio de Antípatro, no le queda otra opción.

—Si no tienes nada que decir —interviene Varo—, ordeno que traigan a presencia de este tribunal el veneno que Demetria Alejandra mencionó en su confesión.

En breves momentos aparece un soldado de la guardia personal del rey que lleva en su mano el frasco azul con la ponzoña. Tras él llegan otros dos que sujetan por los brazos a un hombre convicto y confeso de homicidio y condenado a muerte por ello. A la fuerza, lo colocan al lado de Antípatro. El pobre diablo abre los ojos como platos cuando se ve fuera de la lúgubre mazmorra en la luminosa sala del tribunal, rodeado de tanta gente, con el rey y el legado de Roma al frente.

A una señal de Varo, los guardias obligan al condenado a ingerir el líquido del frasco azul. Apenas pasan unos momentos cuando el pobre desgraciado comienza a sentir mareos y a percibir cómo la sala se mueve como agitada por un terremoto. No tarda en llevarse las manos al vientre y luego a la cabeza, para caer finalmente al suelo revolcándose entre horribles espasmos.

Mientras sufre las últimas convulsiones, el legado de Roma se levanta de su silla, se acerca a Herodes, le musita algo al oído que nadie logra escuchar y abandona la sala sin decir palabra.

Herodes se levanta; con un gesto ordena que encadenen a Antípatro y que se lo lleven de allí. La sesión queda interrumpida. Nadie sabe de cierto qué es lo que puede ocurrir en las próximas horas.

43

La sinceridad

Herodes no convoca de nuevo al tribunal. Se reúne con su secretario y le ordena:

—Prepara un informe completo para enviarlo a Augusto. Que lo lleven dos mensajeros especiales que, además, expondrán de viva voz al emperador el desarrollo del proceso.

Dirige su mirada a Eurimedonte, quien sin más palabras se dispone a buscar a dos personas de la máxima confianza de su amo.

Desde la cárcel, Antípatro se desespera y maldice la decisión de regresar de Roma a pesar de sus dudas, y, en especial, el haber desdeñado el aviso de uno de sus compañeros de permanecer cautamente a la espera. Su error le roe las entrañas. Está aislado en una lúgubre celda, tiene prohibidas las visitas, incluso hablar con los carceleros.

Tras varios días de reclusión en absoluto aislamiento, el príncipe se atreve a pedir al carcelero:

—Comunica al rey que deseo verlo para hacerle una importante confesión en la que está implicada Salomé.

Al oír el nombre de la hermana del rey, el carcelero estima conveniente transmitir la petición.

Herodes, al escuchar el nombre de Salomé, acepta y decide bajar a las mazmorras de palacio para entrevistarse con su hijo, acompañado de Eurimedonte y de dos escribas para tomar nota de cuanto diga el prisionero. Durante el breve trayecto a las mazmorras Herodes se dirige a su jefe de policía:

—Has envejecido a mi lado, mi buen amigo, siempre fiel, el único que no me ha traicionado.

—Jamás lo haré, mi señor. Te he servido con toda lealtad y lo seguiré haciendo, si lo deseas.

—Quizá por última vez te repito que has sido mi confidente y mi mejor consejero.

La relación que une durante tantos años a esos dos hombres es extraña e inhabitual. No son amigos en el sentido estricto del término pese a las muchas peripecias vividas juntos. Eurimedonte es, sencillamente, un servidor tan carente de sentimientos como él, pero con cierta imaginación e iniciativa propia. Pero a menudo su comportamiento es casi como el de un perro de presa que atiende a las órdenes de su amo, sin más criterio que la obediencia ciega.

Al llegar a la puerta de la oscura celda en la que está recluido Antípatro, el carcelero se inclina ante el rey y sus tres acompañantes y la abre. El rey ve a su hijo encadenado a la pared como medida de precaución.

—¿Qué quieres declarar? —pregunta el rey a su hijo con tono hosco y severo.

—Padre, estos días en soledad he meditado mucho y he decidido contarte toda la verdad. Estoy arrepentido de lo que hice y te pido perdón por los errores que he cometido, que han sido producto de la nefasta influencia que ha ejercido sobre mí tu hermana Salomé.

—¿Cómo te atreves? Eres más canalla aún de lo que imaginaba. ¿Cómo eres capaz de mezclar a tu tía en tus maldades?

—Es cierto, padre. Ella fue la que me empujó con sus malas artes y consejos.

—Tú ahora, y antes mi hermano Feroras y mis otros hijos, todos habéis arremetido en algún momento contra mi querida hermana, intentando culpabilizarla de vuestros crímenes. Conozco ese truco. Es tan falso como viejo.

—Escúchame, padre, por favor. Hace tiempo, Salomé me acogió muy bien en palacio, antes incluso de que tú aceptaras mi presencia estable. Se mostró benevolente y cariñosa conmigo. Me enseñó cuanto debía saber para manejarme bien en tu corte. Me explicó cómo debía observarte y cuáles eran tus puntos más sensibles, y cómo podía ganarme tu confianza mediante la lisonja y el halago. No dejaba de decir que yo valía mucho y que merecía lo mejor; tu trono naturalmente, pues soy tu primogénito. Me repetía una y otra vez que Alejandro y Aristóbulo eran mis enemigos y que constituían un gran peligro para mi propia vida. Esa mujer no dejaba de cavilar ni un solo instante, alumbrando a todas horas ideas y planes.

»Fue ella quien te indujo a que te opusieras en un Consejo real a todas las propuestas de clemencia hacia Mariamme, de modo que acabaras matando a tu esposa. Fue Salomé la que planeó qué debíamos hacer con mis dos hermanos, de qué gentes rodearlos, cómo lograr que hablaran de lo que le interesara a ella, y cómo obtener información que los comprometiera ante ti. Ella tramó la falsa historia de tus apetencias carnales hacia Glafira y planeó la turbia conjura de Jocundo y Tirano. Ella persuadió con una buena bolsa de monedas al escriba Diofante para que falsificara una carta en nombre de Alejandro y la colocara en el Alexandreion entre los papiros del comandante. De ella fue la idea del barbero que pretendía degollarte. Ella alentó la rebelión militar de Terón y del resto de los comandantes del ejército. Ella puso en tu cama cabellos rubios para que te recordaran a Mariamme y llegaras a pensar que se tramaba una venganza contra ti por su muerte. Ella, ella, ella, siempre fue ella.

—¡Mientes! —exclama Herodes, cuya cólera aumenta a cada palabra que pronuncia Antípatro.

—No. No miento, padre. Mi propia tía me sedujo para ganar mi corazón y enturbiar mi alma. Me ofreció su cuerpo, y caí en su red. Nos hicimos amantes. Logró llevarme a su lecho y mantuvimos relaciones carnales muchas veces. Me obligó, usando sus encantos, a que le jurara fidelidad absoluta; me dijo que, cuando tú no existieras, yo tendría que repudiar a mi esposa y casarme con ella, y que entonces Salomé sería mi reina y la reina de Israel. Yo la rechacé, pero me empujó a engañarte.

—¡Ya basta! —grita Herodes iracundo—. Todo esto que

cuentas es una patraña más, y un relato inverosímil. Si hubieras mantenido esas relaciones con Salomé, yo me hubiera enterado. Tu mente desvaría de tan enferma y podrida como está. No creo una sola palabra de lo que dices. No son más que fábulas de un loco desesperado, mentiras gruesas y mal urdidas, propias de un traidor. Mi hermana es la única persona que me ha sido fiel toda mi vida. Cuando todos me abandonaban, fue ella quien cuidó de mis intereses, la que me informaba de verdad de lo que acontecía en la realidad, y la que se preocupó verdaderamente de mí. Tengo sobradas muestras de ello. ¿Cómo voy a creer lo que dices, si lo he visto todo con mis propios ojos? ¿Cómo voy a creerte ahora si te has pasado la vida engañándome? Si te defiendes de este modo tan vil, es porque te ves irremediablemente acorralado y perdido, y por eso inventas sucias excusas para salvarte o para arrastrar contigo a una inocente al abismo. Eres un inmenso canalla que al fin ha sido descubierto, y pretendes serlo hasta el final.

Herodes brama como un toro herido, se mesa los cabellos, alza los brazos y propina un fuerte puntapié a la rocosa pared de la celda.

—Señor —interviene Eurimedonte—, tienes toda la razón en lo que dices y, si me lo permites, expresaré mi opinión, cosa que, como bien sabes, pocas veces hago.

—Habla —asiente Herodes.

—Perdona, oh mi rey, que hable en estos instantes. Todo lo que ha contado Antípatro es ciertamente una patraña. Lo que acabo de escuchar me ha parecido una repetición de lo que oí en el caso de Feroras. Recuerda que tu hermano también intentó involucrar a la princesa Salomé en sus perversos planes, y que faltó muy poco para que ordenaras que le cortaran la cabeza. Por fortuna, el tiempo se encargó de demostrar que las acusaciones de Feroras eran un burdo invento. La culpa, como luego se confirmó por la confesión de Demetria Alejandra, era del propio Feroras. Ahora ocurre lo mismo. Antípatro pretende sacudirse sus responsabilidades arrojándolas sobre Salomé. Si te sirve mi consejo, mi rey y señor, no te dejes engañar, no permitas que la mentira emponzoñe tu reino y desencadene una tremenda injusticia.

La intervención de Eurimedonte tranquiliza a Herodes y acaba convenciéndolo de que Antípatro miente. Sin mediar palabra y sin mirar a su hijo encadenado, el rey da media vuelta y sale de la celda con su séquito de escribas.

A su espalda, Herodes solo escucha las súplicas desesperadas de su hijo antes de que el carcelero cierre con estrépito el grueso portón de la celda.

Apenas dos días después, un mensajero que llega desde Alejandría es interceptado por agentes de Eurimedonte.

Lleva una carta para Antípatro que contiene un mensaje de Antifilo: «Te envío la carta de Acmé, con grave riesgo por mi parte. Si el rey se entera de esto, me encontraré en una gravísima situación. Espero que tengas éxito en tu cometido. Vale».

Es evidente que cuando Antifilo envía la carta no conoce cuál es la situación de encarcelamiento de Antípatro.

El correo es sometido a interrogatorio. No tarda en confesar que Acmé es una esclava imperial, judía de nacimiento, que pertenece al servicio privado de la emperatriz Livia. Antípatro la conoce por su estancia en Roma y ambos mantienen buenas relaciones, pues esa esclava es la mejor manera para llegar a Livia. A base de espléndidos regalos, Antípatro se ganó la amistad de Acmé, dispuesta a hacer por él lo que fuere.

Tras leer la carta de Antifilo, buscan entre las ropas del mensajero, que niega llevar encima la carta de la esclava. Palpando detenidamente al correo y su vestimenta, la encuentran doblada y escondida en un dobladillo de la túnica, pero... ¡no hay una sola carta, sino tres!

Eurimedonte lee la primera carta: «Acmé a Antípatro, salud. He escrito a tu padre la carta que querías y le haré entregar, además, una copia de la epístola que Salomé ha enviado a mi señora. Está bien compuesta».

La segunda va dirigida, efectivamente, al rey. Eurimedonte mira fijamente al correo y pregunta:

—¿Por qué no ha venido esta misiva por un correo directo a la cancillería de palacio? ¿Por qué has negado tener esa carta?

¿Qué interés tienes para que primero pasen todas ellas por las manos de Antípatro?

Sin esperar la respuesta, Eurimedonte lee la segunda carta: «De Acmé, sierva de la emperatriz Livia, al rey Herodes. Cuidadosa, como judía que soy, de que nada te permanezca oculto de lo que se haga en tu contra, habiéndome apoderado de una carta de tu hermana Salomé dirigida a mi dueña contra ti, corriendo grave peligro la copié porque me pareció serte útil, y te la envío. La escribió tu hermana cuando estaba en tratos de matrimonio con Sileo, el árabe. Destruye esta carta, no sea que me exponga a peligro de muerte».

La tercera misiva es una copia de la carta de Salomé a la emperatriz. Todo el mundo sabe que Livia no profesa ningún afecto a Herodes. Reza así: «De Salomé, hermana del rey de Judea, a Livia, salud. Te escribo angustiada por el comportamiento de mi hermano. Tanto él como Antípatro ven con buenos ojos mi casamiento con un árabe, Sileo, de ti conocido; pero va contra mis intereses actuales y mis deseos. No me atrevo a oponerme directamente, pues conoces la crueldad y el mal humor de mi hermano. Su tiránico modo de actuar es insoportable. Le tengo un miedo atroz y prefiero que seas tú y el César los que intercedáis por mis asuntos».

Con gran rapidez, Eurimedonte se presenta ante el rey y ordena a un escriba que lea las cartas en alta voz. Tras escuchar el contenido de las tres misivas, Herodes ordena a Eurimedonte que traigan de inmediato a su hermana.

Nada más llegar a su presencia, lee en voz alta la carta de Livia en la que aparece la copia de la que afirma haber sido enviada por Salomé.

—Y bien, ¿qué tienes que alegar? —demanda Herodes, muy indignado, a su hermana.

—Yo no he escrito semejante ristra de mentiras. Es una falsificación de alguien que pretende enemistarte conmigo y colocarme en mal lugar ante el emperador. ¡Juro por el Altísimo que yo no he escrito eso! —grita Salomé con la faz demudada y roja por una mezcla de temor y de ira.

—¿Lo niegas? ¿Acusas a Livia de mentir?

—Mátame aquí mismo si logras encontrar una sola prueba, aun ínfima, de que yo soy la responsable de semejante infamia. —Salomé se golpea el pecho y reitera su juramento de inocencia.

Se hace un silencio espeso. Herodes se atusa la barba e intenta poner orden en la catarata de ideas que se amontonan en su cabeza.

—Te creo, hermana. En toda esta historia hay puntos oscuros. Antípatro y Feroras siempre pretendieron incriminarte, pero Eurimedonte me previno y me aconsejó que no me dejara engañar por los lamentos y argucias de mi primogénito. Estas cartas que hemos interceptado no hacen sino ratificar mis sospechas de cuanto pretendía ocultarme.

—Si me permites, señor, además en la carta de la tal Acmé, se dice que la que se atribuye a Salomé está bien compuesta. Parece claro que se trata de una falsificación —tercia Eurimedonte.

—Cierto, parece una falsificación. Quédate tranquila, hermana. Trae a Antípatro ahora mismo.

Poco después aparecen tres guardias con Antípatro encadenado. Está aturdido y confuso y nada entiende de lo que está ocurriendo.

Salomé lo mira con odio incontenible, pero el primogénito le devuelve una mirada indiferente.

Herodes ordena que lean a su hijo las cartas interceptadas al mensajero llegado de Alejandría, mientras observa con atención sus reacciones.

—Ya lo has oído. Ahora, sin disimulo alguno, di la verdad. No añadas delito sobre delito, porque no hay remedio. —Herodes mira a su hijo, que baja los ojos y guarda silencio—. ¿Callas? No eres capaz de presentar ningún argumento porque eres el principal culpable de la conspiración. Tu mutismo es la prueba de tu culpabilidad. No solo has urdido tus traiciones contra mí, sino también contra mi hermana, y has llegado al extremo de corromper hasta la casa del César. Ya no tienes remedio, pero al menos revela quiénes son tus colaboradores y redímete ante mí.

Antípatro sigue callado.

—No cabe duda alguna, mi señor. La copia de la carta de Salomé a Livia es una burda falsificación —reitera Eurimedonte.

—En el calabozo descargaste toda tu responsabilidad sobre la maldad de Salomé, como urdidora principal de las tramas negras en torno a mi persona. Fue una escena de teatro previamente ensayada. No sabía las razones, pero mi pobre hermana, mi querida y fiel Salomé, fue diana de tus insultos y tus mentiras, una víctima inocente de tu inmensa perfidia. Pudres todo lo que tocas. Te maldigo y maldigo al Infierno que me dio un hijo como tú.

—El único culpable es Antifilo —habla al fin Antípatro, que ve de repente en esta declaración su último recurso—. Ese canalla lo urdió todo. Yo no quería, pero él se empeñó porque decía que era bueno para mis propósitos. Fue él quien acusó a Salomé de ser una intrigante y de difundir insidias.

Salomé, aliviada, comienza a respirar tranquila.

La última frase indigna tanto al rey que, exasperado, interrumpe violentamente a su hijo.

—¡Que lo bajen inmediatamente a la mazmorra!

—¿Lo mantenemos encadenado? —pregunta Eurimedonte.

—Encadenado y aislado —responde Herodes.

Eurimedonte hace una señal a los guardias para que cumplan la orden del rey.

—¿Algo más, señor?

—Marchaos todos. Necesito estar solo.

Ciertas dudas comienzan a instalarse en los pensamientos del rey. Le parece que no hay incertidumbres sobre la maldad de Antípatro y sobre su participación en la conjura, y de sus intrigas para instigar la animadversión entre él y sus hijos Alejandro y Aristóbulo. Se siente equivocado al haber acabado con la vida de esos dos, tal vez víctimas inocentes de su primogénito. Esa sensación lo atormenta. Es rehén de un montaje perfectamente articulado en el que ha caído como un niño inexperto. En ese caso, tal vez la ejecución de Mariamme fue también un error, una terrible injusticia. Las dudas lo atosigan y lo angustian, desencadenando una dolorosa desazón interior.

No importa; ya no hay remedio. Es inútil torturarse con las sombras del pasado. Sí. Se consuela para no volverse loco: sus dos hijos, los de Mariamme, eran también culpables; no estaban libres de toda culpa.

Tras darle vueltas a sus incertidumbres, sopesa que lo mejor es enviar a Antípatro a Roma, y que sea Augusto quien decida qué hacer con él. Pero cuando está a punto de llamar a su secretario para que escriba una carta al emperador, cambia de nuevo de opinión.

Se siente presa de un agobiante malestar; le pesa el cuerpo y más aún el alma; nota un hastío infinito ante tanto esfuerzo por acabar con las insidias que lo rodean; carece de fuerzas para cargar con la responsabilidad de otra venganza; no quiere descargar sobre su conciencia una muerte más, aunque la considere justa.

No, no enviará a su primogénito a Roma. Si lo hace, lo pueden liberar sus amigos. Lo mejor es dejarlo en Jerusalén, donde lo puede controlar manteniéndolo encerrado.

Ahora sí, llama a su secretario y le dicta una carta para Augusto en la que le relata las últimas noticias, le comunica que su hijo Antípatro está en prisión y le anuncia el envío de un nuevo testamento acorde con los cambios producidos en la corte.

Se suceden demasiadas emociones en los últimos días. Los achaques de Herodes, presentes desde hace algún tiempo, se agravan y su cuerpo se debilita por momentos. La enfermedad, larvada pero siempre al acecho, se manifiesta con virulencia y provoca que el rey tenga que permanecer en reposo. La resolución sobre qué hacer con su primogénito tiene que esperar.

44

Desolación

En el año 750 desde la fundación de Roma Israel está conmocionado por la revuelta de Antípatro y su caída. Los mensajeros de Herodes parten hacia la Urbe con instrucciones detalladas para informar personalmente a Augusto de las últimas noticias.

Se dice entre gente desocupada que el rey está escribiendo sus memorias, ayudado por la erudición y el cálamo de Nicolás de Damasco y que en ellas se incluye una profecía que asegura que está a punto de ocurrir el nacimiento del Mesías, según una antigua profecía. Y que ese nacimiento va a coincidir con la muerte del rey.

Pese a su enfermedad y a que no cree en vates y augurios, el rey ordena a Eurimedonte:

—Aumenta la vigilancia en Jerusalén y alrededores, pues es probable que algunas gentes promuevan tumultos y manifestaciones para festejar el nacimiento del que aseguran que es el verdadero rey de los judíos.

—Señor, estoy enterado de ello —responde el jefe de policía que muestra un semblante tranquilo—. Me dicen mis informantes que existe una vieja profecía de Miqueas en la que señala a Belén de Judá como el lugar de nacimiento de ese mesías, pero no dice cuándo. Pienso que tu estado de salud calienta las mentes de los desocupados.

En verdad, la enfermedad del rey está durando demasiado.

Día a día se acrecientan sus dolores y crecen la fatiga y la tristeza propias de la vejez. Pese a su legendaria dureza, que algunos comparan con la del pedernal, la muerte de tantos familiares propiciada por sus propias decisiones no hace sino agravar su situación anímica.

Eurimedonte apenas se mueve de la cabecera del lecho donde reposa el rey, quien todavía tiene fuerzas y lucidez para hablar con su leal colaborador.

—Mi hijo Antípatro sigue vivo, y eso me produce enorme ansiedad, pues no sé si lo quiero vivo o muerto. Me debato entre aplicar la justicia y acabar con él para que pague por sus traiciones y delitos o esperar a que ocurra algo que me permita salvarlo de la muerte.

—Señor, entre los fariseos que habitan en Jerusalén hay dos alborotadores especiales: un tal Judas, hijo de Seforeo, y Matías, hijo de Margalot. Ambos proclaman ser celosos cumplidores de las leyes y predican a quienes los quieren escuchar que pronto vendrá un rey piadoso enviado por el Altísimo, que será como un nuevo Moisés, un profeta para este pueblo. La gente los aprecia, pues aseguran que enseñan a la juventud el camino recto.

Eurimedonte calla que los dos fariseos piden al cielo en plena calle que acelere la muerte del que llaman «tirano impío», que predican con asiduidad en los atrios del Templo y animan a los que los escuchan a que venguen las afrentas al Altísimo y su Ley, reclamando una purificación del país entero.

Pese a los rumores sobre la extrema debilidad del rey y otros que lo dan por muerto, su óbito se pospone. Herodes está muy enfermo, pero su cuerpo aguanta lo indecible. En esos instantes los opositores silentes a las políticas del rey despiertan del letargo impuesto por el miedo a las represalias. El rey carece ya de ánimos para detener con más crueldad aún a sus posibles enemigos.

Un grupo de exaltados se reúne en uno de los atrios del Templo y propone que ya que no se puede purificar todo Israel, debe hacerse al menos con el santuario, para eliminar así los execrables horrores en su decoración impuestos por Herodes. Uno de ellos, seguidor acérrimo de Judas y Matías, elabora una lista con las purificaciones que deben llevarse a cabo de manera inmediata.

—Lo primero que hemos de eliminar es el águila dorada que el tirano mandó colocar sobre la puerta principal del Templo. Nuestra ley prohíbe consagrar imágenes de animales en el santuario, y ese pájaro es una ofensa a nuestra religión y al Señor mismo.

El fariseo se refiere a la estatua del águila que Herodes mandó colocar como homenaje a Augusto, y que preside la entrada al Templo, bajo cuyas alas deben pasar todos los fieles a modo de aceptación de la férula romana. ¡Una humillación en toda regla!

—En realidad, las Escrituras solo prohíben la representación de las imágenes del Señor —interviene un judío cuya heterodoxia es bien conocida.

—El águila es un símbolo de Roma y de su poder. Colocada en nuestro principal santuario es un símbolo de nuestra sumisión al César y un reconocimiento a su soberanía sobre Israel. Este pueblo solo tiene un rey, Dios nuestro Señor.

—¡Sí! —grita el fariseo—. La tradición, transmitida sin interrupción de palabra de generación en generación desde Moisés a los ancianos de la Gran Sinagoga y a los profetas, no admite imágenes de animales en el Templo.

—¡Debemos destruir el águila! —propone otro de los fariseos—; y si alguno de nosotros ha de morir por ello, qué importa, es un honor sacrificarse por la defensa de la Ley y así alcanzar la gloria eterna.

La inflamada retórica de los dos fariseos enciende el ánimo de algunos jovenzuelos que los escuchan embelesados.

—¡El rey ha muerto! —grita un judío que aparece a la carrera.

—¡Al fin! ¡Demos gracias a Dios por librarnos del tirano!

El alborozo se desata entre los congregados en el atrio. Algunos dudan de si es cierto o se trata de un rumor malintencionado, pero la mayoría está eufórica y se dirige hacia el águila dorada. Unos se encaraman sobre la puerta de entrada al Templo y otros escalan hasta el dintel y se descuelgan con maromas. Entre varios jóvenes, a golpes de maza y hacha, demuelen el águila, que cae al suelo con todo estrépito haciéndose pedazos.

Atemorizado por lo que está ocurriendo, uno de los sacerdotes del Templo avisa a la guardia real. En pocos instantes aparecen dos centenares de soldados ante el portón, donde un tumulto de personas se dedica con alborozo a patear los restos del águila esparcidos por el suelo.

Se desata una tremenda trifulca en medio del caos y el desorden más absoluto. Los soldados cargan con sus varas y espadas contra los amotinados, que al darse cuenta de lo que ocurre huyen en todas las direcciones. Unos cuarenta revoltosos resultan apresados por los guardias, además de los dos fariseos, Judas y Matías, autores de muchas de las arengas, que renuncian a huir y son enseguida identificados.

—Llevad a esos dos a palacio. Los demás, a las mazmorras —ordena uno de los oficiales.

—¿No ha muerto el rey? —pregunta Judas un tanto sorprendido.

—Está vivo, idiotas. ¿Quién ha dicho eso? Vosotros vais a ser los próximos cadáveres —replica el guardia—. ¿Cómo os habéis atrevido a obrar así?

Los dos cabecillas son conducidos a la sala de audiencias, donde aguardan ensogados a que aparezca el rey, quien, avisado de lo ocurrido, hace un esfuerzo extraordinario y, pese a su estado de salud, acude a la sala, donde hay preparado un sillón con unos cómodos almohadones.

—¿Por qué habéis cometido semejante estupidez? —pregunta el rey a los dos fariseos.

—Lo deliberamos en asamblea y nos pareció conveniente derribar el águila romana. Hicimos lo que debíamos como judíos, pues así lo manda la ley del profeta y legislador Moisés, que dejó escrita por inspiración divina. Las palabras de las Escrituras son más dignas que tus órdenes. Ojalá hicieras tú lo mismo.

—¡Pueblo ingrato y rebelde! No tenéis remedio. No merece la pena que os dé explicaciones, pues no atendéis a razón alguna. Tantos años intentando educaros y no ha servido de nada —lamenta Herodes—. Cuando derribabais el águila del Templo, estabais abatiéndome a mí. ¿No habéis caído en la cuenta de que no es el símbolo de Roma, como dicen algunos necios, sino el águila solar que representa a la divinidad y a la realeza?

—Sufriremos con gusto el suplicio y la muerte, pues nuestras acciones son justas y así lo exige nuestra sacratísima religión. Nuestros compañeros dirán lo mismo que nosotros.

Herodes comienza a sudar. Siente un frío húmedo y fuertes dolores en el vientre. Tiene ganas de acabar con ese asunto cuanto antes.

—Cargad a todos de cadenas y llevadlos al anfiteatro de Jericó. Allí será juzgada toda esta ralea de traidores. Allí tendremos más paz que aquí en Jerusalén.

Ciertamente: los tumultos que se forman en Jerusalén contrastan con la tranquilidad que se vive en Jericó. Los presos son conducidos hasta allí y encerrados sin proporcionarles agua ni comida durante dos días.

Pese a su enfermedad y sus dolores, Herodes se desplaza a Jericó transportado en una litera, entre gruesos y mullidos almohadones para mitigar el traqueteo del camino, que se recorre en tres días cuando lo habitual es hacerlo en uno solo.

Al llegar al oasis, convoca una asamblea de notables en el anfiteatro, ante los que apenas puede permanecer en pie.

—Colocad a los acusados en la arena y que los magistrados y notables de Jericó se sitúen en las primeras gradas.

Mientras convocados y reos se van ubicando en sus respectivos lugares, Herodes procura sobreponerse a la debilidad y al dolor.

—Todos en sus puestos, mi señor —avisa Eurimedonte.

El rey se sitúa frente a las gradas del anfiteatro y con voz cansina y quebrada se dirige al auditorio.

—Hombres de Israel, a pesar de lo mucho que he hecho por vosotros y por todo el pueblo, ya veis cómo correspondéis a tanta bondad. —Le cuesta un gran esfuerzo hablar, pero procura mostrar vigor y entereza—. Dejo de lado las mil buenas acciones con las que siempre he procurado vuestro bien y solo destacaré una de ellas. He reedificado nuestro Templo, que es la maravilla del mundo. Los monarcas de la casa de los Asmoneos, a pesar de reinar durante casi ciento cincuenta años, nunca llegaron a realizar una obra de tal índole en honor de Dios. El actual santuario de Jerusalén se debe a mí; solo a mi voluntad. Pasarán generaciones y se seguirá recordando que yo, Herodes, rey de los judíos, levanté el Templo y honré como nadie al Altísimo. Sin embargo, algunos bellacos traidores nunca dejarán de ofenderme. Lo han hecho al derribar el águila sobre la entrada al santuario, que no era un icono pagano sino un emblema consagrado a la mayor gloria de Dios. ¿Qué pena consideráis que merecen estos desalmados por lo que han hecho?

—Señor —habla uno de los sacerdotes saduceos—, nosotros no hemos tenido nada que ver con ese lamentable asunto. Nadie con un mínimo sentido común habría realizado lo que estos desdichados hicieron con el águila que presidía la entrada al Templo. Ningún judío en su sano juicio pretende ofenderte. La mayoría del pueblo te ama y agradece tus desvelos. Los justos te pedimos que cobres merecida venganza de los instigadores de esta revuelta, si así lo deseas, pero te rogamos que perdones a los insensatos jovenzuelos que por su edad y su inexperiencia apenas tienen culpa alguna y actuaron engañados por las directrices de los únicos culpables de la rebelión.

Tras la exposición del saduceo, Herodes reflexiona unos momentos. Necesita además algo de tiempo para tomar aire y recuperarse del esfuerzo realizado en su discurso. Ve además la posibilidad de vengarse de los ultrajes de los fariseos, de esos seis mil miembros de esa secta que siguen sin querer rendirle juramento de fidelidad.

—Decreto —habla Herodes al fin— que los dos fariseos que desencadenaron las protestas en el Templo, los llamados Judas y Matías, sean ejecutados en la hoguera, así como los tres jóvenes que derribaron el águila. Los demás que coadyuvaron activamente serán entregados al verdugo, que pondrá fin a sus miserables vidas con la espada.

Ninguno de los notables reunidos en el anfiteatro de Jericó se atreve a cuestionar la decisión del rey. Aterrorizados por la sentencia y amedrentados por los guardias apostados en las gradas con arcos, espadas y lanzas, los notables no se permiten emitir una sola queja o protesta y se retiran del anfiteatro cabizbajos y en silencio.

Esa misma noche un pequeño eclipse de luna, aunque muy visible, desata entre el pueblo todo tipo de malos augurios y presagios.

El viaje a Jericó y la excitación de la asamblea en el anfiteatro no hacen sino agravar la enfermedad del rey.

Tiene una calentura muy alta y por todo su cuerpo se extiende una comezón insufrible; los intestinos le arden como llenos de brasas; las extremidades le bailan con incontrolables espasmos, que las hacen crujir como a punto de descoyuntarse; el vientre se le hincha como un boto lleno de agua a punto de reventar; y sus genitales presentan un aspecto putrefacto como plagados de gusanos.

Suspira y jadea continuamente; sufre gran dolor y fatiga entre suspiro y suspiro; siente cómo un fuego interior le consume las entrañas y, cuando lo arroja al exterior, sale de su boca un aliento fétido que expulsa a cuantos lo rodean. Su esclava Amaris mantiene permanentemente encendido un pebetero en el que arde incienso mezclado con miel y romero para poder soportar el hedor que desprende el cuerpo del rey.

Algunos de los que lo acompañan en Jericó cuchichean por los pasillos de palacio que el lamentable estado del monarca se debe a un castigo de Dios por la injusta condena a muerte de los jóvenes involucrados en el asunto del águila.

A pesar de sentirse abrumado por tanto sufrimiento, Herodes se aferra tenazmente a la vida. Sueña con recobrar la salud y demanda a sus médicos que busquen otros tratamientos para las enfermedades que lo están consumiendo.

Uno de ellos le dice que los emplastes y ungüentos no están siendo un remedio para sus males, pero que tal vez mejore con baños en unas fuentes termales del río Jordán, en Calirroe, un lugar cercano al lago Asfaltitis. El rey ordena que lo trasladen allí de inmediato.

Los médicos disponen una serie de tiendas que sirvan de etapas hasta las fuentes termales del río Jordán. El camino desde Jericó se puede hacer en menos de un cuarto de jornada, pero el rey es trasladado sobre un carruaje en una litera especial muy despacio, y tardan dos días en recorrer esa distancia.

Herodes es bañado en el lodo de unos pozos cerca del lago, pero ni el calor de las aguas ni el efecto del barro con el que emplastan todo su cuerpo sirven de remedio y alivio. Alguien le sugiere que tal vez funcione un baño de aceite, aunque son muchos los que piensan que la podredumbre del rey está causada por Dios, y por tanto no hay medicina humana capaz de paliarla.

El baño de aceite tampoco da resultados beneficiosos. Es más, llega a sentirse tan mal dentro de la bañera llena de óleo que sus ojos desvarían, se queda inmóvil y el rostro se le desencaja de tal manera que por un momento creen que está muerto.

Tras volver en sí del trance, Herodes se lamenta:

—No existe remedio ni cura efectivos para tantos males como me aquejan. Volvamos a Jerusalén.

—Al menos allí el calor es en esta época menos sofocante —dice Salomé, que lo acompaña desde su salida de la capital.

—Antes pasaremos unos días en Jericó.

—Aún hay esperanzas de que te mejores —lo alienta Salomé.

—No, mi querida hermana, no. Mi hora está muy próxima. Noto que se acerca el final. Me queda muy poco tiempo, pero el suficiente como para maldecir a las gentes tozudas de mi propio pueblo, que nunca entendieron mis intenciones.

—Las odias, ¿verdad?

—Esas gentes son las que me odian a mí —sentencia Herodes antes de sumirse en un lacerante sopor.

Salomé sale de la estancia donde descansa su hermano, que queda al cuidado de la esclava Amaris, y acude al encuentro de su esposo Alexas, que siempre en un segundo plano se mantiene al lado de ella.

—Hicimos bien en trasladarnos a palacio. La muerte de mi hermano se avecina inmediata y nos conviene estar a su lado cuando ocurra —le dice.

—Siempre sabes lo que te favorece, pero en este caso, ¿qué sales ganando? —le pregunta Alexas.

—La vida.

Postrado en la cama y sin apenas poder moverse en su palacio de Jericó, el rey reclama la presencia de Salomé.

—Mi querida hermana —susurra con voz tan débil que apenas se escucha a un par de pasos de distancia—, ahora, abrumado entre tantos dolores, vuelvo a decirte que tú has sido mi único apoyo, la única persona fiel entre tantas amarguras y traiciones. Jamás me has dado la espalda, jamás me has dejado solo, jamás me has deseado mal alguno, jamás se cruzó en tu mente un pensamiento en mi contra. Siempre te estaré agradecido por ello.

Herodes aprieta con sus postreras fuerzas la mano de su hermana, como si con ese gesto quisiera recompensarle por tantos años de fidelidad.

—Así ha sido, y esa fidelidad me ha costado tener que cargar con algunas calumnias. Me opuse con todas mis fuerzas a cuantos querían quitarte de en medio y no pretendí otra cosa que estar a tu sombra en este reino.

—Quiero confiarte el que quizá sea mi último deseo. Durante todo mi reinado he procurado ganarme a este pueblo áspero y frío, pero he fracasado sin remedio. No quiero engañarme ahora, porque sé que el pueblo judío nunca me ha querido. Pese a tantos beneficios, siempre ha deseado deshacerse de mí. Cada vez que me ha visto enfermo, débil o en dificultades, ha intentado sublevarse, pero jamás logró acabar conmigo; aquí sigo, postrado en la cama, inerme y al borde de la muerte, pero sigo siendo su rey. Supongo que cuando llegue mi muerte, la celebrarán con grandes fiestas y regocijos, pero tú harás que lloren de verdad por mucho tiempo mis exequias. Dispón para mí un funeral espléndido, digno del más grande de los soberanos de Israel que en el mundo han sido, como nunca ha habido en este país. Todo el pueblo llorará mi muerte, aunque tengan que fingir como actores de una tragedia.

—Se hará como dispongas, hermano.

—Sí. Te lo ordeno. Harás que el pueblo me llore como jamás ha llorado a nadie. —Herodes se detiene para tomar aliento—. Me queda poco, muy poco, por eso he dado órdenes a Eurimedonte para que en los próximos tres días reúna a todos los nobles, magistrados y personajes principales de Jerusalén, especialmente los más conspicuos entre los fariseos, junto con algunos escogidos de otras ciudades, en el hipódromo de Jericó. Serán en total, según mis cálculos, unos trescientos.

»Que les den de comer en abundancia, que se extienda la voz de que es mi deseo congregarlos en ese lugar para la lectura de mi testamento y para un reparto de dinero procedente de mi legado. Cuando yo muera, tú tomarás el mando sobre la guardia y la policía que los custodia. Mi fiel Eurimedonte lo sabe ya. En cuanto estés segura de que he expirado, pero sin que nadie se haya enterado aún de mi muerte, darás órdenes para que mis soldados más fieles, tracios, germanos y otros, rodeen el hipódromo y vigilen todas las salidas. Tres manípulos penetrarán en el interior y, mientras los notables comen y beben gozándose en mi desaparición, matarán a flechazos a todos los reunidos allí dentro. No deberá quedar ni uno solo con vida, ni uno solo. Ni uno.

»Con este acto se cumplirá mi última voluntad y mis funerales serán acompañados por los más memorables lamentos. Toda la nación llorará mi muerte y la de esos desgraciados que morirán conmigo. Llorarán de verdad.

—Haré exactamente lo que tú me ordenes —responde Salomé sin inmutarse y sin presentar la menor objeción al tremendo plan que acaba de revelarle su hermano.

—En cuanto a mi cuerpo, deseo que me entierren fuera de Jerusalén. Nunca me he sentido a gusto en esa ciudad. Mi cadáver se expondrá en el Templo, donde te cuidarás de que se cumplan los ritos propios del funeral de un gran rey. Después, el cortejo fúnebre abandonará la ciudad por la puerta de Damasco camino del Herodión. Por esa puerta debe salir mi cuerpo, no por otra. Cumple mis deseos —le pide a Salomé cogiéndola por las manos.

—Así lo haré, hermano.

Ese mismo día unos guardias llegan a Jericó desde Jerusalén; traen con ellos a Antípatro, como manda Herodes. Casi a la vez viene un correo desde Roma que porta dos cartas para el rey.

En la primera, de tono oficial, Augusto da cuenta de la ejecución de la esclava Acmé: «De Augusto, príncipe, a Herodes, rey de los judíos, salud. La esclava Acmé ha sido degollada por orden de Livia, por haber ayudado al infiel Antípatro en sus crímenes».

En la segunda misiva se lee: «De Augusto, príncipe, a Herodes, rey de los judíos, salud. Me alegro de que los dioses hayan dado su merecido a la infiel esclava Acmé. En cuanto a tu hijo Antípatro, lo he declarado culpable de atentar contra ti y contra el Estado. Es reo de muerte, pero tienes libertad por nuestra parte para ejecutar la sentencia, si el mal se ha extendido demasiado, o bien para conmutarla por el destierro indefinido, si con eso basta para erradicar la maldad. Vale».

Al recibir estas cartas, el rey se siente aliviado, tanto por la muerte de Acmé como por la buena disposición de Augusto, que le otorga libertad de disponer sobre la condena a su propio hijo. Pese a ello, el rey no cesa de meditar sobre la sentencia. Procrastina una decisión al respecto, sin acabar de decidirse por el destierro o la pena capital; le sigue pesando íntimamente la decisión de la muerte de sus dos hijos; no se atreve a matar también a su primogénito.

La mejoría dura poco; al cabo de escasas horas vuelven los tormentos insufribles. Todo el reino está expectante aguardando la noticia fatal. Circulan rumores de toda laya: unos expresan sus temores sobre un incierto futuro tras la muerte de un rey tan amigo de los romanos; otros experimentan por anticipado una intensa alegría.

En medio de sus padecimientos, el rey pide algo de comer y ordena que le traigan una manzana y un cuchillo, pues su costumbre de siempre es cortar él mismo la fruta para comerla. Cuando tiene en su mano el cuchillo, el brillo de la hoja despierta una agitación en su mente y surgen ciertos pensamientos que lo transportan a un pasado lejano, en aquella huida desde Jerusalén a Masada. ¡Ahora no debe fallar como aquella vez! Mira alrededor unos instantes y, en un arrebato, levanta su mano y se quiere herir, pero, su primo Aquiab, que está a su lado y atento a todo lo que hace, detiene el brazo suicida.

—¡Auxilio! ¡Auxilio!

Se produce un alboroto, se alzan gritos y lamentos entre los criados, se agita el palacio de Jericó y alguien grita que el rey está muerto.

Corren estas noticias por todo el palacio-fortaleza y llegan también a las mazmorras. Los carceleros cuchichean y Antípatro, ubicado en una de las celdas, acaba por enterarse de lo ocurrido cuando uno de los carceleros se va de la lengua con voz demasiado alta.

El intenso deseo del príncipe prisionero hace que su mente convierta en verdad los rumores y ve en la muerte de su padre la luz en medio de las tinieblas. La inexorable Parca resuelve por sí sola esta angustiosa espera. Aislado, sin noticias, en la perenne angustia de que en cualquier momento se muestre a través de la puerta el rostro inconfundible de un verdugo inmisericorde, estos cuchicheos parecen alumbrar un final feliz. Cuando pasa el alboroto y está más seguro de lo que ocurre, Antípatro llama al guardián y le habla:

—Soldado, te daré todo lo que me pidas, más de lo que tú puedas imaginar, si ahora que ya ha muerto el rey me liberas de las cadenas y me dejas salir de esta celda. Conservo grandes amigos y enormes riquezas. Si me liberas, lograrás una inmensa fortuna para ti y para tu familia.

—¿Cómo que ha muerto el rey? No es así. ¿Cómo voy a liberarte en vida de él? ¿Quieres que me corten el cuello y que no vea nunca más a mis hijos?

—¿En vida..., el rey? ¿Aún...? —responde Antípatro angustiado.

La conversación dura muy poco. El guardia no se deja convencer, sino que se irrita porque Antípatro da ya por muerto al monarca. Denuncia lo ocurrido al jefe de los calabozos, y este al rey.

Salomé está presente cuando llega, sofocado, el comandante de la guardia.

—Mi rey, es mi obligación informarte de que tu hijo Antípatro ha intentado sobornarnos, y que tiene proyectos de fuga.

Herodes, muy mal dispuesto contra su hijo, comienza a gritar y a golpearse la cabeza. A pesar de la gravedad de su estado se incorpora con dificultad y logra levantarse de la cama dando algunos pasos por la habitación. Habla para sí mismo en alta voz, aunque nadie entiende lo que dice.

—Baja de inmediato a los calabozos —ordena con claridad Herodes al jefe de la guardia, que sigue allí de pie—. Que lo estrangulen ahora mismo. No es digno de vivir. Él mismo ha decidido su muerte. Ocúpate de ello.

Al oír estas palabras, Salomé se aparta del lado de su hermano; en esos instantes para nada le importa el estado de salud del enfermo o si este la puede necesitar tras el último acceso de rabia y furor. Sigue al jefe de la guardia y desciende con él hasta las mazmorras de palacio. Por nada del mundo quiere perderse el final de su amante infiel. Se presenta el dulce momento de la suprema venganza, el feliz y largamente esperado instante de ver rodar por los suelos la cabeza de Antípatro.

Cuando llegan al calabozo, Salomé misma designa a los dos soldados más fuertes de entre los miembros de la guardia.

—Ejecutad ahora mismo a ese traidor —ordena con toda su energía.

Los guardianes entran en la celda, se dirigen a un sorprendido y aterrado Antípatro y, sin mediar palabra, le cercenan el cuello de un solo tajo de espada.

El príncipe aspirante a rey cae al suelo entre unos pocos estertores, sobre una mancha de sangre que por momentos se va haciendo más grande.

Ante la puerta abierta, Salomé contempla, serena y alegre, la sangrienta escena.

45

El testamento

Solo han transcurrido cinco días desde la ejecución de Antípatro cuando Herodes fallece en su palacio de Jericó. Corre el año 750 de la fundación de Roma; hace ya treinta y siete de que el Senado romano declarara a Herodes como rey de los judíos.

Los trescientos notables encerrados en el hipódromo de Jericó viven horas de angustia a pesar de lo prometido. Les dan bien de comer y tienen la promesa de que cada uno va a recibir una importante cantidad de dinero, pero no saben a ciencia cierta qué les espera, aunque algunos temen lo peor. Desde luego, desconocen la muerte del rey.

Algunos pretender marcharse, pero los soldados les impiden la salida alegando que cumplen órdenes estrictas.

Salomé tiene en su mano el destino de aquellos notables, y los centuriones de los tres manípulos de la guardia real esperan sus órdenes, pues el Consejo asume como natural que su hermano le otorgara plenos poderes hasta la lectura de su testamento.

—¿Qué vas a hacer? —pregunta Alexas a su esposa.

—Nadie sabe cuáles fueron las instrucciones que me dio mi hermano. Te aseguro que disfrutaría viendo cómo mueren algunos de esos que están encerrados en el hipódromo, pero no voy a ordenar que los maten. No cumpliré el último deseo de Herodes.

—Bien. Es una buena decisión.

—No lo hago por piedad, sino porque al faltar mi hermano,

no es prudente ejecutar a esos trescientos. El espanto que produciría tanta muerte podría desatar una oleada de cólera de imprevisibles consecuencias. Mantendré oculta en lo posible la noticia de la muerte del rey hasta que reúna al Consejo y vea con claridad cómo actuar.

Tomada la decisión, Salomé ordena a uno de los centuriones que comunique a sus colegas que dejen salir del hipódromo de Jericó a los notables allí encerrados. Nadie pregunta por el contenido de las promesas pecuniarias, pues les basta respirar en libertad.

A continuación, Salomé reúne al Consejo real y ante sus miembros declara con toda solemnidad:

—Os anuncio, nobles consejeros que siempre habéis estado al lado de nuestro señor, que mi hermano, el rey Herodes, ha muerto. Siguiendo sus últimas instrucciones, he decretado la salida del hipódromo de los allí reunidos. Será imposible darles ahora el dinero que se les anunció. Las últimas disposiciones de mi hermano se harán públicas en su testamento, del que mi esposo Alexas y yo misma somos albaceas, antes de que se celebren los funerales.

Sigue un silencio con algunos breves murmullos y «los amigos del rey» van desalojando la sala del Consejo sin apenas cruzar palabras. Los fieros ojos de Salomé invitan a la prudencia y a la espera.

La noticia de la muerte del rey en Jericó se difunde con gran rapidez por todo el país.

En Jerusalén se reúnen los mandos del ejército, y ante ellos Salomé ordena que se lea una carta póstuma en la que Herodes les da las gracias por su fidelidad y les anuncia el reparto de dinero para todos ellos, a la vez que les pide que sirvan con esa misma lealtad a su heredero, cuyo nombre se revelará en el testamento.

La lectura de las últimas voluntades del rey, encargada a Ptolomeo, responsable de las finanzas reales y custodio del sello real, despierta una enorme expectación en el teatro de la ciudad, lleno hasta rebosar. Todas las miradas convergen en el tesorero, quien, con voz trémula y consciente de que está viviendo un momento trascendental para el reino, lee:

—«Concedo a mi hijo Arquelao, que tuve con mi esposa Maltace, el trono y el reino».

—Un samaritano... —masculla uno de los asistentes a la lectura.

Nicolás de Damasco siente que su corazón da un vuelco al recordar la predicción de la anciana sucesora de la Sibila de Cumas. Aquellos versos sobre las águilas y el pajarillo, entonces tan enigmáticos, parecen ahora una premonición clara y transparente.

—«Nombro como segundo heredero al trono a mi hijo Filipo, que tuve con Cleopatra, así como el gobierno de las regiones de Gaulanítide, Traconítide y Batanea. Dejo a mi hijo Antipas, que tuve con Maltace, la tetrarquía de Galilea y Perea. Concedo a mi hermana Salomé el dominio de Jamnia, Azot y Fasael. Lego al César mil talentos y quinientos a su esposa Livia, más las copas de oro y de plata y los vestidos que se detallan».

Ptolomeo concluye la lectura del testamento señalando otros detalles como el dinero que reparte entre sus hijos y familiares. Salomé es la mejor parada, pues, además de las rentas y el gobierno absoluto de la zona en torno a Gaza, le lega quinientos talentos por su gran benevolencia y por no haber intrigado jamás contra él.

Al escuchar las disposiciones de su hermano, el pétreo rostro de Salomé no se inmuta, aunque en su interior arde una rabia íntima. «Si existiera una justicia divina, yo debería haber sido la heredera. Tengo muchos más merecimientos y experiencia que el jovencito Arquelao, cuyo único mérito por ahora es haber vuelto de Roma a tiempo, como si hubiera intuido antes que nadie la muerte de su padre. ¡Yo habría sido una reina mejor que Salomé Alejandra!», piensa la hermana de Herodes.

Ptolomeo concluye la lectura de las últimas voluntades con una solemne advertencia:

—De ningún modo puede tenerse este testamento por confirmado hasta que llegue la aprobación del César.

Al instante se eleva un inmenso clamor en honor del heredero, presente en el teatro, y surgen las aclamaciones de los aduladores con deseos de larga vida. Arquelao, casi un desconocido, es bienquisto por parte del ejército, tanto cuanto desagradable era la figura de Antípatro.

Salomé se acerca al heredero, lo abraza afectuosamente y lo felicita.

—No sabes cuánto me alegro, queridísimo sobrino, de que seas precisamente tú el heredero —lo dice con el mejor tono posible—. La elección de mi hermano ha sido excelente. Siempre me pareciste el más adecuado y lo animé muchas veces para que te designara a ti. Por fin se cumplen mis deseos.

La reunión del teatro se disuelve entre múltiples comentarios y habladurías. De momento, la paz reina en todo el país.

Arquelao pone inmediatamente manos a la obra para disponer los funerales del rey.

La corte muestra toda su pompa en honrar el enterramiento con gran boato y muestras de riqueza. Hace tiempo que el Consejo, siguiendo instrucciones del propio rey, ha dispuesto las líneas principales de su entierro.

El féretro, de madera recubierta de oro labrado y engastado con piedras preciosas y perlas de gran valor, abandona la ciudad, efectivamente, por la puerta de Damasco, y da sus primeros pasos fuera de la capital en dirección a Siria. El cadáver va vestido de púrpura, con una diadema de oro, y en su diestra porta el cetro. La comitiva se dirige luego hacia el Herodión, la fortaleza construida por Herodes para conmemorar su victoria sobre los judíos de En Guedí, en su repliegue hacia Masada. Allí se deposita el cadáver en una tumba de piedra y mármoles selectos. Junto al carromato que porta el ataúd del rey caminan sus hijos y parientes, y detrás los jefes del ejército con la guardia real de tracios, germanos y galos en uniforme de campaña.

Como exige la costumbre en Israel, se guardan siete días de luto. Acabado ese tiempo, los magistrados y notables se reúnen en un banquete en honor del difunto y ascienden al Templo para dedicarle sus oraciones. Por todo el reino las gentes se desean felicidad y buena suerte. La tierra de Israel anhela paz y concordia después de tantas angustias.

Antes de que Arquelao viaje a Roma para recibir la confirmación imperial, Salomé envía una embajada secreta al emperador con una carta personal: «De Salomé, princesa de Judea, a Augusto, salud. Tras la muerte de mi hermano reina una paz al menos aparente en el país. Debo manifestar, sin embargo, algunas críticas severas al testamento de mi hermano. Ante todo, mi radical disconformidad con lo dispuesto por él en cuanto a la elección del heredero. Arquelao es, en mi opinión, justamente el peor de los candidatos y Roma debe tenerlo en cuenta antes de dar su beneplácito. Las primeras acciones públicas de Arquelao han suscitado ya serias protestas en Jerusalén, que deberán ser tenidas en cuenta por vuestro legado en Siria, si Arquelao se muestra incompetente en controlar sus exigencias, como temo. A pesar de que, tras años de una fidelidad inquebrantable a Roma y a mi hermano, la porción que me ha tocado en parte es sumamente escasa, contáis con mi más fiel y sumisa colaboración. Vale».

Salomé no se resigna.

El trono está maldito.

Volverá.

Nota de los autores

Esta novela relata el reinado de Herodes el Grande, nacido en la región de Idumea hacia el año 73 a. C. y rey de Israel del año 40 a. C. al 4 a. C.

Durante su reinado Israel alcanzó las mayores cotas de poder, influencia y extensión territorial desde los tiempos de los reyes David y Salomón.

Amigo de Marco Antonio y después de Octavio Augusto, supo mantenerse en el poder en un mundo lleno de conflictos y guerras, en un permanente equilibrio entre los grandes imperios de la Antigüedad.

Supo sobrevivir y mantenerse en el poder a pesar de participar activamente en las guerras civiles que se libraron al final de la República romana, gracias a su olfato político y a la oportuna lección de sus aliados, a veces en el último momento.

La novela se centra de manera crucial en las tumultuosas relaciones de la familia de Herodes, una dinastía sangrienta en la que abundaron las intrigas y conjuras palaciegas.

En la novela, pese a que es un episodio de una profunda carga legendaria, no se ha incluido la famosa Matanza de los Inocentes, tan manida en la historia del cristianismo y tantas veces representada en el arte sacro cristiano, pues es un episodio que nunca se produjo. El relato de este infanticidio masivo se debe a que la literatura paleocristiana lo introdujo para cuadrar el relato de los Evangelios con los libros proféticos, inspirándose en que Herodes el Grande mandó ejecutar a tres de sus hijos,

Antípatro, Alejandro y Aristóbulo, tal cual se refleja en la novela.

En los dos últimos años de la vida de Herodes se produjo el nacimiento de Jesús de Nazaret, que Dionisio el Exiguo fijó en casi tres años después de este óbito, al equivocarse en los cálculos astronómicos que realizó en el año 525. La vida de Jesús la narramos en *El trono maldito*, novela secuela de esta pero publicada unos años antes.

Para escribir esta obra hemos consultado diversos textos históricos y religiosos, a veces llenos de contradicciones y de diferencias irresolubles, que hemos solventado mediante una reflexiva puesta en común.

Hemos releído con intensidad el Nuevo Testamento y las obras *Antigüedades de los judíos* y *La guerra de los judíos* de Flavio Josefo. También hemos manejado *Historia romana* de Dion Casio, *Hipotéticas. Apología de los judíos* de Filón de Alejandría, *Cartas* de Plinio el Joven, *Vidas paralelas* de Plutarco, *Vidas de los doce césares (Augusto, Tiberio, Calígula)* de Suetonio, *Anales* de Tácito e *Historia de Roma desde su fundación* de Tito Livio, además de la pertinente bibliografía contemporánea que nos ha ayudado en la descripción de diversas escenas.

Personajes

Agripa (Julio Herodes Agripa I, 10 a. C.-44), hijo de Aristóbulo y Berenice, nieto de Herodes el Grande

Alejandra, madre de Mariamme I

Alejandro (36 a. C.-4 a. C.), hijo de Herodes el Grande y Mariamme I

Alexas, esposo de Salomé, hermana de Herodes el Grande

Antipas (20 a. C.-39), hijo de Herodes el Grande y Maltace; tetrarca de Galilea y Perea

Antípatro (46 a. C.-4 a. C.), hijo de Herodes el Grande y Doris, su primera mujer

Antípatro el Joven, hijo de Salomé y Costobaro

Aquiab, sobrino de Herodes

Aretas IV, rey de Nabatea (9 a. C.-40), padre de Faselis y suegro de Antipas

Aristóbulo (34 a. C.-4 a. C.), hijo de Herodes el Grande y de Mariamme I

Aristóbulo III, hermano de Hircano II, hijo de Salomé Alejandra, derrotado en el 38 a. C. por Herodes el Grande

Aristóbulo IV (31 a. C.-7 a. C.), hijo de Aristóbulo y Berenice; nieto de Herodes el Grande

Arquelao (23 a. C.-18), hijo de Herodes el Grande y de Maltace; etnarca de Judea, Samaria e Idumea

Artabano II, rey de los partos (10-38)

Augusto, emperador de Roma (30 a. C.-14)

Bruto, sobrino y asesino de Julio César

Cleopatra, reina de Egipto, amante de Marco Antonio
Cleopatra, cuarta esposa de Herodes el Grande
Cneo Calpurnio Pisón, véase Pisón
Costobaro, segundo esposo de Salomé
Doris, primera esposa de Herodes el Grande
Eleazar ben Buta, saduceo, miembro del Sanedrín
Eurimedonte, jefe de la policía de Herodes
Faselis, princesa nabatea, hija de Aretas IV y esposa de Antipas
Filipo (4 a. C.-34), hijo de Herodes el Grande y de Cleopatra, tetrarca de Batanea, Iturea y Traconítide
Haniná ben Jeconías, anciano miembro del Sanedrín
Herodes Antipas, véase Antipas
Herodes el Joven / Herodes Boeto, hijo de Herodes el Grande y de Mariamme II, primer esposo de Herodías
Herodes el Grande (h. 73 a. C.-13 de marzo de 4 a. C.), rey de Judea, Galilea, Samaria e Idumea (37 a. C.-4 a. C.)
Herodes Filipo, véase Filipo
Herodías (7 a. C.-40), hija de Aristóbulo y nieta de Herodes el Grande; esposa y sobrina de Herodes el Joven y de Antipas
Hipódamo, hijo de Eurimedonte, jefe de la policía de Arquelao en Judea y de Antipas en Galilea
Hircano II (110 a. C.-30 a. C.), hijo de Salomé Alejandra y hermano de Aristóbulo III
Hircano, sumo sacerdote en Jerusalén
Judas, rabino fariseo ejecutado por Herodes el Grande hacia el 5 a. C.
Julio Agripa, véase Agripa
Livia (58 a. C.-29), tercera esposa de Augusto
Lucio Vitelio (5 a. C.-51), gobernador y prefecto de Siria (35-39)
Málico I, rey de Nabatea (60 a. C.-30 a. C.)
Maltace, quinta esposa de Herodes del Grande
Marco Antonio, general romano, miembro del Segundo Triunvirato
Mariamme I, segunda esposa de Herodes el Grande; hija de Aristóbulo II, rey de los judíos
Mariamme II, tercera esposa de Herodes el Grande
Matatías ben Honí, caudillo rebelde judío

Matías, rabino fariseo ejecutado por Herodes el Grande hacia el 5 a. C.
Nicolás de Damasco (64 a. C.-después del 4 d. C.), consejero de Herodes el Grande y de Arquelao
Obodas II, rey de Nabatea (62 a. C.-60 a. C.)
Obodas III, rey de Nabatea (30 a. C.-9 a. C.)
Octavio César Augusto, véase Augusto
Palada (Palas), sexta esposa de Herodes el Grande
Petronio, gobernador y prefecto de Siria (39-41)
Pisón (Cneo Calpurnio Pisón, 44 a. C.-20), gobernador y prefecto de Siria (17-19)
Ptolomeo, consejero de finanzas de Herodes y de Arquelao
Publio Quintilio Varo, véase Varo
Publio Sulpicio Quirino, véase Quirino
Quirino (Publio Sulpicio Quirino, 51 a. C.-21), legado y gobernador de Siria (6-12); en su época hizo el censo de Judea
Salomé Alejandra, mujer de Aristóbulo I y, muerto este, de su hermano Alejandro; reina de Israel (76-67 a. C.)
Salomé, hermana de Herodes el Grande
Salomé (14-62), hija de Herodes el Joven y de Herodías; esposa de Herodes Filipo
Sexto César, sobrino de Julio César, gobernador de Siria
Simeón ben Shetai, fiscal del Sanedrín

Cronología (a. C.)

h. 73, nacimiento de Herodes, quizá en Jericó (Idumea)
63, Pompeyo el Grande conquista Jerusalén
47, Herodes es nombrado gobernador de Galilea
46, el Senado romano nombra a Julio César dictador perpetuo
h. 45, Herodes se casa con Doris; nace Antípatro, el primogénito
41, Antígono Matatías ocupa el trono de Judea con ayuda del Imperio parto, Herodes y Fasael son nombrados tetrarcas por Marco Antonio
40, Herodes viaja a Roma, el Senado lo nombra rey de los judíos
39-37, guerra en Judea de Herodes contra Antígono y contra el Imperio parto
38, Herodes se casa con Mariamme I, sobrina de Antígono; destierra a Doris y a Antípatro
37, Herodes conquista Jerusalén; entrega a Antígono a Marco Antonio, que lo ejecuta
36, Herodes nombra a su cuñado, Aristóbulo III, sumo sacerdote
35, Aristóbulo III es ahogado en una fiesta en Jericó por orden de Herodes
34-33, Herodes construye un teatro y un anfiteatro en Jerusalén
32, guerra de Herodes contra los nabateos
31, victoria de Herodes sobre los nabateos, terremoto en Judea, victoria de Octavio en Actio

30, Octavio ratifica a Herodes como rey de los judíos en Rodas
29, Mariamme I, acusada de adulterio, es ejecutada; Alejandra, su madre, es ejecutada
28, Herodes ejecuta a su cuñado Costobaro, marido de Salomé, por conspirador
27, fracasa un intento de asesinar a Herodes; se reconstruye Samaria con el nombre nuevo de Sebaste
25, Herodes importa grano de Egipto para combatir la gran hambruna; se funda la ciudad de Cesarea Marítima
23, construcción del palacio de Jerusalén y del Herodión
22, Augusto le entrega a Herodes las regiones de Traconítide, Batanea y Auranítide
20, ampliación del Monte del Templo
19, inauguración del Segundo Templo de Jerusalén
18, Herodes viaja por segunda vez a Roma
14, Herodes apoya a los judíos de Anatolia y Cirene; perdona un cuarto de los impuestos
13, Herodes nombra a su primogénito Antípatro, hijo de Doris, primero en la línea sucesoria
12, Herodes sospecha que sus hijos Alejandro y Aristóbulo quieren asesinarlo
10, guerra contra los nabateos; se inaugura la ampliación del Templo
9, se inaugura Cesarea Marítima; Herodes cae en desgracia ante Augusto
8, Herodes acusa a sus hijos Alejandro y Aristóbulo de alta traición; se reconcilia con Augusto
7, ejecución de Alejandro y Aristóbulo; Antípatro único heredero al trono
h. 6-4, nace Jesús de Nazaret
6, Herodes va contra los fariseos
5, Antípatro es acusado de tratar de asesinar a Herodes; Antipas es nombrado sucesor
4, Augusto aprueba la pena de muerte para Antípatro; Herodes lo ejecuta; segundo testamento; fines de marzo-comienzos de abril; Herodes muere en Jericó
3, Augusto acepta el segundo testamento de Herodes, con algu-

nas modificaciones territoriales; división de Palestina: Arquelao etnarca de Judea y Samaria; Antipas tetrarca de Galilea y Perea; y Filipo tetrarca de Batanea, Gaulanítide, Traconítide y Auranítide